U0450148

国家社科基金重大招标课题
"期刊史料与20世纪中国文学史"（11&ZD110）阶段性成果

河南省高等学校哲学社会科学创新团队支持计划
"报刊史料与20世纪中国文学史"（2012-CXTD-02）阶段性成果

河南大学中国现代文学研究中心项目资助

发现与阐释
——现代文学史料知见录

报刊史料与20世纪中国文学史丛书

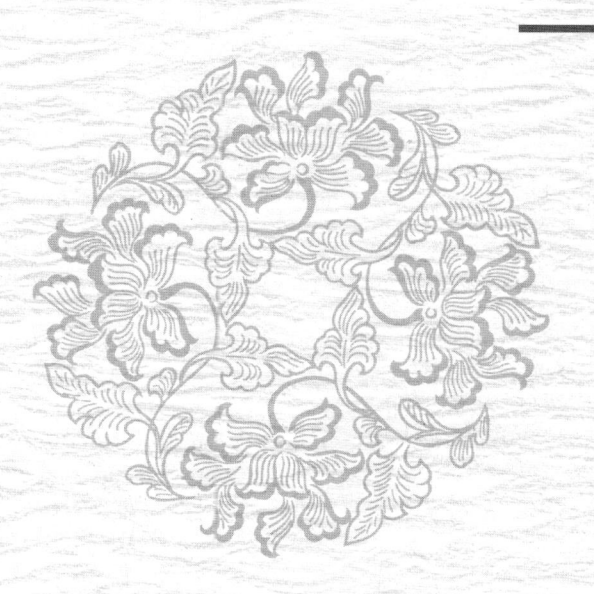

刘增杰 著

中国社会科学出版社

图书在版编目（CIP）数据

发现与阐释：现代文学史料知见录/刘增杰著.—北京：中国社会科学出版社，2015.5
（报刊史料与20世纪中国文学史丛书）
ISBN 978-7-5161-6213-2

Ⅰ.①发… Ⅱ.①刘… Ⅲ.①中国文学—现代文学史—文集 Ⅳ.①I209.6-53

中国版本图书馆 CIP 数据核字（2015）第 117548 号

出 版 人	赵剑英
责任编辑	王　曦
责任校对	周晓东
责任印制	戴　宽

出　　版	中国社会科学出版社
社　　址	北京鼓楼西大街甲 158 号
邮　　编	100720
网　　址	http：//www.csspw.cn
发 行 部	010-84083685
门 市 部	010-84029450
经　　销	新华书店及其他书店
印　　装	北京君升印刷有限公司
版　　次	2015 年 5 月第 1 版
印　　次	2015 年 5 月第 1 次印刷
开　　本	710×1000　1/16
印　　张	29
插　　页	2
字　　数	501 千字
定　　价	99.00 元

凡购买中国社会科学出版社图书，如有质量问题请与本社营销中心联系调换
电话：010-84083683
版权所有　侵权必究

序　言

关爱和

　　进入 20 世纪后,报刊成为文化传播的主要渠道和方式。报社、学校、学会、沙龙以及近代中国舆论媒介共同构成中国社会的公共空间。《报刊史料与 20 世纪中国文学史丛书》旨在以 20 世纪中国报刊的兴起、发展为切入点,描述 20 世纪在西学东渐、政权更迭等复杂政治与文化背景下中国新文化与新文学的重建过程,揭示 20 世纪文学活动、文学传播和报刊媒介、文学编辑、市场及读者之间的联袂互动。

　　《报刊史料与 20 世纪中国文学史丛书》的研究对象是文化与文学的结合物,入手于报刊,立足于文学。它有可能打破作家生平的评述、文学名著的分析、文学体裁分类的传统书写模式,将报刊与文学互动的描述保持在制度、观念、思潮、流派的宏观层面。

　　《报刊史料与 20 世纪中国文学史丛书》以 20 世纪新思想新文学的重建为研究对象。文学史叙述的主要任务,是使过去的历史得以复活。书写者借助自己的主体精神解读重现历史,在总体上坚持大叙事文学史理念,以现代化作为历史叙事稳固宏大的思想框架,以近代、现代、当代为历史叙事起承转合的三大时间平台,探求一百年中国人的精神涅槃,建立报刊与文学共生共兴的叙述与知识体系。近、现、当代三大时间平台分属不同的政权形态,不同政权所形成的文化文学机制是绝然不同的。依据三大政权把 20 世纪划分为近、现、当代,是一种革命话语。这是我们的书写必须面对的话语体系。但依据现代性的标准,我们还将有另一种话语体系,这就是现代化的话语体系。文化与文学的现代性,是伴随资本主义的形成,大工业化时代的到来,以现代知识体系为基础并与之相适应的文化与文学表达。现代性可以赋予20世纪中国文学另一个完整的叙述框架。从这一框架出发，中国文化与文学的现代化一以贯之而不曾因政权的更迭而中断。

20世纪中国新文化新文学的重建是在古与今、中与外两对既相互冲突矛盾又相互融合支撑的文化语境中进行的。中国新文化新文学的重建，有民族的和西方的两大思想资源，重建的过程是民族传统文化文学和西方舶来文化文学融合生成的过程，充满痛苦，也充满活力。重建之后的新文化新文学，既有中国基因，又有外来血脉。中国文学的现代化和中国经济社会的现代化一样，是活生生的"这一个"。"重现"、"重新复活"中国新文化、新文学重建过程，书写活生生的"这一个"，就是通过文学透视"中国经验"与"中国制造"。理论自信并保持理性判断，饱含同情而张扬批判精神，是《报刊史料与20世纪中国文学史丛书》研究应该确立的写作立场。

就传播与文学知识体系的建立而言，《报刊史料与20世纪中国文学史丛书》的主要任务是建构。书写者须在对历史文本的阅读交流中，不断形成视阈融合，产生新的成见成果。这些成见成果对已有的文学史可能带来解构与重构。上述目标完成的基础是报刊史料。对史料的掌握、分析、归纳、研究的水平，决定建构、解构、重构的能力。本课题在总体上坚持大叙事文学史理念的同时，不拒绝穿越学科、现象，寻找整体的裂隙与历史的偶然，寻找思想碎片。从报刊史与文学史重合的时间节点上，聚焦问题，发现细节，以富有趣味的历史发现，呈现历史的多样性与丰富性。历史书写的根据主要是史料文本。史料文本与史家的主体精神是相互作用的。对史料文本，要善于阅读发现，更要善于归纳发明。学术预设的立与废，取决于在文学史观指导下作者对史料文本的把握驾驭。书写者在纷纭繁杂的史料文本面前，要具备去伪存真、由表及里、善入善出的能力。

在世界范围内，20世纪是一个工业时代与后工业时代接踵而来的时代。中国文化和文学的发展，面临着现代主义和后现代主义的社会语境。精英意识形态、商业意识形态、大众消费意识形态并存合流，精神生产、商品生产、大众娱乐的界限趋于模糊含混。这一特点和趋势，要求我们在书写中，既要遵守文学史学科的传统规范，防止泛文学化，又要注意上述趋势对文学发展的深刻影响。

《报刊史料与20世纪中国文学史丛书》着眼于报刊传播与文学发展互动研究，是增加现代文学史观察维度的学术探索，是对20世纪中国文学史研究的深化和拓展。书写者应注意著述的学术创新、学术水准和学术价值。处理史料文本，应注意独特性、创新性、前沿性。对学术界已有的成说，转引他处的文献，要一一注明。在行文过程中，提倡文从字顺，简明扼要，求同存异，清新稳妥。避免人云亦云，概念堆砌，虚话套话，佶屈聱牙。

"虽不能之，心向往之"，愿与丛书的写作同人共勉。聊以为序。

2015年4月20日

内容摘要

长期以来，现代文学史料研究相对薄弱。突出表现是：第一，文献匮乏，史实舛误；第二，重新再版的现代文学作品，不向读者作任何说明，任意修改原作的现象严重；第三，不是依据史料进行客观、辩证的历史评价，学术是非有时只依靠学术以外的力量进行裁决。作者把这一现象概括为文学生成研究中脆弱的软肋。

《发现与阐释——现代文学史料知见录》，是以专题论文的形式对上述问题进行的学术探索。现代文学史料研究是一个开放和发展的系统。发现与阐释密不可分。发现既包括对已有史料的再阅读；又含纳对研究较少甚至长期被遮蔽史料的深入研思、再发现。本书所设的栏目，如报刊研究与版本考释、作家书信日记研究、钩沉・重读・质疑等，都是作者开拓的研究新空间。发现是研究的基础，阐释是史料价值的呈现。只有阐释，才能够开掘出史料背后的精神，打开文献潜在的历史内容。发现史料与阐释史料的有机结合，研究才真正能够做到"回到原初"和充分发挥研究者主体性的统一，使研究品质得到整体上的提升。史料研究怎样和现实生活紧密结合，让研究变得鲜活生动，有血有肉，是作者向往的学术目标之一。作家访谈与学人掠影两个部分讨论的人物，他们既是史料研究家，又是现代文学史料研究内容的一个组成部分。走近他们，向他们发问、请教，谛听他们有关研究得失的娓娓而谈，获得的不仅仅是史料新的"发现"，同时也可能带来"阐释"的新视野、新角度。

本书和作者写的《中国现代文学史料学》（上海中西书局2013年版）是姊妹篇。不妨说，《发现与阐释》是史料的细部展示，史料学是史料研究的骨骼。

Abstract

The studies on the historical materials in modern Chinese literature have not been conducted broadly and thoroughly for years. There are three major weaknesses in this area. First, the publications on this subject are insufficient and some of them are erroneous on historical facts. Second, some republished literatures were editorially modified at will from the original work without any notes to the readers. Lastly, the literary criticism is not always carried out in an objective and dialectic manner and based on the historical materials; instead, disputes in the academic studies are often judged by forces outside the academic field. The author calls these deficiencies as the "soft ribs" of the research of literature.

The book "Discovery and Interpretation: An Account of the Exploration of the Historical Materials of the Modern Chinese Literature" aims on searching solutions to above issues. The study of literary historical materials in modern Chinese literature is an open and developing system. In such a system, discovering materials and interpreting them are always closely linked. Discoveries include both reviewing and reexamining the historical materials that have been studied before, and exploring and rediscovering the historical materials that have either not been studied extensively or been blind to the researchers for a long time. The topics of this book such as Studies on the Newspapers, Journals and their Editions as Historical Materials, On Letters and Diaries from the Writers, Exploring, Rereading and Questioning, etc., are all new research areas that the author has developed in his studies. If the discoveries of the historical materials form the foundation of the study, the interpretation of them will demonstrate the values of the historical materials, which is the only way to mine out the spirits implied in the historical materials, and uncover the hidden historical contents. The integration of discovery and interpretation of the historical materials makes it possible to unify the researchers' methodologies of going back to the "genuine" raw materials and extracting and interpreting the information from their individual perspectives, which will promote overall quality of the researches.

With the subtitle "An Account of the Exploration of the Historical Materials of the Modern Chinese Literature", the author intends to reveal the efforts on how to turn the researches into lively and fruitful activities by mingling the study of the literary historical materials with the real life activities. The characters who appeared in Sections "Talks with Writers" and "Snapshots of Scholars" are both scholars in the studies of literary history materials in modern Chinese literature and the subjects in the studies. Approaching them, talking with them, questioning and consulting with them, and listening to their comments on the studies about their works make us to obtain not only new "discoveries" of the historical materials, but new views and perspectives on interpreting the materials.

This book can be considered as a companion volume of "The Study of Historic Materials in Modern Chinese Literature" (Shanghai Central West Publisher, 2013) from the author. This book exposes the historical material with details, while the previous book describes the core components of the studies of the historical material in modern Chinese literature.

目 录

脆弱的软肋
　　——略论现代文学研究的文献问题（代前言） ……………… 1

综合研究

建立现代文学的史料学 ………………………………………… 3
一个被遮蔽的文学世界
　　——解放区另类作品考察 ………………………………… 7
《师陀全集》编校余墨
　　——兼及现代作家文集编辑中的若干问题 …………… 20
静悄悄地行进
　　——论 90 年代的解放区文学研究 ……………………… 39
从左翼文艺到工农兵文艺
　　——对进入解放区左翼文艺家的历史考察 …………… 54
由资料征集到学术创新
　　——小议三十年来的现代文学史料研究 ……………… 65
从史料入手深化延安文艺研究 ……………………………… 72

报刊研究与版本考释

现代文学期刊研究的综合考察 ……………………………… 77
新发现的一批七月派史料
　　——《中国时报》文学副刊一瞥 ………………………… 91
文化期刊中的文学世界
　　——从史料学的视点看《东方杂志》 …………………… 103
现代诗歌研究的隐忧
　　——何其芳《叹息三章》修改三例 ……………………… 118
《在延安文艺座谈会上的讲话》版本考释 …………………… 123

作家书信日记研究

论现代作家日记的文学史价值
　　——兼析研究中存在的两个问题…………137
《鲁迅日记》中有关曹靖华记载的若干考释…………158
关于师陀致巴金的三封信…………164
王实味、丁玲与延安文学新潮…………169
现代作家致师陀书信叙录…………186
姚雪垠致刘增杰…………201

作家访谈

初春时节话《谷雨》
　　——萧军访问记…………215
田间病中一席谈…………222
漫长的诗歌之旅
　　——阮章竞访谈录…………225
赵毅敏在鲁艺二三事…………235
《西北文艺》与晋绥文坛
　　——亚马、卢梦关于晋绥文学活动的回忆…………239
文学生命之始
　　——姚雪垠在河南大学…………244
返乡十日
　　——师陀访谈录…………251
与夏志清先生讨论师陀…………261

学人掠影

论任访秋著《中国现代文学史》（上卷）的学术价值…………269
他是一位这样的引路人
　　——忆王瑶先生…………279
读史碎语…………288
一尊永驻心头的精神雕像
　　——怀念樊骏…………293

于平静里寓波澜
　　——读《延安鲁艺风云录》……………………………………… 301
志熙印象（代序）…………………………………………………… 306
凝思于古典与现代之间
　　——序关爱和《中国近代文学论集》…………………………… 310

钩沉·重读·质疑

《豫报》所刊鲁迅早期著作的两个广告 ………………………… 317
我所见到的三期《文艺月报》……………………………………… 321
孙犁的九篇佚文 …………………………………………………… 330
小刊大气象：重读《晋察冀文艺》………………………………… 334
独具个性的创作与文学批评的偏颇
　　——回望前期创造社 ……………………………………………… 341
略说纪有康
　　——我读《腊月二十一》………………………………………… 349
喜读《我们需要一些新的添加》…………………………………… 353
《种谷记》的文化意蕴 ……………………………………………… 355

地域文化研究

风雨五十年
　　——20世纪上半叶的河南文学…………………………………… 361
关于《精神中原》的通信 ………………………………………… 386
虚词务去　个性必张 ……………………………………………… 390
走进中原学术的桥梁
　　——由郎焕文编《历代中州名人存书版本录》说开去………… 393

学术自述

路上
　　——我的学术经历 ………………………………………………… 399
略论现代文学史料研究中的几个问题
　　——刘增杰先生访谈录 …………………………………………… 412
三点随想（代后记）………………………………………………… 427

Contents

The "Soft Ribs"
　　—A brief overview of the issues in the literary historical materials
　　　of modern Chinese literature research (Preface) ……………… 1

The Comprehensive Studies

Establishing Literary Historical Material Researches in the Modern
　　Chinese Literature ………………………………………… 3
A Hidden World of Literature
　　—An investigation of unconventional literatures in the
　　　Liberated Zone ……………………………………………… 7
Comments on the Compilation of "A Complete Collection of the
　　Work of Shi Tuo"
　　—With additional remarks on a few issues in the compilation
　　　of the literature works of writers of modern literature ………… 20
Quiet Movement
　　—Remarks on the studies of the Liberated Zone
　　　literature in 1990s ………………………………………… 39
From Left Wing Literature to the Literature for Workers,
　　Peasants and Soldiers
　　—A historical view on the left-wing writers who moved
　　　into the Liberated Zone ……………………………………… 54
From Material Collection to Academic Innovation
　　—A brief discussion on the study of literary historical
　　　materials in the past 30 years ……………………………… 65
Advancing the Research on the Literature and Arts in Yan An from

the Literary Historical Materials ········· 72

Studies on the Newspapers, Journals and their Editions as Historical Materials

Overview of the Studies on Modern Literature Journals ········· 77
Newly Uncovered Historical Materials Related to "The July Club"
 —A swift look into Literary Supplements of "China Times" ······ 91
The Literary World Appeared in Cultural Journals
 —Eye on "Journal of the East" from
  Historical Material Studies ········· 103
Certain Concerns with the Study of Modern Poetry
 —Three instances of editing on the "Three Chapters of Sigh"
  written by He Qi Fang ········· 118
Verification and Interpretation of the Editions of "The Talk at Yan
  An's Forum on Literature and Art" ········· 123

On Letters and Diaries from the Writers

On the Values of Writers' Diaries in Literature History Study
 —Together With the analysis of two existing issues
  in the research ········· 137
Several Investigations on the Depiction of Cao Jing Hua in
 "Lu Xun's Diary" ········· 158
On the Three letters to Ba Jin by Shi Tuo ········· 164
Wang Shi Wei, Ding Ling and the New Literature Movement in
Yan An ········· 169
Remarks on the Letters to Shi Tuo from the Writers of
 Modern Literature ········· 186
A Letter to Liu Zeng Jie from Yao Xue Yin ········· 201

Talks with Writers

Talking about "Grain Rain" in Early Spring
 —A visit to Xiao Jun ········· 215

A Talk with Tian Jian in his Illness ················· 222
A Long Journey of Poetry
　　—An Interview with Ruan Zhang Jing ················· 225
A Few Small Stories about Zhao Yi Min in Lu Xun Arts College ········· 235
"Northwestern Literature and Arts" and JinSui Literary Circle
　　—Ya Ma and Lu Meng's reminiscences about JinSui
　　literary activities ················· 239
The Beginning of his Life in Literature
　　—Yao Xue Yin in Henan University ················· 244
Ten Days of Home Stay
　　—An interview with Shi Tuo ················· 251
Talking about Shi Tuo with Mr. Xia Zhi Qing ················· 261

Snapshots of Scholars

On the Academic Values of "The History of Modern Chinese Literature"
　　(The First Part) by Ren Fang Qiu ················· 269
He led the way
　　—In memory of Mr. Wang Yao ················· 279
Sparkling on Reading History ················· 288
A Statue Ever Standing in my Heart
　　—In memory of Fan Jun ················· 293
The Currents beneath the Calm Surface
　　—Reading "The Years in Yan An Lu Xun Arts College" ······ 301
Impressions about Zhi Xi (Preface) ················· 306
Meditating the Literatures: Between the Classical and Modern
　　—Preface of "A Collection of the Articles on Modern Chinese
　　Literature" Written by Guan Aihe ················· 310

Exploring, Rereading and Questioning

Two Advertisements of Lu Xun's Early Work on "Yu Bao" ············· 317
Three Issues of "Monthly Journal of Literature and Art"
　　That I have read ················· 321

Nine Lost Articles of Sun Li 330
A Small Magazine with Great Influence: Rereading "JinChaJi
    Literature and Art" 334
Unique Literary Creation with the Bias in Literary Criticism
    ——A Retrospective Look on the Early Times of Creation
    Society 341
Brief Remarks on Ji You Kang
    ——Reading "The Twenty Second of Lunar December" 349
An Attentive Article: "We Need Some New Additions" 353
The Cultural Implications of "The Story of Growing Grains" 355

Studies of Regional Cultures

An Arduous Journey in Fifty Years
    ——Henan Literature in the First Half of the 20th Contrary 361
The Correspondences on "Spiritual Central Plain" 386
Abandon the Hollow Content and Open the Path to Character 390
On the Pathway to the Academic Hall of the Central Plain
    ——Elaborating the merits of "The Catalogs of All Time Books
    Preserved by Eminent People of the Central Plain" Compiled
    by Lang Huan Wen 393

Self Narratives on My Academic Works

On the Road
    ——My academic experience 399
Brief Discussions on Issues in the Studies of Historical Materials in
    Modern Chinese Literature
    ——A Talk with Mr. Liu Zeng Jie 412
Three Pieces of Reflections (Postscript) 427

脆弱的软肋

——略论现代文学研究的文献问题(代前言)

一

文献是一切历史研究的根据。从某种意义上说，对相关文献①占有、把握、理解的程度，往往直接决定着一篇论文或一部著作的学术质量。文献的匮乏和讹误，是"五四"以来现代文学研究存在的问题之一，或者可以说，文献问题是文学生成研究中脆弱的软肋。早在"五四"之后，一些学者在实践中已经清醒地意识到文献对研究的决定性作用。梁启超断言，"史料为史之组织细胞，史料不具或不确，则无复史之可言"。② 朱自清把那些忙于建构系统、体系的著作称作架子书，说"这些架子书是不能支持长久的：没有东西填进去，晃晃荡荡的，总有一天会倒下来。"③ "晃晃荡荡"说的就是文献的不实在、不踏实。20 世纪 40 年代以后，现代文学研究的文献问题有越来越突出之势。其存在的问题约有如下数端：

第一，粗枝大叶，史实讹误。史实有误，研究就失去了最基本的前提，研究的学术价值必然受到严重的损害。师陀(芦焚)是 30 年代出现的一位具有独特艺术个性的作家。1936 年 5 月，他的第一部短篇小说集

---

① 广义地讲，文献是记录有知识的一切载体。本书所使用的文献概念，主要指前人的文献记录以及历史残留遗物等文化、文学史料。为了行文方便，有时也把文献史料放在一起使用。题目上的"软肋"取比喻意义，泛指研究的薄弱部分。

② 梁启超：《中国历史研究法》，《饮冰室合集·饮冰室专集之七十三》，中华书局 1989 年版，第 36 页。

③ 朱自清：《论青年读书风气》，《朱自清全集》第 4 卷，江苏教育出版社 1990 年版。转引自徐雁平《胡适与整理国故》，安徽教育出版社 2003 年版。

《谷》，收入巴金主编的文学丛刊第二集，由文化生活出版社出版。1937年5月，《谷》获《大公报》文艺奖金。1937年1月，师陀的第二部短篇小说集《里门拾记》收入巴金主编的文学丛刊第四集，由文化生活出版社出版。而一部权威的中国现代文学史著作，在评论师陀小说艺术风格的发展历程时却作了这样的叙述："芦焚（师陀）的创作倾向，也与这些作家相近。他的《里门拾记》反映了故乡河南的生活：'绅士和老爷'的横行，'老实的庄稼汉子'的受难，具有浓厚的乡土气息。作者善于描摹世态，刻画风习，而时复带着揶揄的口气，具有鲜明的个人风格。在后出的《谷》、《落日光》、《野鸟集》等作品里有更显著的发展。其中的《谷》，以其'糅合了纤细与简约的笔……创造了不少真挚确切的人型'，获得了《大公报》的文艺奖金。"① 就这样，研究者颠倒作品出版时序，把师陀的第二部短篇小说集误认为第一部短篇小说集加以评论，而把第一部短篇小说说成是师陀第二部短篇小说集创作上"更显著的发展"。史实的错误使这样的分析完全丧失了学术价值。

一部解放区文学史也犯了类似的错误。该书这样介绍小说《晴天》的作者："学者王力（1900—1986）著有小说《晴天》，写一个叫太平庄的村子为发动群众实行二五减租进行了艰苦的工作，斗争终于取得了胜利，赢来了太平庄的晴天，较好地反映了当时农村阶级斗争的情况。"② 这段介绍有明显的错误：首先，解放区小说《晴天》的作者不是学者；其次，解放区小说《晴天》作者王力，江苏淮安人，生于1921年而不是1900年。显然，这部解放区文学史把学者王力当成了《晴天》的作者王力。学者王力，广西博白人，著名语言学家，教授，他从来没有在解放区生活的经历，更没有创作过《晴天》。文献的差错不仅使《晴天》的研究失却了根据，也造成了整部解放区文学史可信度的降低。

第二，不重视阅读原始文献，轻率地使用第二手资料。在何其芳抒情诗研究中，一位现代文学史家就因为过分依赖第二手资料而使自己的研究陷入了困境。1942年4月3日，何其芳在《解放日报》发表了题为《我想谈说种种纯洁的事情》、《什么东西能够永存》、《多少次呵我离开了我日常的生活》的《诗三首》。何其芳追求革命的赤诚，在新时代与旧生活

---

① 《中国现代文学史》（二），人民文学出版社1979年版，第282页。
② 《中国解放区文学史》，海峡文艺出版社1994年版。

的告别,在诗中有着生动的反映。

诗作发表后,延安文艺界展开过热烈的争论,诗作受到了一些人苛刻的批评。在香港,《诗三首》也受到了文学史家司马长风的误解。在《中国新文学史》① 中,司马长风把何其芳表现自己心灵变化历程的《诗三首》,说成是"有胆写讽刺诗"来讽刺现实的判断,固然是一种误读(因为何诗中并不存在任何讽刺的情愫);更成问题的是他对原诗所作的不能允许的摘引。以下是该书所引何其芳的诗句:

年青的同志们:我们一齐走到野外去吧,
……
走到遥远的没有人迹的地方,
把我自己投在草地上,
我像回到了我最宽大、最会抚慰人的母亲的怀抱里,
她不说一句话,只是让我在她怀抱里痛哭一场。
……
一直到完全洗净了我心里的一切繁琐、重压和苦闷。
……
而完全忘记了世界是一个地狱,
而所有的人都是无罪的囚徒。

司马长风摘录的第一行诗,是何其芳《诗三首》中的第一首《我想谈说种种纯洁的事情》中的倒数第三行。第二行起的四行,则来自第三首《多少次呵我离开了我日常的生活》的第四行至第七行。中间隔了三行之后,又引出一行"一直到完全洗净了心里的一切繁琐、重压和苦闷"("苦闷"在原诗中是"苦恼")。又隔行,才是所引用的最后两行。像这样把何诗的第一首和第三首中的个别诗句随意拼接的研究,当然和何其芳诗作的原意相去十万八千里。何诗"无罪的囚徒"一句之后,原是逗号而非句号。一个标点的改动,几乎使诗完全变了味。因为在"无罪的囚徒"一句后面,何其芳接着强调:但很快地我又记起了我那现实的生活,那发着喧嚣的声音和忙碌的生活,我是那样爱它,我一刻也不能离开它。

---

① 司马长风:《中国新文学史》下卷,香港昭明出版社有限公司1978年版,第37、38页。

我愿意去负担，我愿意去忍受，我愿意去奋斗。我不能接受个人的和平和幸福的诱惑和拥抱！在这些诗句里，一个严于律己、心地纯洁、情感高尚的诗人形象跃然纸上。这才是何其芳抒情诗的真谛和诗的艺术感染力之所在。司马长风的上述研究只能对读者造成严重的误导。造成司马氏判断失误的原因是值得思索的。仔细考察，上述对何诗的拼接，并非出自司马氏之手，而是他使用第二手资料所造成的。司马长风并没有见过《诗三首》，他使用的材料来自中国台湾"中华民国国际关系研究所"编印的《中共史论》第4册第408页至第409页。在20世纪尖锐复杂的政治斗争、意识形态斗争中，党派集团利益至上的基本格局，直接制约着学术研究、学术讨论的平等和公正。党派偏见使《中共史论》编者不顾事实，将他们视为敌对方的作品任意拼接编造，对何诗作了非学术化的歪曲，不但欺骗了一般读者，也蒙住了文学史家司马长风的眼睛。没有史实的空论，无法为文学史著提供充分的学术营养，它不过是没有生命之根的假花。轻信第二手资料造成论述失误的现象绝非个别现象。这些失误警示人们：阅读第二手资料不加核对，就很容易陷入别人的话语场中而不能自拔，进而丧失学术个性，被别人牵着鼻子走。

　　第三，混淆学术论争和政治斗争的界限，以尊重事实为前提的学术规则受到了漠视。由于学术分歧受学术以外意识形态分歧所左右，一些研究成绩斐然的文学大家，有时也不能以事实为根据客观评价文学的是非功过。他们以语言霸权心态从事的研究，结论当然经受不住历史的考验。郭沫若20世纪40年代撰写的某些批判文章，写得就火气很盛，对论战对方充满剑拔弩张的敌意，而无学术论争心平气和的真诚。这些文章由于史料的疲软而失去了亲和力。在声色俱厉地批判所谓"蓝色文艺"（指特务文艺）的代表人物朱光潜时，郭沫若竟说："抱歉得很，关于这位教授的著作，在十天以前，我实在一个字也没有读过。为了要写这篇文章，朋友们才替我找了两本《文学杂志》来，我因此得以拜读了他的一篇《看戏与演戏——两种人生理想》（二卷二期）"。① 这实在是一种奇特的现象。对于朱光潜大量的文章和著作不屑一顾，十天以前连一个字也没有读过，为了批判朱光潜才读了他的一篇文章，却可以写出长篇大论的批判文章，这样的学术态度，批评风格，在平常时期是不可想象的。以郭沫若在文坛所

---

① 郭沫若：《斥反动文艺》，《大众文艺丛刊》1948年3月第1辑。

处的地位，他的这种对学术的政治裁决，不仅在当时不能说服被批判者和读者，甚至还会在被批判者乃至整个学术研究者的心理上留下长长的阴影。

在对抗战文艺进行总体评价时，茅盾的研究有时同样表现出一种不顾事实的武断。抗战胜利后不久，在总结八年来抗战文艺的历史经验时，茅盾说："我们即使说过去八年的文艺工作主要毛病是右倾，大概也不算过分吧？"① 其实，茅盾当时所下的这一断语是很值得商榷的。姑且不论在文学批评范围内用"左"倾、右倾这一类的政治概念来替代对文学自身的审美分析显得理论上的苍白；即以事实而论，这一结论也和抗战文艺运动发展的实际相去甚远。阅读这一时期的批评论文，我们直接感受到的，是当时批评的严厉，以及在二元对立意识下作家们特有的警惕目光。在抗战初期众口一词强调文艺的宣传教育功能时，文艺批评家几乎都以势不两立的态度来批判"艺术至上主义者"。把这些所谓的"艺术至上主义者"，视为"汉奸的一种"，判作"非国民的态度"，宣布为"丧心病狂的人"。② 随后，对于文艺上被视为异端思想的批评，更日渐严厉。批评家竟至指名道姓，攻击一些作家的作品"是非常有毒的足以消灭千千万万的革命者的斗志的瓦斯弹"，是在汪精卫思想影响下，作家"潜伏着的劣根性的发作，用各种各样的方法，倡为异说，以动摇抗战"，斥责这些作家"不是中国人"，他们的言论的"结论所含的毒素，却比白璧德的徒子徒孙梁实秋直白的要求，更多！更毒！而且手法也更阴险了！"③ 对当时存在的这些脱离实际的所谓批判，茅盾非但没有抵制、制止，反而把抗战文艺说成是"右倾"。很显然，这一批评同样犯了不尊重事实的历史性错误。抗战文艺"右倾论"至今仍是现代文学理论研究亟待清理的积案之一。以政治裁判代替学术讨论的现象，一段时间内在解放区也表现得相当突出。对王实味的批判，显然有着解放区内外特别复杂的因素。单从文献的角度看，这场批判运动事实上一开始就脱离了学术研究的正常轨道。为什么批判王实味呢？批判会的主持者公然宣称："王实味是什么人？根据

---

① 茅盾：《八年来文艺工作的成果及倾向》，1946年1月《文联》创刊号。
② 《抗战以来的文艺活动动态和展望》，《七月》1938年第7期。
③ 《文艺阵地》1938年第3卷第1期。

同志们在座谈会揭发了的许多事实，证明他是一个托洛茨基分子。"① 未经核实，人们在座谈会上即席发言"揭发"的"事实"，就可以"证明"一个人是"托洛茨基分子"从而置人于死地的运作方式，这种非学术的学术批判，当时不仅制造了王实味冤案，而且 1950 年以来学术研究中发生的诸多事件，也都和这一思维习惯和运作方式有关。权力盖过了真理。政治运动式的"学术研究"没有对文献、对史实的尊重和敬畏，它的后果是灾难性的。

值得提出的是，就学术的角度来说，王实味事件的文献问题至今并没有真正澄清。如有的论者认为，从批判王实味开始，"康生就插了一手"，"随着对王实味问题的揭发，批判逐步升级，毛泽东等领导人对他的问题的认识也逐渐发生了变化"，在延安文抗理事会接受了群众要求开除王实味会籍的动议后，"毛泽东也接受了王实味是托派分子的说法"。② 论者提出的毛泽东被动地"接受""王实味是托派分子的说法"的结论，似仍需要充分的史实作依据。事情也许远为复杂。看来，彻底廓清王实味问题，可能还要进一步从发掘和辨析文献入手。不阅读原著妄下断语，当然不仅仅是 20 世纪 40 年代意识形态冲突空前尖锐时期的伴生物。早在 20 年代，这种虚浮学风事实上已经在学界有所抬头。比如，1926 年陈西滢就宣告：鲁迅的《中国小说史略》，是窃取了日本盐谷温教授著《支那文学概论讲话》里面的"小说"部分。对此，鲁迅后来在《且介亭杂文二集》后记中反驳说："现在盐谷教授的书早有中译，我的也有了日译，两国的读者，有目共见，有谁指出我的'剽窃'来呢？呜呼，'男盗女娼'，是人间大可耻事，我负了十年'剽窃'的恶名，现在总算可以卸下。"③

学术研究不以文献为前提，有形无形地受意识形态主流声音的制约，甚至直接演绎政治观念，不仅使研究的知识密度不足，写不出客观的、完备的、因而具有稳定性的学术著作，而且还会造成文献原有意义的瓦解。

第四，在编辑、出版作家著作的过程中，较普遍地存在着任意删改原作现象。20 世纪中叶以后，出于多种原因，文学史料和作家作品的出版，

---

① 逻迈：《论中央研究院的思想论战——从动员大会到座谈会》，《解放日报》1942 年 6 月 28 日。
② 高新民、张树军：《延安整风实录》，浙江人民出版社 2000 年版。
③ 《鲁迅全集》第 6 卷，人民文学出版社 1981 年版，第 450 页。

一直存在着范围广泛的修改原作现象。如有的学者提出的"绿皮书工程"①，又如一位青年学者在现代长篇小说考察中列举的具体实例②等，都对这一现象进行过富有创新性的研究。在当前作家选集、文集、全集竞相出版之时，任意修改、删改原作的现象更日显突出。

《老舍全集》19卷本③出版后，老舍研究者张桂兴出版了52万余字的《〈老舍全集〉补正》。④该书对《老舍全集》"指正数千处错误，补充十几万字文稿"。⑤根据《〈老舍全集〉补正》提供的资料考察，人们看到，1999年版《老舍全集》除政治性的改动较多外，许多改动还多涉作家的思想变化，添加了作家深刻反省、自觉改造的内容，遮蔽了作家在特定语境下的时政性言论（今天看起来特别刺眼的言论）。如1950年8月20日刊于《人民日报》的《老舍选集·自序》说，"我的温情主义多于积极的斗争，我的幽默冲淡了正义感"。到了19卷本《老舍全集》，作者这句客观的自评，则变成了一大段痛苦的自责："最糟的，是我，因对当时政治的黑暗而失望，写了《猫城记》，在其中，我不仅讽刺了当时的军阀，政客与当时的统治者，也讽刺了前进的人物，说他们只讲空话而不办真事。这是因为我未能参加革命，所以只觉得某些革命者未免偏激空洞，而不明白他们的热诚与理想。我很后悔我曾写过那样的讽刺，并决定不再重印那本书。"老舍1957年9月22日在《人民日报》撰文《白石夫子千古》，悼念齐白石先生。在《老舍全集》中，文章把有关反右派的内容一律删去了。如删去："夫子病逝的时候，正值北京国画界进行着反右派斗争。国画界的右派分子的首要罪行，即在打击新生力量，打击新的创造，以便他们抱残守缺，而自居优良传统的继承人与保卫者，称霸画界，垄断市场。他们既破坏了团结，又阻碍了绘画的向前发展。他们与白石夫子所走的显然不是同一道路。他们的小集团，恶毒地攻击集团以外的一切画家。这又与白石夫子完全不同。"紧接上文又删去：（我切盼国画界）"能够深入再深入地继续反右派斗争，彻底打垮反党反社会主义的小集团。"

---

① 参见杨义《五十年代作家对旧作的修改》，转引自中国人民大学资料复印中心《中国现当代文学研究》2003年第9期。
② 金宏宇：《中国现代长篇小说名著版本校评》，人民文学出版社2004年版。
③ 《老舍全集》，人民文学出版社1999年版。
④ 张桂兴：《〈老舍全集〉补正》，中国国际广播出版社2001年版。
⑤ 王任：《呕心沥血舍予情——记老舍研究专家张桂兴教授》，《现代教育导报》2002年11月21日。

这些涉及老舍不同时期思想状态的内容，当然是不宜作轻易改动的。退一步说，如果一定要作适当的改动，也必须向读者作如实的说明。而《老舍全集》的编辑者却告诉人们："这次编辑《全集》，我们的一条总的原则就是要保持老舍创作原貌，现存老舍作品全部收入，没有撤去任何一篇。收入的作品除改正个别原版误植之处，不加任何删节改动。"① "不加任何删节改动"的承诺显然只不过是一句空话，它不但辜负了读者的信任，客观上也给老舍研究设下了陷阱。

《老舍全集》当然不是一个孤立事件。比如，《郭沫若全集》② 就同样存在着文献问题。有的研究者指出："历时十余年才完成的浩大工程《郭沫若全集》，细细翻检，其实并不齐全。其中不仅缺了译著、日记、书信等重要内容，而且在一些重要事由上，还对郭沫若文献、史料作了相当的'净化'"。③ 这位研究者还详细地列举了全集随着政治形势变化删砍、"净化"郭沫若著作的具体事例④，呼吁为中国现代文化界、学术界留下郭沫若的"一份完整的真实的历史资料"。

全集之外，近年出版的一些作家单行本，在版本的选择上也失误较多，此处不赘。任何作品都是一定历史时代的产物，是作家当时对生活理解的艺术表达。在动荡变化的时代，作家或者家属几十年以后对作品内容、语言、人物等作较大的修改，即使出于最良好的愿望，也有可能对作品原有的美学思想进行着修正。修改的背后有着强大的无所不在的主流意识形态潜在或明显的影响。考察具体作品可以看到，一般来说，初版本作者着意于表现人物的精神世界，和生活本身似乎存在一种耐人寻味的距离

---

① 舒济、王海波：《尊重历史，尊重大师——写在〈老舍全集〉出版之际》，载 1999 年 2 月 4 日《人民日报》（海外版），转引自张桂兴《〈老舍全集〉补正》作者代序，中国国际广播出版社 2001 年版，第 2 页。
② 《郭沫若全集》，人民文学出版社 1990 年版。
③ 税海模：《郭沫若资料学建设二题》，《郭沫若学刊》2003 年第 2 期。
④ 作者举例说，"文化大革命"中郭沫若像新中国成立以来的任何时期一样，对毛泽东亲自发动和领导的这场运动及出现的种种所谓"新事物"，无不写诗填词高声颂扬；他对当时所要打倒的"大工贼"、"走资派"刘少奇、邓小平等，当然少不了口诛笔伐！将上述这一切放在当时的历史语境中，全都是合乎情理、合乎逻辑的，要不这样反而不可思议。1984 年人民文学出版社《沫若诗词选》编入《郭沫若全集》（文学编）5 卷时，即不得不从中删削乱颂"文化大革命"、错批"异端"的不合时宜的"文化大革命"诗词 21 首。类似的情况，还有郭沫若 1959 年编辑出版的文艺论集《雄鸡集》，在 1984 年编入《郭沫若全集》时，也因个别文章不太和谐，如《斥胡风的反社会主义纲领》、《努力把自己改造成无产阶级的文化工人》，均未收入。

感，文字更见光泽，有隐蔽在字里行间的活力；而修改本则往往增加了贴近现实的功利性表述。即以语言而论，出于对流行的大众化风格的追求，向往于使自己的作品明白如话，大众一看即懂，修改后的语言在通俗化的同时，也就丢失了特有情境下浓烈的生活气息和感情冲击力，作品的思想力量也随之被弱化、稀释。鲁迅在谈到古人乱改前人著作的后果时说，"假如用作历史研究的材料，可就误人很不浅。"他还说："我也被这书瞒过了许多年，现在觉察了，所以要趁这机会揭发他。"① 到了晚年，鲁迅更明确指出，妄行校改是古书的灾难。他说，"清朝的考据家有人说过，'明人好刻古书而古书亡'，因为他们妄行校改。我以为这之后，则清人纂修《四库全书》而古书亡，因为他们变乱旧式，删改原文。今人标点古书而古书亡，因为他们乱点一通，佛头着粪：这是古书的水火兵虫以外的三大厄。"② 现代学者杨义对20世纪50年代出版的"绿皮书"的得失更有切中的剖析。他说，"当这批作家的文学思维趋于炉火纯青，驾驭笔墨得心应手，已经而且还能够进一步写出精品杰作，因而需要更广阔的文学创作空间的时候，却以一种把文学过于等同于政治的观点，使他们在修改旧作中装扮自己、割去尾巴或掉入幼稚观念的反刍，进而在写作题材和创作方法上改弦易张。这在某种意义上实际是在炉火纯青后另起炉灶，得心应手之后另学手艺，其间所造成的作家创作生命史上和文学发展史上的遗憾，是值得后人深刻反省的。"③ 初版本和修改本的差别是如此之大，如果不从文献上加以辨正，研究就只能在云遮雾障的误区中迂回，只有重视文献，增加原生态叙述的真实性、可靠性，文献的价值实现才会成为可能。

　　文献史料的匮乏，国内和海外华语文学研究者带有共同性。一位海外学者在谈到1990年春哈佛大学举办的讨论80年代中国文学和五四传统为重点内容的学术会议时指出："遗憾的是，海外学者目前虽有许多方式可以得到第一手资料，也接触不少大陆、台湾作家，但谈到研究时，就如同刘绍铭教授所述，仍脱不了'观光主义'的心态。"他认为，杜迈可（Michael Duke）的研究"虽有参考的价值，但因为史料考证方面存有不

---

　　① 《破〈唐人说荟〉》，《鲁迅全集》第8卷，第106页。
　　② 鲁迅：《病后杂谈之余》，《鲁迅全集》第6卷，第185页。
　　③ 参见杨义《五十年代作家对旧作的修改》，转引自中国人民大学资料复印中心《中国现当代文学研究》2003年第9期。

少漏洞，曾引起很多的批评"。① 看来，解决史料考证方面的"漏洞"，是海内外中国现代文学研究者面临的共同责任。

二

论者把文献问题比作现代文学研究中脆弱的软肋，当然不仅仅是指文献使用过程中出现的具体差错；更重要的还在于开掘文献背后的精神，打开文献潜在的历史内容，它所直接生发的新的意义，它给研究者提供的更为广阔的阐释空间。韦勒克、沃伦批评说，文献工作者"他们往往过分集中于材料的搜集和梳理，而忽略从材料中可能获得的最终含义"。②

这里所说的"最终含义"，指的应该是从文献、史料的考订和材料的编排出发，进而走向文献的深处，做到回到原初与充分发挥研究者主体性的统一。张桂兴《〈老舍全集〉补正》直言不讳地指正《老舍全集》难以弥补的"数千处错误"，自有其贡献，但研究却不能就此止步。如李书磊所说，《〈老舍全集〉补正》是"非常有趣味的一部奇书"，"给我们研究思想文化的变迁提供了有效的、有益的资料"。正是这些资料，使李书磊从老舍文章在不同年代不同的改动，觉察到了当时思想变化的蛛丝马迹。李书磊看到，作家解放初期歌颂的方式和语言是个性化的，到了思想改造以后，整个歌颂语言变得规范化了，知识分子从20世纪50年代初对新中国政治上的认同，开始要求思想上情感上的一致，"就树立形象的政治需要而言，个性化的歌颂虽然有感染力却也有危险性，因为它有时候会偏离歌颂对象的自我设计，带来失控。但规范化的歌颂说实话也是一把"双刃剑"，一方面它剔除了许多芜杂的东西，排除了很多危险性；但同时它也让偶像本身变得很脆弱了，对外来冲击没有抵抗力也使偶像变得很单调，丧失了丰富性与感染力。神圣化在某种意义上也是自我弱化的过程。"③ 显然，李书磊从张桂兴提供的文献出发，又超越文献所作的精到解读，使史料开始升华为发人深省的沉思。

---

① 王德威：《想像中国的方法》，生活·读书·新知三联书店1998年版，第352、355页。
② 韦勒克、沃伦：《文学理论》，刘象愚等译，生活·读书·新知三联书店1984年版，第49、50页。
③ 李书磊：《删改，也可以作为一种史料》，《中国现代文学研究丛刊》2004年第3期。

从文献（史料）出发，然后跨越文献直抵研究佳境的例子还可以举出许多。王丽丽的《在文艺与意识形态之间——胡风研究》就是近年胡风研究的一个突破性成果。温儒敏说："胡风一案，事出有因，查无实据，但因为与政治纠缠，长时期以来将错就错，罩上一层神秘的迷雾。这些年一些有关的材料逐步披露，证明是'查无实据'的冤案，却未能解析为何'事出有因'，谜团仍未能完全打破。"温儒敏认为，这部著作的贡献，"主要不是什么惊人的新材料，而是作者对胡风事件如何'事出有因'的周到的阐释。"① 在这里，阐释构成了提高学术品质的核心。

人们长期认为，解放区文学是工农兵文学创作的一统天下，工农兵文学以新的语言和形式表现人们精神风貌的作品使人耳目一新；但同时，解放区作品也给读者以单一化乃至贫困化的印象。解放区另类作品的整理、发掘，以及在此基础上诸如对思想上具有独异色彩作品的梳理，对解放区新出现的描写城市生活作品的阐释，对表现工农兵生活以外特殊题材作品美学价值的解读，从而使人们看到另类作品的个性与活力，开拓了工农兵文学新的表现领域。解放区另类作品的整理、研究，显然已经摆脱了纯文献、纯史料的表层意义的抒写，不仅仅是历史的实证分析，通过理性思辨文献开始改变着历史的叙述，展露出潜在的文化意义。② 王德威说过，"'文学史'的目标不仅是对文学史料作实证叙述，而且是正视文学虚构的本命，以及由此所折射的历史光影。"③ 这"折射的历史光影"就是文献生发学术最有趣的说明。但是，总体而论，文献生发学术的研究目前进展仍不够理想。这是在解决文献问题过程中不可忽视的重要侧面。

三

造成20世纪现代文学研究文献薄弱的原因是多重的。既有社会动荡、战争频繁的困扰，也有主观唯心史观膨胀所引发的弊端，还有文献管理体制的落后以及传统文献整理、研究方法和手段无法适应现代文化变革的需求，等等。各种因素纵横交错，彼此勾连，形成了现代文学文献建设长期

---

① 温儒敏：《序一》，《在文艺与意识形态之间——胡风研究》，中国人民大学出版社2003年版。
② 刘增杰：《一个被遮蔽的文学世界——解放区另类作品考察》，《文学评论》2003年第6期。
③ 王德威：《现代中国小说十讲》，复旦大学出版社2003年版，第3页。

滞后的局面。

文献的匮乏和战乱有着直接关系。特别是 20 世纪日本侵略者发动的侵华战争，是一场巨大的民族浩劫，文献史料的破坏更是毁灭性的。

如果说战乱是造成 20 世纪上半叶文献滞后的一个重要原因；那么，下半叶出现的诸多文献失误则和人们思想观念的褊狭有关。革命的胜利造成了一些人的错觉，甚至以为在学术上也可以心想事成、随心所欲，什么事不凭材料而靠主观想象就可以做得到；加上运动不断，一场一场的运动使研究者处于一种像沈从文所说的"避灾免祸"①的精神状态。"避灾免祸"的心态助长了不尊重史料的媚俗趋时倾向的发展。一场史无前例的"文化大革命"，实际上是对中华民族文化的一场大摧残。还要看到二十多年来市场经济大潮到来对文学研究的冲击。原始积累的野蛮性和暴发户心理反映在研究上就是浮躁、急功近利风气的膨胀。出版物越来越多，但水分也越来越大。如果说主观主义盛行、搞运动使研究者处于"避灾免祸"的状态，被迫启动其生命自我保护机制，不在乎史料，写些不痛不痒的文章；那么由于经济收入上的反差，使一些人很难认真地"坐冷板凳"甘心再寂寞地去做文献、史料搜集、研究这类无利可图的工作了。

文献档案管理制度不能适应变化了的新形势，同样是现代文学文献匮乏的原因之一。一份普通的文献，一旦被列入保密范围，就解密无日，其保密时间之长，常常以三十年、五十年为计，从而使一些文献在研究者视野之内消失。文献档案部门或借口保密把借阅者拒之门外，或缺乏服务意识，甚至在潜意识里把文献据为部门所有，奇货可居，唯恐研究者窃了他们的看家宝贝，抢了他们的饭碗。文献本为研究之公器，却变相地为单位或私人所占有攫取，迫使研究者为了查寻材料，不得不奔波于旅途，往往被搞得身心疲惫，却收效甚微。档案管理制度没有根本性的改革，包括现代文学在内的社会科学研究文献问题的解决就永无时日。现代生活的复杂性带来了文献工作的复杂性。这也是造成文献问题日益突出的因素之一。由于传播方式的变化，在现代，"日常的文学生活是以期刊为中心展开的"。②期刊成了文学作品的主要载体，这就使作品、史料的校勘和传统的校勘发生了根本性的变化。我国历史悠久，典籍丰富，从事校勘的学

---

① 沈从文在一封至今尚未公开发表的致师陀的长信中说，"世事既然如此，弟因此一人历史博物馆即三十年不移窝。名分上为研究文物，事实上作一合格公民，避灾免祸而已。"

② 本雅明：《发达资本主义时代的抒情诗人》，生活·读书·新知三联书店 1989 年版。

者,多熟读经史,校理群书,无不精密。但他们的校勘,多限于考订文字,订伪补脱。新的时代对校勘的要求已经不完全是从文字到文字,从书本到书本,校勘开始和社会调查、访问知情者等多项社会实践活动相结合,并运用新的校勘手段,扩展着自己的活动空间。以《师陀全集》校勘为例,在"以期刊为中心"的研究现实面前,就出现了较传统校勘远为复杂的情形:一是同名异文。即作品篇名相同,而内容却是完全不同的另一篇文章。例如抗日战争时期,师陀以芦焚的笔名在解放区和上海分别发表了两篇内容各异的散文《八尺楼随笔》。多亏笔者亲手核查了两篇《八尺楼随笔》,才避免了把两篇文章当作一篇的差错。二是异名同文。这一现象在师陀的作品里出现几十篇之多。有时一篇文章三次改换题目。在阅读作品时如不加以考辨,就会使研究者误以为是不同的文章。三是作者署名相同而实际上是不同作者之文。1942年3月、4月就有人在上海《中华日报》连续发表署名芦焚的论文《诗与节奏》。在抗战时期的大后方,也有又名"向烽"的芦焚在活动;在杭州的刊物上也还出现过另一个"芦焚"。假芦焚的招摇过市,才逼使芦焚发表声明,改笔名为师陀。①这种鱼目混珠的现象提醒人们,只有加强作家作品的考证工作,才能避免因署名相同而造成的错误。四是声东击西,以假乱真。1943年3月,芦焚发表了一篇通讯《华寨村的来信》。人们知道,华寨村是师陀家乡村庄的名字,即河南省杞县华寨村。《华寨村的来信》除了说明自己在河南乡间的苦闷心境外,还特意抄录一段上海小报消息,描述芦焚在乡间"养鸡种豆,弃绝笔墨"的情状。整个抗日战争时期,师陀从来没有回过故乡,怎么会从华寨村给上海写信,并有小报记者的这段消息?带着疑问笔者专程请教了师陀。原来,这篇故意制造的小报消息,完全是师陀自己一手炮制,以便在生存空间逼仄的上海保护自己,迷惑敌人。多亏访问了作者,这团乱麻才没有打成死结。五是作品体裁互换。师陀突出的艺术风格,是小说的散文化,散文的小说化。用他自己的话来说,叫作"写出来的短篇小说有点像散文,散文又往往像短篇小说,没有一篇合乎规定的标准","既然没有一篇合乎规定的标准,我便把它们称为'四不像'"②。实际上,体裁互换曲折地折射出了作家的美学追求。我们尊重作者对文体

---

① 参见师陀《致"芦焚"先生们》(1948年文化生活出版社版《马兰》)。师陀在文中声明,要将笔名芦焚,奉送给"汪记《中华日报》上的'芦焚'"。
② 师陀:《谈风格》,《文艺报》1983年第12期。

的理解。但在收入全集时则要核对作品发表时的情况，原文发表时是小说归类于小说，是散文编入散文集，而不在意作者后来的变更。六是版本问题。现代不少作品鸿篇巨制，其版本校勘更非传统校勘经验所能范围。与现代社会的文化建设相适应，应该在实践（包括古人和今人的实践）的基础上，逐步实现从传统校勘学向现代校勘学的转变，建立起新的现代中国校勘学。对诸如现代校勘学的性质、任务和研究对象，现代校勘学的原则与方法，现代校勘学的基本操作规范等问题，在取得一致认识或接近一致认识的基础上，实现"古典文献学与现代文献学的交融"。①

师陀研究涉及的文献问题当然无法概括现代作家文献研究的全部复杂性。例如，现代社会的公共空间本来是官场以外的声音，可是公共空间却时常有官方意识的代表以非官方——读者的身份的潜入，造成民意扭曲，公共空间质变。比如解放初期开展对萧也牧《我们夫妇之间》的批判中，《文艺报》负责人冯雪峰就化名李定中以读者的身份写了《反对玩弄人民的态度，反对新的低级趣味》，加入了反对萧也牧的合唱。公共空间的变形，提醒研究者在文献面前，必须保持足够的冷静和清醒的识别。还有的研究者提出警惕"伪史料"问题。指出：随着当事人"回忆录"的大量涌现而产生的为数远非个别的"伪'史料'"，其害处不下于"史料失记"。②

末了，还应该特别提及人们对文献研究的偏见以及那种贬损文献研究者的根深蒂固的陋习。默默无闻地致力于文献建设者，却时常不被人理解，甚至受到讥讽、嘲笑，可能也是许多人不屑于史料工作的一个原因。鲁迅曾经动情地描述过他搜罗《小说旧闻抄》史料时的心情："时方困瘁，无力买书，则假之中央图书馆，通俗图书馆，教育部图书室等，废寝辍食，锐意穷搜，时或得之，瞿然则喜，故凡所采掇，虽无异书，然以得之之难也，颇也珍惜。"当《中国小说史略》出版后，鲁迅"复应小友之请，取关于所谓俗文小说之旧闻，为昔之史家所不屑道者，稍加次第，付之排印，特以见闻虽隘，究非转贩，学子得此，或足省其重复寻检之劳焉而已。"但鲁迅治史料的辛劳却不被时人理解，他对此感慨系之，"而海上妄子，遂腾簧舌，以此为有闲之证，亦即为有钱之证也"。③ 国外也有

---

① 潘树广：《论古典文献学与现代文献学的交融》，《苏州大学学报》2000年第4期。
② 龚明德：《令人忧心的"伪'史料'"》，《人民日报》1988年3月11日。
③ 《小说旧闻抄》再版序言，《鲁迅全集》第10卷第146页。

类似的情形。韦勒克就指出过史料工作者"曾受到过不应有的嘲笑,说它们学究气","往往被称为'高级校勘'(highercriticism)这个不甚恰当的术语"。① 因此,加强文献工作,首先应该做的,是转变人们的观念,走出轻视治文献者的误区。当然,从观念上重视文献,到转化为具体的研究实践,往往需要更多的时日。20 世纪 40 年代绵延至今整体上忽视文献现象的彻底消除,绝不可能是轻而易举的。文献建设需要的是耐心和韧性。只有如此,脆弱的软肋才有可能变为强健的理论骨骼,研究的科学性目标才可能真正实现。

(载《文学评论》2006 年第 6 期,
《新华文摘》2007 年第 5 期转载)

---

① 韦勒克、沃伦:《文学理论》,刘象愚等译,生活·读书·新知三联书店 1984 年版,第 49、50 页。

综合研究

建立现代文学的史料学

20世纪，为现代文献学、现代文学史料学的建构，很多前辈做出了可贵的努力。梁启超的几部学术史著作，总结清代汉学治学的基本经验，就是厌倦宋明理学的主观而倾向客观的考察，这些基本经验对现代学者的一个启发，就是应首先从文献史料入手来加强学术的科学性。现代学术的开创者之一胡适提出的所谓大胆的假设与小心的求证，这求证靠的就是文献史料，而且他自己现身说法身体力行。我记得他在《白话文学史》上卷自序中谈到对史料工作的体会，他讲了三种感受和做法，一是在写作过程中发现更新的史料马上就吸收到写作的文本当中，写完了又发现更新的史料就把这些放在注释中，出版后又发现新史料，那么就把它放在正误表里来解决，可见他对史料很重视。鲁迅先生的《中国小说史略》，第一篇就是史家对于小说之著录及论述，也是把史料把握放在第一位。后来我读唐弢先生的《晦庵书话》，其中有一句话给我很深的印象。唐先生说，书话"史料的记录多于内容的评论"，用材料来说话。王瑶先生的《中国新文学史稿》本身就是对我们无声的启示，一部《中国新文学史稿》史料的丰富至今无人可比。我来北京参加史料会之前还读了陈平原先生的一篇文章，题目叫《文学史家的报刊研究》，讲北京大学老师们读报刊的经验，透露出一个很重要的特点。陈平原有一个论断，尘封的泛黄的报刊中，藏有可能改变文学史叙述的新资料。这个话我结合自己的研究实践来看确实很有道理。报刊第一手资料的阅读可能使我们过去文学史上的一些现象、一些说法、一些理论要重新阐释。陈平原还叙述了北大的老师阅读旧报刊的感受，其中讲了钱理群老师，说钱老师埋头于旧报刊，仿佛步入当时的情境之中，常为此兴奋不已。借助报刊触摸历史，进入当时规定情境与历史氛围，是研究的必不可少的起步。应该说我们这个学科在文献工作上积累了好多经验，《鲁迅全集》的编辑也是成功的一例。

我很看重20世纪80年代中期国内学者曾经提出过的关于现代文学史

料学建构的动议：1985年第1期《中国现代文学研究丛刊》，发表了马良春先生的《关于建立现代史料学的建议》。关于史料学的构想，他提出了分七类进行。即：

第一类：专题性研究史料。包括作家作品资料、文学史上某种文学现象的研究资料等。

第二类：工具性史料。包括书刊编目、年谱（年表）、文学大事记、索引、笔名录、辞典、手册等。

第三类：叙事性史料。包括各种调查报告、访问记、回忆录等。

第四类：作品史料。包括作家作品编选（全集、文集、选集）、佚文的搜集、书刊（包括不同版本）的影印和复制等。

第五类：传记性史料。包括作家传记、日记、书信等。

第六类：文献史料。包括实物的搜集、各类纪念活动的录音、录像等。

第七类：考辨性史料。考辨工作渗透在上述各类史料之中，在各种史料工作的基础上可以产生考辨性史料著述。

1986年朱金顺先生出版了《新文学史料引论》，这是现代文学史料学建设的第一部开创性著作。在这部著作中，朱金顺以资料的搜集和整理、考证篇、版本、校勘、目录五个单元的形式，结合新文学发展的实际，对资料学研究的内容和范围，做了要言不烦的论述。这部著作几乎已接近现代文学史料体系的雏形了。到了1988年，樊骏先生就现代文学史料学问题，在《新文学史料》上发表了一篇八万字的长文。他讲，史料建设是一项宏大的系统工程。樊骏说，"如果我们不把史料工作仅仅理解为拾遗补阙、剪刀糨糊之类的简单劳动，而承认它有自己的领域和职责、严密的方法和要求、特殊的品格和价值——不只在整个文学研究事业中占有不容忽视、无法替代的位置，而且它本身就是一项宏大的系统工程，一门独立的复杂的学问；那么就不难发现迄今所做的，无论就史料工作理应包罗的众多方面和广泛内容，还是史料工作必须达到的严谨程度和科学水平而言，都还存在许多不足。"但遗憾的是，他们的这些动议应者寥寥，并没有引起一般研究者对文献学、史料学的重视。这一现象说明了什么？我想，20世纪现代文献学、现代文学史料学的落后，不是少数人以身作则或倡导就可以改变的。因为它涉及20世纪整个中国社会生活以及人们的某些观念。20世纪上半叶中国有两件事情，一件是在激烈的文化斗争中出现过的、对公正、平等的学术讨论、正确对待史实的气氛造成的伤害。另一件事是战争。战乱使许多作家、研究者流离失所，即使他们对现代文学有所评论和研究，也是在史料匮乏的情况下进行的，因此当时没有可能建立起真正的研究规范。20世纪下半叶，也有两件事影响到现代文学文献学或者说现代文学史料学的发展。一件是主观唯心主义的盛行。革命的胜利造成一些人的错觉，以为在学术上也可以心想事成、随心所欲，什么事不凭材料而靠主观想象就可以做得到；加上运动不断，一场一场的运动使作家处于一种像沈从文先生所说的"避灾免祸"的精神状态。"避灾免祸"的精神状态也使20世纪后半叶的现代文学研究对不尊重史料的媚俗趋时倾向有所发展。第二件事是20世纪最后20年市场经济大潮的到来。原始积累的野蛮性和暴发户心理对现代文学研究也产生着潜隐的消极影响。这种影响就是刚才钱理群在发言中所讲的学风上的浮躁、急功近利问题：出版物越来越多但水分也越来越多。我认为，如果说主观主义盛行、搞运动使作家处于"避灾免祸"的状况，使作家、评论家启动其生命自我保护机制，不在乎史料，写些不痛不痒的文章；那么后来由于经济上的反差，使许多人就很难认真地坐冷板凳念书，工资收入的不合理使人们耐不住寂寞，做史料搜集这种无利可图的工作了。上述诸事对一个世纪文献学史料学建设的破坏很大，今天要重建它也不是一下子能够完成的，但毕竟越来越多的人关注这个问题，这表明情况总会有好转。

我想强调，我们现在要建立的现代文学的文献学或史料学，与传统的文献学是既有承继也有区别的。这种区别不是人为的而是由现代生活的复杂性决定的。譬如师陀的文本当中出现的问题，单靠以字词校勘为主的传统的校勘学是不行的，比如我在提交的论文中列举了五种情况，都具有现代意味：第一种情况是同名异文，即文章题目相同实际上却是两篇文章。第二种情况是异名同文。第三种情况是作者署名相同实际上却是不同的作者。第四种情况是作者有意地以假乱真，作者自己设圈套，掩盖事实真相，以躲避日伪的迫害。这些，我们给他做年谱传记的时候若不加鉴别就闹笑话了。第五种情况是作品体裁的互换。这些情况和古代文学不一样，至少在古代是不多见的。通过实践，逐步实现从传统校勘学向现代校勘学的转变，对诸如现代校勘学的性质、任务、研究对象，现代校勘学的原则与方法，建立现代文学史料学的基本操作规范等进行研究，取得一致或较为一致的认识，以建立起新的现代中国史料学。第二个我想到的是，现代文学文献学的根本，就是刚才钱理群所讲的在于人的培养。一方面通过史料学的训练夯实一个青年学人的基础，另一方面要培养他们对现实的关注。夯实基础当然不只是指知识的纯史料性扩张。研究生的史料把握应在现代意识的烛照下进行，发掘出史料本身所渗透着的现实生活的脉动，鼓励他们用学术的方式关注现实，关注学术前沿。把夯实基础和关注学术前沿统一起来，是我们培养具有独立意识的现代学术新人的一个重要标志，也是我们工作的目的之一。

（在一次讨论史料学建设会上的发言，载《中国现代文学研究丛刊》2004年第3期）

一个被遮蔽的文学世界

——解放区另类作品考察

从严格的意义上说，自然界任何单一的植物群落都是不存在的。原始森林里攀缠着藤蔓，草地上绽放着野花，麦田里也杂生着稗草。人类的社会生活同样丰富多样。反映社会生活、人类情感的精神产品也五彩缤纷，即使在特别强调舆论一律的战争年代，对作品仔细进行个案研究也会发现，艺术品种的发展形态并不是单一的。在解放区，人们同样看到了作为文学主潮的工农兵文学创作与另类作品的共生景象。① 只是，主导品种的过分强大，使另类品种的生存空间变得异常狭窄，群体的大合唱压倒了微弱的个体低吟，致使人们在对解放区文学的考察中，往往对此类作品略而不计。解放区的另类作品大致有三类：（一）思想上带有异端色彩的作品；（二）描写城市生活的作品；（三）某些题材独特的作品。

一

思想上带有异端色彩的作品，多来自从国民党统治区进入解放区的左翼作家之手。这些作品，由于和解放区倡导的主流文学风尚不尽一致，受到过批评或批判，因而在解放初期出版的各类解放区作品选本中被有意忽略，大都未能列入出版计划，研究者从此也很少再提到它们。在解放区文学研究中，这些作品中的极少数，也只是在大约20年前才进入研究者的

---

① 解放区的另类作品，泛指在主题、题材、描写对象等方面与工农兵文学作品格调不同的作品。为了行文方便，本文把抗日时期的抗日民主根据地文学和解放战争时期的解放区文学统称为解放区文学。

视野[1]，整体上的清理、研究却至今尚未进行。

　　许多左翼作家进入解放区后，创作思想经历了巨大的变化。来解放区之前，他们大都受过欧洲或苏联文学的滋养，受到过"五四"新文学传统的深刻影响；视野开阔，创作上有着强烈的创新精神。到解放区后，他们都热情地讴歌新生活的光辉，把解放区视为自己的"家"和创作的乐园。创作伊始，他们笔下的新人物既显得纯朴可爱，也留有对新生活缺乏深切感受而带来的局限；浮泛的颂扬使作品缺乏对生活应有的穿透力。随着阅历日深，他们在切身实践中感受到了建立新社会的艰巨性，目睹了新社会成长过程中出现的矛盾、困难，经验不足的失误，乃至由于旧的思想意识的侵袭所出现的弊端，等等。这些疾恶如仇，对旧社会进行过极为深刻剖析的左翼作家，他们的创作风格为之一变，由以颂扬为主转变为对新生活的理性审视，创作中的社会批判意识明显增强，写出了一批有别于初来解放区时的作品。丁玲等人的小说，丁玲、萧军、艾青、王实味、罗烽等人的散文、杂文，他们对现实生活没有夸张性的美化、神化，而是承认困难，揭发痼疾。艾青的杂文擎火携雷，与丑恶现象势不两立，流贯着一种忧时救世的英雄气息（《了解作家，尊重作家》）。王实味以散文的自由性和开放性，虽不无偏颇却无拘无束地倾诉着自己的生命感受和体验，企盼提纯生活的亮度。他的作品是战争年代诞生的重要历史文本（《野百合花》）。丁玲的那些一发表就存在争议的作品，其意义不仅在于发出了妇女解放的强烈召唤，而且可以看作是有关20世纪人类生存状态的哲学性思索，展示了这位文学家敏锐而澄明的思想，正视现实的勇气和过人的才情，构成了丁玲全部作品的一个耀眼的光点（《三八节有感》、《在医院中》等）。上述作品，为解放区创作提供了一种新的风格类型。

　　这些作品出自拥护解放区新政权的左翼作家并非偶然。来解放区之后，左翼作家在政治上有一种天然的认同感、优越感。他们认为自己的社会理想和主流意识形态精神相通，心心相印。即使在个别具体问题上略有歧见，也完全是为了使新政权更加巩固、强大，而非存有二心。在这种强烈自信的驱使下，在一段时间内，他们或发言，或作文，出语无忌，坦率直言，甚至语调尖刻、偏激，锋芒毕露。

---

[1] 严家炎的《现代文学史上的一桩旧案——重评丁玲小说〈在医院中〉》（1981年《钟山》第1期）发表后，才陆续出现了研究这类作品的论文。

这些作品，既表现了左翼作家创作的现实主义生命力，也在一定程度上流露出了他们对于当时复杂政治形势还缺乏必要的省察。

他们虽然亲身感受到，战争如影随形，随时可能降临到人们的日常生活中，摧毁存在的一切稳定性、确定性，因而要获得战争的胜利，必须要求高度的统一性，文学创作应该受这种战时风尚的制约和影响；可是，在创作实践中，他们仍有一种原欲的冲动，坚守对现实的独立判断力和批判性认同，向生活深处作了直言不讳的开掘。

他们也许未曾认真思虑，刚刚建立的新政权还不够强大，承受能力有限，苛刻的要求、指责，可能对现实指导者造成巨大的心理压力。战争思维推进了文学的政治化趋势，导致指导者在政治上对作品存在的问题看得过重，从而作出严厉的决断。

他们未曾料到，新政权的敌对势力也可能利用他们言论中的片言只语[①]，别有用心地加以夸大，蛊惑人心，作为颠覆新政权的口实。

良好的创作愿望，带来的是始料不及的后果。最终导致了这类创作在1942年下半年后基本上被制止。

二

解放区初创期，由于地处农村，描写城市生活的作品极少。较有影响的篇什，还只限于从上海等大城市进入解放区的作家所写一些回忆性作品，如周立波反映革命者狱中生活的小说。[②] 40年代中期，随着一些中、小城市的解放，描写城市生活的作品开始涌现。

张家口解放后，艾青激情澎湃：

我们向解放了的城市欢呼
向那些闪光的港口欢呼
向张家口、安东、哈尔滨欢呼

[①] 《〈文艺报〉编者按语》（1958年1月26日《文艺报》）说："王实味、丁玲、萧军的文章，当时曾被国民党特务机关当作反共的宣传材料，在白区大量印发。"

[②] 周立波创作有五篇连续性的短篇小说：《第一夜》、《麻雀》、《阿金的病》、《夏天的晚上》和《纪念》。

向威海卫、烟台、大连欢呼
在我们美丽的版图上
一个城市接连着一个城市
像一个花环接连着一个花环
个个花环光焰夺目

这首诗似乎是一个信号，许多作家的目光开始转向城市。① 但是，整体而论，表现城市生活还是解放区作家面临的新课题。因为描写城市生活，不仅仅是文学创作题材的变化，如由写农村题材转写城市题材。题材变化的背后，有着文学观念的某些潜隐的转变。尝试表现城市生活，意味着解放区作家对与农村截然不同的城市生活进行新的审视，开始从城市生活中获取新的审美体验和审美感知。相对于农村，城市生活的快节奏，五颜六色，城市生活中人与人之间更为复杂的社会联系，城市感情生活中新的表现形态等等，对于从农村进入城市的作家来说，既有着不知所措的陌生感，又有着巨大的吸引力和探索热情。小说家丁克辛和萧也牧敏锐地感受到了城市生活的某些新的特质。丁克辛的《春夜》、萧也牧的《我们夫妇之间》② 都注重描写城市人的心理活动，展示人物的内心世界。城市人的爱情生活，成了他们观察都市生活最初的窗口，激发了他们新的艺术灵感。

《春夜》较为真实地描写了城市劳动者获得解放后的愉悦。在新婚之夜，女主人公秀兰子"今夜感到那样幸福，感到爱情是那样有力量，感到生命是藏有火花的，感到这春天的夜晚竟是这样迷人"。她吻着她最心爱的，也是最爱她的丈夫，"突然呜呜地哭了"。这位26岁的新娘，有着一肚子的苦水。19岁那年，在全家人饿死的饿死、被抓走的抓走，家破人亡之后，她讨饭来到煤矿，竟变相地成了妓女，做了八个矿工的"妻"，一直过着非人的生活。解放后，在妇联的帮助下，她对自己的命

---

① 载《北方文化》第2卷第3期。这一时期歌唱城市的诗歌，还有蔡其矫的《张家口》，红杨树的《寄张家口》等，散文有白桦的《民主的城与反民主的城——新张家口与北平》、陆地的《在抚顺煤矿的日子》，刘白羽《哈尔滨通讯》等。后来出版的草明的《原动力》是小说创作的重要收获。

② 《春夜》载1946年《时代妇女》创刊号，《我们夫妇之间》写于1949年，发表于1950年《人民文学》第1卷第3期。笔者认为，50年代初期发表的作品，在思想上是解放区文学创作的自然延续。

运作出了自主的选择,嫁给了矿上的劳模,自己也参加了纺线小组和做鞋小组,成为自食其力的劳动者,过上了全新的生活。悲喜交集,才使秀兰子禁不住用"呜呜地哭"向丈夫倾诉她对新生活的由衷感激。《春夜》格调欢快、明朗。这篇不足三千字、近似速写的小说,截取秀兰子新婚之夜的片断,展现了城市普通劳动者的感情波涛,有着较大的思想容量。作品的结尾,写了这样一个细节:"放开,睡吧,你明天还要竞赛哩!"对于丈夫亲昵的动作,妻子疼爱地作了规劝性的拒绝。这一描写,虽然在技巧上有某种老一套子之嫌,但也确实表现了他们情投意合的纯真之情。

小说发表后,立即受到了欧阳一、亚君、嵩泰等人批评。欧阳一说,"八路军来了,人民得到解放,妇女们在政治、经济、社会地位上空前提高,妇女们和男人们一样有独立的人格,许多妇女都组织起来搞生产,学文化,热烈参加选举运动,参加到各级政权里去。这样一个典型环境中的典型事件、典型人物没有被作者重视,倒是像《春夜》秀兰子那样一回事,却被作者有声有色地描写出来,使人感到这是一篇近乎色情文学的作品","在创作方法上是一种不良倾向的萌芽"。亚君认为,"这篇作品的表现方法未免过于大胆,过于猎奇了",是"作者的小资产阶级的感情在借此发泄"。嵩泰指出,"这的确是一个很好的题材,一个女人由十八层地狱的生活翻身过来,骇人听闻的由做八个人的妻,变成过自由富裕的生活,这是值得反映的,作者的确选中了一个好的题材。"嵩泰同时又认为作品的主题"想象多于实际",是"一种小资产阶级的浪漫幻想",运用的是"一种比较陈旧轻浮的表现手法"。[1]

这些批评说明,在新的创作实践面前,批评家并没有及时地调整自己的批评尺度。他们坚守固有的文学立场,把创作新的题材的作品看作没有写出典型环境中的典型事件、典型人物,把描写爱情纠葛视为"近乎色情文学的作品",把展现人物的心理活动说成是"小资产阶级的感情在借此发泄"。批评的武断和滞后可能使作家面对城市生活望而却步,从而影响描写城市生活优秀作品的降生。

比之于《我们夫妇之间》的作者萧也牧,《春夜》的作者还算幸运得

---

[1] 欧阳一的《〈春夜〉说明什么》、亚君的《〈春夜〉是怎样反映现实的》、嵩泰的《〈春夜〉读后感》,分别发表于 1946 年 7 月 15 日、7 月 16 日、7 月 17 日《晋察冀日报》。

多。在丁克辛公开做了自我批评①之后，对《春夜》的批评即告中止。而《我们夫妇之间》的发表，则给萧也牧带来了长久的灾难性的后果。

《我们夫妇之间》采用第一人称的写法，集中地表现了知识分子的"我"和贫农出身的"妻"进城之后的思想冲突。进北京的第二天，妻就对"我"发泄了一通对城市的强烈不满，她抱怨说："那么多人！男不像男，女不像女！男人头上也抹油……女人更看不得的！那么冷的天气也露着小腿。怕人不知道她有皮衣，就让毛儿朝外翻着穿！嘴唇血红红，头发像个草鸡窝！那样子，她还觉得美的不行！坐在电车里还掏出小镜子来照半天！整天挤挤嚷嚷，来来去去，成天干什么呵！"这段话语的经典性在于：它实际上是许多带着朴素的感情走进城市的农村干部心态的流露。他们容易从表面、从负面来看城市，看不惯城市里的人多，挤挤攘攘，看不惯城市人的做派和衣着打扮。他们以窄狭的视野看待城市，分明有着对现代城市文明的隔膜。如果在生活实践中他们不能够进一步理解城市，认识城市，并由他们影响城市，甚至领导城市，将有可能以小农的意识改造城市，在精神上使城市农村化，从而使城市丧失引领国家前进的活力。通过家庭生活、夫妇冲突这一独特视角，作者尖锐地，也许还只是朦胧地提出这一重大问题，无疑使作品的思想容量显得相当厚重，这也是作品创新价值之所在。

一些批评《我们夫妇之间》的文章，多把作品作为一种错误倾向来纠正。如说作品是近年来文艺思想上存在的一种"脱离生活，或者是依据小资产阶级的观点、趣味来观察生活，表现出的不健康的倾向"，通过夫妇之间，日常生活中的争吵与和好来表现知识分子与工农干部的结合过程，"是把政治主题庸俗化"等等。②

显然，遵循政治思维形成的批评理路和作品的实际并不吻合。作品的缺陷当然不是能不能通过夫妇之间日常生活表现重大问题或者说把政治主题庸俗化的问题，而是作者由于思想上的困惑所造成的人物创造上的明显失误。作品的女主人公，不经过城市生活的磨炼，没有政治素质、文化素质整体上的提高，她那和城市格格不入的小农意识是不会自动消失的。而作品对此却缺乏应有的描写。作品关于夫妇关系的描写出现了明显的错

---

① 丁克辛1946年7月23日在《晋察冀日报》发表了自我批评文章《我是怎样写〈春夜〉的》一文。

② 陈涌：《萧也牧创作的一些倾向》，《人民日报》1951年6月10日。

位。在作品的后半部分,作为一个知识者、现代城市文明体现者的"我",不但原谅了妻子的"狭隘、保守、固执……的地方",甚至还发现她身上有"不少新的东西","后悔"一进城没有接受妻子的忠告,克服自己身上"很浓厚的小资产阶级的东西"。就这样,由夫妇争论始,到知识者心悦诚服地接受妻子对自己的改造终,作品仍然陷入了解放区作品处理知识分子与工农干部关系的常见模式。就此而言,表现城市生活的《我们夫妇之间》创新的步子实在不大。对《我们夫妇之间》的批评当时甚至出现了群起而攻之的阵势①,显示了批评时代氛围的严峻。描写城市生活创作的真正成熟还有很长一段路要走。对《我们夫妇之间》的批评,在萧也牧作了《我一定要切实地改正错误》(《文艺报》第5卷第1期)之后虽然有短暂的休止,然而在此后接连不断的政治运动中,萧也牧还是为此付出了高昂的代价。②

这一时期表现城市生活、后来受到批判的作品还有一些。比如,选择父女冲突这一独特视角,描写地下革命者同国民党特务分子在城市展开复杂斗争的诗作《一对黑溜溜的眼睛》,发表后就受到过相当严厉的批评,此处不再赘述。③

上述城市文学作品所提供的,虽然还只是新的文学思维的萌芽,但是,由对城市的隔膜到创作视野向城市的延伸,作者开始初步看到城乡之间存在的区别,意识到城市的先进性及深刻的内在矛盾,仍然可以当之无愧地看作是解放区文学创作的一个进展。这些相当稚嫩的作品,还是为后来的城市文学创作提供了有益的经验。

---

① 除陈涌的文章外,当时批判《我们夫妇之间》的主要文章还有:李定中(冯雪峰)的《反对玩弄人民的态度,反对新的低级趣味》(《文艺报》第4卷第5期)、丁玲的《作为一种倾向来看》(《文艺报》第4卷第8期)等,一时形成一种批评强势。

② 《我们夫妇之间》、《海河边上》等作品给萧也牧带来了一系列的厄运。除了批判《我们夫妇之间》时就辱骂他是应该一脚踢开的"癞皮狗"外,反右派斗争时又将萧也牧错划为右派,"文化大革命"中萧也牧被迫害致死。

③ 《一对黑溜溜的眼睛》,夏葵作,载《东北日报》1946年11月1日。作品描写这样一个故事:在特务唆使和诱惑下,有着一对黑溜溜的眼睛的少女小珈竟在暗夜举枪向革命者射击,而被射伤的革命者正是小珈的父亲。这位革命者忍着伤痛,愤怒地挖掉了凶手的眼睛。当真相大白后,"父女俩同时晕倒在昏暗的路灯下"。

三

题材特殊的作品,主要指战时在题材上比较少见,和主流文学题材不完全一致,发表后曾经受到过批评或在读者中引起过较大反响的作品。

题材来自作家个人的经验、感受,以及独特的视域,并无人为的高下之分。在特殊的文化环境中,一些题材可能显得敏感、尖锐,作家相对来说也涉足不多。在题材比较单一的解放区文学创作中,题材特殊作品的出现,在一定程度上显示了解放区生活的丰富性、多样性,揭示了解放区作品复杂的人性内涵,扩大了文学表现生活的空间。

短篇小说《腊月二十一》[①]没有选取解放区小说通常的题材,而是独辟新路,着力表现敌、我割据区敌、友、我三方在腊月二十一一天之中的纠葛,让人耳目一新。作品塑造的在复杂环境中生活和斗争的村长纪有康的艺术形象栩栩如生。表面看来,纪有康似乎是非不分,只会在敌、我、友之间周旋应酬;实际上,他深明大义,胸有全局,坚持明确的民族立场。他对日伪的敷衍应付,只是在特殊情势下采取的策略手段。有了这位不动声色、承担着巨大风险的"两面"村长与抗日主力的内外配合,抗日的潜力才得以发挥,最终使侵略者陷于灭顶之灾。

纪有康形象的出现,是抗日文学人物画廊新的添加。可惜,由于作品发表后受到了严厉的批判[②],这篇优秀作品长期被人为地阻隔于读者的视域之外。

描写军队内部的矛盾冲突当然不是禁区。但是,战时这类题材的敏感性仍然是不言而喻的。任何对军人,特别是对军队首长不恰当的描写,都有可能在政治上、军事上造成损失,从而招致丑化军队的严厉批评。女作

---

① 载《解放日报》1942年8月4日。
② 1942年11月8日,周扬在题为《〈腊月二十一〉的立场问题》致作者的公开信中说:"你所听到的加于你的作品的四条'罪状',我并不知道清楚是否真是这四条,但就这四条而论,我以为也是不但不算过分,而且实在还是很轻,很客气的","说你没有立场,这是一点也没有冤枉你。你是没有站在人民的、民族的立场上,至少在这篇小说中所表现出来的是如此","你的全部同情是在村长身上;你也许觉得日本人还可原谅;你最厌恶的是中国官吏,即使他们是抗日的,而且地位又很低微;而你最看不起的是进步的力量,这就是你在这篇作品中所表示的态度。"

家莫耶是位不乏创新勇气的探索者。在现实生活中，她看到了像丽萍这样的女知识者和部队首长结婚后的烦恼。丽萍"因为受不了艰苦生活的磨炼，工作的高不成低不就，交友的不自由，与丈夫性情、志趣、习惯的和不来，孩子的麻烦等各种问题使她彷徨苦恼，革命意识和自尊心推动着她前进，而各种落后意识又拉着她后退"。作者企盼通过塑造丽萍这个人物，写出这类女性"锻炼过程片断"[①]，传达出自己对此类问题的艺术思考。作品以较为细腻的笔触，描写了丽萍与×长结婚后感情上所经历的摩擦、挫折。丽萍有上进心，抱着美好的理想来到解放区。但同时，她的思想上也存在着追求享乐，向往安逸的旧的思想意识。经历过与×长的思想冲突和自己内心的烦恼、痛苦，她终于发出了"我要工作"的呼喊，宣布要与过去告别："我快一年没有工作了，我不能这样下去！"×长形象的塑造虽然有值得商榷之处，但总体上说，这位坐过牢，挂过彩，轰轰烈烈地在战场上奔驰的指挥员的形象，也还是给读者留下了深刻的印象。他单纯、坚定、爽朗，对丽萍既体贴，又有几分迁就。在他身上，集合着战时军人的忠诚、勇气和暴躁。

题材的新颖性使《丽萍的烦恼》发表后在晋西北地区产生了强烈的反响。[②] 由于讨论未能纳入正常的规范之内进行，《丽萍的烦恼》在讨论中很快被封杀。一些文章开始联系作者的出身进行批判。如说：《丽萍的烦恼》是"一篇含有小资产阶级偏见和歪曲现实的作品"，"是晋西北学风文风中的一股阴风"，作者的思想"表现在政治上可以形成绝对主义；表现在文艺创作上，可以歪曲现实，流为讽刺"。[③] 此后，不仅这篇小说再也没有机会和读者见面，莫耶本人也因小说惹下大祸。在作品发表后的漫长岁月里，作者一直生活于沉重的压力之下。[④]

[①] 莫耶：《与非垢同志谈〈丽萍的烦恼〉》，《抗战日报》1942年6月16日。
[②] 非垢在《偏差——关于〈丽萍的烦恼〉》（《抗战日报》1942年6月11日）一文中介绍了小说发表后在读者中产生的反响："《丽萍的烦恼》在《西北文艺》发表以后，我看见自己周围的人热心地相互传阅，正式地非正式地征询或交换着意见，有的文艺小组特为它召集座谈会，连平素对文艺没有什么兴趣的人也找这篇来读并且表示态度。他们读着，或摇头，或咋舌，或皱眉，或会心地微笑，有的点着头说风凉话，有的则要'提出抗议'？这种现象在晋西北是前所未有的。"
[③] 《与莫耶同志谈创作思想问题》，《抗战日报》1942年7月7日。
[④] 莫耶的友人于莫耶逝世后在悼念文章中谈到对《丽萍的烦恼》批判的后果时说："从这时起，凡有政治运动，莫耶都难逃被批判的命运。她成了一个'运动员'，一个'政治怪物'"（甘惜分：《悼莫耶》，《人民日报》1986年7月3日）。

《网和地和鱼》[①]的独特性，突出表现在作者对主人公个性特点把握的与众不同。通常描写土改的作品，人物的性格多比较单一，描写贫农，要么劳动积极，立场坚定，是对敌斗争的积极分子；或者思想变质，倒向了敌对势力一方，成了地主的狗腿子、坏分子。好人、坏人的两极模式掩盖了人类生存处境的复杂性。《网和地和鱼》对这一写作模式有所突破。渔夫谭元亭是一个性格比较丰富的角色。以打鱼为生的谭元亭，他和地主孙把头（伪国境警察队警长）之间，有着不可调和的血海深仇。孙把头抓走了他的哥哥，糟蹋了他嫂子，强迫他常年为他们打鱼。当土改工作团刘同志递给他一杆三八枪，他毫不犹豫，一枪就把孙把头的脑盖骨打飞了，算得上斗争坚决，立场鲜明；可是，当后来孙把头的女儿，夜晚来到他的小窝棚，"两条光滑的手臂，缠绕在他的脖子上"，他又糊里糊涂地和她苟合，铸成大错。作品沿着这一中心线索展开了对谭元亭性格的刻画。懊悔的谭元亭沉重地想着心事：他对不起热恋着他的魏老头子的女儿魏素英，他想象着魏素英知道这件事后，两只哭得红红的眼睛会一直看着他；他觉得无地自容，想投湖自杀："管它湖水几百里，收容一个谭元亭，满收容得下！"坐在湖边一整天的思索，终于使他头脑清醒起来。当第二天晚上孙把头的女儿来到小窝棚，又要演出昨天晚上的伎俩，她一边解衣上炕，一边把一个包袱递给谭元亭要他埋藏。谭元亭沉着应对，先用计把这个女人支使开，随后提着裹有"两只长苗匣枪和一堆子弹"的包袱，径直交给了他信赖的组长魏老头子，又"把自己的错误从头到尾说一遍"，和昨天的自我诀别，完成了心灵的搏斗。作品以喜剧结尾。谭元亭对魏素英说："你倒是一面网，我是鱼，鱼打到网里啦"，以此倾吐对魏素英的爱慕之情。格式特别、带有某些喜剧韵味的《网和地和鱼》发表后，同样得不到理解。在一篇题为《评网和地和鱼》[②]的文章中，作者断言，《网和地和鱼》是一篇很坏的小说，"一个渔夫，一个劳动人民，在作者笔下就变成这样一个兽性的、色情的'丑角'"。"这个小说里所写的男女关系，乃是对劳动人民的污蔑，乃是对现实的极端的歪曲。"苛刻的批评使作品此后不再被人们提起。直到 90 年代出版《东北现代文学大系》时，《网和地和鱼》才被编者收入《东北现代文学大系》短篇小说

---

① 作者马双冀（袁犀），载《东北文艺》第 2 卷第 6 期，1947 年 12 月。
② 《东北日报》1948 年 2 月 24 日。

卷里。

和描写城市生活的作品比较，这一类作品在艺术上都更趋于成熟。在某种意义上说，这些小说的作者算得上是解放区小说形式探索的先锋。

四

另类作品三个部分的划分，并不是学理上的严格界定，而更多的是着眼于论述的方便。第一部分着重作品思想内容的分析，二、三部分则侧重于题材研究。三个部分作品的内容有时不免有交叉、重叠。这些作品没有直接演绎政治观念和理想，大都以生活的原生态逼近艺术的真实，作品有一种毛茸茸的感觉，活生生的气韵。

另类作品是世俗的，但并不媚俗。作者坚持知识分子卓然特立的文化批判立场，在叙事作品中，不是满足于平面地描写人物的生活经历、典型事迹，而是极力去发掘人性的美质或缺憾；不是仅仅从政治层面，而是着重从精神层面拷问人物的灵魂。另类作品中的部分作品，有飞扬于辞章中的生命激情，有一种大时代的苦难之美，写出了人们在困难、苦难中的思索、奋起，揭示出了苦难深处的生命意义，从而指向了崇高和悲壮。作品隐藏在字里行间的活力，不仅给当时的读者带来了震撼，而且超越岁月的阻隔，使今天的读者同样能够产生共鸣。

除少数作品外，多数另类作品的艺术质量不高。描写技术的生涩，使作品仍显得直露、表面化，昭示性有余，感染力不足。

另类作品的文学史意义是显而易见的。第一，它有助于了解、认识解放区文学创作的全貌。另类作品中的一些优秀之作，在解放区文学，乃至在20世纪中国文学作品中独具魅力，理应在文学史上给它们以适当的描述。由于阅读范围的限制[①]，人们长期习惯地认为解放区作品单一化、贫困化。在另类作品面前，这一看法可能会有所改变。另类作品和人们过去熟悉的那一部分解放区作品加在一起，才是完整的真正意义上的解放区文学。

[①] 这至少包括两个方面：第一，只阅读了主流意识形态提倡的作品；第二，战争环境的残酷，使当时的书刊散失严重，多数研究者很难看到这些另类作品。

第二，另类作品的研究可以更好地总结解放区文学发展的艺术经验。从作品的内容看，另类作品的异端思想，并非对现实的根本性反叛，而是对社会弊端的一种激烈的否定，是一种完善新的社会制度的渴望，一种作为诤友的箴言。对另类作品的漠视和轻易否定，压抑了有别于时尚的文学新声。由此让人们看到：鼓励不同艺术品种、艺术风格作品共同发展的重要性；理解在任何情况下，都应尽可能地实行艺术民主、学术民主的重要性；尊重作者的艺术选择、尊重读者不同审美需要，倾听不同学术声音、不同艺术表达的重要性。

第三，就文学精神而言，新中国文学是解放区文学的直接延伸和发展。解放后文学发展所经历的曲折，当然主要应该在当代生活中寻找答案；但也不可否认，其中也有着解放区文学的投影。如果说，在战时对另类作品的排斥，人们还可以视为特殊环境下发生的问题而给予同情的理解；那么，解放后照搬解放区对待另类作品的办法来处理文艺问题，留下的后患无疑就严重得多了。

然而，至今人们对待另类作品的态度不能说是公正的。直到20世纪90年代出版的大型解放区文学作品选本[①]中，这些作品的多数仍未能面世。这种有意或无意的缺漏，正是解放区文学研究的一个真正忧虑。

另类作品的被遮蔽、被忽略，有着十分复杂的现实因素。

时代选择了文学。战争的需要与抗战理论的倡导使工农兵文学迅速在解放区占据了文学的主导地位，并且在对敌斗争、动员群众等各项工作中产生了立竿见影的实效，文学成了革命机器的一个组成部分。工农兵文学扬眉吐气。另类作品相对来说由于曲高和寡，或被视为不合时宜而受到某种程度的冷落、压抑和排斥。如南帆在《隐蔽的成规》中所说："圈子之外的另一些文学问题甚至丧失了露面的资格。"对于另类作品的处境，对于人们当时对另类作品的态度，需要的是设身处地的理解、阐释，而非对历史的过分苛求。

当然，设身处地的理解，不等于不需要思想上的澄清和历史事实的梳理。狭窄的文学视域和极端化的功利观，使人们对艺术的选择往往过于偏执，把工农兵文学之外的文学视为异类，成为无人问津的研究禁区。其实，宽泛地说，另类作品只是工农兵文学中的另类，至少其中的一部分作

---

① 1992年重庆出版社出版有大型解放区文学选集《中国解放区文学书系》。

品和工农兵文学的主旨并没有质的不同：另类作品同工农兵文学一样，同样紧贴现实，追求通俗化、大众化的艺术风格。另类作品开拓着工农兵文学新的表现领域，和工农兵文学存在着既互补又挑战的关系。互补，指的是在反映解放区生活上的广泛一致性；挑战，则指的是另类作品作者主体意识的相对独立性，艺术的敏感性和探索精神。另类作品与工农兵文学相辅相成，共存互赖。尊重另类作品的存在，就是尊重解放区文学原初的存在，还解放区文学发展的本来面目。

考察另类作品，好像时时与另类作品的作者敞开心扉。不是做翻案文章，不是忙于与历史纠缠。期待着在新的心理结构基础上用新的话语形式对被遮蔽的作品做新的阐释和展示，揭示另类作品的无限可待开发性，文本解读的多种可能性。这样，解放区的文学经验就有可能全面地提供给当代读者。

（载《文学评论》2003 年第 6 期，
《新华文摘》2004 年第 4 期转载）

《师陀全集》编校余墨

——兼及现代作家文集编辑中的若干问题

20世纪80年代初,在《师陀研究资料》[①]编就之际,我就萌生了编辑《师陀文集》的最初设想。当时虽有师陀先生支持,但由于条件尚未成熟,此事就拖了下来。

1988年师陀逝世后,我陆续读到了先生的故朋旧友撰写的悼念之文,常因文中叙述的真切情景而怦然心动。特别是卞之琳先生的两篇悼念文字[②],其亲切犹如两位老友的悄声对话。卞文说:"师陀,特别是三四十年代的'芦焚'时期,写记事杂文、随笔、小品、通讯之类,率多写得具有一种特殊魅力,诗一般的乡土小说醇味。"卞之琳建议:"希望在今日出书难,一些出版社不惜给名家出大部头选集、文集、全集的好意当中,约哪位熟悉师陀其人其文的还有足够时间与精力的友好或亲属为他编一套文集,据原书出版先后,剔除重复处,就用原书名,加上未编集一二本,分卷而版式一律,可让读者各取所需,零整购买,该是经得一读再读的,也为我们新文学历史回顾研究与新文学前途借鉴研究,比我在这里略有提供的史实以外,略抒哀思以外的废话,有意义多了。"如果说卞之琳的约"友好或亲属"为师陀"编一套文集"还是一种期望;那么,海外研究者夏志清在师陀逝世后致师陀夫人陈婉芬女士的慰问信中,则已经提出了编辑师陀文集的一些具体建议。信中说:"要好好纪念师陀,真想写篇文章,讨论他一生的作品,但首先应该把它们看全(至少看大部分)。这几年来师陀已寄给我几种他的作品(包括《芦焚短篇小说选集》在内)。另外刘增杰先生来纽约,也亲自把《师陀研究资料》送给我了,此

[①] 《师陀研究资料》,北京出版社1984年版。

[②] 《话旧成独白:追念师陀》(《新文学史料》1989年第2期)、《果园城·序》(收入罗岗编1997年珠海出版社版《果园城》)。

书对研究师陀极有用。刘是开封市河南大学中国文学系主任，不知你同他有无信札来往？师陀尚未发表的遗稿、日记、书信，可由你同他合编出版。"① 所有这些，都再一次唤起了我编辑《师陀文集》的渴望。几经努力，河南大学出版社王刘纯先生的果敢决策，师陀夫人陈婉芬女士的配合支持，终在师陀逝世十五周年之际，出版《师陀全集》的梦想即将化为现实。

扩大作品搜求视野：笔记、日记与书信的整理

在 20 世纪中国走向现代化的进程中，阶级矛盾、民族矛盾、城乡矛盾以及由此引发的各种社会矛盾千头万绪，纵横交错。军阀混战和帝国主义发动的侵略战争，逼迫着人们流亡、逃难、迁徙，长时间地处于不安定的生活状态之下。各种政治力量随之也不断地进行着新的组合，新的分化，直至新的聚积。上述社会因素直接影响着文艺的生存形态和文艺样式，制约着作家创作的整体风貌，也给作家文集的编辑带来了各种各样的困难。在近六十年的创作生涯中，师陀写出了大量的散文、小说和其他作品，相当一部分作品从未收入过集子而散佚于报刊，连作者自己也说不清楚集子之外还有多少作品。所以，我最初的设想是编《师陀文集》。与全集相比，文集给编者留下的编选空间较大。一些有代表性的作品当然必须入选，其他一些暂时找不到的作品则可以忽略不计。可是我的设想出版社王刘纯先生持有异议。他说，"还是出全集好，全集一网打尽，可以给研究者提供更有价值的作品和史料"。我最终被他说服了。

不言而喻，出版全集，首先要做到的，就是求全。这应该是第一位的工作。所谓求全，即期望出版的《师陀全集》，是迄今为止最完备的师陀著作的结集。这里至少包括两项任务：一是搜集到师陀已经出版的各类作品的集子和未结集的作品；二是扩大视野，把搜求的目光转向笔记、日记、书信、未刊稿以及与作者思想、创作有关的其他材料。

任务明确了，但实际作起来并不容易。单就完成第一项任务来说，从报刊上查找到师陀作品集子以外的全部作品，几乎是不可能的。师陀先后

---

① 1988 年 11 月 9 日夏志清致陈婉芬信。

生活于河南、北平、上海，使用多个笔名发表作品。以抗战时期为例，他在大后方、解放区，"孤岛"和沦陷后的上海，发表作品多使用不同的笔名，查找的难度更大。我们以数年之力，多方扩大查找线索，加上师友相助，终于基本上完成了搜集作品的任务。① 计全集新收入短篇小说 20 篇，散文（包括散文诗）49 篇，诗歌 10 首，长篇小说（未完）2 部，论文等 25 篇，共约 50 万字，占已出版师陀作品的五分之一。

完成第二项任务，即将笔记、日记、书信、未刊稿收入全集，不仅面临着资料搜求问题，更涉及编者文学观的转变，不断提高自己对上述史料重要性的认识。实际上，笔记、日记、书信等等，是作家文学活动的一个重要组成部分，是解读作品的钥匙，打开作家心扉的一扇窗户。这一部分文学资料的收入，读者在阅读作品时产生的某些疑团就有可能烟消云散，迎刃而解，文集或全集展现的作家个性会格外鲜活透明，还给读者的是作家更为本真的心灵世界。正如樊骏先生所说：作家的日记、书信，"孤立地看，它们诚然往往失之零散、琐碎，不少内容还可能使人感到没有头脑。但它们都是当事人亲笔写下的原始的直接的实录，包含着大量真实、具体、准确的史实。把它们缀合在一起，可以发现作家的日常生活、人事往来、文学活动、生平经历、思想感情（包括一闪而过的念头、难向人诉说的心理波动、毫无保留的自我解剖等），以及文坛事件、社会历史变故等方面丰富而且可靠的素材或者线索，成为认识作家和把握历史演进轨迹的重要依据。"② 全集收入师陀的笔记、日记、书信、未刊稿数量较大，共约 40 万字。

师陀十分重视自己的旧笔记。在回忆"文化大革命"中被抄家抄去的旧笔记时，他颇有感慨："我手边放着八册旧的笔记本，是作协上海分会发还的'抄家物资'。回想起十一年前，抄去的远远不止这些，连在'牛棚'里被抄去的，前后总共有二十多册吧。那么它们是幸存者了。……这八册旧笔记本就留着我学习的足迹，或者恰当地说，是足迹的一部分。它们也留着我的一部分日记。看了它们，我记起我曾经参加过'土改'；我曾经去农村深入生活；我曾经出国访问……可是我还记得我曾经

---

① 说"基本上"，是指有几篇作品，如师陀 1939 年所作论文《关于契诃夫的一点感想》等文，至今仍未能看到。

② 《关于中国现代文学史料工作的总体考察》，载 1992 年上海文艺出版社版《论中国现代文学研究》。

参加过'三反五反',我曾经参加过私营工商业改造运动,我曾经去东北参观访问,那到底是哪一年呢?我记不起来了。那些能帮助我记忆的笔记本没有还给我,就是我去农村的日记也是残缺不全,它们也许被随便处理了,更有一个可能,被送进造纸厂做'还魂'纸去了。"师陀还说,"我的笔记本是派下列几种用场:听报告的要点记录,深入生活或参加运动的日记,一部分学习心得,正式座谈会准备发言的提纲,也记载准备日后要用的资料。如果已经不用的笔记本后面还有大量空白,为节省物资,偶尔也用来打草稿或派其他用场,例如《伐竹记》以及写了一半的《列御寇》就是。"[①]

从这段话不难看出,对师陀来说,旧笔记实在是他创作活动的一个有机组成部分。他的不少优秀作品,通过笔记这个中间环节的孕育、发酵而得以降生。其实,师陀笔记本的"用场"远不止他所列举的几种。师陀很少有诗作问世,我们在笔记里却看到他的一些构思精巧的诗作。在"文化大革命"最困难的日子里,笔记本还竟帮助他度过了险境。在这时期的笔记里,记录了他字斟句酌的自我"检讨"和"揭发"。他用所谓虔诚的"检讨"躲过了一个又一个的灾难;而他以"揭发"之名行保护之实的文字,再现了师陀与友人生死相依的真情。写于1968年1月6日的笔记《每周思想汇报》,可以让读者从一个很小的侧面,具体感受到在非正常年代师陀所经历的精神熬煎:"许久以来已经不能系统考虑什么问题。血压高,头晕,后脑痛,心脏闷塞……视力模糊,有时突然什么都看不见了。我的生活是躺着,坐着。有时习惯地拿起一本书,或《文汇报》,很吃力地看一段,只好放下,因为记不住,看到下一句时,已经把前一句忘了,也就不明白它的意义。因此,一篇社论,往往看好几天好几遍才能看完,但是总的意义还是记不得。"这则生活实录告诉我们,师陀的笔记,在一定意义上说,是他心灵的真实记录,从中不仅能够了解他部分作品的创作过程,而且让人感受到了他灵魂的痛苦与挣扎,从而为师陀研究提供了真实可贵的文字资料。在《师陀全集》中,我们特意收录了少量这方面的材料。

师陀的日记是不完整的。今天能够看到的日记,是1953年1月1日

[①] 《从我的旧笔记而想起的及其他》(代序),载《山川·历史·人物》,上海文艺出版社1979年版。笔者看到的师陀的大小笔记本共十六本,其中包括记录他"去东北参观访问"的那本笔记本。被抄去的"二十多册",除作者所说发还的八册外,也许后来又发还了一些。

至1954年8月15日的下乡生活日记以及他返回上海后的日记；1954年7月至8月赴东北参观访问的日记；1957年8月15日至9月18日访问保加利亚的日记。除此之外，还尚存少量写于1963年至1982年间的零碎日记。

　　1952年年底，师陀响应号召，赴山东莒县吕鸿宾农业社深入生活。日记虽然记得简略，且多述风雨阴晴，衣食住行，但从中仍然能够感受到作家当时生活的具体情状。如1953年1月1日日记云："一日星期四，农历十六，昙，风息，冷更甚，室内生火，杯中结冰"；1月16日日记又云："阴，甚冷。入夜小雪一阵即止，寒风怒吼，天晴星出，地上如撒一层盐粒，为入冬以来最冷者"。日记中也记录了一些农谚，以及作者偶获的创作灵感：一段简短的对话，一个富有特色的生活细节。日记还反映了他对全国文学发展动向的关注，与部分作家的交往，以及自己创作农村题材小说的进展。①

　　到山东农村体验生活的时候，师陀已届中年，当时他尚未结婚成家。日记中多次出现了一个年轻女性。如日记中云："我以为×××②不会来了，但是竟然来了！痛苦与欢乐，泪在我眼里。××，××！"第二天记载："晚，与×××谈。某③扰扰不肯去，状至可厌"。另一天又记述："返分区遇×××，以带互助组学习人员得赴县也。略谈后别去。下午愁肠寸断，以阅读书报治之，苦益甚，复冒风至阎庄，彼已离去。即于市上饮二壶。"这个在日记中屡屡出现的女性，对于研究师陀的感情生活是颇有价值的。将近十年之后，师陀与陈婉芬女士相遇，才建立起了美满的家庭。师陀的日记中，还记载了他其他方面的生活，都有助于我们全面地了解师陀，认识师陀，感受解放初期农村生活的方方面面。

　　即如1963年以后的一些零碎日记，也往往能让读者从片言只语中，从作者看似漫不经心的勾勒中，折射出当时生活的某个侧面和人物的神情状貌。这是师陀1967年1月的一则日记："1月15日，批斗石西民。16

---

　　①　日记中多次提到唐弢、王世祯等人的信以及与王统照的交往。唐当时正编辑上海《文艺月报》，多次向师陀约稿，对师陀发表的短篇小说《前进曲》给予了相当高的评价。日记中关于师陀自己创作情况的记录也较多，如10月20日日记云："短篇第二草稿成，仍需大改"，11月6日日记云："夜，借惠云屋内写完短篇"，12月20日日记云："得《前进曲》稿费"等。
　　②　为了表示对这位女性的尊重，《师陀全集》编者特意把她的名字隐去，而用×××代替。
　　③　某，指在场不肯离去的没有眼色的第三者。

日或 17 日游行，至锦江，倒下，气喘。造反派小头头把他拉起，又走，骂他装死。又倒下，又骂，一摸鼻息，即用黄鱼车送医院。医生诊断，已死。"短短数语，实录了一个惨不忍睹的历史事件。1982 年 10 月 24 日日记，写了他和巴金的一段对话："十月二十四日，还巴金借款五百元，谈了许多，主要劝他检查身体，注意身体；劝他辞去上海文联和作协主席……临出门我说他的一棵米兰被偷去真可惜，他风趣地说：可见现在形势好了，人人都爱种花了。十年内乱中他曾被偷去二只鸡。我说：比起偷你的鸡来，形势是好了，那时只想到吃，挨饿的想吃，不挨饿的也想吃。"这段日记，同样惟妙惟肖，意味深长。

在随意的日常生活叙述中，师陀日记带着他独特的人生经验，他的追求与探寻，他的挫折与孤独，以及他对生命的虔诚，经过感性升华和理性过滤，化为小说中的画面、人物、场景和结构，化为那些成功的佳作乃至某些作品的平庸。这就是我们在师陀日记中能够感受到的。研究师陀，从阅读他的日记开始，不失为一种选择。

同样，作家书简也是解读作家创作内蕴的一个重要方面。20 世纪中国作家，不少时间处于动乱的生活环境中，除少数外，一般书简都篇幅短小，但也简短情长，画龙点睛。书简的私人性使其较少修饰而具有随意性，从中更可以窥见双方的人格和真性情。由于书简多以手写而不是以印刷品的形式保存（电子邮件时代以前），因而随着作家生活的变动而流失严重。以师陀为例，20 世纪上半叶友人致芦焚（师陀）的书简，几乎已荡然无存。下半叶友人的书简到 1988 年师陀逝世时，仍保存千余封（师陀写给友人信的数量应不下于这个数目）。但几年之后，友人致师陀信则仅余二百多封，而师陀致友人信已不足百封。阅读师陀致友人信和友人给师陀的书信，使我获知了有关师陀的许多过去知之不多，或竟一无所知的情况。

收入《师陀全集》中师陀致友人书信共 80 封。抗战时期师陀的信件，虽然只保存两封，但对研究他的创作和思想，仍具有一定的意义。1943 年 5 月 24 日，师陀在回复柯灵的约稿信时，最早地揭露了"假芦焚"在沦陷区上海的丑恶嘴脸。信中说，"接办刊物的困难是意中事，你要稿子，在情义上既不能拒绝，而我却远在前年年底就收拾起来，决心不再发表什么了。一时不想动笔。旧稿倒积存了几篇，惟用时需将题目制版，因为就我所知，从去年起便有另一位'芦焚'在上海发表文章，此其所谓以别大雅也。又,今后凡作品以贱名刊出,题目未经制版而字迹不符者,倘非转载,则即为另一'芦焚'所为,与弟无涉。如果方便,祈将此信揭登贵志,聊作声明。"① 这封短信,实际上记录了师陀的创作从芦焚阶段向师陀阶段的历史性转变。

在师陀保存的友人来信中,1949年2月芾甘(巴金)致师陀的三封短简(一封完整,两封为残简),具有相当高的文献价值。仅就师陀个人生活而言,短简逼真地再现了师陀当时生活的苦况。因为拿不起租住房屋的"顶费",从1947年起,师陀就被迫从上海搬到嘉兴乡下生活。到了1949年初,生活更加窘迫,师陀不得不向巴金求援。巴金接信后立即回复师陀:"开明版税单②至今尚未送来。这次据我估计大约只有七八百元。今天在文化生活社为你借支了一千元,由交通银行汇上。"对于汇去的一千元,巴金在信中感慨地说:"一千元还不够买一条三炮台香烟。"用借给师陀的一千元和一条香烟作比较,表明了巴金对师陀处境的深切同情。当时,巴金要赴香港。他在短简中特意告诉师陀:"你每月的饷我已关照过,托文华会计直接交交通银行汇给你,希望不致出乱子",关切之情,溢于字里行间。

来往于书简中关于师陀创作的讨论,占据着书简的主要篇幅。文友关于师陀某些作品直率的善意批评,是在书简以外的文字中很难见到的。③我还特别看重书简中文友之间的精神交流。交流是一种心灵的互动。这种交流,不是一方居高临下的指导、教诲,而是平等谈心,以自己的亲身遭际,春雨般地滋润对方的心田。"文化大革命"结束后,老友沈从文给师陀的长信语重心长,不仅是对师陀受到伤害心灵的抚慰,而且还可以帮助读者进一步探询形成作家创作风格的外部环境,以及制约作家创作心态的内在心理动因。

由于社会和个人的因素,师陀有不少未刊稿的质量较高却未能面世,我们把其中的一部分收入全集,以使读者更全面地窥见师陀全人。

当然,我们把"求全"作为第一位的工作,并非意味着不顾创作水准,毫无选择地有文必录。对于未刊稿的处理,我们采取的是既开放而又

---

① 1943年7月1日《万象》月刊第3年第1期。
② 指开明书店支付给师陀的版税单据。
③ 参见《师陀全集》第8册《心灵之约——友人书简中的师陀》,河南大学出版社2004年版,第576页。

谨慎的态度，力求做到全而适度，全而不滥。因为我们深知，任何求全都只是一种向往。生活给人们留下的，更多的还是无法弥补的缺憾。如由于征集困难，目前全集所收师陀书信，只是很少的一部分。

校勘：从传统方法到现代校勘的转型

在《师陀全集》的编校工作中，我们体会到：校勘应是保证出版质量中心的一环。由于传播方式的变化，在现代，"日常的文学生活是以期刊为中心展开的"[1]，期刊成了文学作品的主要载体，这就使作品的校勘和传统的校勘发生了根本性的变化。

我国历史悠久，典籍丰富，从事校勘的学者，多湛深经史，校理群书，成绩斐然。但他们的校勘，往往多限于考订文字，订伪补脱。校勘最有成绩者如钱大昕，其校勘也主要是围绕着文字正误进行。如"校以当代史实，而知书中有后人妄改字"，"校以当代史实，而知书中有特殊缺笔字"，"校以行文义例，而知注语误入正文"，"校以文字形声，而知注中有讹误字"，"校以史传，而知作者时代之误"，"校以他书，而知作者姓字之误"[2]。六项之中，有多项涉及文字的校订。现代校勘当然有着传统校勘经验的直接继承。但也要承认，进入现代社会之后，文学作品的样式、传播方式、作者的写作手段都发生了变化，从而伴随着新的校勘任务，产生了新的校勘形态。

第一，现代作品，特别是许多叙事作品，卷帙浩大，动辄洋洋百万言，原有的以字、词、句为主要校勘内容的格局被打破，原有的某些规范难以适应变化了的文学需要。

第二，就作者来说，传统作品的校勘对象，多为已作古的作者的作品。现代文学的校勘对象，则大部分是活跃于文坛的现当代作家的作品。由于政治的、社会的、个人的多种因素，一些作品自诞生以后，作者就不断地进行着修改，造成了文本的不确定性，使作品的初刊本、初版本和以后各版发生了很大的差别。传统校勘学在这种不断修改的文本面前显得无

---

[1] 本雅明：《发达资本主义时代的抒情诗人》，生活·读书·新知三联书店1989年版。
[2] 张舜徽：《清人的校书工作》，载《中国文献学》，河南人民出版社1981年版。

能为力。

第三，就传播方式来看，作家以期刊为中心开拓着自己的文学疆域。而期刊众多，天南地北，国内海外，这也和进入现代之前作品的流通情况有了根本的不同。

总之，新的时代对校勘的要求已经不完全是从文字到文字，从书本到书本，校勘开始和社会调查、访问知情者等多项社会实践活动相结合，并运用新的校勘手段，扩展着自己的活动空间。新的校勘对象，推动着从传统校勘学向现代校勘学的转变；催促着人们通过对现代作家文本校勘的实践，总结出一些新的校勘原则与方法。在师陀作品的校勘中，就出现了较传统校勘复杂的情形。

一是同名异文。即作品的篇名相同，而内容却是完全不同的另一篇文章。抗日战争时期，师陀以芦焚的笔名发表了散文《八尺楼随笔》。师陀的散文集子里没有收录这篇作品。我写信给师陀，打听这篇作品的刊载情况。他回信说，自己记不清了，好像在解放区的什么刊物上发表过。《八尺楼随笔》这个新颖的标题召唤着我的热情。经过不厌其烦地翻检期刊，我终于在豫皖苏根据地1940年出版的《文艺战线》第2、3期合刊的目录上，找到了《八尺楼随笔》。在《八尺楼随笔》的总标题下，作者用其一、其二、其三、其四四个小标题，发表了内容略有联系又相对独立的四篇随笔。在抗日战争艰难的日子里，作品表达了师陀对被压迫者的同情和期待，并以辛辣的嘲讽指向侵略者、压迫者，向他们投以蔑视和鞭打。

找到《八尺楼随笔》的喜悦还没有过去，麻烦接着又来了：《八尺楼随笔》题目下赫然写着"上海转载"。文章是从上海哪个刊物上转载来的呢？我当时心想：当然是最好能找到上海的那个刊物，把散文的来龙去脉说清楚。但万一找不到呢？此时我也心存侥幸：既然文章找到了，把《文艺战线》上的《八尺楼随笔》收入全集完事，这个"上海转载"可以忽略不计了。虽然这样想，心里不踏实。最后，我还是跑到上海，找到了刊于上海的《八尺楼随笔》。意想不到的是，上海的这篇《八尺楼随笔》却不是《文艺战线》的那篇作品。刊于1941年7月30日《奔流》文艺丛刊第6辑《激》的《八尺楼随笔》，署名君西。散文的论题、风格和《文艺战线》那篇迥然不同。作品是一篇豫皖苏根据地的热情颂歌。散文在赞扬根据地军民建设新生活的同时，还以曲折的手法，揭露了国民党制造摩擦,进攻豫皖苏根据地的罪行。指出:给他写信朋友地址的变化,是由于敌人制造的"一件阴谋的余波"。《奔流》的《八尺楼随笔》和《文艺战线》的《八尺楼随笔》是两篇内容完全不同的同题散文。如果我糊里糊涂地把《文艺战线》的《八尺楼随笔》当作是转载于上海的这篇《八尺楼随笔》,那显然就是张冠李戴。何况,《文艺战线》的《八尺楼随笔》发表于1940年,而上海《奔流》的《八尺楼随笔》刊载于1941年7月,那里会有没有出版就被转载的事呢?极有可能的是,解放区那篇《八尺楼随笔》上的"上海转载",是编者为了师陀的安全而故意摆出的迷魂阵。①

二是异名同文。这种现象在师陀的作品里出现较多。如短篇小说《一九二八》发表于1934年4月1日《春光》第1卷第2期,1936年5月收入短篇小说集《谷》时改题目为《谷》。短篇小说《里门拾记·过客之二》发表于1936年4月6日《大公报·文艺》第123期,收入1937年1月文化生活出版社版《里门拾记》时改题目为《秋原》;短篇小说《春的梦》发表于1936年6月1日《文季月刊》第1卷第1期,收入1938年8月文化生活出版社版《野鸟集》时改题目为《春梦》;短篇小说《大地的儿子》1936年6月发表于《榴火文艺》创刊号,1936年10月15日发表于《作家》第2卷第2期时改题目为《野种》;短篇小说《卑微的巨人·里门拾记》发表于1936年8月9日《大公报·文艺》第194期,收入1937年1月文化生活出版社版《里门拾记》时改题目为《巨人》,收入1981年江苏人民出版社版《芦焚散文选集》时又改题目为《老抓传》;散文《关于死》载1937年4月5日《中流》第2卷第2期,收入1938年11月开明书店版时题目改为《死》;随笔《〈里门拾记〉的前后》载1936年12月21日《大公报》,收入1937年1月文化生活出版社版《里门拾记》时改题目为《里门拾记·序》;散文《虹庙行》发表于1937年4月21日《大公报》,收入1981年江苏人民出版社版《芦焚散文选集》时改题目为《除夕的虹庙》;短篇小说《鬼爷》载1940年1月《文学集林》第3辑《创作特辑》,收入1946年5月上海出版公司版《果园城记》时改题目为《城主》,收入1958年新文艺出版社版《果园城记》时又改题目为《"鬼

---

① 几年之后,研究者又发现了师陀第三篇署名《八尺楼随笔》的文章。参看《师陀全集续编》(河南大学出版社2013年版)。

爷"》；《曹操》作为"故事新编"发表于 1959 年 3 月 21—23 日《文汇报》，收入 1979 年 3 月上海文艺出版社《山川历史人物》时作为历史小说改题目为《党锢》。类似的例子还有一些。作品题目的变化，有时一篇文章三次改换题目，在阅读作品时不一一加以考辨，就会使研究者误以为是不同的文章。河北大学一位青年学者，曾来信指出过我 80 年代编《师陀研究资料》时就发生过类似的错误。

三是作者署名相同而实际上是不同作者之文。师陀这一类的作品不多。但此类现象，也曾经给他带来不少的烦恼。1942 年 3 月 15 日上海《中华日报》《文艺》第 22 期，1942 年 4 月 15 日《中华日报》《美音》第 5 期，发表有署名芦焚的论文《诗与节奏》。文中大谈中国诗人胡适、朱湘、徐志摩，法国的波特莱尔，英国的白朗宁，俄国的大钢琴家和德国的浪漫派作家，又论列商籁体、湖畔诗人，洋洋洒洒，招摇过市。如果没有师陀的声明，[①] 读者是很难辨析《诗与节奏》作者的真假的。师陀在《致"芦焚"先生们》一文中还透露假芦焚并非仅活动于上海一地。在抗战时期的大后方，就有又名"向烽"的芦焚在活动；当时在杭州的刊物上也还出现过一个"芦焚"。文坛上的这种鱼目混珠现象提醒人们，只有加强作品的考证工作，才能避免因署名相同而造成的差错。

四是对文集编选过程中出现的矛盾现象，要想方设法刨根问底，不能主观臆断，应如梁启超所要求"厌倦主观的冥想而倾向于客观的考察"。[②] 1943 年 3 月，芦焚写了一篇通讯《华寨村的来信》。人们知道，华寨村是师陀家乡村庄的名字，即河南省杞县华寨村。《华寨村的来信》中除了说明自己在乡间的苦闷心境外，特意抄录一段上海小报消息："名作家芦焚日前返里，临行有以报章间读其文字为言者，芦初微蹙其额，继徐言曰：……据云……今后当常住乡间，养鸡种豆，弃绝笔墨，直至战争结束。呜呼！此君斗室一榻，枯处数载，如居饿夫墓中，日常过从者不过三四人，而三四人者，固素知也。……今且行矣。江南秋老，夫复何言！"

整个抗日战争时期，师陀都躲在上海他自称的"饿夫墓"内，他什么时间返回过故乡呢？没有回乡，又怎么会从华寨村给上海写信，并有小报记者的这段消息？带着这些疑问，我专程去请教过师陀先生。他笑着诡

[①] 参见《致"芦焚"先生们》（载《马兰》，文化生活出版社 1948 年版）。师陀在文中声明，要将笔名芦焚，奉送给"汪记《中华日报》上的'芦焚'"。

[②] 《中国近三百年学术史》，东方出版社 1996 年版。

秘地回答我:"抗战时期我没有回过老家,那是为了骗人。《华寨村的来信》是为了造成一种假象,好像我已经离开了上海,以躲避敌人的搜捕。"原来,这篇以假乱真的小报消息,完全是师陀自己一手炮制,以便在生存空间逼仄的上海保护自己,迷惑敌人。多亏我及时向作者求教,这团乱麻才没有打成死结。记得鲁迅说过,"装假固然不好,处处坦白,也不成,这要看是什么时候。和朋友谈心,不必留心,但和敌人对面,却必须刻刻防备。我们和朋友在一起,可以脱掉衣服,但上阵要穿甲。"[①] 这个《华寨村的来信》,就是师陀穿在身上的甲。

五是作品体裁的互换。师陀突出的艺术风格,是小说的散文化,散文的小说化。用他自己的话来说,叫作"写出来的短篇小说有点像散文,散文又往往像短篇小说,没有一篇合乎规定的标准","既然没有一篇合乎规定的标准,我便把它们称为'四不像'"。[②] 仅收在江苏人民出版社版《芦焚散文选集》中被师陀当作散文的短篇小说,就有《说书人》、《灯》、《邮差先生》、《老抓传》等多篇。在编选中,我们尊重作者对文体的理解;但在收录时则核对作品发表时的情况,原发表时是小说归类于小说,是散文编入散文集,而不在意作者后来的变更。

六是校勘中难度最大的一个问题是版本问题。鉴于问题需要一定的篇幅来说明,我们在下一部分专门讨论这个问题。

《师陀全集》校勘中的问题带有强烈的个性色彩。每个作家文集、全集校勘中出现的问题是不可能相同的。现代作家作品校勘中出现的复杂情况,从根本上说是由现代社会的复杂性决定的。由此,笔者认为,与现代社会的文化建设相适应,应该在实践(包括古人和今人的实践)的基础上,逐步实现从传统校勘学向现代校勘学的转变,建立起新的现代中国校勘学。对诸如现代校勘学的性质、任务和研究对象,现代校勘学的原则与方法,现代校勘学的基本操作规范等问题,逐渐取得一致认识或接近一致的认识,以实现现代出版质量整体素质的提高。

---

① 《给萧军、萧红信》1935年3月13日,人民文学出版社1981年版《鲁迅全集》第13卷。
② 《谈风格》,《文艺报》1983年第12期。

版本选择：以初版本为基础

选择一个好的版本，做好校勘工作，直接决定着一部现代作家文集、全集的学术质量。具有可信性的版本为研究者提供了研究基础，从而使研究能够在原来的基础上有所突破、有所创新。

这些年来，在师陀著作的出版中，许多严肃的出版家做了不少工作，积累了一些有价值的经验。人民文学出版社作为新文学碑林之一种，于2001年出版的师陀短篇小说集《谷》，就是一个较成功的例子。编者在"出版说明"中指出：新文学碑林出版的"每一本书都力求以初版原创风貌与读者见面，内附原版封面与插图"，希望"提供一套精良的参考资料"。经我们与《谷》初版本核查，证明人民文学出版社是实践了自己的诺言的。但不可否认，在一段时间内出版的某些师陀作品，也不同程度地存在着不重视版本的现象。《果园城记》的出版，就有类似的情形。1999年，在"百年百种优秀中国文学图书"评选中，经丛书编辑委员编选，复评委员会、终评委员会评定，《果园城记》榜上有名。"百年百种优秀中国文学图书的"的《丛书前言》告诉我们："丛书的每一种图书对所使用的版本做了精心选择，选择的原则是在尊重初版本的基础上从优择用，再版时仅对所用版本中明显的编校错讹进行修订。"① 丛书编辑委员会确定的版本选择原则无疑是正确的。在丛书目录中，《果园城记》书名下列出的出版单位和时间是1946年上海出版公司版（以下简称初版本），而实际上，他们选用的却是1958年新文艺出版社的《果园城记》本。1946年上海出版公司本和新文艺出版社本差别极大，首先是篇目的变化，如：①初版本有《序》，新文艺出版社未收；②初版本有《刘爷列传》、《孟安卿的堂兄弟》，新文艺出版社本未收；③新文艺出版社本增加《北门街的好汉》，初版本未收；④新文艺出版社本增加了《新版后记》。其次，初版本和新文艺出版社本每篇的内容也有较大变化。例如，以首篇《果园城》为例，这篇七千字左右的短篇小说，1958年本较初版文字改动竟达二百一十多处。改动并不仅限于个别字句，而多涉作品内容。

---

① 《丛书前言》，解放军文艺出版社2000年7月版《果园城记》。

且看《果园城》两个结尾的异同。《果园城》描写了作品中的我在离开果园城七年后又回到果园城看望亲戚：守寡的孟林太太和她唯一的女儿素姑。素姑是一个"像春天一样温柔，长长的像一根杨枝，而端庄又像她的母亲的女子，她会裁各样衣服，她绣出一手出色的花，她看见了人或说话的时候总是笑着，却从来不发出声音"。这位从12岁起就开始为自己缝绣嫁衣，绣满了一口大箱子又一口箱子。如今，她已经绣到了29岁，在闺房中慢慢憔悴。箱子里锁着她的无数岁月，锁着这个嫁不出去的素姑的青春。初版本《果园城》的结尾，描写了素姑看见我以后的心理活动，以及我对素姑遭际的感受：

"你老了呢"，孟林太太为难的说，接着好像想改正自己。

我用眼睛去找素姑：她不知几时——并且不知为了什么她已经躺在孟林太太的背后，隔着装台，我看见她的苍白而又憔悴的脸，她的在暗中显得乌黑的眼正灼灼的望着我。我觉得眼泪已经壅塞了我的咽喉，要涌出眼眶来了，我要说不出一个字了。

"我们都要老的"。我勉强敷衍着说。

那为了什么而生气似的，像一个女巫，或者更像女校长的听差的女仆，已经送上茶来。仍旧是先前的样子，每人一只盖碗。

1958年《果园城记》新版《果园城》的结尾是：

"你老了"，孟林太太困难的说。

我望着坐在她旁边的素姑，苍白而又憔悴，忽然想起那个传说中的古怪老头和他的三个美貌女儿。孟林太太应该另有原因，因为害怕女儿重复自己的遭遇，才一味因循把她留在身边的。我感到一种痛苦，一种憎恶，一种不知道对谁的愤怒。

"人都要老的"。我低声回答。

那女仆送上茶来，仍旧是老规矩，每人一只盖碗。

很显然，两个结尾相比，在人物心理刻画、语言感染力等方面，初版本都较1958年新版更具韵味。

"百年百种优秀中国文学图书"丛书编辑委员会选择1958年新版本

并非是"精心选择"。退一步说，如果编辑委员会真的认为1958年本优于1946年初版本，那也应该向读者说明，而不必在百种优秀图书目录上标出1946年上海出版公司出版。丛书编辑委员会的做法很容易对读者产生不必要的误导。

《无望村的馆主》的新版较初版本改动更大。初版本署季孟著，1941年7月作为开明文学新刊由开明书店出版（简称开明本）。1946年12月出版过再版本。全书除"小引"和"尾结"外，分13章，127页，共7.1万字。1983年7月，作为上海抗战时期文学丛书之一，《无望村的馆主》由福建人民出版社出版横排本（简称福建本）。福建本除"小引"外，另增加"结尾"和"跋"，主体部分12章，全书132页，共8.4万字。

除一般文字改动外，福建本大的改动5处，即：

①福建本"小引"部分增加从第1页末行至第3页第10行；新增加了第15页；共增加3页。

②福建本第4章、第5章分别增加第37页第9行至第38页第8行，第39页倒数第6行至第42页、第46页第7行至第47页第10行，共增加约4页。

③福建本第11章增加第100页至第110页，第12章增加第111页至第114页，第115页第7行至第117页，第118页至第119页第4行，共增加约17页。

④福建本结尾增加第118页至第121页，共3页。

⑤"跋"的部分第122页至第132页，为全部新增，共11页。

以上福建本成段修改共新增38页，约2.1万字，占全书篇幅的四分之一强。这种伤筋动骨的修改，突出表现在对人物命运结局的修改上。作品主人公、败家子陈世德的妻子百合花，在开明本原是一个逆来顺受的弱女子。陈世德把她赶到娘家，孤苦无告，躺在床上一年多，已经病得奄奄一息。把家产荡了个精光的陈世德，走投无路，又到喜梦庄来找妻子百合花，想骗点钱鬼混，陈世德对百合花说："你知道我快完了……"接着作品描写百合花：

"快完了。是的，大家都快完了。"他的太太低声叹息着说，她低下头去玩弄被窝。

陈世德没有想到这时候空气已由苦痛,气恼和羞惭转成哀伤。她的太太的只剩下骨头的细小手指在棉被上动弹着,她说她不能跟他回无望村,因为现在她正当病着,同时她已经听说他过去的行为,他使她只有憎恨。她唯一的希望是将来他能再来一趟,她愿意死后能埋葬在姓陈的地里。……忽然间——她也许是想到她的美丽将要完全消灭,她受过的像她这种年纪不应该受的折磨,她当初的希望都成了空虚,即使她的寿命长久,也不过是像尼姑空活一场。因此她用双手掩住脸,肩膀不住的耸动着,扑下去哭起来了。

这是一个懦弱的、不知反抗的百合花,一个最大愿望是死后"能埋葬在姓陈的地里"的百合花。封建思想对她的毒害让读者心情沉重。而在福建本描写百合花和陈世德(小三千两)会面时,百合花则成了一个有主见、争自由的新女性。见面后,百合花直接质问陈世德来喜梦庄的目的是什么。她的气势使陈世德只好老实供认:

"钱,给我点钱。"陈世德哼哼唧唧回答。
"你要多少?"
"五块,五块大洋。"
"五块可以,从此可一刀两断了?"
这个宝善堂的末代子孙听说"一刀两断",明明表示要跟他离婚,日后再没有缠头,感到自己要的太少了。改口说:
"要一刀两断,得给三十块。我……"
"你讲话算数?"
"算,算数。"
"那给我一张休书。"
"休,休书,我不会写,"他吞吞吐吐说。
百合花冷笑道:
"你有本事卖十五顷地,连个休书都写不出来呀?"
陈世德被问住了。她接着说:
"那我替你打个草稿,你亲笔抄一遍,打个手印。"
陈世德点点头。她很快就写起来。

两个版本写出了两个不同的"会面"。就百合花的性格来说，福建本的确是变化太大了，变化得使人物性格前后判若两人。评论者对此曾向作者提出过不同的看法。唐弢对《无望村的馆主》的修改就颇有微词，他在给师陀的信中说："《无望村》已重新拜读，恕我直言，这样改，利弊互见。我也非常同情百合花这个无辜的女孩子，这样改，对她是好得多。陈世德和她会面（原书）一场，确有冲淡读者对这位地主少爷憎恨之处，但另一方面，改变了悲剧结局，客观上又不免减少了他的罪孽，他的恶孽反而不如原来写法的深重了。不知尊意以为如何？"①

对于作品内容的改动，特别是对百合花命运结局的改动，师陀有他自己的用意。他说："我对梦喜庄的百合花是抱着充分同情的，但是我原来把她写成只知'三从四德'的妇女，从认识上歪曲了这个人物，她善良，她无辜，纵然她不可避免地受过封建思想的影响。她的结局太悲惨，反而引不起读者的同情。现在我把她的结局改了。'跛'是我加进去的，使这个在旧社会受尽欺凌的女孩子有一线生机"。②

任何作品都是一定历史时代的产物，是作家当时对生活理解的艺术表达。在动荡变化的时代，作家几十年以后对作品内容、人物等作较大的修改，即使出于最良好的愿望，也有可能对作品原有的美学思想进行着修正。师陀认为自己"歪曲"了人物，因而在福建本中更加清晰地凸显阶级冲突，让受压迫的百合花觉醒，其中有着强大的无所不在的主流文学意识形态潜在或明显的影响。

概言之，从对《果园城记》和《无望村的馆主》的具体考察看，初版本作者着意于表现人物的精神世界，和生活本身似乎存在一种耐人寻味的距离感，文字更见光泽，有隐蔽在字里行间的活力；而修改本则往往增加了贴近现实的功利性表述。即以语言而论，出于对流行的大众化风格的追求，向往于使自己的作品明白如话，大众一看即懂，修改后的语言在通俗化的同时，也就丢失了特有情境下浓烈的生活气息和感情冲击力，作品的思想力量也随之被弱化、稀释。胡乔木就批评师陀对《无望村的馆主》的修改："作为未识面的老朋友，说句老实话，你近年行文我觉得有些啰嗦而枝蔓，不知是否年龄的心理变化反映？总之，这就不免有伤文体简洁

---

① 1984年3月12日唐弢致师陀信。
② 师陀：《〈无望村的馆主〉序言》，写于1981年7月21日，引文录自师陀笔记。

完美了。"①

通过对师陀初版本和修改本的对比研究,我们发现:师陀作品的修改,大致有两种情况,一种是对小的讹错的改正。如《马兰》由文化生活出版社出版后,发现一些明显的文字错误,他就致信巴金,要求修改。芾甘(巴金)1949年2月14日复信师陀:"《马兰》早售完。再版时当改正你列出的错误。"这一类的修改当然是必要的。第二类的修改则是如《无望村的馆主》这样大的修改。大的修改虽然在语言方面可能显得更为准确、流畅,但在艺术上,作品并没有整体上的提升,甚至还出现了个别艺术上的保守僵滞现象。为了尊重历史,尊重作品原初的存在,这次《师陀全集》所收作品,基本上选用初版本,或收录初次在报刊上发表的作品,以使读者能够比较真实地把握师陀的作品。个别修改较大的作品,则在所收作品之后,以附录的形式收录修改本的部分章节,以方便读者相互参照。

余墨之余

2003年7月下旬,复印完要寻找的师陀最后一篇散文,刚刚走出上海图书馆,滚滚热浪就突然猛扑过来。太阳像个火球把街道照得白亮白亮。马路不声不响地伸向远方,躺在那里喘息。街对面传来了带有夸张性的播报:今天上海气温攀升到了39.3℃,为1934年以来的最高气温。大上海69年以来的最高气温让我撞着了。

高温的烘烤使我想起了自己和友人为《师陀全集》出版付出的艰辛,眼前似乎也浮现出了一幅幅动人的画面:那是一双双向我伸出的援助之手。赵福生先生几乎是"有求必应",多次冒酷暑往来于上海图书馆。他的快捷体现着一种上海人的效率和干练;王广西先生在郑州除了热情帮助复印作品外,还主动推介我不曾见过的有关师陀的史料;任永全先生热情地向我提供了发表在华中解放区文艺刊物上的师陀作品;马俊江先生从保定寄来了他新近编就的师陀部分著作和研究论文目录索引,这位青年学者的严谨学风给人留下了鲜明的印象;解志熙先生一天四次从北京打来电

---

① 胡乔木1984年6月12日致师陀信。

话，让我分享他找到一篇师陀早期作品的喜悦；中国现代文学馆吴福辉先生、许建华先生，星期天还组织工作人员，赶着为全集复印师陀的未刊稿和信件；河南大学文学院和图书馆的黄志琴女士、李顺翔先生，任劳任怨，一直忙着查资料，编索引，复印校对，抄写未刊稿。至于师陀先生夫人陈婉芬女士和公子王庆一先生，更是翻箱倒柜，主动发掘资料，提供线索。婉芬女士关于她们一家共度欢乐与苦难的描述，她与师陀先生在新婚喜庆日子发生的件件趣事①，一些美好的回忆，都加深了我对师陀的精神、个人情趣的理解。我的学生王鹏飞，夏秋之间，一直为全集的出版奔走于京沪。他先从上海师陀先生家属那里提来了一大包师陀的笔记和作品，接着又从北京中国现代文学馆扛来了多至十多公斤的复印件。他的踏实和诚恳让我感动和心疼。出版社王刘纯先生的魄力，袁喜生先生的诚恳，谢景和先生的认真，他们审稿时一丝不苟的态度，常无声地催促我暗自检点，不敢懈怠。至于为了全集的出版，妻子陪伴我先后三下北京、两赴上海的苦心搜寻，更是我心中的永存。一句话，今日出版的《师陀全集》，是师友和师陀先生家属共同心血的结晶，是全集所有参与者留给岁月的永恒印痕。在《师陀全集》即将与读者见面之际，我愿向他们表达由衷的敬意。

  只要是存在就是历史。只要是历史就会走远。我们乐意《师陀全集》接受历史的汰选。

（载《中国现代文学研究丛刊》2004 年第 3 期）

---

  ① 收入全集中的陈婉芬女士为师陀先生所画的一幅漫画，以及师陀在漫画上的题字，展现了他们在新婚时相互嬉戏的有趣场面。

静悄悄地行进

——论90年代的解放区文学研究

一

表面看来，20世纪90年代和80年代的解放区文学研究并没有什么明显的不同。然而，当我们把90年代的解放区文学研究的代表性成果①排列在一起，就会感觉到：90年代的解放区文学研究，的确已经发生了某些内在的变化。只是这种变化的表现形态在静悄悄地行进，不易被人觉察罢了。

让我们首先看一个刊物90年代初期的启事。

1992年底，创刊九年的《延安文艺研究》在封二发表了《本刊更名改版启事》。②启事告诉人们，以专门从事解放区文学研究为办刊宗旨的《延安文艺研究》，为了"求得生存"而不得不改弦更张。至此，80年代出版的各类研究解放区文学的刊物全部消失。③

在现代商业意识影响下，一个刊物的创刊、休刊、更名，是一件很正常的事，它就像都市里每天都有店铺歇业，同样又有新的店铺开张一样。《延安文艺研究》更名所以值得提出，在于这个主流文艺批评阵地的更名，折射出了解放区文学研究正在发生的某些深刻的变化。由此，解放区文学研究回到了它在社会生活结构中应处的位置，消融于中国现当代文学研究的整体格局之中。此后，一方面，解放区文学研究变得更为孤寂、冷

---

① 笔者近年看到的这方面的研究论文约200篇，有关研究著作近80部。
② 《延安文艺研究》1992年第2期。
③ 80年代专门研究或以较多篇幅发表解放区文学研究论文的《抗战文艺研究》和研究晋察冀文艺的刊物都先后终刊。

清；另一方面，研究和批评的操作方式也开始发生质变。突出表现是：90年代的研究和批评中，已经逐步淘汰了（不是根绝）那种因观念相左而恶语相加，乱扣吓人帽子，欲置论敌于不利政治语境的批评模式，批评的外部环境有了深刻而带有根本性的改善；用非文学的力量对文学批评进行干涉，用权威效应（权威裁判）来制约文学批评流向，用运动方式、组织决议的做法为文学批评做政治结论等批评中的消极现象，正在解放区文学研究中悄然离去。90年代解放区文学研究的变化体现在如下三个方面：（一）研究视角的转换；（二）历史遗案新的阐释；（三）青年研究者的加盟和理论研究的新思路。

二

在作家研究中，人们逐渐告别了单一的社会学批评模式，开始从作家、作品的实际出发，从批评主体的艺术积累和艺术感受出发，推出了让人耳目一新的研究成果。赵树理及"山药蛋派"研究仍然受到了研究者最多的关注。研究的深入是从研究视角的转换开始的。一些研究者用新的观察方法和感受方式来认识赵树理及"山药蛋派"。我想围绕着以下论文来阐述这个问题。这些论文是：席扬、段登捷：《文化整合中的传统创化——试论"山药蛋审美"在解放区及中国当代文学中的意义》（1992年《延安文艺研究》），席扬：《"山药蛋派"：中国现当代文坛的实践形态的接受美学》（《山西文学》1993年第5期），朱晓进：《从地域文化的角度研究"山药蛋派"》（《中国现代文学研究丛刊》1994年第1期）。

三篇文章，三种视角。《山西文学》文采用接受美学的批评方法来评析"山药蛋派"。作者认为"山药蛋派"是我国现当代文坛的一种实践形态的接受美学。其宗旨或审美追求是：文学创作应为读者服务、为工农兵大众服务，尤其是为广大农民读者所喜闻乐见、所接受。其对象是广大农村读者，内容是现、当代的现实生活，形式是我国传统的民族化、大众化即通俗化的艺术形式，价值观是以农民读者的审美接受为中介的政治功利价值观，它是中国式的实践形态的接受美学。作者认为，"山药蛋派"的文学观同严格的理论形态的接受美学有惊人的一致性。在此基础上，该文分析了"山药蛋派"的历史贡献：一是把文学还给了人民；二是继承和弘扬了优秀的民族文艺传统；三是为我国现当代文坛提供了一个有独特文学主张、美学理想、艺术风格、创作队伍的文学流派。其在美学上的最高成就是形成了通俗、简省、自然、清新、朴实、幽默的以俗巧为特征的新的美学形态。该派的局限是审美取向不够开阔豁达，艺术思维不够开放，作品相对来说不够深厚、缺乏哲理蕴含。《延安文艺研究》文则从美学角度，从艺术审美的角度来研究"山药蛋狐"。他们在文中提出了一些相当重大的问题：在新民主主义的文化整合过程中，"山药蛋审美"到底扮演了怎样的角色？作为审美现象，它的特质都表现在哪些方面？"山药蛋审美"同时被新民主主义和社会主义两个时代所宠爱，这是否可以说明解放区与新中国的文化构成过程富有内在的统一性？同时，作为一个相当单纯的审美现象，它是如何在文明与愚昧，传统与西方，都市与乡村，五四艺术理性与延安艺术理性，浪漫精神与务实精神交错复杂的矛盾运动中保有自身并发扬光大？在当代，它以怎样的审美魅力影响于审美格局建构过程的呢？对上述问题，作者均提出了自己的看法。作者认为，解放区存在三种文化观念：即政治文化观念、知识分子文化观念和农民文化观念。在分析三种文化观念的特性之后，作者指出：政治文化观念的功利性，知识分子文化观念的超越性，农民文化观念的传统性，通过"山药蛋审美"的生成过程得以解决。而《中国现代文学研究丛刊》文则把"山药蛋派"的审美特性与三晋文化传统联系起来进行研究。该文认为，三晋文化孕育的山西特有的民风民性，特有的文化价值取向，特有的审美取向，适应了抗战形势的需要。具体说，山西民性中的质朴俭啬和毅武倔强，正是抗战物质贫困和斗争环境险恶所需要提倡的重要文化精神；即使新中国成立以后，这种精神也是建设一穷二白的国家所需要倡导的。从该文价值取向看，三晋文化中的崇实精神和解放区的文化倾向相一致。从审美取向看，山西作家源于三晋文化崇实精神的重实用、重实利、重本土的审美追求与抗战时期人们普遍存在的民族精神也相合拍。上述三文研究的结论不论我们同意与否，我们都能感受到这种多视角的探索所具有的活力。

对赵树理的研究，以后陆续有新的论文发表，不断深化着对问题的思考。①

---

① 参见李仁和《论晋东南地域文化与赵树理文学观念之联系——赵树理与中国传统文化研究之一》（《通俗文学评论》1996年第4期）、席扬：《二十世纪"山药蛋派"研究的几个问题》（《人文杂志》1999年第5期）。

在丁玲研究中，虽然一些争论不无意义①，而且从长远来看，这对丁玲研究也未必不能产生积极作用，但我还是更看重有关丁玲创作出版过程研究所取得的进展。龚明德的《〈太阳照在桑干河上〉版本变迁》一文②，根据北京图书馆馆藏《太阳照在桑干河上》手稿以及丁玲生前在北京、厦门以及陈明在北京、厦门、西安等地与作者多次有关谈话资料，从版本学的角度，详尽地描述了《太阳照在桑干河上》的出版历程。这段记述之所以值得重视，在于它比较典型地揭示了解放区文学创作的一个鲜明特点：领导者对文艺的直接指导、关心和支持。在与国民党作最后决战的1948年，日理万机的最高决策者，竟然需要抽出时间来为一部小说的出版与否作出决断。《太阳照在桑干河上》经过胡乔木、萧三、艾思奇的审读和最高领导者的决定，终于得到了及时出版。这不仅使丁玲在当年出席世界民主妇联第二次代表大会时"带着书出去"，而且经苏联汉学家翻译很快出版了俄译本，并最后获得1951年度斯大林文学奖金，从而在国际上为中国解放区文学赢得了声誉。《太阳照在桑干河上》的出版过程，反映了解放区文学的一个基本特征：文学和政治的密切关系。文学和政治的紧密结合，本身包含着深刻的内在矛盾。领导者对文学、对作家的过分关心，也有可能给创作带来局限。在许多情况下，政治家和作家观察文学的角度并不完全一致。创作是最个人化的事业。创作心态的自由程度，直接决定着一部作品的成败。对一个作家来说，来自外部的干涉，哪怕是好意的指导，也难免不对其产生负面影响。更何况是来自高层的意见，有时甚至是和作者生活感受完全不同的意见，就会使作家处于异常尴尬的地步。不接受这些修改意见，就可能使一部由心血换来的作品无法出版。如果迁就那些自己并不同意的意见创作就会失去原本具有的活力。钱理群的《新的小说的诞生》③也是选取独特视角，以小见大，通过对《太阳照在桑干河上》诞生过程的描述，从理论上阐述了文学与时代的关系，以及政治环境对文学发展方向决定性的影响。进入90年代，丁玲晚年部分日记的发表，也帮助研究者窥见到了1942年延安的文艺批判长期在她心灵

---

① 例如，王蒙在《读书》1997年第2期发表《我心目中的丁玲》一文之后，陈明在1997年9月1日《文论报》发表了《事实与传说》、艾农在《中流》1997年第9期发表了《真实的丁玲与谬托知己者笔下的丁玲》与王蒙进行了辩论。
② 《新文学史料》1991年第1期。
③ 《文艺理论研究》1997年第1期。

深处投下的阴影。1978年10月8日，丁玲曾在午睡时构思一篇短文，以一中学教员回乡务农，从他的生活中反映农村所受四人帮毒害之深为题材，用日记形式，仿《狂人日记》的形式来写。丁玲在日记中写道："真是数年不见，农村的面目全非，令人痛恨。但是一觉醒来之后，又有些畏惧了。文章要写得深刻点，生活化些，就将得罪一批人。中国实在还未能有此自由。《三八节有感》使我受几十年的苦楚。旧的伤痕还在，岂能又自找麻烦，遗祸后代！"① 在某种意义上说，这则日记所反映的丁玲的创作心态，实是理解丁玲创作的一把钥匙。作者的创作心境，直接决定着《太阳照在桑干河上》的总体风貌。由此，读者可以认识一个更加真实的丁玲，丁玲研究也可循此而走向深入。选取别的视角对丁玲作品进行研究的论文，同样也给我们带来了新意。②

如果说80年代的孙犁研究侧重点还主要集中于他的小说的抒情性研究，那么，90年代研究者的视野则远为广阔。③ 和许多流行的把作家传记写成创作评论的做法不同，郭志刚、章无忌的《孙犁传》④，以流畅明快的文字，向我们展现了孙犁独特而意蕴丰厚的人生。《论孙犁和平时期的小说创作》认为，孙犁创作思想的贯穿线，就是对人生、人情、人生命运的密切关注。作者指出：孙犁"始终如一地以人情和人性的眼光看取世界，看取人生，醒目动人地描绘了情与理的冲突、爱与恨的冲突、善与恶的冲突，在细腻入微的描写中把人的不可言传的情感世界揭示出来，使读者心灵产生共鸣。"作者还说，细细分析，孙犁的战争文学，"没有用多少篇幅去描写辉煌的英雄业绩，而是始终以普通农民为描写对象，着力表现他们是怎样从社会最底层走来，在共产党领导的正义战争中焕发出人性光彩"，孙犁"写政治生活内容只是载体，表现强烈的善恶倾向和人伦意识才是他的目的。正因为如此，所以当后来人们的政治生活发生了巨大变化，许多曾经走红一时的作品令人难以置信地成为明日黄花，而孙犁植根于人道土壤上的创作却随着时间的推移，越来越显示出恒久的艺术魅

---

① 《生活片断》，《新文学史料》1990年第3期。
② 参见万直纯《〈太阳照在桑干河上〉中的农村宗法社会》（《中国现代文学研究》丛刊2000年第3期）等文。
③ 仅近年《中国现代文学研究丛刊》就先后发表《再释孙犁》（张景超，1997年第4期）、《论孙犁和平时期的小说创作》（傅瑛，1998年第3期）、《孙犁：革命文学中的"多余人"》（杨联芬，1998年第4期）等文章。
④ 十月文艺出版社1990年版。

力。"这段不长的文字,似乎触摸到了孙犁创作精神的真髓。《观夕阳》①虽非议论孙犁解放区的创作,然而对孙犁晚年思想矛盾的分析却极见功力。论文提出孙犁"某些需要调整的价值观念"、"一些需要更新的思维方式",其意义已经远远超出了孙犁本人,而有着对那些当年叱咤风云的文学创作者精神现状的描摹和对他们苦心的告诫。樊骏通过对《再释孙犁》等论文的解读认为,论文作者"并没有停留于对作家的优美的文本风格的赞赏,而是结合他几十年里孤独的、常常被人误解的、不无悲剧意味的坚守和跋涉,进一步透视他的人生原则、道德操守、哲学信念,从不同侧面把握他的精神风貌。……论文既写出了他的突破、创新等成就,也触及了他的狭窄、单薄等欠缺。从中,我们不仅看到了一个真实的、富有立体感的孙犁,同时也感受到了解放区文学以至于整个现代文学丰富多样的风采;他们都不再像过去所理解的那样单调、浅显和乏味。"②樊骏的感受应该说是深切的。

三

20世纪90年代解放区文学遗案研究中的最大进展,当属对王实味及与之相关文学思潮的新阐释。1941年下半年至1942年春天,王实味以及丁玲等人的创作思想经历着一些新的变化。初到解放区,他们都热情地讴歌新生活的光辉,把解放区视为自己的"家"和创作的乐园。创作伊始,他们笔下的新人物既显得纯朴可爱,也留有对新生活缺乏深切感受而带来的局限:浮泛的颂扬使作品缺乏对生活应有的穿透力。随着阅历日深,他们对解放区生活的认识逐渐深化,开始敏锐地感受到:在敌人的军事封锁和包围下,解放区在新生活的建设中还面临着一系列需要克服的复杂矛盾和困难,旧的传统观念还在禁锢着人们的思想,束缚着人们的头脑;解放区的农民虽然在政治上经济上获得了初步的翻身解放,但各种小农意识、旧社会的思想残余仍弥漫于解放区的现实生活之中。认识的深化使他们的创作作风为之一变。其标志是:在讴歌解放区新生活的同时,他们作品的

---

① 《当代作家评论》1998年第3期。
② 《〈丛刊〉:又一个十年(1989—1999)》,《中国现代文学研究丛刊》2000年第4期。

社会批判意识有着明显的增强。在创作理论上，他们也开始了富有生气的探讨。① 这是在延安文坛吹拂起的一阵与工农兵文学思潮迥异的文学新风。对于工农兵文学思潮来说，这既是一种挑战，也是一种补充、丰富和调整。在随后掀起的批判王实味的政治风暴中，这股文学潮流就在无形中销声匿迹。甚至，原先的倡导者们，在特定时代的氛围下，出于响应组织的号召或别的原因，也多站出来表态。或发言作自我批评，或撰文批判王实味的"罪行"，② 以图和王实味划清界限。但尽管当时他们自己认为割断了与王实味的纠葛，15年后的"再批判"中却仍然未能逃脱灾难，人们还是把他们和王实味捆绑在一起受审。"再批判"者宣告："王实味的活动并不是孤立的。那时和王实味相呼应的，就有丁玲、陈企霞、萧军、罗烽、艾青等人"。③ 对于这桩历史遗案，研究者在80年代基本上保持着令人不安的缄默。进入90年代，研究有了实质性的进展。特别是随着1991年2月7日公安部《关于对王实味同志托派问题的复查决定》的发表，对王实味的研究更日渐升温。④

20世纪90年代对王实味的研究，虽然在初期阶段仍表现出一种明显的历史延续性，如公安部的"决定"就是80年代拨乱反正的继续。但就研究内容来说，研究的重点一开始就转向从学理上对王实味的文学观进行辨析，从文学思潮的角度阐释王实味文学主张的历史价值，而不再纠缠于非文学的政治性论辩。研究者认为，在解放区工农兵文学思潮逐渐发展成为解放区文学主潮的情势下，还涌动着一股与工农兵文学思潮有所不同的文学细流。王实味就是这股非主流文学思潮的代表者之一。《挑战与互补：王实味等人文学观透视》一文指出：王实味的美学观具有独树一帜

---

① 除王实味外，发表的理论文字有：丁玲的《三八节有感》、艾青的《了解作家，尊重作家》、罗烽的《还是杂文时代》、萧军的《论同志之"爱"与"耐"》等。

② 参见丁玲《文艺界对王实味应有的态度及反省》（《解放日报》1942年6月16日，艾青：《现实不容歪曲》《解放日报》1942年6月24日）。

③ 《王实味的〈野百合花〉》，《文艺报》1958年第2期。

④ 研究王实味有代表性的著作和论文中有：温济泽等：《王实味冤案平反纪实》（群众出版社1993年版）、刘增杰：《文学的潮汐》（河南人民出版社1992年版）、黄昌勇：《生命的光华与暗影——王实味传》（《新文学史料》1994年第1期）、朱鸿召编：《王实味文存》（上海三联书店1998年版）、徐一青：《王实味撤离延安及被秘密处死的经过》（《传记文学》1993年第3期）。

的异端色彩[①]：第一，从政治家与艺术家任务的不同入手，强调文学家担负的重要任务，是改造革命战士的灵魂。他说，"革命阵营存在于旧中国，革命战士也是从旧中国产生出来，这已经使我们的灵魂不能免地要带着肮脏和黑暗。当前的革命性质，又决定我们除掉与农民及城市小资产阶级作同盟军以外，更必须携带其他更落后的阶级阶层一道走，并在一定程度内向它们让步，这就使我们要沾染上更多的肮脏和黑暗。艺术家改造灵魂的工作，因而也就更重要、更艰苦、更迫切。"王实味的这一提法，显然和当时流行的文学为政治服务，甚至直接为某项具体政策服务的思想有着分明的冲突。但细心体察，他的这一文学思想，并非主张文学脱离现实，脱离"服务"的轨道，他在当时就提出了"文艺更好地为我们伟大的民族解放战争服务"的口号。王实味试图纠正对文艺与政治关系的狭隘化、绝对化、简单化的理解。第二，要求强化文学的社会批判意识，主张在歌颂光明的同时，应该更重视揭破现实中的黑暗。王实味醒目地提出：揭破肮脏与黑暗，"与歌颂光明同样重要，甚至更重要"。这句尖锐的话，从全文看，并不是为了张扬黑暗，掩盖光明。文章说，"因为黑暗消灭，光明自然增长"。这里所说的写光明写黑暗问题，当然不是表面上的文字之争，它事实上代表着王实味深化了的对文学的思考。它要求文学描写从表层进入深层，从外部进入到内部，即要求文学对于人的灵魂进行不加掩饰的揭示。第三，从文学的审美特性出发，王实味隐约地开始了对创作主体心灵的研究。王实味认为，艺术家要"自由地走入人底灵魂深处"，就必须"改造自己以加强自己"。王实味还以鲁迅为例，来阐明自己对这一问题的理解。几十年来鲁迅研究的成果表明，王实味的艺术感受可能更接近于鲁迅的内心世界。第四，以开放的眼光关注现代文学的发展，对传统文学形式采取清醒的批判态度。在阐述自己理论观点的同时，王实味对解放区文学发展的现状作了初步的总结。他认为，《黄河大合唱》属于光明愉快爽朗犀利健康的作品，聂耳的全部遗作，是民族形式创作的精品。他批评了解放区音乐界创作中存在的"小调"作风，指出：小调并不同于民歌，不应把小调当作"民族音乐优良传统"来接受。王实味呼唤音乐创作中"激昂雄壮慷慨悲歌"新旋律的诞生。王实味还对

[①] 这一时期王实味的美学思想，集中表现在《文艺民族形式问题上的旧错误与新偏向》、《政治家·艺术家》两文中，引述时不再一一注明。

当时话剧的发展表示了忧虑。指出，由于某些人对民族形式的片面理解，认为话剧不是"民族形式"，从而使剧作者对话剧创作失去了创作热情。第五，反对"只此一家，别无分出"的批评态度。在评论文学民族形式的文章中，王实味态度鲜明，绝无吞吞吐吐的客套。他先就商于陈伯达，接着又评论了艾思奇《旧形式运用的基本原则》中的若干失误，继之又讨论了胡风批评文字中的新偏向。他认为，胡风所说批评家都"根本不懂现实主义"，这样的批评是不能使人心折的，"胡先生底批评，既不公平，又似乎带有现实主义'只此一家，并无分出'的傲慢气概"。文学批评中"只此一家，别无分出"的桎梏，会窒息文学批评鲜活的生命，并带来文学创作的单一和苍白。60年后再来审视王实味的这些观点，我们惊异于他思维的超前性和艺术的敏锐性。王实味的见解，突破了流行的思维模式，充满着对现实人生的生命体验和文学感悟，展现了他那具有挑战性的理论人格。当然，不应该过分苛求王实味。王实味的理论，并不具备体系性的谨严。他对许多问题的思考，表现出了一种显而易见的幼稚。在《政治家，艺术家》一文中，王实味把自己的文学见解浓缩在类似格言的警句里，虽可以显露他的才华，但事实上却很难把政治家与艺术家的复杂关系讲清楚。王实味对政治家作用的理解和表述，应该说也是不全面的，甚至还相当明显地表现了一个较少参与政治实践活动的文化人对政治家的隔膜。在《野百合花》里，王实味关于平均主义和等级制度的议论，也表现了较多认识上的局限，同样染上了带有某些时代特征的小农观念的色彩。[①] 上述研究是对王实味美学思想的第一次梳理。

对王实味问题的认识，目前学术界还存在着一些不同的看法。例如，有的论者把王实味命运的不幸结局较多地归结为"康生插了一手"，就是一个值得进一步思考的问题。这位论者认为，由于康生是指导整风运动的中央学习委员会副主任，兼中央直属机关总学习委员会主任，而王实味所在中央研究院的整风又受中直机关总学委的领导，所以，中央研究院对王实味的斗争，"从会议开始时，康生就插了一手"，是"在康生的指导下，座谈会很快变成了反王实味的斗争大会"，"随着对王实味问题的揭发，批判逐步升级，毛泽东等领导人对他的问题的认识也逐渐发生了变化"，

[①] 参见刘增杰《战火中的缪斯》第二章《工农兵文学的诞生与发展》，河南大学出版社1992年版。

在延安文抗理事会接受了群众要求开除王实味会籍的动议后,"在这种情势下,毛泽东也接受了王实味是托派分子的说法"。[①] 资料显示,康生在把王实味打成托派分子、最终使王实味被处死的冤案中,的确起了极其恶劣的作用。但是,在王实味事件的发展进程中,康生也许并不能起决定性的作用。事情也许远为复杂。应该进一步加强以史实为基础的研究工作。史实的廓清有利于总结解放区文学以及整个延安文艺界整风的经验教训,为人们留下珍贵的精神遗产。各种因素的制约,包括认识水平的限制,若干历史文献尚待解密,等等,人们今天对解放区文学的认识,对王实味的理解,也许还难免片面。因此,进一步发掘、整理、编选解放区文学的基本史料,仍然刻不容缓。它不仅是为了适应目前研究工作的需要,使研究成果建立在可靠事实的基础上,建立起解放区文学研究谨严的学术规范,而且也是为了给后来者的研究提供进一步思考的条件。

  正是基于这种认识,所以我特别看重《王实味文存》一类著作的出版。[②]《王实味文存》收录了迄今已经发现的王实味的著作,以及在批判王实味运动过程中发表的主要文章和资料,公安部《关于王实味同志托派问题的复查决定》,以及王实味亲属的回忆文章。这样,依据这些材料,今天人们还说不清楚的问题,明天的研究者就有可能说清楚了。同类著作中,王培元的《抗战时期的延安鲁艺》,也具有理论价值和史料价值。王著在《在政治的潮流中》一章,引用了大量当事者的回忆文章和谈话,描述了在延安"抢救失足者"运动中"同学反目、朋友成仇、夫妻背叛"的悲喜剧,如实地呈现出了文艺工作者所横遭迫害的事实:"'抢救失足者'运动在鲁艺声势浩大地开展起来。开头还是和风细雨、苦口婆心地规劝,不久便转入了急风暴雨、铺天盖地的批斗,小组会、各系会议、全校大会交替进行。抢救运动开了以群众运动的形式清查特务的先河,于是造成了大量的冤假错案。整风期间每个人所写的'思想自传',这时候派上了用场,只要从中发现了一点蛛丝马迹,发现有所谓'问题',即被作为抢救对象。"王培元认为,抢救运动不仅毒化了延安的政治空气,败坏了人与人之间正常的情感和关系,给作家心灵造成了创伤,而且,对中华人民共和国成立之后文学的发展也产生了负面影响。作

---

  ① 高新民、张新军:《延安整风实录》,浙江人民出版社2000年版。
  ② 《王实味文存》,朱鸿召编选,上海三联书店1998年出版。

者说:"人们还是在后来的反右派、'文化大革命'等一系列政治运动中,一再看见了曾一度肆虐于延安的可怕的极'左'政治的幽灵。在经历了严峻的思想改造之后,又遭到了残酷的政治迫害,参加过整风运动和抢救运动的知识分子和文化人,心灵深处留下的应该是刻骨铭心的记忆和创巨痛深的体验。这恐怕是他们投身革命后所遇到的第一次巨大的打击和挫折。可是,从他们后来的文字当中,人们很少能看到他们曾经有过的那种难以忘怀的受挫感和伤痛记忆。"在分析"抢救失足者"运动的消极后果时,王培元在书中还写了一个耐人寻味的细节:1996年2月27日晚,严文井在接受笔者(王培元)的采访时,回忆道:"抗战胜利后离开延安时,周扬问我对鲁艺有什么意见。我说就是抢救运动不太好,不应该那么搞。周扬居然很吃惊,说,你还有意见!意思是你没有被'抢救',你有什么意见?后来周扬还曾批评过严文井,说他这个人好用怀疑的眼光看人。"周扬和严文井的简短对话,说明了对这场运动的负面影响,当事者并不是都能够很快清醒,新中国成立后文艺界出现的一些问题自有其内在原因。以列举事实为主,略加评述的这一类著作,还可以举出一些。[①] 它们同样构成了90年代解放区文学研究重要的组成部分。

20世纪90年代解放区文学研究中重新审视的问题还有一些。比如曾经长期纠缠不清的文学的大众化和"化大众"问题,就有了初步的廓清。[②]

四

20世纪90年代解放区文学研究的另一个鲜明特色,是少数青年学者开始走进这块文学领地。在80年代,对解放区文学实践的理论概括,总是在预设的理论框架之内,先入为主地在领导、负责人的讲话、指示的范围之内兜圈子,缺乏理论创新,弥漫着浓重的教条气息。青年研究者的加盟,打破了这种沉闷的研究格局。他们把解放区文学放在整个20世纪中

---

① 如《王实味冤案平反纪实》、《延安文艺回忆录》、《延安鲁艺回忆录》以及韦君宜的回忆录《思痛集》等。
② 周进祥:《大众化与"化大众"——对解放区文艺史上一个遗案的简析》,《延安文艺研究》1990年第3期。

国文学的生存环境之下,从阅读作品出发,在自己阅读的新鲜感受的基础上从事理论概括。这样,解放区文学作品的美学意蕴,潜在意象的含义在阅读过程中就被逐渐展现了出来。倪婷婷关于延安新英雄传奇的研究就是一例。在阅读《地雷阵》、《抗日英雄洋铁桶》、《新儿女英雄传》、《吕梁英雄传》等长篇以及吴伯箫、艾青、罗丹、孙犁的短篇作品中,倪婷婷感受到:求生存、求解放的民族民主战争,构成了边区民众生活的主旋律,也构成了延安文学的一大基本取材特色,"延安文学以精心构塑的抗日英雄群像,使'五四'先辈开创的反帝爱国主题焕发出青春的光彩,显示出生机勃勃的活力","新英雄传奇是根据地民众英雄的传奇经历的缩写,作为一种文学样式,它能广泛而普遍地为40年代关心抗战现实的根据地作家所选择,说明它对这个时代具备多重的适应性:它适应于表现抗日英雄风采的创作时尚,适应于演绎包容了乐观主义、英雄主义和浪漫主义等一切为《讲话》允可的主义的理论时尚,也适应于刚刚还沉湎于《儿女英雄传》等传统侠义传奇故事,正寻觅新的儿女英雄传奇读本的北方农民的接受时尚……它的长处因它对时代的适应而来,新儿女英雄传奇使中国几千年来的战争文学进入了一个新的阶段,它对中华民族抗日爱国精神的弘扬和对抗日民众英雄业绩的讴歌,其价值与成就早已为世人所认识"。作者在这里所作的三个"适应"的概括,准确地揭示了新英雄传奇在解放区生长的现实土壤。

打破长期形成的以颂扬为主的批评模式,倪婷婷把目光还投向对新英雄传奇失误的反思上。论文《战争与新英雄传奇——对延安战争文学的再探讨》(《江苏社会科学》1997年第5期)就透露出了这一研究信号。倪婷婷的看法是,新英雄传奇"它的短处也因它对时代的适应而来,因为它的陋弱恰恰牢牢浇铸在那些精彩之中"。她认为,新英雄传奇在对旧形式的借鉴模仿中,出现了值得沉思的疏漏:"疏漏之一是一些作品中出现了没有来得及融化的生硬照搬,有些情节是一些传统故事的直接衍化,缺乏鲜明的时代特征","疏漏之二是以重视故事的完整为代价而忽视人物性格的刻画","疏漏之三是由采用章回体而来的结构的程式化问题"。倪婷婷还指出了新英雄传奇在主题上的局限,认为这类创作的精神境界尚较为浅露,没有能达到并超越第二次世界大战期间世界进步文学共同的反法西斯主题的思想高度。包括抗日英雄传奇在内的大部分抗战题材的创作者,都一味关心具体敌对环境下对敌斗争故事的进程,而对抗日反法西斯主题缺乏深层的理性思考。解放区的新英雄传奇所欠缺的，正是世界反法西斯文学作品，如《西线无战事》、《瓦西里·焦尔金》、《青年近卫军》所包含的人性内涵，它所显现的历史和哲学思想高度。倪婷婷对新英雄传奇所做的阐释，较20世纪80年代的同类研究跨出了坚实的一步。目前，以理性的平静心态研究解放区文学的青年学者还为数不多。当更多的青年学者参与对解放区文学这一独特现象研究进程之时，就可能是解放区文学研究科学化、理论化到来之日。当下，解放区文学研究中的许多理论课题的研究还十分薄弱。诸如解放区文学发生论研究、毛泽东文艺思想在解放区文学发展中的历史评价研究、延安文艺整风得失研究、解放区文学同国际反法西斯文学比较研究、解放区文艺大众实践研究等等，都亟待深入展开。

陈涌和王飙关于毛泽东文艺思想的争论，并没有结出理论果实。陈涌在《毛泽东与文艺》① 一文中提出："包括文艺在内的无产阶级意识形态的每一个领域，它和政治的关系，是部分和整体的关系。"王飙在《文学评论》、《文艺理论研究》发表论文，对陈文进行了批评，认为陈文把他的违反马克思主义的"理论"宣传为"原理"、"原则"，从而导出"文艺从属政治"的结论，势必在文艺方针问题上造成思想混乱。陈、王讨论表明：对毛泽东文艺思想的不同看法，已经开始作为学术问题进行正常讨论。它反映着90年代不寻常的学术环境：研究者用平常心研究学术的时刻正在临近，正在远离那种以强化、突出意识形态性为特征的批评方式，显现了现代形态文学批评的雏形。

一些当代文学史著作，从文学发展的总体格局中，审视解放区文学，更富理论色彩。陈思和在他主编的《中国当代文学史教程》② 中提出了中国文学发展中两种传统的命题。他说："从文学史的发展来看，战争文化规范的建立虽然与'五四'新文化传统有着某些继承和发展的关系，但它毕竟不是启蒙文化必然的逻辑结果，而是战争外力粗暴侵袭的产物，所以，它不能不与前一文化规范发生价值观念上的冲突。"毛泽东在《在延安文艺座谈会上的讲话》中对小资产阶级知识分子所作的严厉批评，不能不是这种文化冲突的反映。因此，自战争开始，中国文学史的发展过程

---

① 《文学评论》1992年第3期。
② 复旦大学出版社1999年版。

实际上形成了两种传统:"'五四'新文学的启蒙文化传统和抗战以来的战争文化传统。毛泽东的文艺思想及其影响下的抗日民主根据地和后来的解放区文艺运动,正是来自于战争的伟大实践。"战时文化规范在文学观念上的表现,如二元对立意识的强化,文学教化功能的强调,等等,不仅规范着解放区文学,而且对当代文学也产生着深远影响。对此,陈思和作了这样的概括:"文化规范的形成总是比经济基础的变革要缓慢得多,战争在战后的社会生活中留下的影响要比人们所估计的长久得多也深远得多。"陈思和的研究较深刻地揭示了当代文学创作风貌所呈现的历史延续性。和陈思和相比,洪子诚在《中国当代文学史》①中,用了更多的篇幅来探讨解放区文学的指导思想以及当代文学和解放区文学的历史联系。他认为,解放区文学的指导思想毛泽东的文艺思想"带有强烈的'实践性'的特征。他在文学领域所提出的问题,以及对这些问题的回答,在很大程度上都是对现实紧迫问题的回应"。洪子诚说,作为当代文学起点的第一次文代会,"在对40年代解放区和国统区的文艺运动和创作的总结和检讨的基础上,把延安文学所代表的文学方向,指定为当代文学的方向,并对这一性质的文学的创作、理论批评、文艺运动的方针政策和展开方式,制订规范性的纲要和具体的细则"。由此开始了当代文学"一体化"的进程。洪子诚以宏阔目光对解放区文学有关问题的理解,为解放区文学的进一步研究,提供了较高的理论支点。冯光廉、谭桂林的《现代文学史·解放区文学专章编著述评》②,也较早地对解放区文学研究中的若干重大问题,作了高屋建瓴的探讨。

概言之,在静悄悄地行进中,20世纪90年代的解放区文学研究,发生了某些质的变化。80年代的解放区文学研究,在以颂扬为基调的沉闷氛围下,对解放区文学存在问题反思的力度不够,构成了研究、批评总体上的孱弱。在新的历史条件下,建筑在反思基础上的90年代的解放区文学研究,由于研究者价值取向的变化、心态的调整而开始出现新的研究风貌。在新的研究视角观照下,对赵树理、丁玲、孙犁等人的研究颇具新意,在梳理事实前提下对一些历史遗案作出了较有说服力的新阐释,一些青年学者接近理论形态的创作理论探索崭露头角。当然,历史无法切割。

---

① 北京大学出版社1999年版。
② 《延安文艺研究》1991年第1期。

80年代、90年代的研究有着千丝万缕的连接、交叉。甚至，历史的惯性还会使人在原有的轨迹上继续运行。一切都显得复杂、多样。在新的世纪，以新的理论和方法，抱着对解放区文学产生语境的深切理解、历史同情的心态，如一位研究者所说："避免那种绝对对立的、独断式的思维，而应倡导一种走向宽容、对话、综合与创新的思维，即包含了一定的非此即彼具有价值判断的亦此亦彼的思维"。[①] 这就意味着，二元对立思维方式的摒弃，新的批评方法的重建，将有可能给解放区文学研究带来实质性的新突破。当然，同时人们也应该牢记：一切思想都是忧郁的。这里所期望的解放区文学研究的"新突破"也仍然不会轻松。

(载《文学评论》2002年第6期)

---

① 钱中文：《文学理论：在新世纪的晨曦中》，《文学评论》1999年第6期。

从左翼文艺到工农兵文艺

——对进入解放区左翼文艺家的历史考察

抗日战争时期，随着日本侵略军的大举进犯，中国文艺家开始了规模空前的大迁徙、大流亡。他们或奔向抗日战场，或走向敌后，或暂时躲避到了敌人尚未占领的区域。其中，一部分左翼文艺家及文艺青年历尽千辛万苦，进入了荒漠的西北高原——中国共产党中央所在地延安，以及其他抗日民主根据地。目前，抵达延安及各抗日民主根据地文艺家人数尚没有精确统计，有文字记录的数以千计[1]，有一定创作成果的成员约407人。这407名文艺家中，作家227人，占55.8%；艺术家180人，占44.2%。左翼文艺家占407名文艺家的半数以上，参加过各种左翼文艺团体的文艺家89人，占有创作成果人员的21.9%。[2] 本文将围绕参加左翼组织的作家、艺术家进行实证研究、历史考察。

回家：左翼文艺家的甜蜜岁月

早在抗战前夕，左翼文艺家就开始陆续涌入延安及其他抗日民主根据

---

[1] 胡乔木在《胡乔木回忆毛泽东》一书中说，"当时延安究竟有多少文化人？没有做过详细统计，1944年春毛主席在一次讲话中，说延安的'文学家，艺术家，文化人''成百上千'，又说'延安有六七千知识分子'。"

[2] 各左翼文艺团体成员主要指：中国左翼作家联盟、中国左翼戏剧家联盟、中国左翼艺术家联盟、中国左翼音乐家联盟、中国左翼美术家联盟成员，以及中国左翼文化总同盟、中国左翼社会科学家联盟等团体的成员，北平左翼作家联盟、东京左翼作家联盟成员，以及创造社、太阳社等社团的成员。

地。① 尽管他们原来政治态度上略有差异，艺术风格并不一致，但是，一踏入根据地的土地，他们立即产生出一种共同的"回家"的亲切感。丁玲到达延安后，在出席毛泽东、周恩来等人的欢迎晚会上激动地说，这是她"一生中最幸福最光荣的时刻"，她"就像从远方回到家里的一个孩子，在向父亲、母亲那么亲昵的喋喋不休的饶舌。"② 艾青说，"所有的进步的作家都热爱边区——这是长期被政治放逐的革命者的温暖的家庭，更是无数的今天仍被放逐的革命者所渴望归来的家庭。被叫做'根据地'的这块地方，就是我们站脚的土地，没有人会愿意这土地突然从我们的脚下被抽去——除非他是我们的敌人。"③ 陈学昭说，"边区是我们的家"。音乐家冼星海更具体地描述了他对自己的家——窑洞的印象："一进延安，许多新鲜的印象都来了"，"以前，我以为'窑洞'又脏又局促，空气不好，光线不够，也许就像城市贫民的地窖。但是事实全不然。空气充足，光线很够，很像个小洋房。后来我还知道它有冬暖夏凉的好处。"④ 这些作家所叙说的"回家"的感受，留在他们心头的"家"的意象，既代表着刚刚进入根据地文艺家的感受和心态，也向读者提供了解读他们创作的一把钥匙。作为"家"的主人，他们开始投入了新的工作。他们的文艺活动主要集中在以下两个方面。

　　第一，积极投身于文艺大众化的实践。文艺大众化是左翼文艺家长期追求实现的目标之一。由于环境的限制，在国民党统治地区，大众化往往只停留于口号之中。到了解放区，文艺大众化已开始普遍地化为人们的具体实践。只要看一张1939年至1941年出版的解放区部分报刊的目录，就可以理解他们对大众化问题的重视程度了。这些报刊是：《大众日报·战地文艺》，1939年鲁南；《大众习作》，1940年陕甘宁；《大众日报》，1940年山东；《大众文艺》，1940年延安；《大众半月刊》，1941年淮北；

---

① 据笔者统计，每年进入解放区文艺家的人数分别是：1936年15人；1937年84人；1938年180人；1939年39人；1940年51人；1941年18人；1942年7人；1943—1946年13人，共407人。1941年以前进入解放区的占绝大多数。

② 转引自艾克恩编《延安文艺运动纪盛》，文化艺术出版社1987年版，第5、6、97、99页。

③ 《我对于目前文艺上几个问题的意见》，转引自《抗日战争时期延安及各抗日民主根据地文学运动资料》（上），山西人民出版社1983年版，第147页。

④ 转引自艾克恩编《延安文艺运动纪盛》，文化艺术出版社1987年版，第5、6、97、99页。

《胶东大众》，1941年胶东；《路东大众》，1941年淮南；《群众报》，1941年山东。1942年以后，以大众、群众冠名的新的报刊又陆续出版，其中有《盐阜大众》、《新群众》、《大众画报》、《边区群众报》、《安塞群众》、《群众生活》、《群众报》、《群众文化》等多种。刊名本身是一种无声的阐释。刊名标示大众、群众字样，鲜明地显现了以左翼文艺家为骨干创办的报刊的宗旨。即使那些没有指明大众、群众字样的报刊，也一再向读者宣示，他们以服务大众为目的。左翼文艺家还自发地或有组织地走到工农群众中去，主动和工农群众相结合，实现他们在国统区难以实现的梦想。1937年8月，丁玲率领西北战地服务团出发。西北战地服务团宣言宣告："我们愿以我们的一切贡献于抗日前线，与前线战士共甘苦，同生死，来提高前线战士的民族自信心与民族牺牲性，唤醒、动员和组织战地民众来配合前线的作战。"从1939年3月，鲁艺文艺工作团赴晋东南工作，到1940年2月返回延安，在前方工作了11个月。他们认识到："士兵是文艺大众化主要的对象，大众化口号应该用实践来充实，来提高"，"文艺真正深入到大众中间去，不仅为大众所接受和理解，而且为大众所扶植，产生大众自己的文艺作品和作家。"为此，他们采取五项措施，"提高士兵大众的文化水准和胜利的自信"①，收到了较好的效果。左翼文艺家在延安创办了"星期文艺学园"，帮助文学青年学习与写作。"星期文艺学园"从1941年5月到1942年8月，前后共办两期，系统地向学员讲授了《中国新文学运动史》、《华北的文艺运动》、《九一八前后哈尔滨文艺运动情形》、《"七七"前后北平的文艺运动》、《文学的本质》、《风格与形式》、《诗与民谣》、《诗与散文》、《诗与生活》、《修词学》、《技巧》、《鲁迅的精神和思想》等专题，使参加"星期文艺学园"学习的文艺青年受到了深刻的文学教育。在学园结束时，学员写出了《我的第一个保姆》、《我获得些什么》、《我忘不了》等文章，抒发对主办者的感激之情。一部分学员后来走上了文艺道路，成了实现文艺大众化的生力军。大众化实践的深入，也推动了左翼文艺家对大众化问题的理论思考。邓拓明确指出，"大众化不是使文艺价值减低，迁就群众，有人以为大众化就是使语

---

① 荒煤：《鲁艺文艺工作团在前方》，1940年6月15日《大众文艺》第1卷第4期。五项措施包括：组织各级文艺习作会和习作组，出版文艺刊物、编印文艺教材及士兵读物，成立小型的文艺图书馆，建立文艺通讯网，发现及培养文艺通讯员，发动写小故事、速写、记文艺日记及集体创作等。

言文字尽量粗野、粗糙、直率起来,这观念也同样是不正确的。"① 丁玲在大众化实践中,根据创作规律,总是特别向习作者强调创作独创性的重要。她说:"文艺不是赶时髦的东西,这里没有教条,没有定律,没有神秘,没有清规戒律,放胆的去想,放胆的去写,让那些什么'教育意义','合乎什么主义'的绳索飞开去。"② 实践证明,这些真知灼见,后来虽然受到过不应有的非难,但它的生命力却是强烈的。

第二,创作反映新生活的作品,促进解放区文艺的初步繁荣。解放区初创期③,左翼文艺家有较大的话语空间。讴歌解放区新生活的作品构成了创作的主调。丁玲在《七月的延安》中歌唱:"这是什么地方/这是乐园/我们才到这里半年/说不上伟大建设 但/街衢清洁植满槐桑/没有乞丐也没有卖笑的女郎/不见烟馆 找不到赌场/百事乐业/耕者有田。"卞之琳称赞西北青年开荒者的吃苦精神,"他们不怕锄头太原始/一步步开出明天"(《西北的青年开荒者》)。诗人公木甚至说,延安是被他爱得"想到就流出热泪的地方"(《哈喽,胡子》)。在叙事作品中,延安和根据地新的人物,特别是八路军、新四军的抗日将士,更成了左翼文艺家讴歌的对象。报告文学作品,如丁玲的《彭德怀速写》,周立波的《徐海东将军》、《聂荣臻同志》,刘白羽的《记左权同志》,就是其中的代表。小说创作中,丁玲歌颂红军小战士的作品《一颗未出膛的枪弹》以及《新的信念》,卞之琳的《石门阵》,荒煤的《无声的歌》等,代表着这一时期短篇小说创作的实绩。在音乐创作中,光未然词、冼星海谱曲的《黄河大合唱》,更唱出了延安和整个中国人宁死不屈、英勇赴敌的魂魄。

对于左翼文艺家来说,解放区、国统区两种生活的鲜明对比,在他们心理上所引起的震撼格外强烈。对新生活发自内心的由衷感激化而为诗、为文,形成了带有普遍性的明丽、乐观的文学主旋律。甚至,左翼文艺家对于进入延安之前的苦难生活在创作中也很少涉笔。值得一提的是,只有周立波反映上海牢狱生活的系列短篇小说问世。作者以自己被关押在上海西牢的生活素材为内容,创作了五篇连续性的短篇小说:《第一夜》、《麻雀》、《阿金的病》、《夏天的晚上》和《纪念》。作品采用第一人称的手

---

① 《三民主义的现实主义与文艺创作诸问题——在边区文艺工作者创作问题座谈会的报告》,1939年4月《边区文化》创刊号。
② 丁玲:《什么样的问题在文艺小组中》,《中国文艺》第1期,1942年2月25日。
③ 解放区初创期作品指1937年至1942年春解放区的作品。

法，感情浓烈深沉，语言犀利纯熟，表现了革命者爱憎分明的坚定立场和对自由的渴望。周立波的这些小说，为当时过于单纯的文学色板抹上了新的色调。

冲突：嬗变中的文学观念

解放区是左翼文艺家温暖的家。可是，温暖的家也并非世外桃源。他们在生活实践中逐渐发现，家里残留的污垢同样需要消除，尘埃照样需要揩拭，于是，他们开始以主人的身份从事着精神上的大扫除，这就是艾青所说的，绝不能"把癣疥写成花朵，把脓包写成蓓蕾"①，或如丁玲更直截了当地宣示："即使在进步的地方，有了初步的民主，然而这里更需要督促，监视。"② 在现代意识烛照下的高度责任感和艺术敏感，催生了一批以现代理性批判意识为内核的新的作品和论文。这批切中时弊、犀利而又不无偏颇的文字挥洒自如而笔触沉重，显示了左翼文学所具有的现实主义的生机与活力。

倡导创作中的独立精神，是许多左翼文艺家的向往。一些作家坦言，在解放区"温暖的家庭"里写作，他们并不希求作品以外的什么尊重，"除了自由写作之外，不要求其他的特权。他们用生命去拥护民主政治的理由之一，就因为民主政治能保障他们的艺术创作的独立的精神。因为只有给艺术创作以自由独立的精神，艺术才能对社会改革的事业起推动的作用。"③ 艾青还用格言式的语言来表达："作家并不是百灵鸟，也不是专门唱歌娱乐人的歌妓。他的竭尽心血的作品，是通过他的心的搏动而完成的。他不能欺瞒他的感情去写一篇东西，他只知道根据自己的世界观去看事物，去描写事物，去批判事物。"④

批评家王实味也发出了类似的呼吁。他认为，解放区音乐界创作一些

---

① 《了解作家，尊重作家——为〈文艺〉百期纪念而作》，转引自《抗日战争时期延安及各抗日民主根据地文学运动资料》（上），山西人民出版社1983年版，第117、116页。
② 《我们需要杂文》，转引自《抗日战争时期延安及各抗日民主根据地文学运动资料》（上），山西人民出版社1983年版，第98页。
③ 《了解作家，尊重作家——为〈文艺〉百期纪念而作》，转引自《抗日战争时期延安及各抗日民主根据地文学运动资料》（上），山西人民出版社1983年版，第117、116页。
④ 同上。

小调是可以理解的,但小调并不同于民歌,不应该把小调当作民族音乐优良传统来接受。王实味说,《黄河大合唱》是光明、愉快、爽朗、犀利、健康的作品。他呼唤音乐创作中"激昂雄壮慷慨悲歌"① 新旋律的诞生,反对文艺批评中"只此一家,别无分出"的狭隘眼光。连后来在 1942 年下半年文艺思想批判中态度极为严厉的周扬,此时在文艺批评中也同样保持有足够的冷静。他声明"我们不排斥异己,热望批评","不要因为哪个作家说了一两句延安不好的话(而且并不是说整个延安),就以为他是在反对着我们了",他提出:"在延安,创作自由的口号应当变成一种实际。"②

创作实践带动了理论研究,积极的理论建设又极大地推动了初创期创作的发展。丁玲的《在医院中》等小说以其思想的强烈震撼力而独树一帜,何其芳的《叹息三章》等诗作表现感情真挚细腻,艾青诗风明朗健康,田间鼓点般街头诗的呐喊,给解放区诗坛带来了高昂雄丽的格调。杂文与散文创作更有着质的攀升。丁玲、萧军、艾青、王实味、罗烽多人的散文、杂文,他们对现实生活没有夸张性的美化、神化,而是承认困难,揭发痼疾。上述作品,代表着解放区的第一批创作果实,体现了解放区创作和理论的生气和初步繁荣。初创期解放区的领导者,采取了"大量吸收知识分子"的果断决策。毛泽东亲自为中共中央写的决定,收在《毛泽东选集》中用的题目就是《大量吸收知识分子》;此后,毛泽东还反复强调要"大量吸收外国的进步文化,作为自己文化食粮的原料"。③ 毛泽东在谈到知识分子和外国文化时所使用的这两个"大量吸收",不仅是语意上的修饰和强调,语言的背后隐含着他当时对这一问题全局性的思索。毛泽东要求同知识分子"建立良好的共同工作关系"④,"共产党员应当同党外人士实行民主合作,不得一意孤行,把持包办","必须倾听党外人士的意见,给别人以说话的机会。别人说得对的,我们应该欢迎,并要跟别人的长处学习;别人说的不对,也应该让别人说完,然后慢慢加以解释。"毛泽东还说,"国事是国家的事,不是一党一派的私事。因此,共产党员只有对党外人士实行民主合作的义务,而无排斥别人、垄断一切的

---

① 《文艺民族形式问题上的旧错误与新倾向》,《中国文化》1941 年 5 月第 2 卷第 6 期。
② 《文学与生活漫谈》,《解放日报》1941 年 7 月 17—19 日。
③ 《新民主主义论》,《毛泽东选集》合订本,人民出版社 1967 年版,第 667 页。
④ 《大量吸收知识分子》,《毛泽东选集》合订本,人民出版社 1967 年版,第 582 页。

权利。"①

毛泽东的上述主张，当然不仅是毛泽东个人对知识分子的偏爱，实际上是当时中国共产党对待知识分子的共同立场。1940年10月10日中共中央宣传部、中央文化工作委员会发出的《关于各抗日根据地文化人与文化团体的指示》②，明确要求应该重视文化人，纠正党内一部分同志轻视、厌恶、猜疑文化人的落后心理，力求避免对于他们写作上人为的限制与干涉，在实际上保证他们写作的充分自由。指示还特别说明，给文艺作家规定具体题目、规定政治内容、限时限刻交卷的办法是完全要不得的，应力戒用政治口号与褊狭的公式去非难作者。

然而，即使左翼文艺家的理论和创作，如毛泽东所说，"革命的文学艺术运动，在十年内战时期有了大的发展。这个运动和当时的革命战争在总的方向上是一致的。"③ 但在实际上，左翼文艺家坚持的左翼文学理念和毛泽东的工农兵文艺主张，还是有着不少的差异。左翼文艺家在国民党统治区险恶的政治环境下生活与创作，他们主张开展无产阶级文艺运动，为劳苦大众服务，但这一理想仍然多停留在理论上和宣传上，环境根本没有给他们提供任何实践的条件；在思想上，他们始终保持着较多的自由主义知识分子的心态，尊崇个性，纪律观念淡薄；在创作上，他们坚持批判现实主义原则，对旧的社会绝不妥协，以揭露鞭挞生活中丑恶势力为己任，对当时已经流行的社会主义现实主义创作方法则知之不多。而毛泽东则要求，文艺服从于政治，服从党在一定革命时期内所规定的革命任务。1942年，毛泽东在《在延安文艺座谈会上的讲话》中告诫作家："小资产阶级出身的人们总是经过种种方法，也经过文学艺术的方法，顽强地表现他们自己，宣传他们自己的主张，要求人们按照小资产阶级知识分子的面貌改造党，改造世界。"在歌颂与暴露、作品表现人性等方面，也有着明显的分歧与冲突。冲突不仅表现在文学观念上，当时极为复杂的政治、军事形势，更导致这种观念分歧的表面化、尖锐化。

在通常情况下，左翼文艺家的某些针砭时弊的言论和创作，即使会引

---

① 《在陕甘宁边区参议会的演说》，《毛泽东选集》合订本，人民出版社1967年版，第767页。

② 参见艾克恩编《延安文艺运动纪盛》，文化艺术出版社1987年版，第212页。

③ 《在延安文艺座谈会上的讲话》，《毛泽东选集》第3卷，人民出版社1991年版，第847、848页。以下引文时简称《讲话》。

起一些人的反感和议论，但也许会淡化处理，而在剑拔弩张的军事对峙中，这些言论却会被看得过于严重，甚至看成是敌对力量的颠覆活动，如胡乔木回忆，毛泽东认为有的文章像是从日本飞机上撒下来的，有的文章应该登在国民党的《良心话》上。这样，在当时开展的运动中，对持异议者就很容易群起而攻之。王实味在批判会场上被人揭发为托派分子，后来又被轻率地宣布为托派分子①，开除作家会籍，关押审查，就是斗争尖锐化的表现形式。王实味事件在左翼文艺家心里投下的阴影是极为深长的。冤案平反拖的时间有多长，阴影也就会在心中留存多长。还是鲁迅看得真切："革命是痛苦，其中也必然混有污秽和血，决不是如诗人所想象的那般有趣，那般完美；革命尤其是现实的事，需要各种卑贱的，麻烦的工作，决不如诗人所想象的那般浪漫；革命当然有破坏，然而更需要建设，破坏是痛快的，但建设却是麻烦的事。所以对于革命抱着浪漫蒂克的幻想人，一和革命接近，一到革命进行，便容易失望。"② 现实打碎了进入解放区的左翼文艺家的"浪漫蒂克的幻想"。

消融：丁玲、何其芳、周立波个案分析

经过组织文艺家学习《在延安文艺座谈会上的讲话》，参加整风运动，经历"抢救运动"，下乡深入生活，解放区文艺开始发生深刻的变化。在毛泽东的主持下，《解放日报》"由不完全的党报变成完全的党报"，毛泽东还要求"各根据地当局""把报纸看作自己极重要的武器"。连《解放日报》四版偏于文艺的稿件，也由毛泽东直接干预，他说，"我已替舒群约了十几个人帮助征稿，艾、范、孙雪苇及工、妇、青三委都在内。"③

最终，左翼文艺消融于工农兵文艺的洪流之中。抽样分析也许不能准

---

① 罗迈在《论中央研究院的思想论战——从动员大会到座谈会》一文中说："王实味是什么人？根据同志们在座谈会上揭发了的许多事实，证明他是一个托洛斯基分子》。"转引自《抗日战争时期延安及各抗日民主根据地文学运动资料》（上），山西人民出版社1983年版，第98页。

② 鲁迅：《对于左翼作家联盟的意见——三月二日在左翼作家联盟成立大会讲话》，《鲁迅全集》第4卷，人民文学出版社1981年版。

③ 《致何凯丰》，《毛泽东书信选集》，人民出版社1983年版，第202、203页。

确地反映出左翼文艺家的消融过程,但丁玲、何其芳、周立波的思想转变,却展现了左翼文艺家融入工农兵文艺大潮的历史宿命以及融合类型的多样性。丁玲的变化最为明显。这位不久前以先锋姿态发表《我们需要杂文》、《三八节有感》的作家,在新形势下,立场迅速来了个大转弯,她在批判王实味大会上的发言,分明带有"反戈一击"的性质,用她自己的话来说,叫作"回头是岸":"在整顿三风中,我学习得不够好,但我已经开始有点恍然大悟,我把过去很多想不通的问题渐渐都想明白了,大有回头是岸的感觉。回溯着过去的所有的烦闷,所有的努力,所有的顾忌和过错,就像唐三藏站在到达天界的河边看自己的躯壳顺水流去的感觉,一种幡然而悟,憬然而惭的感觉。我知道,这最多也不过是一个正确认识的开端,我应该牢牢拿住这钥匙一步一步脚踏实地的走快。前边还有九九八十一难在等着呢。"① "幡然而悟"之后的丁玲,果然写出了和自己过去风格迥然不同的作品。这就是介绍陕甘宁边区合作社中的模范人物的报告文学《田保霖》。作品发表后,引起了毛泽东的高度重视。毛泽东写信给丁玲和欧阳山,说自己在"洗澡后睡觉前一口气读完"。毛泽东说,他要"替中国人民庆祝,替你们两位的新写作作风庆祝!"②

毛泽东的信意味深长。毛泽东要庆祝的"新写作作风",实质上就是《讲话》所确立的文学工农兵方向,他惊喜作家从左翼文艺向工农兵文艺这一巨大的转变。此后,以《太阳照在桑干河上》的出版为标志,丁玲"跨到了新的时代"。

和丁玲有所不同,但仍可以划入丁玲这一类型的左翼文艺家还有周扬。原为左联负责人之一、延安时期身为鲁迅艺术文学院负责人的周扬,在题为《艺术教育的改造问题——鲁艺学风总结报告之理论部分:鲁艺教育的一个检讨与自我批评》一文中,他的自我批评应该说是诚恳的。他批评了关门提高的倾向,批评了"只管向古典名作和大师去埋头学习,埋头提高"的倾向,和本文前一部分所引他主张"创作自由"的言论判若两人。

抒情诗人何其芳属于另一种类型。在延安,他心情舒畅,偶然有抒发自己对新生活的内心感受的诗作发表。在参加整风学习一年之后,何其芳

---

① 《文艺界对王实味应有的态度及反省》,转引自《抗日战争时期延安及各抗日民主根据地文学运动资料》(上),山西人民出版社1983年版,第385页。

② 《致丁玲、欧阳山》,《毛泽东书信选集》,人民出版社1983年版,第233页。

终于明白了自己的重要任务，是改造自己，改造艺术。何其芳说，"改造自己的观念过去在一般文艺工作者中间是很模糊的。以为既已走到无产阶级队伍中来了，跟着走下去就成了，还会有什么问题呢？殊不知自己旧我未死，心多杂念，不但今天在革命的队伍中步调不一致，甚至将来能否不掉队都还很可担心。""整风以后，才猛然惊醒，才知道自己原来像那种外国神话里的半人半马的怪物，一半是无产阶级，还有一半甚至一多半是小资产阶级。才知道一个共产主义者，只是读过一些书本，缺乏生产斗争知识与阶级斗争知识，是很可羞耻的事情"。何其芳还认为，"其次，文艺工作者在今天还有一种改造艺术的责任。过去的文艺作品的毛病，一般地可以概括为两点：内容上的小资产阶级的思想情感与形式上的欧化。总之，没有做到真正为工农兵。使文艺从小资产阶级的变为工农兵的，从欧化的变为民族形式的，这也是一种改造，而且同样是需要长期努力的改造。"① 又是"旧我未死，心多杂念"，又是"半人半马的怪物"，从此时直到1949年，何其芳只写了3首诗，并且都不是抒情诗。在一个诗的时代，何其芳在否定自己过去的同时，连同自己的抒情个性也一起抛弃了。

曾经在国民党牢狱中受到过多年折磨的周立波，走向工农兵文艺的路同样曲折。奉命从上海进入延安后，周立波1940年至1942年上半年在延安鲁迅艺术文学院讲授"名著选读"。周立波有较为深厚的学养，他除向学生讲授鲁迅、曹雪芹等中国作家外，还重点讲授外国文学，包括高尔基、法捷耶夫、绥拉菲摩维奇、涅维洛夫、普希金、莱蒙托夫、果戈理、托尔斯泰、屠格涅夫、陀思妥耶夫斯基、契诃夫以及歌德、巴尔扎克、司汤达、莫泊桑、梅里美、纪德等的经典名著。《周立波鲁艺讲稿》整理者介绍，在谈到新的主题和新的题材时，立波同志说了这样一段精辟的话："在中国，是有了十月革命前后的情景，但是连涅维洛夫这样有才能的作家也没有产生。在中国的主题，大部分还停留在小资产阶级知识分子上面，一定要走出这狭窄的小巷，走到大野。把农民、工人、兵士，甚至狱中的囚徒介绍到文学里来，一定要突破知识分子的啾啾唧唧的呻吟，吹起洪亮的军号，而这新的主题，都在现实生活里。"整理者又说，承续着周立波上海三十年代革命文艺思想的这段话，今天看来不足为奇，但要知道，是在毛主席《在延安文艺座谈会上的讲话》之前所讲，这就具有特

---

① 《改造自己，改造艺术》，《解放日报》1943年4月3日。

殊的重要意义,这说明着周立波那时就已达到的思想高度。周立波在他的"名著选读"课中所讲述的这些话,对这些问题的观点和见解,今天看来,都仍然是正确的。在整风中,这些见解却被周立波"自觉地"检查为"走了一条旧的错误的路"。他对自己的缺点无限上纲。如说:"过去,为什么走了这条旧的错误的路呢?我现在反省,这原因有三。第一,还拖着小资产阶级的尾巴,不愿意割掉,还爱惜知识分子的心情,不愿意抛除。譬如在乡下,我常常想到要回来,间或我还感到寂寞,这正是十足的旧的知识分子的坏脾气。……为了群众的利益而斗争的战士,在边区,也是不会感到寂寞的,只有犯着偏向的小资产阶级的知识分子们,才会有这样的病态的感觉……其次,是中了书本子的毒。读了一些所谓古典的名著,不知不觉地成了上层阶级的文学俘虏。在这些开明的地主和资产阶级的精致的书里,工农兵是很少出现的,有时出现,也多半是只描写了消极的一面,而那些寄生虫,大都被美化了……我走了错误的一段路,没有好好的反映我所热爱的陕甘宁边区。后悔已无及。"① 周立波的调子是"后悔",要"脱胎换骨"。②

1949 年,工农兵文艺的代表作《太阳照在桑干河上》、《暴风骤雨》相继出版。不能否认这些作品中仍然有左翼话语;但实际上,它标志着从左翼文艺到工农兵文艺的过渡期已经基本实现,左翼文艺家已消融于工农兵文艺的主潮之中。进入解放区的 89 名参加左翼文艺团体的左翼作家、文艺家,在战争年代牺牲、病逝 8 人,81 人迎接了全国解放。解放后除 10 人没有担任要职外,71 人分别担任国家和省市宣传、文化、文艺部门的负责人和其他部门的领导,业余搞点文艺,一身二任。这种双重角色对文艺发展所带来的影响,则已经是另一篇文字需要议论的话题。

(载《中国现代文学研究丛刊》2006 年第 5 期)

---

① 《周立波鲁艺讲稿》,上海文艺出版社 1984 年版,第 161、162 页。
② 立波:《后悔与前瞻》,转引自《抗日战争时期延安及各抗日民主根据地文学运动资料》(上),山西人民出版社 1983 年版,第 266 页。

由资料征集到学术创新

——小议三十年来的现代文学史料研究

一

30年前，由中国社会科学院文学研究所主持的中国现代文学资料征集活动在全国范围内展开。表面看来，这只是一次相关单位互相协作进行的一次普通的文学史料的编选工作；实际上，它的背后却隐藏着深刻的学术动机。这既是对于刚刚结束的长达十年之久的文化专制主义的根本性反叛，也是为重新恢复现代文学研究活力所迈出的决定性步骤。资料征集活动适时地满足了研究者的心理需求和学术渴望。一位资深的现代文学研究家曾经动情地回忆过自己重操旧业时的心情，并把我们带到了改革开放初期特定的历史语境。他说：

> 二十世纪七十年代末，我虽然头上还戴着那顶戴了二十多年的政治帽子，但在当时新的政治形势下，有关方面以"未再发现新的罪行"为由，让我告别了十多年的体力劳动，回到原单位资料室上班。那时候，文艺界开始复苏，由于教学和研究的需要，人们从历史教训中深刻地认识到，资料建设是学术建设的基础工作这个颠扑不破的历史真理。为了摆脱和肃清多少年来"左"倾教条主义对文学事业的干扰和危害，以及那种以非文学的观点对文学现象指手画脚的怪现象，批判从单一的政治功利主义出发，即从一时的政治需要出发，不惜歪曲甚至捏造历史，以至"以论代史"的大批判开路式的学术风气，学术界不约而同地把眼光集中在对现代文学资料建

设上来了。①

思想禁锢的解除，使研究者被压抑的研究能量迅速地释放出来。这样，由全国六十多所高等学校、研究机构的三四百名研究者参与，由十七家出版机构同时组织出版的庞大机器，在文学所的统一协调下开始运转。其规模之大，影响之广泛，在现代文学资料征集的历史上绝无仅有。这套名为《中国现代文学史资料汇编》的丛书，共分三种，甲种为中国现代文学运动、论争、社团资料丛书，乙种为中国现代作家作品研究资料丛书，丙种为中国现代文学书刊资料丛书，并分别成立了三个编辑委员会，制定了《编辑说明》或《例言》。丛书由编者负责史料的征集与编选，编辑委员会把关，出版社组织出版的三位一体运作体制，较好地保证了丛书的出版质量。至20世纪80年代中期，三种丛书中已有约六十种先后面世。尽管迫于研究者无法克服的经济因素，其余已经编出的书稿未能出版，整套丛书颇有点虎头蛇尾的结局；但是，丛书的征集与编选，在现代文学史料建设上仍然具有非同寻常的学术史意义。改革开放初期，三种丛书编辑委员会制定的《编辑说明》或《例言》，所规定的征集史料、编选史料的方法步骤、学术要求，逐渐成为此后史料整理者和研究者共同遵守的学术准则。甲种丛书规定，"丛书力求比较全面地反映中国现代文学史上的运动、思潮、论争与社团的发展变化面貌。努力加强革命的、具有进步倾向的文学资料的整理，注意搜集过去被忽视的正面和反面资料，兼顾各种不同思想倾向、不同风格流派的情况"。要求"尊重历史发展的客观事实，遵循历史唯物主义的编选原则，凡是在现代文学史上有过一定的影响，有代表性的各种文学主张、文学运动与社团的资料，都要广泛地搜集和科学地整理，力求比较真实地反映出现代文学史的本来面貌。"乙种丛书《例言》强调应"尊重历史发展的客观事实，力求真实地反映作家和作品的历史本来面目，注意作家思想和创作的发展变化"，"选录资料时尽可能注意国内外不同地区、不同历史时期的研究文章，强调资料的准确性，尽量从最初发表的报刊或初版书籍上选录；编选人对原文不作任何增删（文章节选除外）"。丙种丛书对书刊资料的搜集、整理的要求明确具体，提出"丛书以现代文学史上的书籍、期刊和报纸文艺副刊为主，适

---

① 贾植芳：《中国现代文学总书目·序》，福建教育出版社1993年版，第1页。

当包括一些其他有关资料",丛书应"遵循历史唯物主义原则,尊重历史发展的客观事实。凡是在现代文学史上产生过一定的影响、有代表性的书刊,都应进行广泛的搜集和科学地整理。现代文学总书目应当包括能搜集到的全部书目。主要期刊和主要报纸文艺副刊,既考虑到代表性和影响大小,也重视某些比较珍贵的、罕见的资料,力求比较全面地反映出现代文学书刊的面貌。""丛书选录的各种资料,基本上按出版与创刊先后为序;尽量选用原书刊;编选者对内容不作任何增删,以保存历史资料的原貌。在编排时尽量使之带有工具书的性质。"上述《编辑说明》或《例言》,在实践过程中已经逐渐成为研究者公认的准则,《编辑说明》本身也已经化为现代文学史料学史的重要历史文献。《编辑说明》或《例言》中把资料分为正面资料、反面资料,这一提法反映了人们当时思想认识上的局限。

丛书的资料搜集、整理、编选过程,是培养研究队伍,树立研究者优良学风的过程。《中国现代文学史资料汇编》(丙种之一)的《中国现代文学作者笔名录》的编者徐迺翔、钦鸿告诉我们,为了完成这本书的写作,"据不完全统计,我们先后发出调查信函四千余件,收到作者本人、家属、朋友、研究者和其他知情者的复函材料二千六百余件。另外,我们还走访了百余名作者、家属及有关人士,进行了调查和核实。……先后有一千三百余位作家和文学作者提供或审核过自己的笔名材料,六百六十余位家属、亲友、研究者和其他知情者提供或审核过有关作家和文学作者的笔名材料。"在经过如此巨大工作量的考验终于脱稿的时刻,他们"面对着厚厚一摞业已誊清的稿纸、数千张卡片和一柜子各种信件材料,回想起几年来艰苦的工作历程,不禁心潮起伏,感慨万千。"①像笔名录的编者一样,投入此项工作的学人,在疲累夹杂着喜悦的过程中,被锤炼成了训练有素的现代文学史料研究者。

二

如果说 20 世纪 70 年代末开始进行的资料征集是一次学术队伍的重新

---

① 徐迺翔、钦鸿编:《中国现代文学作者笔名录·编后记》,湖南文艺出版社 1988 年版,第 1022、1020 页。

集结，一次史料研究者在真正意义上的实战演练；那么，此后包括史料研究在内的整个现代文学研究质量的提升，在某种意义上也可以看作是这次征集活动的发酵。发酵就是由资料征集引发的新的学术生长，并使现代文学研究破滞通神，呈现出新的学术张力。这发酵、感悟的过程也许是漫长的，甚至是不明显的，但它对于史料征集的参与者以及史料出版后的受益者学术心理结构的调整还是有迹可循的。诸如研究者开放的学术心态和清醒的学术立场的哺育，研究者对于朴实学风的崇尚，研究方法逐渐抛弃自己的主观预设，重视从史料的原初出发，向实证研究的回归，对现实研究经验的及时总结与对传统研究经验的重新审视，乃至研究论题的选择等，都和资料征集活动有着或明或暗的联系。

从显现的层次看，对于一部分史料征集者来说，研究是征集史料工作的自然延伸。范伯群有了对鸳鸯蝴蝶派资料的整理，才结出了《中国现代通俗文学史》厚重的果实；黄曼君《沙汀研究资料》的出版，才有了他的沙汀现实主义创作理论研究论著的问世；李宗英、张梦阳《六十年来鲁迅研究论文选》编选的成功，读者才有可能读到张梦阳的《中国鲁迅学通史》。同样，有刘增杰、赵明、王文金等人《抗日战争时期延安及各抗日民主根据地文学运动资料》（上、中、下册）的搜集整理，接着才有第一部《中国解放区文学史》的出版。如此等等，还可以举出不少。史料研究提炼出了较有深度的理论话语，推动着现代文学研究进一步地走向了新的理论自觉。

还应该提及的是，《中国现代文学史资料汇编》的出版对于整个文学史料搜集、整理工作所引发的连锁效应。在此之后，中国近代文学研究资料丛书、中国当代文学研究资料丛书、中国解放区文学史料丛书的相继出版表明：现代文学资料征集工作已经激起了人们对史料研究的空前热情，史料征集进入了较快的生长阶段。

资料征集的隐性影响则更为内在和深刻。它给整个现代文学研究，带来的是新的学术眼光，新的学术精神和新的理论自觉。这突出表现在如下两个方面：

第一，增强了对史料研究现状的关注，开始出现了一批较为成熟的史料研究论文和理论成果。1987—1989年，用数年之力，樊骏完成了关于史料问题长达八万字的研究论文：《这是一项宏大的系统工程——关于中国现代文学史料工作的总体考察》的写作。论文以丰富的史料，对新中国成立以来现代文学建设资料的进展、成绩、存在问题,作了详尽的描述和论证。他特别指出,史料研究观念的滞后,工作仍停留在收集汇编,现成材料的技术性阶段,未能进入鉴别史料、辨析史料的研究性阶段,还没有形成一套完整严格的规范,等等。论文分析深入,切中时弊。[①] 论文发表后在现代文学界产生了强烈的反响,严家炎把该文判定为"现代文学史料学这个分支学科的里程碑式的著作"的论断并不过分。[②] 较樊文早两年出版的《新文学资料引论》,是朱金顺从总体上描述新文学资料的力作。虽然该书对具体事例的分析胜于理论的穿透,但书名中"引论"两字,分明包含着现代文学史料学理论的核心内容。有关资料征集和研究的总结工作一直持续地进行着。2003年,在清华大学召开的现代文学的文献问题专题研讨会,规模虽小,却也影响深远。一些长期对现代文学史料进行默默耕耘的研究者,不仅总结出了理论化的实践经验,而且还形成了被普遍认同的"共识"[③],从而把史料研究整体上向前推进了一步。在2006年全国近现代文学史料研讨会上,中国文学史料学会近现代文学史料学分会宣告成立,预告了史料文献研究新的前景。

第二,新的理论自觉还表现为对传统文献经验的进一步审视,加强了对近一百年史料文献研究成果新的探索。梁启超、章太炎、鲁迅、胡适、钱穆、陈寅恪、郑振铎、阿英、钱锺书、唐弢、王瑶等几代学者的研究经验,在研究者面前打开了一个全新的世界。

梁启超的史料研究即使不可避免地带有拓荒者的粗疏,但他立足现实,雄视百代的研究视野,还是给人们以强烈的震撼。梁启超关于史料是一切历史研究根据的概括,关于清代考证的五项成绩、朴学十大原则的评析,关于尊重客观事实、不能强史就我原则的强调,关于研究不能只重视史之躯干,更要关注史之神理,用史料生发学术主张的推崇,以及对史料从古至今面临五大厄运的洞察,所总结的鉴别伪书十二法等,事实上建构起了由传统文学史料学向现代文学史料学转化的基础。

其他研究者的经验同样受到了推崇。章太炎对于前人研究"贵其记事",忽略对史料中人类文化丰富内容理解的批评,实际上确立了一个令

---

① 樊骏:《新文学史料》1989年第1、2、4期。
② 严家炎:《中国现代文学论集·序言》,人民文学出版社2006年版,第2页。
③ 解志熙:《"中国现代文学的文献问题座谈会"共识述要》,《中国现代文学研究丛刊》2004年第3期。

人向往的史料研究的制高点。胡适"大胆的假设,小心的求证"研究基本原则的提出,对传统研究三不足的反思,他所提出的"方法的自觉"的命题,在实践中已经证明是具有创见的史料研究方法的重大拓展。鲁迅的史料研究经验更具有范例的意义。在学术著作写作之前,鲁迅既有史料独立的准备,又有独立的理论方法。隐藏在鲁迅大量著作中关于史料问题的碎片,编织起来竟可以自成系统,成为治史料者必读之书。钱穆在《国史大纲·引论》中对治史者"急于问材料"陋习的批评,今天读来仍然言犹在耳。他说,彼于史实,往往一无所知。彼之所谓系统,不啻为空中之楼阁……彼之把握全史,特把握其胸中所臆测之全史。彼对于国家民族已往文化之评价,特激发于其一时之热情,而非有外在之根据。上述几代研究家治史经验的重温与开发,在很大程度上也是由这次征集资料活动所触发,进而带来了现代文学研究格局一定程度的变革。

三

不可否认,由资料征集引发的学术创新还是很有限度的。从总体上看,现代文学研究中的史料文献问题的解决,仍然需要研究者持续的努力。一位研究者从全局的高度对此作过精辟分析:"我们曾多次指出:在古典文学研究由史料的整理向史料的解释大胆挺进的同时,现代文学(也许也应包括'十七年'的文学)研究应该由史料的解释向史料的整理小心地回溯。——现代文学研究中史料文献问题越来越成为这个学科生命的泉源所在,离开了真实可信的史料文献:史料的匮缺、误解、曲解、割裂、藏匿、毁弃、篡改、变造等,现代文学研究的实证性将遭异变,历史本质将被阉割,她的科学价值便不复存在,学科生命也随之窒息"。作者接着提醒:人们永远不应忘记"现代文学研究运作机制中史料的核心位置"。[①]

还有,我们面对的仍然是一个文献管理制度尚需完善的语境。由于相关文献没有解密,研究者获得的史料并非是完全客观的选择,许多史料还可能被有意或无意地遗漏。文献封锁会使研究者的声音充满偏见和虚弱。

[①]《编后记》,《文学评论》2006年第6期。

以 30 年前编的这套丛书而论,其选题就有较为重大的缺失。受"左"的文艺思潮的影响,许多作家的资料和文学史料当时均还在编选者的视野之外。即使近年出版的史料性著作和作家全集,由于操之过急,或意识形态因素的惯性运作,存在的问题也还不少,文献问题仍然是这些出版物脆弱的软肋。

概言之,资料征集与学术发酵,或叫学术创新永无终结之日。没有丰富可靠的文献支撑,所谓学术革新、生发学术只不过是一句空话。在进入新的 30 年的重要时刻,文学历史研究中把史料文献放在"核心位置"依然是十分必要的。

（载《文学评论丛刊》第 11 卷第 2 期
南京大学出版社 2009 年版）

从史料入手深化延安文艺研究

在 20 世纪中国文学史上，延安文艺（包括整个解放区文艺）是一个深刻的历史存在。延安文艺上承五四文学与左翼文艺，下又直接推动、制约着当代文艺的发展。没有对延安文艺的整体审视与研究，20 世纪文学史的描述就会模糊不清。

坚实的史料是一切历史研究的基础。延安文艺史料在战争年代大量散佚，"文化大革命"中又遭到了严重的破坏。在当前，深化延安文艺研究，仍然应从发掘、整理史料入手，从而为进一步研究提供根据。以下四个方面史料的爬梳、整理都是迫切的。

第一，继续对原生态的延安文艺史料进行发掘与整理。以延安报刊史料为例，笔者编《抗日战争时期延安及各抗日民主根据地文学运动资料》（山西人民出版社 1983 年版）时，接触到的解放区报纸约 200 种，初步梳理的文艺刊物、文化刊物、报纸文艺副刊近 90 种。这些刊物和副刊，发表有大量文学作品和研究文字，收藏有各类文学信息，内容丰富。但是，至今还未出版延安文艺、文化期刊全目，延安报纸文艺副刊、文化副刊全目以及解放区优秀作品全目。

第二，加强对延安文艺研究已有研究成果的梳理。70 多年以来，特别是改革开放 30 多年以来，许多研究者一直在默默地进行着耕耘，虽然研究的学术质量参差不齐、影响大小不一，但这些研究仍然是延安文艺研究重要的积累。仅出版的较有影响的史料就多达百种，如《苏区文艺运动资料》、《晋察冀文学史料》、《冀鲁豫文学史料》、《福建革命根据地文学史料》、《湖南革命根据地文学史料》、《山西革命根据地文艺资料》、《延安文艺纪盛》等。大型史料与作品选集出版有《中国解放区文艺大词典》、《延安文艺丛书》、《中国解放区文学书系》等。另出版有《丁玲研究资料》等一批解放区作家的专题研究资料。在史料发掘的基础上，一批研究专著也陆续面世，如《延安文艺概论》、《中国解放区文学史》、

《江西苏区文学史》、《山西抗战文学史》、《晋察冀文艺史》、《中国革命军事文学史略》等。

这些史料的编选对于研究发挥过一定的作用，但也存在一些问题：一是校勘不精。二是缺乏严谨的学风。作者时常先入为主地对某个材料进行价值判断，以此来决定史料的取舍，存在着任意删改原始史料的现象。三是观念滞后。这样，无疑会对研究质量的提升造成影响。

延安文艺史料研究中最具活力的部分来自新一代研究者。他们的研究特色鲜明：一是向实证研究回归。王培元的《延安鲁艺风云录》、吴敏的《延安文人研究》、李军的《解放日报·文艺》，研究成果特色鲜明，呈现出一种历史的张力，延伸了读者的想象视野。二是自觉地进行艰苦的人格磨砺，使研究最大限度地接近了历史的真实。朱鸿召、袁盛勇、田刚、江震龙等有着献身学术的执着，不懈地追求研究真正的自觉。

第三，对健在的延安文艺当事人口述史料的抢救。在这方面，目前已经出版有一些较好的成果。研究者以平实严谨的学风走向当事人，对许多重要的文学史实、文学事件进行了整理，认真倾听、耐心记录了当事人的叙述，史料翔实珍贵。实录是口述历史的灵魂。值得注意的是，随着时间的流逝，由于当事人的记忆模糊，或出于现实利益的考量，个别回忆录甚至变成了对历史的重构。使用史料时应该进行必要的辨析。

第四，还应该开展对专题性学术史料的发掘与整理。目前，一些专题性史料的研究几乎仍处于空白状态。如现代文学语言变革研究就是一个研究薄弱的领域。从19世纪后期白话文的兴起，到左翼知识分子大众语的提倡，再到他们进入延安后和工农兵的结合，创造的接近口语的成熟的现代文学语言，这一变革史就需要及时作出理论阐释。又如，在特殊语境下延安文学作品的修改问题，同样应该提到研究日程。毛泽东《在延安文艺座谈会上的讲话》公开发表后的几次修改，事实上包含着重大的理论指向，值得人们深思领会。再如，解放区具有另类特性作品对工农兵文学的丰富，也是一个说不尽的话题。

概言之，对于任何研究者来说，没有对史料扎实的把握，在学术上就不会有质疑的勇气和发问的能力，就无法从史料中过滤出真正有价值的东西，发出独特的学术之声。延安文艺史料的进一步发掘与整理，必将增强研究的学术性与客观性，把研究质量整体地向前推进一步。

（载《中国社会科学报》2012年5月28日）

报刊研究与版本考释

现代文学期刊研究的综合考察

一

现代文学期刊研究是现代文学研究的基础性工作之一。

中国现代文学期刊（含报纸文学副刊、文学期刊、部分文化期刊）[①]的产生与发展，是现代中国社会与文学变革的催生剂。报刊的出现使新的文化思想迅速传播，营造了日益扩大的读者市场，诞生了适应市场需要的新的作家群，在精神上与传统文化人有着极大差别的现代知识者脱颖而出。由现代知识者、现代作家所掌控的报刊，不仅改变着人们的生活方式，而且直接改变着文学的生产方式、传播手段、文学样式。作家的创作理念、写作姿态，开始了缓慢有时甚至是激烈的蜕变。现代作家的作品，许多都首先在期刊发表，以后才陆续结集出版，以图书的形式流传。现代期刊容纳了作家文学活动的大量原始信息，生动地展现了特定时代的文学图景。

从19世纪末年至21世纪初年，出版的各类文学期刊，至今并没有精确的统计数字。据魏绍昌主编的《中国近代文学大系》史料卷统计，近代主要文学期刊有131种，偏重文艺的综合性期刊111种，文艺报纸67种。刘增人等纂著的《中国现代文学期刊史论》告诉我们，从1915年到1949年出版的文学期刊"大约3504种。这是一幅很难用简短的文字描述的极其宏伟又相当驳杂的文学景观与出版景观。"[②]刘增人在这段文字中所使用的数字，可能还是一个被大大缩小了的数字。任何人都不可能看到

[①] 据考察，中国古代报纸，大约出现于唐朝开元（713—741）年间。这里说的现代期刊，则泛指近代以来创刊的文学期刊、报纸文艺副刊，以及各类定期不定期的文化、文学刊物。

[②] 刘增人：《中国现代文学期刊史论》，新华出版社2005年版，第3页。

这一时段全部的文学期刊。战争的破坏与其他因素，使许多文学期刊旋生旋灭。即使一些有价值的文学期刊，也会很快被时代的巨浪所吞没。以我所见到的解放区文学期刊为例，有许多期刊就没有被列入"3504种"以内。例如，在晋察冀抗日根据地出版的有影响的刊物《晋察冀文艺》、《晋察冀戏剧》等，就都未被列入期刊目录。地方文学期刊、文化期刊，由于流传地域所限，没有列入目录的更多。1949年至今的文学期刊，更是浩如烟海。据国家新闻出版署财务司《2002年全国新闻出版业基本情况》(《中国新闻出版报》2003年5月9日)公布，当时已出版报纸2137种，出版期刊9029种。这些报纸、期刊中，不少都刊载文学作品。作为作家创作主要载体的文学期刊，所收藏的文学史料之丰富，是现代社会之前的任何时代所不可能出现的。

1988年，收录276种现代文学期刊目录的《中国现代文学期刊目录汇编》(上、下册)，由天津人民出版社出版。该书的编者认定：肇始于"五四"时期的中国现代文学发展的三十年，出现了鲁迅、茅盾、郭沫若许多杰出的作家，他们的大量优秀作品多半是首先揭载于这个时期创办的文学刊物上，这些文学刊物还记录了有关现代文学运动的大量原始资料，因而数以千计的现代文学期刊成了我国现代文学的一座蕴藏丰富的资料宝库。[①] 对文学期刊的深刻认识，激发出了研究者对原生态期刊的钟爱。文学期刊在时间无声的脚步中已经成为过去，许多有价值的思考和史料仍然沉睡在发黄变脆的报刊里。唐弢说："由于研究项目的变动，近几年来，我买的主要是'五四'以来的旧书，尤其是期刊。我有一种想法，要研究某一问题，光看收在单行本里的文章是不够的，还得翻期刊。期刊可以帮助我们了解一个时期内的社会风尚和历史面貌，从而懂得问题提出的前因后果，以及它在当时的反应和影响。"[②]

陈平原介绍北大学人阅读报刊的一段文字同样能够给人带来启迪。他说，北大学者谈中国现代文学所以最具史的意味，"这与他们很早就走出自家书斋、浸泡于图书馆的旧报刊室大有关系。……对于文学史家来说，曾经风光八面，而今尘封于图书馆的泛黄的报纸与杂志，是我们最容易触摸到的，有可能改变以往的文化史或文学史叙述的新资料。"陈平原甚至

---

① 唐沅、韩之友、封世辉、舒欣、孙庆升、顾盈丰编：《中国现代文学期刊目录汇编》，天津人民出版社1988年版。

② 《晦庵书话》，生活·读书·新知三联书店1980年版，第415页。

认为，阅读期刊也是对研究者学术心态的塑造。他说，"这里只想提示一点：阅读并理解大众传媒，既是手段，也是目的；既是技术，更是心态。钱理群《1948：天地玄黄》的《代后记》中有这样一句话：'每回埋头于旧报刊的尘灰里时，就仿佛步入当年的情景之中，并常为此而兴奋不已'。对于史学家来说，理论框架可以改变，但借助某种手段而'触摸历史'，尽可能进入当时的规定情景与历史氛围，却是必不可少的'起步'"。① 可以认为，没有对现代文学期刊全面而深入的研究，就没有现代文学学科的成熟。进一步强化现代文学期刊研究，是现代文学学科建设的重要任务之一。

二

强化现代文学期刊研究，应该在已有研究的成绩和经验的基础上展开。值得总结的基本经验有：

第一，先驱者的研究经验。

现代文学期刊出现后，事实上研究就已经开始悄悄进行。在"五四"以后，从文学期刊的视角研究现代文学的研究者首推胡适。胡适的期刊研究，有两个鲜明的特点。一是胸怀全局，具有史家特有的眼光。1922年3月，胡适所作长文《五十年来中国之文学》，就目光宏阔，通过对1872年创刊的《申报》的研究，"要记载五十年新旧文学过渡时期的短历史"。对于"五四"文学革命以来新文学发展的大势，胡适总结为："第一，白话诗可以算是上了成功的路了"，"第二，短篇小说也渐渐的成立了"，"第三，白话散文很进步了"，"第四，戏剧与长篇小说的成绩最坏"。这一见解，至今仍然受到不少研究者的首肯。二是胡适的期刊研究，对作家、作品细部的分析也相当独到，富有个性。在评价五四时期的创作小说时，胡适对鲁迅小说的推崇，不是出于个人的好恶，而是来自史家客观冷峻的认定："这一年多（1921以后）的《小说月报》已成了一个提倡'创作'的小说的重要机关，内中也曾有几篇很好的创作。但成绩最大的

---

① 陈平原：《文学史家的期刊研究——以北大诸君的学术思路为中心》，《中华读书报》2002年1月9日。

却是一位托名'鲁迅'的。他的短篇小说，从四年前的《狂人日记》到最近的《阿Q正传》，虽然不多，差不多没有不好的。"① 显然，鲁迅的经典小说，获得的是胡适经典性的评论。定格于两位巨人之间的这段评语，显示出了胡适卓然不凡的历史眼光。在题为《介绍新出版物：〈建设〉、〈湘江评论〉、〈星期日〉》短文中，胡适对当时还默默无闻的毛泽东的《民众的大联合》一文作了这样的评论："《湘江评论》的长处是在议论的一方面。《湘江评论》第二、三、四期的《民众的大联合》一篇大文章，眼光很远大，议论也很痛快，确是现今的重要文字。还有湘江大事述评一栏，记载湖南的新运动，使我们发生无限乐观。武人统治之下，能产出我们这样的一个好兄弟，真是我们意外的欢喜。"② 在五四一代作家中，胡适该是最早肯定毛泽东的作家了。由于道不同途，在20世纪50年代掀起的声势浩大的批判胡适运动中，期刊上留下的大量是是非非的史料，已经足够文学史料研究者去进行历史的评判了。

特别应该指出，胡适的上述新鲜见解，主要是通过对《申报》、《新青年》、《学衡》、《小说月报》、《建设》、《湘江评论》、《星期日》的解读获得的。胡适的重要文学史著作《五十年来中国之文学》从《申报》研究入手，其启示意义远远大于他的研究成果本身。

鲁迅与期刊的密切关系，同样值得人们深长思之。鲁迅一生的创作活动始终和报刊相伴。据《鲁迅全集》不完全统计，从1902年至1936年，鲁迅主编、与人合编的刊物、鲁迅发表过作品的中文报纸、刊物或作品中涉及的报纸、刊物共约457种，外文报纸、刊物34种。

在他所处的时代，鲁迅的期刊研究，找到了最适宜自己的方法：即把期刊研究与现实的紧密结合。鲁迅善于用报纸上的事实戳穿谎言。在复杂的文化环境下，他采用多种方法，保存随时可能流失的现代文学史料。申明："这不是我的'毒瓦斯'，这是彼此看见的事实！"鲁迅保存报刊上史料常见的方法有：如杂文集《而已集》、《花边文学》，采用附录的方法将对方的文字录入自己杂文之后备查；《伪自由书》、《准风月谈》采用《备考》的方法来保存史料。《且介亭杂文二集·后记》，为了回答前进青年鲁迅"现在不大写文章，并声明他们的失望"的误解时，鲁迅以大无畏

---

① 胡适：《五十年来中国之文学》，《胡适全集》第2卷，安徽教育出版社2003年版，第343—344页。

② 《胡适全集》第21卷，安徽教育出版社2003年版，第211—212页。

的精神,在《后记》中竟刊出了1934年3月14日《大美晚报》的一则《中央党部禁止新文艺作品》的新闻报道,将被查禁作品的书名、译著者、出版社等全文公布,以使读者了解他自己和其他一些作者的现实处境。《且介亭杂文二集·后记》还收录了1935年9月25日《中华日报》刊载的《中央图书杂志审查委员会工作紧张》一文。这篇文章绘声绘色地记录了担任图书审查者的"忙碌"情景:"中央图书杂志审查委员会、自在沪成立以来、迄今四阅月、审查各种杂志书籍共计有五百余种之多、平均每日每一工作人员审查字在十万以上。"这段文字,鲁迅不作判断,只是实录了《中华日报》工作人员工作的"生动"描述,却把审查者的险恶用心和盘托出。他们的"工作紧张",正反映了文学研究者生存学术环境的艰难。鲁迅说:"评论者倘不了解以上的大略,也不能批评近三年来的文坛。即使批评了,也很难中肯。"研究20世纪30年代现代文学发展的状貌,鲁迅的这篇《后记》,和他相关的研究期刊的文字,实在不可不读。

　　胡适、鲁迅以及与他们同时代的文学期刊研究先行者,即使研究的成果尚不丰硕,可他们开风气之先的首创精神,还是给我们留下值得品味再三的遗产。

　　第二,进一步认识研究者在期刊抢救与整理漫长岁月里的艰难跋涉。

　　在现代文学期刊研究者中,阿英是一位最自觉的整理者。阿英编《中国新文学大系·史料索引》卷,其中的会社史料是五四后期刊研究最重要的文献,而杂志编目则是五四以后最系统的文学期刊编目。是不是要编现代文学期刊的目录呢?阿英当时曾有过犹疑不决。后来,他终于决心完成这个编目。阿英说:"就史的意义上讲,却又觉得不可少。因为这些支配着当时运动的典籍,现在已不大容易找到。即使从已辑集的单本或索引里可以看见标题,对于这文字所以写作的动机,和在发表时间上的重要,还是不免于有些茫然的。有了这样的一个编目,再加有出版期的注明,则一路看来,使从题目上也可见当时文运是在如何的向前发展,好像是在读一部有系统的文学史书。"[①] 黄裳的《阿英与书》一文,特别提醒人们要正确评价阿英在史料研究中的贡献。他感慨地说,不能再让研究者

[①] 阿英编:《中国新文学大系》《史料·索引》卷(《序例》),上海良友图书印刷公司1936年版,第4—5页。

域外去寻找资料了,这种"史在异邦、文归海外"的现象不能再出现了,"阿英在五十年前,就已经把这当作头等重要的大事来做,在一九三六年出版的《中国新文学大系》中,以个人的努力编成了《史料·索引》一卷,这是何等的气魄与见识!"① 阿英的期刊研究长期地坚持着。直到1958年,他还出版了《晚清文艺报刊述略》,介绍1872年至1911年间的文学报刊,总结"当时文学的流派,创作的成果,以及文学运动的路是怎样结合政治运动走了过来"(《晚清文艺报刊述略》引言)。

唐弢是一位挚爱期刊的收藏家。抗日战争时期,他抢救图书(包括期刊)的事迹让人感动。唐弢回忆说:"日本军侵占上海,一天几次警报,家家烧书,撕书,成批地当作废纸卖书。目睹文化浩劫,实在心痛得很。于是发了个狠:别人卖书,我偏买书。离我寓所不远有个废纸收购站,主人是个猫儿脸的老头儿,人还和气,谈得熟了,他答应帮忙。从此我便节衣缩食,想尽办法,把所有可以省下的钱都花在买书上。书籍大概也真是一种'食粮'吧,有几次,我钻在废纸站的堆栈里,一天只啃两个烧饼,也居然对付了过去。"坚持买书二十多年后,唐弢的屋子里,"一架一架地堆得满满的,从屋子的四壁到中央,像一座矮矮的书城一样。"② 唐弢收藏有从1900年1月至1949年10月的中国现代文学期刊1452种,计1.67万件。收藏之丰富,在现代文学研究家中绝无仅有。这是一位难得的现代文学期刊研究家兼收藏家。

郑振铎、李何林、贾植芳、魏绍昌、薛绥之等人在这方面也各有建树。

第三,总结20世纪80年代以来期刊研究的新鲜经验。

20世纪上半叶,由于在很长的时间内,国内一直处于战争环境下,期刊研究受到了诸多方面的限制。从事专业研究的人员少、规模小,研究的内容、范围也十分有限。20世纪下半叶前期,又由于"左"的思潮的干扰,期刊研究仍然时断时续,研究成果单薄贫瘠。③ 特别是"文化大革命"时期对期刊的毁弃,对研究人员的迫害,更造成了研究的全面停滞。直到20世纪80年代,痛定思痛,政治生活的改善,才出现了期刊研究的

---

① 黄裳:《阿英与书》,《书之归去来》,中华书局2008年版,第261页。
② 唐弢:《买书》,《唐弢文集》第5卷,社会科学文献出版社1995年版,第677—678页。
③ 当时出版的期刊目录,只有6种,如《全国文学期刊展览会目录(1902—1949)》(中国作家协会、上海市报刊图书馆编,收688种,1956年出版,未署出版机构)等。

初步繁荣。据笔者所见，仅期刊目录的整理、编辑，就既有全国性的期刊总目的出版，也有地域性期刊目录、专题性期刊目录的问世，产生较大影响的期刊目录有：

《1833—1949全国中文期刊联合目录》（增订本），全国第一中心图书馆委员会、全国图书联合目录编辑组编，北京书目文献出版社1981年版；

《抗战文艺报刊篇目汇编》，王大明、文天行、廖全京编，四川省社会科学院出版社1984年版；

《抗战文艺报刊篇目汇编》（续一），四川省社会科学院文学研究所抗战文艺研究室编，四川省社会科学院出版社1986年版；

《中国现代文学期刊目录汇编》（上、下），唐沅、韩之友、封世辉、舒欣、孙庆升、顾盈丰编，天津人民出版社1988年版；

《中文期刊大辞典》（1815—1994），北京大学出版社2002年版；

《中国现代文学期刊目录新编》，吴俊、李今、刘晓丽、王杉杉主编，上海人民出版社2010年版。

一些有影响的期刊目录，也开始单独出版。如《东方杂志》全目的出版，《新青年》目录的重新整理出版。[①] 又如，程德培主编的老上海期刊经典丛书，以收录目录与选文结合的方式介绍旧期刊，同样具有积极的意义。

文学目录的出版，极大地推动了文学期刊研究的发展，并逐渐形成了多样化的研究格局。一个人数众多、实力雄厚的文学期刊研究队伍开始出现。其中，严家炎、樊骏、孙玉石等中年文学期刊研究者的成果受到了学术界广泛的重视。

严家炎在期刊研究中屡有发现，其根本原因在于他始终坚持研究者应亲自入山采矿，入虎穴而得虎子，详尽地占有包括期刊在内的第一手资料。严家炎所说的占有第一手资料，不只限于对原刊的阅读。他认为，对于现代文学研究者来说，还包括访问作家、对当事人的"田野调查"。严家炎回忆说，"1979年我到萧军后海的家里访问，想借他的《文学报》阅读。萧军先生热情接待了我。连续四五个小时的阅读，使我大吃一惊，如

[①] 张宝明、王中江主编的《回眸〈新青年〉》，将《新青年》的内容，以社会思想卷、哲学思潮卷、语言文学卷分别编选出版，1997年由河南文艺出版社出版，每卷都附有重新整理校勘的《新青年》总目。

梦初醒，懂得1948年《生活报》对他的批判完全是个冤案，于是在1980年的《中国现代文学研究丛刊》上发表《从历史实际出发，还事物本来面目》一文为萧军翻案。"① 严家炎还说："当我翻阅了一九四二年前后延安《解放日报》上的文章，再去对照一九五八年对艾青、丁玲等进行的《再批判》的时候，我的心情也是带着难言的苦痛的。我当时想了许多，尤其想到了怎样才能使这一切不致在中国大地上的重新发生。"②

樊骏期刊研究的一个显著特点则是"追踪研究"。他的论文《〈中国现代文学研究丛刊〉十年（1979—1989）》、《〈中国现代文学研究丛刊〉：又一个十年（1989—1999）》，从一个侧面代表了他在这方面的努力。以樊骏的"又一个十年"研究为例：在研究之始，他先从统计入手：四十期中，刊物"发表文章一千零四十篇；其中学术论文七百一十三篇，书评一百二十九篇，文学史料一百四十二篇，学术动态五十六篇，总计九百八十万字。"他读了这近千万字的材料，是为了"既可以看到现代文学研究近十年来，一些新的变化进展，也能够从中为今后的学科建设引出若干经验教训，使我们步伐更为稳健地走向未来、走向成熟"。他对期刊研究的挚爱溢于言表。

孙玉石长期致力于报纸文艺副刊的整理与研究。他的学术发现多直接来自对报纸文学副刊的阅读。当他读到刘淑玲的《〈大公报〉与中国现代文学》一书时，曾对文学副刊研究进行过具有深度的学理论证：《大公报》副刊"与中国现代文学相依相存了20多年。它为中国现代文学提供了一个独具特色的发展空间。……在文学史研究中对它给予充分的重视，也将可能拓宽中国现代文学史的叙述空间，使20世纪中国文学的传统资源得以更加完整地体现。"③

但总的来看，这一时期担当期刊研究主力的，则是一群比严家炎等更年轻的一代学者。姜德明、陈子善的现代文学期刊研究引人注目。姜德明长期流连于旧书摊，许多现代文学期刊中的珍品，总逃不过他搜寻的目光。期刊《诗与散文》、《当代诗文》、《消息》半月刊、《北方杂志》、

---

① 严家炎：《有关萧军的三点感想》，《史余漫笔》，生活·读书·新知三联书店2009年版，第160页。
② 严家炎：《跋》，《求实集》，北京大学出版社1983年版，第251页。
③ 孙玉石：《一个自由而独特的文学空间——序刘淑玲著〈大公报〉与中国现代文学》，《大公报与中国现代文学》，河北教育出版社2004年版，第4、5页。

《沙漠文艺》、《创世曲》、《文艺时代》都是他淘宝中的收获。他说,自己买到的"零刊残册,灯下披览,见所未知,倒也有趣,日久天长,积少成多,有时还能派上用场,更是喜出望外"。① 陈子善在他的史料学著作《发现的愉悦》(湖北人民出版社 2004 年版)中也告诉我们,解读《大公报》、《译文》、《北新》半月刊,《良友》画报等,让他真正地获得了"发现的愉悦"。刘增人等人纂著的《中国现代文学期刊史论》② 无疑是到目前为止最为完备的现代文学期刊目录总汇。刘福春出版的《新诗纪事》,"所录为 1917 年 1 月至 2000 年 12 月发生的有关新诗创作、出版活动等史事,地域包括大陆、台湾、香港和澳门","所用资料多为笔者查阅原始报刊、书籍所得。"③ 张大明的《中国象征主义百年史》,像他在书的《写在前面》所坦承:"书中百分之九十以上的史料都来自原始的报刊。"这一批研究者,在期刊研究方面下过踏实的功夫,他们的研究成果能够经得起时间的考验。

在期刊辑佚方面,许多年轻人都做得有声有色,解志熙、王风具有某种代表性。解志熙在编校《于赓虞诗文辑存》时,用《刊海寻书记》这样的题目来展示自己"编校历史"中复杂的心理感受。④ 困难磨砺着他们的意志。解志熙的期刊研究,锋芒内敛,不温不火,笔调从容舒缓,让生命激情潜入文字深处,紧裹着自己的真性情。他对期刊漫无目标的浏览,却往往有不期而遇的意外收获,而且在他对于赓虞史料的稽查中"发生过不下十余次"。解志熙叙述的语调,流露了这种幸运带给他精神上的富足与甜蜜。

辑佚过程的一波三折,苦辣酸甜,在王风笔下,展现得更显传神。为了查找废名 20 世纪二三十年代的史料,王风"一有空就到北图看缩微胶卷,摇啊摇,终于手酸目倦,又终至于犯困打盹,而终而又至于被冻醒,那个屋子是颇有点冷的,为了保存胶卷的需要。如是者几乎半年,而以后有什么线索,又零零碎碎跑了不知多少趟","其间自然有很多难忘的经历,比如 20 年代中期《京报副刊》上有《给陈通伯先生的一封信》,这

---

① 姜德明:《现代文学期刊拾零》(之一、之二),分别载《中国现代文学研究丛刊》1991 年第 4 期,1992 年第 2 期。
② 刘增人:《中国现代文学期刊史论》,新华出版社 2005 年版,第 3 页。
③ 刘福春:《新诗纪事》,学苑出版社 2004 年版,第 1 页。
④ 《中国现代文学研究丛刊》2004 年第 3 期。

是陈振国先生早已发现的，重新翻看，竟'摇'出好一堆文章来；……《莫须有先生坐飞机以后》里废名引了自己的两篇散文《放猖》和《小时读书》，唯一的线索是他自己说刊于南昌某报，因为他在黄梅教过的学生很有一些在那里读高中。于是必须找，尤其《小时读书》在《坐飞机以后》里还是节引。一开始以为区区当时的南昌，报纸总不会很多，哪知一看却是不少种，无以猜测，只能一种一种慢慢摇，大约摇了五六种，花了三四天总算逮着。"① 一个摇字使王风的经历生色不少："摇啊摇，终于手酸目倦"，说的是辛苦；而"慢慢摇"，却"总算逮着"，说的是收获。在王风和解志熙研究期刊的文字中，人们往往能够读到这种自我调侃的文字，似乎乏味的期刊辑佚也能让人感受到它内在的生命力。

这一时期，整体性的期刊研究成果，有周葱秀、涂明著《中国近现代文化期刊史》（山西教育出版社1999年版），宋应离主编的《中国期刊发展史》（河南大学出版社2000年版），李楠著《晚清、民国时期上海小报研究———一种综合的文化文学考察》（人民文学出版社2005年版），孟兆臣著《中国现代小报史》（社会科学文献出版社2005年版），姚福中、管志华著《中国报纸副刊学》（上海人民出版社2007年版），杜惠敏著《晚清主要小说期刊译作研究（1901—1911）》（上海世纪出版集团、上海书店出版社2007年版）等。秦弓在《现代文学研究60年》一文中，对书局与期刊研究，曾经做过认真的梳理与概括。文章说："传媒文化方面，有商务印书馆、泰东图书局、北新书局、开明书店、生活书店、上海文化生活出版社、新华书店等出版机构与文学关系的研究，也有《申报》及其《自由谈》副刊、《晨报副刊》、《京报副刊》、《大公报》文艺副刊、《益世报》文艺副刊、《解放日报·文艺》、《新青年》、《小说月报》、《礼拜六》、《紫罗兰》、《新潮》、《语丝》、《现代》、《论语》、《抗战文艺》、《文艺复兴》、《文学季刊》、《文学杂志》、《万象》、《文艺报》、上海小报、东北期刊等报刊与文学关系的研究"（《文学评论》2009年第6期）。事实上，每一种刊物、报纸文艺副刊，每一家出版机构，都是一个巨大的、充满挑战性和诱惑力的史料研究空间，研究正方兴未艾。

---

① 王风编：《废名集·后记》，《废名集》第6卷，北京大学出版社2009年版，第3579—3580页。

三

期刊研究的成果令人欣慰，研究中存在的问题也同样让人忧虑。这里只就两个方面的问题略加论述。

第一，期刊研究理论薄弱的问题。

现代文学期刊研究长期以来缺乏理论自觉。研究中轻视理论，向往于把新发掘出来的期刊堆砌出来以示丰富，缺乏对已有期刊作深入的理解与阐释。史料研究永远是历史与现实无休止的对话，交流；而对话，交流却要由理论来指导。期刊既是知识的仓库，又是知识的熔炉。熔炉就是通过感受、理解，把史料融为学术的血肉，从期刊中发现问题，并独出心裁，别开生面地阐释问题，从而透出实践的血质和生动性。

研究现代文学期刊，要在阅读的基础上，培育不倦深思的心灵力量，使研究具有历史主义的态度，客观的立场，避免先入为主。一些期刊研究，往往或隐或显地受二元对立思维模式影响。如在抗战文艺期刊目录编选时发表的《编辑说明》中称："各时期的反动刊物，因不是这个目录的重点未作详细调查。"[①] 这样，就有意无意地把被视为"反动刊物"的目录漏编了。有的《出版说明》虽然较为开明，如说"本书所收的报刊，大部分是进步的、革命的。但是为了给现代文学研究提供参考资料，也收录了一些国民党方面的文艺报刊篇目。"[②] 一个"也"字，实际上就有意地把被称为"国民党方面"的文艺报刊目录大部分剔除了。形成这种格局的历史原因极为复杂。在搜集、整理期刊之前，按照特定意识形态的裁决或编选者的主观判断，把文艺报刊作简单的政治划线，宣布哪个进步，哪个革命，哪个反动，自有其当时的具体语境。但是，社会现象总是重叠涟漪，充满着历史的杂色与丰富。许多期刊发展的常态是杂语共生。有时表面上对立的文学主张，实际上常常相斥相融，交错互动。只有多元融汇，才能激活研究主体的生命意识和文学意识，才能保证史料研究的健康发展。用褊狭的视野根本无法认识现实斗争环境的复杂性所带来的期刊存

---

① 《中国现代文学期刊目录（初稿）》，上海文艺出版社1961年版，第5页。
② 《抗战文艺报刊篇目汇编·出版说明》，四川省社会科学院出版社1984年版。

在的特殊性，无法还原意蕴繁复的历史形态。

期刊理论研究存在的另一个突出的问题是：研究者对中国自己的历史经验研读较少，存在着某种盲目性，从而出现了对外国理论的照搬照抄，生吞活剥。在抗战文艺报刊研究中，类似的现象就有所发生。有的学者曾对这一现象提出过告诫。郝庆军认为，目前，许多报刊研究者在理论框架的选择上，多集中在两个热门的话题——"公共领域"与"想象的共同体"。这位学者认为，德国尤根·哈贝马斯的《公共领域》和美国班纳迪克·安德森的《想象共同体》这两部著作，固然可能给中国读者带来灵感，但是，他们理论框架产生的背景和中国的社会现实并不相同。如果不洞悉他们理论背后隐含的意识形态支架，研究就只能是"离题万里的借题发挥"，或"食洋不化的削足适履"。郝庆军提醒："以为凡流行的外国理论都具有普适性和真理性，即使不是哗众取宠，也属不智之举。研究中国的报刊，应在中国的具体语境中找到中国的问题，哪怕再小的问题也是一个真问题；迎合时尚，迁就理论，悬问题而觅材料，搅扰群书以就我，难免误入歧途。报刊研究并非不能使用现成的理论框架，而是应该有只眼，有判断，慎重选择，莫入误区。"[①] 这段话可谓语重心长。从本土文学的实际出发，抛弃面对西方文化的俯就心理，抛弃先入为主的主观预设，才能避免研究的泡沫化，使研究呈现出一种含蓄的张力。

还应该指出，这种照搬照抄外国经验的盲目性，几乎从现代文学诞生时期就已经露出端倪。比如，奉行兼容并包、稳健开放办刊理念的《东方杂志》，当时就受到了五四文学革命倡导者陈独秀以及罗家伦非学术化的责难。罗家伦不顾事实，把《东方杂志》归类为"杂乱派"，作了全盘否定。[②] 陈独秀也在《新青年》上接连发表文章：《质问东方杂志记者——东方杂志与复辟问题》、《再质问东方杂志记者》，对《东方杂志》作了无端的指责。[③] 人所共知，此后这种武断的批评更连绵不绝，对期刊研究造成了难以弥补的损失。

第二，广度的扩展与深度的强化，是期刊研究面临的又一个重大

---

① 《报刊研究莫入误区——反思两个热门话题："公共空间"与"想象共同体"》，《中国现代文学研究丛刊》2005 年第 5 期。

② 罗家伦：《今日中国之杂志界》，《新潮》第 1 卷第 1 期。

③ 陈独秀：《质问东方杂志记者——东方杂志与复辟问题》，《新青年》1918 年第 5 卷第 3 号。

问题。

从广度来看，本文前引秦弓的文章告诉我们：报纸副刊研究，比较集中进行研究的，也只有《申报》《自由谈》等6种；期刊研究，还大都限于《新青年》等14种，以及上海小报研究等，这和刘增人开列的3504种期刊比较，研究的广度实在相差太远。比较而言，目前，期刊研究中最薄弱的部分，还是文化期刊研究，地方文学期刊研究，报纸文学副刊研究，以及解放区文学期刊研究。

就文化期刊研究而论，除《新青年》以外，其他文化期刊研究几乎还没有被列入研究日程。其实，文化期刊中，保存有极为丰富的文学史料。例如，至今未被研究者看重的文化期刊《东方杂志》，从创刊到终刊（1904—1948）共出刊44卷，是中国近现代作家梁启超、王国维、鲁迅、胡适、郭沫若、茅盾、老舍、巴金等三百余位作家的创作平台，它从一个侧面展现了现代文学发展的历史进程。①《东方杂志》不应该人为地受到怠慢。

地方文学期刊和报纸文学副刊研究，同样显得异常单薄。我在一个偶然的机会，读到了在河南开封出版的《中国时报》文学副刊《文学窗》。《中国时报》（1945年12月1日创刊，1948年6月停刊）。这家民办报纸，办有多种副刊，如《山水间》、《诗与散文》、《桥》、《文艺之页》、《文学窗》（复旦大学文学窗社编）等。从1946年1月到1947年2月，远在重庆的复旦大学学生，在《中国时报》上创办的文学副刊《文学窗》，就先后发表有胡风、路翎、谷风（牛汉）、鲁藜、彭燕郊、ＳＭ（阿垅）、冀汸、束衣人（石怀池）、聂绀弩等七月派作家的诗歌与诗歌评论文字三十余首（篇），成为继《七月》、《希望》之后在短时间内集中发表七月派作品的一个重要阵地。七月派在《中国时报》的短暂集结，是七月派发展进程中带有传奇性的事件。《中国时报》上讨论七月派诗歌创作的评论文章具有较高的学术质量。诗论作者有着俯视全国诗坛的视野，对七月派诗人诗作的评论，常有画龙点睛、一语中的的神妙。《中国时报》副刊并非单纯发表七月派作品的专门副刊，同时期在该报发表作品的作家，还有叶圣陶、朱自清、老舍、靳以、冯至、夏衍、郑伯奇、萧

---

① 参见刘增杰《文化期刊中的文学世界——从史料学的视点看〈东方杂志〉》，《汉语言文学研究》2010年第1卷第1期。

乾、厂民、王亚平、臧克家、苏金伞、艾芜、赵清阁、李健吾、唐弢、青勃等人。这说明，许多有价值的文学史料还沉睡于《中国时报》一类的地方报刊里。地方报纸的文学副刊同样深藏着巨大的学术潜力。孙玉石指出："'五四'以来的报纸文艺副刊，是现代文学研究领域唯一未被全面开发的丰饶的处女地。由于时间的迅捷和受众面的广大，'五四'以来报纸文艺副刊在文学生产与传播中发挥了特殊的作用，并留下极为丰富的产品。有些作品，有些评论，有些文艺信息，有些编辑的言论，至今尚未得到开掘、发现和认识。一些宏大的理论专著、博士论文……自己没有一种翻阅原始资料的身经的历史感，资料本身也因为不能给人历史感而减少了论说的分量。"① 这段话正击中了当前研究中存在的一个要害问题。

解放区文学期刊和报纸文学副刊研究，较有深度的研究成果，还只有李军著《解放区文艺转折的历史见证——延安〈解放日报·文艺〉研究》一书。1983年出版的《抗日战争时期延安及各抗日民主根据地文学运动资料》（3卷本），提供的期刊和报纸副刊目录约200种。《一个被遮蔽文学世界——解放区另类作品考察》一文，就考察过曾经发表另类作品的解放区报刊20种。这些期刊，都值得进一步整理和研究评论。

要言之，期刊研究空间博大诱人，为研究者提供了广阔的用武之地。在已有研究的基础上，提高期刊研究的理论自觉，在广度和深度上进行新的开拓，期刊研究就有可能迎来新的收获。

（载《河北学刊》2011年第6期）

---

① 孙玉石：《一个自由而独特的文学空间——序刘淑玲著〈大公报〉与中国现代文学》，《大公报与中国现代文学》，河北教育出版社2004年版，第4、5页。

新发现的一批七月派史料

——《中国时报》文学副刊一瞥

一

《中国时报》1945年12月1日创刊于开封，1948年6月停刊。《中国时报》是在河南省省会开封创办的一家有影响的民办报纸，由郭海长任发行人、总经理，河南大学毕业不久的青年学人梁建堂任总编辑，诗人苏金伞、塞风（李根红）等任兼职编辑。《中国时报》先后开辟有《山水间》、《诗与散文》（苏金伞主编）、《桥》、《文艺之页》、《文学窗》（复旦大学文学窗社编）等文学副刊。据《中国时报》工作人员阎希同在《开封〈中国时报〉述略》一文（载河南文史资料）中回忆，《文学窗》1946年1月创刊，由当时远在重庆的复旦大学《文学窗》社编辑，冀汸等人主持，每周一期，共出17期。曾刊登冀汸、路翎、靳以、晏羽鸣、石怀池（束衣人）等的诗文，于1946年5月底停刊。① 阎希同的回忆大致上是可靠的，1946年1月11日《文学窗》第1期发表的编者《小启》说：

小启

我们是在重庆的人，却在开封打开了这扇"窗"。这也许开得太

---

① 《文学窗》原为复旦大学学生办的壁报。宋贞在《悼衣人》一文中说："在《文学窗》壁报上，在《华西副刊》上，在《希望》以及别的副刊和杂志上，我读到了他（指衣人）的文艺批评及其他翻译作品"（见1946年1月20日《中国时报·桥》第11期）。海长悼念束衣人的文章《我和衣人》中也谈到过《文学窗》的情况。海长即郭海长，其父郭仲隗系辛亥革命元老，时任国民政府豫鲁监察使。

远吧,然而实在并不值得惊异。

在重庆,早耸立着许多高门大户,各自保有独特的色彩和芬芳,而我们却渴求着更新鲜的更朴质的花种与花苗;这就是我们要在这块复活的土地上开"窗"的理由。

不过也必须申明:"窗"子也原比不上高门大户的,决不会有什么不得了的以至于了不得的伟大作品发表出来;我们只希望:凭着这扇"窗",能够吐出一些真实的声音,也凭着这一扇"窗",能够听到一些真实的声音。感觉相同的朋友们,请了解而且珍重这一点希望。

至于将来成绩如何,只好"骑驴看唱本——走着瞧"了。

说阎希同的回忆"大致上是可靠的"中的"大致",主要是指阎文所说《文学窗》只出版17期并不准确。《文学窗》新18期(见1946年12月14日《中国时报》)有文学窗社《致读者》短文。全文如下:

致读者

我们底"窗"不宣而闭将近半年了。时间真快,竟使我们留下了这么一段不可弥补的空白。这时间,我们直接间接地得到了许多熟识的或未相知的友人们的关怀和鼓励。这使我们感到很大的安慰。这么一件微末的工作,却居然引起了可珍贵的共鸣。无疑的,这是读者们的诚恳,也是由于我们的诚恳,惭愧的是我们竟使它有了这么一段无可弥补的空白!

说来又都是一些不值得告人的理由,因而也就不打算在此作絮絮的表白。我们除了一本以往的诚恳使这件微小的工作更能放光生色,还希望能够得到读者们的热情的合作。从过去的十七期里,读者当然知道这是一个带着很浓的同人性的刊物,也当然知道我们对于文艺的见解。在我们说是因为有相同的信念和相同的理解,才有这样的结合的。如昊文艺是解释人生,表现人生,追求人生的,它也就是作深刻的精神斗争的一种武器。我们相信执着这样的是武器,在五花八门的现实里一步一血痕地搏斗着前进的人必定很多,所以,我们才冒昧地向不相知的友人们伸出手来。

我们欢迎一切诚实的声音,不论诗,小说,散文,文艺批评,来稿寄本报副刊编辑室转本社。我们相信,愈是野花野草,愈是有浓烈的颜色和浓烈的气息。

朋友们,让我们一见如故吧,在这数句寒暄之后,便携起手来,一同呼吸,一同进步。

但阎文所说《文学窗》共出17期的话也并非没有原因。正如《致读者》所说,《文学窗》出17期后是"不宣而闭",而在半年之后才又出了新18期。对于刊物"不宣而闭"的理由,《文学窗》只用"说来又都是一些不值得告人的理由,因而也就不打算在此作絮絮的表白"一句话轻轻带过。其实,《文学窗》的"不宣而闭"不是只有"一些不值得告人的理由",而是因为不能把理由示人。阎希同文章回忆说,《文学窗》发表的批判现实的作品和言论,已经引起了不仅河南省地方当局的不快,而且也惊动了当时更高执政当局的不满才被迫停刊。在《文学窗》"不宣而闭"的同时,与刊物有关的人员也于1946年5月暗自撤离。由于政治压迫的加剧,《文学窗》第18期也仅出一期就又被迫停刊,而《中国时报》其他政治色彩不很明显的文学副刊的生存时间则要长一些。

《文学窗》能够由远在重庆的复旦大学学生(复旦大学当时尚未复原返回上海)主办,关键人物是前述的《中国时报》发行人、总经理郭海长。郭海长是复旦大学毕业生,他同房间住的就有好友束衣人(石怀池)等。复旦大学办壁报《文学窗》的朋友和郭海长政治上情投意合,他们应邀为郭海长任总经理的《中国时报》创办文学副刊《文学窗》,既是对郭海长的支持,也为七月派争得了一块宝贵的文学阵地。因为在事实上,七月派的重要刊物《希望》当时正在苦撑,到了1946年10月就不得不宣告停刊。七月派生存的艰难,格外彰显了《中国时报》上《文学窗》文学副刊的重要作用。

二

文学窗《致读者》最大的文学价值,在于它事实上宣告了七月派最简洁的文学纲领:"从过去的17期里,读者当然知道这一个带有很浓的同人性的刊物,也当然知道我们对于文艺的见解。在我们说是因为有相同的信念和相同的理解，才有这样的结合。如果文艺是解释人生，表现人生，追求人生的，它也就是作深刻的精神斗争的一种武器。"七月派这批有强烈使命感的左翼文学青年，在《文学窗》和其他副刊上，他们是怎样展示以诗歌为武器，"作深刻的思想斗争"的呢？

这些年轻诗人对现实的一个关注点是劳动者当时的生存景况。冀汸的短诗《池沼》，把池沼拟人化，通过池沼写人。诗人把自己的情感倾注到了一个洗衣女身上。诗中连用四个"黄昏来了"的短句，极力烘托黄昏到来时低沉的感情气氛。第一个"黄昏来了"是："黄昏来了/你是那最末的/洗衣女的镜子/照见她一天的悲哀/照见她十几个春天就老了的/童养媳底灵魂"。第四个"黄昏来了"进一步揭示池沼对于劳动的价值："黄昏来了/有黑夜/你是黑夜的村庄底/痛苦的/失眠的眼睛"。诗短意长。为什么"洗衣女"十几个春天就老了呢？诗给读者留下了无尽的回味。和冀汸《池沼》的深沉含蓄相比较，彭燕郊的《我是乡村的孩子》语言明快，感情直露。这个乡村的孩子，为自己的乡村而骄傲，他讨厌"老爷太太光临了我们的乡村"。在表面上城乡对立的视角下，孩子有着分明的感情倾向。他憎恶压迫者，爱自己宁静和平的乡村：

城市来的大皮包，我讨厌。
城市来的滑头的奸笑，我憎恨。
城市来的水粉胭脂是使我恶心的。
城市来的贵客同那一只只
空着肚子来吃饱了就走的黑心货艇，使我害怕。
城市来的狗也是凶狠的。
他会反客欺主的咬打乡下的瘦狗。
他还会咬断走夜路的乡下人的咽喉。
恶毒的伏在大洋房门口。
不出声的袭击。
才是阴险呵！

杂文家聂绀弩的讽刺诗《给臭虫》，以辛辣的诗句嘲笑了那些满面红光，挺着球样大肚皮的"财主，封翁，阔佬，买办"。诗人把他们比作比阳澄湖的螃蟹还肥的吸人血的家伙，揭露他们："仗着黑暗的势力，/趁人毫无戒备的时候,/以蛇样的毒牙,/咬烂皮肤;/吸人血,/却把它的气味变坏!/是谁派你来的呢,/不让一个劳苦人安息?"诗人知道,臭虫"除了吸血,/没有别的",所以,人们对待它的办法,只能是"你在偷偷摸摸中横行,/我却要你在明察中死去。/我虽然取的是你的生命;却流的是我自己的血"。

这些从不同侧面批判现实的诗作,显示了七月派鲜明的政治倾向性。诗是他们忧患意识的外射。但这些诗作,在《中国时报》发表的七月派诗作中并不居于中心位置。在抗日战争胜利的乐观气氛下,歌颂斗争,呼唤胜利才构成了诗作的中心主题。七月派诗人深知,未来的斗争将异常艰苦,但他们却深信:胜利到来的时候已经为期不远。这些诗的格调明朗,情绪昂扬,充满着必胜的信念。1946年3月至11月期间谷风(牛汉)在《中国时报》发表的五首诗作,就代表着他们创作的主调。除了抒情诗《六月》让牛汉想起"雁门关下的那一片干巴巴的土地上/六月/是束裤带挨饿的日子呀"之外,他的其他诗作,都集中地表现了诗人激越的诗情和奋发向上的力量。

谷风是一位预言家。1946年1月,他在《小夜曲》中预言:"夜里啊,/古旧的旗降落了;/新的旗在一支顽强的队伍前头/大胆的竖起"。1946年4月,在小诗《虹》里,诗的首句独立成节,发出了惊天动地的呼喊:"天晴了。"明白如话的呼喊,道出了人们心中共同的感受与期盼。诗人打开了想象的翅膀:"太阳马上就要回来/我看见/虹/打从我们的蓝色的/池沼一样阴湿的天空/闪亮闪亮地滚来"。一句"闪亮闪亮滚来",以优美的画面美,描画出了正在走向胜利的人民排出倒海,势不可当的英雄气势。谷风5月发表的《新的声音》,以谈自己读艾青长诗《吴满有》的感受为题,深情地描摹着解放区人民欢快的生活画面:"我读着/艾青写的《吴满有》/我被感动得跳起来啦……"在诗的反复诵唱中,诗人相信,人民的一条条的紫色的胳膊,定会爆炸出翻天覆地的力量。

同类诗作中,还有彭燕郊的《啊,啊,绿色的……》以及《山坑里的人》。《山坑里的人》中,长年过着牛马一样的生活,"筋肉暴凸起一个个小蛮丘"的农民,终于"在他的眼里露着神秘探问的光芒/他是试探着接触这个世界了/这世界也将是属于他们的吧"。明丽的诗的格调,真切地展现了诗人对新生活的憧憬。这批七月派诗歌,是一尊耸立在中原的石质雕像。

与前两类表现社会诗情的主题不同，七月派作品中也不乏表现纯粹属于个人私情的独特感受之作。我们在《中国时报》上读到了ＳＭ阿垅的悼亡诗《祷告辞——给R》。1943年3月，阿垅与张瑞初见，5月8日结婚。婚后，他们在重庆乡间度过了一年的幸福时光。1944年7月底或8月初爱子沛降生。为了生活，阿垅随后到重庆谋生，他和妻子张瑞靠频繁的通信来相互安慰。后来，妻子的来信少了，"痛苦和哀伤往往在字里行间闪烁隐现"。1945年3月18日，妻子在为孩子喂了奶后"留书自杀"。① 突然袭来的沉重打击使阿垅悲痛欲绝。1945年4月11日，阿垅完成了长诗《悼亡》，但没有机会发表。此诗2000年周良沛根据阿垅手稿才编入《阿垅诗文集》由长江文艺出版社出版。1945年7月14日，他又写下了《祷告辞——给R》，发表于1946年2月1日《文学窗》第4期。

《祷告辞——给R》是一首感人的现代悼亡诗，留下了阿垅赤裸裸的，甚至是语无伦次的真性情。对妻子难以割舍的浓情，使诗人千呼万唤，化为撕心裂肺的诗句：

"你是我肉中的肉／心中的心／你我彼此相属／右手属左手／左手一样属右手"，"我们是相属的／我年青可爱的妻子啊／让我底肉为你痛／心为你欢喜／让我底肉生在你腹上／心在你心里／让我底力量全给你"。这是眼中含泪，心底流血的倾诉。诗中反复咏叹的感情旋律，寄托着诗人对妻子揪心的思念。诗中急切地向妻子表白："我要雄狮一样为你在丛岩中守望，甚至连／无邪的蒲公英飞过也不许／或者／你啮你自己手指时我这心也觉得好痛！"刻骨铭心的爱，凝结为庄严的爱情誓言：

有风雨让我做你底屋子
有饥饿让我做你底果子
有痛苦让我做你底支持
有灾难让我代替你——
因为你底丈夫是你所选的男子！

---

① 《附记》《阿垅诗文集》，人民文学出版社2007年版，第144页。据我考证，阿垅《附记》中回忆的1944年3月初与张瑞初次见面的时间不确，时间应是1943年3月初。假如按《附记》的时间推算 张瑞逝于1946年3月，他的《祷告辞——给R》怎么会写于1945年7月14日（见诗末诗人所署写作时间）诗怎么会发表于1946年2月11日的《文学窗》呢？《附记》所写时间显系误记。

所有天下女子，拥有这样的男子是幸福；阿垅长眠地下的亡妻，如果心有灵犀能够感受到诗人的这份挚爱，也会拥有最大的慰藉。1946 年 4 月 19 日，阿垅在长诗《悼亡》的《附记》中说："我没有再说话的力气。她是'被侮辱与损害'的又一代。她善良得透明，梦想得遥远，使她在人生中走着崎岖的路，最后还不得不以毛莨自杀。这是她底血肉的飞升。但是我，我负着她底尸体行年！"《祷告辞——给 R》内容丰盈，流动着诗人悲凉的哀伤。妻子美丽生命的殒落给阿龙留下了失落的永恒。

三

《中国时报》上具有学术个性的诗论，首推路翎对阿垅和绿原的评论。在《关于 SM 底诗》（1946 年 2 月 15 日《文学窗》第 6 期）和《关于绿原》（1946 年 4 月 26 日《文学窗》第 14 期）两文中，路翎关注两个问题：一是诗人的人格精神，二是重视对诗的内容与形式关系的阐发。在路翎看来，抗战以来的中国新诗，存在着公式主义和形式主义的弊端，而 SM（阿垅）和绿原的诗歌创作，正是对这种倾向的自觉抵制。他强调："在 SM 底诗里显露的，诗人底精神，或者说人格底特色，是对于人生的高度的诚实和善良，以及一种道德上面的高贵，仁爱和勇敢。这些字眼并不是空洞的，它们底意义是流露在诗人底每一句诗，每一个呼吸中间。你可以亲切地感觉到在这里站着这样一个人，他并不假装不懂为懂，他所要求的可说是异常的单纯，但他底表情告诉你说：他就是要求他自己的这一点，只是这一点——谦虚地，柔和然而坚决地，无论谁都不能给他夺去。"路翎的结论是：阿垅人格的底色，是对于人生高度的诚实和善良，以及一种道德上的高贵，仁爱和勇敢："在我们底时代，少有这样的充满着强烈，真挚的人生要求的诗。在人们附托着时代底感情和观念写着诗的时候，SM 是站在人生底渴望里面，其中有爱情，战争，友谊……从这里直面着时代，当人们被什么巨大的，激动的形势威胁了，于是发出了浪漫的呼唤来的时候，SM 是在歌唱着他底深切的人生要求，这大半都正是和时代节拍息息相关的。"

路翎特别推崇阿垅的爱情诗，认为在公式观念狂放的时候，"没有人能那样诚实而且恳切地歌颂仅只是自己所感到的爱情有如 SM 的。人们都附托什么观念去了,但 SM 站在这里,诚恳地歌唱着:星和花,和他底爱情,我并不是说大家都要逃回自己去,我是说,在这里诗人底真实造成了他的丰富的境界了。他有怎样的自己,他就显露出怎样的自己来,而这是需要道德意味上的高贵和勇敢,我们不是看到了过多的用什么公式观念或公式浪漫采点缀做假的歌颂爱情的诗了吗?"路翎说,诗人怎样感觉了,就怎样歌唱出来。称赞阿垅用行动明确反对那些用自己也不懂的大话的诗和拆字式技巧的诗。

同样,对于绿原,路翎特别看重的,也是绿原忠实的人生态度。据路翎观察,绿原具有向复杂的现实生活搏斗,与现实生活并进的坚韧的内在力量。指出,这样的人生态度,让绿原即使生活上有许多痛苦和弱点,在创作上也能够不断地实现"突进":

> 这突进的力量是从哪里来的呢?
> 首先绿原是忠实的,他有很多生活上的痛苦和弱点罢!
> 但他有深刻的忠实的心,于是这一般说来,是作为一个相识人的弱点的,就慢慢变成了作为诗人的强处。绿原不是永远固执地守着自己的感情的诗人,这些固执也守着自己的一个堡垒的人们,他们只能歌唱特定的东西。绿原,在他遭遇现实的历史的一切的时候,他自己倒似乎是常常败北,撤退的,于是他经历了真正的战斗,他再冲锋,他的堡垒就随处皆是了。他的性格不是天生的坚强和爽朗,他底性格是付出了代价明白了自己底,和历史人民底命运之后的坚决,生活的痛苦当更使他坚决。
> 所以有着柔和的梦幻的心的诗人,而有如此的凌厉的坚决是可以理解的吧,或者,正因为有着柔和的梦幻的心,真失望之深,造成了其坚决之强,而且那感觉性是特别丰富的。

路翎甚至预言:"在绿原的面前,正如在这个时代一切诚实的人们的面前一样,是还有无数厮杀的。"20 世纪 50 年代绿原所受到的历史的误会,竟被路翎在《关于绿原》里提前十年言中。

在《中国时报》上,路翎还有一篇类似格言的谈诗的风格的短文:

> 有一些人,被别人底内容打动了,因此也爱好起别人底"形式"

来；由于模仿的东西的充斥，人们渐渐地倒首先注意形式，而以形式所能暗示的一点美感为创作的动机了。这样的动机并不是坏的，但自己必须不以形式的美感为满足。现实——精神世界底要求，然后才发出声音来。不必注意声音底"形态"，注意外形，就或多或少地压伤内容了。不必顾忌自己能"创造"出什么风格来，而应该坚持地去看看这个世界看看自己的心对这个世界究竟发生了怎样的要求，反抗、痛苦、快乐。这"怎样的"，就是自己的风格。

所以，卖弄机智的，拼凑外形的美感的东西，是讨厌的。首先它不能感动任何人。

诗的内容与形式的关系问题，是一个极为复杂的理论与实践问题，非几句话可以解释清楚。路翎的短论自成一家之言。

彭燕郊在《中国时报》发表讨论诗歌的文章只有《诗论随想》（1945年12月21日《桥》等6期）。短文称得上是真正的格言。如其中有这样的表述："有些诗人的诗，给我们觉得，好像他们是在时装店里面，挑剔着，和比较着材料似的……"，"可是，你是在写诗，不是什么美娇人，你不需要什么来装饰自己的呀！"

短文通过一些鲜明的对比，既阐释了诗的意蕴，也透出了作者的才华与行文的机智。

此外，江中石的《生活的诗·绿原与马凡陀等等——答某友人问》（1946年12月17日《诗与散文》第10期）、为公的《论曾卓及其歌唱》（1946年1月28日、2月11日《桥》第13、14期）、克浪的《鲁藜试论》（1946年4月12日《文学窗》第13期），对七月派诗人绿原、曾卓、鲁藜的诗歌创作，都分别进行了深入的评论。江文采用问答的形式，对七月派诗作的特征进行了有深度的论析。如友人问："我觉得诗现在有很严重的危机，因为一般读者是不喜好它的，除了一些写诗的朋友们以外，在普通读者心目中，它占着比小说、戏剧更在下的位置。不知道是现在诗作不好呢？还是读者欣赏能力不够，看不懂呢？"

针对提问，江中石作了这样的回答："造成诗的现状的责任，一半归于社会的罪恶，一半应归于诗的工作者本身的不健全……所谓社会的罪恶，就是诗人的意念不能直接表达出来，非拐弯抹角地说出来不可，而造成和读者不可免的距离。基于此点认识，遂有人以为我们不能够写出较真实、较伟大的作品来，是由于社会条件所限制，而必然的结果，此种看法，与其说是一种意见，倒毋宁说是容忍甚而是姑息，因为在此时此地的社会条件之中，并不是不能产生好的诗篇，而一般诗作的空虚者，乃是作者自身的不健全之故，因为好的环境，固然能够派生正确的主观意识，像艾青、田间、鲁藜等，直接在良好运动之下，诗的道路自然是平坦的，但主观思维也可能不满于客观条件。因而产生的搏斗现象，是一样可以有好的诗篇产生的，例如《希望》三期的《表》和《在一九四六年的恐怖中》，描述着一个刻苦和受难的知识分子的灵魂，我们可以说不是好诗么？"

在回答绿原和马凡陀的不同道路时，作者又重点分析了绿原、冀汸、邹荻帆七月派诗人受到读者欢迎的原因："在疯狂的混乱的时代里，有着怀满对旧社会憎恨的激情和反抗的力的战士，而被这激情和力所驱使，他们会不自觉的'从生活的深处发出歌声'（胡风语）来，这声音是战士特有的，不能模仿也不能假借，这声音不但能使走在同一道路上的人引起共鸣，也能感动本来是迷惘，动摇的人，为之茫然四顾，或者生活得更坚定起来。诗人绿原，与绿原走着同一道路的诗人如冀汸，邹荻帆等，以及其所拥有的读者，便是在此条件下产生的。"

这篇论文实际上从诗歌与时代关系的视角，对七月派诗歌的美学价值作了整体的评论。为公的《论曾卓及其歌唱》，把曾卓放在抗日战争的背景下，通过曾卓与艾青、田间诗歌的比较，对曾卓前期的创作作出了独到的解读：

> 曾卓，不是一个完全沉堕在悲惨里的诗人，他有崇高的信念和向往，但他恐怕因为与他所向往的理想，隔得有点遥远吧，加之现实对他又是如此的悲凉，所以他一直也就没有那明朗的健康的笔锋，没有愉快的心怀，……我们遍读他底诗篇，不能感觉到一点时代底强烈的音响，不能呼吸到一点英雄底气息，……我想，他之所以见爱于读者，怕是以章法的完整，格律的谨严，刻画的描写，和内容偏于诅咒病态社会，特别是倾吐了知识分子的悲伤感情，而称著以诗坛的吧。我们热爱这样一位年青有才华的诗人，但同时也很使我们感到惋惜，惋惜着他那从灵魂深处流泻出来的使人感到寒冷的忧郁。

评论切中了曾卓诗的要害。论文认为，曾卓后期的创作有着明显进展，"他继承着他底优秀的刻画的描写，朴实的抒情，采用着散文式的开展的形态，给写出了彩色阴暗的'熟睡的兵'和憔悴的悲哀的'夜城'。前者绝叫着这时代抗战杀敌的英雄们的苦难，后者哀悼着封建小城里人民生活的凄凉。在这里，诗人不仅完成了感情形象的彩色的书，而且在题材的把握上也更向前跃进了一步，他渐渐洗去了纯粹知识分子的悲伤的感情，而深深体验到今天人民所受的痛苦，在向着描写'历史的真实'的题材跃进了。"

克浪的《鲁藜试论》以饱满的激情，赞颂鲁藜的诗是"诗坛的花朵"：

> 诗人鲁藜带着健康的，乐观的，明朗的抗战歌声，来到了我们的诗坛，为中国的新诗歌添上了一曲明显的，浑润的音响……
> 是诗坛的花果，是战争的收获。
> 亚细亚大陆上的解放战争，养育了诗人，锻炼了诗人，也提高了诗人，在诗的高原上，诗人以他单纯的，善良的，童真的灵魂，君临着新生的大地和战斗的人生，而在战斗中，诗人是一个坚定的，忠诚的，平凡的列兵。
> 正因为诗人的精神领域和现实生活的紧密拥抱和燃烧的融和，才抒发出真诚的赞美诗和从人生升华到艺术境界里的新生的牧歌。在这里，没有牵强，没有做作，而是自然的流露。

作者称赞生活在解放区的鲁藜，走的是"一条广阔的创作的大路"。评论中出现的"太行山"、"抗日的根据地"、"斯大林"等在当时刺眼的词汇，难免不会引起当局的警觉。到了5月，出于安全需要，《文学窗》不得不销声匿迹。

《中国时报》上讨论七月派诗歌创作的评论具有较高的学术质量，没有地方刊物上初入茅庐作者的幼稚。诗论作者有着俯视全国诗坛的视野，对七月派诗作的评论，常有画龙点睛、一语中的的神妙。这一现象，不仅是当时河南文坛出现的奇异景象，在整个七月诗派研究中，也是一个足以引起人们重视的话题。

《中国时报》还转载有胡风评论曹禺剧作《北京人》的文字，赵彪研究路翎小说《饥饿的郭素娥》的短评，以及石怀池评论萧红的长文。这些评论，同样有着七月派作家不臣服于现实的心灵飞动，有着他们特有的理论文字的深刻与犀利，具有一定的文学史意义。有感于许多有价值的文学史料还沉睡于《中国时报》一类的地方报刊中，本文作者愿与同道共同来唤醒人们对地方期刊的记忆。

（载《平顶山学院学报》2010年第1期，收入本书时文字做了补充修改）

文化期刊中的文学世界

——从史料学的视点看《东方杂志》

随着中国现代文学研究的深入开展，现代文学报刊研究也日渐升温。但是，对现代文化刊物的研究则显得相对冷落。这是一个不该发生的疏忽。本文从现代文学史料学的视点，通过对《东方杂志》的个案考察意在说明：在现代文学生长过程中，文化期刊同样发挥着应有的作用。第一，《东方杂志》为三百位近现代作家提供了宽广的创作平台；第二，《东方杂志》稳健开放、兼容并包的办刊理念，成全了该刊成为20世纪上半叶寿命最长的中国文化期刊，并由此变为一座名副其实的现代文学史料库；第三，在史料的具体操作层面，《东方杂志》给读者展示了由传统文学向现代文学蜕变的蛛丝马迹，积累了建立现代文学目录学、辑佚学等方面的珍贵史料。

三百位近现代作家的创作平台

据粗略统计，在45年间出刊44卷的《东方杂志》中，先后有三百位不同政治倾向、不同文学派别的近现代文学作家在该刊发表过创作或论文。这是中国三代作家[①]先后走上文坛的一个共同的创作平台。

以梁启超、王国维为代表的第一代作家，传统文学根基深厚，他们在《东方杂志》上发表的研究成果主要是对中国传统文学所进行的系统总结与清理。梁启超的长文《清代学者整理旧学之总成绩》[②]，以批判的眼光，

[①] 在《东方杂志》发表作品的作者中，作者认为，梁启超、王国维等属于第一代作家，鲁迅、胡适等属于第二代作家，20年代后期至1948年在该刊脱颖而出的众多作家则为第三代作家。
[②] 连载于1924年《东方杂志》第21卷第12、13、15—18号。

既指出了以乾嘉学派为中坚的清代学者的局限，又相当客观地评价了他们所做工作的开拓性。梁启超说："依我们今日看来，他们的工作最少有一半算是白费。因为他们若肯把精力用到别个方向去，成就断不止此。但这是为时代性所限，我们也不能太过责备。至于他们的研究精神和方法确有一部分可以做我们模范的，我们万不可以看轻他们所做过的工作，也确有一部分把我们所应该做的已经做去，或者替我们开出许多门路来，我们不能不感谢。今将他们所表现的总成绩分门类摘要叙述且评论其价值，我个人对于继续整理的意见，也顺带发表一二。"

梁启超所指出的清代学者"替我们开出许多门路来"的判断，使人们清楚地感受到了这位学养湛深学者目光的犀利。我在一篇谈史料研究的文章中，曾对包括此文在内的梁启超的史料研究做过初步的概括："梁启超的史料研究即使不可避免地带有拓荒者的粗疏，但他立足现实，雄视百代的研究视野，还是给人们以强烈的震撼。梁启超关于史料是一切历史研究根据的概括，关于清代考证的五项成绩、朴学十大原则的评析，关于尊重客观事实、不能强史就我原则的强调，关于研究不能只重视史之躯干，更要关注史之神理，用史料生发学术的明确主张，以及对史料从古至今面临五大厄运的洞察，所总结的鉴别伪书十二法等，事实上建构起了一部由传统史料学向现代文学史料学转化的雏形。"①《东方杂志》发表梁启超的相关论文还有多篇。随着时间空间的过滤，梁启超这篇长文的意义将会得到恰切的彰显。

早在1913年，王国维就在《东方杂志》发表了他厚重的学术著作《宋元戏曲史》。② 1921年4月，王国维在《东方杂志》又发表了《敦煌发见唐朝之通俗诗及通俗小说》一文，研究的内容虽为唐代的通俗诗及通俗小说，论文所蕴含的方法论意义却是对现代文学史料研究者的重要提醒。王国维说，英国人斯坦因在敦煌发现的唐写本，内有韦庄《秦妇吟》一卷，虽前后残缺，但尚余千字。他认为，敦煌的发现实际上帮助我们改写了文学的历史。王国维的研究启发我们，现代文学研究同样应该扩大眼界，从书本以外的田野调查中，寻觅文学隐蔽的秩序。

除梁启超、王国维、林纾外，在《东方杂志》上发表作品有影响的

---

① 《由资料征集到学术创新——小议三十年来的现代文学史料研究》，《文学评论丛刊》第11卷第2期。

② 连载于《东方杂志》第10卷第3—6、8号。

第一代作家还有：严复、别士（夏曾佑）、章炳麟、柳亚子、张元济、坚瓠、伧父等多人，他们是思想上最早觉醒，具有某种独立品格的知识者。他们亦新亦旧，含混不清。旧的文化解体过程中的困惑与对新文化的憧憬聚于一身，他们是典型的过渡时代的知识者。

　　五四一代作家是真正的现代知识者。在《东方杂志》上发表作品的作家众多。胡适、陈独秀、鲁迅、周作人、沈雁冰、蔡元培、傅斯年、罗家伦、胡愈之、叶绍钧、钱穆、郭沫若、郁达夫、郑振铎、王统照、吴稚晖、朱自清、俞平伯、许地山、李大钊、恽代英、洪深、朱光潜、欧阳予倩、傅东华、孙伏园、杨振声、宋春舫等。这一代作家，不同程度地受到过世界现代文化精神的洗礼，对传统文化的弊端有着深切的感受，因而他们中的一部分对传统文化一度也有过矫枉过正的决裂；而对建设新文学则表现出了前所未有的热情。中国现代文学的真正精神凝聚在这一代人身上。他们发表在《东方杂志》的创作成果，随着时间的沉淀，有些已经化为影响深远的现代文学经典。胡适的《文学改良刍议》①、《逼上梁山/文学革命的开始》、《研究国故的方法》；鲁迅的短篇小说《白光》、《祝福》（20世纪30年代被列入东方文库出版过单行本）及翻译《为人类》；周作人的《国语改造的意见》、《苦茶随笔》；郭沫若的短篇小说《行路难》、《喀尔美萝姑娘》；洪深的剧本《赵阎王》；朱自清、俞平伯的同题散文《桨声灯影里的秦淮河》；沈雁冰的欧洲文艺思潮研究；宋春舫的戏剧研究；郁达夫、张资平的小说，以及章士钊、蒋方震、钱穆、朱希祖、刘大白、杜亚泉、冯自由、孙福熙、康白情、谢六逸、恽铁樵、高一涵的作品，在现代文学史上都具有较大影响力，其中部分作家已经成为文学界后来者的偶像和旗帜。

　　20世纪20年代中期到40年代后期，虽然随着国内和国际上斗争形势的发展，文学上意识形态型的生死论战日益激烈。然而，《东方杂志》仍不改兼容并包的初衷，在更大的范围内，广泛吸纳各派作家，把他们团结于《东方杂志》周围，一批优秀作品得以先后在该刊降生。《东方杂

---

① 《文学改良刍议》1917年1月发表于《新青年》杂志。《东方杂志》没有从《新青年》上转载此文，而在《东方杂志》第14卷第10号（1917年10月25日）从《留美学生季报》上全文收录了《文学改良刍议》。《新青年》文和《留美学生季报》文有所不同。与《留美学生季报》文相比，《新青年》文前一部分文字有多处改动。据笔者推断，《留美学生季报》文可能是《文学改良刍议》最初的文本，《新青年》上的文本可能是胡适的修改文本。

志》曾反复声明:"本社同人对于各派一律看待,在作者或难免门户之见,而编者是毫无轩轾的,只要文章的本身确有客观的价值,无论任何一派的学说都是一致欢迎。"[①] 在这一编辑方针下,巴金的小说《雾》、《新生》;老舍、沈从文、蹇先艾、王鲁彦、王统照、许杰、杜衡、丁玲的小说;梁实秋的《近年来中国之文艺批评》;朱光潜的文艺理论研究及其论文《中国文学之未开辟的领土》;陈瘦竹的戏剧研究;熊佛西、欧阳予倩的剧本,都先后在《东方杂志》与读者见面。

这是一个阵容强大的创作队伍。除上述作家外,在《东方杂志》上发表作品的主要作家还有以下数十人。[②] 因为有了这些作家参与《东方杂志》的文化、文学建设,《东方杂志》宽厚而不偏激的个性才不被简化,它的多元制衡形成的张力、弹性才得以呈现,文学史上曾经被忽视的声音读者才得以谛听。这份名单背后的信息,传达出的是《东方杂志》对各流派作家的一份温馨的敬意。

兼容并包、稳健开放办刊理念的成功

一个普通的文化刊物为什么能够一直保持活力,不断地推出让读者感到陌生的文学新面孔?这和刊物的办刊理念直接相关。

《东方杂志》奉行稳健开放、兼容并包的办刊理念,使它能够容纳各家之言,是文学的杂声部合唱。在研究方面则注重史实,始终坚持研究的学术性、客观性。这就使它在20世纪斗争激烈的文化环境下,葆有足够调适的生存智慧,拥有适度的弹性和内在张力,能够把学术以外的干扰降低到最小。就这样,《东方杂志》既与时代潮流保持着一定程度的配合,又内在地坚持着相对独立的学术个性,并进而在文学流程中发挥着某种制

---

① 《所谓编辑方针》,《东方杂志》第30卷第7号。
② 在《东方杂志》上发表作品的主要作家还有:许钦文、瞿秋白、顾仲彝、胡先骕、梁遇春、周瘦鹃、黎锦明、丰子恺、王任叔、朱湘、梁宗岱、陈大悲、卞之琳、徐訏、赵景深、俍工、章克标、施蛰存、罗洪、张天翼、丘东平、沙汀、胡也频、臧克家、夏丏尊、马彦祥、杨朔、黑丁、祝秀侠、王平陵、张道藩、陈西滢、陈铨、汪懋祖、杜衡、林同济、欧阳山、赵清阁、周而复、陈翰笙、崔万秋、王品青、顾毓琇、乔峰、苏雪林、李健吾、端木蕻良、曹靖华、黎烈文、向培良、万迪鹤、曹聚仁、耿济之、徐懋庸、陈衡哲、陈学昭、靳以、冯沅君、徐盈、孙席珍、谢冰莹、徐霞村、曾虚白、韦素园、陈伯吹、张长弓、万曼、叶君健。

衡作用。

在不少时候，《东方杂志》的办刊理念，却受到过误解和批评。五四时期，陈独秀、罗家伦都曾经向《东方杂志》发出过"质问"与责难。罗家伦把《东方杂志》归类为"杂乱派"："这派大都毫无主张，毫无选择，只要是稿子就登。一期之中，上至天文，下至地理，古今中外诸子百家，无一不有。这派的名称举不胜举，最可以做代表的就是商务印书馆的《东方杂志》，这个上下古今派的杂志，忽而工业，忽而政论，忽而农商，忽而灵学，真是五花八门，无奇不有。你说它旧吗？它又像新。你说它新吗？它实在不配。民国二三年黄远生先生在主持的时候，还好一点，现在我看了半天，真有莫名其妙的感想。这样毫无主张，毫无特色，毫无统系的办法，真可以说对于社会不发生一点影响，也不能尽一点灌输新知识的责任。我诚心盼望主持这个杂志的人，从速改变方针。须知人人可看，等于一人不看；无所不包，等于一无所包。我望社会上不必多有这样不愧为'杂志'的杂志。"①

陈独秀在《新青年》上接连发表过两篇文章：《质问东方杂志记者——东方杂志与复辟问题》（以下简称《质问》）、《再质问东方杂志记者》（以下简称《再质问》）。② 作为五四新文化运动的倡导者，在张勋复辟事件后，陈独秀对当时国内政治形势的忧虑自有其现实根据。但他对《东方杂志》发表的一些文章（即使有些文章，作者出于对中国故有文明的保守心态有某些不当言论），轻率地把学术问题和复辟问题扯在一起，则表现出了当时激进主义者唯我独尊、用大帽子压人的偏激心态。

陈独秀对待学术争论的具体方式也是值得讨论的。《质问》一文，不是在尊重对方的基础上，用心平气和的方式进行商榷、论辩，不正面阐述自己的见解来说服对方，而是采用连珠炮式的质问向对方发难。文中一连向《东方杂志》提出15项质问。在其中第9项质问中，又提出7项子质问。这7项子质问分别是：

（一）中国学术文化之发达，果以儒家统一以后之汉魏唐宋为盛

---

① 罗家伦：《今日中国之杂志界》，《新潮》第1卷第1期。
② 分别载《新青年》第5卷第3号、第6卷第2号。

乎？抑以儒家统一以前之晚周为盛乎？（二）儒家不过学术之一种，倘以儒术统一为国是为文明，在逻辑上学术与儒术之内包外延何以定之？倘以未有独创异说为国是为文明，将以附和雷同为文明为国是乎？则人间思想界与留声机器有何区别？（三）欧洲中世，史家所称黑暗时代也，此时代中耶教思想统一全欧千有余年，大与中土秦汉以来儒家统一相类；文艺复兴后之文明，诚混乱矛盾；然比之中土，比之欧洲中世，优劣如何？（四）近代中国之思想学术，即无欧化输入，精神界已否破产？假定即未破产，伧父君所谓我国固有之文明与国基，是否有存在之价值？倘力排异说，以保存此固有之文明与国基，能否使吾族适应于二十世纪之生存而不消灭？（五）……伧父君所谓我国固有之文明与国基，如此如此。请问此种文明此种国基，倘忧其丧失忧其破产，而力图保存之；则共和政体之下，所谓君道臣节名教纲常，当作何解？谓之迷乱，谓之谋叛共和民国，不亦宜乎？（六）伧父君之意，颇以中国此时无强有力者以强力压倒一切主义主张为憾；然则洪宪时代，颇有此等景象，伧父君曾称快否？（七）伧父君谓：古代教育，皆注重于精神生活；今之教育，则埋没于物质生活之中。……请问伧父君古代之精神生活，是否即君道臣节及名教纲常诸大义？或即种种恶臭之生活？（……）西洋文明，于物质生活以外，是否亦有精神文明？我中国除儒家之君道臣节名教纲常以外，是否绝无他种文明？除强以儒教统一外，吾国固有之文明是否免于混乱矛盾？以希望思想界统一故，独尊儒家而黜百学，是否发挥固有文明之道？伧父……是岂非薄视周公孔子而提倡物质万能主义乎？今后果不采用西洋文明，而以固有之文明与国基治理中国他事之进化与否且不论，即此现行无君之共和国体，如何处置？由斯以谈，孰为魔鬼？孰为陷吾人于迷乱者？孰为谋叛国宪之罪犯？敢问。

  本文把十五个质问的第九个质问中又包括的七个子质问的原文录出，一方面当然是为了说明质问中所涉问题的庞杂，同时也是为了认识当时所出现的非此即彼的思维方式，以及武断、极端的行文方式给当时和后来可能造成的恶果，具有值得深沉思考的史料价值。

  为了消除不断袭来的责难，《东方杂志》不得不多次申明自己办刊方针和立场:"当兹世界历史,自旧时代而转入新时代之际,则尤非开拓心胸,广观域外,不足以见事实之整体,而定吾人立身处世之方针","本志不承认特别国情之说。今之言特别国情者,非国粹派之笃时拘墟。欲捧寸土以塞席卷世界之怒潮。国外人藐视有色种人,以为吾东方国民,根性劣下,终竟不能自侪于国际平等之林者也。故本志于世界之学术思想社会运动,均将以公平之眼光,忠实之手段,介绍于读者。然本志仍不敢揭一派之旗帜以自限域。有时且故列两派相反之学说以资比较,此非本志欲托于调停两可间,以为藏身之固也。调停两可者,于甲说取其半,于乙说亦取其半,其结果必至甲说乙说皆失其真相。而本志不然。其介绍甲说也,务存甲说之真相。其介绍乙说也,亦务存乙说之真相","惟当其寻求真相以为从违抉择之预备之时,则甲说乙说,必俱作平等观而后可。科学家之立断案也,必收集各种证据,以验其有无反对之理由,不敢有先入之见,偏倚之心也。今日则正吾人收集各种证据之时也。此本志所为不敢以一派之学说为定论也。"

在《东方杂志》创刊 20 周年之际,编者又郑重申明:"有许多人说,我们内容的不统一,说我们不能多发表政治问题的主张,我们是不能任咎的。据我们的意思:欲对于现代的任何问题下一个公平确当的批判,其有待于知识之积储与事实之观察者,其种类和数量,皆至为繁赜,而逞臆悬谈,凭空立论,尤其是中国人传统的惯习。所以我们与其以感情的言论,刺激读者之神经,毋宁以有用的知识,开拓读者之心胸;与其发表未成熟的主张,使读者跟着走错路,毋宁提供事实的真相,给读者做自下主张的底子。换一句话说:我们是希望为舆论的顾问者,而不敢自居为舆论的指导者的。"[①]

从总的实践看,《东方杂志》基本上践行了他们的上述承诺,较好地坚持了稳健开放、兼容并包的办刊理念。

为了坚持这一办刊理念,《东方杂志》对现代文化史、文学史上发生的大大小小的论争,一般情况下,都采取不介入、不转载的客观立场。对于陈独秀的非学理性的"质问",《东方杂志》虽据理抗争,但反驳有度,无意和《新青年》记者意气用事的"质问"进行没完没了的纠缠。但是,他们的稳健也并非一成不变的固执、保守。在这里,稳健与开放相互依

---

① 坚瓠:《本志的第二十年》,《东方杂志》第 20 卷第 1 号。

存。1921年，随着《小说月报》改革的进行，《东方杂志》事实上也开始了面目一新的改革。

《东方杂志》的稳健更不是在大是大非面前的模棱两可。对于新文化运动初期主张废除汉字的偏激思潮，《东方杂志》及时地作了辩驳："至若废弃固有语言文字之说，尤不可行。语言文字，根据民族进化之历史，积久而成，非少数人所能改易。民族历史之悠久如中国者，根本尤为巩固，岂标新立异者所能更易。在主张此议者，所根据之理由，无非为用世界语。世界人类，应有公用之语言。凡抱大同思想者，咸承认此说。然时机未至，非可一蹴而及。且今之所谓世界语者，是否能任其职，犹为疑问。即使能任其职，各民族固有之语言文字，亦不能尽废。况所谓世界语者，已日趋衰落。岂能取汉文而代之乎。吾人之意，以为文字语言，惟有随时代变迁，绝无根本推翻之理。故主张改革者，惟有就固有之文字变通，删繁就易，如提倡白话文，即其一端。"①

《东方杂志》对文化界人士反对北洋政府迫害的政治文件《争自由宣言》②，也及时披露于刊物。"五卅"惨案发生后，《东方杂志》明确地站在上海工人一边，声援工人运动，甚至遭到了租界当局的无理控告。在整个抗日战争时期，《东方杂志》发表了不少鼓励抗日军民斗争，揭露敌人暴行的作品，尽到了应尽的民族责任。

《东方杂志》稳健开放、兼容并包的学术品格一直保持到它生命的终点。行将终刊的最末两期，《东方杂志》没有谴责，没有颂扬，也没有任何自我解释，只在照例的《时事日志》栏写下了三则事实：（1948年）10月2日，"蒋总统飞抵沈阳"，（1948年）10月30日，"沈阳战事结束"；（1948年）11月3日，"东北国军撤离营口"。这三条看似漫不经心、随手拈来的战事消息，预示了战局的重大变化，也宣告了《东方杂

---

① 李浩然：《新旧文学之冲突》，《东方杂志》1919年第16卷第9号。
② 《争自由的宣言》，胡适、蒋梦麟、陶履恭、王征、张祖训、李大钊、高一函签署，载《东方杂志》第17卷第16号。宣言提出，言论自由，出版自由，集会结社自由，书信秘密自由，"不得在宪法外更设立限制的法律"。宣言特别要求废止报纸条例："把日刊、周刊、旬刊、月刊、年刊和不定期刊的言论自由放在警察官署手里，并且先要求许多保押费。这是中国抄袭日本的特别法律，结果把个人意见和社会舆论的发表权，寄附在警察喜怒之下，思想既不能自由，舆论也不能独立，约法上言论自由的规定，还有什么效用。故民国三年四月二日所公布的报纸条例，应即废止。"

志》历史使命的终结①，并为它稳健的学术理念画上了一个句号。

一座尚待开掘的现代文学史料富矿

不用说，容纳近三百位作家的创作资源，拥有能够成功应对复杂文化、文学环境的办刊理念本身，当然已是现代文化、文学的重要史料。这里所要叙述的一些人和事，则多是史料操作层面的问题，有些甚至可以归属于细枝末节。

应该格外看重《东方杂志》办刊初期那些描述中国传统文学由旧变新发展轨迹的文字，那些探寻传统文学与史料萌蘖过渡中不断增强的新质。

《东方杂志》第 2 卷第 1 期发表的短文《论中国书报不能发达之故》，开门见山地指出了现代书报在推动社会进步方面的巨大作用："夫新闻为舆论之母，清议所从出，左挈国民，右督政府。有利于社会者则鼓吹之，害于社会者则纠正之，社会所疑，昭而析之。社会隔阂，沟而通之。有所褒则社会荣之，有所贬则社会羞之。此新闻纸之良知良能也。"而报纸以至刊物的良知良能为什么不能发挥对社会的监督作用呢？除了其他复杂因素外，文章把矛头直接指向了当时的官吏："于社会中地位最高，足以为平民之代表者，宜莫如官，而官亦有时无羞恶之心。官之性命，系于财，与其求财目的无大关系者，虽捐弃一切犹或为之，而何唾骂之足畏。故前数年，报章之于官，如风马牛之不相及，至近岁，说者谓官场风气稍稍变革，办诬之来函，诘责之广告，多有大员署名，若甚爱惜名誉，以视前此绝不与报纸通往还者，固相去万里，不知彼之稍稍阅报，见有损其名望，剖办不遗余力者，则以近今风气，御史每撷拾报纸之谈，风闻言事，以此去官者固不一其人。无官则无财，无财则无命，辗转相乘，虽有所深恶于报，然不敢以河汉弁髦视之，而报纸始稍达于上官之目。"该文特别指出"官绅尤害怕西文报纸揭其阴私"。因为他们深惧"西人之权力，夺其官，剥其财"。文章还特别提出报纸的语言文字问题。作者认为，除报刊"内

---

① 1967 年，曾出任过《东方杂志》主编的王云五先生，在中国台湾又出版了《东方杂志》，但实质上已经和原来的《东方杂志》没有联系，本文不再评述。

容腐败,失社会之信用"外,还有一个语言问题,作者说,一些书"介乎不文不俗之间,以为文言,则支离诘屈,不能自明,其意旨之所在","设以为俗语,则又之乎者也,纷然满幅。即一说部书,已非尽人所能读,是以长于国文者,则望而生厌,粗知文义者又泛滥无归,二者皆不适于社会者矣。吾谓今之书籍,除国文教科外,宜多用白话,而以科学书为尤要"。《东方杂志》创刊初期要求语言通俗化的呼声,到五四时期终于汇合成了一股强大的思想潮流,白话文开始占据了主导地位。

发表于《东方杂志》第 2 卷第 2 号谷音的《说变》,是和当时兴起的启蒙思潮遥相呼应的重要思想资料。撰稿人认为,在"无时不变,无地不变,无人不变,无物不变"的境遇下,"瓜分之祸,迫于眉睫","吾土地有几,财产有几,人民有几","不悉为他人刀俎者几希"。在此危局之下,"然起视吾国,则政策之颠顶也不变,官吏之营私也不变。群知自利醉生梦死,而人心不变。岁时伏腊歌舞升平而风俗不变,以不变之国当至变之世,遇极变之时,而死守杨朱毒人之说,嗟乎,吾不知其变之终极矣"。这段文字通过变与不变的鲜明对比,展现了作者激昂慷慨,痛心疾首的爱国情怀。从创刊初始,《东方杂志》就审时度势,围绕着一个变字做文章。这还表现在对欧洲文学思潮和文学作品的介绍方面。以商务印书馆编译所为依托,1914 年,《东方杂志》较早地推出了三篇介绍国外文学思潮的文章。这就是佚名的《托斯道(托尔斯泰)氏之人道主义》(《东方杂志》1914 年 6 月 1 日第 10 卷第 12 号),章锡琛的《风靡世界之未来主义》(《东方杂志》1914 年 8 月第 11 卷 2 号),钱智修译、[美]菩洛斯著的《布格逊哲学说之批评》(《东方杂志》1914 年 9 月第 11 卷第 4 号)。1914 年之后,译介国外文学新潮的文字日渐增多,成为五四时期一道耀眼的文学景观。1913 年至 1918 年,《东方杂志》又发表林纾翻译小说多种。1913 年,在署名孤桐的翻译小说《绿波传》发表后,林纾又接连发表了《罗刹因果录》,俄国托尔斯泰原著,口译者陈家麟(1914 年 7—12 月《东方杂志》第 11 卷第 1—6 号),《鱼雁抉微》,法国孟德斯鸠原著,口译者王庆骥(发表于 1915 年 9 月—1915 年 10 月《东方杂志》第 12 卷第 9—10 号以及第 13 卷第 1—4 号、第 6—7 号、第 14 卷 1—8 号)。《桃大王因果录》英国参恩原著,陈家麟口译(发表于 1917 年 8 月—1918 年 9 月《东方杂志》第 14 卷第 7 号—第 15 卷第 9 号,1918 年 11 月商务印书馆又以成书出版)。此后,《东方杂志》译介外国文学思潮的努力更为自觉。①

在倡导向西方学习,介绍国外文学思潮与作品的同时,《东方杂志》也保有较高的警惕。第1卷第1期所刊选报文《论模仿文明之弊》中说:"一若以使用多即可厕于文明之列也者,徒袭文明之皮毛,而不吸文明之精神","与其学南欧之奢,不如学中欧之俭"。在《东方杂志》上类似的提醒并不少见。

从纯粹的史料角度审视,《东方杂志》所提供的经验也异常丰富。1908年,陈潜就在《东方杂志》上发文:《西人译中国书籍及在中国发行的报章》。该文介绍了西人研究华事书籍的目录"汗牛充栋,大至天文舆地,下至小说歌谣,靡不译有专书,以资研究"。该文还具体介绍了德人莫林德甫搜罗有关中国书籍、杂志4639种,编为目录的贡献,而法人亨利可狄亚"又踵为之","提要钩元,较莫氏之书尤为详赡"。

《东方杂志》在现代文学史料学建设上的较大贡献,是文学研究会三个文件的发表以及《东方文库》的编纂。

1921年1月,文学研究会成立。在文学研究会成立半年之后,《东方杂志》集中发表了文学研究会的三个文件:《文学研究会丛书缘起》、《文学研究会丛书编例》、《文学研究会丛书目录》②,这不仅是对新文学团体

---

① 仅1920年至1923年,《东方杂志》发表的介绍外国文艺思潮的论文就有:
陈煅:《布兰克斯(勃兰克斯)》,《东方杂志》1920年3月10日第17卷第5号。
雁冰:《近代文学的反流——爱尔兰的新文学》,《东方杂志》1920年3月25日、4月10日第17卷第6、7号。
昔尘:《现代文学上的新浪漫主义》,《东方杂志》1920年6月25日第17卷第12号。
泽民:《阿采巴希甫与〈沙宁〉》,《东方杂志》1920年11月10日第17卷第11号。
(胡)愈之:《近代英国文学概观》,《东方杂志》1921年1月25日第18卷第2号。
(胡)愈之:《近代法国文学概观》,《东方杂志》1921年2月10日第18卷第3号。
滕若渠:《梵文学》,《东方杂志》1921年3月10日第18卷第5号。
李石岑:《象征之人生》,《东方杂志》1921年6月25日半月刊第18卷第12号。
朱光潜:《福鲁德(弗洛伊德)的隐意识说与心理分析》,《东方杂志》1921年7月第18卷第14号。
宋春舫:《德国之表现派戏剧》,《东方杂志》1921年8月25日第18卷第16号。
冯飞:《梅特灵克的死后生活观》,《东方杂志》1921年10月25日第18卷第20号。
[日]赤木衍平著、馥泉译:《白桦派底倾向特质和使命——论文集〈艺术上的理想主义〉》,《东方杂志》1922年4月25日第19卷第8号。
华林一:《安诺德文学批评原理》,《东方杂志》1922年12月10日第19卷第23号。
(胡)愈之:《小泉八云》,《东方杂志》1923年1月10日第20卷第1号。
② 三个文学研究会文件载《东方杂志》第18卷第12号(1921年6月10日)。

文学研究会的支持，在现代文学史料学建设上也是一个影响深远的事件。《文学研究会丛书缘起》明确地提出了编辑这套丛书的重要性："近十余年来，颇有人介绍些世界文学作品到中国来，但介绍的人，与读他的人，仍是用消遣主义的旧眼光来介绍他，或读他，对于文学的轻视与误解仍然未除。他们不是为文学界的联销来介绍他，乃是因其新奇足资娱乐而介绍他。他们也不是以他为文学作品而读他，乃是因其新奇足资娱乐而读他。因此，他们所介绍的东西多不甚精粹，所用以为介绍的方法，也不甚精粹，只要把原书的事实介绍过来就足了。原文的艺术是毫不注意的，所以也有许多很好的文学作品遭了删节与误会与失原意之祸患。这种谬误与轻视的见解，如不根本铲除，中国文学的新运动，是决不能有实现之一日的"，"我们在文学研究会的名义底下，出版这个丛书，就是一方面想打破这种对于文学的谬误与轻视的因袭的见解，一方面想介绍世界的文学，创造中国的新文学，以谋我们与人们全体的最高精神与情绪的流通"。

《文学研究会丛书编例》是编辑新文学作品最早的丛书编例之一。编例对丛书的编辑原则、体例、要求都有较详尽的规定，是切实可行的运作规范。在现代丛书编辑史上具有开创新局的意义。《文学研究会丛书目录》同样具有文学史意义。在文学研究会成立半年之后，一举推出了多达 78 种《文学研究会丛书目录》[①] 充分展现了新文学初期文学研究会的实力。丛书收入的主要是翻译作品，而创作则只有陈大悲的《幽兰女士》（戏剧集）和叶绍钧的《隔膜》（小说），从一个侧面反映新文学初期的创作面貌。

在《东方杂志》创刊 20 周年和 30 周年纪念的时候，《东方杂志》分别编选出版了《东方文库》、《东方文库续编》。《东方文库》共收社会科学各类著作 82 种，其中文学类著作有：《东西文化批评》上、《东西文化批评》下、《近代文学概观》上、《近代文学概观》下、《文学批评与批评家》、《写实主义与浪漫主义》、《近代文学与社会改良》、《近代戏剧家论》、《近代俄国文学家论》、《但底与哥德》、《莫泊三传》、《美与人生》、《艺术谈概》、《东方创作集》上、《东方创作集》下、《近代英美小说集》、《近代法国小说集》上、《近代法国小说集》下、《近代俄国小说

[①] 丛书目录包括了鲁迅、郑振铎、沈雁冰、沈泽民、谢六逸、瞿世英、傅东华、王统照、李长之、胡愈之、陈大悲、许地山、耿式之、孙伏园、宋介、高真常、潘家洵、唐性天、蒋百里、郭绍虞、冬芬、高六珈、周作人、胡天月等人的译作。

集》一、《近代俄国小说集》二、《近代俄国小说集》三、《近代俄国小说集》四、《近代俄国小说集》五、《欧洲大陆小说集》上、《欧洲大陆小说集》下、《近代日本小说集》、《太戈尔短篇小说集》、《枯叶杂记及其他》、《现代独幕剧》（一）、《现代独幕剧》（二）、《现代独幕剧》（三）。其中现代创作6种，理论批评5种，其余为外国文学作品及理论研究。

《东方文库续编》收录文学类图书6种，即梁启超的《清代学者整理旧学之总成绩》（上、中、下三册），新文学创作三册：鲁迅的《祝福》、郭沫若的《行路难》及陈衡哲的《西风》。

现代文学史料当然并非局限于上述显现的文学文件、文学作品的征集编选，大量的文学史料隐匿于文化刊物所关注的一些具体事件里，一些让人回味的细节里。例如，《东方杂志》就较早地提出了学术商业化的危害性。指出："今人日日言兴学，日日言提高文化，顾文化依然不振，且学术独立之精神，反若远逊于从前者何哉？以余思之，则学术之商业化害之也。何谓学术之商业化，则以学术为赚钱之手段，而不以为研究之目的是已。更析言之，则于求学时斥其少许之资本，而于学成以后，以倍蓰之利，卖诸于社会是已。""此学术商业化之现象，其根本原因固在于工钱劳动制度。故近世言社会改造者，多谓非变更经济组织，使学问家脱离工钱劳动之羁绊，则学问事业必不能充分发展。"①

《东方杂志》也曾经关注过学问家的生活问题，认为此问题涉及一个重大问题，即保有学术的独立地位问题。《学问家之生活问题》一文说，"国人多太息于学术事业之衰落，而思所以振起之者，余以为欲振起吾国之学术，必自解决学人之生活问题始。"又说，"顾今则不然，社会之组织，以受西洋文化之影响而剧变，士人于求学时代，已不胜其经济之压迫，及毕业以后，社会复听其自生自灭而不为之所。故无论具任何天才之人，咸不得不以在学校时所仅得之技能，入世以谋生。士人之入世谋生，大要不出三途。一曰作官，二曰为教员，三曰为文字上之劳工。作官之与学问事业，固绝不相谋。教员与文字上之劳工，宜若与学问事业接近矣，然以其时间须受金钱之支配，著作须投社会之嗜好，亦必不能保其学术独立之地位。质言之，则士人学业未成，而其全部之精力，已为生活问题消

---

① 坚瓠：《学术之商业化》，《东方杂志》第18卷第7号。

耗以尽而已矣。夫全部之精力已为生活问题所消耗，则欲其极深研而于学术上确所有树立，又胡可得耶。"①

《东方杂志》也不断提醒防止当权者对报纸的封杀摧残问题。指出：报纸上如有为众请命之文字，或见义勇为之著作，报馆即"被封被禁，被驱逐惩创"。②为此，《东方杂志》提出，要"抵御新闻政策"，"不可曲徇社会之所好"，"利用报纸或通讯社，制造种种讹言，以搅乱世人之观听"。出现这些阴谋毒计，"则新闻政策也"。文章痛斥：一些报纸"征歌选舞，侈谈声色，淫词浪墨，满幅淋漓，或揭个人之黑幕，或肆不经之怪谈。窃揣其意，亦无非欲迎合一般堕落社会之心理，以广其销路而已。嗟夫，此等报纸，其造孽于社会者，岂可以衡量计哉。"③

警惕文学商业化问题及解决作家、学问家的生活问题，保持报刊独立性问题，看似细枝末节，实则是《东方杂志》时代所面临的一些实际问题，重大问题。在这些具体史料的背后，隐蔽着编者无言的阐释，暗示了文学生长的时代缺陷。文学的继承性是永远无法改变的。《东方杂志》作者对上述问题的拷问，激励着后来者在此基础上继续进行新思考、新探索。

已经到了该结束这篇小文的时候，我们从《东方杂志》这里究竟看到了一些什么呢？早已化为历史的《东方杂志》，它既是如此的慷慨，又是如此的丰富厚重。《东方杂志》淘汰了时髦的口号、宣言和旗帜，成了一个真正展示文学、文化多样性的平台。它给历史留下来的是——

一群七嘴八舌，众声喧哗的作家创作的现代生活长卷；

一批高品位研究者在学术殿堂里自由驰骋的身影；

同样，它也留下了一座尚待开发的文学史料富矿。

事实不服从理论。事实让《东方杂志》赢得了敬畏与尊重。

在现代文学史料研究中，当我们用更大的历史视野来审视现代文学，比如，既从文学期刊，同时也从《东方杂志》这样的文化期刊来开展研究，某些问题就有可能会看得更为清晰，甚至一目了然。

当然，同样需要补充说明：并非所有的文化刊物都具有《东方杂志》

---

① 坚瓠：《学问家之生活问题》，《东方杂志》第18卷第3号（1921年2月10日）。

② 《论中国之报纸》，录《时事新报》评论，《东方杂志》第10卷第8号（1914年5月1日）。

③ 王璋：《为今日报界进一言》，《东方杂志》第16卷第5号（1919年5月15日）。

这样的个性。即使《东方杂志》，它所折射出来的，也只是庞大的中国近现代文学的一鳞半爪。

［载《汉语言文学研究》第 1 卷第 1 期（2010 年 3 月出版）］

现代诗歌研究的隐忧

——何其芳《叹息三章》修改三例

　　1942年2月17日，何其芳在《解放日报》发表了诗作《叹息三章》。《叹息三章》包括《给T.L.同志》、《给L.I.同志》、《给G.L.同志》三首抒情诗。同年4月3日，何其芳还在《解放日报》发表了题为《诗三首》（包括《什么东西能够永存》、《我想谈说种种纯洁的事情》、《多少次呵我离开了我日常的生活》）。这六首诗发表后，延安文艺界曾经展开过相当热烈的批评和讨论。研究《叹息三章》以及围绕《叹息三章》等诗的争论，有助于理解诗人何其芳诗风变化的因由，以及把握解放区抒情诗发展的总体趋势。

　　《叹息三章》和《诗三首》，是何其芳到延安后抒发内心感受之作。夜晚，吹灭了灯，又没有月亮，何其芳和G.L.同志睡在一个床上，他们谈了许多，许多："你说一切都好，/只是有时在工作的空隙中，在不想做事情的时候，/有些感到空虚。/何其芳同志，/再谈一会儿！再谈一会儿！"，"平常我总是感到你有些怪脾气，而且喜欢发一点牢骚。/今晚上我才对你有了兄弟的情怀，/带着同志爱，/看你的缺点，/看你的可爱的地方。"

　　为了让朋友排解"空虚"，何其芳建议他去和老百姓谈心，或者看书、散步、下棋。他体谅他们生活的艰苦，充分理解他们在寂寞中坚持工作的意义。何其芳甚至想要为他们"流一点眼泪"。感情质朴，战友之谊真切感人。诗的前4节描写了两人同床夜谈，后4节从他对战友真诚的态度中，展示了诗人纯洁高尚的内心世界。

　　参加《叹息三章》批评和讨论的批评家，每个人的具体观点虽不完全相同，例如，有人态度严厉，指责何诗是"虚伪的滥调"，表现了"何其芳同志和现实之间的不能谐调及隔离"，这些诗"对于他，对读者，很是有害。甚至很是危险"。① 另一位批评家则比较温和，认为上述批评有些武断，但也同样误读了何诗，说《叹息三章》反映了何其芳不健康的思想感情，何其芳"与工农之间却有着一个间隔，不能融成一片，他是个在河边徘徊的诗人"。②

对何其芳诗作进行政治化的批评，是这些批评者的共同倾向：第一，不同意何其芳在诗中抒写个人之情。他们认为，时代要求诗人抒写人民大众之情，而不是抒写自己。从第一点出发，他们批评何其芳："由于小资产阶级的幻想，情感和激动，使作者和现实有了隔离。"他们代表读者向何其芳提出要求："对于像何其芳这样的作者，读者大众我想可以要求他写他自身以外的大众所熟悉的题材的。"③ 第二，要求作者停止这一类抒情诗的写作。批评者激烈地要求："我劝何其芳立即停止这种歌声。这是无益的歌声。我们的兄弟们，不需要诗人'一起来叹息'。他们也不唱'悲哀的歌'"。④ 作为人类喜怒哀乐载体的抒情诗，诗人的声声叹息中，包含着多少丰富的人生感喟，带给了读者多少痴情遐想！诗，因为有了叹息而魅力无穷！何况，在那样一个艰苦时代，我们从何其芳的叹息中，仍能感受到一种积极向上的力量。在《给L. I. 同志》中，他和L. I. 同志，有时都"感到生活里缺少一些东西。"用诗人的话说，是："我们缺少糖，／缺少脂肪，／缺少鞋子，／缺少衬衣……甚至缺少休息，／缺少睡眠，／缺少生命的安全。"可是，他们怎样对待这些"缺少"呢？诗人写道："今天你把这句话对我说了出来，／我只有把我对我自己说过的话再说一遍；／'缺少一些东西又算得什么呢。／为了革命／我们不是常常说着牺牲？'"这是何等坦荡的胸怀！他们严于责己，有着强烈的社会责任感。他们的精神世界（包括他们的叹息），蕴含着饱满和生动。叹息产生力量。那种认为革命者从来就拒绝叹息、烦恼的批评家，那种要求诗人停止自己的歌唱的批评家，他们扼杀的不是诗人的"叹息"，而是诗人的天才和个性。这种脱离诗人实际，脱离诗的实际的批评，倒是早就应该让他们停止歌唱！

此后，何其芳在很长一段时间没有再写抒情诗。他所写的少量诗作多

---

① 吴时韵：《〈叹息三章〉与〈诗三首〉读后》，《解放日报》1942年6月19日。
② 《解放日报》1942年7月2日。
③ 《略谈何其芳同志的六首诗——由吴时韵同志的批评谈起》，《解放日报》1942年7月18日。
④ 吴时韵：《〈叹息三章〉与〈诗三首〉读后》，《解放日报》1942年6月19日。

从注意主体内在感情的抒发转向注重客观外在世界的表现,甚至是思想性强制性的移入。解放区抒情诗的相对歉收,不能归结于对《叹息三章》等诗的讨论;但也不能不看到,这场讨论和批评对诗歌创作所带来的负面影响。

收入何其芳诗集《夜歌和白天的歌》① 及《何其芳文集》② 的《多少次呵我离开了我日常的生活》对诗的内容作了重大修改,如在母亲的怀抱里,"痛快地哭一场"改成了"静静地睡一觉"。成段直接删去的诗句也较多,如:

> 或者像一个离开了人世的人,
> 只是吃着野果子,吸着露水过我的日子,
> 完全忘记了世界是一个地狱,
> 而所有的人都是无罪的囚徒,

又如:

> 和我那些兄弟们一起叹息,
> 一起唱着悲哀的歌,
> 或者一起做着各种各样的沉重的梦,
> 甚至于假若我们必须去战争,

再如:

> 呵,我是如此愿意永远和我的兄弟们在一起,
> 和那些不幸的,褴褛的,饥饿的,甚至于还有些野蛮的兄弟们在一起"。

"哭一场"、"地狱"、"无罪的囚徒"、"悲哀的歌"、"叹息"、"沉重的梦"、"不幸的,褴褛的,饥饿的"、"野蛮的",这些略显沉重的字眼都不见了。诗被纯净化了,诗中跳动着的诗人的自我也消失了。我们无法窥见诗人

---

① 人民文学出版社1952年版。
② 《何其芳文集》,人民文学出版社1982—1983年版。

修改作品的内在动机,甚至也无法评价修改的得失。但是,《多少次呵我离开了我日常的生活》,诗作修改后的最后一行,作者注明作于"1942 年 3 月 19 日"。这很容易给读者一种印象,即内容作了重要改动的《多少次呵我离开了我日常的生活》是 1942 年 3 月诗人的作品,造成不该发生的误读。

《叹息三章》版本出现的第二个错误,是由于文献研究者的操作不慎造成的。前些年,一家出版社出版的解放区诗歌总集①（以下简称书系）中,选录了《叹息三章》中的《给 G. L. 同志》一首。对照《解放日报》发表的原诗,人们看到,《书系》在收录《给 G. L. 同志》的前 4 节之后,却删掉了后 4 节,误把《给 T. L. 同志》的最末几句入诗,从而把《给 G. L. 同志》前半首和《给 T. L. 同志》最后几句强行拼凑,移花接木,张冠李戴。编选者的粗枝大叶,对原诗所作的增删,从而使研究失去了基础和前提。

如果说上述差错造成的版本紊乱属于校勘问题,那么,以下对何其芳《诗三首》的修改则属于有意为之。

香港文学史家司马长风在《中国新文学史》② 中,把何其芳表现自己心灵变化历程的《诗三首》,说成是"有胆写讽刺诗"来讽刺现实的判断,固然是一种误读（因为何诗中并不存在任何讽刺的情愫）；更成问题的是,他对原诗所作的不能允许的摘引。以下是该书所引何其芳的诗句：

> 年青的同志们：我们一齐走到野外去吧,
> ……
> 走到遥远的没有人迹的地方,
> 把我自己投在草地上,
> 我像回到了我最宽大、最会抚慰人的母亲的怀抱里,
> 她不说一句话,只是让我在她怀抱里痛哭一场。
> ……
> 一直到完全洗净了我心里的一切繁琐、重压和苦闷。
> ……
> 而完全忘记了世界是一个地狱,

---

① 《中国解放区文学书系·诗歌编一》,重庆出版社 1992 年版。
② 《中国新文学史》下卷,香港昭明出版有限公司 1978 年版,第 37、38 页。

而所有的人都是无罪的囚徒。

司马长风摘录的第一行诗，是何其芳《诗三首》中的第一首《我想谈说种种纯洁的事情》中的倒数第三行。第二行起的四行，则来自第三首《多少次呵我离开了我日常的生活》的第四行至第七行。中间隔了三行之后，又引出一行"一直到完全洗净了心里的一切繁琐、重压和苦闷"（"苦闷"在原诗中是"苦恼"。）又隔行，才是所引用的最后两行。像这样把何其芳诗的第一首和第三首中的个别诗句随意拼接的研究，当然和何其芳诗作的原意相去十万八千里。何其芳诗"无罪的囚徒"一句之后，原是逗号而非句号。一个标点的改动，几乎使诗完全变了味。因为在"无罪的囚徒"一句后面，何其芳接着强调：但很快地我又记起了我那现实的生活，那发着喧嚣的声音和忙碌的生活，我是那样爱它，我一刻也不能离开它。我愿意去负担，我愿意去忍受，我愿意去奋斗。我不能接受个人的和平和幸福的诱惑和拥抱！在这些诗句里，一个严于律己，心地纯洁，情感高尚的诗人跃然纸上。这才是何其芳抒情诗的真谛和诗的艺术感染力之所在。司马长风的上述研究只能对读者造成严重的误导。

造成司马氏失误的原因是值得思索的。仔细考察，上述对何其芳诗的拼接，并非出自司马氏之手，而是他使用第二手资料所造成的。司马长风并没有见到过《诗三首》，他使用的材料来自台北"中华民国国际关系研究所"编印的《中共史论》第 4 册第 408 页至第 409 页。在 20 世纪尖锐复杂的政治斗争、意识形态斗争中，党派集团利益至上的基本格局，直接制约着学术研究、学术讨论的平等和公正。党派偏见使《中共史论》编者不顾事实，将他们视为敌对方的作品任意拼接编造，对何诗其芳作了非学术化的歪曲，不但欺骗了一般读者，也蒙住了文学史家司马长风的眼睛。

何其芳的几首抒情小诗，牵出了现代文学版本混乱的三个问题。一是作者对原作内容不加说明的重大修改，从而给研究者造成了不该发生的错觉；二是编选者的粗枝大叶造成的版本差错；三是对原作的任意篡改所引起的版本更大的混乱。研究不首先解决版本问题，就无法为文学研究提供充分的学术营养。研究者只有仔细辨析版本的源流得失，拂去迷雾，还作品以本来的面目，研究才有可能进入佳境。

[根据 2004 年手稿整理（部分内容曾在 2006 年发表）]

《在延安文艺座谈会上的讲话》版本考释

《讲话》①版本变迁的历史,是一部《讲话》的接受史。《讲话》版本研究,对于历史的认识这部著作的思想意义和文学史价值,有着显而易见的意义。本文拟对《讲话》1943年6月本、1943年10月本、1953年本三个版本进行比较研究。1953年以后《讲话》的各种版本,虽然仍有少量的改动,本文暂不涉及。

《讲话》公开发表前,1943年6月出版过《整风文献》本

笔者原来认为:1943年10月19日《解放日报》全文刊发的《讲话》,是这部著作的初刊本。初刊本未作改动,当月由延安解放社出版(简称1943年10月本)。后来,读到了华北大学出版的书名为《毛泽东同志在延安文艺座谈会上的讲话》一书后才得知:在1943年6月,《讲话》曾收入《整风文献》一书,由延安解放社出版(简称1943年6月本)。以下六项史料,可以直接或间接证明出版过《讲话》1943年6月本。

第一,两个版本的书名不同。1943年6月本的书名是《毛泽东同志在延安文艺座谈会上的讲话》,而1943年10月本及以后出版的《讲话》各种版本书名则为《在延安文艺座谈会上的讲话》。

第二,华北大学根据解放社1943年6月订正版翻印的《整风文献》本版权页,有下述明确的记载:

---

① 《在延安文艺座谈会上的讲话》行文时简称《讲话》。

著者　毛泽东
出版者　华北大学
　　　　1949 年 3 月初版
　　　　1949 年 6 月再版
　　　　1949 年 6 月订正 3 版

版权页特别说明："本书根据解放社 1943 年 6 月订正版《整风文献》翻印。"我们相信，作为华北大学教材三次印刷出版依据的 1943 年 6 月本，华北大学版权页的声明是可靠的。

第三，《图书馆》杂志 1962 年第 6 期刊载的北京图书馆参考书目组撰写的《〈在延安文艺座谈会上的讲话〉版本目录》中说："毛主席一九四二年五月的这一讲话，据一些回忆录记载，最初曾经内部印发。到一九四三年十月十九日鲁迅逝世七周年纪念，才在延安《解放日报》正式刊载。"在谈到《整风文献》本时，北图参考书目组的研究者还特意提醒读者：此书为华北大学教学用书，"根据 1943 年 6 月订正版《整风文献》翻印"。

第四，胡乔木与研究者的谈话。1991 年 10 月 25 日、1992 年 1 月 4 日，鲁振祥、龚育之、郑惠、石仲泉、邱敦红、张高富和胡乔木进行过两次谈话。谈话人当时向胡乔木提出：有人回忆，（延安文艺）座谈会后曾印过一个没经整理的记录稿。听取胡乔木对这一回忆的看法，胡乔木回答说，"这个有可能"。[①]胡乔木的回答从侧面说明了 1943 年 6 月本存在的可能性。

还有的学者在谈到《讲话》的速记稿问题时说，"根据许多参加过延安文艺座谈会，聆听过毛泽东讲话的同志回忆，1943 年 10 月正式发表的讲话，与当初在座谈会上讲的相比，有一些变化"。这位学者还列举了删节的具体内容。[②]把速记稿印在《整风文献》订正版是可能的，这与鲁振祥等人和胡乔木谈话的内容是一致的。

第五，1943 年 6 月本的书末印有勘误表，勘误表上列出的四处错误，

[①]《胡乔木回忆毛泽东》，人民出版社 1994 年版，第 58 页。
[②] 孙国林：《〈在延安文艺座谈会上的讲话〉的版本》，《中华读书报》2002 年 5 月 15 日。

1943年10月本都作了改正。这也说明1943年6月本先于1943年10月本。

第六，对《讲话》1943年6月本和1943年10月本进行校勘发现：虽然两个版本在内容上没有大的变化，但文字上修饰性质的改动约80处。改动有以下两种类型：

一是标点符号的改动。如1943年6月本的"看戏看画唱歌听音乐"，1943年10月本在看戏看画唱歌听音乐中间加了三个顿号，改为"看戏、看画、唱歌、听音乐"。这一类标点符号的改动较多。

二是句子的改动。如1943年6月本："这比大后方一本书的读者多的多了"，1943年10月本改为"这比大后方出本书的读者多得多。"1943年6月本的"一大群"、"世上"，1943年10月本改为"一群"、"世界上"。再如，1943年6月本的"在这一问题上有团结，在另一问题上就有斗争"。1943年10月本改为"在一个问题上有团结，在另一个问题上就有斗争"。1943年6月本"领导中国前进的革命根据地"，1943年10月本改为"领导中国前进的是革命的根据地"等。1943年6月本出现的"大小资产阶级"的提法，1943年10月本则一律改成了"小资产阶级"。

应该说，1943年10月本对1943年6月本的修改是有意义的。修改后的《讲话》舍弃了某些口语的随意性，语言更为规范，文字更加准确、简明、严谨，从而增强了内容表述的亲和力。

1943年6月本，发行范围小，内容修改不大，随着时间的流逝，这个版本极易被人忽略。但它对于研究《讲话》的版本流变却是不可或缺的。

《讲话》1943年10月本出版后，迅速地得到了广泛的传播。从1943年10月至1949年10月，短短六年间，各个解放区先后出版了《讲话》的多种版本。初步统计，解放区各地出版的《讲话》版本，计有大众日报社本等37种版本。在大后方，1944年1月1日，《新华副刊》用《毛泽东对于文艺问题的意见》为题，摘登了《讲话》的主要内容，香港新民主出版社用《论文艺问题》为题也出版了《讲话》。这些版本的出版，曾经为《讲话》的传播做出过历史性的贡献。但同时，正如1951年毛泽东选集出版委员会出版《毛泽东选集》时在《本书出版的说明》中所指出的那样，各地出版的《毛泽东选集》"都是没有经过著者审查的，体例颇为杂乱，文字亦有错讹。"作为《毛泽东选集》内容的《讲话》，版本方面也存在类似的问题。1952 年至 1953 年，人民出版社出版了包括《讲话》在内的《毛泽东选集》四卷本。《毛泽东选集》第三卷所收的《在延安文艺座谈会上的讲话》（简称 1953 年本）和 1943 年 10 本又有了一些明显的变化。

《讲话》1943 年 10 月本与 1953 年本之比较

据统计，《讲话》1953 年本较 1943 年 10 月本，文字改动 600 余处；涉及内容较大改动的有一百多处。具体改动情况如下：

第一，1953 年本对 1943 年 10 月本多处进行了压缩与修改。

（1）《引言》部分谈到对敌人的态度问题时，1943 年 10 月本是：

> 对于敌人，对于日本法西斯和一切人民的敌人，我们应该不应该给他们"歌颂"呢？绝对不应该，因为他们都是万恶的反动派。他们在技术上也许有些优点，譬如说他们枪炮好，但是好的枪炮拿在他们手里就是反动的。我们武装军队的任务是在把他们的枪炮夺取过来，转过去打倒他们，我们文化军队的任务是在暴露一切敌人的残暴、欺骗及其必然失败的前途，鼓励抗日军民同心同德，坚决地打倒他们。

这段表述，1953 年本简化为：

> 对于敌人，对于日本帝国主义和一切人民的敌人，革命文艺工作者的任务是在暴露他们的残暴和欺骗，并指出他们必然要失败的趋势，鼓励抗日军民同心同德，坚决地打倒他们。

（2）《结论》第一个问题谈到文艺是为什么人问题时，1943 年 10 月本突出了对国民党特务机关派遣奸细分子的描述：

> 当然，现在和共产党、八路军、新四军在一起从事于伟大解放斗争的大批文化人、文学家、艺术家以及一般文艺工作者，虽然其中也

可能有些人是暂时的投机分子，甚至还有敌人和国民党特务机关派来的挂着文艺招牌的奸细分子，但是除了这些人以外，却都是在为着共同事业努力工作着。

1953年本则只点到了"暂时的投机分子"，对"奸细分子"则略而不论：

> 当然，现在和共产党、八路军、新四军在一起从事于伟大解放斗争的大批的文化人、文学家、艺术家以及一般文艺工作者，虽然其中也可能有些人是暂时的投机分子，但是绝大多数却都是在为着共同事业努力工作着。

（3）论述文艺为什么人服务问题时，1943年10月本提出反对奴隶文艺和特务文艺问题："文艺是为帝国主义的，周作人、张资平这批人就是这样，这叫做奴隶文化，奴隶文艺。还有一种文艺是为特务机关的，可以叫做特务文艺，这种文艺的外表也可以'很革命'，但是实质却不出上面三种范围。"1953年本，把奴隶文艺改为汉奸文艺，删去了有关特务文艺的论述，只保留了一句话："文艺是为帝国主义者的，周作人、张资平这批人就是这样，这叫做汉奸文艺。"

（4）在论述什么是人民大众之后，1943年10月本专门分析了还在抗日的地主阶级、资产阶级的阶级特性，认为："还在抗日的地主阶级、资产阶级，我们应该联合他们，但是他们不赞成广大人民群众的民主。他们都有为他们自己的文艺，我们的文艺不是为着他们，他们也拒绝我们的文艺。"1943年10月本还专门批评了一部分人对小资产阶级的错误认识："我们的文艺，应该为着上面说的四种人。在这四种人里面，工农兵又是主要的，小资产阶级人数较少，革命坚决性较小，也比工农兵较有文化教养。所以我们的文艺，第一是为着工农兵，第二才是为着小资产阶级。在这里，不应该把小资产阶级提到第一位，把工农兵降到第二位。而我们现在有一部分同志的问题，他们对于文艺是为什么人的问题不能正确解决的关键，正在这里。"

1953年本删去了关于抗日的地主阶级、资产阶级的提法，对小资产阶级问题也做了新的概括：加重了对坚持小资产阶级立场作家的批评力度:"我们的文艺,应该为着上面说的四种人。我们要为这四种人服务,就必须站在无产阶级的立场上,而不能站在小资产阶级的立场上。在今天,坚持个人主义的小资产阶级立场的作家是不可能真正地为革命的工农兵群众服务的,他们的兴趣,主要是放在少数小资产阶级知识分子上面。而我们现在有一部分同志对于文艺为什么人的问题不能正确解决的关键,正在这里"。

1953年本对1943年10月本的删改反映了毛泽东对这些问题认识的某些变化,形势的发展也使一些具有现实针对性的段落成为多余。胡乔木谈到这个问题时作了这样的解释:"由于受当时猛烈进行的'抢救运动'的影响,讲话稿发表时,加进了一些不适当的言辞。如说在中国,除了封建文艺、资产阶级文艺、汉奸文艺之外,还有一种'特务文艺';在文艺界党员中……还有一批更坏的人,'就是组织上加入的也是日本党、汪精卫党、大资产阶级大地主的特务党'。"[①] 显然,删掉类似的不妥帖的提法,使《讲话》更具有概括力,有助于从整体上提高著作的理论品格。

第二,《讲话》修改的过程,也是作者的思想不断丰富的过程。1953年本较1943年10月本增添了不少新的内容。

①1943年10月本引言部分在谈到熟悉工农兵问题时,讲得比较简略:

> 什么是不熟?人不熟,文艺工作者和自己的描写对象与接受对象不熟,或者简直生疏得很。我们的文艺工作者不熟悉工人,不熟悉农民,不熟悉士兵,也不熟悉他们的干部。什么是不懂?言语不懂,你们是知识分子的言语……

1953年本,这一部分增加的内容较多,扩充为一段关于文学语言问题的经典表述:

> 什么是不熟?人不熟。文艺工作者同自己的描写对象和作品接受者不熟,或者简直生疏得很。我们的文艺工作者不熟悉工人,不熟悉农民,不熟悉士兵,也不熟悉他们的干部。什么是不懂?语言不懂,

---

[①]《胡乔木回忆毛泽东》,人民出版社1994年版,第262页。

就是说，对于人民群众的丰富的生动的语言，缺乏充分的知识。许多文艺工作者由于自己脱离群众、生活空虚，当然也就不熟悉人民的语言，因此他们的作品不但显得语言无味，而且里面常常夹着一些生造出来和人民的语言相对的不三不四的词句。

②关于对待中国和外国的文学艺术遗产问题，1953年本更有了新的概括。试比较两个本子的论述：

1943年10月本：

> 我们曾说，现阶段的中国新文化，是无产阶级领导的人民大众的反帝反封建的文化。真正人民大众的东西，现在一定是无产阶级领导的，资产阶级领导的东西，不可能属于人民大众。新文化中的新文学新艺术自然也是这样。对于封建阶级与资产阶级的旧形式，我们是并不拒绝利用的，但这些旧形式到了我们手里，给了改造，加进了新内容，也就变成革命的为人民服务的东西了。

1953年本：

> 我们曾说，现阶段的中国新文化，是无产阶级领导的人民大众的反帝反封建的文化。真正人民大众的东西，现在一定是无产阶级领导的。资产阶级领导的东西，不可能属于人民大众。新文化中的新文学新艺术，自然也是这样。对于中国和外国过去时代所遗留下来的丰富的文学艺术遗产和优良的文学艺术传统，我们是要继承的，但是目的仍然是为了人民大众。对于过去时代的文艺形式，我们也并不拒绝利用，但这些旧形式到了我们手里，给了改造，加进了新内容，也就变成革命的为人民服务的东西了。

很显然，1943年本只讲到了对于封建阶级与资产阶级旧形式的利用问题；1953年本增添的"对于中国和外国过去时代所遗留下来的丰富的文学艺术遗产和优良的文学艺术传统，我们是要继承的，但是目的仍然是为了人民大众"。这里，浓缩了毛泽东对待中外文学艺术遗产和文学艺术传统的整体思路，是对《讲话》1943年本学术质量的提升。

③在谈到学习马克思主义和学习社会问题时，1943年10月本是："我们说要学习马列主义和学习社会，就是为着完全地彻底地解决这个问题。我们说的马列主义，是群众生活群众斗争里完全适用的活的马列主义，不是单单书本上的马列主义。把书本上的马列主义移到群众中去，成了活的马列主义，就不会有宗派主义了。不但宗派主义的问题可以解决，其他的许多问题也就可以解决了。"

1953年本则强调指出了活的马克思主义是实际生活里的马克思主义："我们说要学习马克思主义和学习社会，就是为着完全地彻底地解决这个问题。我们说的马克思主义，是要在群众生活群众斗争里实际发生作用的活的马克思主义，不是口头上的马克思主义。把口头上的马克思主义变成为实际生活里的马克思主义，就不会有宗派主义了。不但宗派主义的问题可以解决，其他的许多问题也都可以解决了。"

第三，文字的修改。《讲话》1953年本在文字表述方面的修改变化也很大。试比较第二部分论述文学艺术源泉的一段文字：和1943年10月本比较，1953年本文字修改达21处。先看1943年10月本这段文字的上半段："有人说，书本上的文艺作品，古代的与外国的文艺作品，不也是源泉吗？也可以说是源泉罢，但这是第二位的而不是第一位的，如果以这为第一位，便是颠倒的看法。实际上，书本和现成亦不是源而是流，是古人与外国人根据他们彼时彼地所见到的人民生活中的文学艺术加工制造出来的东西。"

到了1953年末，这段文字被简化为："有人说，书本上的文艺作品，古代的和外国的文艺作品，不也是源泉吗？实际上，过去的文艺作品不是源而是流，是古人和外国人根据他们彼时彼地所得到的人民生活中的文学艺术原料创造出来的东西。"很明显，1943年10月本语言略显枝蔓，1953年本则更为简明清晰，语意准确。

再看这段文字下半段的修改。1943年10月本是："我们必须批判地吸收这些东西，作为我们的借鉴，作为我们从此时此地的人民生活中的文学艺术加工成为观念形态上的文学艺术作品时候的借鉴。有这个借鉴与没有这个借鉴是不同的，这里有文野之分，粗细之分，高低之分，快慢之分，所以我们决不可拒绝借鉴古人与外国人，那怕是封建阶级与资产阶级的东西也必须借鉴。但这仅仅是借鉴而不是替代，这是决不能替代的。文学艺术中对于死人与外国人的毫无批判的硬搬、模仿与替代，乃是最没有出息的最害人的文学教条主义与艺术教条主义，和军事上政治上哲学上经济学上的教条主义的性质是一样的。"

1953年本则修改为："我们必须继承一切优秀的文学艺术遗产，批判地吸收其中一切有益的东西，作为我们从此时此地的人民生活中的文学艺术原料创造作品时候的借鉴。有这个借鉴和没有这个借鉴是不同的，这里有文野之分，粗细之分，高低之分，快慢之分。所以我们决不可拒绝继承和借鉴古人和外国人，那怕是封建阶级和资产阶级的东西。但是继承和借鉴决不可以变成替代自己的创造，这是决不能替代的。文学艺术中对于古人和外国人的毫无批判的硬搬和模仿，乃是最没有出息的最害人的文学教条主义和艺术教条主义。"

比较上述两段文字，可以发现，《讲话》1953年本不仅突出了继承优秀遗产的内容，强调以人民生活作为文学艺术原料创造作品时借鉴遗产的极端重要性，深入地论述了继承借鉴和创造的辩证关系，还尖锐地批判了文学教条主义和艺术教条主义，思想深刻，字斟句酌，文气畅达。

《讲话》版本研究的当下意义

《讲话》是历史的产物。在反对日本帝国主义侵略的年代，《讲话》具有战时文化的显著特征，是特定环境下文学智慧的动态表述。它一方面在文化上竭力抵御外部异质文化（战时主要指侵略文化）的入侵；另一方面，它鲜明地倡导民族的、科学的、大众的文化，对巩固新生抗日政权有害的观念和思想进行抵制和限制。

《讲话》的基本精神具有一定恒久的理论力量；同时，它的某些论断在具体背景下虽有其合理性和必然性，随着时间的推移也会因为环境的变化而显现出一些不足。在某种意义上说，《讲话》的修改就包含着对于存在缺陷的补正。胡乔木说过，"《讲话》主要有这样两个基本点：一是文艺与生活的关系，二是文艺与人民的关系，在这两个基本点上，《讲话》的原则是不可动摇的"。他同时又指出：毛主席提出的"文学服从于政治这种话是不通的"，"《讲话》对作家的要求的地方过于苛刻，把作家脱离群众跟国民党脱离群众说得差不多，这是不妥当的。这些说法对于我们文学工作的发展产生了不利影响。"① 胡乔木这位历史在场者对《讲话》所作出的概括，人们无疑应该给予足够的重视。

《讲话》的修改既是对理论的完善过程，同时也极大地增加了说理的弹性。研究《讲话》版本的变迁，至少在两个方面给读者带来了启示。

第一，端正学风，坚持理论研究的科学精神。

《讲话》的接受过程充满着曲折。对《讲话》实事求是的研究，可以加深读者对毛泽东文艺思想的认识；而某些把《讲话》神秘化的做法同样会对文艺的发展带来消极影响。例如，在《讲话》1943年10月本出版不久出版的《马克思主义与文艺》一书，在比较正确评价《讲话》理论贡献的同时，就曾经对《讲话》有过非科学的提法。如说"毛泽东同志《在延安文艺座谈会上的讲话》最正确、最深刻、最完全地从根本上解决了文艺为群众与如何为群众的问题"，如说毛泽东"他的更大贡献是在最正确最完全地解决了文艺如何到群众中去的问题"② 等，实践证明，这些提法对正确理解《讲话》精神是有害的，是在《讲话》接受过程中产生过消极影响的一个偏向。因为，既然《讲话》1943年10月本已经"最正确、最深刻、最完全地从根本上解决"了问题，理论还怎么进一步发展呢？1953年本的修改还有什么必要？

早在1944年4月，毛泽东在给周扬的信中就对周扬的这一说法提出过含蓄的批评："只是把我那篇讲话配在马、恩、列、斯……之林觉得不称，我的话不能这样配的"（《致周扬》，《毛泽东文艺论集》，第280页，中央文献出版社2000年版）。只是，不论出于何种动机，人们（包括周扬）对毛泽东的这句话并没有认真对待，从而使周扬这一具有学术迷信色彩的提法未被及时制止，并且在此后出现了向更极端化方向发展的趋势，造成了人所共知的后果。《讲话》接受史启示我们，把理论凝固化，定于一尊，会直接造成对《讲话》本身的伤害。在"文化大革命"中，《讲话》被反革命阴谋家所利用，教训十分沉重。

研究《讲话》的版本变迁，具体分析《讲话》几百处修改的历史细节，具有方法论意义。即研究工作在任何情况下，都不能以主观想象剪裁研究对象，而应该以研究对象原生态的存在作为阐释的基本依据，如恩格

---

① 《胡乔木回忆毛泽东》，人民出版社1994年版，第269页、第58—59页。
② 《马克思主义与文艺》，解放社1950年版，第2页、第8—9页。

斯所说，研究不能从纯粹思维出发，而"必须从最顽强的事实出发"。这"最顽强的事实"就是《讲话》两次大的修改。这样，才能够深切感受到修改的思想意义，学术价值，理解毛泽东对《讲话》不断修改的内在动机。

第二，把"有经有权"思想作为解读《讲话》的指针。

"有经有权"思想充满着辩证法的光芒。毛泽东所赞赏的郭沫若提出的"有经有权"思想，可以极大地加深人们对《讲话》精神的全面理解。《讲话》既有一定超越性的意义，同时也具有明确的现实指向性，针对性。《讲话》的两次修改，正说明它对现实新经验的勇于吸纳。据胡乔木介绍，"《讲话》正式发表后不久，毛主席说：郭沫若和茅盾发表意见了，郭说'凡事有经有权'。毛主席很欣赏这个说法，认为是得到了一个知音。'有经有权'即有经常的道理和权宜之计。毛主席之所以欣赏这个说法，大概是他也确实认为他的讲话有些是经常的道理，普遍的规律，有些则是适应一定环境和条件的权宜之计。"①

"有经有权"的提法，是包括《讲话》研究在内的学术研究中的一个重大原则。本此理念，认识才不至于停滞和僵化，研究才不至于被任何超验的理论束拴住创造的脚步。胡乔木就举例说，"再如，作家必须深入生活，这是普遍的规律，但要求每个作家都长期地下厂、下乡、下部队，也是不可能的。1944年春，毛主席提出'要搞七千知识分子下去'，'甚至可以把整个延大、整个行政学院解散下乡'，搞'放假旅行，真正学习本领'。这当然更是针对当时存在的问题提出的权宜之计了。"② 由于对《讲话》的接受有时未能采取科学的分析态度，未能对某些提法看作权宜之计，《讲话》关于知识分子长期下乡等问题的提法就多次被简单照搬，重复实践，对文学的发展造成了不应有的损失。

可以认为，在某种意义上说，《讲话》版本变迁研究，它的影响也许会越出《讲话》研究本身。理论研究只有贴近理论产生的具体语境，贴近当代现实生活，才有可能得到更准确的阐释，开掘出它原本就存在着的学术生机。

（载《新文学史料》2013年第3期）

---

① 胡乔木：《延安文艺座谈会前后》，《胡乔木回忆毛泽东》，人民出版社1994年版，第269页。

② 同上书，第270页。

作家书信日记研究

论现代作家日记的文学史价值

——兼析研究中存在的两个问题

1912年12月28日鲁迅日记,有这样一段简短的记事:"赴留黎厂购《中国学报》第二期一册,四角,报中殊无善文,但以其有《越缦日记》,故买存之。"[①]"故买存之"引起了笔者阅读《越缦日记》的兴趣。读了以后,又陆续地看了《薛福成日记》、《严复日记》、《胡适日记》、《鲁迅日记》,以及能够拿到手的现代作家日记[②]。几年来,阅读日记随手摘记的感想、史料,竟有了满满的几厚册。百年文学发展的历史图像也骤然间变得生动起来。此时,笔者对鲁迅"故买存之"的学术内涵,也开始有所感悟。认识到:日记的私密性叙述形式,使作家拥有了独特的话语空间,思想自由驰骋。他们跟着自己的感觉走,记事、写人,直言快语,避免了公开话语中的某些顾忌,展现了个人批评独有的棱角与风骨。现代作家日记,为读者提供了作家思想与创作的原生态样本,作家自我灵魂的搏斗在日记里展示得刻骨铭心;日记里的作家评论,有时虽然只是三言两语,但却鲜活,尖锐,有着一针见血的精彩;百年社会与文学变革的史料,在作家日记里刻下了深浅不一的辙印。总结现代作家日记研究的经验,把日记研究与现代文学研究融为一体,现代文学研究的立体性、学术性将会得到较为深刻的呈现。

---

① 《越缦日记》,即《越缦堂日记》。作者李慈铭(1830—1894),室号越缦堂,世称越缦先生。李慈铭日记的写作时间很长(1854—1894)。日记详载政情民俗、读书心得,乃至人际交往、饮食起居,保存有所处时代丰富的文化、文学史料。引文见《鲁迅全集》第14卷,人民文学出版社1981年版,第30页。以下所引鲁迅日记中的文字,均引自该版《鲁迅全集》。

② 本文所指的现代作家日记较为宽泛。泛指百年来的近代、现代、当代作家日记。

一　作家情感世界的真实投影

作家日记是一个相对独立而自由的话语空间。百年来的作家日记，博大厚重，内涵丰富，从一个特定的侧面，提供了社会变革与文学演进内在的历史真相，逼真地展现了作家的精神风貌。"五四"时期作家不同的思想状态，20世纪40年代后期社会生活剧变在作家思想上的投影，灾难性的"文化大革命"时期作家的受难与警醒，在日记里都有着真切的展示。

"五四"时期，胡适日记、鲁迅日记、吴宓日记，是他们当时生命情状的原生态表达，极具阐释价值。1917年1月，胡适在《新青年》第2卷第5期发表了《文学改良刍议》，五四文学革命的大幕由此拉开。1916年的胡适日记，生动地记录了胡适义无反顾、一往无前投身五四文学革命的精神历程。

1916年2月3日，胡适与梅觐庄讨论文学改良问题。胡适提出，"诗界革命何自始，要须作诗如作文"，首次提出文学改良从三事入手。4月5日日记，胡适又考察《吾国历史上的文学革命》问题，对掀起新的文学革命急不可待，连声追问：今日之文学革命，"何可更缓耶？何可更缓耶？"4月13日的日记更用《沁园春》诗句，惊天动地喊出："造新文学，此业吾曹欲让谁？/诗材料，/有簇新世界，/供我驱驰。"4月18日的日记，胡适甚至把《沁园春》末句，改为"从今后，/倘傍人门户，/不是男儿"，宣誓似的表达了推进文学革命的决心。到了7月6日的胡适日记，已经出现了《文学改良刍议》的雏形。在日记里，胡适还对他的主张的拥护者、反对者，作过精辟的分析。在文言文盛行的年代，胡适主张用白话文作诗作戏曲小说，当时能够获得友人的理解，这使他兴奋异常。7月6日的日记就表现了他有了叔永支持的喜悦心情："叔永后告我，谓将以白话作科学社年会演说稿。叔永乃留学界中第一古文家，今亦决然作此实地试验，可喜也。"而参加7月6日谈话的，也有的朋友对胡适的主张并不理解。胡适在7月13日日记中说："再过绮色佳时，觐庄亦在。遂谈及'造新文学'事。觐庄大攻我'活文学'之说。"站在当时思想的制高点上，友人的反对不仅没有挫伤胡适的锐气，反而使他看到这位朋友的"全无真知灼见",只是"少年使气"①。1916 年胡适日记的价值在于:它让人们感受到,1917 年发表于《新青年》的《文学改良刍议》,不是胡适的突发奇想,而是他深思熟虑之后思想的升华凝结。

鲁迅思想深刻,是非分明。1917 年 7 月 1 日,张勋拥戴溥仪复辟,鲁迅愤而辞职。7 月 3 日鲁迅日记中的"上午赴部与侪辈别"一句,记的就是他去教育部辞职的事。鲁迅当时投入新文学创作,是在《新青年》编委钱玄同等人的推动下进行的。仅 1917 年 8 月,鲁迅日记中就有三次钱玄同来访的记载。8 月 9 日日记:"晴,大热。下午钱中季来谈,至夜分去。"8 月 17 日日记:"晚钱中季来。"8 月 27 日日记:"晚钱中季来。"钱中季即钱玄同,中季是钱玄同的字。据学者考证,钱玄同与鲁迅的交谈,实际是来动员鲁迅投身于新文学创作。次年,具有划时代意义的短篇小说《狂人日记》终于诞生。并且如鲁迅所说,从此,他的创作竟"一发而不可收",以小说创作显示了新文学的实绩。

胡适以亦开风气亦为师的学术姿态,以"此业吾曹欲让谁"的气概推进"五四"文学革命;鲁迅则隐而不彰,以特有的思想深度和韧性推进新文学创作②,他们的日记共同表现了强烈的积极向上的时代精神。而在五四文学革命大潮中,吴宓的精神则已经处于崩溃的边缘。

吴宓日记写作的时间很长。他的二十册日记,记录了自己独特的生命轨迹。1917 年,吴宓赴美留学。留学期间,他和当时国内发生的"五四"新文化运动完全处于隔膜状态。这位中国传统文化维护者对国内新旧文化之间的激烈冲突,痛不欲生。1920 年 4 月 19 日吴宓的日记,可以看作现代中国文化冲突中值得再三品味的文献之一。日记里记录了吴宓精神上的痛苦,极度的绝望:"中国经此一番热闹,一线生机已绝。举凡政权之统一,人心之团结,社会之安宁,礼教之纲维,富强之企致,国粹之发扬,愈益无望。盖国之治乱,世之升降,其因果皆有定律,天运难逃,毫厘不爽。今国中之盲动纷扰者,皆所谓背道而驰,不特缘木求鱼,且大有后灾;必至使全国皆成土匪窟巢、禽兽世界,外人乘机而来,瓜分之、吞灭之。……今国中所谓'文化运动',其所提倡之事,皆西方所视为病毒

---

① 分别见《胡适全集》第 28 卷,安徽教育出版社 2003 年版,第 317、337、353、358、391、403 页。
② 参看包子衍《鲁迅日记札记》,湖南人民出版社 1980 年版。

者。上流人士,防止之,遏绝之,不遗余力。而吾国反雷厉风行,虔诚趋奉。如此破坏之后,安能再事建设?如此纷扰之后,安能再图整理?只见万众息心敛手,同入于陆沉之劫运而已。""言念及此,忧心如焚。俗人固不可与道,即同心知友,偶见面谈及,亦只楚囚对泣,惨然无欢。更思宓一身之进退,回国以后,当兹横流,何以自处?种种苦恼磨折,此时皆已洞见。且邪说流传,'解放''独立''自由恋爱'诸说盛行,必至人伦破灭,礼义廉耻均沦丧;则宓虽欲求一家之安宁、父子之慈孝、伉俪之亲爱,亦不可得。呜呼!前途黑暗如彼,今日劳愁如此,吾生何乐"?吴宓决定"自裁其生"了。但当他到了河畔,只见汽车往来如梭,电光照耀如昼。又过桥至南岸,沿河而上,寻找轻生之处,走了约半里路,这里"疏林黑翳,已无人迹,即下至水滨,乃见北岸电灯之光,映入水面,万道金蛇,依然光明。方迟疑之际,忽背后有人声,则男女一双,为桑中之约者,由林中走出。又汽车频过,露室之旁,亦有巡警执手灯探行。宓乃长叹一声,废然而返"。"今晚既尚非宓死期,遂木然归寝。"①

对于一位知识者来说,轻生是件绝对严重的事情。吴宓的痛苦在于:他欲轻生而求之不得。吴宓日记留给我们的思考是:他身在异国读书,并无学业与生活上的困难,为什么却只求速死?日记展示的原因虽然极其复杂,但从根本说,应是这位真诚的爱国者在两种文化冲突中的困惑。第一,在吴宓看来,经过五四新文化运动的"此一番热闹,国家的一线生机已绝","国粹之发扬,愈益无望",国家已经面临被"吞灭"的前景;第二,吴宓认为,新文化运动倡导者鼓吹的新文化,只是对西方文化"病毒"的"虔诚趋奉",国家"陆沉之劫运"已在所难免;第三,吴宓决心轻生,也是对回国后自身境遇的担忧。他预想,出现在他眼前的,将是"邪说流传","人伦破灭"。吴宓忧国伤乱,魂梦不安,从而发出了"吾生何乐"的哀叹。这段日记,不仅仅是吴宓个人的心理感受,也应该是当时新文化运动倡导者和保守的传统文化思想卫护者在思想上的深刻分歧,是历史转折时期两种文化思想交锋所表现出的极端冲突形式。吴宓的学术思想偏于保守,他对新文化运动多有误解,甚至不顾事实地进行攻击。但是,他言论里对新文化运动中出现的某些弊端的批评,也自有其值

---

① 《吴宓全集》第2卷,生活·读书·新知三联书店1998年版,第154、155页。

得尊重的内在逻辑。日记浸润着吴宓人生的悲悯感和苍凉感,隐约中能够读出作家忧国忧民的道德情怀。

90 年前发生在吴宓身上的这一生命细节,留给后人的教训是沉重而深刻的。冷静地承认并接纳与自己不同的想法及存在,才是文化发展的动力;而强制性的压抑永远无法解决复杂的文化思想冲突问题。激进中带有专制色彩的话语霸权,时常片面而浅陋;而传统文化守卫者的保守观念中也自有民族文化延续中的合理性因素。文化交锋中的宽容,才是思想沟通的最佳方式。这是人们从吴宓日记中感悟到的有价值的思想果实。值得庆幸的是,吴宓当时在美国遇到的却偏是他求死不得的文化环境,才使我们没有失去这位学养深湛的学者。可是,此后吴宓的经历依然跌宕起伏,带给我们的依然是一串长长的叹息。

"五四"文学变革在作家思想上引起强烈反响是可以理解的。20 世纪 40 年代后期一次作家遇刺的具体事件,在特殊的情景下,同样引起了他们精神上的强烈震撼,甚至构成了作家未来政治走向的一个关键性环节。1946 年 7 月,闻一多在昆明被国民党特务刺杀身亡。闻一多被刺事件对许多作家的精神刺激是难以承受的。从朱自清、叶圣陶日记的记述中可以看到,暗杀事件直接决定了他们的政治选择。在现代作家中,叶圣陶、朱自清思想倾向进步,但党派色彩并不鲜明。朱自清甚至对共产党还有过误解,政治上持中立立场。如在 1933 年 5 月 8 日的日记中,他说:"冠英来谈,共产势已衰,士兵无盐,数月足软,医药设备差。"[①] 但是当获知闻一多被暗杀后,他的立场立即变得鲜明、坚定。朱自清 1946 年 7 月 17 日日记中说:"报载,一多于十五日下午五时许遇刺,身中七弹。他的三子与他在一起,亦中五弹。一多当即身亡,其子尚未脱离险期。闻此,异常震惊。自李公朴街头被刺后,余即时时为一多的安全担心。但未料到对他下手如此之突然,真是什么世道!"[②]

叶圣陶 1946 年 7 月 17 日日记同样态度鲜明:"报载闻一多亦被刺于昆明,气愤之至。当局以如此手段对付呼号民主之人,岂复有存立之道!"在叶圣陶日记里,个人的谴责、气愤,又迅速地转化为知识者的集体性焦虑,终至变为共同行动。同日日记又云:"梅林来,言闻一多为文

---

① 《朱自清全集》第 9 卷,江苏教育出版社 1997 年版,第 218 页。
② 《朱自清全集》第 10 卷,第 413 页。

协理事,今遭惨杀,宜开会员大会商量应如何表示。余请其与诸友接洽后再定。"4 天以后,即 1946 年 7 月 21 日,叶圣陶日记就具体记录了作家的集体抗争:"午后二时,至花旗银行,文协借彼开会员大会,讨论对于李、闻被杀事件之对策,到者颇众,欧阳予倩方自桂林来,马彦祥方自北平来,尤为难得。四时开会,余为主席。郭、田、沈、洪十余人发言,皆悲痛激昂。欧阳及马君谈桂林、北平近况,皆窒息万分,毫无自由空气。结果通过对国人宣言一通,对外国作家呼吁书一通,并募捐赠李、闻家属等件。"①

叶圣陶日记中的"岂复有存立之道"的预言果然很快应验。闻一多被刺事件在继续发酵。两年后,对当政者的彻底失望,促使一批作家密聚香港,乘船北上,毅然作出了自己的选择。叶圣陶的《北行日记》就记录了这批作家奔赴解放区的心路历程。

"文化大革命"时期作家的日记,是特殊年代他们的心灵记录。强大的摧毁性暴力人们是无法抗拒的。杨沫日记、陈白尘的《缄口日记》、贾植芳的《解冻时节平反日记》、师陀日记、俞平伯日记等,虽然所记的具体内容有所不同,但都是对这个无法无天、是非颠倒、真理缄默年代实录式的呈现。杨沫的一则日记,记录了 1966 年 8 月 23 日发生在北京的一个真实场景:"这天上午,老舍也来了。……下午约三时,女红卫兵(多是中学生)来了一群,个个头扎两条小刷子,腰里系着宽皮带,气势汹汹。她们一来,进驻文联的北大学生 B 同志(这时他似乎成了主宰文联命运的主人)招呼大家到院里去。烈日当空,天气特别闷热。我也只好从我们那间'学习'的小屋里,走到院里来。这时,只见萧军已被揪出,有几个女学生手握皮带,正向萧军身上猛抽。萧军先是挺立着,后来被打倒在地了。我们许多人(有文化局的人,也有文联的人,因为两个单位在一个大院里)围在旁边看。我的心一阵阵紧缩。想退走,可是好像有什么命令不许人们走开。我正惶乱地犹豫着,这时骆宾基也被揪过来,挨着萧军,同样被皮带劈头盖脸地打了起来。……接着,一幕更加怵目惊心的景象出现了:大院里一堆堆站着的人群里,不知什么人高喊一声:'××站出来!'于是被喊者就急忙从人群中站了出来,一站到大院当中,有人立刻把一块用铁丝系着的大木牌子,挂在被揪者的脖子上,接着:喊一个

---

① 叶圣陶:《沪上三年》,《叶圣陶集》第 21 卷,江苏教育出版社 2004 年版,第 98 页。

人的名字,就站出来一个人——赵鼎新、田兰、张季纯、江风、端木蕻良、萧军、骆宾基,还有一些人——大概总有二三十人'走资派'、'牛鬼蛇神'吧,从南到北站成了一大横排,一个个都被戴上写着他们名字的、再加上'走资派'、'叛徒'、'牛鬼蛇神'、'反动权威'等名称的牌子。那些造反者高喊一声某个人的名字,我的心就哆嗦一下;又喊一个人,我又哆嗦——似乎既为被揪者哆嗦,也为自己的命运而哆嗦。真是吓人!在这一大排人里面,后来又加入了老舍——他也被人喊着名字揪出来了。我有点瞠目不知所措了——天!这个老人受得住吗?"[①] 人们悲痛地记得:天才的文学大师老舍就是在这则日记记述的事件之后永远地离开了他的读者。巴金在《随想录·我的日记》一文中对杨沫日记评价极高。他说:"把当时的情况记录在日记里保存下来,发表出来,杨沫同志似乎是第一个。作者的勇气使我钦佩。"

  杨沫日记是截取瞬间突发事件的真实记录,给人带来了强烈的冲击力。俞平伯的日记则是另一种类型。日记里既不写惊天动地的大事件,也不直接写自己感情的大起大落,而是像写流水账一样,记录了从1969年7月18日至1973年12月12日发生在自己身上和身边的具体"琐事"。如7月18日通知俞平伯写检查,学部将有批判会,21日下午写完《认罪与悔过》(6500字)交出,23日下午学部开批判会,9月3日学习班结束。又如10月7日宣布将到五七干校,11月5日全所移至河南信阳罗山办五七干校学习班,1971年1月11日宣布回京。日记还详细记述了自己经济情况的变化:1972年5月10日,"发还远自六八年至七一年一月所扣工资,将存款解冻","12月发给被抄物资,(赔)偿金2400之许","16日发还查抄杂物(书籍在外,后又发还若干),1973年1月31日文学所成立领导小组何其芳组长,毛星副组长,取消连排班活动,12月12日军宣队宣布领导小组暂停活动。"[②] 俞平伯日记的特点是只记事、记人,没有评价。在自我防卫心理下的不作评价,反而更真切地凸显了他心底深藏的隐痛,也间接地对抗了那些自以为真理尽在其手者的傲慢。素来与人无争的"五四"老人,命运竟是如此地折腾着他,越发显示了"文化大

---

  ① 杨沫:《风雨十年家国事——〈自白——我的日记〉》(1966—1976),《花城》1983年第3期。

  ② 《俞平伯全集》第10卷,花山文艺出版社1997年版,第375、376、377、381、382、383页。

革命"的罪恶。

上述作家日记,从对"五四"文学革命的不同反应,到共和国成立前夕一批作家的北上,再到"文化大革命"时期作家的受难,再现了不同时期作家精神生活的原始状貌,从而为研究、把握他们创作的总体特征提供了某些现实依据。

二 一座内容丰富的现代文学史料库

现代作家日记,是一座内容几乎无所不包的现代文学史料库。

第一,关于日记与创作关系以及作家精神生活的记述。日记和作家的创作密不可分。有的日记本身就是作家创作的组成部分。徐志摩在日记中写下的情思,灵感碎片,不少已经化为优美动人的诗章。巴金也坦率申明:"我年轻时候很少写日记,我只记得1926年在上海写过两三页日记,夹在一本书里带到法国,后来在沙多—吉里创作《灭亡》就作为杜大心的日记写进了小说第十二章","灭亡的续编《新生》后一小部分是根据一位朋友的日记改写成的"。[①] 1916年胡适日记的一部分,实际上是《文学改良刍议》一文的草稿。而晚清作家刘鹗的日记,也不妨看作是对《老残游记》创作历程的抒写。他的乙巳年十月初三日记,就用"撰《老残游记》卷十一告成"的简要文字,记录下了这一重要时刻。作家日记里的上述内容,能够使研究者直接获取大量有关创作主体的各类信息,把握创作主体的精神脉动,进而理解作家创作风貌形成的内在动因。日记里的感性材料介入文学史研究,将有可能改变板起面孔研究作家的套路和格局。

作家的喜怒哀乐,日记里也有着具体、生动的呈现。如叶紫在贫病交加中的离开人世;郑振铎因恐史料遗失抢购图书后所遭遇的逼债之苦;"反右派"中冲锋陷阵的郭小川后来又因为妻子险些被划为右派分子的困

[①] 巴金:《致树基(代跋)》,《巴金全集》第25卷,人民文学出版社1994年版,第611页。

惑；丁玲在改革开放初期创作上的忧虑①，等等，这些日记，都是作家自我心灵的对话，在日记以外的著作中是极难见到的。

当然，除了上述生活中的困境、思想上的尴尬之外，作家日记中也收藏有他们的欢乐。1957 年一场大的政治风暴过后，出现了国家政策调整的时期。1963 年 4 月，在出席全国文联全委扩大会议的时候，老舍与巴金在北京相逢。宽松的文化氛围，激起了老舍以巴金的名字入诗的热情。老舍日记这样记录着：4 月 15 日，晚雨，在同阳翰笙约沪、宁诸友吃饭时，写下了"雨夜思巴蜀，光阴惜寸金"。4 月 17 日，与陈白尘、欧阳山、杜埃相聚后，老舍又写下了"云水巴山雨，文音金石声"。②埋头诗把两位老友当时舒畅的心情，尽收在这机智、俏皮的诗句里。这一类展示作家精神层面的史料，小细节见真性情，值得咀嚼品味。

第二，独具个性的作家评论。在自由的心态下，日记作者对评论对象能够做到有话直说，文字清爽。日记中少有公开发表的评论文字中的俗话套语、言不由衷的敷衍和曲意奉迎。20 世纪 30 年代，青年学者季羡林的作家评论就写得朝气蓬勃。即使对于成名作家的作品和演说，他的日记中也见不到那种诚惶诚恐的礼让谦恭。当时还在读大学的季羡林，第一次听胡适演讲后，就直率地在日记里写出了对这位学术权威的最初印象。一方

---

① 为节省篇幅，文中不展开具体分析。这里只对叶紫等四位作家日记的几个片段略加介绍或摘录。叶紫当时贫病交加。1939 年 2 月 8 日至 10 月初的叶紫日记，详尽地开列了 3 月 18 日、3 月 26 日、3 月 30 日、5 月 27 日、6 月 15 日、10 月初接受相识者、不相识者援助的款项数目，每笔捐款少至四元，多至八十元。这些捐款如雪中送炭，让他得以"还药账，肉账"，但却未能使他最终摆脱困境。10 月 1 日，年仅 29 岁的叶紫与世长辞（《叶紫研究资料》，湖南人民出版社 1985 年版）。为了抢救历史文献，郑振铎日记中屡屡记载，因"囊空如洗，将来不知如何继续收购"的无奈。如 1947 年 1 月 31 日日记："晨，各书肆中人来，皆索款者，应付苦极！"（《郑振铎日记全编》，山西古籍出版社 2006 年版）。在"反右派"斗争中，郭小川正在春风得意之时，想不到 1957 年 12 月 9 日，他的妻子杜惠却遇到了麻烦。当天郭小川日记记载："走出屋门，碰见笑雨，他告诉我，说东郊区委正要批判杜惠，有划为右派之势。弄得我非常不安！"还好，到了 10 日下午，有人向郭小川报告了新消息。郭小川日记说："张海来电话，说杜惠的右派问题是不存在的了，但要开批判会。这才使我稍为安心，于是，家庭可以不致破碎了"（《郭小川 1957 年日记》，河南人民出版社 2000 年版）。丁玲 1978 年 10 月 8 日的一则日记，实录了她在几个小时内精神上发生的变化："午睡时构想一短文，以一中学教员回家务农，从他的生活中反映农村所受'四人帮'毒害之深为题材，用日记形式，仿《狂人日记》。真是数年不见，农村的面目全非，令人痛恨。但一觉醒来之后，又有些畏惧了。文章写的深刻点，生活化些，就将得罪一批人。中国实在还未能有此自由。《三八节有感》使我受几十年的苦楚。旧的伤痛还在，岂能又自找麻烦，遗祸后代！"（《新文学史料》1990 年第 3 期）

② 《老舍全集》第 19 卷，人民文学出版社 1999 年版，第 185 页。

面，季羡林指出胡适"眼光远大"，"说话态度声音都好"；同时，也不客气地对胡适提出了批评。日记中说：也许为时间所限，胡适讲演的"帽子太大，匆匆收束，反不成东西，而无系统。我总觉得胡先生（大不敬！）浅薄，无论读他的文字，听他的说话。……我们看西洋，领导一派新思潮的人，自己的思想常常不深刻，胡先生也或者是这样罢。""无系统"、"浅薄"、"不深刻"的论断，尖锐泼辣，率真坦诚，少年豪情见于笔端。季羡林当时的见解，也许正道出了胡适终生学术研究中的一个明显弱点。季羡林对巴金的评论，则可能和自己的身世有关。他认为，巴金"是很有希望的一个作家"。季羡林在1933年2月20日的日记中说："我要作的文章——因看了巴金的《家》，实在有点感动，又看了看自己，自己不也同书上的人一样地有可以痛哭的事吗？……看《家》，很容易动感情，而且想哭，大声地哭。其实一想，自己的身世，并没有什么值得大声哭的，虽然也不算不凄凉。"这则日记实际上写出了《家》当时所以能够征服青年读者的秘密。那些和《家》里身世相近的青年读者，他们感同身受，才会"想哭，大声地哭"。对《家》的推崇并不意味着他对巴金永远的一味赞扬。1934年3月25日，季羡林因为《文学季刊》抽去了他的文章，就发牢骚说："像巴金等看不起我们，当在意料之中，但我们何曾看（得）起他们呢？"① 坦率的背后是作者的自信与勇气。

在特定的文化环境下，出于对鲁迅的尊重或别的原因，在对鲁迅作品的公开评论中，越来越难以听到不同的声音；而在作家日记中，却保存着一些对鲁迅作品个性化的解读。季羡林20世纪30年代在日记中说："今天读鲁迅《二心集》（其实从昨天就读起了）。在这集里，鲁迅是左了。不过，《三闲集》的序是最近作的，对左边的颇有不满，仍是冷嘲热讽，这集的文章在《三闲》序前，却称起同志来了。真叫人莫名其妙。"季羡林把鲁迅当作一个普通作者对待，有疑问就在日记中提出，这既是读者的权利，也是对鲁迅的真正尊重。在何其芳20世纪60年代的日记里，也保留着他对鲁迅早期杂文的看法："直到五点多钟才有时间读了一点鲁迅的《坟》，读《我之节烈观》和《我们现在怎样做父亲》，内容自然是好的，但以文章而论，似乎写得老实一些，不如后来有些文章写得有特色，并不

---

① 季羡林：《清华园日记》，外语教学与研究出版社2009年版，第1册，第64页；第2册，第209、87页；第3册，第308页。

怎样吸引人，是鲁迅早期的文章也有些比较平常一些的。也还是从长期写作中文章才更写好的。"① 季羡林、何其芳在日记里直率地写出他们阅读鲁迅作品的感受，表明他们的日记中依然保留着健康的文学批评。

浦江清日记对老舍、徐志摩的评论，同样坚持着独立的批评立场。如1929年2月5日日记就表达了对老舍小说的不满："佩弦交来副刊稿件，为评老舍君之《老张的哲学》、《赵子曰》两小说之文。文平平，无甚特见。……老舍君笔头甚酣畅，然少剪裁，又多夸诞失实，非上等作家也。"又如1932年对徐志摩诗的评论："徐志摩之为人为诗，皆可以'肉麻'二字了之，而死后北平《晨报》乃为出专刊一月，耸海内之听闻。青年男女莫不赞叹，以为伟大诗人，得未曾有，几以诗神爱神目之。呜呼！逆流不可以不出矣。觉明云：'恐出而无销路，奈何！'"② 浦江清对老舍、徐志摩作品的概括也许还值得讨论，但他畅抒胸臆，直吐心声，让后人参照比较，仍具有文学批评积累的特定价值。

胡适日记对作家的评论文字，少数虽似敷衍，多数批评则不留情面，近乎苛评。1923年10月25日，胡适在日记中评论郭沫若："英美诗中，有了一个惠特曼，而诗体大解放。惠特曼的影响渐被于东方了。沫若是朝着这方向走的；但《女神》以后，他的诗渐呈'江郎才尽'的现状。"1937年2月10日，胡适日记评论曹禺："读曹禺（万家宝的笔名）的《雷雨》、《日出》。杨金甫赠此二书，今夜读了，觉得《日出》很好，《雷雨》实不成个东西。《雷雨》的自序的态度很不好。""《雷雨》显系受了 Ibsen, O'Neil（易卜生、欧尼尔）诸人的影响，其中人物皆是外国人物，没有一个是真的中国人，其事亦不是中国事。"胡适对郭沫若、曹禺的评论，同样是一个有意味的学术话题。

1931年1月24日胡适日记，对陈梦家、闻一多、徐志摩的诗有着画龙点睛的评说。日记中说："读《梦家诗集》，这里面有许多好诗，小诗有很好的，长诗如《都市的颂歌》也算是很成功之作。此君我未见过，但知道他很年青，有此大成绩，令人生大乐观。梦家的诗颇有一些不很能明白的句子，但大体上看似有绝高天才。他的爽快流利处有时胜似志摩。""又读昨日新出的《诗刊》第一号，其中也有绝可喜的诗。一多有

---

① 《何其芳全集》第8卷，江苏教育出版社1997年版，第453页。
② 浦江清：《清华园日记》，生活·读书·新知三联书店1987年版，第28、61页。

一首《奇迹》，很用气力，成绩也很好。志摩有一篇四百行的长诗——《爱的灵感》——是近年的第一长诗，也是他的一篇杰作。"日记还说："新诗到此时可算是成立了。我读了这几位新作者的诗，心里十分高兴，祝福他们的成功无限！他们此时的成绩已超过我十四年前的最大期望了。我辟此荒地，自己不能努力种植，自己很惭愧。这几年来，一班新诗人努力种植，遂成灿烂的园地，我这个当年垦荒者来这里徘徊玩赏，看他们的收获就如同我自己收获丰盈一样，心里直高兴出来。"[①] 这段以新诗"垦荒者"心态写下的诗评，对新诗历史的研究，同样具有多方面的意义。

比较而论，20世纪60年代作家的日记，对作家及其创作的直率评论相对薄弱。沙汀的一则日记对巴金思想的理解，倒是显示了他的顿悟，卓见特识："休息当中，看见新寄到的《上海文学》。一口气读完了巴公的文章。这是他在上海文代会上的发言。前一部分，在谈到作家的顾虑，批评界的框框和棍子时，问题提得相当直率。我觉得，他这篇发言，是经过好多苦恼才写出来的"，"巴金显然有不少闷气。当他谈到自己白发日增，记忆衰退，而又急于想写东西的时候，我的印象特别深刻。……他前一向来信，说相当疲倦，现在我似乎更理解这意义了。"[②] 从巴金当时的文章，到"文化大革命"后《随想录》的写作，人们可以清晰地看到巴金文学思想发展的脉络。忧郁和沉思构成了《随想录》的底色。这是一位思想家晚年创造的具有反思品格的文化价值体系。

日记中有见地的评论还有一些。如胡风对解放区作品的评论，丁玲晚年对姚雪垠著《李自成》的解读，郭小川对王蒙《组织部来了个年轻人》的有褒有贬，都自成一家之言。

第三，各类现代文学史料的收藏。现代作家日记中，收藏着各种具体的现代文学史料。比如，"五四"以后，作家之间由于政治见解不同，文学主张各异，各走各路的分化已不可避免。1923年10月，胡适日记、徐志摩日记就分别描述了他们与郭沫若、田汉等人的会面与分手的具体细节，耐人寻味。先是徐志摩、胡适主动去访问郭沫若。他们步行去民厚里一二一号访问郭沫若，久觅始得其居，"沫若自应门，手抱褓褓儿，跣足、敞服（旧学生服），状殊憔悴，然广额宽颐、怡和可识。"郭沫若家

[①] 《胡适全集》第30卷，第80页；第32卷，第619、40页。
[②] 《新文学史料》1988年第3期。

里当时还有客人,田汉、成仿吾在座。胡适等人主动访问郭沫若,明显地表达了一种善意。郭沫若当时生活的状况,给徐志摩的感觉是:郭沫若"生计亦不裕,或竟窘,无怪其以狂叛自居"。日记显示,客主之间当时关系较冷淡。徐志摩日记称:田汉"转顾间已出门引去","仿吾亦下楼,殊不谈话",造成了"适之虽勉寻话端以济枯窘,而主客间似有冰结,移时不涣",使胡适"甚讶此会之窘"。

对于胡适之"窘",郭沫若显然有所觉察。第二天,郭沫若就领着大儿子回访徐志摩。徐志摩日记用"今天谈得自然得多了"来记述会面时的气氛。紧接着,郭沫若又宴请徐志摩、胡适。徐志摩 10 月 15 日日记称:"前日(指 10 月 13 日)沫若请在美丽川,楼石庵适自南京来,故亦列席。饮者皆醉,适之说诚恳话,沫若遽抱而吻之——卒飞拳投罟而散——骂美丽川也。"① 这则日记中的"适之说诚恳话,沫若遽抱而吻之"一句,还见于胡适日记。胡适 10 月 13 日日记的描写较徐志摩更详细:"沫若邀吃晚饭,有田汉、成仿吾、何公敢、志摩、楼石庵,共七人。沫若劝酒甚殷勤,我因为他们和我和解之后这是第一次杯酒相见,故勉强破戒,渴(喝)酒不少,几乎醉了。是夜沫若、志摩、田汉都醉了,我说起我从前要评《女神》,曾取《女神》读了五日。沫若大喜,竟抱住我,和我接吻。"

在郭沫若、胡适之间的关系有了明显的改善之后,10 月 15 日,又是徐志摩与胡适回请郭沫若,田汉夫妇作陪,交谈融洽,大谈神话。胡适日记还记载,1923 年 12 月 18 日,他们又"到郑振铎家中吃饭,同席的有梦旦、志摩、沫若等。这大概是文学研究会与创造社'埋斧'的筵席了。"这几则日记,展现的是作家之间关系的自然形态,可以让读者从感性上认识"五四"后作家之间的微妙关系。把各流派作家之间的关系,从一开始就描述为誓不两立的对立关系,看不到双方由联合到分手的具体过程,文学历史的叙述就失去了原本丰富复杂的内涵,变得枯燥、简单、贫乏。

作家日记中有关早期出国考察的史料,以及现代文学学科建设史料(包括作家思想变化、开列学生阅读书目、辑佚、校勘等),同样值得重

---

① 分别参看《胡适全集》第 30 卷,第 68、69 页;《徐志摩全集》第 5 卷,天津人民出版社 2005 年版,第 165、285 页。

视。薛福成是早期出国考察的作家之一。他的日记所涉内容相当广泛："凡舟车之程途，中外之交涉，大而富强立国之要，细而器械利用之原，莫不笔之于书，以为日记。"这位近代外交家、政论家、散文家日记的出版，让我们看到了近代知识者思想的蜕变过程。薛福成1890年（光绪十六年）的日记，记述了自己"奉出使英法义比四国之命"之时的视野。那时候，他还误认为中国古圣人无所不能，而所创"实事求是之学不明于天下，遂令前人创述之精意，潜流于异域"。但是这次出访，却让他睁开眼睛看到了异样的世界，承认"彼师其余绪，研究精益，竟智争能，日新月盛"，"泰西各国，殚亿兆人之智力，潜窥造化之灵机，奋志经营，日臻富强以雄视宇宙"。薛福成1891年1月28日日记，因为直接感受到了英、俄、法在中国四面皆修铁路对中国本土的威胁，因而惊呼："环中国之四境，凡有陆路毗连之处，将无不汽车电掣，铁轨云连。一旦有事，则彼从容而我仓卒，彼迅捷而我稽迟，彼呼应灵通而我进退隔阂。吁，其不可以早为之计哉！"[①] 包括梁启超《新大陆游记》在内的一大批作家早期出国考察日记，仅就文学史料价值而言，就值得有志者进行专题评论。

在一些史著的表述中，解放区作品多被误读为止于颂扬，对民族文化反思的深度不够。荒煤的日记提醒人们，不能以偏概全，应该历史地、有区别地评价解放区作家的思想状况。抗战胜利后，荒煤随同延安鲁艺的文化人，准备跟随徐向前去开辟鄂豫皖根据地。8月25日到达清涧城。荒煤在这个县城看到的，不仅苍蝇多，卫生差；而且，县里虽然有文化馆，但"书室紧闭，从破碎的窗棂往里看，只有两个书橱，还是零零落落几本书，一县文化，由此可见。"此情此景，让荒煤心事沉重地反省："深感改造我们这个古老的国家和人民还不是一件容易的事。这已是我们掌握政权十年的地方了，……看到一些小孩，脸色那样苍黄，瘦弱，爬满了苍蝇，实在难过。"[②] 荒煤日记里对于已经解放十年的解放区县城的落后状况的忧虑，表明他对改造国家、提高国民素质的艰巨性当时已有了比较清醒的认识。史料显示，解放区有此认识的作家并非荒煤一人。

《吴虞日记》、《朱自清日记》、《浦江清日记》，都收录有一批现代文学学科建设的具体史料。《吴虞日记》手稿中关于五四时期北京大学国

[①] 蔡少卿、江川荣主编：《薛福成日记》，吉林文史出版社2004年版，上册，第600页；下册，第517、519页。

[②] 《新文学史料》1988年第4期。

文、外文等学科招生、考试情况的记述，无疑增加了读者对我国高等学校初创期的感性认识。吴虞1921年8月27日的日记"记附"中开列的钱玄同、沈兼士、马幼渔、吴又陵、胡适之多人名单，凸显了学校的学术阵容。日记列表保存的包括向警予、蔡畅等留法女生姓名志愿一览表，表明了当时学校的外向型办学宗旨。① 大学文科学生现代文学阅读书目的遴选，同样是一项有意义的学科建设工程。1939年，闻一多、朱自清就共同开出了一份大学生阅读书目。这是今天能够看到的高校教师共同确定的学生现代文学阅读书目。朱自清1939年1月13日的日记详细记录了书目产生的过程："下午在闻家商谈大一学生之课外读物事。定书名如下：《鲁迅选集》、《从文选集》、《茅盾选集》、《巴金选集》、《志摩选集》、《日出》、《塞上行》、《欧游杂记》、《蒋百里文》、《汉代学术史略》、《胡适文选》、《人生五大问题》、《诗与真》一集、《人物评述续编》。"② 在五四新文学发生二十年后，由两位在高校任教的现代作家、研究家拟定的这个阅读书目，也许并不完整，但书目已经初步确立了许多现代作家的历史地位，对现代文学研究基本格局的形成具有明显的影响。

除现代文学阅读书目外，日记中有关现代文学研究其他方面的具体史料也俯拾皆是。如研究鲁迅日记中购书、赠书目录，可以获知鲁迅学术研究的兴趣，他的未来学术研究的走向，以及他在不同时期和友人交往的情况；研究抗战时期郑振铎、唐弢等人日记里进行抢救性购书的具体细节，可以真实了解在民族危机时刻知识者可贵的献身精神。日记中关于作家经济收入、支出的相关记录，也可以使读者对当时作家的生活状况一目了然。

王瑶著《中国新文学史稿》的出版，是现代文学学科建设的一件大事。这部著作出自清华大学教师之手并非偶然。浦江清1949年1月的日记，就给我们提供了解放不久创立这门学科的最初信息。1月4日，刚刚获得解放的清华大学中文、外文两系教师召开了联席谈话会，会上"有人强调先谈两系的共同态度。结果讨论到一个共同的了解是：批判的接受古文学及外国文学，共同创造并发展今天的新文学。'今天的'三字后来又改为'人民大众'四字。我认为这一个态度太偏重创作，忽略了研究，

---

① 参见陈左高《历代日记丛谈》，上海画报出版社2004年版，第218页。
② 《朱自清全集》第10卷，江苏教育出版社1997年版，第6、7页。

到底大学教育不宜抛开研究。席中空气不够互相容忍。"① 会上提出的"共同创造并发展今天的新文学"的动议,在教材建设方面就具体落实到了王瑶身上。王瑶在《中国新文学史稿》（上册）自序中说：1948 年北京解放时,他正在清华讲《中国文学史分期研究》一课,"同学就要求将课程内容改为'五四至现在'一段,次年校中添设《中国新文学史》一课,遂由著者担任"。浦江清的日记和王瑶的《中国新文学史稿》自序相互印证,准确地说明了解放初期确立开设中国新文学史课程的过程。

日记中的现代文学史料当然不限于上述类型。比如,单是近代以来涉及文学语言变革的史料,就可以构成一个诱人的重大学术课题。由文言向梁启超新文体的蜕变,从五四白话的出现到"左"翼作家大众化语言并不成功的倡导与实践,再到 20 世纪 40 年代赵树理大众化文学语言的新探索,现代文学语言的成熟竟走过了半个多世纪。还有,田汉、郁达夫、徐志摩、夏济安等人日记里爱情语言的轻灵纯净,作家甜美、凄冷语言的冶炼,都有着抒写性灵的精致。

三　日记研究中亟待解决的两个问题

目前,20 世纪中国文学,还仍然是一个音调未定的传统。文学史研究与日记研究的融汇,可能会使研究更趋全面、客观,接近研究对象的本真,甚至形成现代文学研究新的生长点,带来已有研究结论的局部改写。在肯定现代作家日记整理与研究成绩的同时,应该看到,目前研究中仍然存在着一些亟待解决的问题。

第一,进一步开展对日记的发掘与抢救。在某种意义上说,作家日记的发掘、整理,带有抢救性质,有着时不我待的紧迫性。《施蛰存日记》整理者沈建中说,"曾寻访赵清阁先生的日记,而当我走近时,那些丰富饱满,现代文学史家们苦苦寻觅的文字随着她的故去又倏忽消失,令人憾叹","文人日记的行踪时隐时现,极易湮没,若求其流布,便不可放过那些短暂的机会。"②《师陀日记》的整理,就险些错过了这"短暂的机

---

① 浦江清：《清华园日记》,第 270 页。
② 沈建中：《编后小语》,《施蛰存日记·昭苏日记》,文汇出版社 2002 年版,第 182 页。

会。"受师陀夫人陈婉芬女士委托，2003年我着手编《师陀全集》。翻遍师陀的作品，却没有发现他的日记。后来，陈女士抱来一摞大小不一的旧笔记本，让我随手翻翻，看看还有没有用处。经过几天对笔记的细读、分辨，我竟从这些看似不起眼的旧笔记本里，发现了师陀十几万字的日记。师陀日记长于记事，要言不烦，有时三言两语，就描绘出了一幅令人难忘的特定生活场景。如1967年1月的一则日记，在《批斗石西民》题目下写了这样一段文字："16日或17日游行，至锦江，倒下，气喘。造反派小头头把他拉起，又走，骂他装死。又倒下，又骂，一摸鼻息，即用黄鱼车送医院。医生诊断，已死。"[①] 就这样，一位对现代文化建设做出过贡献的文化人竟突然在"游街"中离我们而去。这一则看似平淡的记事，其价值早已超越了文学研究本身。

　　从日记整理的实践看，抢救日记的一个重要步骤是扩大日记的搜求范围：从单纯限于向作家本人、家属搜求日记，要尽可能地扩大范围，进行"田野调查"，跑图书馆、博物馆、文学馆，乃至走向民间。晚清翰林院侍讲、《各国政艺通考全书》总校兼总纂恽毓鼎的《恽毓鼎澄斋日记》三十六册，写作时间长达三十六年（1882—1917）。1960年，恽毓鼎的儿子恽宝惠将《恽毓鼎澄斋日记》手稿"归之北大图书馆"。日记整理者史晓风"看到了藏在《恽毓鼎澄斋日记》手稿的几百页复印件"，经过十多年的"辛劳甘苦"，"终于完成"了整理工作[②]。如果没有恽宝惠将日记"归之北大图书馆"，如果没有北京大学图书馆及时印出手稿复印件，这三十六册日记也就不可能重见天日。2006年出版的《郑振铎日记全编》是近年出版的一部内容丰富、踏实，学术质量较高的著作。《郑振铎日记全编》整理者陈福康，虽然有郑振铎家属的鼎力协助，但是，整理工作仍然历尽曲折。1982年他在《文献》上看到刘烜的《郑振铎〈日记手稿〉》一文，获知北京图书馆（今国家图书馆）收藏有郑振铎日记手稿，开始去北京图书馆查阅手稿，整理工作才取得了进展。陈福康回忆说："我在北图查阅时，却不是那么顺利。我是连续好几年一次次上京，才陆陆续续地通读了全部郑振铎的日记，及部分其他手稿的。当时，除了须有正规的学术单位的介绍信以外，还必须得到北图善本部领导的批准。为此，我与

---

① 《师陀全集》第8册，河南大学出版社2004年版，第230页。
② 《后记》，《恽毓鼎澄斋日记》，浙江古籍出版社2006年版，第811页。

北图善本部的先后几位领导李致忠、薛殿玺等先生硬缠软磨，感动了他们，并结下了友情。我至今还保存着几页他们写的'批条'，可留作纪念。"① 多亏有了陈福康在图书馆善本部的"硬缠软磨"功夫，我们今天才能够幸运地读到这部完备的《郑振铎日记全编》。

徐志摩日记的整理，更经历了一个漫长的文本传递过程。顾永棣说，1931年11月19日徐志摩罹难后，徐志摩的《府中日记》、《留美日记》保存在海宁干河街徐志摩家新宅内。后来，占领海宁的日军把徐家新宅作为办事处，一个叫冈崎国光的日军从徐家拿走了《府中日记》、《留美日记》，回日本后送给了日本中国文学研究会松枝茂夫。几十年后，日记又经过多人之手的转递，才幸运地回到中国，由虞坤林整理出版。徐志摩日记传递过程情节曲折、生动，竟像是一部有声有色的现代传奇②。当代文化研究者李书磊，把旧笔记、旧日记的搜寻有意识地延伸到了民间，也收到了较好的研究效果③。

日记整理中存在的另一个问题是：整理工作过于粗糙，存在着篇名疏漏、错字太多、体例不统一等问题，影响了已经出版日记的学术质量。金巍《关于吴宓日记》（《文汇读书周报》1997年6月28日）一文，就对《吴宓日记》整理中存在的问题进行了研究。这是对所有日记整理者的必要提醒。

第二，加强对作家日记内容真伪的辨析。作家的日记或由家属整理的作家日记，在一定程度上存在着辨伪问题。鲁迅在阅读了《越缦堂日记》后说，"我看了却总觉得他每次要留给我一点很不舒服的东西"，"一是钞上谕。大概是受了何焯的故事的影响的，他提防有一天要蒙'御览'。二是许多墨涂。写了尚且涂去，该有许多不写的罢？三是早给人家看，钞，自以为一部著作了。我觉得从中看不见李慈铭的心，却时时看到一些做

---

① 陈福康：《整理者言》，《郑振铎日记全编》，山西古籍出版社2006年版，第5、6页。
② 参见《徐志摩未刊日记（外四种）》，第5、6页。编者详细地介绍了日记的传递过程：中日建交后，松枝茂夫把日记转给访华的斋藤。斋藤将日记转给了中国对外协会，中国对外协会将日记又交给了文物管理局外事局，外事局将日记交给了徐志摩在美国的儿子徐积楷。徐积楷晚年又将日记复印件寄给了徐志摩的表妹夫、上海同济大学教授陈从周。陈从周还没有来得及整理，就不幸逝世。日记又由他的长女陈胜台保存。2001年海宁的研究者虞坤林在上海陈胜台处查询徐志摩的史料时，才得以复印这两册日记。日记又经过虞坤林一年多的整理，终于得以面世。
③ 参见李书磊《删改，也可以作为一种史料》，《中国现代文学研究丛刊》2004年第3期。

作，仿佛受了欺骗。"① 鲁迅的感受是值得信赖的。阅读某些准备给别人看的日记文本，要保持相应的警觉，以抵御日记作者美化自我的诱惑。作家去世后，由家属整理的日记，因为对日记内容作了改动，从而就可能造成日记文本本来面目的流失。保存有丁玲日记原稿的蒋祖林，对陈明发表丁玲的《四十年前的生活片断》一文就提出了异议。陈明发表于1993年第2期《新文学史料》上被整理的丁玲日记文字是："毛主席评郭文有才华奔放，组织差些；茅的作品是有意义的，不过说明多些，感情较少。"丁玲日记原稿则是："毛主席评郭文，有才奔放，读茅文不能卒读。我不愿表示我对茅文风格不喜，只说他的作品是有意义的，不过说明多些，感情较少。郭文组织较差，而感情奔放。"蒋祖林说："由此可见，丁玲的话，经'整理'成为毛泽东主席的言论了。"蒋祖林还说："对待史料，应忠实于作者原稿。在内容上，不应随意修改和编造。在文字上，若修改不当，也会影响史料的文字水平。原稿中明显误写的地方，如修改，应注明是修改者的意见。"② 蒋祖林的态度是诚恳可取的，整理者轻率地把丁玲的话当作毛泽东的话来使用，则违背了史料整理的基本原则。

和辨析日记真伪问题直接相连的另一个问题，是正确处理作家日记的删改问题。

由于种种原因，作家逝世后日记出版时被家属删改，是一种经常出现的现象。删改的原因主要有两种：一是受篇幅限制对日记的"摘录"与"选取"。已出版的叶圣陶日记的编选采用的就是这种办法。叶圣陶日记共四部，其中一部题作《圣陶日记》，约四十万字，选入《叶圣陶全集》第19卷的只有五个片断。整理者叶至善说：这五个片断字数总共不足十万，"摘自不同时期"。整理时"采用选录的办法，删去了只记日常琐事的那些天"，"选取的五个片断，又采用了两种不同的摘录体例"。类似的"选录"方式也发生在徐志摩日记的整理过程中。整理者在整理徐志摩《留美日记》（1917年）时，曾将徐志摩日记在一个月内七、八、九、十日内容相近的日记，也全部合并于七日一天之中。

我们理解家属或整理者的良苦用心。但是，作家日记的出版，采用"选录""摘录"的方式却是值得商讨的。选录者的眼光不同，"选录"、

---

① 鲁迅：《怎么写》，《鲁迅全集》第4卷，人民文学出版社1981年版，第24页。
② 蒋祖林：《来信照登》，《新文学史料》1995年第1期。

"摘录"的内容会千差万别。看来是"日常琐事"的细枝末节,其中就有可能透露出了作家生活的某些重要内容。作家的烦恼、辛酸、收获、惊喜,也许就在这"日常琐事"的记述里。将四十万字的日记,用"摘录体例"筛选后剩下不足十万字,对于叶圣陶研究者来说,其损失是无法弥补的。如果由于受到字数的限制,暂时无法全部出版,最好的办法还是在选录日记出版的同时,仍然保存日记原稿,以便日记原稿日后有与研究者见面的机会。

作家日记被删改的第二个原因,通常是以"不适宜在现在发表"为理由,对日记内容进行堂而皇之的删改。在《浦江清日记》整理中,协助家属出版这部日记的吕叔湘,在《浦江清日记·跋》中就告诉读者,浦江清"解放后几年的日记涉及一些人和事,不适宜在现在发表,没有辑录"①。陈白尘日记的整理,也出现了类似的情形。整理者陈虹十分惋惜地说:"不少杂志社抑或是出版社纷纷来信约稿,希望我将父亲在牛棚中的全部日记——也就是说,包括当时被我删去的那十分之九的内容,一字不改地照原样发表(特别是不再出现×××),这一愿望当然也同样是父亲生前所留下的遗嘱……然而我考虑再三,还是回绝了——目前毕竟还不到时候!"②

"不适宜在现在发表"、"目前毕竟还不到时候"中的"现在","目前",指的都是让读者等待。我们尊重整理者的决定和选择。当然,日记整理和研究都有一个进一步解放思想的问题。要对不适宜"现在发表"日记的内容进行认真思考和分析,如果所涉内容并非特别敏感的现实问题,或政治上早已有过结论的问题(如对于"文化大革命"的评价),或时间距离已经久远的学术分歧,则还是应该让日记早一天完整地和读者见面。如果实在不适宜"现在发表",我建议可以选择王元化出版《九十年代日记》的方式。王元化在《九十年代日记》后记中说,日记自己写给自己看,自然不会有什么问题,"一旦刊行,就需要使上面说过的第一类变为第二类日记"。为了变为第二类,王元化对日记作了这样的处理:"有的只能割爱,有的加以删削;但为了尽量存真,有时则需运用案而不断或意在言外的笔法,委婉地说明。"王元化还为自己设计了一个存真的

---

① 吕叔湘:《浦江清日记·跋》,《浦江清日记》,第302页。
② 陈虹:《梯楼日记》"编后记",陈自尘:《缄口日记》,大象出版社2005年版,第345页。

妥帖方案:"为了弥补遗憾,我准备将这十年的原始日记,全部捐赠给上海档案馆,以备将来研究者可以互相参照。"[①] 王元化提出的方案自有其合理性,显示出了一种豁达中的慎重,具有借鉴价值。

和整理工作相比较,目前,日记的阐释显得明显滞后。在日记阐释方面给人留下较深刻印象的,是钱伯城的郑振铎1957年日记研究,以及商金林对朱自清日记中梦境的解析等。日记阐释是日记研究中的一个具有现实意义和理论价值的重大问题,需要专门研讨,此处不再赘述。

要言之,以私密性为特征的日记抵制了从众的诱惑,发出了较多有见识的声音,给时代留下了作家曾经拥有的生命传承记忆。作家日记不会随着时间的流逝而贬值。在深化现代文学研究中,对于现代作家日记这片丰饶的学术原野,人们应该像阅读现代作品和其他史料那样给予足够的关注。在通常的情况下,日记虽然并不能够形成有效的学术话语,但它在与公开发表的评论文字的相互比照中却可能获得新的价值和意义。公开发表的研究文字自有其优长。但要警觉到,一些公开叙事的声音有时充满了权威性同时也充满了虚弱,甚至变为一种言不由衷的传声筒。日记却拒绝定于一尊的独断性,它七嘴八舌,充满了个性特色。日记记录的看似是小细节,但也可能带来研究的大发现、大突破,给读者留下一片精神驰骋的绿洲,收获到意想不到的感动。作为强烈的感性生命骚动的现代作家日记,是值得我们认真解读的精神遗产。

(载《文史哲》2013年第2期)

[①] 王元化:《九十年代日记·后记》,上海古籍出版社2008年版,第400页。

《鲁迅日记》中有关曹靖华记载的若干考释

《鲁迅日记》中，有关鲁迅与曹靖华交往的记载颇多。从一九二五年五月八日起，至一九三六年十月十七日止，共达二百九十条之多。这些记载，既表现了鲁迅与曹靖华的深厚友谊，也是研究鲁迅思想和生活的重要资料。

由于种种原因，鲁迅在日记中，对有些人与事，或不愿明写，或环境不允许写清楚，所以记载常常比较简略，有的甚至只有几个字。这给我们了解鲁迅日记的内容，带来了一定的困难。本文就鲁迅日记中有关曹靖华的某些记载，略作必要的考释。

关于王希礼翻译《阿Q正传》

一九二五年的鲁迅日记中，与王希礼翻译《阿Q正传》有关的，有以下一些记载：

五月八日　得曹靖华信。
五月九日　寄曹靖华信，附致王希礼笺。
五月二十日　得曹靖华信。
五月二十七日　寄曹靖华信。
六月八日　下午以《阿Q正传序·自叙传略》及照相一枚寄曹靖华。
六月十四日　得曹靖华信。
七月十日　下午静农、目寒来并交王希礼信及所赠照相，又曹靖华信及译稿。

上述日记，反映了当时曹靖华支持王希礼翻译《阿Q正传》的情况。五月八日鲁迅日记中的"得曹靖华信"，指的就是应王希礼的要求，曹靖华写给鲁迅的第一封信。在这封信里，曹靖华列举了王希礼翻译《阿Q正传》中碰到的疑难问题，请求鲁迅帮助解决。信中还附了王希礼给鲁迅的一页信。五月九日，即鲁迅收到曹靖华信的第二天，鲁迅就给曹靖华写了回信，不但回答了曹靖华信中提出的一些问题，还给王希礼写了短函。这就是鲁迅日记中所记载的"寄曹靖华信，附致王希礼笺"。在此后的几次通信中，鲁迅应约给俄文译本《阿Q正传》作了序，写了《自叙传略》，寄赠了自己的照片。关于鲁迅热情支持王希礼翻译《阿Q正传》的经过情形，曹靖华在撰写的不少回忆文章中，曾经作过生动的介绍，这里不再一一引述。

值得一提的是，笔者最近发现的一封王希礼致曹靖华的信，可以作为曹靖华回忆文章的一个补充。现摘要转录，以备参考。当时，远在汉口的王希礼，给在开封的曹靖华写信说：

靖华老友：

前信想已收到。我近来有一个很新的发现，使我的精神上感到无限的愉快，使我对于现在中国的新文学发生一种十分热烈的爱恋！

……我从前在俄国大学所研究的中国文学，差不多都是古文，描写什么贵族的特殊阶级的生活，对于民众毫没有一点关系；我读了以后，对于中国的国民生活及社会的心灵，还是一点不知道！我现在在中国的新的作品里边，读了鲁迅先生的《呐喊》以后，我很佩服你们中国的这一位很真诚的"国民作家"！他是社会心灵的照相师，是民众生活的记录者！

他的取材——事实都很平常，都是从前的作家所不注意的，待到他描写出来，却十分的深刻生动，一个个人物的个性都活跃在纸上了！他写得又非常该谐，可是那殷痛的热泪，已经在那纸的背后透过来了！他不但是一个中国的作家，他是一个世界的作家！

……

请你写信给我介绍一下，并请他（指鲁迅——笔者注）准我译他的书。并且还要请他为《阿Q正传》的俄文译本做一篇序，介绍给俄（国）读者。再请他为我寄一张像片及他的传略，为的是印在一块里。

　　《阿Q正传》译完以后，我还想译他别的作品，《故乡》等。
　　希望请你费神将我这样佩服的诚意，介绍于鲁迅先生面前。
　　我也希望你快些给我一封回信。

你的老友王希礼（B. A. Vassiliev）
一七，四，二五。汉口①

　　王希礼的要求曹靖华照办了，这就是他写给鲁迅的第一封信。

罗山尚宅

　　鲁迅日记中，曾几次提到过罗山尚宅以及罗山尚宅某些人的名字。例如，一九三二年一月八日鲁迅日记记载："得罗山尚宅与靖华信，即为转寄。"同年三月二十一日鲁迅日记又记载："寄靖华信，内附罗山尚宅来信一封。"一九三三年二月一日鲁迅日记还记载："下午为靖华寄尚佩芸信并泉五十，又寄尚振声信并泉百，皆邮汇。"一九三二年一月八日致曹靖华信中，也曾具体谈到罗山尚宅："顷因罗山尚宅有信来，故转寄上，乞收。信中涉及学费之事，其实兄在未名社有版税千余元，足支五年，但我看是取不来的。"

　　据曹靖华同志说，河南省罗山县尚家，是曹靖华的夫人的娘家。大革命失败后，曹靖华去苏联时，曾将一个女儿留在尚家。鲁迅日记中提到的尚佩芸、尚振声，都是尚家的人，当时曾帮助曹靖华办过一些事。鲁迅除了为罗山尚宅转寄过他们给曹靖华的信件，代曹靖华往罗山尚宅寄过钱以外，还往罗山尚宅寄过药片和海参，用来给曹靖华的女儿治病。鲁迅日记中关于罗山尚宅的一些记载，是鲁迅与曹靖华之间深厚友情的又一生动表现。

---

① 载 1925 年 6 月 16 日《京报附刊》之《民众文艺周刊》第 24 期。

有关《教泽碑文》的前前后后

一九三四年三月三十一日鲁迅日记记载："上午寄靖华信。午后得靖华信并卢氏传略。"同年十一月二十九日日记又云："午后为靖华之父作《教泽碑文》一篇成。"鲁迅所说的《教泽碑文》，就是收录在《鲁迅全集》中的《河南卢氏曹先生教泽碑文》一文。

曹靖华的父亲曹培元，长期在河南省卢氏县乡间任教。当时，曹培元的一批学生（曹靖华也为学生之一），出于对恩师曹培元长期教诲的感激之情，提议为曹培元立教泽碑。但是，谁来写碑文呢？大家互相推让，都感到不能胜任。最后，他们写信给在北京的曹靖华，公推曹靖华代大家写碑文。但曹靖华同样感到有些为难。于是，曹靖华便写信给鲁迅，请鲁迅来帮忙了。鲁迅接到信后，欣然应允，但希望曹靖华能提供曹培元的生平材料。曹靖华很快给鲁迅寄去了曹培元的生平事迹资料。鲁迅日记中所说的"卢氏传略"，指的就是这件事。曹靖华寄去传记材料后，鲁迅当时并未动手。后来，当曹靖华去信问到此事时，鲁迅复信说："碑文我一定做的，但限期须略宽，当于月底为止，寄上。因为我天天发热，躺了一礼拜了……"[①] 果然，到了月底（十一月二十九日），鲁迅如约写好了碑文，并于第二天早晨将碑文寄给了曹靖华。

在这篇碑文中，鲁迅对作为一个普通乡村教师的曹培元，给予了充分的肯定。碑文中说：

……卢氏曹植甫先生名培元，幼承义方，长怀大愿，秉性宽厚，立行贞明。躬居小曲，设校授徒，专心一志，启迪后进，或有未谛，循循诱之，历久不渝，惠流遐迩。又不泥古，为学日新，作时世之前驱，与童冠而俱迈。爰使旧乡丕变，日见昭明，君子自疆，永无意必。而韬光里巷，处之怡然。此岂轻才小惠之徒所能至哉。……

显然，鲁迅对曹培元的这些褒奖之词，绝不能仅仅看作是一段一般的

[①] 1934年11月16日鲁迅致曹靖华信。

应酬文字，而应该看作是对在当时环境下，坚持在农村从事教学工作的教师的赞扬。曹培元为人谦恭，所以在他生前，由于他的坚决反对，教泽碑并未建造。

曹培元去世后，曹靖华在京教务繁忙，未能返乡料理。曹培元的后事，一切均委托其弟办理，也没有再提立碑的事。

鲁迅与曹靖华在上海的会见

一九三四年二月七日鲁迅日记云："晚亚丹来并赠果脯、小米"。这是自一九二六年三月曹靖华与鲁迅在北京话别后的一次时隔八年的会见。一九三三年秋曹靖华由苏联回国后，本来计划由北京赴上海去看望鲁迅。当时，鲁迅也多次给曹靖华写信，表示欢迎他到上海来。一九三三年九月七日鲁迅给曹靖华的信说："兄如有兴致，休息之后，到此来看看也好。我的地址，可问代我收信之书店，他会带领的。"同年十月二十一日，鲁迅又给曹靖华去信说："兄未知何时来？我想初到时可来我寓暂歇，再作计较，看能不能住。……最好是启行前数天，给我一信，我当通知书店，兄到时只要将姓名告知书店，他们便会带领了。"但此后由于曹靖华在京已担任教学工作，无法脱身，此次赴沪终未成行。

一九三四年初，曹靖华与鲁迅阔别已久，怀念殷切，再次决定利用放寒假的时间去上海看望鲁迅。当时，曹靖华由京赴沪和由沪返京，均走的是海路。即由北京乘车至天津，再由天津乘船至上海；回来时也是先乘船至天津，再转北京。关于鲁迅、曹靖华这次会见的情形，鲁迅日记记载颇详：

二月七日　晚亚丹来并赠果脯，小米，即分赠内山及三弟。
二月十二日　下午同亚丹往 ABC 茶店吃茶。
二月十三日　下午同亚丹、方壁、古斐往 ABC 吃茶店饮红茶。
二月十四日　晨亚丹返燕，赠以火腿一只，玩具五种，别以火腿一只，玩具一种，托其转赠静农。

在沪期间，曹靖华一直住在鲁迅寓所。鲁迅和曹靖华这两位情深意厚的战友，每日亲切交谈，共话友谊，度过了难忘的一周。四十七年之后，当回忆到这次会见时，曹靖华仍然感到由衷的喜悦与幸福。

从"小米一囊"谈起

一九三六年一月四日鲁迅日记记载："得陈蜕信并靖华所赠小米一囊，又《城与年》大略一本。"同年二月十三日日记又记载："下午陈蜕持来小米一囊，靖华所赠。"

曹靖华托陈蜕带给鲁迅"小米一囊"，表面看来，这是一件平平常常的小事，但实际上，它既表现了曹靖华在生活上对鲁迅的关心；同时，这件事也表现了鲁迅和共产党的亲密关系。

事情的经过是这样的：一九三六年初，"一二九"抗日救亡运动的风暴正迅速地扩展到全国。当时，曹靖华的学生陈蜕（邹鲁风）在北京做党的地下工作。为了筹备全国学联，北平学联派陈蜕到上海去。为了避免到上海后一时接不上组织关系而发生意外，陈蜕临行前去找曹靖华商量，请他介绍一位熟悉上海情况的可靠的朋友。曹靖华先生在略一沉思之后就说：把你介绍给鲁迅先生，这是再可靠不过的，一切他都会帮助你。又说：给鲁迅先生带点小米去——鲁迅先生是很喜欢用小米煮粥吃的，这东西在上海不容易买到。说着他走进厨房，提出半面袋小米交给了我。

在上海，鲁迅对陈蜕一直十分关心照料。并且还专门让许广平去看望过他。陈蜕回忆说，我有五六天的时间没有去看他，但鲁迅先生却要许广平先生来看我了。许广平先生同时带来了几十块钱，要我一定收下，因为鲁迅先生想到我所住的那个旅馆是很贵的，而为了等人又不能移动，恐怕我自己带来的钱快用完了。这几十块钱我终于收下了，直到我回到北平以后才托曹靖华先生寄还给鲁迅先生。一九三六年七月十七日鲁迅日记所记的"得陈蜕信并还泉五十"，指的就是陈蜕托曹靖华还钱给鲁迅这件事。

以后，陈蜕曾第二次去上海，转送北方局给党中央的报告。据曹靖华告诉笔者，陈蜕所送北方局的报告交给鲁迅后，鲁迅又通过宋庆龄转交给了党中央。

（载《鲁迅与河南》，河南人民出版社1981年版）

关于师陀致巴金的三封信

2004年9月《师陀全集》出版后，我陆续收到了研究者寄来的近二十封师陀散佚的书信。其中，上海巴金研究会周立民先生寄来的十几封师陀致巴金、师陀致萧珊、师陀致靳以、巴金信的复印件，尤对师陀研究不可或缺。人们知道，师陀多次直言："要说对我进入文坛帮助最大的人，那是巴金，他不但出过我许多书，对我私生活方面也很关心。"这话的分量极重。这些信件可以看作是他们五十年友谊的见证。

限于篇幅，本文仅选录师陀致巴金的三封信，并作简要注释，以见这些信件所包含的丰富的文化信息。

师陀致巴金信（一）

芾甘：我们已到开封三天了，路上意外的顺利，廿七日晚十一时，火车自上海开出，早上七时余抵南京，晚上九时抵徐州，在徐州住一宵，第二天早八时车自徐州开，下午五时抵汴。本打算今天到乡下去，但早晨起来就戒严，至下午一时方解除，已赶不及。明天能成行否，尚不得而知。此间物价据（说）原比上海低，自上海涨后，大批土产被商人收买，反正（而）比上海贵起来。只有米比较便宜。我们去乡下住三五天即出来，因为我母亲有病，也许要把她接来在汴住两个月。来信请寄开封中正路北段497号钟宅转。《结婚》如已出版，请寄拾本来。你们好吗？老朋友都平安否？以后再写。

祝你
平安！
菊馨候顾师母、你太太及小妹妹好！
长简（一九四七年）六月一日

经过靳以的介绍，20世纪30年代中期师陀结识了巴金，双方此后一直保持着亲密的联系。巴金主持的文化生活出版社出版了多部师陀（芦焚）的著作，相互交往的信件多已散佚。这封信是今天能够见到的师陀写给巴金最早的信。信中主要叙述了自己回河南老家探亲的情况，并从侧面再现了作为河南省省会开封战争到来之前的情势：这里已呈现出山雨欲来风满楼的紧张气氛。师陀回忆说："1947年时，我大哥通过文化生活出版社转信给我，说母亲病了，而且很严重，于是我马上就赶到开封。我们杞县农村里头很落后，我陪着我母亲只好到开封看病。是外国医生给诊断的，说是骨髓结核，腿上已烂，没有希望了。这样，守着她对她没有什么帮助，我就又到南方来了。"

师陀致巴金信（二）

老巴：

　　你能在郑州玩两天，那太好了。半年不见，谈谈，还有一点，说老实话，整个郑州是什么样子，我还没有看过，你来后如果时间允许，可以跟你一道看看。我说的每天写两千字，是得把全部时间放上去，还得入了手——就是说写一段时间以后，在目前的情况下，却办不到。你看，你的小说都快完成了，我还一事无成，以后只好抽空写，要写完这一小本散文，改完西门豹，还不知道在哪一天。文章写不长，写的没有生气，主要在知道的太少，了解的不深入，缺乏具体材料。鉴于这一点我也算得到了一点教训。那是到某一个地方去，目的不明确，不知应该抓什么，当时随便看看，固然写不成。过后再写才知道材料不足。材料不足写不长，也可以写的有生气，那需要时间酝酿。比方新乡地区林县正修红旗渠，很值得写一篇，去看了两天，两手空空。现在写起来了，但是琐碎，该突出的地方架空，应有尽有，不感动人。没有材料，也不可能再专门跑去补充材料。补救的办法，只好再仔细考虑一下，把文章的层次分分清楚，压缩一点，再加一点想象。向所谓"技巧"讨救兵了。这当然不可能写像样，背景大、需要丰富的内容支持它，要笔头贫嘴绝不能掩饰内容空虚，即使有耐性的人看着也许会有点兴致，毕竟是等而下之的玩艺儿，不足以哄瞒大雅。

总而言之，你来了谈谈吧。我二月七号至多八号一定能到郑州来。祝

　　您好！

师陀一九六一年一月七日

　　这封信记录了20世纪60年代初师陀和巴金的交往。当时，师陀正在河南农村深入生活。按照他和巴金的商定，巴金从四川回上海时路过郑州，他们要见面叙谈。巴金到郑州后，受到了河南省文联负责人倪尼和师陀的接待。师陀陪同巴金逛了郑州公园，时遇狂风。巴金回上海后，感冒加重。巴金在三月二日给师陀的信中有详细的记述："师陀：我回到上海，感冒更厉害了。忙了几天终于发了烧睡倒，后来吃了金霉素片才渐渐好起来。将近三个星期我什么事也没有做，就只拔去了一颗门牙，装上了一颗假的。我还以为可以安静地在家里休息几天，想不到又接到了去日本东京参加亚非作家会议紧急会议的任务，过三四天就得上北京去做准备工作，月半便在香港了。我估计你四月回上海时，我还不会回来。本来想给你写封较长的信，现在却没有从容执笔的工夫了。你最近身体怎样？生活怎样？关于春节的文章动笔没有？是否已经回到城里来了？春节过得怎样？我没法在上海读到你的回信了。我希望你，一、多写文章；二、多注意身体。我们上了点年纪的人不能跟年轻人比，一不当心就会垮下来。可是写作又是长期的事，不是拼一下就成功的。望你注意劳逸结合。别的话下次再谈。这次过郑州，得到你不少帮助，虽然是老朋友，也应当表示谢意。还要请你代我感谢倪尼同志，特别是牺牲了睡眠到车站送行这种厚意使我找不到适当的话来表示感谢之情。对你也是这样。"

　　巴金信中所说的"关于春节的文章动笔没有"，指的是萧珊约师陀为刊物写反映农村春节生活的小说。三月二十五日师陀复信萧珊说："本来想按老巴的意思写一篇春节的小说，春节的气象是有，贴对联、休息、吃饺子，苦无其他内容可以往里头安排。如果写年初一开荒、打院墙、栽树，这应（样）写虽也勉强过得去，可是不真实。农民劳动一年，是很需要休息的，尽管他们过去年初一什么劳动都干过，今年却不同了。因此想来想去，这小说写不成，还是等候几天，写篇散文吧。"坚守现实主义原则的师陀，在当时农民的疾苦面前，他没有忍心为浮夸风助威而只能无

可奈何地保持沉默。据我所知，师陀应允的散文后来也并没有写出来。

师陀致巴金信（三）

老巴：

我到华东疗养院十来天，最初一星期是观察阶段，只给药吃，不采取治疗措施。现在的治疗方法是：除了药物治疗，每天早上学太极拳，上午上高血压操。

我个人的具体情况如下：疗养的环境是很好的，医护工作人员是很好的，病员一般都能相互关心。这里对高血压有一套办法，例如戏剧学院的吴仞之，他在我到这里几星期后来院，第三天即降到正常水平，前天已转为低血压，不敢吃药了，而且睡眠也比在上海好得多，比任何时候好得多。而我则恰恰相反，每天早晚测量二次，低压总在一百上下，上操后立刻会低到六十或七十，不如在上海。情况是：心脏又频繁的出现了停顿现象，每晚吃的安眠药比在上海多一倍，而睡眠反而不如在上海时，每天到□点钟即醒来，有时十二点即醒，以后再也不能入睡，即起来呆坐到天亮。据医生说，我这种高血压虽与一般不同，但仍旧是高血压，他们经验过这种病例，仍旧可以治好的。据疗养院说，这里空气中含有"因（阴）离子"或者什么别的东西，对治疗胆固醇过高的人特别有效，甚至不用药物也能立刻恢复正常，以后的工作是血压固定下来，以及减低体重。

我则相反，现在的体重是八十五斤，所以连看书读报的精神都没有了。现在的问题是需要睡眠，需要增加体重，但睡眠如此之坏，迅速增加体重的可能不大。看来只有慢慢地来了。

总之，医生似乎还在摸索，我相信他们是有办法的。

你的越南文章想来已经告一段落了。希望你当心身体，最好不要熬夜。不过要使你做到这一点，只萧珊有可能。萧珊应该对你实行监督。另外一个问题，本来我在上海就想向你提出，但是想到你可能当作一句普通话，不加考虑，说过就忘记了，所以现在写在这里，希望你认真考虑一下。本来你好几年前已具备入党条件，当时你自称过惯了自由散漫的生活，怕给党（带）来不良影响，自己又怕太受拘束。你说这话是诚恳的，我完全相信。可是根据你近几年来的工作与活动，事实证明并不自由散漫，你接受党的命令工作活动，尽可能参加各种会议，有什么必要老留在党外呢？请你自己认真考虑一下，和萧珊商量一下。天还没有亮，不过我眼睛模糊，不能多写了。萧珊均此不另。问你们好。

并祝

阖宅平安！

师陀一九六六年四月廿四日晨

当时，已是"文化大革命"前夕。这封信比较集中地反映了师陀的身体情况和精神面貌。1966年4月，师陀才五十多岁，可是身体情况却很糟：血压高、失眠、体重过轻。但他相信医生，认为医生对他的病的治疗，还在研究"摸索"，是有办法的。善良、单纯的师陀襟怀坦荡，关心着他的至友巴金："根据你近几年来的工作与活动，事实证明并不自由散漫，你接受党的命令工作活动，尽可能参加各种会议"，他认为巴金"已具备入党条件"。这封信画出了一个政治上幼稚的师陀，一个天真而真诚的师陀，一个对"文化大革命"灾难的到来毫无精神准备的师陀。读者可以想见，在"文化大革命"到来之时，他的命运将会是怎样的凄惨。

（载《新文学史料》2008年第1期）

王实味、丁玲与延安文学新潮

1942年春，延安掀起了批判王实味运动，对丁玲等人的文学观点也进行了点名批评，并在批判运动之后对王实味做出了严厉的裁决。审查与这一事件有关的大量史料，人们惊奇地发现：王实味以及丁玲、艾青等人的文学活动，乃是涌动于延安文坛的一股文学新潮。这股短暂的、充满生机的文学新潮，既是对于延安文学主潮——工农兵文学思潮的挑战，也是对工农兵文学思潮的补充、丰富和发展。在中国解放区文学发展的历史上，这是值得重新审视的文学事件之一。

王实味、丁玲既是工农兵文学思潮的中坚分子，又是延安文学新潮的积极鼓荡者。只有对延安文学新潮做出科学的评价，才能在解放区文学发展的历史上为王实味、丁玲找准他们的位置。

从工农兵文学思潮到延安文学新潮

随着抗日民主根据地的建立与发展，中国工农兵文学思潮在共产党领导的敌后广大地区应运而生。解放区原有的文艺工作者和先后从国民党统治区进入解放区的作家，他们继承苏区文学传统，以民族解放为己任，深入工农兵群众的火热生活，创作出了第一批反映解放区新生活的作品，开辟了文学描写工农兵、服务工农兵的新时代。

20世纪30年代末和40年代初，工农兵文学理论体系的建构虽然尚未完成，然而，这一文学形态却已初步具有了独特的文学品格。高昂的爱国主义的主旋律构成了工农兵文学的基本格调，歌颂解放区的光明、歌颂新的英雄人物成为作品最重要的主题；文学形式开始发生巨大的变革：通俗、短小的文学样式盛行于一时。工农兵文学理论的倡导与创作的初步实践，使工农兵文学思潮逐渐发展成为解放区文学主潮。工农兵文学思潮极大地促进了文学的大普及,在服务于抗战、服务于解放区的建设等许多方面,发挥了文学应有的战斗作用。

然而,工农兵文学思潮在其发展初期,就已经隐约地透露出了其自身存在的某些内在矛盾:

在"服务于抗战,服从于抗战"①的口号下,文学对政治的从属与依附,开始使其自身的特性受到了不同程度的忽视;

"歌颂光明"主张的过分强调,使文学创作难以全面揭示解放区复杂的社会现实;

在文学批评中,武断的、政治化的文学批评开始抬头,出现了以政治评判取代审美分析的明显趋势。②

克服工农兵文学思潮发展中这一历史性困难的重任,落到了丁玲、王实味等一批由国统区进入解放区的作家们的肩上。丁玲、艾青、萧军、罗烽、王实味等,这批工农兵文学运动的中坚力量,自觉地或不自觉地,开始对工农兵文学运动进行程度不同的反思,并试图鼓荡起新的文学浪潮,对工农兵文学运动的发展进行初步的调整。

这批延安文学新潮的弄潮儿,集合了当时生活于延安的为数可观的文学精英。这些作家,都有着较高的文化素养。来解放区之前,他们大都先后接受过欧洲或苏联文学的滋养,受到过"五四"新文学传统的深刻影响,视野开阔,创作上有着较强烈的创新精神。到解放区后,他们都热情地讴歌新生活的光辉,把解放区视为自己的"家"和创作的乐园。创作伊始,他们笔下的新人物既显得纯朴可爱,也留有对新生活缺乏深切感受而带来的局限:浮泛的颂扬使作品缺乏对生活应有的穿透力。随着阅历日深,他们对解放区生活的认识逐渐深化,开始敏锐地感受到:在敌人的军事封锁和包围下,解放区在新生活的建设中还面临着一系列需要克服的复杂矛盾和困难,旧的传统观念还在禁锢着人们的思想,束缚着人们的头脑;解放区的农民虽然在政治上经济上获得了初步的翻身解放,但各种小农意识、旧社会的思想残余仍弥漫于解放区的现实生活之中。认识的深化

---

① 陕甘宁边区文化界救亡协会:《我们关于目前文化运动的意见》,转引自《抗日战争时期延安及各抗日民主根据地文学运动资料》上册,山西人民出版社1983年版,第14页。

② 例如,1941年7月周扬在《解放日报》发表的《文学与生活漫谈》,对解放区作家提出了相当严苛的要求;1941年8月欧阳山在《中国文化》上发表的《抗战以来的中国小说》,对中国小资产阶级作家的进步作用,也估计严重不足。

使他们的创作作风为之一变。其标志是：在讴歌解放区新生活的同时，他们作品的社会批判意识有着明显的增强。在创作理论上，他们也开始了富有生气的探讨。这是在延安文坛吹拂起的一阵与工农兵文学思潮迥异的文学新风。对于工农兵文学思潮来说，这既是一种挑战，也是一种补充、丰富和调整。

延安文学新潮的特质与王实味的独特贡献

由于人所共知的原因，40年代初在延安兴起的文学新潮，并没有能够得到相应的发展，尚不具备文学思潮发展的完整形态。在理论上，它还显得零碎而不系统；在创作实践上，发展也还很不充分。1942年春，随着声势浩大的批判王实味运动的开展，这一文学新潮也在无形中夭折。

人们不应该过分地夸大延安文学新潮的历史地位及其影响。可是，延安文学新潮倡导者王实味等人当年所提出的一些理论原则，却是整个解放区文学发展历史上一次奇异的闪光。

第一，文学新潮的鼓荡者，一反文学服务于政治、服从于政治的流行观念，从研究艺术家与政治家担负任务的不同入手，开始探索艺术家的特殊使命，强调文学独特的审美功能。王实味的《政治家·艺术家》[①]一文，一开始就提出了政治家与艺术家任务的区别："我们底革命事业有两方面：改造社会制度和改造人——人的灵魂。政治家是革命的战略策略家，是革命力量底团结、组织和领导者，他的任务偏重于改造社会制度。艺术家，是'灵魂的工程师'，他的任务偏重于改造人的灵魂（心、精神、思想、意识——在这里是一个东西）。"他要求，艺术家应该发挥自己的优越性，肩负起改造灵魂的伟大任务。在这篇短文中，王实味事实上很难把政治家与艺术家的复杂关系讲清楚。王实味对于政治家作用的理解和表述，应该说也是不够全面的，甚至还明显地表现了一个较少参与政治活动的文化人对于政治家的隔膜。但无论如何，王实味要求艺术家发挥艺术的独特功能，肩负改造人的灵魂的任务，特别是肩负起改造革命战士灵

---

① 1942年3月15日《谷雨》第1卷第4期，本文所引王实味的文字，凡未注明出处的，均引自此文。

魂的任务，应该说在当时还是很有见地的。艾青在谈到文艺与政治的关系问题时，也特别强调作家主体意识的张扬。他指出：作家"用生命去拥护民主政治的理由之一，就因为民主政治能保障他们的艺术创作的独立的精神。因为只有给艺术创作以自由独立的精神，艺术才能对社会改造的事业起推动的作用。"① 和当时某些对于文艺与政治关系的机械理解不同，王实味等人的上述观点，可以看作是试图调整文艺与政治关系的一次大胆的尝试。

第二，要求强化文学的社会批判意识，主张在歌颂光明的同时，应该更重视揭露现实中的黑暗，并进而埋葬黑暗。这是延安文学新潮倡导者们集中议论的另一个重大问题。

较早地提出这个问题的，是举办延安讽刺画展的一批艺术家。华君武、张谔、蔡若虹在《作者自白》中，鲜明地提出了埋葬黑暗的必要性："我们已经看到新社会的美丽和光明，但也看到了部分的丑恶和黑暗。这些丑恶和黑暗是从旧的社会中，旧的思想意识中带过来的渣滓，它附着在新社会上而且在腐蚀着新社会。我们——漫画工作者——的任务，就必须是：指出它们，埋葬它们。"② 王实味则着重论述了歌颂光明与揭破黑暗的辩证关系。他说：揭破人们灵魂中的肮脏与黑暗，"与歌颂光明同样重要，甚至更重要"，"因为黑暗消灭，光明自然增长"。王实味还批评了那种认为揭露革命内部的黑暗，就会给敌人制造攻击我们的借口这一糊涂认识。他指出："有人以为革命艺术家只应'枪口对外'，如揭露自己的弱点，便予敌人以攻击的间隙——这是短视的见解。我们的阵营今天已经壮大得不怕揭露自己的弱点，但它还不够坚强巩固；正确地使用自我批评，正是使它坚强巩固的必要手段。至于那些反共特务机关中的民族蟊贼，他们倒更希望我们讳疾忌医，使黑暗更加扩大。"这段话，生动地表现了一个渴望社会建设得更加美好的正直作家的急切心情。艾青则用生动的比喻，说明了文学发挥批评社会功能的重要性。他尖锐地嘲笑了那些希望作家把"癣疥写成花朵"的人：

希望作家能把癣疥写成花朵，把脓包写成蓓蕾的人，是最没有出

---

① 《了解作家，尊重作家》，《解放日报》1942年3月11日。
② 《解放日报》1942年2月15日。

息的人——因为他连看见自己丑陋的勇气都没有,更何况要他改呢?

愈是身上脏的人,愈喜欢人家给他搔痒。而作家却并不是喜欢给人搔痒的人。

等人搔痒的还是洗一个澡吧。有盲肠炎的就用刀割吧。有沙眼的就用硫酸铜刮吧。

生了要开刀的病而怕开刀是不行的。患伤寒症而又贪吃是不行的。鼻子被梅毒菌吃空了而要人赞美是不行的。①

无疑,关于歌颂与暴露问题,当时作了最为深刻阐述的是丁玲。她指出:"有人说边区只有光明没有黑暗,所以只应写光明;有人说边区是光明的,但太阳中有黑点,太阳应该歌颂,黑点也不必讳言;有的人说这问题提法就不合适,不应把黑暗与光明并列,只能说批评缺点。我以为这个表面上属于取材的问题,但实际是立场与方法的问题。所谓缺点或黑暗也不过词句之争。假如我们有坚定而明确的立场,和马列主义的方法,即使我们说是写黑暗也不会成问题的。因为这黑暗一定有其来因去果,不特无损于光明,而且光明因此而更彰。"这段话,事实上廓清了在歌颂与暴露问题上所存在的种种糊涂观念。丁玲等人的见解,反映了他们当时对这一问题的深入思考。在后来发生的批判王实味的运动中,把他们的这些积极的思考,笼统地一律说成是他们主张歌颂资产阶级,主张"暴露人民",这实在和他们的原意相距甚远,离开了文学论争的本体。

第三,以开放的眼光关注现代文学的发展,强调继承"五四"文学传统,主张对传统文学采取清醒的批判态度。时代决定了解放区文学的历史流向。在与侵略我国的民族敌人的决战中,解放区文学格外注意从民族的历史文化中汲取力量,对文学的民族传统表现了高度的尊敬和重视。但与此同时,也程度不同地出现了对"五四"文学传统的漠视。王实味对此发表了中肯的意见。他认为,不能"只从字面上了解中国作风与中国气派,因为(而)认为只有章回小说,旧剧、小调……才是'民族形式',甚至认为'五四'以来的进步新文艺为非民族的———切这类的意见,都应受到批判"。王实味还批评了解放区音乐创作中的"小调作风,

---

① 《了解作家,尊重作家》,《解放日报》1942 年 3 月 11 日。

呼唤《黄河大合唱》这类'激昂雄壮慷慨悲歌'"新旋律的诞生。① 丁玲、罗烽则强调继承鲁迅杂文的战斗传统。罗烽甚至呼吁,要把丁玲主编的《解放日报》副刊《文艺》,"变成一把使人战栗,同时也使人喜悦的短剑。"②

　　实践证明,延安文学新潮与工农兵文学思潮之争,是革命文学队伍内部的争论,是无产阶级思想指导下不同理论倾向、不同创作风格作家之间正常的讨论与争鸣。而长期以来,人们一直把王实味等人鼓荡的延安文学新潮判定为反党逆流而一笔抹杀,是违背客观事实的。延安文学新潮的倡导者只能在一定的历史条件下活动。他们的思维成果不能不受到当时客观条件的制约。要求他们的每一句话都说得完善和准确,无疑是一种苛刻。如果多从积极方面去理解,这一文学思潮将在我们面前呈现新的色彩。他们对于文艺与政治关系的思索,体现了文艺工作者对20世纪30年代以来文艺与政治关系问题处理上的某些失当的初步反思。延安文学新潮也是对于文学创作如何反映解放区新生活的一次探讨。解放区的社会制度发生了巨大的变化。但旧思想、旧观念、旧意识,还在不同程度地制约着人们的头脑。如何反映这一新旧交替、纷纭复杂的特定时期的社会生活,是创作实践向解放区的文艺工作者提出的紧迫课题。这批作家试图以自己的理解和创作实践,从不同的侧面来回答现实提出的问题,从而使文学对现实生活的把握,达到新的历史深度。不论从他们的愿望或是实践效果看,这一努力都是值得尊敬的。从"五四"时期鲁迅开辟的批判国民性的文学之路,到新时期文学主体意识的苏醒,我国现代文学的发展历尽曲折。放到这一历史进程中来考察,我们依稀可以看出,延安文学新潮正是架设在鲁迅与新时期文学之间的一座庄严的桥梁!

　　在这座桥梁的架设者中,王实味、丁玲的贡献是最为独特的。阐述文学的社会功能问题时丁玲所提出的"监督"说,就是一个很深刻的理论命题。在谈到解放区仍然需要针砭现实的杂文时,丁玲说:"即使在进步的地方,有了初步的民主,然而这里更需要监督,监视,中国的几千年来的根深蒂固的封建恶习,是不容易铲除的,而所谓进步的地方,又非从天而降,它与中国的旧社会是相连接着的。而我们却只说在这里是不宜于写

---

　　① 《文艺民族形式问题上的旧错误与新偏向》,1941年5月《中国文化》第2卷第6期。
　　② 参见丁玲《我们需要杂文》,《解放日报》1941年10月23日;罗烽:《还是杂文时代》,参见中国人民大学出版社1958年版《中国现代文学史参考资料》第2卷第322页。

杂文的，这里只应反映民主的生活，伟大的建设。"① 就其现实深刻性来说，丁玲论文中所体现的延安文学新潮这一重要思想，应该说比工农兵文学思潮向前跨进了很大的一步。丁玲的文学批评观，同样体现了这一思想。她在谈到如何办好《文艺月报》时强调，"我以为《文艺月报》要以一个崭新的面目出现，把握斗争的原则性，展开深刻的、泼辣的自我批评，毫不宽容地指斥应该克服、而还没有克服，或者借辞延迟克服的现象"，反对"温吞水"式的批评。② 在创作方面，丁玲这一时期的名作《在医院中时》、《我在霞村的时候》、《夜》等，表现了当时延安文坛少有的深刻的现实主义精神，体现了延安文学新潮旺盛的生命力。可以毫不夸张地说，延安文学新潮中的丁玲，耀眼地折射出了她那顽强的生命意识和独具的艺术个性！

延安文学新潮的夭折及其留给人们的历史教训

延安文学新潮是在批判王实味的运动中迅速夭折的。

延安开展的对王实味的批判，留下了深刻的历史缺憾。第一，以人论文。先给王实味做出政治结论，然后以此推理，证明其文学主张的别有用心，用政治重压迫使被批判者就范。有的文章首先对王实味作出政治判决："他是一个托派"。然后沿着自己的结论推导："他当然不是想要正确地来解决什么问题，而只是想将问题引到错误解决的途径上去，引到托洛茨基主义的方向去。"③ 这就是说，只要先给王实味戴上托派分子的帽子，他的文学主张不管正确与错误，都是错误的。但这样的文学批评，当然也就早已越出了文学批评的范围了。

然而，王实味究竟是不是托派呢？这一论题显然并非文学考证所应承担。这里只附带指出，当时权威批判者的发言，也只是说，确定王实味是托派分子的根据，是"同志们在座谈会上揭发的许多事实"④ 但这"许多

---

① 《我们需要杂文》，《解放日报》1941年10月23日。
② 《大度、宽容与〈文艺月报〉》，《丁玲文集》第4卷第370页，湖南人民出版社版1983年版。
③ 《王实味的文艺观与我们的文艺观》，《解放日报》1942年7月28—29日。
④ 罗迈：《论中央研究院的思想论战》，《解放日报》1942年6月28日。

事实",当时的延安报刊和1957年发起的对王实味等人的"再批判",都未具体公布。研究者至今也并未发现这"许多事实",如果确定王实味是托派分子的"许多事实"发生了动摇,那么,建筑在这一政治假想基础上的文学批判,岂不正像建在沙砾之上的楼阁顿时倾塌?

其次,以政治评判代替审美分析。在一段时间内,批判王实味的文章连篇累牍。但这些文章,往往离开了王实味论点的原意,用政治臆断代替文学批评。例如,王实味在强调艺术家改造灵魂工作的重要性时,向艺术家发出呼吁:"更好地肩负起改造灵魂的伟大任务罢,首先针对着我们自己和我们的阵营进行工作。"从上下文来看,王实味的这句话,无非是要求文艺工作者,重视对革命战士身上沾染的旧社会落后思想的改造,杜绝腐朽思想对革命战士的腐蚀。然而,王实味的这句话,却被当作反革命黑话加以迎头痛击了。一篇批王实味文学观的文章在引出了这句话后接着批判说:"他要艺术家向政治家,向那些他在《野百合花》里所直率地称呼为'主观主义宗派主义的大师'的'异类'的人们瞄准,实践他所主张的枪口对内论。鼓动艺术界的力量,青年的力量来反对党,反对无产阶级,反对革命。"应该说,由这句话竟能引申出王实味犯有所谓"三反"罪行的结论,实在和王实味的初衷相距太远了。

最后,以政治运动取代文学论争。对王实味的批判,从报刊上点名批评后不久,文学论争的色彩迅速淡化、消失,很快地变成了一场只准被批判者挨打、不准还手的政治运动。从大会批判、声讨,到通过决议、开除王实味的作家会员会籍,开创了在解放区用政治宣判替代文学批评的先例。

作为延安文学新潮的一位代表者,王实味所受到批判的严厉程度前所未有。加之延安文学新潮当时并未建立相应的文学组织,成员之间,更多的是文学主张上的接近和作品风格上的认同,所以,在这场政治风暴中,延安文学新潮就在无形中销声匿迹。甚至,新潮的倡导者们,在特定时代的氛围下,出于响应组织的号召,或别的原因,也多站出来表态。或发言作自我批评,或撰文批判王实味的"罪行"[①],以便和王实味划清界限。但尽管当时他们自己认为已经割断了与王实味的纠葛,15年后的"再批

[①] 参见丁玲《文艺界对王实味应有的态度及反省》(《解放日报》1942年6月16日)。艾青:《现实不容歪曲》(《解放日报》1942年6月24日)。

判"中却仍然未能逃脱灾难,人们还是让他们和王实味捆绑在一起受审。"再批判"者宣告:"王实味的活动并不是孤立的,那时和王实味相呼应的,就有丁玲、陈企霞、萧军、罗烽、艾青等人。"① 从政治上看,当时对他们的言行断章取义,无限上纲,典型地表现了极"左"文艺思潮对文艺工作者的迫害。撇开这种政治上的无端陷害,仅从文艺思潮的角度看,批判者把延安文学新潮的成员看作一体,却并没有看错。只是,批判者把新潮的开拓视为倒退,把新潮倡导者的功绩看作罪行,才酿出了那场可悲的令人惊诧的事件。

延安文学新潮夭折后,工农兵文学思潮重新处于独树一尊的地位。工农兵文学思潮在此后所取得的成就不容否认。丁玲在以后的创作上所做出的贡献也有目共睹。可是,整体上说,文学思潮的"大统一",文学批评倾向的趋于单一化,文学风格多样化探索活力的减退,最终却导致了对工农兵文学本身发展的严重限制。

(载《文学的潮汐》,河南人民出版社1992年版)

※正在整理这篇稿子时,见到1992年2月《新民晚报》载王实味的一条消息,特转录于下:

附件一 当年发表一组《野百合花》杂文而罹罪 延安时代作家王实味获平反昭雪

本报讯 据《文学报》报道,王实味已于去年获彻底平反。据北京出版的今年第一期《炎黄春秋》载文披露:公安部已于去年作出《关于对王实味同志托派问题的复查决定》,王实味同志在被错误处理49年后,终获平反昭雪。

王实味原名叔翰,1930年开始创作和翻译,1937年奔赴延安,从事马列著作的翻译和评论及杂文写作,在延安整风期间,曾发表一组总题为《野百合花》杂文,1942年,王实味被错加上三个罪名:"反革命托派奸

---

① 王实味的《野百合花》,1942年3月13、23日延安《解放日报》文艺副刊。

细分子"，"暗藏的国民党探子、特务"，"反党五人集团成员"，后又遭错误处决。

党的十一届三中全会后，中共中央组织部否定了所谓"反党五人集团"的存在。1986年8月，《毛泽东著作选读》出版，在有关"王实味"的一个注释中，公开宣布："关于他是暗藏的国民党探子、特务一事，据查，不能成立。"公安部在1991年2月7日作出的《关于对王实味同志托派问题的复查决定》中说："经复查，王实味同志1930年在沪期间与原北大同学王凡西、陈清晨（均系托派分子）的来往中，接受和同情他们的某些托派观点，帮助翻译过托派的文章。在复查中没有查出王实味同志参加托派组织的材料。因此，1946年定为'反革命托派奸细分子'的结论予以纠正，对王在战争环境中被错误处决给予平反昭雪。"

王的夫人刘莹同志已届85岁高龄。公安部派了两位同志前去看望她，把《关于对王实味同志托派问题的复查决定》送给她，当她看到《决定》上对王实味恢复用了"同志"的称呼，激动得热泪盈眶。

※本书写就之时，又看到了有关王实味的一些新材料，特作为附件二录此备考。

附件二　萧军日记中的王实味

本书作者按：1991年2月，公安部作出的《关于王实味同志托派问题的复查决定》，无疑是解放区文学发展进程中具有深远影响的历史性事件。不过，这个决定的确到来得太迟了。

并非对王实味的认识，只有过了49年之后才会使人变得清醒。近读萧军《延安日记1940—1945》[①] 就有所感触。萧军当年日记里对于王实味事件的记述，清晰、明确而坚定。《萧军日记1940—1945》，是对1991年2月公安部复查决定的有力补充。或者也可以说，是对复查决定生动而形象的展示。

[①] 萧军：《延安日记1940—1945》，牛津大学出版社2013年在香港出版发行。引文中涉及这部著作时，不再标出著作全名，只用日记上卷或下卷×页标出。

日记具有强烈的私密性。萧军日记是他从个人的视角提供的对王实味事件的看法。萧军日记始终明确地坚持王实味不是托派的观点。他追忆说:"当我若干年前写下这些'日记'时,并没想到给第二个人——连我妻子也在内——看,更没想到后来会被抄家而今天竟被作为'罪证'之一向广大群众公布。如果那时我会预想到今天的后果,也许就不会写日记了。即使写,也将是另外一种写法,——去真存伪。不过既然公布了,也就公布了罢,这在我也没有什么'遗憾'之感。"①

在历史面前,究竟谁最强大?古往今来,强大的永远是历史真相。就王实味事件而言,强大的是公安部对王实味事件事实的调查、辨析之后做出的结论;强大的是仗义执言、挺身而出,为王实味(也为自己)辩护的萧军连同他的日记。前引1969年3月26日萧军所写《我的罪名、罪行和罪证》,就是一篇堂堂正正的辩护词。辩护词所闪耀出的真理的光芒,甚至有可能化为历史。日记的枝枝叶叶、琐记、碎语,作为思想史料,都给今人和后人都留下无尽的遐想,值得凭吊追思。萧军日记,给我总的感受是:

现代中国,并不缺乏思想深邃的作家,缺乏的是适宜作家生长的文化土壤。萧军连年为王实味冤案呼吁的失败,连同他由此给自己惹下的祸端,在我们选录的日记里有着真实的记载。真相永存于各类形形色色的文学史料、文化史料里。发现并阐释这些原汁原味的生活样态,远胜于空疏清谈的千言万语。萧军日记中有关王实味记载的价值正在这里。

萧军《延安日记》成全了王实味。同时也使历史记住了萧军的名字。

需要说明的是,这里摘录的王实味的部分日记,特别是日记里记录的别人的谈话,今天已难以一一核查,只能依靠读者参看其他有关材料做出自己的判断。日记中涉及的一些当事人的名字,除个别特别必要的,一律加以省略。所引日记,篇末都列有萧军延安日记的具体页码,供读者查阅。

---

① 《关于我的日记——代序》,摘录于萧军《我的罪名、罪行和罪证》(1969年3月26日),萧军:《延安日记1940—1945》上卷,第6页。

萧军日记摘抄

1942年5月25日

二十二日早十时在杨家岭开第三次文艺座谈会，到的人比前两次多。我于做结论前又发了一次言，主要我提出：（二）关于王实味的问题：A. 我仍然承认他主观上是站在革命立场上，根据是他是个党员。何氏否认他主观的立场是不对的。B. 对于王实味批评的态度是不对的。究竟对他是同志还是敌人。

（日记上卷第476页）

1942年6月2日

回来听说王实味有自动脱党说，这是党内一些无知的人以批评为打击的结果。我思考再三，觉得这时他脱党是于党于他全是不利的。

从一个党员立场看他，他这是不对的事，……党方面处置不当，如果一时要保持党底尊严，任他脱党，这影响：A. 敌方可利用这事宣传为王实味被开除党籍，证明共产党的民主等是谎言。B. 对于一般党员在心理上会留下这样一个阴影"啊，不要多言了吧。" C. ……目前不是王实味本身问题，而是党的影响问题……①

（日记上卷第487页）

……

他（指毛泽东）起始似乎很困疲和懊恼的样子，也许在烦厌我又去多事，但我却不管这些，严正地把我的意见说给他听，不出所断，他说他要脱党也无办法，也不是哪个强迫他的。

"共产党有这一条规定，没有入党的自由，有退党的自由……如果他要退党那也没办法……他这里面还有别的问题。"

"这仅是我个人的一点见解，我本可不管或不来，因为这是你们'家里事'。但是我恐怕你不知道，明天他们就开会，那样木已成舟，挽回就

---

① 当天晚上有朋友建议萧军把自己的意见去和毛泽东谈一谈。萧军采纳了朋友的建议，晚上十点钟他去找毛泽东了。这是他见到毛泽东后日记的原文。

不容易……简单说，王实味这行为我不同意，但一些人们那种不正当的批评态度我也不同意……我最终的意见，就是王实味现在脱党对于党以及他自己全无好处……"经过我耐心解释，他似乎也明白了。他是个易冲动的，感性的人物。你一定要坚定和他韧性战。后来把谈话扯到一些另外问题上了，才算把这较严重的空气划开了。

（日记上卷第 488 页）

1942 年 6 月 4 日

参加中央研究院第二次对王实味斗争会。

上午终于我参加研究院的讨论会。和芬在桃树下休息时，看一个摇摇晃晃高身材，白面孔的人由山上走下来，我断定那就是今天要在这大会上做箭垛的人——果然是的。

第一个和第二个发言的恶劣和阴毒已经使我憎恶了，但我忍耐着。他们从思想、政治、组织上断定他是"托派"思想，肯定他是托派。用各种证据想证明他是有计划、有阴谋来进行破坏党，侮辱党的托派流浪分子……或者是小资产阶级染着托派思想的分子……他们完全不懂自己是什么东西……这正是社会上一些犯了罪的人而判别人罪的形象。接着是王实味自己发言，会场轻轻引起了一阵骚动。接着这个半疯狂的神经质的人站起来了，他发言还不到几句，下面就有一些人"打"断他的话，像一群恶狗似的，伸出嘴巴向他围攻了……致使这狂热人不能继续他的说话，而（主持会议的）主席还纵容着不管，这简直是一种阴谋！

一个女人嚷着叫他去自杀……这使我再不能忍受了，我终于发了言："主席，这是不行的，应该让他发言说全了话大家再反驳他……无论什么会场全有个秩序呀……"

（日记上卷第 490 页）

1942 年 10 月 12 日

下午陈云有信来，约我去谈话。

他向我证明王实味是托派，不过还在党内养着他。他说我不理解情况不应在会场发言，态度不好，不应用《备忘录》这字眼等……

……我也下了决心，这一次一定要和他们斗争到底，决不顾及任何损害和打击。真理是在我这一面的。

（日记上卷第609—610页）

1942年10月13日

夜间读十月九日刘少奇一篇论党内斗争的文章，便证明了中央研究院这次对王实味与警告我底错误了。我决定把那经过在鲁迅纪念会上谈出。这是必要的。

（日记上卷第613页）

1942年10月22日

……

夜间正睡中间，忽然王实味在门外把我惊醒了。他说："……我来劝说你，请求你……马上加入共产党，痛痛快快把自己的错处承认过来吧……不要为了个人的自尊，为了革命的利益着想吧……他们明后天就要讨论我的党籍问题了……我倒不怕他们开除党籍……这样我也不会离开革命工作的……但是我看到19日《解放日报》的文章，那后面伏着杀机啊！我倒并不恐怕死……来哀求你……但为了革命……也许会牺牲了我……我甘愿的……可是叫你转那封信已经说得明明白白了……我的心是为了党的啊……我知道你是对的，你那样响亮地打了他们的耳光……"

……我一直睡在床上，他站在窗外，我们就这样大声地讲着。

（日记上卷第622—623页）

1942年12月15日

早饭后将要准备工作，忽然王实味来了，他说要和我谈谈。

我叫他去找此地党支部书记，免得一些无谓的麻烦。他和支书谈了很久，他转来了，支书郑汶也来，我让他旁听，他不肯，走了。于是王实味开始讲他的话。他激动的流泪，我叫他安静，我是静静地听着，他的神智已经不那样混乱了。

他主要目的是来说服我不要和党对立，以及他对共产党有了新的认识，自己有了新的转变等。……

他不是托派。显然这是"立三路线"一种恶毒的斗争方法，所谓木已成舟。……

他有过三次自杀，但为了不损害党，个人报复，为革命而战斗到底这三个意念救了他。他如今感到安定了。这是一个有肺病的，神经质的，感觉性强的，聪明的人。

（日记上卷第665—667页）

1942 年 12 月 17 日

我决定给王实味一信，请他不要再来寻我，这于此时是不宜的，而且也无有必要。

此时我不是讲温情的时候，而且我也不乐意听他那些废话和一些无聊的狂言，对于这人的"质地"我不喜欢，浮狂而还自私，名士气太重，他的一些习气和气氛是我所难容的，——他"不正"，邪气，鬼气很深……

（日记上卷第671页）

1943 年 1 月 11 日

从王实味这次事件，对于一切与政治有关的事件，我全是以"策略"的眼光来怀疑它了。我虽然不能否定他们这些办法，但我却总以为这不是正路，此地"持众"和"附声随和"的风气很盛，这不是好现象。

（日记下卷第7页）

1943 年 4 月 15 日

……我对于中央研究院对于王实味这种"诬良为盗"的办法，我是反对的。

（日记下卷第86页）

1943 年 6 月 29 日

……晚间去旁听斗争特务××。

晚间去旁听了斗争会。这会给我的印象很好，较之过去斗争王实味的会像样子多了，这更证明了我判断中央研究院那会是对的，他们对于王实味是"栽赃移证"，对于我是想要"趁火打劫，咬我一口"。

（日记下卷第159页）

1943 年 7 月 15 日

报告时，他们又提到王实味，并只有一个女人上台说她的灵魂如何被王实味蒙蔽过等。我推测，如果将来战事紧张，王实味仍顽固不化，他们也许杀了他祭旗。……

（日记下卷第 180 页）

1943 年 7 月 18 日

肃杀空气充满着每个人。

纪告诉我，说那天康生在大会上说有人过去曾替王实味辩护过，招待所有的人们就说这"有人"是我了。

……

在这两个月中，使我得到很多经验，对于这方面，我是太愚蠢了，我总是以文学的眼光看人，这给了我以很大教训……

（日记下卷第 184 页）

1944 年 4 月 27 日

上午去杨家岭赴乔木约，他第一个和我谈的问题就是关于我入党的事，……

……

他（胡乔木）回来，关于那"算账问题"他解释了一番，不要引起误会等。关于他那一般性解释——斗争王实味是必要的啊，党员的步调一致呀，看法不同呀，……这几乎引起我的激怒，但克制下，略略对于他这一般性的"技巧"给以回击，他又承认自己说话有些不周延了。最后他要求可否把我在乡下的日记给彭真看一看。我的回答：

"这是没有什么不可以的，但我这日记平常连我的妻子全不能看，……"

……

但是决定把三册日记给他们寄去。

（日记下卷第 404—405 页）

1945 年 3 月 4 日

……

晚间张如心找我去谈话。

……

（张问）"比如在斗争托派王实味大会上，你那样发言是对么？"

他的声音显得粗糙了，我也就严峻地问他：

"今天我们是不是要讨论这个问题？"

他的声调虽然勉强回答：

"讨论也可以……"但却松缓下去了，他向帐幔里走着。

"好，那第一我问你，1. 那'大会'什么性质？2. 那时候你们是否已宣布了王实味是托派？你们还称他做'同志'，你们并未拿出证据，而是从《联共党史》上找根据……"①

（日记下卷第 662 页）

1945 年 11 月 9 日

上午我正在修补一条破行李袋，毛泽东派人接我去枣园，当我一个人坐在汽车上，街上的人全以惊奇的眼光望着我，我似乎也有点自得的心情——这在他们看来是"荣耀"。

三年多了，这是第一次到他家里去看他，这算是告别。②

（日记下卷第 769 页）

载《文学的潮汐》，河南人民出版社 1992 年 8 月版
（附件二为 2014 年 11 月补写）

---

① 张如心和萧军的谈话，除讨论王实味问题外，还讨论了许多别的问题。因为双方分歧很大，讨论最后不欢而散。

② 这次谈话，刘少奇在座。萧军感觉："和毛谈话中，我们似乎全在有意避免一种东西——过去那些不愉快的历史——尽可能说得轻松。"萧军认为，"他们对人的态度一例是周到亲切的，这也是一种'政治素养'"。毛泽东还说，"周扬和他讲过，我几次在会上发言说得很正确。"（日记下卷第 769—770 页）

现代作家致师陀书信叙录

师陀（王长简、芦焚）与现代作家往来信件的数量，到底有多少，今天已经无从考察。比如，师陀致赵伊坪的信今天已经一封未存，赵伊坪致师陀（王长简）的信则尚存 11 封。师陀说，"1930 年暑假期间我和赵伊坪相识起，前后共通过信约两百封信"，赵伊坪在致师陀信中也说，有时一天他会收到师陀的两封来信。[①] 由此可以看出师陀与现代作家之间信件流失的严重情况。目前，现存师陀致作家（友人）书信 127 封[②]，而现代作家致师陀的书信保存下来的相对多一些，有三百多封。作家致师陀信的时间跨度五十多年[③]。书信的私密性质和其他原因，友人致师陀信目前发表的为数很少。书信是作家研究的基础性史料之一。书信展示了作家之间不同时期复杂的情感交流，呈现了鲜活的历史真相。

在编《师陀全集续编》过程中，笔者先后阅读了四十多位作家致师陀的一批书信。书信的内容十分丰富。现从以下几个方面作初步的分类整理。

对师陀创作的评论

在目前看到的致师陀书信里，最早对短篇小说集《落日光》和散文集《黄花苔》进行评论的，是赵伊坪 1937 年 5 月 15 日写给师陀的信。赵伊坪爱好文学，当时发表过作品，师陀也帮助他发表过作品。抗日战争爆

[①] 赵伊平 1939 年 3 月 5 日牺牲。通信情况参见《世纪的追思——缅怀赵伊坪烈士》，人民出版社 2000 年版，第 346、356 页。
[②] 《师陀全集》收入 80 封，《师陀全集补遗》收入 47 封，合计 127 封。
[③] 目前所存现代作家致师陀信，最早的为 1937 年 5 月 15 日赵伊坪致师陀信，师陀收到的最后一封信，是苏金伞于 1988 年 9 月 2 日写给师陀的信。师陀于 1988 年 10 月 7 日逝世。

发后赵伊坪投身革命。赵伊坪这封发自山东聊城的信说：

《落日光》的广告，记得在《申报》上看到过，《黄花苔》的还没见到。如今信和书一起从江南来了，想想我那份感激吧！

下午六点钟放工，回到小屋里就坐下写信，因为我知道你是从来不迟复别人的。面前摆着这奇伟的美丽的制作，心里怀着无上的敬意和爱情。想起它们的精心制作者，历年支付给的智慧和血汗，我的心神圣的笑了！就在给你信的次日吧，看到《大公报》公布了文艺奖金的获奖人，当时我并不如何激动，只觉得那是应当的。我想，那名字会被千万美妙的男女所敬爱的吧！那名字下的前前后后著作会成为大家智慧的食粮的吧！无数饥饿的灵魂会向他乞讨吧！一条多么灿烂而又悠远的路程，在你面前展开了！

1937年6月2日赵伊坪致师陀信，又具体谈了读这两部作品的感受：

长简：

五月廿八日信已收到。若迟发一天或几小时，准会看到我的复信的。两本美丽的书还没读完，读得还算仔细。一个词，一个句子，一个形象，一片意境，会把你拉住，走都走不开。一篇读开头，休想中断。你得准备下说不清的赞美，一路喊出来。临了，你会暗暗的给自己说："这只能是他写的！"（多笨的说法！）作书评的人一定说了你许多话，而我却只有寥寥这几句。

早在赵伊坪给师陀写这两封信之前，他们之间已经结下了深厚的友谊。1936年7月，师陀从北平要到上海，曾经专门绕道平汉路上的郾城，在赵伊坪家里住了半个月。郾城后来竟成就了师陀。师陀在《果园城记·序》中回忆说，"朋友当下把我安置在他家的破楼上，推开后面的板窗，从窗外结了青青果实的枣树枝隙中望出去，立刻可以看见挺立城头的塔"，"可恶的是这城里的果树，它们一开头就把我迷住了。我生平还是第一次看见城里栽这么多果树，出去走走，沿城脚到处是花红园"。师陀告诉赵伊坪：他要写这座小城。于是，赵伊坪陪着师陀，看了城头上灰黑的塔，河湾的黑龙潭，听赵伊坪给他讲述黑龙潭里"水鬼"，别的动人的传说，以及小城各色人物的故事。赵伊坪致师陀的第二封信开头所说,"如果不是为重述那位'大人物',早就答复了。"所谓这个"大人物",就是后来师陀短篇小说集《果园城记》里一个重要人物的原型。赵伊坪致师陀的第三封,又详细介绍了这位"大人物"的性格、经历。赵伊坪致师陀的11封信,对于我们解读师陀创作的背景、动机,素材来源,人物原型,有着显而易见的作用。

同时代作家致师陀信中对师陀作品的评论,虽然似乎没有公开发表的评论文字的严密,但书信的随意性,写作中却不时闪射出写信人的真知灼见。这是严文井两封致师陀信的摘录:

师陀同志:

  收到《芦焚短篇小说集》,备感亲切。当年就喜爱芦焚的我,一定会从这本集子里捡回一些旧梦,并重新受到启发的。我一直相信我的一些喜爱并非完全出于偏见,我将在重读过程中检查一下我这个说法是否有谬误。

严文井
1984 年 5 月 11 日

第二封信大约写于半年之后:

  四十多年前我就是你的一个热心读者,对署名芦焚的散文和短篇小说至今我仍有这印象:文笔优美、质朴,有极其显著的和独特风格,当年你就博得了我这个比你年轻几岁的人的尊敬和喜爱,因此我曾专程去你的公寓拜访过你(这是我们的第一次会面),不知你还记得否。作为"师陀",你已经变得老练了,文笔更加质朴了,只可惜那种抒情味儿和幽默劲儿也跟着变成更加内在的东西了,也许年轻人要像吃橄榄一样来对待你的作品才慢慢能尝出它们的滋味来。

一些作家书信对师陀创作的总体把握很值得品味。如楼适夷在信中说,"你的创作有独自的风格,即一般不为俗流所注目,但在文学史上将永远是坚实的存在";他还说,"我见你陆续发表新作,历史题材,是新文学运动以来稀见之作，吾兄笔酣墨饱，神力旺盛，实应庆贺。"① 苏金伞也说，"芦焚是个光辉的名字"，像你这样"在中国文学事业上作出过贡献的人竟然无人过问，实在太令人心寒。"② 苏金伞对师陀参加不参加"左联"得失的看法，相对简单，近于直感。1984年6月他在给师陀的信中说："……你拒绝左莲的爱情，也对也不对，那时左联'左的'要命，与鲁迅为敌，是不得人心的；但另一方面，参加左联，就成了进步作家，戴上桂冠了。"这话是一言中的，预卜了师陀终生的命运：不参加左联的自由心态，使师陀得以自由自在地展示创作个性；但也招致了苏金伞在这封信中所说的，师陀后来连房子也住不上的"令人心寒"的结局。

解放初期，师陀响应号召，奉命长期深入农村，准备写反映农村新生活的作品。唐弢多次致信师陀催稿。这是1953年8月12日至1954年3月24日唐弢致师陀五封信中向师陀索稿和评论师陀作品的片断：

师陀兄：

很久不通音讯了，知道你在莒县体验生活，大有心得，为之高兴不已，这高兴有两重意义：一重是老朋友的感情，另一重是你有了这许多材料，可以实践对《文艺月报》写稿的诺言了，这虽然好像有点自私，但这私的是为读者，我想你是能够原谅的。

现在这封信就是向你作紧迫的呼吁：请你赶紧赐稿，长的写不成，速写、散文也欢迎。你可以放胆写，因为这里夏部长也表示应该写，他也希望能看到你的来稿。

……

敬礼

弟唐弢
8.12

同年11月12日，唐弢又致信师陀："听夏衍同志说，你已写了两个短篇，我们迫切地等着发表，希望你直接寄给我，并且是愈快愈好。同时这也是夏衍同志的意思，他也很希望能读一读的。"紧接着，唐弢收到了

---

① 分别见楼适夷1985年5月5日、4月21日致师陀信。
② 分别见1984年6月13日、1986年6月12日苏金伞致师陀信。

师陀的信及作品。11 月 16 日致信师陀：

长简兄：

　　十四日寄出一信，今日恰好收到你的信和短篇，令人高兴之至，我立刻把它读完了，我的感觉是：好！这不是一句普通的应酬话。首先，在许多写单干、互助、合作的小说中，你突破了一般的公式的写法，而且笔尖上沾满着生活，那样细致的感情，在新作家中也不大有，我因而脱口说：毕竟是老作家！（这并不等于说我看轻新作家。）如果一定要吹毛求疵，我只觉得最后部分写得仓促些，你以为如何？

　　听说你还另有一篇，我不免得陇望蜀，也希望能给我们。

　　……

　　敬礼

唐弢
11. 16

　　1954 年 2 月 8 日唐弢致师陀的信还是索稿信："《前进曲》发表后，反映很好。我们渴望你再有稿寄来。河清除兼文艺处长外，全部时间，都在月报。渴望你能于二十日前再寄些文章来，小说、报告都好。"唐弢 1954 年 3 月 24 日信仍是向师陀索稿："我们仍盼望你继续赐稿，并且希望就有稿来。《前进曲》《人民文学》已转载，你想必看到了，小说发表后反映很好，大家都渴望能够读到一些你的作品，虽然说搞创作不比机器生产，当编辑的却终是这样祈祷着的。""这里大致情况，你在报上想也看到，老巴已回来，下月起埋头写作。"

　　唐弢虽然仍在继续催稿，但是，在命题作文下写出的描写新生活的作品，师陀寄出去后总是石沉大海。师陀的写作开始陷于长时间的沉寂。师陀生活于困惑里。这种困惑由于一些人不断用政治指挥创作而变本加厉。这一问题将在本文最后一部分加以讨论。

　　听到师陀逝世的消息，夏志清给师陀夫人陈婉芬发来了慰问长信。信中历数自己研究师陀的经过，认为师陀"是我国不朽的作家"，并提出如何整理师陀著作的建议。信中说：

婉芬女士：

十月二十五日（星期二）上午庆一来电话谓有事要同我面谈，我就教他下午来。下午来了，他把您的亲笔信交给我看，才知道师陀先生去世了。而且为医生所误，死前很痛苦，读信我也很悲痛，因为事前根本想不到庆一这次来已是失掉父亲的海外孤儿了……

早在五十年代初期，我有计划写部《中国现代小说史》，拜读了师陀的作品，也决定把他写成一章，因为我对《果园城记》、《结婚》实在是特别爱好的。可惜海外书籍不全，很多早期的作品无法看到，此章写得不够长。八三年我有意返国省亲（现在妹妹、妹夫一家都在纽约了），趁机会也拜访我书里提到的老作家好几位（大半在北京）。在上海就同你们全家晤面，别的作家我并未指定要会访（巴金的早期作品我加以苛评，也就不必见面了，怕他生气）。我返纽约后，师陀就同我通信，后来为了庆一出国事，通信更勤。但我自己年纪也不小了（六十七岁），同我通信的人太多，有时应付不了，连师陀这样我敬爱的作家竟也不给他回信，想想真不应该，但到今天竟没有再同他通信的机会了。去年他曾寄信我过三篇杂文，希望我能交给报刊编者发表。纽约《中报》副刊编者答应要发表的，但至今尚未刊出——这些文章是有时间性的，现在更不便发表了。要好好纪念师陀，真想写篇文章，讨论他一生的作品，但首先应该把它们看全（至少看大部分），近几年来师陀寄给我的几种他的作品（包括芦焚短篇小说选集在内），另外刘增杰先生来纽约，也亲自把《师陀研究资料》送给我了，此书对研究师陀极有用。（刘是开封市河南大学中国文学系主任，不知你同他有无信札来往？师陀尚未发表的遗稿、日记、书信，可否你同他合编出版。）《芦焚散文选集》（江苏人民出版社，1981 年）此书我却没有，可否寄我一册，谢谢。若你手边无书，可嘱江苏出版社寄书即可。1983 年我在国内见到的老作家张天翼先过去，沈从文今年五月走了，现在轮到了师陀。沈老特别红。张天翼海外也没有人撰文纪念他，但他同师陀都已是我国不朽的作家，这是可以告慰的。

夏志清
1988 年 11 月 9 日

作家之间的高情厚谊，不仅表现在对对方创作价值的真正理解与赞许；更重要地，它还体现在对创作中存在问题的商讨与批评中。一些作家致师陀的书信中，对师陀作品的修改有不同意见，都能直率提出，直言批评。1984年3月12日唐弢致师陀信，就对师陀中篇小说《无望村的馆主》的修改提出了坦率的意见。信中说："三月三日手书收到。《无望村》已重新拜读，恕我直言，这样改，利弊互见。我也非常同情百合花这个无辜的女孩子，这样改，对她是好得多。陈世德和她会面（原书）一场，确有冲淡读者对这位地主少爷憎恨之处，但另一方面，改变了悲剧结局，客观上又不免减少了他的罪孽，他的恶业，反而不如原来写法的深重了。不知尊意以为如何？"

如果说，唐弢用"不知尊意以为如何？"这样商量的语气给师陀留下了余地；那么，当时身居高位的胡乔木，他在信中则干脆当了一回校对员，直截了当地给作品改了三处错误，态度率直诚恳。信中说："惠赠《无望村的馆主》一书，谢谢。这书我很有兴味地读完了。（当然也因为书不长，和我正住在医院里比较有空。）只是书在结尾以后又来个跋，似乎有些不必要也不合常规。这跋大概是同前面的小引相对的了。小引也不像通常的小引，如果从一开始就叫一，结尾作十四，跋作结尾甚至十五不是好些吗？""承你把书中印错的地方改了。印错的地方不多，但还有三处，顺告。（1）41页，脚注②的题目应是吃'野食'。（2）65页雍应为壅。（3）117页，空口无凭似应为恐口无凭。3月11日"。巴金读了师陀20世纪60年代写农村生活的两篇作品后，直接写信批评他："这两篇的确干巴巴，一点油水也没有。不能说'精练'或'简洁'。我倒想说，作者太吝啬了。我劝你写慢点，不要性急。多看看，多弄一点材料，慢慢消化一番之后，再来动笔，一定好得多。因为你写的那些'新人新事'，谁都见过好些；你简简单单地写下来不会打动读者的心。读者会说，他们见到的比这些更强。"上述巴金等人对师陀作品的批评意见在公开发表的评论文字中都极难见到。这也正是研究作家书信的魅力所在。

四面八方伸出的援手

在所有致师陀的信中，对师陀生活上遭到困难时联手进行帮助的一批信件最让人感动。1947年，因为拿不起租住房屋的顶费，师陀被迫从上海搬到嘉兴乡下（直到 1949 年 3 月才得以返沪）。当时，他的微薄的稿费收入，全由在上海的巴金收转。这是 1949 年的巴金（芾甘）致师陀（长简）的一封残简：

> 长简：信收到。开明版税单至今尚未送来。这次据我估计大约只有七八百元。今天在文化生活社为你借支了一千元，由交通银行汇上，请查收。开明版税取到后，即可汇上。一千元还不够买一条三炮台香烟。物价这样涨法，版税算法又得改了。我在文化生活社讲了好几次。从下月起文生算版税的办法（以下缺，无年月日）

版税单未到，巴金只能为他借支一千元，而一千元还不够买一条香烟。残简逼真地展现了上海解放前夕师陀生活的苦况。

这一部分重点辑录的，是围绕着师陀晚年的住房问题展开的。作为作家协会上海分会副主席的师陀，孩子渐渐长大，一家三口仍挤在两间狭小的房子里，书没有地方放，没有安静的写作环境（笔者 1985 年到师陀寓所访问时，目睹了他住房的窘境）。师陀多次向上级反映住房情况，但问题却久拖不决。无奈之中，师陀在通信中曾向多位友人倾诉。

最早对师陀的倾诉做出回应的是沙汀。1983 年 4 月 28 日他给师陀回信说："嘱办之事，时在念中。已经进行过的一些事项，就不提了，这里想告诉您的只是一点，作协总会党组书记张光年同志日内即去上海小住，已告知他您的情况……"果然，张光年很快到了上海。1983 年 5 月 18 日，张光年致信师陀说："你所关心的实际问题，我离京前受沙汀同志委托，来沪后将沙汀信面交吴强同志，此后又两次催问，吴强都说正在办理，可以办到，要我们放心，谨此转告。这类事情，我不大懂，但我相信吴强同志是会尽力办到的。请直接同他洽谈。"但实际上张光年并不具有解决问题的力量。信中所云"吴强都说正在办理，可以办到，要我们放心"的话并未兑现。一年半后，问题的解决仍然渺茫。

1984 年 9 月 23 日，沙汀致师陀信开始代他鸣不平："……您的住房问题，上星期同冯牧同志谈起，他颇为吃惊，以为早解决了！因为上次向作协上海分会反映您一些不合理待遇时，他也曾参与其事。他主动表示不久即去信上海分会，调整您的住房。真也太不像样了。至少也得增加一间才够分配。如果说对作家得有照顾，生活、写作、医疗条件，倒是得有点照顾才成。其他倒可有可无。"

又过了两年半,这件事终于牵动了胡乔木。胡乔木直接写信给时任中共上海市委副秘书长的谭大同。这封信,有着超越势位的人间温情,特将信件全文录下:

老作家师陀的困难　宜尽快设法解决

大同同志:

　　春节好!

　　离上海前曾接待上海作协副主席、著名老作家师陀同志,他在谈话中表示希望能帮助他解决全家三代仅有住房两间的迫切困难,以便继续写作。我当时告以市委市府正面临严重的学潮问题,待回京后再相机提出。顷接师陀同志来信,再次要求增配一套房子。师陀同志在作协四大以后只因为我为他的小说写了一篇短序,即无端遭受歧视和压抑。实际上他自二十年代末三十年代初即参加左翼文学的创作活动,在短、中、长篇小说方面造诣很高,后来除继续写散文外也写过剧本,晚年转入文学史的研究,成绩都很可观。他年迈而精力旺盛,为人正派,从不介入派别活动。对这样一位老作家的严重生活困难,似宜尽快设法。在上海解决住房问题当然很不容易,但望先给他打个招呼。我早想写这封信,近日因事忙拖延了,很觉抱歉。以上都是个人的意见,只供市委办公厅参考。

　　市委市府各领导同志请代为问候。

胡乔木
一九八七年二月三日

1987年8月14日,师陀在给我的信里平静地说:"我已于日前搬家","如蒙赐覆,敬寄到这里吧!"查阅师陀这一时期给其他友人的信,大都有类似话。师陀没有牢骚,也没有特别的兴奋。无论如何,住房问题获得解决对师陀来说都是值得庆贺的一件事。但显然,问题解决得还是太迟了。1988年10月7日,师陀就悄然离开了他的读者。究竟我们生活的运转机制中在什么地方出了问题？仅仅是一个具体问题，增加一间房子的小问题，却要年复一年地拖来拖去，浪费了作家本人和支援他的众多作家多少的精力？这些作家，他们本来应该集中精力于创作，却要为帮助朋友解决一个自己并不熟悉的具体问题犯愁。最后，还要由身居要位的领导者直接出面干预，问题才能最终解决。在这类具体问题的背后，隐藏着一种怎样不近人情，需要反思的生活逻辑！

学术交流的平台

　　书信中所涉作家关注的学术问题颇多。如现代文学史写作问题，扩大现代文学史料搜求范围问题，对师陀创作路向的评价问题，都具有强烈的现实意义。唐弢的《四十年代中期的上海文学》，对包括师陀在内的上海作家，进行了客观的描述，在学术界反响较大。1984年3月3日，师陀给唐弢寄去了他新出版的《无望村的馆主》，并在信中讨论了《四十年代中期的上海文学》，从而引出了唐弢在3月12日给师陀的复信中，对现代文学史写作颇具震撼力的见解。唐弢说：

　　　　《四十年代中期的上海文学》，是香港中文大学命题作文，临时抱佛脚写的，并非文学史中的一章。中国现代文学史我名是主编，实际是集体讨论，集体执笔的。我后来参加，大架子早已由王瑶、刘绶松他们搭好了。又因是教材，论点尚未为大家公认的，即使新颖，也不写入，这样就一切服从"定论"，不能写个人研究成果。我对此很不满。倘有时间，写完鲁迅传记后，想自己负责写一部，一家之言，是非由我个人承担。只是来日无多，恐怕难以如愿了。原来那一部现已由三卷压缩成一卷，您的部分，不是我执笔的（我只执笔鲁迅部分），但由我提过意见。

　　多年来现代文学史写作学术质量止步不前，原因固然很多，但唐弢指出的文学史写作"服从'定论'"的陈规，应是出现文学史内容雷同、千部一面、缺乏个性的主要原因。在看到这一制约文学史质量的关键问题所在之后，唐弢表示自己要写一部"一家之言"的现代文学史，终因此后体衰多病，留下了历史的遗憾。但他对文学史写作的思考却会继续启迪我们。

1983年，在编《师陀研究资料》的时候，我看到一则消息：1975年瑞典斯德哥尔摩诺贝尔基金委员会出版的《诺贝尔专题论丛之三十二·近代中国文学与社会》中，有关于师陀创作的评论，就写信请求师陀设法查找。师陀又请赵家璧先生帮忙，事情很快有了结果。赵家璧翻译的《〈儒林外史〉和中国近代小说的几点联系》（节录）不仅得以收入《师陀研究资料》，赵家璧写给师陀这封信中所隐含的扩大现代文学研究的国际视野的创意，几十年后再来回望，依然让人感到所提问题的中肯与及时：

有关你的一段评论，现在译出寄你，留作纪念。希望早日看到你的新作！

你要的《结婚》，我将另包寄你。用毕仍希还我。因我只此一册，得来不易。

有些文艺作品，早已在国际上享有盛誉，国内的人，却几乎把它们忘掉了。北京、上海的出版社都在大叹没有好书出，事实上，三四十年代有许多作品，今天都值得重印，这也是符合党的双百方针的。现在有些事还只能在朋友们中间私下谈谈，显然是办不到的。只能让香港书商大量盗印，大发其财而已。

施蛰存晚年与师陀通信也较多。如代痖弦向师陀约稿，建议将《果园城记》列入丛书出版等，不仅显示了两人之间的友情，也具有一定的史料价值。如7月18日信："台湾《联合报》及《联合文学》编者痖弦，托香港人转来一函，他要请大陆老一代作家写几篇杂文，在我国台湾报刊上'亮亮相'，他指定了12个人，上海有柯灵、许杰、王西彦、徐中玉及老兄。其他的人我已通知，而且已寄了文章去，我也寄去了一篇，只有老兄，因不知地址，问柯灵也不知道，因此搁了一个月，收到此信，希望兄也写一二千字去，题目不拘，回忆录也好，自述也好。"这封信让大陆作家在台湾的刊物、报纸上"亮亮相"，说明台湾与大陆之间的紧张关系已趋向缓和。1980年10月19日，施蛰存致信师陀，建议重印《果园城记》："抗战后，改行做教书匠、对创作方面就不很注意，抗战期间，上海、桂林、重庆的文学出版情况尤其漠然，对于老兄的著作，也是只有抗战以前的印象。《果园城记》唐弢曾送我一本，没有全读，几次搬家，大约在57年以前就失踪了,现在老兄征求我的意见,我也说不出可否,如果足下以为合适,那就编进'文库'第二辑,不过所谓'不许改动',是指情节内容,主要是不要改变了当时的时代背景,社会背景,至于文字修饰,还不妨小有改润。"施蛰在信中提出重印旧作"不许改动"的原则,对于一些人为了重塑自我形象而无休止地修改作品的现象,是一种及时的针砭。

师陀曾获得清初抄本蒋平阶的诗集一册,收诗一百零二首。师陀非常看重这本诗集,认为"在清朝可以为一首小诗随便杀人的血腥镇压下,这本集子历经三百多年,居然能保存下来,是极其偶然的。更重要的是它为清初历史及文学史提供了重要的资料。"[①] 20 世纪 80 年代初期,获悉师陀手里有蒋平阶诗稿。施蛰存致信师陀说:

近来借到一本《艺林丛录》见足下有文介绍蒋平阶诗稿,大喜过望。此乃吾松江宝书。弟有蒋氏之词集《支机集》,也是抄本,诗则从来未闻,不知兄此书尚在否,可否惠假抄一本,或复印,极盼此书尚在!!!

施蛰存当时还获知师陀研究过《金瓶梅》作者,在另一封致师陀信还说,"另外有一件事,吴晓铃来信,说在老兄的一本著作序文中,知道老兄曾研究过《金瓶梅》作者,而且已研究出'对象'了。晓铃先托我问一声:老兄以为《金瓶梅》是何人所著?有何线索?晓铃疑是李开先,但无确证。最近杭州大学徐朔方有一文,亦云是李开先所作,但这是承袭吴说,也没有确证。老兄对此问题,是否尚有兴趣探讨,请惠复,即当回报晓铃"。施蛰存和师陀讨论的这些问题,看似一些微不足道的文学枝叶,但文学研究的深入,也正是在这些交流、研讨过程中得以实现的。

一闪而过的喜悦与多年挥之不去的困惑

1953 年 12 月第 12 期《文艺月报》发表了师陀的短篇小说《前进曲》以后,报刊的约稿信曾经纷至沓来。但是,创作带给师陀的喜悦一闪而

[①]《蒋平阶的生平》,《师陀全集》第 8 册,河南大学出版社 2004 年版,第 486 页。

过。他此后寄出的写农村生活的作品，再也没有一篇能够发表出来。虔诚地泡在农村将近两年，可他怎么再也写不出来符合眼前政策要求的作品。日记里所写的"看书、看笔记、闷甚"七个字，代表了师陀当时的困惑与郁闷。当时师陀任职于中央人民政府文化部电影局剧本创作所。剧本所叫世祯的，代表领导陈荒煤给在农村体验生活的师陀写信，介绍所里去年完成的创作任务："……至于我们所中去年创作情况，除艾明之同志本子已通过下厂开拍外，石方禹的本子华东文委已通过，送局审查。柯灵同志写的《和平万岁！》已脱稿，春节后即可印出，这篇稿子我已读过，觉得写得很好，不久印出后即可寄上。……今年我所中央给我们六—八部的任务，现在李洪等同志与刘知侠同志合改的《铁道游击队》正在写作中，大约二月间可交出初稿。……我们希望今年内能超额完成任务。五四年的题材计划正在编制中，因此也很想听到你的意见。在这春节的时候，请接受我向你——老作家同志深切的祝贺。"剧本所许多人都完成了1953年的创作任务，而所里又希望"超额完成"1954年的任务。这封信无疑给师陀添加了巨大的精神压力。

师陀想回上海重操旧业，写他熟悉的生活。在当时的情境下，他的要求被理所当然地拒绝了。陈荒煤直接给师陀写信：

> 剧作会议后，你一直坚持在农村工作这样长久时间，收获一定很多了。世祯同志来汇报工作，亟详细地谈到你底情形，作为一个老朋友来讲，我感到很欣慰。
>
> 十二月至明年三月农村工作正紧张，其理由已告世祯同志转告。因此，我的意见，你还是继续再呆几个月为好。这个运动之广泛与深入（特别是粮食斗争）是我们领导农民走向社会主义的一个重要关键。作为今后写作农村生产合作社之材料的作家来讲，最好全身心投入到这个运动中去。
>
> 陈荒煤

陈荒煤对师陀继续待在农村的理由理直气壮：农村开展的运动是"领导农民走向社会主义的一个重要关键"。师陀在农村坚持着，坚持着，根据农村政策的需要，写着反映农村生活的剧本。到了1955年岁末，他终于给陈荒煤写信，向剧本所交上了自己写出的农村题材的电影剧本初稿。

亲自审查过剧本的陈荒煤,1956年1月17日给师陀写了一封长达五页的回信。回信:"……剧本的主题与题材都应该是肯定的,基础是可以成立的,你第一次写电影剧本,当然还有些不熟悉这种形式,可是打下这样的基础还是可喜的。"信的语气是客气的,但这几句话中"肯定的"、"成立的"、"可喜的"都很抽象,而意见却是具体的、尖锐的:大项分为(甲)、(乙)、(丙),(甲)项又分1、2、3、4。(甲)项具体分析人物的得失,篇幅较长。现摘录(乙)、(丙)两项的部分段落,以了解当时审查作品时的思维方式,以及对方当时的习惯用语:

(乙)由于人物之间的关系表现得不深刻、简单化(因而人物有些脸谱化)觉原剧情节发展太慢,矛盾未展开,缺乏戏剧性。真正的戏在于人物之间性格的冲突与内在的矛盾。现在张云峰与马亮之间,马亮与马周之间,徐常有与张、马之间的冲突都展开得不够,人物内心活动都表现得不够深刻,所以感到戏都未出来。

(丙)马亮这是个正面人物(贫雇农的代表人物)但性格不够鲜明,正面人物在斗争中的进取性,对阶级异己分子之警惕,对张云峰的思想斗争展开对□□之爱,对徐常有之关怀,内心世界及行动表现还不够有力。有些行动太幼稚,如打马亮视(同)打乌龟,到马家打马亮,派人跟马亮,盗款一直未发觉。这个人物很被动,看不到什么智慧、勇敢、有办法。

……

陈荒煤审查的最后结论是:"我想,以上几个主要问题,如果再进一步构思、明确,会使整个剧本更有生命、更深刻、更生动一些。"此后,我们并未看到剧本有"再进一步构思"。师陀反映农村生活的剧本创作也宣告终结。杨义在谈到像师陀这样老作家创作失败的经历时说:"当这批作家的文学思维趋于炉火纯青,驾驭笔墨得心应手,因而需要更广阔的文学创作空间的时候,却以一种把文学过于等同于政治的观点",要求他们"在写作题材和创作方法上改弦易张,这在某种意义上实际是在炉火纯青后另起炉灶,得心应手之后另学手艺,其间所造成的作家创作生命史上和文学发展史上的遗憾是值得后人深刻反省的。"[1] 这话，当是研究者察往鉴今的睿智告诫。幸运的是，困惑中的师陀并没有完全气馁。他由写农村题材转向历史题材作品的写作。历史小说《李贺的梦》、两幕历史话剧《西门豹》、独幕喜剧《伐竹记》等，发表后都受到了读者的好评。但接着而来的，却是对作品严厉的政治批判。师陀历史作品的写作，由于被无端地指责为影射现实，终于被迫停止发声。好在，历史终于还给了师陀公平。这批历史题材的作品，研究者在报刊上先后撰文，从学理上对作品给予了充分的肯定。[2]

(载《师陀全集续编》，河南大学出版社2014年版)

---

[1] 《五十年代作家对旧作的修改》，中国人民大学资料复印中心《中国现当代文学研究中心》2003年第9期。
[2] 参见西渭（李健吾）《读师陀同志的〈伐竹记〉》，《人民日报》1979年7月25日；邓小红：《论师陀历史小说曹操系列的戏剧化倾向》，《文学评论》2011年第4期。

姚雪垠致刘增杰

前 记

几十年来，我对地域文化研究一直有着持续不断的兴趣。最早引起我注意的，是鲁迅对于他所处时代河南作家创作三言两语的点拨与评论，据徐玉诺回忆，鲁迅曾多次嘱咐孙伏园给徐玉诺写信，让他把发表在《晨报副刊》上的小说收集出版，"并自愿作序"。直到 1934 年 10 月 9 日在致萧军的信中，鲁迅还提出了这样的疑问：久已不见徐玉诺的作品，"不知道哪里去了？"冯沅君是鲁迅关注的另一位河南作家。1927 年 1 月，鲁迅将冯沅君的小说集《卷葹》作为自己编辑的《乌合丛书》之一出版，并在《〈中国新文学大系〉小说二集序》中对《卷葹》作了精彩的评论。鲁迅还向曹靖华推荐，说冯沅君与陆侃如合著的《中国诗史》具有学术价值。尚钺出生于河南省信阳市罗山，是听过鲁迅三年课的学生。鲁迅日记里，记录了他们之间的三十次交往。

尚钺是鲁迅编辑的《莽原》的撰稿者之一。对尚钺出版的小说集《斧背》，鲁迅从地域文化的视角，做过中肯的评论，鲁迅认为，"尚钺的创作，也是意在讥刺，而且暴露，搏击的，小说集《斧背》之名，便是自提的纲要。他创作的态度，比朋其（即黄鹏基——引者注）严肃，取材也较为广泛，时时描写着风气未开之处——河南信阳——的人民"。鲁迅对尚钺作品的不足之处，也直击要害："可惜的是为才能所限，那斧背就太轻小了，使他为公和为私的打击的效力，大抵失在由于器械不良，手段生涩的不中里。"被鲁迅关怀过的河南作家、艺术家、学者，还有曹靖华、刘岘、翟永坤、武者（罗绳武）、王品青、徐旭生等多人。鲁迅当时对河南的报纸、期刊如《河南》、《豫报》、《豫报副刊》，都给予过支持，指导与帮助。在这些期刊，报纸上发表过多篇文章。鲁迅还热心于对南阳石刻画像的搜集与整理。鲁迅所关注的这些作者和具有地域特色的文化现象，促使我写出了自己的第一本史料性的小册子《鲁迅与河南》（河南人民出版社1981年版）。接着，我又与一批志同道合的青年朋友共同出版了研究20世纪河南文学的《精神中原》（河南大学出版社2002年版）。

了解乡土，重点对描写乡土的河南作家作品具有新意的精神性辨析，是介入历史的通道，才有可能对漫长而博大的中原文化进行符合实际的清点。当时，我把自己的研究对象，选定在师陀、姚雪垠等作家身上。从20世纪70年代后期开始从事此项工作以后，我和师陀、姚雪垠两位作家通信频繁。现存师陀给我的来信52封（大部分已收入《师陀研究资料》、《师陀全集》、《师陀全集续编》）。现存姚雪垠给我的信27封。由于《姚雪垠研究资料》出版时发生意外①，只有几封信在《姚雪垠书系·绿窗书简》（中国青年出版社2000年版）得以面世。限于篇幅，这里只围绕讨论的三个问题，即一、关于姚雪垠早期作品的发掘与整理；二、姚雪垠对研究生培养问题的看法；三、怎样深化《李自成》研究等，发表姚雪垠先生相关的8封来信。在与姚先生通信和多次会面的过程中，他还送给了我《与曾芸等同志的谈话》五盘录音带。我们两人在交谈的时候，也录有多盘录音带。姚先生当时曾说，这些录音带将来发表的时候要慎重。这里所发表的8封信并不涉及录音带的内容。

这8封信里，姚先生深刻阐释的研究生培养怎样做到广博结合精深的问题，具有强烈的现实针对性；作为巨著《李自成》的作者，他对怎样深入研究《李自成》提出的诸多建议，当是熔铸着自己几十年甘苦的真知灼见。他反复强调，自己反对研究者变成"书篓子或资料家"，但这绝不意味着他轻视史料。实际上，他是最重视史料的作家和研究家。他在信中，对我先后发掘出的有关他早期创作的一批史料，见到后总是欣喜异

---

① 1985年山西人民出版社责编给我来信说：《姚雪垠研究资料》清样已出，要我准备校对。但此信之后，就再也收不到书稿的信息了。过了一段时间我去信询问，出版社就开始敷衍，吞吞吐吐。他们既不寄来清样，又不退回原稿。为此我们之间的书信往来很多，至今我还保留有几十封。就这样，我多年心血编就的《姚雪垠研究资料》从此销声匿迹了。一个国家出版机构，竟做出了这种不近人情的对作者的欺压，实在让人寒心。如要进一步和出版社交涉，我实在不忍再消耗自己的精力。

常，连声称赞河南大学学院派学者真有本领！① 对于姚先生来信中需要说明的个别问题，必要时只作简要的注释。

一

增杰同志：承惠赠《学习与纪念》一册，谢谢。

我最近读了访秋同志的《晚清文学思潮的流派及其论争》，认为是很难得的好文章。

《雁门关外的雷声》去年已有人替我复印一份，编入我的散文集《大嫂》中，大概快出版了。今见到关于于赓虞的一点材料，剪寄给你。

有些同学们研究我解放前后的作品，这是个好现象。② 《李自成》是我几十年的追求、探索，最后结的果。它在小说的美学问题上，为历史小说开辟新路上，体现了许多问题，有很多问题可以供探讨的，如今或者尚未接触，或者只接触到表面。小俞同志正在写一本书，暂定名为《一位小说家的美学探索》，尚未写完，是从美学方面论《李自成》的著作。吴功正的一本书《一部精湛的史诗艺术——论〈李

---

① 姚雪垠书系第 13 卷《差半车麦秸》卷将我新发现的他的第一篇短篇小说《两个孤坟》、第二篇短篇小说《强儿》均列为短中篇小说卷首；同样，我发现的他的理论文章也被列为姚雪垠书系第 17 卷文艺理论卷《小说是怎样写成的》首篇。姚先生要我找到他和其他人共同主编的《风雨》周刊创刊号上他写的《编者的话》，以及他发表于《风雨》周刊的关于抗战文学理论的七篇系统论文（主题论、大众文学的风格等），他更是珍爱有加，全部收进了《文艺理论卷》。

② 我当时正在根据《中国现代作家作品研究资料丛书》的要求，编《姚雪垠研究资料》。在编选的过程中，走访了河南以及京、沪等地的图书馆，获得了一批姚雪垠早期创作的作品，包括他写的第一篇短篇小说《两个孤坟》；第一篇研究文学理论的文章《通讯——致灵涛信》；第一篇现代诗《秋季的郊原》；第一篇散文《征途——死后之什一》；第一个剧本《洛滨梦》。我还发现了他在自己主编或参与编辑的刊物和报纸副刊《平野》、《风雨》周刊、《中原文化》上面发表的许多作品。姚先生收到这些作品后感到十分欣慰。他在 1983 年 12 月 18 日给我来信说："如将《李自成》比做我一生文学事业的主峰，前期作品都是丘陵与小山。当然，没有前期在创作道路上的摸索和实践基础，也就没有后期的成就。《李自成》不是突然从地下冒出来的，它是由幼稚到成熟，由初步成熟到继续探索，追求，攀登，达到新的水平。"这一全面的自我评价，并不表明他对自己的处女作的漠视。相反，《两个孤坟》带给他的惊喜程度远远超出了我的意料。收到《两个孤坟》手抄本后，对于当时报纸印刷中出现的讹误，他用红笔一一作了修改，对于今天读者容易引起误解的地方俗语、方言，他除专门作了三个注解外，文字也作了必要的疏通改动。《两个孤坟》文字的变动共 92 处，展现了一位老作家对于今天读者的尊重。读了姚先生退还给我留作纪念的《两个孤坟》他的手定本，我甚至感到：这或者竟是他给初学写作者留下的一篇范文。

自成〉第一、二卷》,将由人文出版社出版,也是向这方面的探讨之作。希望同学们能够逐渐地在《李自成》上下点功夫,这里边有很多可以探讨的问题。

望引导同学们多从理论上下功夫,为一生的治学打好基础。不仅治学需要好的理论基础,教好书也非有此基础不可。另外,广博二字很重要,广博结合精深,才有大成。但是,没有科学的理论,很难达到精深。渊博当然很重要,但是光有渊博,只能成为书簏子或资料家,不能达到精深境界。

我的《向母校汇报》,打算今夏住到大连时整理出来,换个题目,请你们学报发表,算是我为纪念河南师大建校七十周年纪念文,可否?

祝 教安!

姚雪垠
1982年5月7日

二

增杰同志:

得来信,知道你和部分同学在注意我的语言问题。四一年我写过两篇谈语言问题的论文,发表在大后方的刊物上,随后收入一本论文集《小说是怎样写成的?》四三年由商务印书馆出版。如果你们没有找到,我可以将手头的复印本寄给你们,你们复印参考。

山东出版的《柳泉》今年第二期有一篇专论《李自成》语言的文章,想你们已经见到了,可参考。

我将于六月十二日离京,去南岳(南岳)出席当代文学会第三次年会,文联全委会请假。你如今年去衡山,还可面谈。从湖南回后,我将去辽宁,转大连。

匆匆,即祝

教安!

姚雪垠
八二年五月卅日

三

增杰同志：

因在政协开会期间，你六月三日的来信，拖至今日始复，请原谅。

你在来信中提到的一些问题，我想等你来京面谈吧。在今日的信中，我只想谈一些不是你所询问的意见。第一，你打算写我的评传，在三四年内尚有困难。主要困难是你的资料困难，有许多问题你尚不清楚，特别是"传记"方面；其次，要紧的问题是我的创作道路和艺术思想，如今还没有作深入解剖。拿《李自成》说，许多评论文章（包括小册子），也还没有谈到它的主题思想和艺术上的根本问题。第二，最好是先议论一些具体问题，将写"评传"放在较晚的时候。要解决一些具体问题，论得不一般化，看来也不容易。可是，倘若具体问题不研究好，日后的"评传"就没法写好（纵然写出来，也会是一般化）。

你打算秋天来北京，我希望你的计划能够实现。但想着你负责中文系的领导工作，又觉得你的来京计划存在一定困难。假若你能来京，请你事先考虑好一些重要问题（带理论性的）见面后向我提出。关于某些事实，需要核正材料，当然也可以在此时问我，但重点应该放在更难的问题上，即有关你研究我的创作道路问题，包括我在文学创作方面的某些独特探索和主张。你提出的问题不会一次谈完，分两三次谈也好。谈过一次后，会引起新的问题，也会使问题逐步深入。关于从《春暖花开的时候》到《李自成》，不管成功或失败，都有许多重要问题（特别是我对小说美学的探索）可以深谈。总之，不要以提一些一般问题为满足，为着不虚你来京之行，你如今不妨着手抽暇思考，准备问题。

你复制的几页《大陆文艺》是很难得的资料，两篇杂文都是我写的。总题目为《风马·随笔》，什么意思，我现在也想不起来了。可能当时意思是指这些杂文与政治"风马牛不相及"，借以避免国民党的注意？但现在说不清了。一九三四年到三六年，我写了一些杂文，发表在《论语》、《芒种》、《申报·自由谈》上，你不妨抽时间查查。《论语》早期，大概在发刊后第一年内，我发表过两篇杂文，第一篇杂文题目是《文人装鳖论》，较有特色。倘若在校图书中能找到该刊头一年合订本，这两篇杂文就能找到，后来我转而"骂"林语堂是海派文人，同《论语》的投稿关系就断了。

有两件事拜托你：（1）请你将《风雨》创刊的日期查查，告诉我。（2）《风雨》某期有一篇文章，全是摘录八路军将领的抗日言论。《风雨》本是一个在国统区鼓吹抗日民族统一战线的刊物，忽然发表这样的文章，反映当时某些同志们的极"左"思想和态度，这内幕对我以后受排斥，走曲折道路有密切关系。这个历史问题我从来不谈，社会上完全不知。请你将这篇文章替我复制一份，作为重要资料。我的《学习、追求五十年》已经发表的部分将于今秋大加修改、补充，明年出版第一册。关于写到《风雨》部分，也要作适当补充。还有印有编委全体名字的某期封面，请费心拍个照片给我，以便插印书中。

顺颂！

教安！

姚雪垠

1983年6月22日

四

增杰同志：

两信和《风雨》刊头照片均收到，谢谢。

你编的研究资料，因尚未见到目录，不好说话。这件工作我是支持的，希望你能编好。

关于你打算将来写评传事，我是重视的。有一些资料方面的空白，需要补充。例如《风雨》内部是有斗争的，我为照顾朋友关系，在《学习追求五十年》中一字未写。评传中要不要写？在河大预科被逮捕的情况，非常能反映我的性格，气质，我也未写一字。但是这一段真实故事很能够说明我后来的作家道路以及《李自成》的写作与我的气质的关系。诸如此类，还有一些我不愿谈的事，但作为对我的深入研究，似乎你应该知道。

皖南事变后，国民党军委政治部和第一战区政治部都有电给李宗仁，要逮捕我。……李宗仁下个"免职令"，让我离开。我到了大别山，引起了一阵风浪。我在大别山中主编《中原文化》（半月刊），起了一定的进步作用。这刊物大概可以在安徽省图书馆找到，其中几乎每期有我化名写的文章或从英文《米勒氏评论报》译的小文章或通信。太平洋战争爆发后，1942年10月间，我离开大别山，前往重庆，在大别山中约住了一年半。而这一年多的大别山生活，突出地反映了我的气质和品质。这一段有意义的过程，我在《五十年》中也未写。有一次你在信中问我为什么将住处称做"半幽轩"，我未回答，因非一二句也可以说清。我在大别山，挂安徽省政府参议名义，主编《中原文化》（署名主编是韦永成，但各地都知道我是真主编），是文化界的重要分子，但我不敢走出十里之外；又，我住的两小间旧草房一边靠山，一半光线较暗。基于此两个原因，请朋友写"半幽轩"三字贴在门头上。

　　又如，在重庆时，胡风派对我毒骂，内幕是什么？我也在《五十年》中没写。诸如此类，作为深入研究现代文学史，都应该了解，而写"评传"，更不可不知。

　　还有，对我的创作道路的认识，目前还有许多问题没有人谈清楚。在你写"评传"之前，大概要深入研究这些尚未被说清楚的问题，将来如何解决，另外谈吧。

　　匆匆，即颂

　　教安！

姚雪垠
1983年8月23日

五

增杰同志：

　　我因为实在太忙，只将《传略》和《年表》看了一遍，略有改动。《目录》和《系年》都未看。你搞好了《年表》，《系年》就好办了。

　　我认为《传略》写得较朴实。《年表》只能说是初步的，遗漏的不少，将来陆续增补。比如，重庆《新华日报》和成都《华西晚报》上，有些文章你没有找到，重庆《大公报》上也有一些文章你未找到。还有，在《中原文化》上，我署名冰、冬白、白茫、沉思所发表的文章，利用韦永成的名字所写的文章，你都未见。这些，将来慢慢搜寻和收集吧。

匆匆，即颂

教安！

姚雪垠
1983 年 11 月 20 日凌晨

稿子另外挂号寄。

六

增杰同志：

12 月 5 日来信收悉。附寄来的一篇文章我完全忘了，看了文章的笔调，是我青年时写的无疑，可能是那次访问徐州以南战地期间随手写的通讯稿子。事后没有重视，连这个刊物也没有一点印象了。

在《中原文化》上，我除用本名写文章外，还使用假名冰、白茫、冬白、沉思等写文章，从《密勒氏评论报》上译通讯，也用过韦永成的名字发表过纪念孙中山的两篇文章。郭沫若、魏东明的文章发表在 38 年夏秋间的汉口《新华日报》上，我想从这一时期的汉口《新华日报》上必能找到。可能他们是为纪念抗战文艺一周年写的文章。仿佛记得，魏东明的文章似乎用的题目是《抗战小说的里程碑》。

你已经用心收集了我的不少逸文，有的完全出乎我的意外。这是你的工作成绩，我感到安慰。但是完全收集到是不容易的。湖北社会科学院文研所招收一名研究生吴永平，他的研究课题是我的前期创作活动。几个月前，他同他的导师张啸虎同志去四川一趟，查阅抗战时期的报刊，也找到了一些资料，有些我根本没有想到的资料他竟找到了。但我看，吴永平的来信，知道仍不完全。

对同志们研究我的早期文学创作，我都支持，但也不是十分积极。我认为我的成就是在中年以后写出了《李自成》，倘以研究《李自成》为重点，带动研究前期作品，可能得到的成果更好。如将《李自成》比做我一生文学事业的主峰，前期作品都是丘陵与小山。当然，没有前期在创作道路上的摸索和实践基础，也就没有后期的成就。《李自成》不是突然从地下冒出来的，它是由幼稚到成熟，由初步成熟到继续探索，追求，攀登，达到新的水平。它是我的三种追求（思想修养、学问修养、艺术修养）综合发展，到五十岁以后结出的果实。所以凡是研究我的文学道路或成就的同志，应该以《李自成》为重点，带动前期作品的研究。当然由研究我的前期作品开始也可，但最后必须落脚于《李自成》。

　　对《李自成》的研究是攻坚战，要拿下这座城似不容易。几年（来）出现的评论文章和单行本论著，从一方面说各有见地，各有收获，但就另一方面说都还没接触到根本问题。我本想在这封信中同你谈谈《李自成》所包含的重要创作理论问题和艺术问题，但是我实在时间很紧，没法细谈，留待以后谈吧。

　　第五卷是写的大悲剧，即将结束。第一、二卷马上要重印，还要装订一部分精装本。第二卷错字最多，我不能不赶快校正一遍。

　　我有一本谈话录的整理稿，约三万字，上海徐中玉同志想（在）他们的理论刊物明年第一期上登出，限我最近几天内校改一遍。还有其他事，都同我赶《李》的工作混在一起。等我以后有时间，再写信谈一点关于研究我的创作活动的重要问题。

　　即颂

　　教安！

姚雪垠
八三年十二月十八日

<h2 style="text-align:center">七</h2>

增杰同志：

　　我以为你离京前会再来一谈，不料你不辞而别；遗憾之感，至今犹存。

　　希望你在完成"研究资料"的编辑工作之后，对《李自成》这部小说作深入研究。这部小说如有独特成就的话，其意义决不在于它填补了"五四新文学运动以来历史小说的空白"，研究重点应放在如何具体它在小说艺术方面的开创性贡献和小说美学方面提出的丰富问题。估计三年后当《李自成》全部完成出版，对这部的认识、评价和研究才能真正展开，而现在就需要准备。对作品不能作细致的艺术分析，这是数十年来评论界的普遍弱点。一部作品的巨大成就必是巨大的，甚至是辉煌的艺术成就。艺术的辉煌成就使某一部作品登上了它那个时代的高峰。《三国》、《水浒》、《红楼》，都应作如是观。作品的思想性虽然十分重要，但必须是通过艺术而呈现于作品之中，并非游离于艺术之外。常见研究古典名作的人们将主要精力放在版本的考订，作家身世籍贯等方面的探隐发微，而不能创造性地分析研究名作的艺术得失，评论其辉煌成就之处及其达到此种成就之故，使我们不能满意。直到今天，对现代作品的评论也往往不能作细致的艺术分析，致使评论水平一直不高，殊为憾事。不能深入欣赏作品的艺术成就，便不易被作家视为知音。刘勰说："知音其难哉！音实难知，知实难逢。逢其知音，千载其一乎！"这样的说法过于夸大了知音之难，但是可以说古人多么地看重知音。俞伯牙的故事之所以脍炙人口，流传千载，也正是反映了这一思想。我谈这些话，可能是多余的，只是希望在编辑"研究资料"的工作完成之后，如何对付你打算写我的"评传"工作，必须认真跳出学院派治学的旧框框，旧方法，入乎艺术之中，务将《李自成》作为一部有创造性的艺术作品对待，从宏观和微观也从纵向和横向进行考察，开辟新的研究领域和新的研究道路。关于助手的问题，我又经过仔细思考，提出一个新的想法，请你和访秋同志以及系中诸位同志考虑决定。

考虑到目前攻读硕士研究生的基础并不坚实，必未对我有实际帮助，最好由年岁稍大的讲师中挑选一位。在两三年内他可以完成一部较有质量的著作，由我介绍出版，再由我予以负责推荐，如果学校有关方面审评，请学校提升为副教授。他的研究题目可在下列课题中选择一个：（1）五四以后中国历史题材的文艺创作的发展。（2）从《李自成》看姚雪垠的历史思想、美学思想和创作实践。（3）《三国演义》和《李自成》创作方法的比较研究。

作我的助手的同志来京之后，首先帮助我整理我有关文学艺术方面的论文、书简、谈话、演讲录音，数量大概不少，等这一工作大体告一段落，再协助我准备下一部长篇小说的创作，从研究资料到小说构思，始终参与我的工作。另外，也参与《李自成》全书的修改定稿工作。理论研究以创作实践问题为基础。

以上匆匆写出我的想法，请你与诸同志斟酌。此致

敬礼！

姚雪垠
1984 年 10 月 25 日

八①

增杰同志：

欢迎你带着几位硕士研究生来京。我参加全国政协不能到底，将于四月一日飞杭州，五日回京。你们来京大概在四月十日左右了。深圳电视台拍摄的《女将慧梅》，定于四月二十日在登封举行开拍仪式，我将参加，对全体摄制人员是个鼓励，看来我四月十八日就得到郑州了。

你们定的题目很好，我一定写一篇稿子，扼要的说明我对民族化的论点。还有为校史题字，都将于五月间交上。

短篇集以精选为原则，不要考虑数量。按我的年纪，这是最后的选本，身后也将以这次定稿本子行世。

《无止境斋丛书》（即自选集）决定交中青社陆续出版。

匆上，即颂

教安！

姚雪垠
八五年三月十九日

---

① 为了扩大研究生的学术视野，根据教学计划安排，1985 年春，我带领解志熙等四位研究生赴京访学。当时邀请姚雪垠、严家炎、徐迺翔等先生，分别就现代文学研究中的有关问题给予指导。姚雪垠先生对此事很重视。在此之前，我和他在通信中曾经商量过他讲课的具体时间、内容等。根据他这封信的建议，我们的访学活动安排在 4 月 6 日至 10 日之间。姚先生在寓所热情地接待了我们。他的课内容丰富、生动，很有吸引力。课后，他还和大家合影留念。讲课内容发表于当年的《河南大学学报》。

作家访谈

初春时节话《谷雨》

——萧军访问记

20世纪80年代初，经过好友牛汉的热心帮助，我和王文金教授终于在北京后海东北隅一个破旧的院落里，见到了久已仰慕的萧军先生。几十年风风雨雨的吹打，在我的心目中，萧军该是一位被折磨得遍体鳞伤的老人了。可是，一见面，不由得使我吃惊起来：先生两颊红润，笑声朗朗，腰板挺直，步履轻快，握起手来结实有力，全身燃烧着旺盛的生命力，全然是一副关东硬汉的神采。我向萧军先生的夫人王德芬女士请教萧先生保持健康的秘诀，她平静地说：他每天都围绕着门前的公园跑步，每次都跑个痛快，什么事都不放在心上。

当话题转到在延安出版的著名刊物《谷雨》时，萧军像打开了记忆的闸门，一发而不可收，竟滔滔不绝地畅谈了一个上午。

我们首先请萧军先生谈谈对《谷雨》的印象。经过短暂的沉思之后，他说："那是马兰纸印的，在延安生活的人都忘不了马兰纸！杂志是马兰纸印的，《解放日报》也是马兰纸印的。开淡紫色花朵的马兰花，生长在陕北的山沟里。在当时困难的环境下，延安的工人用它制成了纸张。这种纸，一面光滑，一面粗糙。纸的质量虽然很差，发黑发暗，又怕水，但它却为革命出了力！"

话题从马兰纸转到了《谷雨》的编辑工作。萧军先生说："《文艺月报》一至十二期是我编的。《谷雨》编辑委员会的组成，记忆已经模糊了。大约是艾青、丁玲、舒群和我轮流编辑，也可能还有何其芳同志。"他还关切地询问："你们从哪里弄来了这份《谷雨》？"当我们向他介绍了寻觅《谷雨》的曲折经历后，萧军又说："今天要找到一份完整的延安出版的刊物，已经很不容易了。你们应当把它介绍出来。"

根据萧军先生的回忆和我们见到的资料，现将《谷雨》的有关情况，作摘要整理。

《谷雨》目录

  《谷雨》创刊于 1941 年 11 月 15 日。由中华全国文艺界抗敌协会延安分会编辑出版。1941 年 11 月 23 日,《解放日报》曾以《延安新出文艺刊物三种》为题,介绍了《谷雨》的出版情况。"文抗主编之《谷雨》,鲁艺主编之《草叶》,诗歌总会主编之《诗刊》,均已先后出版。由新华书店总经售。"在当时的延安文坛上,《谷雨》像《文艺突击》、《文艺战线》、《草叶》、《诗刊》、《大众文艺》、《中国文艺》、《文艺月报》等文艺刊物一样,在读者中产生过相当广泛的影响。

  《谷雨》为 16 开本,是一个以发表创作为主的大型文艺刊物。刊名"谷雨"二字刊于封面的右上角,下面署有编辑单位,出版时间及目录。刊头与目录只占整个封面的三分之一。刊头和目录左边接着排正文。刊头所占篇幅虽然很小,但却相当醒目,朴素大方。

  《谷雨》从创刊至 1942 年 8 月 15 日终刊,共出 6 期。目录如下:

创刊号 (1941 年 11 月 15 日)

小说
  在医院中时   丁 玲
  一天的伙伴   柳 青
诗与散文
  我们的队伍   厂 民
  饥饿   何其芳
  塞外杂吟   庄启东
  书   吴伯箫
理论
  艺术与现实之美学的关系   周扬译

第二、三期合刊（1942年1月15日）

快乐的人	舒　群
追逐	罗　烽
在旅部里	刘白羽
争吵	魏　伯
沙湄	雷　加
我们第四小队	黑　丁
我，延安市桥儿沟区的公民	天　兰
河边诗草	纳　雍
语言的贫乏与混乱	艾　青
"新文学运动"	大　弦
普式庚底抒情诗	玮璐译
列宁与艺术创作的根本问题	曹葆华译

第四期（1942年4月15日）

第一夜	立　波
狱外记	白　朗
炭窑	黑　丁
恐惧	马　加
在晚霞里	奚　如
热情者	黄　既
落伍者	陆　地
在死的阴影里	白洛麦尼斯
号角之歌	李　雷
哈兹山旅行记	吴伯箫译
我立下纪念碑	埃弥译
鸡啼	陈企霞
樱子姑娘	张　潮
论条虫	陈适五译
政治家、艺术家	实　味
剧运二三问题	江　布

抗战中苏联文艺动态一瞥　　　　　　　　　　　　　萧　三
白洛麦尼斯　　　　　　　　　　　　　　　　　　　又然译

第五期（1942年6月15日）

关于立场问题我见　　　　　　　　　　　　　　　　丁　玲
谈延安文艺工作者立场、态度和任务　　　　　　　　艾思奇
对当前文艺上诸问题的意见　　　　　　　　　　　　刘白羽
杂文还废不得说　　　　　　　　　　　　　　　　　萧　军
　　附录：鲁迅杂文中底"典型人物"
论文人的敏感同自我意识　　　　　　　　　　　　　严文井
花朵　　　　　　　　　　　　　　　　　　　　　　刘白羽
寂寞的国土（《北中国在燃烧》第二节）　　　　　　何其芳
关于艺术的内容与形式——读书笔记　　　　　　　　周　扬
手——几段轮廓　　　　　　　　　　　　　　　　　陈企霞
春耕（诗）　　　　　　　　　　　　　　　　　　　厂　民
在故乡　　　　　　　　　　　　　　　　　　　　　柳　青
夜　　　　　　　　　　　　　　　　　　　　　　　邢立斌
基督第四次跌落在他的十字架下面
　　　　　　　意大利 G·GERMANETTO（健尔麦南多）
风雨中忆萧红　　　　　　　　　　　　　　　　　　丁　玲
果戈里论　　　　　　　　　　　　　　　　　　　　曹葆华译

第六期（1942年8月15日）

我的父亲　　　　　　　　　　　　　　　　　　　　艾　青
织羊毛毯的小零工　　　　　　　　　　　　　　　　贾　芝
马　　　　　　　　　　　　　　　　　　　　　　　方　纪
闻铃　　　　　　　　　　　　　　　　　　　　　　余　修
宿营　　　　　　　　　　　　　　　　　　　　　　马　加
高志坚　　　　　　　　　　　　　　　　　　　　　军　右
荒村　　　　　　　　　　　　　　　　　　　　　　周而复
坏老婆　　　　　　　　　　　　　　　　　　　　　曹葆华译
电话　　　　　　　　　　　　　　　　　　　　　　黎璐译

散文二题	鲁 藜
查伊可夫斯基和他的作品	李又然译
关于高尔基	萧 三

创作与批评

　　从目录可以看出，《谷雨》中发表的创作所占的篇幅较大。在发表的作品中，既有当时已成名作家的作品，也有青年作者的习作。作品的形式多样，诗文并茂。《谷雨》发表的这些作品，及时地反映了抗日民主根据地人民的生活和斗争，具有强烈的时代气息。在小说中，柳青的《一天的伙伴》是引人注目的。作品描写的是活跃在根据地的一个运输员的动人故事。语言朴素，格调清新，作者采用欲扬先抑的手法，并巧妙地插入动作描写和心理刻画，从而成功地塑造出吴安明这个普通运输员的光辉形象。

　　《谷雨》中的有些小说，虽然没有直接反映根据地的现实生活，但也同样具有教育意义。立波的《第一夜》就是一例。《第一夜》以第二次国内革命战争时期上海的监狱生活为背景，揭露了国民党反动派对革命者的疯狂迫害，控诉了敌人的残暴罪行，赞扬了革命者英勇不屈的斗争精神。《第一夜》和作者在《解放日报》发表的《麻雀》等，都是他计划写的长篇小说中的一些片断，发表后就受到了人们的注意。

　　此外，丁玲、黑丁、舒群、白朗、周而复等人的小说，也从不同的侧面，反映了当时的现实生活。

　　《谷雨》中也不乏脍炙人口的散文。丁玲的《风雨中忆萧红》，文笔清新朴素，感情真挚深沉。对于因贫病交加而逝世的女作家萧红，散文寄寓了作者无限的怀念之情。散文家吴伯箫的《书》，是一首优美的散文诗，对当时广大青年读者，有着强烈的激励作用。何其芳、鲁藜的散文，也各具特色，能够给人以艺术的享受和战斗的力量。

　　艾青、何其芳、李雷等人的诗作，或勾画根据地明丽的战斗生活的侧影，或抒写诗人真实、健康的思想境界，或再现旧中国劳动人民的苦难生活，都给人们留下了深刻的印象。李雷的《号角之歌》，用饱蘸革命感情的笔触,热情地歌唱了号角的巨大威力。艾青的《我的父亲》,表现了一个革命战士与地主阶级家庭的诀别。

在《谷雨》上发表的翻译和理论研究文章中,周扬译的《艺术与现实之美学的关系》,曹葆华译的《列宁与艺术创作的根本问题》,江布的《剧运二三问题》,萧军的《杂文还废不得说》等,在当时都有较大的影响。

《谷雨》虽然没有对发表的创作组织过专门的评论,但也对某些作品进行过有益的讨论。王实味的《政治家、艺术家》在《谷雨》第四期发表后,《谷雨》第五期的一些文章,不指名地批评了该文。陆地的小说《落伍者》在《谷雨》发表后,程钧昌等人对小说提出了批评意见。随后,陆地写了《关于〈落伍者〉——自我批评并答程钧昌同志》一文,以诚恳的态度,对作品存在的缺点,作了认真的自我批评。这种作家勇于承认自己作品某些过失的高度责任感,以及作家和读者对作品进行平等讨论的风气,是十分可贵的。

讨论文艺问题特辑

《谷雨》第五期出版的时候,毛泽东同志刚刚在延安文艺座谈会上发表了重要讲话。这一期的《谷雨》以较多的篇幅出版特辑,刊载了一些作者对当前文艺问题的看法,以及学习《讲话》的心得体会。除了丁玲的《关于立场问题我见》、艾思奇的《谈延安文艺工作者立场、态度和任务》、刘白羽的《对当前文艺上诸问题的意见》外,严文井的《论文人的敏感同自我意识》,也对当前文艺创作上的一些问题,表示了自己的看法。萧军原来为特辑撰写的《对于当前文艺诸问题底我见》一文,后承《谷雨》编委会和作者同意,提前发表于1942年5月14日的《解放日报》。

上述论文着重讨论了以下一些问题:
一、阐述召开文艺座谈会的必要性;
二、关于《讲话》内容的一些理解;
三、提出一些发展文学运动的具体建议。

由于有关这些问题的资料,多年来已大量揭载于报刊,这里不再重复。

  访问始终在十分活跃的气氛中进行。这位已过七旬的老人思维敏捷，豪气逼人，谈吐简洁有力。说到激动处，他往往站起身来，比画着手势，一语中的。谈到轻松处，有时又放声大笑起来，天真得如稚童。我们很快地都被他这种真诚无邪的人品所感染，不但作为来访者的拘谨早已消失，而且也真切地感受到了这位文坛奇人生命的光华。

  在访问行将结束的时候，萧军向我们讲了一个耐人寻味的向毛泽东主席、朱德总司令募捐的故事。在延安文艺座谈会前，为了给作家俱乐部筹集基金，萧军当时向许多领导人进行过募捐活动。他说：毛主席的生活当时也不宽裕，津贴不多，他分三次交给了我一千元。我找朱总司令要钱，总司令笑着说："没有钱了！钱让战士们拿去驮盐了，等他们回来后才能捐给你。"萧军同志风趣地打着手势，又回忆说："当时，边区政府主席林伯渠还算有点钱，他很痛快，二次就给了我们三千元。"这个小小的故事生动地告诉我们：在艰苦的环境下，当时的领导人对文艺事业的发展是异常关怀的，他们和作家之间存在着亲密无间的友谊。

  （本文由我和王文金先生根据访问记录整理，以《有关〈谷雨〉的一些材料》为题目，载《新文学史料》1982年第2期。收入《迟到的探询》时作了补充。）

田间病中一席谈

按照预定计划，我在石家庄要访问的作家中，第一位就是田间。可是，十分不巧，到了这里才知道，田间早已因病住进了河北省人民医院。情况的突然变化，顿时使我踌躇起来：去医院探望他吧？生怕干扰了田间的休息和治疗；取消访问计划吧？心里总有点不舍，舍不得失去一次向这位著名诗人讨教的机会。考虑再三，我终于鼓足勇气，拿起话筒，把电话拨到了田间的病房。很快，话筒里传来了低沉但却清晰的声音："喂，你是哪里？"我连忙通报了姓名，简单地说明了访问的用意。不料，话还没有说完，话筒里就传来了热情的回话："我就是田间，欢迎你明天下午来谈谈！"接着他介绍了自己所住病区的位置，叮嘱我下公共汽车后走哪条路，才能最快找到病房。话语中，使我产生出一种说不出的亲近感。

省人民医院高干病房宽敞明亮，古朴典雅的设施和洁白的床单、被褥相谐配，给人一种安宁感、静谧感。寒暄之后，田间风趣地打开了话题："这次检查身体，我患了肺气肿，咬牙戒了烟。不抽烟，没了着落，精力老是不集中。"他边说边自嘲般地低声笑了起来。

当听到我介绍：国家社会科学基金领导机构已决定将包括解放区文学史料在内的现代文学史料建设工作，列为国家"六五"社会科学重点项目时，田间十分高兴，连声说：这项工作抓得好！抓得好！对解放区文学史料建设，他具体地提出了三点建议：

一是搜集、整理资料的人和研究者要相互配合、联合。田间说，据我所知，我们河北省文联过去就搞了一套晋察冀地区、晋绥地区、冀鲁豫地区的文学资料；河北师大的人也在搞。希望你们互通信息，相互配合，分工合作，取长补短。这项工作要抓紧搞，搞晚了困难就更大了。

二是不能以偏概全。比如，晋察冀文艺界，当时就由西北战地服务团、晋察冀文协、晋察冀报社三部分人组成。后来华北联大来了，又是一个方面。各部分人的意见，有相同的地方，也有不相同的方面。资料建设，不能以某一方面代表全体，要考虑各个部分的特殊贡献和成就，只有如此，才能反映出当时文艺发展的全貌。

三是要善于选择。编选资料本身就是选择。要选择有代表性的东西，不能把所有的东西都编进来。那样做，没有必要，你也永远搞不齐全。

话题很自然地转到了晋察冀边区出版的一些刊物上。这时，田间凝神窗外，陷入了沉思。过了很长一段时间，他才慢慢回过头来，带着不无遗憾的口吻说：有个刊物叫《晋察冀文艺》，是孙犁和我主办的，内容比较丰富，出了几期已经记不清了，你们大约找不到它了。我随即高兴地告诉他：找到了，找到了，我们看到了 6 期。第 1 期出版于 1942 年 1 月 20 日，第 5、6 期合刊出版于 1942 年 5 月，石印本，目录近日就在报刊上发表，有关的资料以后会寄给您。田间听后，脸上露出欣喜之色，青瘦而微微发黄的面庞也红润起来。接着，田间又介绍了西北战地服务团创办的《诗建设》、晋察冀边区文协在《晋察冀日报》上创办的副刊《晋察冀艺术》、《鼓》等刊物的特色。他说：当时边区文协，沙可夫是主任，我是副主任，包括文、音、美、剧各方面的人，由田间、孙犁、康濯、崔嵬等人分头来抓，一段时间内搞得有声有色。

时光一点一点地在流逝。护士小姐送药来了，目光射在我身上，射得心里有点发毛。我知道，这眼神中充满着善意的警告，暗示我这位不速之客不宜在这里逗留过久。当我表示出要结束谈话的意思时，田间用手按住我的胳膊说："不忙，不忙，我还有话给你说。"接着，他深情地忆起了晋察冀边区文艺工作者的优良传统。田间说，陈辉宁死不屈，精神感人，是晋察冀文艺工作者的光辉代表。我们当时住在山区，敌人扫荡不到这里，所以牺牲的人也少一点。但是我们也很艰苦，我就在敌人的炮楼下住过，在敌人的眼皮底下开展工作。群众说，住在这里最保险。我们有非常好的群众，什么时候也不能脱离群众。田间认为，对传统也要作具体分析。比如，当时文艺界曾经提出过写中心、唱中心、画中心的口号，这是在什么具体时间讲的，在什么范围内讲的，你们应该研究清楚。这样，一些在特殊环境下做的事也就容易理解了。

谈到晋察冀文艺界当时的一些争论，田间表现出一种格外的虚心和谨慎。他反问我，关于三民主义、现实主义口号的提出，你认为今天应该怎样看？我坦率地分析了这个口号提出的背景，以及自己对这个口号在当时所具有的积极意义的理解。田间听后，表示理解我的看法，但却神秘地笑着说:"这是你们的事,你们专家的事!"田间还对"演大戏"问题谈了自己的看法。他说,"演大戏"群众不欢迎,朗诵诗也受到了群众的嘲笑。当时对文艺的根本要求是和群众打成一片。我表示充分尊重他的意见,但对当时"演大戏"的积极作用,也发表了自己的意见。

在谈到他的诗的风格是否受到过马雅可夫斯基影响的时候,田间说,我的诗不能说受到了马雅可夫斯基的影响,因为当时我没有看到过他的作品。或者可以说,我受到了他的精神影响,因为马雅可夫斯基说过,诗应该到群众中去,我赞同他的观点。

谈话结束的时候,我把从冀鲁豫边区《新华增刊》上抄录的田间的诗送给他。其中有:《这是袭击的时候》、《遵守纪律》、《我们都有资格》、《垦荒团》、《去破坏敌人的铁道》。田间看后十分惊喜。他说:"我的诗怎么跑到冀鲁豫了?我不记得向他们投稿,也许是朋友们捎去发表的,记不清了。感谢你们帮助我找到了连我自己也已经遗忘了的诗!"

和诗人田间握别返回河南不久,在《人民日报》上看到了田间逝世的消息。消息带给我的打击突然而沉重。此时,诗人对当年晋察冀文艺发展景象的描述在我的心里显得格外生动清晰。诗人对后来者语重心长的嘱咐将会永远铭刻在我记忆的长河里。

(载《迟到的探询》,河南大学出版社1996年版)

漫长的诗歌之旅

——阮章竞访谈录

虽然北京市作协的朋友曾经一再详细地指点、比画、交代我到阮章竞家的路线怎么走，可下了汽车还是迷了路。

问谁不知：警察摇头；迎面走来的小朋友思索了一下嘴里蹦出三个字："不知道"；街头的老人相互商讨了半天，最后也竟无可奈何地摊开了两手。此时，连心中记下的路线图也渐次模糊起来，只剩下个门牌号码还孤零零地留存在记忆里。诗人让我找得好苦。真个是左拐右拐，进进退退，寻寻觅觅，累得满头是汗，口干舌燥。最后，总算皇天有眼。在一个狭窄的小胡同里，一个不起眼的大门右上方，终于出现了我寻找多时的门牌号码。

这是一座典型的北京大杂院。几十年来，院子的地皮没有增加，人口却成倍向上翻。于是，每家住户都争着从屋子里向屋外扩充、占领。有用的、没用的物件，全都在自家门口两侧垒起来，叠床架屋，杂乱而丰富，充满着一种饱和感，拥挤感。每家都像干着收购破烂的营生。相比之下，阮家门前却清静许多。进到屋里，顿觉耳目一新：家具虽较陈旧，但却摆放得井井有条。屋子里的空间也较大。这算得上给诗人留下了诗情自由驰骋的天地。敏感的诗人大约意识到了我对这个大杂院不够良好的印象，笑着解释："这里这几年才拥挤起来，我总算已经分到了房子，最近就要搬家了！"

这次访问，由于主人热情好客，持续了很长时间。涉及的内容也较多。为了保持对话的原貌，笔者在访问结束后，根据录音整理出了如下文字。

童年风雨

刘增杰（以下称刘）：阮老走向诗歌，经历了一段极不平凡的旅程：从学绘画到作油漆工，从抗日救亡歌咏队员到剧团团长兼剧本创作员。您从20年代初到40年代末，在广阔的生活和艺术天地里，邀游了20余年之后，终于选择了诗歌。读者感兴趣的一个问题是：您在童年和少年时代，受过了什么样的艺术熏陶？

阮章竞（以下称阮）：我很乐意对自己几十年的创作，向读者作一个认真的交代。现在的困难是，我在抗日战争时期写的东西，大部分都丢失了。

先从童年说起。1914年农历正月初五，我出生于广东省中山县象角乡。小时候，我的爱好广泛。七八岁时，就喜欢画画、刻字；以后进小学读书，还是特别喜欢画画。第二是喜欢音乐，对于民歌，民间小曲，广东音乐，我都很喜欢，我还学过吹笛子，吹洞箫。绘画和音乐，在我的童年、少年生活中，占有重要的位置。小时候我也和诗发生了因缘，背诵过唐诗三百首，但看不到更多的诗，也没有能接触到新文化。

我家里很穷。父亲靠租种地主的土地和打鱼、卖鱼，养活全家。我上了4年小学以后，就失学了，那时我13岁。当时主要是要找生活出路。学哪一门手艺好呢？我喜欢画画，于是就到中山县的一个小镇上去当油漆学徒了。油漆学徒生活虽然很苦，但也有乐趣。白天做工，晚上有人来找我给他们画画，我都欣然答应。画过画以后，我还在画上题上了自己写的诗，那时候当然还不懂得什么叫平仄。徒工生活中，我曾见过一些在民间很有名气的画工，我看过他们作画，进一步培养了我对绘画的兴趣。当时，只要听说哪里有人作画，举办画展，我就非去看不可。我们那里庙宇里的壁画很多，有的泥塑很动人，庙门前面还有砖石刻。每到过年时候，街上卖的年画，有龙啊、凤啊、虎啊；年画中，还有民间壁画家罗渊泉的画。这些，都给我留下了深刻的印象。我的家乡民歌也很流行，有对歌、鹤歌。听老人们说，对歌带有辩论性，谁在最后能压倒对方，就算获胜了。在少年时代，我受到了这些民间艺术的启蒙。

到了18岁，我才真正接触到了新诗。18岁以前，虽然在小学课本上也读过新诗,但读到的很少。1932年,中山县一些在上海念书的华侨子弟回到了故乡,带来了一些新文艺作品。他们有的在上海搞绘画,回到县里就办了个绘画暑期班。我慕名参加了这个暑期班。进了暑期班之后,才知道学不到什么东西。他们并不讲课,只给我们看一些西洋的彩色明信画片。我平时喜欢画山水画,讲习班里没有人教,只靠自己临摹。我那时候自己已经可以写生了。入学时,他们让每个学员交一张画,我交了一张山水画,他们看了以后吃惊地说:"这是你画的吗?画得真不错!"这些人并没有什么实际本领,他们从上海回到中山县,不过是要开个广告社,挣一点钱。可是他们把这个暑期班的名字叫得很大,校名叫作天涯艺术学院。我在这里虽然没有学到什么东西,但从此却接触到了西洋的东西,接触到了新文艺。它们在我面前打开了一个小小的知识窗户。当时,我看到了意大利三杰达·芬奇、米开朗基罗、拉斐尔的作品,还有法国古典画家的作品,看到了上海出版的《良友画报》等国内画刊。在文学方面,接触到了鲁迅、徐志摩、蒋光慈等人的作品。

在家庭里,我的父亲对我影响最大。他是个打鱼的,读过一点书,能够记账,写信还不行。他喜欢看《说岳全传》这一类的书,一有空儿就讲给我听。我童年的时候,广东的反帝、反封建斗争惊心动魄,我们村也组织了鲜鱼工会,反对帝国主义、封建军阀。我父亲参加了鲜鱼工会的活动。大革命失败后,当地的革命运动受到了镇压。

在上海

刘:您是哪一年到上海去的?您为什么要远离故土到上海去?

阮:1934年6月底,我离开家乡,经香港,7月13日到了上海。30年代初,世界经济危机也波及了小小的中山县。在经济危机的影响下,当地华侨的建筑也明显地减少了。随着建筑业的萧条,油漆工的活也一天比一天难找了。我失业了。上海是我国文化集中的地方。到上海去,一是为了找点事情做做,二是想去开阔眼界。到上海后,我找到了原暑期班的画家,现在为世界书局画插图的同乡萧剑青,想请他帮忙,找个临时性的工作。但等了半年,找不到工作。当时的生活很苦,我和另外两个人租了一间很简陋的亭子间栖身,暂时在萧剑青家里吃饭。我会画画,经过介绍,靠画些广告来维持生活。这时候，又碰到了一个同乡，叫李思庸，他在一家私人广告社，跑街拉生意。经他介绍，我到这家广告社画广告，除吃以外，每月只有15块钢洋。但干了还不到一个月，广告社的老板和老板娘各有所欢，老板娘服毒自杀，广告社垮台了，从此，我又没有了固定的职业。

在上海，对我的思想影响最大的是李思庸。这人思想"左"倾。他知道我对国民党不满意，就找了许多进步的书籍叫我看，有时他还能给我找来共产党的地下读物。在他的影响下，我追求革命的积极性提高了，有时候就参加一些进步活动，如参加纪念"一·二八"的游行示威，参加鲁迅逝世后的送葬活动。后来，又到世界语协会学习世界语。这里，我要讲一个小小的插曲。我和李思庸觉得非常有幸的是，我们在上海见过一次鲁迅。那是在一次木刻展览会上。

刘：1936年10月8日，鲁迅带病参观了第二次全国木刻联合展览会，并与青年木刻工作者亲切交谈。您是在这一次展览会上见到鲁迅先生的吧？

阮：是的，鲁迅先生坐在藤椅上，慈祥地和青年木刻工作者进行交谈。我们站在他们的后边静心地听着。鲁迅先生离开展览会后，我们还不自主地一直跟着他。他登上有轨电车，我们也登上有轨电车，一直跟到虹口。他下了车，我们也连忙下了车。鲁迅先生要回寓所去。我们一直看着他走远了，才恋恋不舍而去。可是，当时大家谁也没有勇气去和他老人家说一句话。

现在再回过头来，说说我在世界语协会学习时候的活动。当时，抗日救亡运动正在兴起。我参加了上海职业界救国会，抗日救亡的热情很高。世界语协会搞了个歌咏班，每周有一两个晚上教唱抗日救亡歌曲。歌咏班的指挥叫郁应凯。他听见我的嗓子很好，就又介绍我到专门培养歌咏骨干的立信歌咏班去学习。立信歌咏班给我留下的最美好的记忆，是结识了吕骥、冼星海等同志。当时，冼星海、吕骥、张曙都是歌咏班的老师。我喜爱音乐，但专门去搞音乐，却没有这个思想准备。立信歌咏班每个星期教两个小时唱歌和指挥艺术，学了以后分配出去教唱歌。那时候大家的抗日情绪很高，许多中学都组织有歌咏班，聘请立信歌咏班的学员去教唱抗日歌曲。我从1935年底到1937年"八·一三"抗战后离开上海，一直在教群众唱抗日救亡歌曲。可以说，我的整个身心，当时都投入到了开展抗日救亡歌咏活动中了。

刘：除了从事救亡歌咏活动以外，您还进行过文学创作吗？

阮：这一时期，我练习过写一点东西。我曾经写过一首歌词，内容是纪念世界语创制者柴门霍甫发表世界语方案50周年的，冼星海谱的曲。歌词已经找不到了。

1935年春夏之间，我写了第一个短篇小说《割稻的故事》，送给一个朋友看，他的堂哥拿到南京《大道日报》上发表了。可能署名阮啸秋。1934年7月到上海后，失业闲着无事，就到上面说的那个朋友的堂哥家里借书看。他家里有很多书，《新青年》、《语丝》、《东方杂志》以及其他一些文学书籍和刊物，我都可以借到。在阅读的过程中，我开始产生写小说的念头。《割稻的故事》是以我父亲的生活为背景创作出来的。记得我在家乡的时候，有一次地主向我父亲逼租，我父亲没钱给他，就去向一个拖欠鱼账的无赖那样的人要账。这个人不讲理。双方后来推搡起来。无赖自己滚在地上碰破了一点皮，就大吵大闹，说是我父亲打伤了他。于是我父亲就被抓到"更馆"里关了起来。我把这个故事加进了广东地主仗着军阀压迫人民，人民生活不下去的情节，写成了一篇小说。大约在1935年夏天，我根据小时候从书本上看到的林肯救小猪的故事，编了一个故事，题目叫作《林肯少年的故事》，我还画了一张插图。此画萧剑青曾帮助我做过修改，发表在上海《中华日报》副刊《青光》上。当时，我还写过一首题为《故乡》的诗，由在暨南大学上学的白曙交给《青春》杂志发表了。这是我发表的第一首诗。此外，我还写了一些反映自己失业后彷徨、苦闷心情的散文，没有发表。

刘：您在"八·一三"后离开上海到哪里去了？

阮："八·一三"后，我参加了上海文化界救亡协会流动宣传团到太湖一带的苏州、常州、无锡等地搞抗日宣传。宣传团演出了在当时流行的街头剧《放下你的鞭子》等短剧，我配合演出画一些宣传画。我们的演出很受群众欢迎。国民党当局对我们搞抗日宣传是不满意的。我们走到哪里，哪里的国民党地方当局都要赶我们走。我在流动宣传团大约干了3个月，12月上旬到了南京。南京失守后又到了汉口。

太行山上

刘：您是由谁介绍从汉口上太行山的？

阮：冼星海同志帮助我上了太行山。

到汉口后，冼星海原想要我到武汉大学搞抗日歌咏活动。我对他说：我不愿意在这里工作，想到延安去。他赞成我的想法，并答应设法帮助我。冼星海和我的关系非常好，他的母亲也很关心我。搞抗日歌咏活动时，冼星海对我的嗓子很欣赏，一直希望我在音乐方面有些建树。可是后来我并没有向音乐方面发展。

当时，冼星海告诉我说，读书·生活出版社的黄洛峰要他找一个教唱歌的人上太行山八路军部队去。这个要上太行山八路军里去的人就是桂涛声。于是，1937年12月下旬，冼星海就送我和桂涛声结伴北上。到了郑州，我才知道桂涛声是到太行山国民党十三军游击队去，并不是我要去找的八路军。当时我说，到十三军游击队我不去，桂说，你去到那里后，我保证你很快可以到八路军里去。到十三军游击队一个月，我就转到了由中共地方党组建的第二战区游击队第一支队司令部政治处工作，不久又到连队当指导员。这个部队后来改编成了八路军。1938年4月，部队领导人朱瑞同志发现我会搞文艺，于是就把我调到了刚组建的第十八集团军第八路军晋冀豫边区太行山剧团。我的生活由此揭开了新的一页。

刘：这的确是新的一页。在您的艺术生涯中，您开始从绘画、音乐走进了戏剧的新天地。

阮：进剧团以后，向群众演出的剧目，主要有《放下你的鞭子》、《三江好》、《打鬼子》等，演出在当时产生过积极的作用。但是，这些剧目，当然不可能一直演下去，有些剧目也不受群众欢迎。于是，朱瑞就鼓励我写剧本。朱瑞、陈沂、张柏园等同志都写过剧本。我写的第一个剧本是独幕话剧《周年》，是为了纪念卢沟桥抗战一周年写的，写出的时间是1938年6月。我的第二个剧本是二幕话剧《太阳出来了》，内容写敌占区的群众是如何起来同日本侵略者进行斗争的。第三个剧本是三幕话剧《巩固抗日根据地》。这个剧本在当时曾经演出了很长时间。剧本写了一个个性较为鲜明的农民形象。这个朴素善良的北方农民，开始他不相信日本侵略军会那么凶残。后来,侵略军把他家的东西抢光了,女儿也被糟蹋了。在严酷的事实面前,他终于提高了思想觉悟。我过去从来没有写过剧本。这时候根据工作需要,我不仅编剧本,还兼任导演,指挥唱歌,画布景,几乎什么事情都干。我写剧本,使用的是当地群众的语言。我们的演出很受群众欢迎。在创作思想方面,我认识到,一个生活态度严肃的作家,应该为人民而写作。1939年,我们剧团分散到了辽县帮助群众建立农村剧团。这段生活,对我以后的创作起了重要的作用。我是广东人,初到北方群众中间,说话是一个大问题。于是,我下了决心,一方面向群众学习农民语言,另一方面到群众中广泛搜集农民语汇、民歌、秧歌、小曲。我很拥护毛泽东同志说的作品应该有中国作风、中国气派的话。

刘:1938年10月,毛泽东在《中国共产党在民族战争中的地位》中说:"洋八股必须废止,空洞抽象的调头必须少唱,教条主义必须休息,而代之以新鲜活泼的、为中国老百姓所喜闻乐见的中国作风和中国气派。"您指的就是这段话吧?

阮:是的。不过当时还没有看到这个文件的全文。这句话对我影响很大。在农村搞戏剧工作,吃住都在农民家里,使我熟悉了北方农民的生活、感情和语言。当时我很注意搜集民歌,一个办法是直接和农民交谈,另一个是间接的办法,从剧团的同志那里来搜集。经过这一段的努力,我的创作在使用当地群众语言时,就比较自如了。这对我以后诗歌风格的形成,确有重要的作用。可以这样说,童年对故乡民歌、传说、民间故事的爱好,平时我对中国古典诗词的喜爱,在太行山对北方农民生活的熟悉以及对北方民歌的搜集,为我以后的诗歌创作做了实际上的准备。《漳河水》写成后送给周扬看,周回信说有独特的风格。艾青对我说:"你是不是喜欢宋词?我看你的《漳河水》有词的味道。"

现在再回过头来谈太行山的生活。当时斗争很残酷,那是血与火的斗争,敌人整天掳掠烧杀。太行山的风光虽然很美,但是,我不能写田园诗,写自身生活。当时我写东西目的很明确,就是为人民而写,写出的东西要为人民所接受。一个曲子,一个剧本写出来,如果群众不理解,自己就感到失败了,很难过。如果能打动群众,能够激起群众的义愤,去同敌人作斗争,就得到了极大的安慰。

刘:您长期生活在太行山吗?

阮:我在太行山区生活了12年。1942年5月在反"扫荡"中负了伤，以后领导同志要我到延安去学习。我说，我非常向往延安，可是，我还是要在这里参加打败日本帝国主义的战斗。就是这样，我和群众一起在前线度过了难忘的12个春秋。负伤以后，我是游过了湍急的河流，在山里坚持了4天才摆脱了敌人的。我那时正计划写一个反映减租减息斗争的歌剧《柳亭郊》，这部稿子在反"扫荡"中丢失了。

漳河情

刘：您走上诗歌创作道路，的确经历了一个漫长的旅程：童年时起喜欢绘画；青年时期投身于抗日救亡歌咏活动；进入中年，您又是一个大众戏剧的组织者与创作者。表面看来，您似乎与诗歌无缘。可是，到了40年代末期，您却成了一位风格独具的诗人。读者对这一点特别感兴趣。我们希望您谈谈自己诗歌创作的情况。

阮：绘画、音乐、戏剧，和诗歌是相通的。20多年来我在绘画、音乐和戏剧方面的追求，对形成我的诗作的艺术风格是非常重要的。

1947年前我不常写诗，写过一些歌词。1947年，我开始写一些短诗。这些诗，有的后来收在诗集《漳河水》里。我用民歌体写的第一首长诗是《圈套》，发表在太行文联办的《文艺杂志》上。由于《圈套》通俗易懂，故事情节完整，发表后很受群众欢迎，特别是劳动妇女，很爱听这首诗。

刘：我们在太行文联办的《文艺杂志》上，就看到了这首诗发表后的群众来信。信中说，他们很爱读这样的诗，并且希望以后多刊登这样的诗。

阮：在写诗的同时我也还写剧本，《赤叶河》就是这一时期创作的。但是，诗歌创作无疑在我的生活中越来越占有重要的位置。绘画以及其他民间艺术形式对我的熏陶，写作剧本时在人物刻画、情节安排等方面的训练，抗日战争、解放战争丰富的现实生活的积累，使我终于有可能完成了叙事诗《漳河水》的创作。

《漳河水》写于1949年3月。长期的群众生活，使我在诗中运用人民群众的语言就比较自如了。诗中的一些画面和意境，也不能说和我的喜爱绘画没有关系。创作《漳河水》的体会，我在1982年给《文艺研究》

写过一篇文章，可以参看，这里就不再重复了。

刘：我每次读《漳河水》，总有这样的感受：漳河喧闹的浪花，唤起了您激越的诗情；而您的诗，又使漳河变成了一条更加美丽的小河，一条全国人民都喜爱的、充满诗情画意的小河！这可以叫作：诗人从生活里发现了诗，诗又美化了如诗的生活！

阮：关于我的创作思想，我认为应该强调以下两点：

第一，创作必须有真诚感受。没有真实感受的东西是不可能写好的。例如，解放后，为了完成一部从抗日战争到解放战争时期太行山军民斗争生活的长篇小说《群山》，我每年都要离京外出，沿着八路军抗日出征和刘邓大军前进的足迹，去进行实地考察。考察当年抗日战场的过去和现在，很能调动自己的情感。刘邓大军当年曾南征大别山，我也曾先后到大别山等地去过两次。一次是到黄河北岸，另一次是从豫东到大别山。为了写好去新疆的诗，我最近还到了南疆，登上了昆仑山。当时的困难很大，许多朋友劝我不要登山了，我还是坚持登上了 3400 公尺的高处。没有实地考察，没有真实感受，怎么会写出来好的作品呢？

第二，歌颂人民是诗人的职责。一个对人民事业负责的诗人，他写的诗，当然应该包括诗人自己的感情，但作者的感情，应是人民的思想感情的集中表现，而不是脱离人民感情的所谓个人感情的宣泄。诗的形式当然是可以变化的，如我解放前写的诗，面对的读者对象是不识字的农民；今天写诗，读者对象要比过去广泛得多，诗歌形式上死守过去的形式，并不是必要的。但不管形式如何变化，都应牢记诗的内容要歌颂人民，诗的形式必须是中国化的，民族化的，这一点在任何时候都不应该动摇。

（载《迟到的探询》，河南大学出版社 1996 年版）

附记：收录这篇短文，既着眼于史料的积累，更是为了在阮老百年诞辰时刻，表达对他的深切怀念。在解放区作家中，阮章竞是一位具有独特艺术个性的诗人。我在《中国文学通史》第 9 卷（江苏文艺出版社 2011 年版）对他的突出贡献做过简要的概括，指出："《漳河水》是从民歌和群众语言的土壤中生发出来的一朵鲜艳的奇葩。"阮章竞研究中值得推荐的学术成果，是陈培浩、阮援朝著《阮章竞评传》（漓江出版社 2013 年版）。正如评论家王光明所论：阮章竞代表作《漳河水》成功的因素之一,是"多重对照的戏剧结构的引入",评传"对于认识诗人与时代的纠缠迎拒关系,提供了一个值得重视的个案"。当然,阮章竞研究目前仍然存在着值得言说的话语空间。

(刘增杰　2014年6月)

赵毅敏在鲁艺二三事

小时候，就知道大伯父叫刘焜（参加革命后改名赵毅敏），出远门了，从来没有回过家。

过了几年，又朦朦胧胧听见大人私议：说是大伯父在外地犯事了，押在日本人监狱里，要花好多好多的钱才能赎回来。大伯母的娘家是个财主，卖了地，凑足了钱，送到了东三省，人才赎了出来。可是仍不见大伯父回家。想问个究竟，总看见奶奶慌张的眼神，支支吾吾的话语，于是也就不敢再问了。

解放那年，一天傍晚，小镇上突然开来了几辆吉普车，车上跳下几个人：一个文质彬彬的中年男子，身后跟着一位略嫌威严、短发制服的女干部，再就是随行的军人。他们下车后直往家里走。家里人说，这是大伯父回来了，那个女的是新伯母。我和家里几个还贪玩的兄弟姊妹，大家兴奋而新奇，陌生又拘谨。我们被大人拉去和伯父与新伯母见面，吃糖。可一有机会，大家就一个一个都溜到了屋外。当时，住在娘家的大伯母，被奶奶叫人用吉普车接回来同大伯父见面。见面后，屋子里短暂的欢快气氛过去后，我们微微能够听到的是一阵阵叹息和呜咽。善良而慈祥的大伯母，身边无儿无女，在家里苦等伯父二十几年，从一个刚出门的姑娘，变得像一个老太婆了。我们都想多听听大伯母的倾诉，可是后来竟一点声音也听不到了。大伯母被人搀扶着走出了屋门。当时的年龄使我懂事太少，可是心里却总觉得不是滋味，阴沉沉的。

第二天，吉普车向开封驰去。大伯父、新伯母走马上任。他们事忙，我在本省初中、高中、大学读书，虽然通过信，却很少见面。这些年，见面的机会多了。有时也竟有机会海阔天空地闲谈。但谈得较多的是河大和"鲁艺"。大伯父是河南大学现今还健在的资格最老的学生（1917年入学，1922年毕业），我20世纪50年代在河大读书，现在是河大中文系教师。因此，谈河大，总有共同语言。谈延安鲁迅艺术学院，是因为他在那里当过领导,我又研究过解放区文学,双方都有感兴趣的问题询问对方:我想了解鲁艺办学的一些细节、感性材料;他则很想听听今天的研究者对鲁艺怎么看。但谈话也仅限于闲谈而已。现在能够回忆起来的,只是不多的几件事。

赵毅敏1938年冬到延安。在此之前,他的经历可以说极为曲折和丰富。1924年到法国勤工俭学后,因为支援上海工人的"五卅"罢工斗争被捕;1925年至1928年就读于莫斯科东方大学,以后在上海中共中央宣传部、中共满洲省委、抗日联军第三军担任领导工作。其间,还在奉天度过了三年多的铁窗生活。获释后,1935年年初回到莫斯科,担任东方大学第八分校校长直至1938年返回延安之前。1939年5月,赵毅敏被任命为鲁迅艺术学院副院长。鲁艺1939年5月15日通告第13号,公布了调整后的鲁艺负责人名单:副院长:赵毅敏、沙可夫。文学系、戏剧系、音乐系、美术系的系主任分别为:沙可夫、张庚、冼星海、王曼硕。赵毅敏兼任研究部主任。其他各单位的负责人为:教务处长吕骥、政治处长李华、编译处长萧三、院务处长龚亦群。我曾请教过解放后来河南工作的龚依群(龚亦群)教授:鲁艺为什么只有副院长而没有院长呢?他笑着说,可能是这样:毛泽东主席是鲁艺的第一位发起人,大家都希望他兼任鲁艺院长,可是他怎么也不同意,院长的位置于是就空缺了下来。第一届副院长是沙可夫,第二届副院长是赵毅敏、沙可夫,到1939年11月,鲁艺又调整领导班子,才任命了院长吴玉章,副院长改由周扬接任了。由于鲁艺创办一年来取得的突出成绩,鲁艺周年纪念活动隆重而热烈。5月10日下午,在陕北公学大礼堂,举行了盛大的庆祝活动,毛泽东、朱德、张闻天、刘少奇、陈云、李富春都参加了大会。毛泽东还为鲁艺题词:"抗日的现实主义,革命的浪漫主义"。题词后来一直成为鲁艺乃至解放区文学遵循的方向。

在鲁艺周年纪念活动中,作为鲁艺的主要负责人,赵毅敏所做的主要一件事,是对鲁艺一年来的工作进行总结,并提出今后的工作方针。1939年5月10日,他在《新中华报》鲁艺周年纪念特辑上发表的《鲁迅艺术学院的展望》一文,就是他这一努力的一部分。

赵毅敏用概括的语言,总结了鲁艺一年来的成绩:它团结了全国一些有威望的文艺家;它培养和供给了不少艺术干部到各个战线上去;它供给了边区及其他各地一些抗战艺术的作品和材料;它对旧形式的提倡和研究很努力并获得了相当成绩;它积极地组织和参加了很多重要晚会;它帮助和推动了边区的艺术活动;它在全国发生了相当大的影响,以致许多爱好艺术的青年热望来此学习,不少先进的艺术家甘愿到"鲁艺"来教育艺术干部和锻炼自己。作为一个清醒的领导者,赵毅敏并没有在成绩面前陶醉,而是直言不讳地指出目前工作中的缺点。他说,这些缺点主要表现在:在创始的相当期间,没有明确的教育方针,教书、学习、行政各方面的制度,还没有适当的建立;创作还没有得到应有的提倡与扶助;优良的校风尚未完全养成;文艺理论的研究未提到应有的高度。赵毅敏认为,改正这些缺点是会遇到困难的;但这些困难,是鲁艺发展中的困难,这些困难是应该而且能够被克服的。这是因为,鲁艺是有力量的。鲁艺的力量在于它有中共中央的领导,有大批长途跋涉、千辛万苦前来求学的青年,有许多具有艰苦作风、埋头苦干的工作人员。他特别强调,鲁艺的力量还在于有自我批评精神:"我们的力量还在于我们已经有了一年的经验和勇敢的自我批评的精神。我们的经验提高了我们的能力,加强了我们的信心。勇敢的自我批评能使我们及时地发现今后工作中的缺点与错误而加以纠正。"很显然,赵毅敏的这篇文章,着眼于加强鲁艺的精神建设。这一点,也正是鲁艺后来一直坚持的办学传统。

赵毅敏支持、帮助著名音乐家冼星海加入中国共产党,是当时流传于鲁艺的一段佳话。1939年2月,诗人光未然(张光年)率领重庆的军委政治部抗敌演出队第三队来延安演出。在突破敌人围攻时折伤了左臂,在延安地区医院住院治疗。音乐家冼星海常去看他。诗人与音乐家心心相印,情投意合,一个激情满怀地写词,一个夜以继日地作曲,珠联璧合,巧夺天工,终于在穷山沟里诞生了中国艺术史上的绝唱:《黄河大合唱》。5月11日,《黄河大合唱》作为鲁艺建院周年庆祝活动的重头戏正式公演。演出获得了空前的成功。这部史诗性的作品,出现于抗日战争的艰苦岁月,它为抗战发出的怒吼,"就像暴风雨中的浪涛一样,震撼人的心魄"。[①]"它那伟大的气魄自然而然使人卑吝全消,发出崇高的情感,光是这一点也就叫你听过一次就像灵魂洗过澡似的"。[②] 一位诗人后来这样回忆《黄河大合唱》的演出盛况:"台上一时作船夫的挣扎,一时作河东父

---

① 郭沫若:《序〈黄河大合唱〉》。
② 茅盾:《忆冼星海》。

老的哀鸣,最后作黄河的怒吼。歌声时而呜咽,如泣如诉,时而悠悠然,如读幽闲的田园诗,最后真感到黄河之水天上来,滚滚白浪滔天,波浪万丈汹涌,到了这里我对作曲者星海同志真欲五体投地了!他的气魄是如何得大呀!他的才能是如何得高呀!他的创造力是如何得丰富呀!"[①]

创作上取得了成功的冼星海在政治上选择了共产党。1939年5月15日,他给鲁艺党的负责人赵毅敏送上了《自传》,详细地叙述了自己思想的发展过程,表达自己加入共产党的愿望。他在《自传》中说:"我希望能接受党的指示,学习马列主义应用在中国新音乐的建设上","我诚恳地愿加入党,加入组织,并学习。把自己贡献给党"。赵毅敏对此事极为重视。赵毅敏和徐一新会前向冼星海介绍了入党手续和入党条件。6月14日,在鲁艺党支部会议上,根据冼星海的要求,党支部一致通过冼星海入党。此后,冼星海在创作上取得了新的成绩,赵毅敏和冼星海两家也建立起了深厚的友谊。当时,赵家、冼家同时都降生了一个孩子。赵毅敏主动帮助冼家解决了不少生活上的具体困难;冼星海夫人获知赵毅敏夫人奶水少,就天天喂赵家的男孩子吃奶。这一段友谊当时曾传为佳话。

1939年11月底,赵毅敏调离鲁艺。在全国解放前,赵毅敏先后担任中共中央党报委员会秘书长、《解放日报》报社秘书长、兼任延安大学副校长、冀热辽联合大学校长等职务,在文化、教育等方面做出了新的贡献。

(载《迟到的探询》,河南大学出版社1996年版)

[①] 萧三:《哀悼人民音乐家冼星海同志》。

《西北文艺》与晋绥文坛

——亚马、卢梦关于晋绥文学活动的回忆

一

在编选抗日战争时期晋绥根据地文学运动史料的过程中，笔者在北京分别访问了原晋西文联主任亚马和原《西北文艺》主编卢梦。

由于工作环境的变化，解放后，这两位原文艺部门的领导者已经不为一般读者所熟知。但是，熟悉晋绥文坛的人都知道，亚马、卢梦当年的确称得上是才华横溢的文艺界风云人物。亚马的散文《平川夜景》，寥寥数语，就如诗如画般再现了夜行者（险恶环境使当时许多抗日战士都只能昼伏夜行）的高远豪迈气质。请看他对夜的赞颂："黑夜是安静的，可以放心工作，也可以放心休息。但人们的心情却是活跃的，他们经常涌现出无限的热情，散布在这广阔平坦的原野上，去渗入到每个中国人的心里，鼓舞起他们的意念。于是，屈辱与仇恨结成了有声有色的力量，如波浪似的从被奴役的中国人里涌出了坚强的战士……"[①] 而卢梦的文学短论，往往一针见血，富有启示性。例如，在分析根据地文学创作主题何以贫乏这一问题时，他尖锐地指出："如果没有写作者深入而艰苦的巨大的工作，那些在翻滚的水下面和急遽的流过去的东西是把捉不住的；没有深刻而广大的社会生活的体验，怎样能找到多样的主题，又怎样能写出具有丰富的思想内容，强大的战斗力量的作品呢？"[②] 上述两段引语，可以使我们略

---

　　① 《西北文艺》第2卷第1期。
　　② 《从主题的贫乏说起》，转引自《山西革命根据地文艺资料》（下），北岳文艺出版社1987年版。

窥他们当年的风姿。

时间长河的流淌，虽然已经使两位银丝染鬓的前辈对某些活动的记忆变得模糊起来，可是忆及当年的枪林弹雨、文坛波澜，他们依然激情满怀，壮心不已。从言谈和神色中，笔者仍能感受到他们成功的喜悦，创业的艰辛，以及对曾经出现过的某些失误的惋惜。随着他们虽较散漫，但却亲切的叙述、评点、感叹，笔者对晋绥文坛面目的认识，也渐渐地清晰起来。

二

晋绥文艺界的一件大事，是晋西文联的成立与《西北文艺》的创刊。

抗日战争时期的晋绥根据地，包括山西省西北部和原绥远省东南部的广大地区。1940年初晋西北行政公署建立不久，同年3月建立了晋西文联筹委会；5月4日，晋西文化界抗日救国联合会召开成立大会。亚马回忆说："文联成立的时候，贺老总（贺龙）说，我到会向你们祝贺，不讲话了。讲话你们找关政委（关向应）。关政委在会上讲了话，讲话内容刊登在《文化导报》第1期上。"会议期间，正式建立了中华全国戏剧界抗敌协会晋西分会、中华全国文艺界抗敌协会晋西分会等组织。此后，晋绥地区的文化、文学、戏剧活动蓬勃开展。1940年9月18日，《抗战日报》在山西兴县创刊（1946年7月1日改为《晋绥日报》）。该报发表了较多的文艺作品和指导文联工作的文章，对该地区文艺的发展起到了积极的推动作用。1941年7月5日，《西北文艺》宣告创刊。《西北文艺》由中华全国文艺界抗敌协会晋西分会编辑，卢梦任主编。该刊第1卷出6期，第2卷出2期，于1942年6月15日终刊，共出8期。《西北文艺》的主要作者有林枫、亚马、卢梦、非垢、莫耶、石丁、穆欣等人，是该地区最有影响的文艺刊物。林枫发表于《西北文艺》创刊号的《给〈西北文艺〉》一文，既代表了地方领导者对该刊的关怀，也在事实上体现了创刊宗旨。林枫强调："我们的文艺必须是为民族解放而服务的。抗日根据地的文艺及其运动，必须是提倡与建立民主制度，坚定民族自信心，发扬民族自尊心，反对专制独裁，反对投降妥协，反对卑鄙无耻，因此，她必须是战斗的，新民主主义的，现实主义的。""不管是音乐戏剧，不管是文学美术，其内容必须是抗日的进步的建设的，反对残暴压迫，反对黑暗反动。其形式必须是能为群众所接受的'雅俗共赏'的，逐渐上升的，反对低级趣味、故步自封（在内容上更应如此）。因此，她必须是建设的，民族的，大众的"，"文艺工作是一种严正的工作，而不是'散漫'。希望以此园地，培养与提拔新的文艺工作者。我们需要更高的艺术家，我们也需要更多的艺术家。"应该说，该刊出刊的一年中，基本上实现了上述要求。一批有一定质量的文艺作品在《西北文艺》上陆续刊出，这是晋绥地区文学创作最活跃的时期之一。

1942年，《在延安文艺座谈会上的讲话》发表后，卢梦到了临县，马烽、西戎、束为也都到区里深入实际了，文联只剩下了亚马。《西北文艺》停刊后，《抗战日报》副刊《吕梁文化》创刊（1943年6月）。由亚马主编的《吕梁文化》，先后出刊了16期，卢梦、孙谦、胡正、非垢、西戎、束为都在该刊发表过作品。不过，该刊篇幅较少，已不能和《西北文艺》相比了。

三

晋绥文坛的另一件大事，是关于《丽萍的烦恼》的讨论。《西北文艺》第2卷第1期，发表了莫耶的小说《丽萍的烦恼》，小说发表后，在晋绥文坛很快引起轩然大波，展开了相当热烈的讨论。1942年4月《抗战日报》全文转载了毛泽东在延安干部会上的讲演《改造我们的学习》。接着，晋西北整风运动开始。5月，晋西文联召开文风检查座谈会。《抗战日报》、《西北文艺》等单位的文艺工作者，对创作上存在的主要问题进行了揭发和检查。会议要求文艺工作者面向农村、深入农村，改变作风。《丽萍的烦恼》的讨论，是在这一特定的背景下进行的。小说的作者莫耶，福建人，1938年在延安鲁迅艺术学院学习，1940年随部队到晋绥抗日根据地，在部队剧社从事文艺工作。关于《丽萍的烦恼》的创作动机，作者有过如下的回忆："由于我生活在女同志中，所见所闻的事引起我深深思索。碰巧在一九四一年从延安传来一股风——写革命队伍中自我批评的文艺作品。我当时也看到延安《解放日报》上批评革命队伍某些缺点的文章。我那时是晋西文协常务理事，讨论时我答应也写一篇。我开始酝酿某些女同志在战争环境中不能过艰苦生活的事,综合了我所熟悉的几个类型的女同志形象,写了我到延安参加革命后的第一篇小说《丽萍的烦恼》,发表在一九四二年晋西文协出版的《西北文艺》上。"① 小说《丽萍的烦恼》,描写知识分子女性丽萍,嫁给了在战场上轰轰烈烈驰骋、在家庭生活中却存在着旧的观念的老革命之后,思想上所引起的苦恼、彷徨、斗争。作者试图展现出丽萍在进步环境的刺激下,思想锻炼的过程。无疑,作品的主题是具有积极意义的,题材在当时也是少见的,新颖的;当然,作品提出的问题也是十分敏感的。对这样一篇作品展开讨论,应该说是必要的。讨论开始,有人对作品既提出批评,也肯定了作品的优长;作者也对讨论发表了自己的意见。② 一些批评意见尽管不够冷静,责备较为严苛,但仍属正常的文学批评活动。讨论后期,理论争鸣的空气淡薄,开始联系作者的出身进行批判,非学术讨论的气氛不断加浓。如说:《丽萍的烦恼》是"一篇含有小资产阶级偏见和歪曲现实的作品","是晋西北学风文风中的一股阴风",作者的思想"表现在政治上可以形成绝对主义;表现在文艺创作上,可以歪曲现实,流为讽刺"。③ 这样的结论当然已是文学批评范畴以外的事了。它对晋西北文艺界当时所形成的较为生动活泼的创作、批评氛围,造成了一定程度的伤害。

当我分别请亚马、卢梦谈谈对当时《丽萍的烦恼》争论的看法时,他们竟都有过短暂的沉默,随后发出的是轻声的叹息。只是说,这场争论过后,晋绥文艺界开始处于空前的沉寂。还说,当时环境复杂。这件事,还是让历史、让后来的研究者去作结论吧。

写完此文,我想起了莫耶的散文《一篇小说的坎坷经历》,不禁思绪烦乱,感慨系之。《丽萍的烦恼》不仅使如丽萍一样的女知识者当年"烦恼"了一回,而且也竟使作者长期受难。我愿抄录作者如下两段文字,以为后来者鉴:

> 但我万万没有想到,这篇小说却给我造成后来的重重困难和坎坷遭遇。从一九四三年晋绥整风开始,我成为斗争的主要目标,批判总

---

① 莫耶:《一篇小说的坎坷经历》,转引自《山西革命根据地文艺资料》(下),北岳文艺出版社 1987 年版。
② 参见非垢《偏差——关于〈丽萍的烦恼〉》、莫耶《与非垢同志谈〈丽萍的烦恼〉》。
③ 《与莫耶同志谈创作思想问题》,《抗战日报》1942 年 7 月 7 日。

和家庭出身联系起来。到了一九四七年三查运动查阶级出身时，又联系到这篇小说，对我又是批斗个没完没了，甚至关了几个月的禁闭。

新中国成立后，我天真地想，现在日本打跑了，蒋家王朝打倒了，我以为"左"的风气只在战争年代有，在部队上有，从此该结束了。没想到一九五六年我转业到地方后，社教运动一来，又把我当走资派批判，又联系这篇小说，并到山西抄来了《丽萍的烦恼》进行展览，提供斗争的子弹。而到了十年动乱，我这个"走资派"在被批斗时，小说又成了主要罪状，因为这篇小说，我竟成为历次政治运动的运动员。

抄完这两段文字，我又读到甘惜分的《悼莫耶》，再随手抄录文中数语，权作本文的结束和对莫耶先生的怀念：

莫耶一参加革命就背上了一个"出身不好"的沉重包袱。她的家族长辈中有一位颇有名气的国民党将领。莫耶是背弃了封建家庭投向光明的，她何曾知道这个出身就是她一生不幸遭遇的起点！1942年，她在晋西北革命根据地的《西北文艺》发表短篇小说《丽萍的烦恼》，写的是一个来自大城市的女青年嫁给一个革命老干部所产生的思想矛盾。近日我重读这篇小说，仍觉她笔下的老干部形象是不很真实的，那时作者还年轻，世上哪有完人？要是小说出自工农作者之手，也许挨几句批评也就罢了。不幸的是作者是"反动家庭"出身的莫耶，于是在文化落后的晋西北山区，这成了一次重大政治事件。从这时起，凡有政治运动，莫耶都难逃被批判的命运。她成了一个"运动员"，一个"政治怪物"。可贵的是，莫耶非常坚强，整也罢，批判也罢，她照样工作、照样喜笑颜开，若无其事。……莫耶初露才华，便遭摧折，未尽其材，溘尔长逝，悲夫！[①]

(载《迟到的探询》，河南大学出版社1996年版)

[①]《人民日报》1986年7月3日。

文学生命之始

——姚雪垠在河南大学

我这一生的成就很小，但是论起这一点点微不足道的成就，我不能忘记在河大预科两年的学生生活。这是我一生道路开始的地方……

——姚雪垠

1929 年春天，不满 19 岁的姚雪垠，从风气闭塞的河南邓县，来到了当时的河南省省会开封，开始了一生中具有决定意义的学习和追求。用他自己的话来说，就是"离开了一年到头（鸦片）烟灯昏黄，哭声与吵骂声不绝于耳的家"，"结束了浑浑噩噩的少年生活，开始有意识地学习道路，也有了自己的追求。"在初到开封的几个月里，为了准备功课，投考河南大学，姚雪垠废寝忘食，历尽辛苦，经过了被他称作"饥饿与苦斗的春天"之后，终于实现了自己最初的理想，考上了河大法学院预科。

河南大学给予姚雪垠的，是一个全新的视野。但两年后他被学校以"思想错误，言行荒谬"的罪名开除。

河南大学给予姚雪垠的，是一个全新的视野。河大的教师，主要由三部分人组成，一部分是受到过五四新文化运动哺育，具有新思想的从北京等地毕业的大学生，另一部分是从国外学成归来的洋博士，还有一部分则是古文学根底深厚的旧派学人。前两部分人占据着主导地位。这些教师的做派，传授的知识，倡导的学说，对姚雪垠来说，几乎闻所未闻，新奇而具有诱惑力。在国内小有名气的开封书店街，大小书店林立，京沪等大城市出版的新书，书店老板总能用最快的速度送到本地读者手里；在河大图书馆阅览室，各种新书籍、新报刊，更是琳琅满目，让人目不暇接。在河大提供的这个浓烈的文化氛围里，姚雪垠整天聚精会神地聆听着，贪婪地潜心阅读着，兴趣盎然地和同学们交谈着、争辩着。他被浸泡在新知识的海洋里，乐而忘返。姚雪垠的思维被激活，他的自信心在增强，新的思想充实着他的思想、学养。

据姚雪垠回忆，河大两年，他在以下诸方面获益不浅：一、阅读了介绍马克思主义的书籍，初步掌握了一些关于历史唯物主义、辩证唯物主义的理论知识。二、阅读了"五四"以后的新文学作品、苏联作品和文学理论读物。姚雪垠认为："五四"新文学运动给了他第一次思想启蒙，而大革命失败后的革命文学运动又给了他第二次思想启蒙。三、在河大期间，读了梁启超的《清代学术概论》等晚清学者的著作，清代朴学家的治学精神、方法和态度，给他以极大的影响。这些，为他以后从事理论研究和创作，打下较为坚实的基础。

河大赐给姚雪垠的，当然不仅仅是书本知识。姚雪垠在河大就读的年代，是国内阶级冲突最为激烈的年代。国民党政治上的高压，使得民生凋敝，民怨鼎沸。全国学生的抗议浪潮此起彼伏。具有光荣传统的河大学生，对反动当局的倒行逆施表达了他们的愤慨和抗议。少年时代就敢于反抗邪恶势力的姚雪垠，此时和同学们一起，积极参加学潮委员会组织的活动，经受着社会风雨的敲打和锤炼。1930年，反动当局以"共党嫌疑"为由，将姚雪垠逮捕，因查无实据，四天后取保释放。1931年暑假，姚雪垠又因参加政治斗争和学潮，被学校以"思想错误，言行荒谬"的罪名开除学籍，大学的学习生活至此结束。虽然姚雪垠在河大只度过了两年的学习生活，但这却是他一生中的关键时期，正如他自己所说："我永远不能忘记这短短的两年时间中给我的深刻政治思想教育和人格锻炼"，"对我以后的学习起了启蒙和引路作用"。

两年的教诲、两年的努力，一个未来有成就的文学家从河南大学悄然走出。

在河大期间，对于姚雪垠的文学生涯来说，最具有意义的是处女作短篇小说《两个孤坟》的发表。

20世纪80年代初，姚雪垠给笔者的来信中谈到，1929年春天，他曾写了一篇小说，发表在当时的《河南民报》副刊上。年代的久远使他的记忆不免有误。经过笔者多方查寻，终于在1929年9月9日、10日《河南民报》副刊第29、30期上，发现了姚雪垠的处女作《两个孤坟》。作品篇末署"1929.8.22 开封"。《两个孤坟》虽然留有初学写作者在艺上的粗疏和直露，但应该说，作者创作的起点还是相当高的。在作品里，作者以凄婉的笔调，生动地描写了长工王材和婢女雪香的悲惨故事：寨主姚泽民无恶不作，他虐待雪香，逼得雪香投河自尽，随后又以莫须有的罪名，将王材活活打死。作品从一个侧面，反映了20年代中原地区地主对农民进行残酷压迫和剥削的社会现实。作品发表时署名雪痕。笔名出自苏东坡的诗句："人生到处知何似，应似飞鸿踏雪泥。"同年9月至10月，姚雪垠还发表有如下作品：

《强儿》，短篇小说，9月20日《河南民报》副刊第39期，署名雪痕。

《致灵涛信》，通讯，9月23日《河南民报》副刊第42期，署名雪垠，这是作者首次使用雪垠作为自己的名字。

《秋季的郊原》，短诗，10月12日《河南民报》副刊第81期，署名雪痕。这是作者发表的第一首新诗。

在《两个孤坟》和上述作品中，作者把他的同情投给了弱者，而把他的恨射向了罪恶的旧社会。这一直面现实的创作倾向，贯穿于姚雪垠早期的全部创作中。从河大时期开始就坚持的这一现实主义的创作原则，不仅来自他的直接的生活感受，也来自河大所给予他的理论武装。他当时阅读的大量社会科学著作，有助于他创作思想的形成。关于这一点，他在表达自己文学见解的通讯《致灵涛信》中，有着明确的自白。该文认为，文学创作应该成为"大众的留声机"，把受压迫者的"哀号与呻吟传送出来，把社会的种种坏现象，全盘地呈露出来。"该文要求在创作上清除鸳鸯蝴蝶派的思想影响，反对色情描写。姚雪垠的现实主义理论，有着左翼文学运动的明显烙印。当时姚雪垠对文学单纯而又过分简单的理解，不论从积极方面还是消极方面，对其文学思想的发展，影响都是巨大的，直至伴随着他长达70年的文学行程。

姚雪垠很看重他的处女作《两个孤坟》。当笔者把发现的《两个孤坟》复印件呈送给他时，他欣喜地说："你的工作有意义，你把我的创作时间向前推了两年！"由《两个孤坟》，姚雪垠向我讲述了一件至今难以忘怀的故事：当他到报馆领到了《两个孤坟》的稿酬——五毛钱时，他的眼睛顿时发亮了。五毛钱，这是一个最不起眼的数字，可是，对处于生活困境中的姚雪垠来说，却是一笔不小的收入，意外的恩赐。五毛钱，他可以在地摊上美美地喝几碗热气腾腾的绿豆面丸子汤；五毛钱，他可以买几个大个的甜瓜，抱回宿舍，带着欣喜的心情连皮吃下；五毛钱，这是他几天的生活费呀。五毛钱带给他的，不只是经济上的接济，更重要的是对他从事文学创作的及时鼓励，精神的安慰。写作给姚雪垠带来了灵魂的愉悦，精神的富足，《两个孤坟》中安放着他的生命和梦想。在特定的时刻，一个孤立无援的青年学子，哪怕得到的是最为微不足道的支援，在他内心深处掀起的感情涟漪，竟长达 50 年奔腾不息。

河大两年，事实上为姚雪垠以后的创作做了初步的准备。读姚雪垠的作品，特别是读长篇巨著《李自成》，我们都为作者深厚的传统文化修养所折服。这实际上得力于姚雪垠这一时期的刻苦攻读。他说："随着我读书日多，写作能力在继续提高，而且与我以后在文学道路上的发展有一定的关系。我喜欢中国古文学，读得多了，使用文言写作的能力有所提高……因为我在早期这点基础，使我到中年时代突然开始写《李自成》才具备必要条件。"

其实，开封和河大带给姚雪垠的，还不仅仅是创作《李自成》的知识准备，而且最早地为他提供了接触李自成材料的机遇。1931 年暑假离开河大后，姚雪垠仍然不断往来北京、开封之间。利用寒假，回开封探亲，看望住在岳父王庚先家中的妻子。其间，姚雪垠经常到河南省图书馆读书。设在开封二曾祠的河南省图书馆（今开封市图书馆），地处龙亭湖南岸，风光宜人，环境幽雅。正是在这里，姚雪垠意外地发现了记载李自成三次进攻开封的两本书，一是李光壂的《守汴日志》，二是周在浚的《大梁守城记》。这两本书，是作者接触明末农民战争史料之始。在姚雪垠的《〈李自成〉创作余墨》一文中，我们感受到，正是从这里开始，作者已隐约地出现了创作《李自成》的意识萌动。

或者可以作这样的判断：河大两年，姚雪垠称得上是双喜临门。如果说《两个孤坟》点燃起了姚雪垠文学生命的火焰，那么，他和王梅彩女士的喜结良缘，又可以说是保证他的文学生命之火永不熄灭的一个关键。

姚雪垠漫长的文学之路，崎岖而艰险，苦多乐少，坎坎坷坷，他时常心存高远而不被理解。姚雪垠所承受的经济压力、精神痛苦，是常人所无法想象的。多亏有了这位贤惠善良的妻子默默地体贴、支持、鼓励、安慰，相濡以沫，日夜相伴，这棵文学之树才能够顽强地扎根于生活的沃野，而没有被时代的风雨所折断，终于枝繁叶茂，躯干挺拔，直刺青天。

姚雪垠和王梅彩的婚姻带有某种传奇色彩。1930 年，当姚雪垠因

"共党嫌疑"被捕后，反动当局既没有证据，又迫于舆论压力，最后只得以交保释放的方式将姚雪垠放出。请谁来做保人呢？姚雪垠想到了自己的同乡王庚先先生。王先生是河南省辛亥革命的元老之一，遇害的河南辛亥11烈士是他的同事，他因为自己的革命经历而受到人们的尊敬，当时在开封担任一个商店经理。经过王庚先的营救，姚雪垠最后获释出狱。王庚先的爱女王梅彩，当时在开封艺术学校上学，学习绘画。姚雪垠与王梅彩在王家由相识而相互倾慕，并于1931年5月结婚，开始了患难与共的近70年生活。

姚雪垠虽然1931年暑假以后就离开了河南大学，然而，他和河大仍然保持着时断时续的联系。1937年之前，河大教授王毅斋曾经给予过他多方面的帮助。抗日战争爆发后，姚雪垠又和河大教授嵇文甫等人合作，共同主编救亡刊物《风雨》。后来，他还以嵇文甫领导的，河大学生为主体的抗战训练团为素材，创作了长篇小说《春暖花开的时候》。这里，只着重描述在创办《风雨》时期姚雪垠在救亡文艺理论方面进行的探索。

《风雨》周刊创刊于1937年秋，由嵇文甫、姚雪垠、王阑西主编，初为周刊，第15期起改为5日刊，主编又增加范文澜、方天逸两人。该刊虽然是一个综合性的刊物，但刊登的文艺作品、抗日救亡文艺理论、文学思潮研究方面的论文却相当多。由于《风雨》周刊内容充实，形式活泼，从而使它很快成为在全国具有较大影响的刊物，吸引了相当大的一批作者和读者。许多著名作家、戏剧家、音乐家都先后应约撰稿，及时地反映了抗战初期我国许多地区救亡运动的某些侧面。作家沈起予的报告文学《前线归来记》，碧野反映华北农村生活的作品《流亡途中》、《在行唐——前线速写》，刘白羽的通讯《海上》、《弟弟走了以后》，都真实地反映了当时中国人的处境和精神风貌，产生过较大的影响。

在《风雨》周刊上，姚雪垠以书信的形式，对抗日救亡文艺理论进行过较为系统的研究。

抗日救亡文艺应该描写什么？

姚雪垠在关于救亡文艺的第二封信《兴奋的日子开始了——主题论之二》中指出：抗战开始后，全国人民激发起了空前的抗日热情，小商人不管生意怎样萧条，都自动地集钱买食物买茶水，慰问从前线受伤下来的士兵；一些被青年人看成人间废物的老太婆，也拿着西瓜慰问伤兵；连那些光着屁股的小孩子，也努力争取为抗日救亡做点事。他认为："如今从绥远到广东……哪一处，你看不到这些令人兴奋的事象，和听不到奴隶们的震天吼声？时代本身就是一部惊心动魄的悲喜剧，一首可歌可泣的大史诗。"因此，救亡文艺要描写这些"全民抗战的热情"，"这主题既积极，又鲜明，既容易叫作者把握，又容易叫读者感动。"在谈到如何描写人物时，他特别强调要正确地描写农民。他说，有的文章讽刺农民愚蠢，这种对大众加以讽刺的做法，是很不对的。在谈到如何描写敌人时，他说："对敌人谩骂侮辱并不能长自己的志气，灭他人的威风，还是把敌人的暴行多多暴露出倒能发生积极的作用。"

他在关于救亡文艺的第四封信《是否还要反帝反封建——主题论之四》中，对当时文艺战线的反帝反封建任务，阐述了自己的观点："反封建是对内的，反帝是对外的，目前和帝国主义对立是一个大矛盾，和封建的对立是一个小矛盾，我们应该缓和了内部的小对立，加强了外部的大对立。"

姚雪垠关于救亡文艺的前五封信，主要探讨了救亡文艺应该"写什么"。从第六封信《论大众文学的风格（上）》开始，他又扼要论述了写作方法方面的一些问题。他认为，一个作家，应该时刻了解大众的需要，写出大众所拥护的作品。他说："一个前进的作家必须时时刻刻地注意着自己的作品对时代会产生什么影响，假若他不能深刻地了解政治，就证明他对于他的时代和周围的大众生活隔阂，就可以断定他决写不出为时代所需要，为大众所拥护的作品。"他认为："救亡是一切不愿做亡国奴的人们的责任，所以救亡文艺的读者对象也是无所不包的。"救亡文艺从它的社会基础上说，是大众的；从形式上说，是通俗的；从时代的使命上说，是启蒙的，而在现阶段启蒙和救亡是决不能分开的。"在论述风格问题时，他指出，在阶级社会里，人们的生活条件不同，对艺术的趣味就不一样。每个作家的作品都有自己的风格，但同一时代同一阶层作家的作品又有一种共同的风格。

在当时的条件下，姚雪垠的这些理论探讨是具有积极意义的。仅就姚雪垠个人的文学道路而言，由于他坚持创作实践与理论研究并重，理论来自自己的创作实践，而又善于把自己的创作实践及时地上升到理论高度加以总结、升华，这就使他的创作能够不断地攀登到一个新的境界。从1929年创作《两个孤坟》开始，至1938年轰动文坛的短篇小说《差半车麦秸》的发表，前后历时近10年。在此基础上，他的代表作《春暖花开的时候》、《长夜》等陆续问世，奠定了他在现代文学史上的历史地位。坚持创作与理论并重，使姚雪垠的创作得以永葆青春。又经过50年的不懈追求，《李自成》才终于奇迹般地降生。《李自成》，随着20世纪的渐渐远去，将化为我国文学史中一道诱人的风景线，成为读者久远谈论的话题。

从1929年到1999年，漫漫70年，姚雪垠和河南大学，一直有着割舍不断的亲情。最初是他在河大读书；以后，为了抗日民族解放事业，他和河大师生又共同呼号呐喊。近20年来，作为河南大学顾问，姚雪垠对河大的建设，更是魂牵梦萦，悬悬在念。在回忆录里，在讲学的会场，在各种场合，他一次又一次地倾吐着自己对河大的感激。他深情地说，在来河大以前，"我在家乡，也想学习，但对学习什么，走什么道路，心中是糊涂的，混沌未开，而且也没有学习条件。从这以后，我好比混沌初开，开始有了追求，有了理想，并开始从事有目的的努力。而且有了读书的环境和得到书籍的条件。总之一句话，对我这一生具有决定性的日子开始了。"河南大学的万千学子，总以能够在著名作家姚雪垠读过书的地方学习而感到自豪。姚雪垠是一面旗帜，一面召唤中原学子前进的旗帜，一面鼓舞河大人为开创未来奋斗不息的旗帜。

虽然姚老一年前已经离我们而去，可是，他那深邃博大的人格魅力，他那灿烂晚霞般的皇皇巨著，却会永远和我们同行相伴。

(2000年5月于河南大学，
载《河南大学忆往》，河南大学出版社2002年9月版)

返乡十日

——师陀访谈录

1985年6月10日至19日，应河南大学邀请，时任上海作家协会副主席的师陀先生，来河南讲学、参观访问。我在编《师陀研究资料》（1984年北京出版社出版）的过程中，曾经和师陀有过频繁的通信，还专程到上海拜访过师陀，向他请教过不少问题。师陀来河南访问时，我们已经是一见如故的朋友了。师陀访豫诸事，邀请单位决定由我全程陪同。我十分乐意接受这个差事。事先准备了笔记本，脑子里也装了一大堆问题，想随问随记，为日后研究这位作家做必要的准备。

师陀6月10日到河大后，6月11日即由开封市文联的工作人员和我陪同，回乡省亲。当天，我们就来到了他阔别38年的故地：杞县华（化）寨村。6月13日起，师陀开始在河大讲学，先后作了《我的创作道路》等多场学术演讲；随后又在开封市、登封少林寺等地参观访问。6月18日，河南省文联招待师陀，文联在郑州的作家于黑丁、苏金伞、郑克西、何南丁、耿恭让、张有德、吉兆明与师陀进行了友好的会见。6月19日，师陀离豫返沪。十天来，我们朝夕相处，无话不谈。谈话涉及的问题很多，笔记本记得密密麻麻。这里摘记的，只是和他的创作有关的几个片段。

重返华寨村

华寨村在杞县城北约二十华里。1910年3月10日，师陀就降生在这个偏僻的小村子里。他的家庭，在当地并不是赫赫有名的富户，可倒也自给自足。给他留下美好记忆的，是祖父的果树园和祖母所讲的民间故事。

师陀曾经若有所思地告诉我，对他创作有影响的，是在村里上私塾时伏天不再上夜学。师陀回忆说，晚上吃过饭，我睡在天井里的小床上，对着满天星斗，听祖母讲民间传说故事。她老人家会讲好多故事，每天晚上，便絮絮开讲了。其中对我影响最大的是《老皮狐子》。这个故事和其他地方的《熊外婆》、《狼外婆》近似，却比它们精彩。她讲的是有一户孤零零的人家，父亲去世了，只有母亲守着三个女儿生活。母亲带着油条馒头去看姥姥——也就是外婆，临走时嘱咐女儿们留神看家。母亲挎着盛油条馒头的篮子，半路上走累了，在一棵大树下休息。老皮狐子变成她的表外甥，问她到哪里去，说是小时候曾到她家去过，并问她家里还有谁，所住的地方，日后抽空要看望她老人家。母亲上年纪了，记忆力差了，眼睛也花了，虽然认识不清楚，也就信以为真，便告诉了它。老皮狐子于是把她给吃掉，又吃了她带的油条馒头，晚上变作她的模样，去吃她的三个女儿……师陀曾多次向人讲，这个故事对他日后的写作影响很大，使他同情一切弱者，憎恶一切欺凌压迫别人的人。

而他祖父的果树园，在谈话时师陀更是屡屡提起，每次都说得津津有味。后来，我惊奇地发现，师陀已经把这些谈话内容化为优美的文字："在我的印象中，我顶早的记忆是祖父和他的果园。他是个果树爱好者。说得好听点，就是四分之一瓶醋的土专家，连半瓶醋都够不上。他有北方的各种果树：桃树、杏树、李子树，最多的是梨树，约占去半个园子，有二三十棵吧。而最难吃的是他的梨树上结的梨子，桑黄皮，梨肉要多干有多干。我所以称他果树爱好者，他的园子里除梨树外，例如桃树吧，就有"头红桃"、"二红桃"、"六月上"、秋桃，还有一棵冻桃；再如李树吧，有"合地红"、"玉黄"李、秋李；他有四五棵杏树也是不重样的。另外是他有一棵只有江南才有的梅子树。他很爱护他的果树。在他的果树中，除了梨树和少数三两种杏树，几乎全怕水淹。他在果园周围垛上墙，又在每一棵果树根部培上土。他已经八十多了，每年夏天和秋天，不分昼夜，都坚持住在果园里他的小茅草庵子里。"[①]

由祖父的果园，师陀还向我详细地介绍过他在朋友家里（河南郾城）看到的另一个果园。这个果园很大，从郾城东城根到北城根，全是高大的花红树，"我们走进去，上不见天日，四面看不到边，简直像走进了海

[①]《杂记我的童年》，《新文学史料》1987年第3期。

洋。……这小县城的花红园把我给陶醉了。一阵狂喜，一阵激情，我说我准备以他们小城为背景写一本书。① 这最初的狂喜和激动，十多年后，终于使师陀创作了一部优秀的短篇小说集：《果园城记》。

祖父、祖母对师陀创作的影响几乎是终生的。祖父的果树园，成为他创作的源泉之一。在祖母那里，他受到民间文学最初的滋养，后来在县城听说书，他更为民间文学的艺术魅力所折服，甚至禁不住表示："如其有人叫我填志愿书，即使现在，我仍会宁可让世间最爱我的人去失望，放弃为人敬仰的空中楼阁——什么英雄，什么将军，什么学者，什么大僚，全由他去！我甘心将这些台衔让给别人，在我自己的大名下面，毫不踌躇的写上——说书人，一个世人特准的撒谎家！"②

话题再回到华寨村。师陀这次返乡，在华寨村并没有看到果园。事实上，华寨村的果园早已随着他祖父的逝世就消失了。代之而起的是一片片绿树成荫的桐树林。桐树林的叶子随风拍拍作响，声音有节奏似的高高低低，像在迎接远方来的陌生人。这给失去了果园内心有几分失落的师陀以些许安慰。他诚恳地询问桐树的栽培、生长情况，乡亲们七嘴八舌地回答，在他的脸上竟绽出了不易觉察的笑意。

虽说是返乡省亲，其实师陀在华寨村早已没有近亲。他的近亲多已亡故，或者如他一样的陆续客寓他乡。他所能见到的，只是王姓的一些远房兄嫂和侄儿。进了村子，许多儿童、年轻人一直用好奇的目光打量着这位突然而至的客人，让人感到颇似古诗中儿童相见不相识、笑问客从何处来的情景再现。他的兄嫂们出乎意料的热情，他们围上来握住师陀的手，嘴里呼喊着师陀的乳名，向身旁的年轻人急促地介绍："这是你××爷，这是你××叔……"一片杂乱的寒暄过后，在一家院子里，大家坐到了早已准备好的茶桌旁，吃茶叙谈。谈话的气氛虽然一直相当热烈，可话题似乎也极有限，只是止于相互的询问，简单的对话。师陀停顿了片刻，突然向身旁的一位老者轻声发问："王家老坟还在吗？"

"在，还在，北地……"老者边说边用手向空中指划。

"到坟上看看吧！"师陀的声音低得像是自语，也像是向老者征询意见。

---

① 《怀念赵伊平同志》，《新文学史料》1987 年第 4 期。
② 《说书人》，《师陀全集》第 1 卷，河南大学出版社 2004 年版，第 533—536 页。

"上坟,上坟"。老者和周围的人一齐附和着。由老者和其他亲属陪同,汽车沿着一条土路颠簸行进。

此时已经到了日暮时分,西边的太阳鲜红,又大又圆。我脑子里顿时浮现出了师陀描写过的家乡情缘:"那时日已将暮,一面的村庄是苍蓝,一面的村庄是晕红,茅屋的顶上升起炊烟,原野是一片静寂。在明亮的辽阔的背景上面,走着小小的阴影:村女怀着婴儿,在慢慢归去;农夫带着镰锄,在慢慢归去;牛马也拖着载庄稼的摇摆着的车,在慢慢归去。他们要休息了,井上送来水桶的铁环的响声。远远的牛犊在懒懒地鸣。听着那从静寂中来的声音,我想起:休息了,人要休息他一日的勤劳,大地也要休息它一日的勤劳。落日在田野上布遍了和平,我感到说不出的温柔,心里便宁静下来。"[①]

下了汽车,老者径直陪着师陀走进一块墓地。在杂草的覆盖下,农田中间出现几个不显眼的坟头。老者指着脚下的一个说,"这就是××大爷(指师陀父亲)的坟。"师陀呆滞地望着坟头沉默着、沉默着,足足有两三分钟。然后,由老者和我陪同趋前几步,缓缓地向坟头三鞠躬。

随后,我们一群人又默默地离开坟地。结束了劳作要返回华寨村的农民,私语着围过来一群,他们好意地向师陀打招呼:"××叔,回家喝汤吧!""今晚住下吧!""……"师陀一边微笑着点头,一边登上了返回县城的汽车。

汽车上,大家略有倦意,闭目不语。我却想起了师陀《书怀》诗中怀乡的诗句:在这首诗中,师陀期望同辈和后人,誓扫天下狡狐环宇清,那时,师陀的愿望是:"天下清后探旧屋,/旧屋久已毁,故旧多不存,/愿与乡人庆升平"。我心想,坐在车上的师陀,此时的心情该是得到了些许安慰的吧。

夜宿杞县城

从华寨村归来,天已经完全黑了下来。按照事先安排,当晚住杞县招待所。白天拜谒祖坟的情景勾起了师陀怀念的思绪。晚饭后,回到我和他

[①] 《落日光·题记》,《师陀全集》第1卷,河南大学出版社2004年版,第205页。

同住的房间，他的话匣子就打开了，开始讲述亲人的故事。

童年给师陀带来最大乐趣的，当是祖父的果树园。师陀说，祖父勤劳能干，又有几分吝啬。不过，除了果树园之外，别的事已经记忆模糊了，而唯独父亲的故事依然在心里活灵活现。祖父逝世后，父亲带着我和大哥来到祖父的果园。当时我不过两岁多点，父亲用右手牵着我，走到打麦场上的时候，父亲说："园子里出来一棵小杏树，知道吗？"大哥抢着说："我知道。""我也知道。"我跟着大哥说。因为我和大哥虽然不能说每天，倒是经常去看那棵小杏树的。"那棵小杏树谁尿上一泡尿，长得旺极了。你俩谁尿的呀！"父亲接着问。大哥说他没有尿。师陀听说小杏树因为有人撒尿，长得很旺，我便抢着说："是我尿的"。"小杏树死了。以后可别尿啦！"父亲笑着责备。

师陀回忆说，其实我当时根本没有往小杏树上撒过尿，只因父亲说小杏树长得很旺，就撒了谎。这件事对我教育很深刻，以至过了七十多年，父亲去世五十多年，我对于自己这个过失一直念念在心。他后来反省："当时父亲带我们到小杏树那里，一看果然死了。我感到脸上发烧，但是我并不争辩，只感到撒谎可耻：自己吹自己做了好事情固然可耻，自己本来没有做过的好事情，经别人一表扬，即承认是自己做的，更加可耻。"[①]

师陀讲的第二个故事，是父亲在煤场发现一筐铜板的故事。父亲当时办了个煤厂，想赚钱，可是又整天想成仙，心思不在煤厂。合伙的朋友总是设法骗他的钱。有一天合伙人外出，父亲在煤厂整理煤堆，无意间发现了煤堆里放了一筐铜圆。合伙人的行为使我的父亲很伤心。一个多月后，父亲决意不再做生意了。合伙人也知道父亲发现铜圆的事，大家不欢而散。讲完这个故事，师陀感慨地说："目光短浅的欺诈，玩小把戏，使农民做生意往往成不了气候。"

而生病的时候受到的父爱，更使师陀感受到了少有的温馨。平时严厉的父亲，这时候却对生病的师陀，和同时生病的哥哥以极大的关心。父亲每天外出给他们买零食：什么山楂糕呀、荸荠呀，葡萄干呀，梨膏糖呀，等等。父亲每次从外面回来，进门就欢快地向他们招呼一声，晃着兜食物的手巾问："好些了吗？猜，这是什么？猜！"父亲这样说着，就在他们睡的大床边上坐下来，公正地轮流为他们剥起荸荠来，有时候也为他们烧

---

① 《杂记我的童年》，《新文学史料》1987年第3期。

枣。就这样，父亲每天在他们的床前说着笑话，打着哈哈。师陀感受到，虽然是在病中，房子里又是那样的阴暗，可是父亲一进来，同时也便带来了光明。父亲的声音是响亮的、天真的，好像是从灵魂深处发出来的闪光。人间最珍贵的是父爱。几十年后回忆起来，白发苍苍的师陀似乎又回到了天真的孩提时代。

师陀对母亲的印象却不怎么好。倔强的师陀遇到的是爱发火的倔强的母亲。有时候，双方甚至竟对立起来。母亲说："你把衣服给我脱下来，不要叫我娘！""不叫就不叫！"师陀也毫不退让。童年、少年时期，倔强得有几分固执的性格使师陀吃了不少苦头，但它似乎也成全了师陀。师陀作品中不少具有倔强性格的人物，背后总是隐秘地传递出了师陀性格的魅力。

大哥是师陀生活中另一个重要人物。小时候，他们一起上学，大哥事实上充当着师陀的保护神角色。他和大哥小时候也有怄气、争吵，但在原始、闭塞、单调的农村生活里，大哥还是带给他最多欢乐的好伙伴。琐细的往事大多已经随风而逝。20世纪80年代仍然还刺痛着师陀心的，是大哥的病逝。抗战胜利后，大哥给师陀去信说："我病了，想见见你。"师陀收到信后就赶回杞县。这是师陀解放前最后一次回到杞县，距这次返乡已经过去三十八年了。大哥患的是脊椎骨结核。师陀在家里住了几个月，用小车推着大哥看病，可是总不见效。大哥曾想随师陀去南方（上海）看病，可师陀自己当时还衣食无着，哪里还有经济能力支撑大哥看病呢。师陀婉拒了哥哥的要求。师陀离开杞县回到上海后，大哥很快病逝。大哥的逝世给师陀的内心深处刻下了伤痕。直到这天晚上回忆到当时的情景，他仍然显得过分的忧伤，神情黯然。

触景忆旧

杞县是历史文化名城，在商代和西周时为杞国。因为古时候这里多生长杞柳，故名杞。城内有古建筑鼓楼、大成殿、境内有虎丘寺、仰韶、龙山文化遗址。师陀的童年和青年时期是在杞县华寨村和县城度过的。短篇小说集《果园城记》里，作为背景所写的县城的城隍庙、魁星阁，杀人场小西门，以及胡、马、孟、侯四大姓人物的活动场所，都给他留下了难忘的记忆。师陀告诉我,"书中所写的这些人和事,皆实有也。"我们在大街上漫步,走到一处残破的门楼前,师陀有时就停下脚步,指指点点,说某处是马家,某处是孟家。他家当时住坊子街5号,他家西边住的是侯家。在民国时期,四大姓曾经有形或无形地成为这座小城的主宰。

我想让师陀带我去看看他常听说书的城隍庙。可是,当时天色已晚,夜雾迷蒙,我们终未能找到城隍庙旧址。不过,师陀并未因为没有看到城隍庙而减低游兴。他有声有色地述说着说书人的折扇、惊堂木和收钱用的小簸箩,叙述他当时的感受。这些感受,没有理性思维的乏味,幻化出了令人神思摇撼的审美愉悦。师陀建议我回学校以后再读一读《说书人》。他说,其中的一段文字,记录了他当时对说书人的真实感受。这一段文字是:"实际上我们全被迷住了。他从傍晚直说到天黑一会,定更炮响过,接着是寺院里的大钟,再接着,远远的鼓楼上的云牌。当这些声音一个跟着一个以它们宏大的人们熟悉的声调响过之后,摊肆全被收去,庙里安静下来,在黑暗中只有说书人同他的听客。其实只剩下了个数百年前的大盗刘唐,或一个根本不曾存在过的莽夫武松——这时候,过后我们回想起来,还有什么是比这更令我们感动的?在我们这些愚昧的心目中,一切曾使我们欢喜和曾使我们苦痛的全过去了,全随了岁月暗淡了,终至于消灭了。只有那些被吹嘘的根本不曾存在的人物,直到现在,等到我们稍微安闲下来,他们便在我们昏暗的记忆中出现——在我们的记忆中,他们永远顶生动顶有光辉。同这些人物一起,我们还想到在夜色模糊中玉墀四周的石栏,一直冲上去的殿角,在空中飞翔的蝙蝠。天下至大,难道还有比这些更使我们难忘,还有比最早种在我们心田上的种子更难拔去的吗?"说书人对他的影响是如此之大,以至在他的小说和散文里,曾经多次出现过说书人的身影。

师陀领着我要看的另一个景观,是小西门。师陀说,杞县县城不大,却有五个城门。小西门是"出人"(秋决杀人)的必经之道,刑场在城关尽头的土地庙后面。我们当时也并没有看到小西门。小西门之外,即当时的杞县西关,如今已经是通往开封的繁忙公路,车水马龙,没有了阴森杀人的恐怖气氛。可师陀说起小西门的故事,仍然是滔滔不绝。师陀说,杀人的消息一传出来,到刑场的路上就挤满了人,有站在街两边看的,有一路上跟着看的,有走在前面看的。地保走在最前面敲着破锣开路,其次是马队,其次是刑车,再其次是监斩的老爷及其护卫们。师陀说,我永远弄不清楚"出人"这一天看热闹的人为什么这样多，而看热闹的人又如此欢喜，大家笑骂，呼唤，呼哨，一面又谈着罪犯的历史，仿佛为他们庆祝。而坐着马车回"老家"去的罪犯们，无论别人怎么样议论，这时自然全不相干，只在滚滚的红尘下面，听着堂堂的破锣声，咔嚓咔嚓的马车声，甚至连破锣声马车声也不曾听见，只是糊里糊涂被送上死路而去。

在表面轻松的言谈中，埋藏着师陀对于民风愚顽，人性堕落的忧虑与厌恶。在小说《倦谈集·早晨第一章》，我们看到了一个女仆和一个老儿关于当地处决犯人的对话。他们戏谑地称杀人是到"西门外拜把子"，死了是在"西门外睡没头觉"。对于统治者的草菅人命，对于普通人的麻木，师陀用他惯常使用的揶揄的口气在这篇小说里给予了揭露：

此地的政治有一款最好的建设，就是每天枪决一干人犯；数目不多，两个以至五个，空着的日子倒是喜庆佳节一般的稀。因为意义在示众，要吓唬吓唬庶黎人等，时机之佳自莫过于市集的早晨。虽然破锣废弃了，车辆也豁免了，但有马步队伍押解，浩浩荡荡，游过大街小巷，吹起号角，死囚被夹在中间，横拖竖拽的缓缓走去，仍不失为壮观的行列。可是居民们看惯了；尽管有出奇的色相，随观的人仍属寥寥。在这寥寥之中总有着那老儿，他是决不会逃懒的。

像一个博学的古董收藏家，他考究着各色各样遭枪弹撞穿的头，从而发见令人笑的资料。他为那些破碎的头颅定立名目，诸如"烂西瓜"，"红色的葵花"，"炸过的手榴弹把"、"六月桃子"之类。他的热中据说完全是"爱美的"，称作宰鸡的工作一完，便霎霎眼，示意他非常满足。他深信自己是"好人"，有拣择死所的自由，和恶棍们既无关涉，自也不必有什么感触。

今天的被处决者之一曾与他相识，但他却照常极有兴致地嚷：
"媳妇吗？哭啊！你想，天塌了半个……哪，棺材铺子又发一注好财！"

《东观汉记·王霸传》云："市人皆大笑，举手揶揄之。"揶揄是一种自嘲、自轻的感情，一种近似冷眼旁观、无能为力、无可奈何的排遣。由创作伊始对丑恶现实不加掩饰的讽刺，发展到远比讽刺更为个性化的揶揄，是师陀短篇小说创作风格的一个缓慢演进的转变。这里对老儿的心理的刻画，就体现作者似冷实热的揶揄和嘲笑。

小说人物原型

  一个作家早期的生活经验所留下来的心灵印记，往往滋养了作家内在的精神世界，形成他的最生动乃至最稳定的创作源泉。师陀告诉我，他的许多小说都和他早期的生活经历有关，小说中创造的一些人物都有原型。

  小说《毒咒》刻画了一个叫毕四奶奶的人物。她和毕四爷无休止地争执，她设计逼死已经怀孕的毕四爷的小老婆，性格令人战栗。最后，毕四奶奶自己也发了疯，"她的五脏和头发都发了火似的，无论什么地方都不能安定下来。她必须四处奔跑，到处都用拐杖捣过，到处都啐遍毒。"毕四奶奶到处喊叫着："这块地上有毒：绝子断孙，灭门绝户，有毒！"她的诅咒撕破原野，"将灾祸撒播到应该生长五谷的田里。那座田庄不久就变成了一片荒场。"这个可怕的毕四奶奶是怎样塑造出来的呢？师陀说，"这是以一双族祖夫妇作标本，又参考了几位绝嗣的乡邻的事迹写成的一部小说。"

  小说《雾的晨》，把整个村庄笼罩在雾的世界里。雾浓重得像烟，一缕一缕从树荫、从半空中扑下来，成了烟的团、云的团，缓缓在地面上溜，然后再卷上去。它比牛奶看去还要新鲜，绵绵舒卷着，绕过茅舍的檐角，绕过树干，滚过村道。整个村舍慢慢混进乳白色的雾里。在这看似和平幸福的乡村，一位被饥饿驱赶着的叫九七的农民，连半瓢米也借不来的九七，为了从树梢上打一把杨树叶充饥，竟从树上滑落下来摔死了。我请教师陀，这个凄惨的故事是听来的，还是自己创造出来的？他说，"我写《雾的晨》中的那个摔死的九七，当时实际上是摔伤了。"接着，他补充说，"这件事对我触发很大，感受到了社会的炎凉。小说中那一条狗，是为了要说穷人不值钱。"

  师陀还多次和我谈论过他的名作《期待》。师陀告诉我，小说中牺牲的革命者徐立刚是以他认识的一个共产党员做影子。这一次，他又对这一人物作了肯定性描述："小说中的徐立刚，原型是我们县里的马培义（毅），共产党。他在武汉做地下工作，牺牲了。"

  我向师陀谈了自己对《期待》的感受："作品中的那一双筷子最感

人。父亲已经知道儿子牺牲了，怕他的老伴难过却一直瞒着她。两个无依无靠的老人，每顿吃饭的时候，总要在饭桌上给儿子摆上一双筷子，似乎期待着奇迹的发生。"

"那双筷子是我构思的"。师陀猛抽了一口香烟得意地说，"小说是想象的艺术"。

师陀介绍，《秋原》里那个被鹰庄人野蛮杀死的所谓犯人，只不过是一个精神病患者。他还说，长篇小说《荒野》（未完）最初的构思，来自他家里遭土匪捆票的经历。《杂记我的童年》是师陀晚年写就的一篇出色的传记。可惜这篇传记并没有记述他哥哥遭土匪绑票的事。这件事，交谈中师陀却对我有过详细地叙述："那年我还在上小学，家里突然来了四个土匪，一个在二门看守，三个闯了进去。他们只有一支枪，先朝天放了一枪，然后就把我哥哥捆起来带到村外的高粱地里，用劲地打他，叫他拼命地喊'救命'，让村里的人都能听见，让家里人听见设法救他。土匪通过中人告诉家里，要交几百块现大洋才放人，不交钱就撕票。中人到高粱地里为大哥求情，说他家是穷人，没有那么多钱，请他们高抬贵手。土匪当然不听中人的话。最后家里到处借钱才赎了人。"这件事对师陀的触动也很大。发生这件绑票案几年后，师陀就创作了描写土匪生活的长篇小说《荒野》。

师陀关于小说原型的介绍，实际上是他宝贵艺术经验的提炼。作家的生活经历特别是刻骨铭心的经历，实际上是储存于心中的创作内动力。这些人物和事件，不时地使他产生宣泄的强烈欲望。当经过长期的酝酿、改造、构思，某些偶然事件的触发、刺激、联想，这些现实生活信息就会复活，神思飞跃，心物契合。这些超越时空限制突破个人直接心理活动，在主体对外物感知的基础上，实现了主客体相互交融，作家于是文思泉涌，创作出了优美华章。

（载《新文学史料》2005年第2期）

与夏志清先生讨论师陀

1980年9月初,在黄山召开的中国现代文学资料编辑规划会议上,我主动向编委会提出,自己愿意承担编选《师陀研究资料》的任务。丛书编委会同意了我的申请。

选择编《师陀研究资料》,我当时有两个想法:一是自己多年来对现代豫籍作家的生存状态、创作风貌比较关注;二是不久前读到了夏志清著《中国现代小说史》(1979年5月香港友联出版社有限公司出版)关于师陀的论述。那时候,国内研究者对师陀的研究相对较少。几部已经出版的中国现代文学史,对师陀的评论都过于简略,多用二三百字的篇幅做些简要介绍,一略而过。而夏志清先生却用了一章的篇幅,对师陀的创作作了较全面的评论。夏先生指出:师陀"以第一个短篇小说集获得众所瞩目的《大公报》文艺奖金","但他真正值得我们珍视的小说作品,该是1947年出版的长篇《结婚》";他又说,师陀的短篇小说集《果园城记》,"正如鲁迅的几篇小说一样","亦以自我放逐的知识分子的暂时回乡为出发点","有鲁迅在《呐喊》及《彷徨》中所表现的讽刺与同情"。夏先生对《结婚》的评价相当高。他以一种别有韵味的口吻提醒读者:"我们实在不知道《结婚》究竟是一个意外收获呢,还是一个作家转为成熟的证据。但若纯就它的叙述技巧与紧张刺激而论,《结婚》的成就在现代中国小说中实在是罕有其匹的。"夏志清在详尽地分析了《结婚》的人物,分析了《结婚》的讽刺性特征后,总结说:"因为师陀能够在他紧凑的叙事中注入这点恐怖成分,他把《结婚》写成了一部真正出色的小说。"不记得自己当时是否完全同意夏先生的见解,但他眼光独到,个性彰显的批评风格,的确给我留下了鲜明的印象。

我十分看重夏先生从艺术上、技巧上对师陀作品的解读。当然,从当时我对师陀部分作品的阅读中,自己也感到:由于史料的限制,阅读范围的制约,夏先生对师陀的评论也有所不足。由此,萌生了与他开展学术对话的愿望。

1982年，我在所撰《师陀小说漫评》①第四部分《海外评论之评论》中，尹雪曼、波兰斯路普斯基、夏志清等人对师陀研究，除肯定了他们具有创新意义的见解外，也对他们的某些观点提出了商榷意见，对他们使用的某些史料进行了辨正。我在文中指出：这些研究者"对师陀思想和创作的评论中，也存在着某些失实和不准确之处"。关于作者为何把笔名芦焚改为师陀，有些评论者也做出了与事实不符合的解释。如夏志清就说，"芦焚'改名师陀以表示转向'。师陀为什么改名，作者自己曾多次作过声明和解释，反复说明是由于抗战时期汉奸报纸上出现了假芦焚，他才被迫改名，并不存在什么'转向'不'转向'的问题。"又如：在述说师陀怎样进入文坛问题的时候，夏志清说："师陀之进入文坛，得沈从文帮助不小。"我在文章中，列举具体事实，陈述了自己的看法。指出：夏先生的"这一说法并不全面。沈从文先生对师陀的创作是有过帮助的，但是，客观地说，师陀的成长得到过的其他作家的帮助是更具有决定意义的。女作家丁玲帮助师陀发表了他的第一篇小说，巴金对师陀的帮助更是多方面的。"1980年12月31日，师陀在给我的信中就专门回答过这个问题。信中说："要说对我进入文坛帮助最大的人，那是巴金，他不但出过我许多书，对我的私人生活方面也很关心。"②《师陀小说漫评》，可以看作是我和夏志清先生就师陀研究进行学术交流的开始。

生命中的许多事情常有巧合。1984年《师陀研究资料》出版后，我就想把这本资料寄送给夏志清先生，但却苦于找不到他在美国的具体地址而未能如愿。可是，不久就有了转机。1985年春天，河南大学正式恢复校名（1912年建校）后，决定派团赴美，访问纽约、康涅狄格、旧金山等地，会见旅美的校长、教师及毕业生。我被邀为学校访问团成员之一。凑巧，访问团出发之前，原河南大学学生、现纽约大学教授李先生，返回故里河南周口市探亲。当他得知我想会见夏志清先生时，主动托人转告："不要叫刘先生为难。我和夏先生熟悉。我返美后，会安排代表团在纽约和夏先生会面。"

这位纽约大学的校友是位热心人。代表团在纽约逗留期间，他除了精

---

① 载1982年《河南师大学报》第1期，后收入《师陀研究资料》（北京出版社1984年版）。
② 《师陀全集》第5卷第8册，河南大学出版社2004年版，第13页。

心地安排了我们在纽约与河大校友、著名科学家吴健雄等多人,在一家中国餐馆相聚、畅谈河大今昔外,会上还紧紧地握着我的手说,夏先生欢迎大家来访。明天,我陪同各位在哥伦比亚大学夏先生的书房会面。

夏志清先生为人直率、诚恳、热情,会见气氛十分融洽。当他看到我送给他的《师陀研究资料》时,一边打开翻看,一边连声说:"谢谢!谢谢!在海外研究师陀和中国作家,最大的困难是史料薄弱,这本书对我的研究有用,很有用。"接着,他转过身去,随手从书桌上拿起一本新到的香港期刊《知识分子》(第1卷第3期,1985年4月《春季号》)郑重地签名后递给我说:"这里有我的一篇讨论中国现代文学与古典文学关系的文章,请赐教。"

话题就从这本杂志谈起。夏先生文章的题目是《中国古典文学之命运》,第一部分讲的是中国新文学的发生。他认为,"我国现代文学,肇始于二十世纪元年。一九一七年文学革命发动之后,新旧文学之争已不只是文言、白话优劣的辩论了。更重要的,现代作家脑子里萦绕着中国这个大问题,不像古代文人,即使感时忧国,也想不到中华民族竟如此不争气:愚蠢、残暴、不人道"。文章还说,"大陆、台湾当代作家,比起美国最严肃的当代作家来,可能不够'现代',但他们关心国家,也拥有海内外有头脑的读者大众,说起来比美国现代作家有福气。我国当代文学健康情形很好,不容我们忧虑","新文学的传统已是中国文学的新传统"。大家一面聆听夏先生的高论,同时也不时插话,说师陀,谈河南,气氛轻松,一见如故。

一到开始讨论师陀,大家的话都多了起来。有人向夏先生介绍,师陀就是开封市杞县人,他小时候生活的柿园村,离开封只有几十公里。最近,他还返回故地,扫墓祭祖。师陀笔下写的许多人和事,上年纪的人都熟悉、亲切。夏先生耐心地倾听着,不时地也插话说,"研究师陀,熟悉他生活的人文环境很重要,这里有着情感上的千丝万缕。河南人研究师陀,有着某种精神上的优势。"谈到师陀收藏的作家书信时,我向夏先生作了简要介绍。我说,在我到上海师陀寓所访问时,他曾对我说:"我和许多作家的通信,由于战乱丢失了不少,现在只保存有三四百封,你将来如果有用,可以拿去看。"夏志清也说,"我看到,你们之间的通信很多。这些往来书信,同样也是珍贵的史料,对研究都大有用处。"他建议我对师陀研究给予足够的关注。会见结束的时候,大家一起合影留念。夏先生在校园里陪我们走了好远,大家才依依惜别。

这次会见,我们和夏志清先生都留下了美好的记忆。三年后,师陀先生逝世。夏志清在写给师陀夫人陈婉芬女士的慰问信中,明确地提出了编辑师陀文集的具体建议。信中说:"刘增杰先生来纽约,亲自把《师陀研究资料》送给我了,此书对研究师陀极有用。刘是开封市河南大学中国文学系主任,不知你同他有无信札往来?师陀尚未发表的遗稿、日记、书信,可由你同他合编出版。"当时,我也收到了师陀先生治丧委员会的讣告和陈婉芬女士的来信。

婉芬女士的信,其情真挚,其言恳切:"师陀不幸,早夺天年。……师陀一生,经历坎坷崎岖,多年遭受冷落,晚年境遇还有幸。出版了几个集子,国内外学者展开对他的研究,而他之所以能誉饮海外,首先应该感谢您对他的呕心沥血,对他的人品、学问、作品研究和誉扬,肯定他在文学史上应有的一席地位,这是您对他深挚爱护,婉芬谨此表示谢忱。……师陀也当感大德于九泉!"

陈婉芬女士的信和夏志清先生的建议,都让我深感责任重大,不敢懈怠。经过多方努力,由我编校的《师陀全集》(5卷8册),终于在2004年由河南大学出版社出版。《师陀全集》凝聚了许多研究者和家属的心血。我在《编校余墨——兼及现代文学作家文集编辑中的若干问题》[①]中特别指出:"——至于师陀先生夫人陈婉芬女士和公子王庆一先生,更是翻箱倒柜,主动发掘资料,提供线索。婉芬女士关于他们一家共度欢乐与苦难的描述,他与师陀先生在新婚喜庆日子发生的件件趣事,一些美好的记忆,都加深了我对师陀的精神、个人情趣的理解。"在《师陀全集》出版的同时,河南大学文学院筹备的以讨论师陀创作为中心的"中国现代文学文献问题学术研讨会"也即将举行。会前,我给夏志清先生写信说,"先生届时能够赴会,我们当然热诚欢迎。如果不方便赴会,我也会寄去出版的《师陀全集》,请你批评指正。"我还说,"自己为会议撰写了一篇关于现代文学文献问题的论文。题目是:《脆弱的软肋——略论现代文学研究的文献问题》,呈上请他批评。这篇文章写得并不好。只是,文章介绍了大陆文献研究方面存在的若干问题,作为一份参考资料供你参考。"2005年1月5日,我收到了夏志清先生的回信。信中说:

[①]《师陀全集》第5卷第8册,河南大学出版社2004年版,第588页。

年假期间收到了您寄我一大包东西，原以为是贵校上次开大会所宣读的论文，昨天把包裹拆开，才知道寄来的是5卷8册《师陀全集》，看到后真是欣喜异常。这几本书不断由我翻阅，认为兄编校这套书下了很大的功夫，成绩斐然，不仅让师陀先生的手稿、著作从此凭最好的版本流传于世，而且这也是您个人的光荣，是河南大学出版社最值得骄傲的一部作家全集。如您在《脆弱的软肋》[①] 一文里所说的，过去所出的大陆作家文集，好多故意改动作品的内容和文字，《师陀全集》真可说是完全不被政治考虑所左右，每篇文章、手稿都由您亲自校订过的一部作家全集。看了您的《编辑说明》，好让我感动。第8册里您特别刊登我同师陀的合影，4封他同我的信札来往，当然更让我感激莫名。1983年原该是我在国内遭骂的一年，不料去了一趟北京、上海，倒让我同好几位心爱的作家见了面。但到了上海，我想巴金不一定要见我，因为我苛评了《家》、《春》，我也不知道施蛰存还健在，所以，我只说要同师陀见面。否则我真可同师陀的两位老友也见了面……谢谢赠我一套巨著，师陀给您的信，发表了25封，可说您是他晚年的至交了。

正在写这篇回忆短文的时候，惊悉夏志清先生刚刚谢世。这一意外的消息让我的回忆立刻变得苦涩与沉重，我再也不能与先生一起讨论师陀、讨论中国作家的创作了。往昔的记忆变成了值得珍惜的历史。先生来信中的鼓励，也已经开始化为河大人、河南大学出版社对先生永久性的怀念。

(2014年6月草于河大新校区21号家属院寓所)

[①] 《脆弱的软肋》，《文学评论》2006年第6期。

学人掠影

论任访秋著《中国现代文学史》
(上卷)的学术价值

  任访秋先生所著《中国现代文学史》(上卷,以下简称《文学史》),是一部诞生于战争年代,具有特定学术价值的著作。1942年3月,被迫逃亡到豫西山区河南省嵩县潭头镇,正在艰苦的战争环境下坚持办学的河南大学,收到了国民政府行政院通过的将省立河南大学改为国立河南大学的决议。河大师生欢欣鼓舞。此时,先生也刚刚接受了开设新文学史研究课程的任务。

  新的教学任务,给年仅32岁的任访秋副教授带来了强烈的生命骚动。有着使命意识的任访秋先生,每天奔波于设在上神庙的河大图书馆,读着那些似乎永远读不完的图书、报刊,虽然眼疲心劳,但他仍然废寝忘食地读着、写着,经常工作到深夜,直到灯油熬尽方才就寝,被同仁戏称为"熬干灯"。先生苦中作乐,内心强悍,决心从凌乱无序的史料里,梳理出自己独有的认知体系,为生活于战乱中的青年学子提供力所能及的帮助。《文学史》1943年12月24日完稿,1944年6月由南阳《前锋报》社出版。而同年5月,河南大学所在地潭头,已被日本侵略者占领。河大师生被迫又流亡到了豫、陕、鄂三省交界的荆紫关。

  在20世纪20—40年代前期出版的新文学史研究著作中,任访秋先生的《文学史》学术个性鲜明。正如现代文学史研究家黄修己所说,这部著作"有许多先行者所没有的东西,无论在体例、资料、观点上都提供了新东西"。[①] 我赞成黄修己的评论。黄著所说的任著的"新东西",在我看来,最重要的是他对五四文学革命运动清醒的整体把握,和在研究中始终坚持的历史研究的基本学术立场。

  《文学史》开宗明义地说:"文学革命是我国文学史上一个划时代的

---

① 黄修己:《中国新文学编纂史》,北京大学出版社2007年版,第67页。

运动,就以往的文学史来看,文体虽是常常地在变动着,但大半是不自觉的、无意识的,一方面是因袭着旧的轨范,一方面创造着新的形式。"他认为,历史上发生过的文学革新运动,"都比不上这一次的规模来得伟大","内容上巨大的变化,那更是前人所梦也梦不到的事。"①

怎样进行历史研究呢?先生说:"目下我们是处在二十年之后,可是当日参加论战的诸公,有的虽然尚健在,而有的已经去世。我们应该尽可能地来给它以客观的论述。"对五四文学革命进行"客观的论述",即坚持学术立场,不是对已经发生的文学事件进行感情色彩强烈的当下评论,而是对历史进行沉思之后的清点。这也正是这部《文学史》学术价值之所在。拟从以下几方面作初步的解读。

"欲说五四,探源晚清"的学术眼光

"欲说五四,探源晚清"是关爱和在《从同适斋到不舍斋》长文中对任先生学术个性的概括。我在阅读任著《文学史》的同时,也先后阅读了先于任著《文学史》出版的同类著作。我发现:这些著作的作者,已经开始注意到了五四文学与五四之前文学的某些内在联系,甚至也有过扼要精准的概括。例如,吴文祺先生在《新文学概要》第一章《导言》中就说:"从以上看来,可见新文学的胎,早孕育于戊戌变法以后,逐渐发展,逐渐生长,至五四时期而始呱呱坠地。胡适之、陈独秀等不过是接产的医生罢了。"② 比喻贴切生动,一语中的。但作者对问题并没有展开论述,只是作了举例性的说明,描述过于简略。任著《文学史》出版半年前出版的李一鸣的《中国新文学史讲话》,在新文学的酝酿一章,也从报章文的角度作过描述:认为流行一时的"报章文的势力,如日方中,古文藩篱,被抉荡无余,文体转变的机运,就隐伏于此"。③ 论述视角的狭窄限制了对研究的深入展开。

任著《文学史》在"探源晚清"部分则给自己留下了足够的话语空间。《文学史》共三编九章,在"探源晚清"(即文学革命运动的前夜部

---

① 任访秋:《中国现代文学史》(上卷),南阳《前锋报》1944年版,第33页。
② 吴文祺:《新文学概要》,上海亚细亚书局1936年版,第13页。
③ 《中国新文学史讲话》,上海世界书局1943年版,第5页。

分），作者不惜笔墨，竟用了三章的篇幅，胸有成竹地回到当时文学现场，耐心地叙说着清末民初的政治、清末民初的思想、清末民初的文学，洋洋洒洒，痛快淋漓。在某种意义上说，创新就是碰撞、颠覆。在中国现代文学史著作里，用这样多的篇幅来讲清末民初文学，在当时来说是史无前例的。《文学史》指出，严几道是我国思想史上倡导民主精神与科学精神最早的人，他"为后来从事新文化运动者作一个开路的先锋，这种功劳，毕竟是不可没的"；在评价康有为、梁启超的变法维新时，《文学史》特别肯定梁启超的贡献，认为：在"结束旧时代，开辟新时代"的进程中，梁启超"一面介绍西方之新学术，一面批判中国的旧学术"，他用新方法、新观点，"对于我国固有文化的价值，才能够有一个重新的估定，所以新文化运动中所谓'重新估定一切价值'之风，实远自梁任公开之。"《文学史》对章太炎思想的分析尤见功力。强调：太炎早年的反儒，"实有其学术的，思想的，政治的原因，决非出于率而的冲动"，"五四运动前后吴（虞）陈（独秀）等所倡导的反孔教运动，实为承太炎之论而起者。"

总之，任先生梳理清末民初思想时，客观冷静，心平气和，以事实为依据，揭示因果关系，辨析递嬗痕迹，能够让读者心悦诚服地认识到五四前后文学思想之间纠结联系，还原出了当时思想生态的原貌。

任著对清末民初文学的解读也自有新意。对黄公度的诗在五四新文学运动的影响，对梁启超创造的纵笔所至、言所未言新文体的巨大作用的评点，都新见迭出，犀利新颖，不再详述。

岁月总是偏爱智者。偏爱智者的前瞻性，偏爱智者出手不凡的文学卓识。今天看来，先生把现代文学研究和清末民初文学研究的打通，不是多余的添加，而是在对历史与现实的双重尊重中的理性选择。《文学史》在讨论整理国故问题时，特意指出："我觉得韩侍桁的话说得最中肯，最切当。"韩说："广义的文学革命的时期，否定的精神，支配了一切。对先前留下来的遗产，只是拼命地破坏，使中华民族在学术中，在思想上，完全失掉了发展的根据。于是人们在五四时代，和五四以前的时代之间，看见了一个绝大的罅洞，把这两个时代完全隔开。"[①] 先生的晚清民初文学研究，实际上把被隔开的两个时代之间架设起了一座桥梁，它触及了现代

---

① 《任访秋文集·现代文学研究》，河南大学出版社2013年版，第83页。

文学发生历史的一个核心奥秘。《文学史》第一编的写作，在研究上具有无可争辩的前瞻性。

聚焦鲁迅、胡适

聚焦鲁迅、胡适，是《文学史》在作家研究方面的亮点之一。《文学史》虽然没有对鲁迅、胡适列出专章进行评论，但散见于各章里对这两位作家的具体评论和生动抒写，还是显示了先生学术选择的睿智与远见。事实上，一部中国现代文学史，如果怠慢了鲁迅、胡适这两位杰出作家，就将黯然失色。

青年时期的任访秋，就是一位鲁迅作品的忠实读者。1930年在北京读大学的时候，他看到了1930年《民言报》文艺栏征求"批评鲁迅周作人"文章的启事。启事说："文坛上的权威者鲁迅、周作人两作家，最近竟地位动摇。这倒周的笔战，已经由淞沪跨海过关，走入他们发祥之地北平。"看后，先生写了《我所见到的鲁迅与周岂明先生》，为鲁迅、周作人鸣不平。文章说，鲁迅的《狂人日记》、《阿Q正传》发表后，"他在文学界的声望，就同朝日之升天一般"，从他的小说集和杂感集中，"就能以明了了他的真精神"，还说，鲁迅"如同松柏一般，岁愈老而枝干愈显得苍劲"[①]，认为所谓地位动摇，只是妄说。

1930年对鲁迅的认识已接近成熟，十几年后在《文学史》上对鲁迅的书写，更有着历史著作的客观与深度。《文学史》侧重从比较的角度评价鲁迅。如在论述初期试作时期的创作时说："这一期新文学本是刚刚的萌芽，在作品上，一般地说来，比较以后为幼稚，但也不能说全然幼稚，即如鲁迅的小说，就到现在，还没看到有几个人能跨过他的。"在具体分析这一时期的创作时，先生对鲁迅的小说创作梳理之后作出了总体评价，指出："从民国八年到民国十年，虽然已经有人从事于小说的创作了，但是一般来说，都极幼稚，就中只有鲁迅一人的作品，在当时可以说是最成功的"，"鲁迅最初发表他的小说是在《新青年》上面，他的处女作是《狂人日记》（四卷五号）。其次为《孔乙己》（六卷四号）、《药》（六卷

[①] 霜峰：《我所见的鲁迅与岂明两先生》，《新晨报》副刊1930年5月6日。

五号）。同时又在《晨报副刊》上发表他的《阿Q正传》（这些篇子以后都收到了《呐喊》里）。于是他的声名，因之大噪"。"这几篇东西开了中国小说的新纪元"，是《文学史》从史的维度对鲁迅小说做出的精准概括。

永远解读不尽的《阿Q正传》，在先生那里，化作了那个时代一位学人的独特感受：

> 《阿Q正传》最长，以阿Q的一生，展开了对清末民初乡村社会的一幅大写真。这里有贪狠的劣绅、投机的地痞，还有愚蠢的农民。而阿Q就是那愚蠢农民的典型人物。他的思想，他的行动，一方面是乡民的代表，另一方面在所谓精神胜利上又整个的代表当时所有的中国人。作者愤慨的心，悲痛的心，用冷隽的句子，挺峭的文调，幽默的风趣，把它和盘的托了出来。令读者在展诵之下，不知是哭好，还是笑好。就这一篇，已经够使他在中国文坛上，奠定下不朽的地位了。

在《文学史》里，先生还对鲁迅小说的思想内容和艺术风格，做了要言不烦的概括。如分析鲁迅看日俄战争电影后的弃医从文的动机："鲁迅受到了一种极严重的打击后"，"他觉悟到，人民的智识不够，虽有健壮的体格，也只能作敌人的走狗，供人家驱策。所以他的学医的素志，因之发生了动摇。恰好那时国内一般革命志士，都在东京，革命的空气，非常浓厚。他也深受这种空气的影响，觉得想转变风气，唤醒国人，惟有文学的效力最大。于是他遂一转而从事于文学。由此可知他之治文学，实基于他的一点爱民族、爱国家的热情，才如此的。"还说，"鲁迅的作品在内容上，寓深爱于痛恨，实基于他的丰富的热情；在风格上，清俊而犀利，实基于他的个性的倔强；至于思想之力竭力的推陈出新，创作态度之极端的审慎不苟，又基于其所学。所以一个伟大作家之所以成就其伟大，实有其客观的因素，并非偶然而致的啊。"

朴素平实的文字里，有着对鲁迅为人及其小说创作深刻的感知。

《文学史》对鲁迅杂文的阐释，更达到新的历史高度。如说："他的眼睛锐敏而犀利。他对中国社会观察到深入骨髓。加上他的笔锋又尖刻而老辣，因之一般读者对他无不衷心折服的。青年把他当作自己的导师。只要读过他的作品,在思想和行动上,很少不受他的影响的。但就因为这,他开罪了不少的大人先生,于是不得不辗转南北,最后只得定居上海,以卖文为生。至于他这种小品的内容,与他的小说可以说完全是一贯的,而比小说更彻底、更显豁。他虽然是这样的暴露着旧文化的疮痍、伪君子的阴险与军阀官僚的残酷,但他还以为没做到家。他曾说:'我正因生在东方,而且生在中国,所以中庸稳妥的余毒,还沦肌浃髓,比起法国的勃罗亚来,真是小巫见大巫,使我自惭,究竟不及白人之毒辣勇猛。'"先生甚至强调说:"总之鲁迅的散文,是有其真实的内容,而又有独特的形式,所以才有那样感人的力量。我们要认识鲁迅,与其读他的小说,无宁读他的小品。"

《文学史》对鲁迅、周作人在新文学运动初期理论建设上的贡献,也有过中肯的评论。

《文学史》用较多的篇幅以求实的精神,对胡适在五四文学革命运动中所发挥的突出作用,同样作出了公正的学术评判。胡适的《五十年来中国之文学》、《文学改良刍议》、《历史的文学观念论》、《建设的文学革命论》、《与陈独秀书》、《谈新诗》、《中国新文学大系第一集导言》、《治学的方法与材料》等,先生都做过中肯的介绍与评述。《文学史》认为,胡适的《历史的文学观念论》是这次文学革命的理论根据:"居今日而言文学改良,当注意'历史的文学观念'。一言以蔽之,曰:一时代有一时代之文学。此时代与彼时代之间,虽皆有承前启后之关系,而决不容完全抄袭;其完全抄袭者,决不成为真文学。"《文学史》在对顾炎武、袁中郎一时代有一时代的文学见解进行阐述之后特别指出:胡适的"理论更能动人",强调指出胡适主张的当下意义。

对于胡适在形式方面主张建设国语的文学,"文学史"认为这同样是一项重要的新文学建设工作,赞同胡适如下观点:"然以今世历史进化的眼光观之,则白话文学之为中国文学之正宗,又为将来文学必用之利器,可断言也。以此之故,吾主张今日作文作诗,宜采用俗语字。与其用三千年前之死字,不如用二十世纪之活字;与其作不能行远不能普及之秦汉六朝文字,不如作家喻户晓之《水浒》、《西游》文字也。"

胡适是任访秋先生在北大研究院读书时的业师,是当时他所尊敬的老师之一。但是,《文学史》在文学批评上的态度严正,并不为尊者讳,对胡适主张的有疑义之处或不足之处,《文学史》多有讨论。如对胡适等人提出的建设人的文学主张的过于空泛,就提出了批评:"胡(适)、陈

（独秀）、钱（玄同）、刘（半农）诸人之论，多半偏于文学上形式之改革，至于内容，虽然也曾提及，但大半都偏于笼统的原则，即如胡适文中主张要'言之有物'，这不是极空洞的吗？"又说："钱、胡对中国小说的讨论里，虽也曾涉及内容的思想问题，但只是对过去旧文学的批评，并不曾给新文学今后的内容上提供出如何改革的方案。"先生这样的治学精神，同样应该赢得学界的尊重。

至今，人们发现，任著对鲁迅、胡适的总体评价，经受住了历史的检验。聚焦鲁迅、胡适，并非表明《文学史》对其他作家的怠慢。先生当时思想上倾向进步，但对各派作家的评论一视同仁。他对作家评价，主要根据自己阅读时的感受。一些在艺术上有鲜明个性的作家，先生的解读总能做到与作品保持着真诚的精神呼应。他看重的是文学考量而非政治的针砭。他不是以某一阶级代言人的身份去占领精神的制高点，而是以事实为据，对作家作品坦然直陈。有时，他的作家论甚至采取述而不论的姿态，以给读者留下更多的思考空间。他对徐志摩、冯文炳的评论，画龙点睛，有着个性独具的审美感知。他这样评论冯文炳的小说：冯文炳"是一个很特异的作家，小说集有《竹林的故事》、《桃园》。他所写的事物是乡村的，而人物都是乡村的，但他把那些平凡的人，完全诗化了。他的文笔平淡而朴素，对读者虽不能予以热情的刺激，但却能使之低回不已。所以他的小说如陶渊明的诗，所谓似枯而实腴也。"

他以同样的心态评论徐志摩的散文："徐志摩的散文，是受英国小品最深影响的产品，间或带一点感伤的色调。有时好像不是散文，简直是诗。周作人曾批评他的作品流丽轻脆，在白话的基础上，加上古文、方言、欧化语种种成分，使引车卖浆之徒的话，进而为一种有表现力的文章。我们试一读所知道的《康桥》、《北戴河海滨的幻想》就可知这话是对的。"

先生的评论言简意赅，几句话就能把作品的魂魄勾出，给读者留下良久不忘的审美回味。

全史在胸的学术构想

任访秋先生撰写的《中国现代文学史》，虽然1944年只出版了上卷，留下了历史性的缺憾,但从上卷第三编第一章时期的划分看,分明可以看出先生当时已全史在胸。他对五四时期到1943年文学发展的脉络已眉目在心。那时,《文学史》虽然只完成了初期试作的时代与自然主义与浪漫主义的时代两个部分;但下卷的三个部分,即自由主义与社会主义的时代、写实主义与民族主义的时代、抗战文艺的时代则已经开列出了纲目。纲目能够隐约地让读者窥见作者的写作意向。如自由主义与社会主义的时代,重点论述新写实主义的理论与作品,新进作家对新的潮流的迎接,老作家对一向所持理论的坚持。新老作家之间的文艺论战不可避免:新作家认为老作家已被"时代之轮""撇到后边";老作家则视新作家"不过是徒赶时髦,借以哗众取宠","很浅薄、很幼稚"。这一时期被列为评论的文学社团有创造社、太阳社,北方的语丝社、新月社。1931年"九一八"事变发生,文学家的视线才转向了新的方向。

在计划写作的写实主义、新写实主义与民族主义的时代,先生要重点书写三部分人的思想动向:第一种人认为文学是不革命的,文人是无能的。作者不敢正视,"只不过从古代的典籍中,寻找一点安慰,发抒一些自己轻微的感喟罢了";第二种人认为,"要想打倒敌人,非唤醒一般劳苦大众,不易成功。于是他们就积极提倡新写实主义文学"。第三种人"提倡民族主义的文学与国防文学"。文学论争较前一时期"尤烈":大众语的讨论;第三种人的讨论;国防文学的讨论,都在这一时期。"七七"事变的爆发,"中国发生了近三百年来所未曾有的剧变,于是文学也就跟着顿然间呈现了一种崭新的姿态"。从先生未来书写的纲目,我们可以隐约地窥见文学历史的沧桑。

抗战文艺的时代,则是重点描写作家的"颠沛流离,到处逃亡";全国文艺家协会的成立;民族形式问题的讨论;文学风格上,"依旧是各有各的面目",目的是"为激发一般的爱国心与暴露敌人的暴行"。

从作者所介绍的内容看,文学史下卷如果成书,定会写得有声有色,具有鲜明的述史个性,给我们提供出意想不到的"新东西"。

全史在胸当然并非止于总体把握。事实上,史料靠感悟来唤醒。常人不留意的角度,视而不见的文学资源,先生却往往能够产生独特的感受与焕然一新的发现。如他从《小说月报》一张普通的广告里,发现并推演出了五四时期新文学作品及白话文的推行过程:《小说月报》第11卷已有所改革:

> 本志自十一卷一号，改良体制……重订条例如下：
> （一）小说新潮栏
> ……收新体诗歌与剧本。
> ……
> （三）说丛
> 不论译著，不拘定文言白话，惟以短为限，长篇不收。

该刊自十一卷五号起即有新诗刊出，到民国十年编辑由王蕴章而易为沈雁冰，而该刊面目，遂焕然一新。而自十二卷一号起，纯为新文学的创作及用语体所译之外国文学作品。而古文及文言的译作，均已完全绝迹。甚至往日常常刊载之谜语、诗钟、棋谱，亦一变而为有价值之读书札记及文坛消息。同时，此时期之《东方杂志》从民国九年一月，也改订了投稿简章，渐渐趋于白话化。此为新文学的第二步胜利。

这些表面上和新文学发展关系不大的史料，在先生的《文学史》里，却化为有生命力的文学信息，成了他阐述文学变化的重要内容。

任著《文学史》也是一部战时实用性强的教材。《文学史》里入选了一部分作家的作品，开始我并不理解，后来才慢慢地悟出，这是作者为了适应战时环境下学生难以看到作品的一种临时性举措，是先生对学生无言的关爱。1997年春天，先生体弱多病，住在一家简陋的老年公寓里。我和中文系办公室的老师一起去看望先生。记得师母告诉我们：他的心一直挂在学生身上。一天夜里，他从梦中惊醒，坐起来连声地说，我的讲稿在哪里？我要给研究生上课。我叫醒他，说他是在做梦，他才又躺下去睡。师母叙说的这件事让我感触很深，心情抑郁，忧虑先生的健康。先生的承担精神，先生为繁荣学术，为培养中原学子殚精竭虑的事迹，件件浮现眼前。怀着沉重的心情，我迅即写了篇《中原播绿——任访秋教授学术生涯七十年》的长文，寄给《河南日报》。报纸编辑似乎和我心有默契，也立即将拙文发表。我把报纸及时地送到了老年公寓。先生躺在床上吃力地看完了报纸，拉着我的手不放，不住地点头，紧握，紧握，脸上现出了欣慰的笑意。

薪尽火传，代代不绝。学术传统不会随着时间的流逝而贬值。相反，时间渐渐远去，反而会更加清晰地凸显出先生在学科建设上的开拓精神。

他在研究中所坚持的学术独立、史料独立的学术理念，在无数后来者手里，将化作无穷无尽的可能性，实现着中国现代文学史研究品格的不断提升。

（载《从同适斋到不舍斋——任访秋先生的学术思想及其承传》，人民文学出版社 2015 年版）

他是一位这样的引路人

——忆王瑶先生

一

比起1958年许多高校掀起的批判教师的"拔白旗运动",1959年高等学校里紧张的政治气氛开始有所缓和。此时,拥有雄厚师资实力的北京大学,向国内高校伸出了援手,同意一些学校选派青年教师来北大进修,期限一年。我是北京大学这一开放政策的幸运受惠者。暑假后,我和来自北京、天津、辽宁、福建、贵州、河南等地的现代文学青年教师,获准在北京大学中文系王瑶先生指导下进修学习。

王瑶先生的名字当时我并不陌生。早在1954年开始学习中国新文学史的时候,我们学校教这门课的老师,在课堂上就拿着王瑶先生的《中国新文学史稿》,向大家做过郑重的推荐:"这是国内出版的第一部新文学史著作,内容丰富,史料也相当完备。"这位老师看着《中国新文学史稿》版权页又说,你们听一听这部著作印刷的数字:1951年9月开明书店出版后,曾经接连印刷了五次。1954年3月,新文艺出版社第一次就又重印了15000册,现在已经累计印了35000册。同学们发出了一阵赞许声。在老师的介绍下,我们每人都买了一部《中国新文学史稿》。当时,教材的有些内容读起来还似懂非懂,但大家学习的热情却很高。5年后,当获知有机会到北京大学直接来听王先生讲课,我顿时产生了一种喜从天降的感受。

在北京大学学习生活开始的时候,我也曾经历了一次不知所措的精神紧张。到中文系办公室报到时,工作人员一声不响地递给了我一张油印小报。小报的名字叫《大跃进》（第29号），出版的时间是1958年4月18日。这一期《大跃进》是批判王瑶先生专号，通栏标题是："这决不是客观主义！"副标题是致王瑶先生。小报共两版，发表了八篇批判文章。1958年全国高校开展的"拔白旗运动"，是对在学术上有成就的教师进行批评、批判的政治运动。学校发动学生和青年教师，开大会、小会，写大字报，对这些教师"上纲上线"，进行揭发、批判，要求被批判者在会上作"深刻"检讨，改造思想。所不同的是，我所在的学校对老师的批判，只采用了开会、写大字报的形式，没有像北大这样印刷小报，竟然还记录在案。作为去年曾经同样卷入了"拔白旗运动"，也批判过老师的青年教师，我后来认识到：这场利用年轻人的幼稚，把矛头直接指向学术上有成就的老年教师，实际上对高等学校的学科建设，制造的是一场难以补救的精神内伤。读了《大跃进》上乱扣帽子、乱打棍子批判王瑶先生的文字，我的心情异常沉重，想到了先生当时所承受到的巨大的精神压力。因为正是在"拔白旗运动"之后，王瑶先生担任的全国政协委员职务、《文艺报》编委职务都被撤销了。我担心，王先生在指导我们学习的时候，也许会变得小心谨慎，不敢畅所欲言。

但是，我的顾虑很快被现实打消了。开学不久，我们接到了王先生打来的电话。电话里说，我邀请大家来家里坐坐，见见面，谈谈对你们学习的安排。带着几分兴奋和一丝不安，我们很快地来到了王先生的中关村寓所。先生家的客厅不大。沙发前面的桌子上，摆放着糖果、茶水。我们围着先生坐下后，他一面端起糖盘请大家吃糖，一面拿起一张进修教师名单，一一核对名字，询问来自哪个学校，问短问长。先生和我们每个人握手的时侯，总是微笑着说："欢迎，欢迎"，气氛和谐轻松。先生还说，系里告诉我，进修教师和研究生的政治学习呀，两周一次的劳动呀，你们都要参加，活动由中文系统一安排。进研班教学以外的具体事情，由青年教师严家炎、孙庆升两位负责。然后，王先生又望了望我说，系里要你协助一下他们两位的工作，有事的时候跑跑腿。琐事安排后，王先生接着说，时间宝贵，现在上课。上课采取两种形式。一是我定期在家里上课、辅导；二是你们可以按照课程表，随着学生一起在教室听课。他又说，中文系对你们很重视，同时还安排了章川岛先生给你们上课，随后你们可以和川岛先生直接联系（川岛是鲁迅的学生，著名的鲁迅研究家）。王先生强调，"新文学史是基础课，很重要。重要就在于它距离我们很近，有很大的借鉴意义。你们除听课外，主要靠自己阅读，课堂上只是提供一下线索。阅读除了看我开的书目外，还要多看一些相关的书。课堂上要记笔记。记记要点，记记课堂上触动过自己思想的问题。这些问题，有的需要通过进一步的阅读来解决。手不要懒。记笔记有助于培养自己勤于思考的习惯，抓住那些稍纵即逝的思绪。"

长达一年听先生讲课，以及每个月到先生寓所讨论问题，不时地听听先生三言两语的点拨，收获良多。在课堂上，先生从绪论讲起，一直讲到了建国十年的诗歌、散文、戏剧、小说，原原本本，实实在在。在思想受压抑的年代，先生对某些文学现象的阐释，虽然难免从俗，沿用了某些流行的说法，但从总体上看，王瑶先生仍然保持着内心的强大，精神上的坚韧，有着学术开路人的胸怀与魂魄。教学上，先生给我留下深刻印象的，有如下几个方面。

一是鲁迅研究。在讲授鲁迅生平和文学活动时，先生反复申明，学习五四文学传统，主要是学习鲁迅。鲁迅的作品可以看作当时文化斗争发展的史料。《人民日报》曾说，鲁迅的文化遗产超越了许多前代人留下的遗产。鲁迅写农民，是很了不起的，历史上从来没有出现像鲁迅小说这样写农民的作品（《水浒传》写的农民是已经脱离了生产的农民）。鲁迅第一次从农民的角度看问题。过去的小说都是从上层去暴露封建制度的罪恶，鲁迅则从统治者和农民的对立关系上来写。鲁迅小说以辛亥革命为背景，对辛亥革命的失败批判得彻底、深刻。

1960年3月17日，王瑶先生还做了《鲁迅作品的民族风格》的专题学术报告。报告详细分析了《狂人日记》中狂人形象的现实依据。王先生说："辛亥革命前，孙中山、章太炎都曾经被称为疯子。章太炎1906年到东京发表演说时就说，当时别人都叫他疯子。鲁迅受章太炎的影响极大。他在杂文中称章太炎有先哲精神，是后人的楷模。"王先生把作品人物分析和现实巧妙地紧密结合，能够开拓思路，给读者带来强烈的震撼。王先生有着岁月沉淀下来之后的那一份淡定。他对作品艺术个性的把握，常有诱人的艺术灵气的闪现。王先生的教学，时常真见迭出，妙语连珠，机智幽默，左右逢源。听他讲课，是一种难得的精神享受。在课堂上，先生用炽热的爱温暖着学生，同时也消融了"拔白旗运动"带给自己的冰冷。

二是教育学生要掌握丰富的史料。王先生不止一次地告诉我们，北京大学图书馆藏书丰富，抗日战争以前的报纸、期刊比较齐全。你们来这里进修，不看看这里的图书、期刊，一年以后两手空空地返校，太可惜了，等于白来了一趟北大。可是，由于当时我们都还没有进入研究状态，对先生的指引重视不够。我在北大图书馆虽然坐了几天，但缺乏全局眼光，只是在那里着重看了看河南作家如冯友兰、曹靖华当年在北京创办的一些影响不大的小刊，辜负了先生的良苦用心。多年以后，才醒悟到了掌握基础性史料对于研究的决定性意义。

三是注重培养学生的学术研究能力。

在进修期间，我们多数人还缺少从事研究的能力。到王先生家里听课，往往提不出真正的学术问题。有一次，在讨论时我突然冒出了一句傻话："王先生，现代文学现在还有哪些问题需要进一步研究呢？"话一出口，我就发觉自己说了无知的话，脸红了，嘴也张不开了。但王先生并没有直接批评我，反而笑着说，"这也算一个问题吧，不过，你提的问题太大了。"略微停顿了一下，他接着说："学术研究就是研究现在还没有解决的问题，或者当前研究涉及较少，又值得研究的问题。我说一个具体问题吧，比方说，戏剧研究中的喜剧问题，或者叫轻喜剧问题，用喜剧形式写出来的剧本，或演出，或供阅读，使观众或读者看过后得到消遣，安慰，会心一笑，调节一下生活。这个问题就值得研究。现代文学史上，从胡适开始，到欧阳予倩、陈大悲、丁西林、李健吾、陈白尘、熊佛西、袁俊、沈浮等人，他们都写过带有趣味性的作品。对这些作品，进行系统梳理，结合国情进行独立研究，一定会很有意义。在座的哪一位如果感兴趣，不妨找来剧本，以及演出时候的相关材料，认真研究，开辟出一片研究的新天地。不过，你们现在的阅读量可能不够。目前试着搞研究，还是就某一个具体问题展开，比较适宜。"王先生这时突然放慢了谈话的语速，强调说："研究就是发现，发现来自实践，来自阅读与思考。实践多了，总会有所提高。你们不用太急，但也要开始起步。"先生的话语重心长。大家当时虽然没有直接来回应先生，听得却非常认真，手在笔记本上写个不停。回想起来，自己走过的路虽然至今还歪歪斜斜，但总的来说，还是沿着王先生当时指引的路走过来的。

55年后，望着当年记录的这一册纸已发黄的课堂笔记，心中荡起的是对先生久远的思念。

二

钱理群先生在《任访秋先生对现代文学研究的历史贡献——兼谈刘增杰和河南大学文学院学术团队与传统》一文中说:"我隐隐觉得,自己好像和河南近现代学术界之间,有一种'缘分'。……这样的亲和关系,更存在于我所在的北大和河大之间,我的老师严家炎、樊骏,我的同学吴福辉,还有本身就是河南人的赵园,都与河南大学文学院有着不解之缘。这背后,应该还有更深层次的东西,我也说不清楚,或许是学术路向、追求与学风的某些相通吧。"[①]

钱先生所说的"缘分",就我个人的感受来说,始于前述的1959年。即我有缘来北大进修,师从王瑶先生那段日子。此后,经历了20世纪60年代前期持续的文学批判运动以及"文化大革命"的破坏,自己的专业学习虽然时断时续,但和王先生的联系却未完全中断。高校恢复招生后,我到北京看望了王先生。几经折磨,先生依然目光深邃,内蕴锋芒。他热情地介绍了北大研究生的培养经验,还把钱理群、吴福辉两位高足撰写的论文打印稿拿出来让我带回学校参考。王先生带着欣赏的口吻说,年轻人思维敏捷,他们的文章有新意,势头很好。你们招研究生,要格外重视对学生思维能力的培养。当时,我还受学校委托,邀请王瑶先生来河南讲学。先生也爽快地应允了。通过书信往来,讲学活动很快成行。当时王先生的心情很好。讲学期间,对我们专业的学科建设、课程设置,都主动提出了一些切实的建议。他和任访秋先生有过深入的交谈。王先生还兴致勃勃地参观了少林寺、开封相国寺等景点,和师生一起照相留念,留下了特定瞬间的面影。

此后,王瑶先生对我个人的学术研究走向,更有过切实的指导。比如,我后来从事解放区文学史料的整理与研究,就来自王瑶先生的直接推动。我在一篇接受郝魁锋访谈的文章里,对此有过介绍。郝魁锋问:你的现代文学史料研究,听说得到过王瑶先生的指导,具体情况怎样?

我在回答这一问题时,做过比较详尽的陈述:"1979年,中国社会科

[①]《中国现代文学研究丛刊》2004年第1期。

学院文学研究所主持的中国现代文学资料征集活动在全国范围内展开。1980年9月初，主持单位邀请相关出版社编辑、高校、研究机构的代表，在安徽黄山召开了现代文学资料会议，具体讨论了编辑三种丛书的原则与任务。三种丛书，即，甲种：《中国现代文学运动·论争·社团资料丛书》；乙种：《中国现代作家作品研究资料丛书》；丙种：《中国现代文学书刊资料丛书》。落实编选任务的时候，讨论到《中国现代文学运动·论争·社团资料丛书》中的《抗日战争时期延安及各抗日民主根据地文学运动资料》一书时，会议冷场了。大家你看看我，我看看他，却没有人站出来认领任务。会场里不时还能够听到有人低声地议论：战争环境下，资料丢失太严重，搞起来困难……片刻沉寂后，会议主持人之一的王瑶先生，突然抬起头来，微笑着看了看我说：'刘增杰，你们单位人多，承担起来怎么样？'我那时已经答应了编《师陀研究资料》等作家研究资料的任务，却对从事解放区文学资料编选没有思想准备。听到了王先生的问话，我支支吾吾，讲了一些对研究对象不熟悉等理由进行婉拒。没想到，针对我列举的理由，王先生竟逐条作了'反驳'。他说，对研究对象不熟悉，不是理由。你下点功夫不就熟悉了吗？还说，编选史料的学术价值，主要是看编选者的认真程度，学术见识的高低。王先生雄辩滔滔。他一边陈述自己的理由，一边诙谐地哈哈笑着，好像等待着我应答时出现新的漏洞，再来和我争辩。会场上的气氛顿时活跃。显然，大家都被王先生机智的论辩方式征服了。我自知不是与先生论辩的对手，又已经被编委会聘为乙种丛书编委，应该支持编委会工作，就忙笑着接受任务了。王先生和我论辩时直言快语，随意而亲切，显然是源于二十多年前我们之间的师生之谊。解放区文学史料的征集、编选任务，就这样落实到了我和教研室几位老师肩上。"三卷本《抗日战争时期延安及各抗日民主根据地文学运动资料》编好后，经过责编王瑶先生、徐迺翔先生审定，1983年由山西人民出版社出版面世。王瑶先生对这部资料的学术质量是肯定的。徐迺翔1981年10月11日给我来信说："王瑶先生不止一次对我说，从他经手审稿的几部稿子来看，你们这一部是内容比较踏实丰富的。这是我们共同的印象，我想也是符合实际的！"应该说，我在史料研究实践中所逐渐获得的一些感悟、收获，受惠于王瑶先生等学术前辈的关爱。他们强大的人格力量，献身学术的精神，对我们的指点、呵护，深深地影响着我们这一代人前进的脚步。①

事实上，此后我在解放区文学研究中，继续得到过王先生的鼓励与支持。王先生很重视解放区当年研究鲁迅的经验；他还建议我写一写编选资料过程中访问作家的具体情况，写一点"作家访谈"。他认为，这些鲜活的史料很容易被时间所淹没；他和徐迺翔先生共同催促我具体谈谈解放区文学资料编选过程中的曲曲折折。这几项要求，我都按时完成了任务。②1987年10月，中国现代文学研究会年会将在四川成都举行。年会讨论的学术内容之一，是关于解放区文学研究进展的回顾。5月，我收到了樊骏先生恳切的来信。他说，他和王瑶先生商量，关于解放区文学的发言，由你准备，并且要我定下题目后给他回信。由于多种因素，我对承担这项任务一直犹豫不决。心想，不承担任务，怕王瑶先生有意见；承担了任务，又担心有些问题比较敏感，一时说不准确，影响不好，所以一直拖着没有给樊骏复信。谁知他等急了。1987年6月11日，他来信说：

>……
>
>记得上次给你的信提到请你准备一个有关抗战时期革命根据地文学的发言，作为今年十月召开的学会年会上的一个重点发言。来信只字未提此事，深感焦虑。此事系王瑶先生一再叮嘱的，说一定要有这样一个发言，责成我组织。我提议你承担，他也同意了。
>
>我想你可以讲整个概况，也可以抽几个问题说说，或者综述以往对于这段文学研究的成就和不足。
>
>我等着你的回音，并且希望你能利用暑假作些准备。在当前形势下，讲的内容自然得以成绩为主。
>
>祝好
>
>樊骏
>6.11

---

① 《略论现代文学史料研究中的几个问题——刘增杰先生访谈录》，《新文学评论》2014年第2期。

② 分别见我所撰写的：《略论抗日民主根据地的鲁迅研究》，载《中国现代文学研究丛刊》1981年第3期；《现代文学资料建设的新进展——〈抗日战争时期延安及各抗日民主根据地文学运动资料〉简介》，载文学研究所《文学研究动态》1984年第7期；一些《作家访谈》，分别收入河南大学出版社1996年版《迟到的探询》一书。

为了免除王瑶先生和樊骏先生的牵挂，我当即给樊骏先生写了回信，并着手做发言的准备工作。这篇题为《期待着深化的研究领域——解放区文学研究断想》的发言，由于准备比较充分，发言后还有一定的反响。到会的两家刊物，没有征得我的同意，都同时将它发表了。① 有的朋友还以为我是一稿两投，我当时曾写信作过澄清。1989年，中国现代文学理事会苏州会议召开前夕，会议的召集人同样要我就解放区文学研究准备发言。开会期间，王瑶先生还询问过我准备的情况。我告诉先生，我想谈一点对解放区几部较有思想深度作品的看法。这些作品对现实的警示意义常常被人为地遮蔽了。王先生表示同意，并说，你做得对。质疑孕育着突破，解放区文学研究要有点新意，不能年年千篇一律。没有想到，这次理事会期间和先生的交谈，竟是和他最后的诀别。我在会议上的发言、会后整理成文，成了对先生默默的纪念。② 王瑶先生逝世后，1994年在西安召开的学术会议和王瑶先生纪念会，我本来决定参加，并着手撰写纪念短文，但因为临时遇到的突然情况不能脱身，未能成行。此后，钱理群先生筹备王瑶先生纪念集一书的出版遇到了困难。我获知消息后，立即和有关方面进行多次沟通，河南大学出版社爽快地答应了出版这部纪念集。纪念集得以出版的消息，使朋友们感到了由衷的欣慰。钱理群在1985年3月17日来信说："接志熙来信，得知你一直为出版《王瑶先生学术思想研讨会论文集》费心，我十分感激，也觉得很不安。我深知在目前形势下，出版这类论文集的难处，给你添了不少麻烦。"5月15日，钱理群又来信说，"王师母得知《王瑶先生学术思想研讨会论文集》能在河南大学出版社出版，感到十分高兴。让我代她向你及出版社同志表示感谢。"樊骏先生同时也给我来信中说："听钱理群说，这次关于王瑶学术思想的论文集的出版事宜，又落到老兄头上，为又一次麻烦你而既感激又抱歉！"我给樊骏先生回信说，作为王瑶先生的学生，能够为这本纪念集的出版尽一点微薄之力，在我看来，这不仅仅是为了表彰先生一个人，更是为了延续中

---

① 该文分别载《抗战文艺研究》1988年第1期、《延安文艺研究》1988年第1期。
② 题目为《解放区文学散论》，载《中国现代文学研究丛刊》1990年第3期。该文第三部分《实现与研究对象的真正接近》，通过对丁玲、赵树理、柳青作品中人物形象的分析，指出：翻身农民不克服小生产者观念和落后意识，思想上没有获得真正的解放，一旦这些人掌握政权之后，就会使新生政权变质，变成压迫人民的工具。解放区文学的生命力，就在于作家创作独立意识的坚守。

国现代文学研究的优良传统，使文学记忆成为久远的历史启示。对于王瑶先生，我只是做了一个学生应该做、能够做的事。这些，也许就是钱理群先生所说的"学术路向、追求与学风"有"某些相通"的内在因素吧。回忆充满着阳光。正是王瑶先生的学术精神，把国内几代研究者连接到了一起。

  王瑶先生是一位这样的引路人：当他发现你性格里有几分怯懦，就会善意地刺激你一下，将你一军，用诙谐的方式逼你上路。上路以后，见面的时候话虽然不会很多，但双方却有着心灵的默契、沟通。他以纯真的性情，在暗中会继续注视着你，鼓励着你，让你自身生长出前进的力量。王先生的引路是切实的、严格的、纯洁的。所有的大师都润物无声。王瑶先生赐予我们这几代人的东西很多。人要学会感恩。感恩不只是对先生单纯的颂扬、纪念，感恩的要义是经营好自己的人生，像前辈那样正直地做事、做人；在学术上，要设身处地体察初创者的艰辛，不随时潮仰伏，要像先生那样拥有自我独立的学术人格。只有这样，在研究中才有可能坦然面对未知的挑战。

（载《汉语言文学研究》2014 年第 4 期）

读史碎语

严家炎先生主编的《二十世纪中国文学史》的问世，给我们带来的无疑是一个期待已久的惊喜。准确评论这部文学史的学术价值，理论意义，需要足够时间的阅读与品味。阅读经验告诉我，《二十世纪中国文学史》的出版，可能是具有界碑性的文学事件，值得引起人们持久性的关注。

敬畏史实

给我留下深刻印象的，是作者对于史实的敬畏。《二十世纪中国文学史》中的二十世纪，也许还不是最好的学术命名。但在当前，可能是作者最佳的学术选择。文学的进程永远无法人为的切割。至少，用二十世纪作为研究时间的范畴，开始对五四前文学历史的回溯就名正言顺，并为全书的架构提供了逻辑支撑。把晚清文学纳入论述内容，是作者敬畏史实的案例之一。其实，新文学史家吴文祺早在20世纪30年代就说过，"从上面看来，可见新文学的胎，早孕育于戊戌变法以后，逐渐发展，逐渐成长，至五四时期而呱呱堕地。胡适之、陈独秀等不过是接产的医生罢了"（《新文学概要》，上海亚细亚书局1936年版）。虽然吴文祺先生认识到位，但具体的阐释却略显不足。《二十世纪中国文学史》目光宏阔，从文学发展的实际出发，邀请两位学养深湛、研究近代文学的学者，撰写从甲午前夕至五四前夕的文学，用150页的篇幅对文学的"逐渐发展，逐渐生长"作出了血肉鲜活的呈现，给读者带来了新文学"呱呱堕地"的质感，并使五四前后的文学实现了了无痕迹的对接。

在对文学现象的研究中，作者同样善于运用具体史料来阐释重大问题。

五四文学革命中最早出现的新文学作品是白话诗。白话诗能否站稳脚跟，直接关系着整个新文学的生存。王瑶曾经引用朱自清对这一问题的评论："朱先生自己讲，他强调要适应我们的时代发展。比如新诗，人们说是欧化的产物，朱先生说应叫做现代化，因为诗要发展就必须现代化，新诗不是借鉴历史来的，而是从欧洲来的，和过去的诗体变化不同；但它适应现代化的要求。"（徐葆耕：《释古与清华学派》，《先驱者的足迹》，河南大学出版社1996年版）在《尝试集》与初期新诗一节，作者对此问题有清醒的认识。指出："面对诗歌'这座未投降的壁垒'"，胡适知难而上，《新青年》同人也"尽力予以配合"。这里的"配合"，就是通过具体史料来验证的。书中用一串长长的名单，沈尹默、刘半农、周豫才、周启明、傅斯年、俞平伯、康白情、陈衡哲、陈独秀、李大钊、沈兼士、刘大白、沈玄庐等，一时间，大家一起动手写新诗，"尽力予以配合"，终于让新诗站稳了阵地。作者说，"他们称得上是新诗创作的最早一个群体"。五四作家同时来写新诗这个不起眼的细节，成了新诗发展进程中的一个关键性环节。还有，研究者把巴金的《随想录》评价为"当代思想文献"，同样是从史料文献研究的视角来进行观察思考问题的。

述史风格

在广阔的百年文学视野下，《二十世纪中国文学史》的述史风格自成一体。再现百年文学发展自然运行规律是作者的自觉选择。许多章节的书写立场稳健，思想深刻，醇厚老成，激情内敛。这里所说的思想深刻，指的是揭示文学历史真相后的平实与平静。平实，即文学史的书写与功利化、时尚化的绝缘。作者以最牢靠的事实作为论证的出发点，求真求实，信实稳重。文字以简驭繁，博约相宜，笔触老道苍劲。平静，指的是不温不火的学理辨析，文字中徜徉着作者思想的闪光，彰显出了作者强悍的主体性。稳健并非是是非不分的含混。对于历史上曾经发生的误读、误判现象，作者耐心地进行了冷静的梳理。对于"文化大革命"时期"文学界成为一片废墟"的历史事实，做出了经得起时间考验的评判。

让我们采用抽样的方法，展示《二十世纪中国文学史》这一述史风格的独特魅力：

鲁迅一章，写得踏实耐读，是一篇很有学术见地、能够给读者留下深刻学术记忆的鲁迅论。

第十二章，在论述三十年代作家文学道路分化的背景下，关于沈从文创作个性的剖析就入木三分："沈从文并不以高高在上的启蒙者的立场为荣，而甘愿把自己看作是他所努力描写的民间世界的一分子。他的创作以描述民间世界的生活风尚为主要审美的对象，他的批判色彩与意识形态都被包容在民俗审美的形式里面，并且为文学创作带来崭新的艺术世界，他所描写的湘西乡土社会是以前的新文学创作中所缺乏关注的空间。他的叙事、语言、题材、观念都焕然一新，改变了原来偏重于知识分子自身题材的由'启蒙到革命'的狭窄性。"短短的一段文字，熔铸了沈从文研究中难得一见的卓识。第十一章关于老舍创作资源的概括，同样新见迭出，成为本书的亮点之一。

第十七章关于师陀小说对现代中国"生活样式"的分析，写得左右逢源，游刃有余。作者直抒胸臆，自信而坚定。在对师陀与现代作家张爱玲、钱钟书、巴金、沈从文作了比较之后，作者说："师陀的才情或许不算太大，但无疑够他使用，所以他的创作的起步并不低，而更重要的是他不恃才而善用其才，心无旁骛，持之以恒地坚持独立的思想与艺术探索，不断地丰富和发展着自己，此所以他的小说虽然并非篇篇俱佳，其水平也不像钱钟书和张爱玲的作品那样均衡，以致他的创作特点让人颇感难以概括、他的文学史地位也长期难以论定，但师陀的创作无疑比钱钟书和张爱玲要丰富得多，而在追求人性描写的深度和叙事艺术的经营上，师陀显然也更为自觉和用心，并且确有卓然不凡的造诣和为数不少的独创，所以他的小说创作的总体成就，即使与一些名气更大的中国现代小说家如巴金和沈从文来比，也毫不逊色，甚且有过之而无不及。"差异是学术研究的真正动力。四平八稳、死水一潭，才是学术的平庸与桎梏。《二十世纪中国文学史》具有较大的挑战性。它所以值得一读，就是因为，这是一部较为充分地展示了作者个性的文学史。

第二十六章，对穆旦诗剧《神的变形》三个层次转折的解读要言不烦，指出：这首诗的"情感深深地潜隐在思想的底层，决不作过剩的流溢，却也因此获得一种深度与力度，使得有能力触及这种情感的人获得一种震撼。"平静的叙述中深藏艰深的生命感悟。第三十章对王蒙小说艺术个性的分析，显示了研究者艺术感觉的细腻。在概述了80年代初王蒙艺术探索经验之后说:"后来,他将这种实验进一步向立体化、多方位的方向发展,集叙事、抒情、调侃、夸张、寓言、联想于一体,天南地北、天上地下,显露出作者过人的睿智和幽默的叙述才华。他的叙述往往是跳跃的、不确定的,有北京的日常口语,也夹杂着貌似严肃的政治用语,大大刺激了读者的阅读兴味,实现了作品充分的语言张力。但这种手法一旦用得过多,也给人某种'疲惫'的感觉。"一段看似平淡的叙述,却是王蒙艺术个性的精准把握。

如鲁迅在《中国小说史略》中曾经对前人的研究所做的概括那样,这部文学史的作者,总体而论,也做到了"不师故辙","如实描写,并无讳饰"。

百年淘洗

时代沧桑巨变,历史开始沉静下来。

面对百年复杂而丰富的文学实践,《二十世纪中国文学史》的作者,大体上保持着精神独立,思维自由的精神状态。他们既不以某种现成的政治理念为统摄;也不赞成以西方文学标准、价值观念裁剪中国文学;对海外汉学研究也给予了恰切的分析。他们的研究与那种削文学之足以适应某种需要的观念无缘。在阅读实践的基础上,他们不断地寻找着属于自我的文学感觉,文学发现。他们充满自信的文字中,传递出的是言必有据的深刻思考,潇洒自如的阐释与评论。

文学的大总结在某种意义上说就是对文学的淘洗。文学的淘洗是文学的历史性进步。历史越长,文学就越需要选择,需要舍弃,由文学批评进入文学研究。与生活近距离的亲密,使文学批评充满了激情,而历史研究则与现实保持有足够的距离。当然,文学批评和历史研究之间并没有严格的区分。早在1922年胡适出版的《五十年来之中国文学》、1929年朱自清印行的新文学讲授提纲,已经该属于历史研究了。事实上,文学的淘洗到了某一时刻会格外显眼。如一个世纪的结束和一个世纪开始的时刻。在《二十世纪中国文学史》策划出版之前,冠名二十世纪、百年中国文学一类的研究著作已经陆续出版发行。如乔默主编的《中国二十世纪文学研究论著提要》(北京大学出版社1994年版),其中的中国现代文学部分,本书作者严家炎、方锡德就分别任该书的学术顾问和编委；《百年百种优秀中国文学图书》丛书编辑委员会编的《百年百种优秀中国文学图书》（该书2000年前后分别由多家出版社分别出版），严家炎任丛书编辑委员会终评委员会两主任之一；谢冕主编的《百年中国文学书系》（山东教育出版社1998年前后分别出版），本书作者孟繁华任副主编。不言而喻，本书部分作者不同程度地参与上述各类图书的编纂工作，对《二十世纪中国文学史》品质的提升，特别是对文学历史的整体审视，淘洗，梳理，有着内在的影响。只要读一读本书的目录，就会发现结构安排的智慧，深思熟虑。全书34章，165节。章上列名作家的变化暂不去说，这里只说几句节上列名作家、作品的情形。除了文学运动一类的综述外，作家的出现大约存在五种形态：一人独占一节；两人占一节；一人和同类作品占一节；两人和同类作品占一节；两人以上和同类作品占一节。作品的处理办法和作家的处理办法大致相同。一些过去文学史上列名的作家不见了，一些新面孔却在节上露面了。这就是选择、淘洗。目录里隐匿着文学的新秩序。《二十世纪中国文学史》创立了一个比较合理的文学史框架，还原了一个相对平衡的学术生态。

百年文学的淘洗还会沿着自己运行的轨迹继续走下去。文学的大总结过程远未结束。当某一天到来，被遮蔽的史料破土而出，就会唤起人们淘洗的新热情。

这部文学史当然需要进一步完善。全书各个部分的学术水平并不平衡，有的部分史料还稍显薄弱。受多种因素的制约，书中有些问题的论证还可以进一步展开。作为读者，人们抱有新的期待。

（载《中国现代文学研究丛刊》2011年第9期）

一尊永驻心头的精神雕像

——怀念樊骏

一

　　樊骏先生虽然离我们渐渐远去，可我对他的思念却与日俱增。穿越时空距离，记忆中的一些往事，总是不时浮现眼前。甚至，这些记忆碎片还会变得格外清晰。无论人品、学品，樊骏都是一位值得认真解读的人。樊骏的文章中，人文精神和历史精神总是和谐地统一于一个内在结构之内，文字中有着含而不露的思想光芒，隐而不彰的理性内核。他的行文有时不免略嫌持重、拘谨，但总的来看却自如舒展，独具气象。樊骏一生的学术实践，在现代知识界具有某种恒久的示范意义。

　　在20世纪下半个世纪的中国现代文学研究中，樊骏属于承上启下的一代，他自觉地意识到了自己的责任与承担。对于上一代学者，他怀着敬畏之情，用剖析典型案例的方式，对他们进行了具有深度的学理探讨。《论文学史家王瑶》、《唐弢的现代文学研究》等文，都评说到位。评说对象连同他的这些评说，今天都已经化为现代文学研究的遗产。对于同代研究者和下一代研究者，樊骏始终保持着友善与真诚的姿态。80年代中期我和他的一次交往，至今仍让我记忆犹新。1986年，我正在撰写《中国解放区文学史》。这年秋天，在北京召开的中国文学分期问题研讨会上，我作了题为《一个具有完整形态的文学运动——中国工农兵文学运动史提纲》的发言。会后我把发言稿送给了樊骏，请他随手翻翻，提点建议。学术研讨会结束前，他跑到我住的房间说，"会务忙（樊为主持人之一），没有及时和你交换意见。文章我认真看了，现在来说点具体意见"。在这次谈话前，我们在各类学术会议上，虽然经常碰面，但多止于寒暄。这次坐下聊天，他语调平缓诚恳，全没有想象中学会领导者的姿态，几句话就把我们感情上的距离一下子拉得很近。记得当时他直率地说：你的文章写得有些新意，这一类文章《丛刊》需要，准备采用。可文章也存在一些问题，值得进一步打磨、推敲。他举例说，文章把工农兵文学运动的发展过程总结为四个时期，把前两个时期概括为诞生期、发展期可以成立；对后两个时期的概括则容易引起误解，不宜使用"萧条"一类的字眼。要从学理上把问题说透，命名上不必锋芒毕露。还有，有些段落行文太直，讨论问题的时候文字要有张力，磨掉些火气。樊骏的话确实中了文章的要害，我听了心悦诚服。从北京返回学校后，我对文章认真地修改了一遍，并于春节后寄给了他。1987年4月25日，樊骏给我来信说："大作经过多次修改，可能磨去了一些锋芒，但弱点也淡化了些，已发在《丛刊》第三期上（秋后出版）。文章并不是很理想，却是需要的，而且提出了一些值得注意的见解。衷心感谢你的协助。"对于是否继续从事解放区文学研究，我思想上当时有所犹豫，在寄稿件时曾经对他提及。针对我的想法，他在信中劝我："你还是应该将这个工作坚持下去，不但要做出成果来，而且要是好的，丰硕的成果。听说下个月要隆重纪念《讲话》发表四十五周年，解放区的文艺传统必然再次得到强调。当然，政治上的提倡并不一定能够导致科学上的进展，往往既有利（受到重视）又有弊（受到约束）。但无论如何，足以说明这是值得认真研究的课题。"樊骏还特别提醒："王瑶先生同意，请你在今年秋后学会的年会（讨论抗战时期的文学）上，就抗日民主根据地的文学作个重点发言（半个小时）。你这些年专门思考这方面的问题，不应该有什么困难，请勿推辞，并希望能够及早准备。"1959年8月至1960年7月，我曾经师从王瑶先生在北大进修。对于王瑶先生的意见，我当然会尊重照办。在那年秋天召开的现代文学年会上，我按会议安排做了30分钟的发言，题目是《期待着深化的研究领域——解放区文学研究断想》。[①] 1988年，我和另外两位朋友合著的《中国解放区文学史》也正式出版。[②] 我能够把解放区文学研究坚持下来，樊骏的帮助功不可没。

[①] 此文在我不知情的情况下，同时刊于《抗战文艺研究》1988年第1期和《延安文艺研究》1988年第1期。

[②] 《中国解放区文学史》，河南大学出版社1988年版。

二

　　以北京那次谈话为契机，我和樊骏的交往逐渐密切起来。1992年秋天，河南大学中文系和中国现代文学研究会联合召开了19—20世纪中国文学思潮讨论会，会后编辑出版了《回顾与前瞻——19—20世纪中国文学思潮讨论集》（以下简称《讨论集》）。《讨论集》是河南大学和樊骏开始的第一次合作。《编后话》说："本书编辑工作主要由樊骏、刘增杰、钱理群、关爱和担任"，《讨论集》的论文"显示了一种忠于学术的献身精神，'板凳甘坐十年冷'的沉寂之态，以及'文章不写半句空'的严谨、求实的学风。"① 樊骏在会上作了《关于近一百多年中国文学历史的编写工作——为祝贺〈19—20世纪中国文学思潮史〉出版而作》的专题发言。发言指出，河南大学主编的《19—20世纪中国文学思潮史》是一种思潮史兼顾综合的文学史著作，"《19—20世纪中国文学思潮史》各卷分别为《悲壮的沉落》、《晨光微明时分》、《从新潮到奔流》、《战火中的缪斯》、《风雨历程》、《喧哗与骚动》。它们是对于各个阶段的文学思潮及其演变的准确概括，不同时也是对于这些阶段的'物质过程'的某些历史特征的生动点染吗？"② 这篇文章副标题上的"为祝贺"某某"出版而作"，分明是对河南大学现当代文学学科的鼓励。其实，早在1987年4月25日樊骏的来信中，他对河南大学现当代文学研究生的培养质量，就有过特别的关心与期待。信中说，"听说贵校毕业生近年来报考现代文学研究生的，专业课成绩不错。听了很高兴。希望你们为培养这门学科后备力量作更多的贡献。"

　　"怎样为培养这门学科后备力量作更多的贡献？"这也正是我们学科点试图解决又感到茫然和困惑的问题。樊骏的话，促使我们对问题进一步

---

① 河南人民出版社1994年版。论文集收入了严家炎、樊骏、黄修己、陈平原、钱理群、刘思谦、关爱和等多人的近现代文学思潮研究论文。

② 《19—20世纪中国文学思潮史》，刘增杰、关爱和主编，河大学人集体撰写，河南大学出版社1992年出版了第一、三、四卷。该书序言《文学的潮汐》发表于《中国现代文学研究丛刊》1992年第3期。2009年全书以上、下卷的形式出齐，由上海文艺出版社出版，书名改为《中国近现代文学思潮史》。1992年樊骏所撰这篇长文，是对百年文学历史编写工作较系统的总结。

进行深入思考。认识到，一所地方学校，在后备力量培养上，既要振作精神，以一种不服输的心态立志自强；同时，也要开阔视野，主动加强学术交流，借助京、沪等地学术资源丰厚的高等学校、研究机构的力量充实自己，获得他们在学科建设上的指导和支援。说办就办。我们首先想到的就是聘请樊骏担任河南大学的兼职教授。

我们深知，樊骏虽然为人低调谨慎，可他善良、诚恳，有一副热心肠，乐于助人。只要我们把师生对他的期待说清楚，他就有可能向我们伸出援手。经过努力，我们终于说服了樊骏，他表示愿意为学科点建设助一臂之力。1993年正式聘任后，樊骏尽职尽责，每年都短期来校讲学，为研究生开专题课，主持开题报告，指导毕业生的论文写作。樊骏严于律己，诚实守信，备课十分认真。他开设的专题课，如《论老舍之死》、《论现代文学研究家》，开讲后都获得了强烈的反响，成为当时现代文学学科的名牌课之一。每当他来学校讲课，教室里总是被不同年级慕名听课的人挤得水泄不通。当时我主持河大中文系系务。樊骏上课，多数情况下由我陪同。樊骏上课时，表面上看节奏平缓，语调低沉，但自有他用心设计的教学艺术个性。在设定的语境下，他不动声色，一个轻声的提示，或一句脱口而出的幽默，时常会引起听众发出阵阵的惊叹声，课堂气氛活跃而友好。每当此时，樊骏也情不自禁地陶醉于师生情感融洽的氛围里。

这里，根据我当时的听课笔记，以樊骏对老舍之死的解读为例，简要说明他的教学所抵达的历史深度。

老舍研究，是樊骏重点进行研究的课题之一。《认识老舍》、《老舍的"寻找"》等发表后都在读者中获得了好评。但樊骏在教学中并不愿意重复自己。在讲授老舍之死时，我发现，他的讲稿几乎每页都经过修改，满纸勾勾画画，添添补补，留下了多次思考的痕迹。在丰富史料的基础上，樊骏把老舍放在中国特定的文化语境下，分别从性格层面、社会层面、文学层面等不同的侧面，深刻剖析了老舍悲剧发生的多种复杂因素。

在性格层面的分析中，樊骏列举七个方面的例证，揭示了老舍内圆外方的性格特征。指出：老舍宁为玉碎，不为瓦全的刚强性格，埋下了"文化大革命"中投湖自尽的种子。在社会层面的分析中，樊骏一口气列举了从20世纪30年代至60年代十四个方面的史料，证明了老舍所处的环境：伴随着他的，时常是赞誉下的非议和保留。比如，老舍始终坚持的鲁迅所开辟的五四文学传统，却不时受到左翼文艺家的误解、批评，甚至尖刻的批判；《四世同堂》在老舍由美返国后的停发；《龙须沟》在压力下被迫一遍又一遍地修改；《茶馆》的演出不了了之的结局；《正红旗下》写作的叫停。所有这些非议，指责，对老舍来说，都是大刺激、大痛苦。他如进入无物之阵，头顶上有乌云，自己又无法解释，无处申辩，痛苦只能咽在肚子里。他的悲剧不仅仅是"文化大革命"中偶发事件的刺激，而是某些"左"的文学思潮对他所造成的心灵的伤害。樊骏对文学层面的分析更为深刻，刻骨铭心。樊骏认为，老舍之死的一个重要因素，还在于他的文学观、价值观和流行文学观、价值观的分歧和冲突。樊骏说，从启蒙的角度看，老舍是在鲁迅之后最自觉地写民族、写人物灵魂心态的作家。要进行思想启蒙的老舍，遇到了1927年以后文学思想的激进变革。还有，风格是作家的艺术生命，而老舍艺术创造中的幽默风格，却一直得不到应有的认同。概言之，樊骏在教学中对老舍之死的论证，不是对作家死难过程的浅层次表述，而是深层次地揭示了老舍之死的丰富文化内涵。在某种意义上说，论证中有着知识者集体性的焦虑，是一代研究者思考的精神性记录。樊骏的老舍之死讲稿，在他已经发表的研究文字中，虽有片断涉及，但至今并未见到全文的展示。如果这份手稿还有留存，能够整理发表，对于老舍研究（而且不仅仅是老舍研究）来说，都该是一项极有意义的研究成果。

　　樊骏在河南大学的讲学活动，到了90年代后期终止了。当时，河南大学现当代文学学科点获批为博士学位授予点，消息让我们和樊骏都感受到了长期奋斗所收获的欣慰。学科点的教师都主张，将樊骏列入河大博士点导师的名单。可是，这个建议被他果断地拒绝了。樊骏神态平静地说，"河大这些年有进步，是件值得高兴的事。可要我做导师，是绝对不可能的事。我来河大做点事，只是喜欢做这件事，没有任何功利的目的。"樊骏的话，当时就使我想起了王瑶先生对他的评价。王瑶先生曾经对我说，博士学位制度开始实行的时候，他曾经多次建议樊骏主动参加博士培养工作，都被樊骏多次婉拒。他认定的事，别人无法让他接受或放弃。王瑶先生还说，他是个纯粹的人，过分谦虚的人。我还想起与此事有关联的另一件事。在支持河大学位点建设的同时，樊骏还向南方海滨的一所大学伸出了援手，帮助他们在培养研究生方面做了不少事。当这所学校获批博士点以后，樊骏也同样悄悄隐退了。樊骏就是这样一位淡泊名利的人。他在助人中不断激发着自己的生命活力，领略着人生的真谛，而并不期望个人获取些什么。

此后，樊骏虽然不来河大讲学了，我们之间的交往却依然不少。现代文学学位点负责人关爱和等人，多次去探视他，就学科点建设征询意见。樊骏患病后，我和解志熙去看望他时，他高兴地数着河大一些青年教师的名字，问长问短。樊骏等主编的十八卷本《中华文学通史》准备修订再版时，他指定由我审读书稿的解放区文学部分，并要求我提出修改建议。这件事我认真地做了，获得了他的肯定。2006年春天，受樊骏委托，张大明先生通知我，由我来完成解放区文学史书稿的改写工作。出于对樊骏先生的敬重，我当即丢下手里的事，在规定期限内完成了写作任务。代替樊骏执行这一部分通稿任务的张大明先生读了书稿后，给我写来了热情洋溢的信，表达对书稿的认可。

樊骏的《中国现代文学论集》出版后，他在给我寄赠这部著作时，特意嘱我给他开个青年教师名单，由他签名寄书。2009年12月，樊骏出席《中国现代文学研究丛刊》创刊三十周年纪念会的时候，我在会上告诉他：河大"青年教师收到了你赠送的著作，特别高兴。要我向你这位恩师转达敬意"。听到我的介绍，樊骏脸上露出宽慰的笑意。待午宴结束的时候，他走到我面前，又具体询问了刘涛、刘进才、张先飞、杨萌芽多位青年教师的近况，听了我介绍后他满意地说："河大的青年人长大了，代我问候他们。"语短意长，展现了他心中依然如故的浓浓河大情。没有想到，这次会面竟是我和樊骏先生最后的告别。

值得特别提出的是，受到邀请樊骏先生来河南大学短期讲学方式的启发，随后，我们又和中国现代文学馆开展了联合办学的新尝试。现代文学馆吴福辉、舒乙、李今研究员，根据协议，都先后定期在河大讲学，开设专题课，共同培养博士。这一举措，使河大的研究生培养质量获得进一步的提升。一些研究生自豪地说："我们在河南大学读书，却能够定期得到中国社会科学院、中国现代文学馆专家实实在在的指导，真是幸运！"

三

撰写这篇短文的时候，樊骏在河大讲学中的一些琐碎细节也时常不由自主地从记忆中涌出，挥之不去。

一次，他讲了一个上午的课，没有顾上休息。在讲课结束的时候，我说："樊老师一连讲了三个小时，他太累了，大家向他鼓掌致谢！"掌声过后，没想到樊骏风趣地望着我说："刘老师的数学看来比较差。算算看，课间休息了十分钟，大家提问、交流又占去了二十分钟，讲课只有两个半小时呀！"他的话音刚落，立即又引起了一阵掌声。有的学生又是踏地板，又是拍桌子，教室里欢声一片。

还有一次，樊骏一直上课、看研究生论文，忙了好几天。第三天下午，他要返回北京了。晚上他问我："明天上午有什么活动？"

"没有活动，休息。"我随口回答。

"不要分内外，有活动就通知我参加。"在樊骏的要求下，第三天上午，他又和我们一起，听取硕士研究生学年论文的汇报，汇报会从上午八点开到了中午十二点。散会的时候，他半开玩笑地附在我的耳朵上说："我这才对得起河大的这一顿午饭呀！"

一个夏天的晚饭后，他对我说："每天在宾馆吃招待饭，明天想换换口味，中午到主任的公馆吃便饭，你们吃什么我吃什么，怎样？"我本来早就有意请他到家里吃饭，聊天，可因为担心增加他的精神负担，一直没有开口。今天他主动提出要求，当然是求之不得，就连声说："欢迎，欢迎！先生屈尊寒舍，蓬荜生辉。"

"不是像在这里吃几个碗儿，几个碟儿，是吃顿便饭！"他反复强调叮咛，我满口答应。

回到家里，我把这次约会告诉了妻子。不料妻子却为难地说："咱家平时吃的饭太简单，别惹樊老师笑话咱们。"我们想来想去，最后商定，约请做菜有点名气的一位青年教师到时候来帮忙。这位青年教师果然身手不凡，很快做好了四菜一汤，两荤两素，色味俱佳。樊骏一见，知道其中可能有诈，就望着妻子调侃说："嫂夫人真是高手，你们天天都是四个菜，这么麻烦，我们的刘老师真有福分呀。"眼看蒙混不过去，妻子连忙爽快供认："我哪有这样的手艺，是××来献艺，招待樊先生。"樊骏知晓真相后，也没有再进一步追究。这顿饭聊天聊得随便，吃得尽兴。饭后，樊骏连声向妻子道谢。

樊骏还有个"怪癖"，就是不论从北京来开封，还是从开封返回北京，他执意只坐火车硬卧，不坐软卧，更不坐飞机。有时候，硬卧票反倒不好买到，软卧票还相对好买，就给他买了软卧票。他拿到票后，往往嘴里会嘟嘟囔囔，自言自语："我想给河大节省一点经费呀。"在他身边听到这声细语，我顿时心头一热，暗想：樊骏真有孩童般清纯天真的心灵、两袖清风、一尘不染的慈心柔肠呀，是一位值得信赖的贴心学长。

细节最见学者的真精神。樊骏，他平凡而高尚，他活的是人品。这是一位我们时代文学研究者的精魂，一尊永驻读者心头的精神雕像。

（载《汉语言文学研究》2011年第4期）

于平静里寓波澜

——读《延安鲁艺风云录》

解放区文学研究，大体上经历了三个阶段。第一个阶段是以颂扬为基本格调的研究阶段（时段为20世纪40年代至70年代末）。这一阶段的少数研究著作虽不乏新意，但研究在整体上存在明显的缺陷：某些研究不是根据创作实际引出新的结论，而往往是根据既定的理论，从创作上寻找例证。创作实践的全部丰富性，被抽象地概括在几条千人一腔的既定模式里；理论研究更不敢越雷池一步，亦步亦趋，走着一条狭窄的毫无生气的注经老路。这一研究模式，以及权威崇拜式的阅读心态，受既定观念和结论所役使，当然无法产生多角度、多层面具有个性的研究著作，研究本身也不具有平等的、对话的、交流的性质。没有独立的研究就没有独立的发现。研究的平庸直接损害着读者对解放区文学的信任感、崇敬感。第二个阶段（约为20世纪80年代）是解放区文学研究的蜕变阶段。由于研究观念新旧杂陈，研究成果也就随之呈现为迥然不同的风貌。一些研究突破传统的理论束缚，开始展现出富有生气的创新性探索；但与此同时，另一些研究则仍缺乏深沉的历史意识。对血与火斗争年代的崇敬，有时使研究者把对历史的怀念混同于冷静的文学批评。出于继承、捍卫革命文学传统的良好愿望，他们试图继续套用战争环境下实行的政策和做法来作新时期的文学的范型，或把适应战时读者审美需要的作品用来作为指导今天创作的标杆。两种研究观念和方法对峙着、争辩着，甚至火气十足，相互指责，水火不容。20世纪80年代形成的解放区文学研究这一独特景观，进入90年代才有了根本性的改变。

随着研究者文学观念的变化，知识结构的调整，思维方式的更新，研究视角的转换，促使一些富有新意的研究著作和论文相继问世，标志着解放区文学研究第三阶段的来临。王培元的新版《延安鲁艺风云录》（2004

年广西师范大学出版社,以下简称《风云录》),就是这一时段出现的一部具有创新性的解放区文学研究著作。《风云录》的学术价值在于:

第一,《风云录》重视史料的发掘,靠史实接近历史,做到了纪实写真,文必有据。[①] 鲁艺是当时延安创办的最高学府,鲁艺的教育方针、教学状况是作者关注的重点之一。书中作为原始文献收录的就有:《鲁艺艺术公约》,不同年份、不同系科鲁艺招生简章规定的考试项目,鲁艺三年修业课目,各系共同必修课目时间支配表,戏剧、音乐、文学、美术专修课目时间支配表。连总结1938年鲁艺实验剧团在前方9个月的工作情况的四个统计图表,也被收录于书。经过两年的教学实践,鲁艺试图改变抗战初期短训班性质的办学方式,向正规化、专门化的办学轨道转变。这些资料,《风云录》有更详尽的记述。以文学系为例,新的三年制教学计划,除公共必修课目外,文学系开设的教学门类有:新文学运动、名著选读、中国文学、创作问题、创作实习、文艺批评、作家研究、世界文学、文艺理论选读、创作。这些课程,几乎已是新中国成立后中国语言文学系教学计划的雏形了。课程之外,鲁艺还注重实践活动,明确规定要有计划的定期外出实习,或作实习表演,经常进行各种社会活动,加强与民众的联系,实习时间长达5个月。上述史料和描述,勾画出了鲁艺进行探索性试验的全貌,为进一步研究提供了良好的基础。[②]

作者并没有止步于鲁艺办学方针、教学计划执行等现象的罗列,对鲁艺办学中出现的问题和争论,更进行了创新性的分析。比如,在整风运动中,鲁艺的办学方向被批评为犯了"关门提高"的严重错误,这一论断一直沿习至今,几乎已经是无可怀疑的铁的定论。对鲁艺"关门提高"的批评,实际上只是一种政治性言说。批评者不是以自身理论的真理性使对方心悦诚服,而是表达出一种只此一家的政治意愿把对方压服。作者据实考察后,对"关门提高"的结论提出了质疑。作者说,只有有了大学这道"门"的存在,"才能够确保相对独立的大学文化体系的存在;取消了大学之'门',作为自足性体系的大学文化也就不复存在了。"大学只

---

① 据作者在《后记》、《新版附记》中介绍,为了完成这部著作的写作,作者除大量阅读相关史料外,还专访延安,寻觅鲁艺旧址,出入于收藏文献的纪念馆,并在京遍访鲁艺校友,受访者约60人。当然,鲁艺代表着已经远逝的岁月。鲁艺人的回忆既是珍贵的历史文献,同时岁月又会让他们的记忆淡化、变形,造成了记忆的失真与错位。
② 引文见《延安鲁艺风云录》,凡未注明出处的引文均自该书。

有在保持自己的独特文化个性的前提下，才能对社会文化、时代文化产生作用和影响，也才能保持一个时代民族文化的生态平衡。和缓平静的语气里，透出一种灵气和实在。史实的价值发现只有站在时代高度的缜密思考才能完成。从史料出发又走出史料的成功阐释，是《风云录》的亮点之一。

第二，注重历史细节的理性选择。期刊总是最容易体现特定的历史现场情景。《风云录》记述了延安三个有影响的文学刊物终刊的细节。《谷雨》1942年8月15日终刊，《文艺月报》最后一期出刊日是1942年9月1日，接着是1942年9月15日《草叶》第6期出版后的休刊。三个刊物终刊看似偶然事件，背后却有着深层的政治、文化指向，作者从中看到了整风运动中"左"的、狭隘的文艺观念的滋长。他指出："整风运动中，政治取得了压倒一切的绝对优势地位。一个文学艺术家的价值，不是取决于他在文艺创作方面的努力和成就，而是取决于他的政治思想、政治立场和政治表现。"刊物的消失预告了解放区初创期文艺相对繁荣局面的消失。紧接着而来的，是作家忏悔式的自贬，文化、文学团体的撤销，作家自毁作品或干脆与文学创作永远地告别，一刀两断。

但这还并不是事件的终止。作品举出的另一个细节更令人痛心不已。延安整风中开展的"抢救"运动①对解放区文学发展产生的破坏作用，过去的研究著作对此采取回避态度，或语焉不详。《风云录》除对这一问题进行了较为充分的论述外，还根据自己发掘的史料，不无幽默地写了如下一段让人痛楚的文字："据说，鲁艺大约百分之八十以上的人被打成了'特务'。有的系，到最后只有两个人不是'特务'了。1943年5月30日，周扬曾笑着对别人说，他过去是特务学校校长，现在是反省院院长。他还在大会上宣称，一定要把抢救运动搞下去，就是搞到剩我一个人也要搞下去；就是鲁艺全是特务，就我一个人是共产党员，我也能战胜你们！"百分之八十以上的人被打成"特务"这一细节，揭示出了抢救运动给鲁艺师生留下的是难以磨灭的创痛。整风运动后解放区文学在一段时间内的萧条，以及后来创作上所表现出的主题的趋时、单一，题材的狭窄、贫乏，就不能说和这一百分之八十以上的人被打成"特务"的错误

---

① 1943年7月15日康生作《抢救失足者》报告后，延安以群众运动形式开展了清查特务运动。

处置没有关系。历史研究也是历史细节的研究。细节更能体现社会生活、文学形态的原貌，细节的选择浸润着理性色彩。在历史细节的铺排和点染中，深藏着生活的悖论与荒诞，权力的滥用与放肆。三个刊物的停刊，百分之八十以上是"特务"这些原本看来普通的细节，发挥了穿透性的折射历史的效能。细节以少胜多，填补了历史的缺口。

《风云录》让人耳目一新，还在于它的叙述风格。

《序幕》开始，作者一改通常学术著作叙述的庄重或叫刻板，而是绘声绘色地描写了一次宴会，一次不同寻常的祝贺《血祭上海》演出成功的宴会。宴会的群体社交性无疑为本书将要叙述的人物的出场设置了舞台，提供了充分的话语空间。出席宴会的既有包括毛泽东、洛甫、李富春、凯丰、陈云当时延安的党政要人，也有导演左明以及孙维世、江青、仉平（张平）等主要演员。出现在这些一日三餐多以小米加白菜、萝卜、土豆进食的演员面前的，是摆在餐桌上的大碗的猪肉、香喷喷的鸡肉、四川的锅巴肉，延安的"三不沾"和"蜜汁咕噜"。大家忘记了平时的客气与拘谨，变得亲切随意，不断地敬酒、唱歌，谈笑风生。毛泽东也将酒杯高高举起："为我们共产党的艺术学校的成立干杯！"就是在这次宴会上，决定了鲁迅艺术学院的创立。

作者入情入理，引人入胜的叙述，增加了理论著作的可读性，拉近了作者和读者之间的感情距离。作者说，《风云录》不是写鲁艺校史，他追求的是文化传记。传记的抒情性，传记融叙事性与抒情性为一体，传记所要求的文字的澄明，纯真，甚至弥漫着一种带露拾花的清新气息，等等，帮助了作者富于激情的个性实现自己的艺术追求。他的叙述风格不事声张，却于平静之中暗寓波澜；他的文字清浅，却能让人读出它透明的深度。

应该特别指出的是，《风云录》诉说的是一段特殊年代的文学历史。作者对极为复杂的文学现象没有作简单的裁决，用单一的标准归纳出符合自己主观构想的价值判断，而是让事实说话，用述多于论的描述体，怀着对当时文学生存状态理解性的关怀，重返历史现场。简言之，即以史实为基础以客观描述为基本方法，作者出色地完成了对历史充满个性化的解读。我赞赏属于作者个人的这一叙事方法。

毫无疑问，《风云录》是对作者1999年出版的《抗战时期的延安鲁艺》的丰富和升华。所谓丰富，当然不仅仅是指新版选收了一些历史照片、图片，它的图文并茂的确为新版增添了光彩；但这里所说的丰富则主要强调的是新版整体学术质量的提升。初版的某些叙述可能被简化了，而一些重要的历史事件和细节却浮出了水面。作者的历史意识有了新的自觉和强化。

鲁艺研究的意义在于，在极端困难的环境下，鲁艺创办和发展的经历本身，它在艺术专门人才培养过程中取得的成功，遭遇的挫折，出现的失误，对今天的高等教育建设、专门艺术人才的培养都有警示意义。在某种意义上说，战时鲁艺这一知识者集中的高校的变迁，也是延安社会生活的一个侧影，一个新的文学运动的兴起。更何况，鲁艺的创立、鲁艺办学方针的制定，鲁艺开展的思想批判，等等，都直接和当时延安最高决策者的思路紧密相连。研究鲁艺，可以内在地窥见决策者的动机、心态，对知识分子问题的思考、对知识分子的基本估计以及行动方略。这一切，不仅关系到当时延安社会的历史走向，而且影响深远。就此而论，鲁艺留下的精神资源内涵深厚。解读鲁艺不仅需要拥有史料和才智，同时也需要拥有时间。《风云录》中的风云二字隐约地告诉我们：风云中的鲁艺也许仍有若干问题若明若暗，需要进一步澄清。鲁艺研究目前还仍是起点而非终点。鲁艺研究进一步深入之日，也就是整个解放区文学研究获得切实前进之时。

(载《中国现代文学研究丛刊》2005 年第 4 期)

志熙印象（代序）

志熙要我为他的这部著作写序，我是不能推脱的。屈指一算，交往已逾10年。10年前，志熙大学毕业不久，身上带着几丝西部山民的质朴、憨厚和机智，从甘肃农村走来。那时，他给我的最初印象是：英俊中夹杂着几分羞怯。如今，我已满头白发，垂垂老矣；而他刚过而立之年，风华正茂，我们之间，虽然年龄上差别很大，但却可以倾心，能够做到相知、理解。时下人们常说的"代沟"，着实并不明显。

《风中芦苇在思索》，虽然出版于他的专著《存在主义与中国现代文学》之后，但却称得上是他的"少作"。书中所收论文，几乎全部是他30岁以前的作品。确切地说，是他在河大读硕士和在北大读博士期间的习作。论文中混合着青年人的锐气和稚气。关于本书的学术品格，我所信赖的读者当会有自己的体味，用不着我来饶舌。然而，重读这些论文时，我与志熙交往中的一些片断，却一幕一幕地涌到了眼前。

1990年盛夏，我去北京出席一个国际学术研讨会。趁着会议还没有开幕，我跑到北京图书馆去查阅资料。一路上，天热得出奇。不见一片云，也没有一丝风，四周弥漫着炙人的热浪，烤得你睁不开眼，透不出气来。直到在北京图书馆开有冷气的阅览室坐定，我身上仍不停地往外冒汗。就在这时，我眼前突然出现了一个熟悉的背影：这人浅黄色的衬衣，已被汗水浸得斑驳陆离，深一块浅一块地贴在脊背上。他抱着一大摞沉甸甸的旧杂志，向另一个阅览室匆匆而去。这不是志熙吗？我心里想：他给我的信中不是说，已经通过了北京大学的博士学位论文答辩，就要返回河南大学了，怎么还在这里？我一面想，一面快步赶了过去。一看果然是他。寒暄之后，他告诉我：行装已经打点完毕，临行前，总想再来复印一批资料，免得以后再来查阅，花钱，费时。望着他那淌着汗水的清瘦面庞，我抑制住自己的感情，嘱他注意身体，好好休整一番，不可过于苦了自己。我们当时并没有深谈，就各自做自己的事了。但这次相遇，却给我留下了很深的记忆。我似乎突然意识到：他在学术上所做出的成绩，全是他的勤奋所换来的啊！从 1983 年到 1990 年，开封—北京，他度过了 7 年清苦的学习生活：白天跑图书馆，晚上熬夜，还要自己做饭，打发生活。7 年中，几乎所有的寒暑假，他都用到了学习上。父母从农村来信催他回家看望爷爷，妹妹也时常"命令"他回家团聚，他却很少满足他们的要求，总是怀着内疚和歉意，回信安慰他们，请求原谅自己。他是靠牺牲了许多不该牺牲的亲情和乐趣，才为自己迎来了宝贵的学习时间，思考空间。按说，此时的志熙，拿到了博士学位，出版了专著，应该喘一口气了，可他还是在自己苦自己，痴迷地遨游在知识的海洋里。

如果说勤奋体现着志熙一以贯之的治学精神；那么，自尊则似乎是他正在形成的学术个性。这种建筑在勤奋基础上的自尊，不是在学术研究上目空一切的轻率指责，像野马在长满花草的田野里驰骋；而是在学术心态上，表现出对前辈既充满着理解的热情，又升腾着一种跃跃欲试的超越意识。这种自尊，养成了他在巨大而深邃的学术遗产面前，没有高山仰止式的盲目膜拜，而是一种学者的自审和反思，一种学术上的强烈自信。他所信任的是真理，是他亲手所发掘的大量的、有些是鲜为人知的史料，是建筑在史实基础上自己所做出的新颖结论。记得他在北大的同学李书磊，曾经这样描述过志熙的学术性格："我的同窗好友志熙是个犟家伙。尽管平时以'无所谓主义'自诩，但一跟你争起什么来，他那种寸步不让的认真劲可真是拗死个人。一天夜里我们骑车往西山方向游逛，开始谈谈当代青年的失恋问题，后来就把话题扯到刘恒的新作小说（《白涡》，《中国作家》1988 年第 1 期）上，一说起《白涡》我们就争执起来，刚才谈话中那种感伤气氛一变而为火药味。志熙认死理。"（《同窗笔谈：关于中篇小说〈白涡〉》，1988 年《文论报》）。这里所说的"犟"，就是他的自尊心态的形象概括。

志熙的自尊中，还贯穿着一种平等与诚恳。平时，师友相聚，有时他和人争得面红耳赤，寸步不让，但他从不强词夺理，自以为是，自傲于人，而是更多地表现出一种学术上的忠厚和执着。有时别人在学术上对他提出一些要求，他总是顺从地给予满足，帮你办好。1991 年初，我主编的《19—20 世纪中国文学思潮史》脱稿，即将付印，一些撰稿人突然觉得这 6 个名字起得别扭，缺乏新意。于是，有人就逼他第二天拿出 6 个名字来，供主编最后敲定。果然，第二天他交上来一张纸片，上面写着：

《悲壮的沉落》、《晨光微明时分》、《战火中的缪斯》等，大家一见，齐声说好。于是书稿就按照他提交的书名交出版社发排了。

这种学术上的自尊，表现在工作和生活上，有时竟衍化为一种义务感、责任感。1986年，志熙到北大攻读文学博士学位。在当时来说，他是河大也是河南省考取北大的第一位文科博士生。领导和师友对他所寄予的期望，他当然体会得到。待拿到文学博士学位时，他没有留恋大城市，没有为其他高校提供的优惠条件所动，信奉孔圣人的"与朋友交而不信乎"的遗教，毅然返回河大任教。对此，时常引起我心灵的震颤：我既佩服志熙"信守合同"、建设河南的责任心，有时又担心这是他在学术上付出的巨大代价。无论如何说，河南与北京相比，学术环境总还是相差一大截。志熙回河南，分明有着对河南、对师友情谊的报偿。但愿这一感情因素不会成为对他的束缚。就长远来说，我还是希望还给他充分的学术自由，让他走自己愿走的路。

作为一个青年学者，我还感觉志熙身上有着一股青年人少有的深沉。这深沉，有时甚至化为一种孤独和寂寞。这深沉，显现出他在学术研究上思维的深度，给读者带来一种凝重感、宽厚感。前些年，学术界"热"浪滚滚。不能抽象地否定"热"的积极意义，但这"热"自有其局限。而志熙从不追逐时髦，在各种"热"阵阵袭来时，他总是自甘寂寞，"冷冷"地做自己的事，以冷峻的目光塑造着自我的学术形象。待各种"热"烟消云散后，才证明了他走过的学术道路是何等的坚实。他的专著《存在主义与中国现代文学》，其风格的老辣、持重，全不像出自一个不足30岁的青年之手。

志熙嗜烟。我曾多次劝他少吸或者干脆戒掉，他虽然不表示拒绝，但此后也总是依然如故。他时常微微地眯着眼睛，手中的烟火一闪一亮，沉思般地在烟气缭绕中陶醉。每当此时，我总不忍心再去劝他，心想：这烟花，也许是他孤寂心灵的慰藉？也许竟和他泉涌般的文思相伴，是他生命火花的燃烧？抑或是他深沉气质的组成部分？

我还是有一种直感和联想：志熙的勤奋来自西部高原的哺育，自尊则显示了他生命力之倔强，而深沉又铸就了他整个的学术气质和性格。他把这部书稿取名为《风中芦苇在思索》，其意象当有深意存焉。即使直白来说，前半句固然是自谦，而后半句的"思索"却也点出了他全部学术活动的一个重要特征：对研究对象虔诚而深沉的思索。正是这种学术自觉，给他带来了初步的成果和荣誉。他的专著以及他在《文学评论》、《外国文学评论》等刊物上接连发表的多篇论文，总是引起青年学者的注目和年长学者的欣慰。钱钟书先生、冯至先生、严家炎先生，都对他多所赞许。1991年，以30岁这一令人羡慕的年纪，志熙被破格晋升为教授。一年之后，他又被河南省人民政府命名为河南省优秀专家。荣誉和鲜花的接踵而至，并没有使这个青年沉思者自满自足，他仍然以西部高原所赐予他的苍凉之气，夜以继日地思索着、开垦着自己的学术莽原。生命即过程。我欣赏志熙目前所保持着的清醒与冷静。认真地说，他的学术生命显然还处于腾飞之前的准备阶段。为师为友，我企盼着他有更远大的跨越。

(载《风中芦苇在思索——中国现代文学的现代性片论》，
河南人民出版社1994年版)

凝思于古典与现代之间

——序关爱和《中国近代文学论集》

《中国近代文学论集》是关爱和先生继《从古典走向现代》、《悲壮的沉落》、《古典主义的终结——桐城派与"五四"新文学》等专著问世之后的又一部力作。

在我看来,《论集》对如下两个问题的研究最具学术价值。

一是关于中国文学从古典到现代转型问题的研究。自鸦片战争开始,帝国主义接连对中国发动了一次次蓄谋已久的侵略战争。侵略者攻城略地的暴行,给中国人民制造了空前的民族灾难,粗暴地蹂躏着中国人的民族自尊心。中国人民抵抗侵略、探求民族新生之路的斗争前仆后继。正是在这种血与火的历史变革与演进中,中国文学开始了从古典走向现代的艰难蜕变。对于丰富而又复杂的转型期文学研究,其意义不仅仅在于文学自身。处于转型期的中国近代文学,它甚至是一部民族心理变革史。可是在很长一段时间内,对于这一时期文学的研究却没有给予应有的关注。如一位近代文学研究者所指出的那样,"这大半个世纪,正是中国历史舞台上侵略与抵抗、起义与镇压、求变与循旧各种冲突闹得沸反盈天,因而历来为史学家们瞩目的时期,然而,却又曾经是被不少文学史家漠然以视之、淡然以述之,甚至鄙然以斥之的文学时期。关于这一时期的文学思潮的研究,更形寥落萧瑟。"(王飙:《悲壮的沉落》,1993 年《中国文学年鉴》第 418 页)在青年学者中,更以近代文学艺术成就不高、语言艰涩等理由对此领域望而却步。而在二十多年前,关爱和却果断地做出了自己的学术选择。

1981 年,近代文学史家任访秋先生,率先打破近代文学、现代文学的人为分割,开始在国内招收中国近代文学研究生。关爱和立即报名参考,并获录取。由此开始,他凝思于古典与现代之间,考稽史料,研读作品，对于转型期文学提出了许多具有学术原创性的见解。他指出，作为历史"中介物"——过渡转折期的中国近代文学，它既是中国传统古典文学的承续与终结，同时又是中国文学走向现代的先声。他的研究论文中，经常出现的关键词语是"蜕变期"、"从古典走向现代"、"过渡转型期"、"从古典到现代的转型历程"、"文学变动说略"、"情感流向"、"心路历程"、"新旧之争"等。这些话语清晰地折射出了作者的研究指向：转折年代的文学转型研究是他研究的重心之所在。

这一学术选择的意义是不言自明的。转折年代是政治、经济、社会、文化、文学最激烈变动的年代。历史演进的由量变到质变，它的变动形态的丰富性，诸如传统文学思想的衰微，新文学思潮的萌动，新旧社会力量的较量，新的社会力量在较量中的挫折，以及新的力量的重新酝酿，聚集，旋又开始新的较量，一切都有声有色，波涛迭起，直至为新的力量的胜利铺平了道路，准备好了充分的条件，转折年代也是文学历史发展的矛盾性、复杂性、多重性展示最为充分的时刻，这些，都为研究者提供了巨大的研究空间，用武之地。

三年的研究生生活实际上是关爱和对转折年代文学研究的起点。这位眉清目秀的青年人，平时略嫌腼腆文静，不苟言笑，外敛内秀，在当时众多研究生中并不起眼。但当三年即将过去，他怯生生地将自己研究桐城派的毕业论文恭交导师任访秋先生和我时，我们的眼睛都豁然一亮。论文宏论纷呈，疾徐有致的叙述节奏和清新明快的语言竟使我们爱不释手。1984年10月6日任访秋先生日记，记载了先生阅读论文后的欣喜之情："下午，看关爱和的论文，条理明晰，有分析有比较，评述恰当，语中肯綮，还是有质量的。"（《任访秋先生纪念集》第376页）我从这篇论文的阅读中，捕捉到的则是这位年轻人的朝气，自信，胸有成竹，宏阔的学术眼光和细腻的艺术感觉。我记得自己也兴奋地为论文写了一段赞赏性的评语，具体语句已经模糊，只记得有后生可畏，来日方长，前程不可限量数语。后来和任访秋先生见面，当又说到这篇论文，我们又几乎同时脱口而出："汝子可教也！"关爱和没有辜负导师的期望。他学术研究的一个明显特点是厚积薄发。三万字的桐城派硕士毕业论文，后来当涉笔桐城派时，他竟一发而不可收，呈现给了读者一部三十五万字的桐城派研究新著：《古典主义的终结——桐城派与"五四"新文学》。关爱和的学术实践告诉人们，毕业论文的学术选择的极端重要性。对于一个青年学子来说，有时它竟可能是终生的学术指向，为自己的未来铺设的第一块学术基石。

学术选择直接体现着选择者的眼光和智慧，但选择本身并不能保证选择者的成功。更为重要的是，选择者还必须对研究对象用心去感受，用深邃而怀疑的目光去审视，特别是以坚实的史料为基础进行学理辨析。

熟而生疑。研读史料使关爱和发现，在一段时间内，由于研究者对唯物史观运用得不够纯熟，根据新旧民主主义革命理论的机械划分，在文学研究活动中，原本存在的以五四文学为分界的新旧文学的对立被扩大化；五四文学与维新文学联系被粗暴割断，造成了近代文学与现代文学研究的人为断裂。循此思路前进，关爱和在近代文学与现代文学之间，看到了更多内在的、深层的精神联系，发出了具有个性化的学术新声。谈到梁启超对五四新文学运动的影响时，关爱和作了如下的描述："梁启超有关文学革命的理论和实践，其在文学发展史上的意义，并没有被世纪初的研究者所充分意识到，但梁氏文学革命的现实影响，却是同时代人所深切感受到的。"（《中国近代文学论集》第519页）这样的辨析，虽只是点到而止，但却熔铸着他多年沉思冥想的真切实感，因而自成一家之言。关爱和对桐城派与新文学运动关系的分析尤具真知灼见。他说："新文学运动固然由于桐城派的'反动'所起，而新文学运动的倡导者所受桐城派中人物潜移默化影响的事实也不可抹杀。新文学不是横空出世的舶来之物，它与民族文化、民族文学便有着割舍不断的联系。这种联系可以被忽视，但决不会不存在。"（《中国近代文学论集》第434页）这段平实的话语透露出的是深邃的思想力。"潜移默化"四个字，准确、真实地道出了新文学倡导者和桐城派的内在联系。这种联系甚至是与生俱来、深入骨髓的永远无法割舍的爱与恨。时过境迁，当当事者带有强烈功利性的过激情绪淡化之后，这段话的真理性就益加彰显。

在总结绵延二百余年的桐城派终归于沉寂的原因时，作者除指出了新文学运动的攻伐外，还着重分析了桐城派自身艺术创造力的衰竭，其所固守的文化价值及道统、文统观念的不合时宜，其行文拘谨、禁忌繁多的文言文体形式与日益丰富繁杂的时代内容不可协调的矛盾，以及科举制度的废除、封建王朝的覆灭等桐城派赖以生存的社会条件的变化，等等，这些因素共同构成了桐城派走向消亡的条件。他还进一步指出，桐城派古文的消亡与新体散文的涌现，"成为中国文学从古典走向现代的一道醒目的风景和一次充满思想冲突与文化意蕴的历史性转换。"（《中国近代文学论集》第439页）言辞之间，对桐城派的消亡表现出了应有的理解，对文学的历史性转换则充满了憧憬。

对文学转型问题的深入观察与研究，常使关爱和能一语中的。如由桐城派到湘乡派，其风格变化特点很难用一两句话说明白，他则仅用"风格由气清体洁到崎岖雄俊醇厚老确之境"来概括，要言不烦，画龙点睛。

然后是作家心路历程研究。如果说作者的研究一方面是用理论脉络挑明文学转换的历史必然性，他那含而不露的思想锋芒，常常深藏于隐而不彰的理性内核中；那么，强烈的艺术感悟力又使他能够通过作家心灵的微波荡漾感知时代精神的流向。关爱和从对近代作家心路的考察中，明显地感受到了"中国近代知识分子在沐浴欧风美雨的同时，也在不断地在民族本源文化中寻求精神支撑。"（《中国近代文学论集》第22页）从全局着眼，他提炼出近代作家三种明显差异的心理价值取向。《论集》指出："他们或以板结的思维心理定式看待日益蓬勃发展的西学东渐浪潮，死死固守以夏变夷的僵死封闭的文化观念；或在承认中国技艺落后的同时，却充分肯定中国传统思想文化和礼乐教化的巨大优越性，在文化选择中恪守中体西用的原则；或不仅承认中国技艺不如人、政治制度不如人、文化与文学皆不如人，试图借助西方异质文化的冲击力量，荡涤传统文化的污泥浊水，建立适应民族生存与发展的新型文化。毫无疑问，第三种文化心理价值取向对于一潭死水般的中国的进步更具有建设性意义，近代中国所发生的文化变更与文学革新，正是在这种心态支配下酝酿发动的。"这一段描述，实际是近代作家心路历程的浓缩与概括。

关爱和辩证地认为，五四文学精神既有着民族本源文化精神的支撑，又非晚明以来人文思潮的简单复写。指出，思想与文学的演进，取决于社会需求与创造者的主体意志，而文学的创造，既包含着创造者个体的情感与生命体验，又融合着丰富的社会与时代内涵。后者是文学的生命之源而前者是文学的精灵所在。本此理念，关著对作家心路历程的抒写，成为本书的一个耀眼的亮点。他以点带面，对多位近代作家的思想进行了鞭辟入里的分析。《剑气萧心龚诗魂》、《论老残》，新见迭出，出语惊人，其对人物微妙心理剖析之贴切，让人击节赞叹。作家心路历程研究实际上又是对转型问题研究的加深与丰富。两个问题互为补充，相得益彰。起草以上诸文时关氏还是一位青年学者，他的藏而不露的才华，尽在这洋洋洒洒的文字中间。

古典与现代之间，是一座取之不尽的学术富矿，一片看不到边际的学术莽原，一个充满着诱惑力的学术磁力场。在这段历史的深处，藏有转型期文学永恒魅力的全部秘籍。诚如作者在《桐城派与"五四"新文学》一书所标示：古典主义有终结，可对于古典与现代之间学术的凝思却永远无法终结。作者在一篇《后记》中告诉我们，他曾试图将晚清旧派文学阵营中的桐城派、选派、宋诗派、常州词派的审美选择和文化命运，作一总括性的描述，可"当涉笔至桐城派时，竟絮絮不休，共达三十余万字。于是只好将这三十余万字的稿子先行交出版社，有关宋诗派、常州词派、选学的文字，只有留到来日了。"我们饶有兴味地期待着，作者那些"留到来日"的思考，能够早日化做出读者以新的启迪的华章。

（载《中国近代文学论集》，中华书局2006年版）

钩沉·重读·质疑

《豫报》所刊鲁迅早期著作的两个广告

1906年冬,河南省留日学生创办的《豫报》在日本东京出版。[①]《豫报》第1期扉页,醒目地刊登了鲁迅早期著作《中国矿产志》的出版广告和《中国矿产全图》的出版广告。兹将两个广告照录于下:[②]

其一 新书出版广告

留学日本东京	帝国大学矿化专科顾琅外国语学校周树人	合著
国民必读	中国矿产志	全一册定价大洋四角半 △洋装六角

  我国自办矿路之议,久为全国之所公认。顾路则已由各省争回兴筑,成效大著。而承办矿务者,虽有自行开采之志,而苦于不知自省矿产之斯在。故商部虽有奏请各省设立矿政局,至今未见日臻发达。留学日本东京帝国理科顾君琅及会稽周君树人。有鉴于此,用特搜集东西秘本十余种,又旁参以诸名师之讲议(义),撮精删芜,汇为是编,搜集宏富,记载精确,与附刊之中国矿产全图有互相说明而不可偏废。实吾国矿学界空前之作。有志富国者,不可不急置一编也。

  今将全书内容要目开列于下:

  第一编第一章　矿产与矿业;第二章　地质及矿产之调查者;第三章　中国地质之构造(附中国地相图);第四章　中国地层之

---

① 目前没有查到《豫报》第1期确切的出版时期。该刊第二期于1906年阴历十二月初一发行。《豫报》第1期所载《豫报公启并简章》中说:该刊"月出一期,望日发行"。据此推算:《豫报》第1期很可能是在第2期出版前一个月左右出版的。我们认为,把该刊的出版时间定为1906年冬是较为可靠的。

② 原广告为竖排,现改为横排。

播布。

第二编凡十八章。一、直隶省矿产；二、山西省矿产；三、山东省矿产；四、陕西省矿产；五、甘肃省矿产；六、四川省矿产；七、江苏省矿产；八、江西省矿产；九、浙江省矿产；十、安徽省矿产；十一、湖南省矿产；十二、湖北省矿产；十三、河南省矿产；十四、贵州省矿产；十五、云南者矿产；十六、广东省矿产；十七、广西省矿产；十八、福建省矿产。凡一省之下，又详分金属矿产及非金属矿产两大类，并揭其产地所在。末复添附中国各省矿产一览表及地质时代一览表两则，尤为本书之特色。

其二　新书出版广告

中国顾琅编纂

| 国民必携 | 中国矿产全图 | 电气五彩铜版定价大洋乙元贰角 |

是图为日本农商务省地质矿产调查局秘本。日人选制此图，除自派人精密调查外，悉采自德人地质学大家聂诃芬氏之记载。故彼邦视此图若枕中鸿宝，藏之内府，不许出版。留学日本东京大学顾君琅，究心矿学有年，而于测绘地图尤所擅长。因忽于教师处得见此本，特急转借摹绘，放大十五倍，付之电气铜版，精美绝伦，较原本尤加详博，为我国地图界中之冠。不特现今之矿学家、实业家、政法家渴望此本，即研究地理学、舆图学之教员、学生诸君，亦不可不急手一部也。①

这两个广告，是我们目前见到的最早在刊物上介绍鲁迅著作的广告，它很可能为鲁迅亲笔起草。理由是：

第一，在《豫报》刊登这两个广告时，鲁迅的《中国矿产志》一书

---

① 广告原无标点，两个广告的标点均为笔者所加。

已由上海普及书局出版半年之久,该书当时正在增订再版。在《中国矿产志》初版书内,登载有鲁迅亲自起草的《中国矿产志》广告和《中国矿产全图》广告(这两个广告收在唐弢先生编的《〈鲁迅全集〉补遗续编》一书中)。《豫报》所刊的这两个广告,和《中国矿产志》初版内的两个广告,内容虽基本相同,但文字有较大变化。例如,《中国矿产志》初版广告(以下简称初版广告)对当时中国自办矿路的情况论述较为具体:"吾国自办矿路之议,自湖南自立矿务公司,浙人争刘铁云条约,皖人收回铜官山矿地,晋人争废福公司条约,商部奏设矿政总局诸事件踵生以来,已有日臻发达之势。顾欲自办矿路,而不知自有矿产之所在。则犹盲人瞎马,夜半之临深池。纵欲多方摸索,必无一得。"而《豫报》广告则较为概括:"我国自办矿路之议,久为全国之所公认。顾路则已有各省争回兴筑,成效大著。而承办矿路者,虽有自行开采之志,而苦于不知矿产之所在。故商部虽有奏请各省设立矿政局,至今未见日臻发达。"初版广告介绍该书由"留学日本东京帝国大学顾君琅及仙台医学专门学校周君树人"编纂,《豫报》则改为"留学日本东京帝国理科顾君琅及会稽周君树人"编纂。初版广告介绍该书编纂时曾"搜集东西秘本数十余种,又旁参以各省通志所载",《豫报》广告则改为"搜集东西秘本十余种,又旁参以诸名师之讲议(义)"。《中国矿产全图》初版广告(以下简称《全国初版广告》)和《豫报》所刊《中国矿产全图》广告都称该图为日本农商务省地质矿产调查局秘本,除日人自派人调查外,均采自德国地质学家聂诃芬氏之记载。但《全国初版广告》称该图还采自"美人匹联氏之《清国主要矿产颁布》者不少",而《豫报》全图广告则将此句删去。全图初版广告称该图编纂者为"留学日本东京帝国大学顾君琅及仙台医学专门学校周君树人",而《豫报》全图广告则称仅由"留学日本东京大学顾君琅"编纂。[①] 关于该图绘制的经过,《全国初版广告》称:"……因忽于教师理学博士神保氏处得见此本,特急转借摹绘,放大十二倍,付之写真铜版,以供祖国"。而《豫报》全图广告的介绍不但较为具体,而且对该图作了很高的评价:"……因忽于教师处得见此本,特急转借摹绘,放大十五倍,付之电气铜版,精美绝伦,较原本尤加详博,为我国地

[①] 根据周建人回忆,《中国矿产志》署名顾琅和周树人,实际上是由鲁迅一人完成的。《中国矿产全图》为矿产志的附属物。

图界中之冠。"以上情况说明：初版广告和《豫报》广告对《中国矿产志》和《中国矿产全图》的介绍，应该说是各具特色的。两处所刊广告，起着互相补充的作用。初版广告既为鲁迅所草，《豫报》广告，则很可能是为了增订再版宣传上的需要，由鲁迅根据初版广告修改而成。

第二，鲁迅在从事文学活动的过程中，曾多次起草广告，介绍他自己以及他与别人合编、合译的著作。这也可以作为《豫报》所登广告为鲁迅所撰写的一个旁证。例如，在鲁迅所起草的广告中，像《苦闷的象征》广告，《未名丛刊》《乌合丛书》广告，《艺苑朝华》广告，《北京笺谱》广告，《死魂灵百图》广告等，都各具特色，在当时曾经产生过一定的宣传效果。《中国矿产志》广告写作时间较早，和鲁迅后来起草的广告尽管在风格上有不小变化，但仍然可以看到某些相似之处。甚至在文字上，也可以看到两者的一些酷似之处。例如，《中国矿产志》广告称该书"实吾国矿学界空前之作"；《死魂灵百图》广告称该书"在中国实为空前之举"；《引玉集》广告称该书"盖近来中国出版界之创举也"。又如，《中国矿产志》广告说，"有志富国者，不可不急置一编也"；《死魂灵百图》广告说："佳本爱好藏庋的，订购似乎应从速也"；《北京笺谱》广告说："欲快先睹者，尚希速定"。这些，也可间接证明，《豫报》所载《中国矿产志》广告，当出于鲁迅之手。

《豫报》所刊《中国矿产志》广告和《中国矿产全图》初版内广告一样，不但对于研究鲁迅关于中国地质学的重要著作——《中国矿产志》具有一定的意义，而且对于研究鲁迅的早期思想，也是一件不可多得的思想资料。

(载《中国现代文学研究丛刊》1980年第1期，后收入
《鲁迅与河南》，河南人民出版社1981年版)

我所见到的三期《文艺月报》

1981年，雷加以《四十年代初延安文艺活动》为题，在《新文学史料》上连载长文，介绍了当时延安出版的《文艺月报》第1—12期、第16—17期的主要内容，为解放区文学研究提供了珍贵的文学史料。雷加对未能找到《文艺月报》第13—15期感到惋惜。他在文章中对此作了如下说明：

> 总目录中，缺十三、十四、十五三期。总期数多少，就是说十七期之后还有几期，连主编之一萧军同志也记不清了。
> 据萧军说，后面几期是用马兰纸印的，纸厚，又没有他的文章，他就"轻装"了。

一个偶然的机会，笔者有幸读到了《文艺月报》第13—15期。历史的久远使萧军的记忆失去了准确性。这三期《文艺月报》，不是没有发表萧军的文章，仅14、15两期，就刊载了他的4篇文章。据《文艺月报》第14期后记介绍，该刊自第13期（1942年1月1日）起，由舒群负责编辑。在第13期以后没有参与具体编务的萧军，就难免记忆有误了。

《文艺月报》第13—15期目录

第13期（1942.1.1）

普式庚与西欧文学　　　　　　　　　　　　　　吴伯箫译
我在讨论会上的失败　　　　　　　　　　　　　　闵　金

贿赂 　　　　　　　　　　　　　　　　欧漠·塞菲甸作，高原译
语文礼赞 　　　　　　　　　　　　　　　　　　　　　又然

第 14 期（1942.4.15）

意识之外 　　　　　　　　　　　　　　　　　　　　方　纪
胡铃 　　　　　　　　　　　　　　　　　　　　　　刘白羽
阿金的病 　　　　　　　　　　　　　　　　　　　　立　波
旅途 　　　　　　　　　　　　　　　　　　　　　　陆　石
牛的吼叫 　　　　　　　　　　　　　　　　　　　　师田手
旁观者言 　　　　　　　　　　　　　　　　　　　　萧　梦
关于使人读不下去的文章 　　　　　　　　　　　　　严文井
公式主义是怎样产生的 　　　　　　　　　　　　　　欧阳山
现实 　　　　　　　　　　　　　　　　　　　　　　高　阳
魔障 　　　　　　　　　　　　　　　　　　　　　　何　桑
关于"的"字 　　　　　　　　　　　　　　　　　　　又　然
补空子等三篇 　　　　　　　　　　　　　　　　　　萧　军
春联·文化及其他 　　　　　　　　　　　　　　　　萧　军
嚣张录 　　　　　　　　　　　　　　　　　　　　　罗　烽
补白 　　　　　　　　　　　　　　　　　　　　　　丁　玲
太阳的话 　　　　　　　　　　　　　　　　　　　　艾　青
短诗四首 　　　　　　　　　　　　　　　　　　哥德著，立波译
　黄昏的歌
　晚上的歌
　早晨的歌
　醒来的歌
可怜的彼得 　　　　　　　　　　　　　　　　　海涅著，黄既译
故事及其他 　　　　　　　　　　　　　　　　普式庚著，曹葆华译
诗论 　　　　　　　　　　　　　　　　　车尔尼雪夫斯基著，周扬译
后记

第 15 期（1942.6.15）

纪念萧红逝世特辑

手	萧　红
悼迺莹	高　原
遥祭——纪念知友萧红	白　朗
零落	萧　军
纪念萧红	刘白羽
萧红像	古　元
文学常识三讲	萧　军
哥德论	恩格斯著，曹葆华译

诗与小说

《文艺月报》第 14 期，一举推出了多篇短篇小说，十分引人注目。

刘白羽的《胡铃》，在艺术上虽略嫌粗糙，但作品反映的内容却意蕴深长。在解放区的短篇小说中，本篇较早地提出了人事部门如何正确对待社会关系复杂的革命青年问题。女主人公胡铃，父亲是伪警察厅长。胡铃以自己的偷偷出走，表示了与旧的家庭的彻底决裂。然而，在革命队伍里，胡铃却为自己得不到信任而咀嚼着痛苦。

方纪的《意识之外》也是一篇以青年知识分子为题材的作品。作品揭示了在革命队伍中如何处理组织分配与个人志愿的关系问题。抗日战争的需要，使一位学美术的女青年放弃了专业而搞医院的护理工作。这位女青年"因为不能满意这种与自己愿望相违反的工作"，"终于不能控制自己了"，"逐渐因为精神底被强度压抑致成了歇斯特（的）里。"作品提出的问题是值得重视的，但整个作品的基调略嫌抑郁。

《阿金的病》是周立波描写上海囚牢生活的连续性短篇之一。他的同一题材的其他 4 篇小说，分别发表于《解放日报》、《草叶》、《谷雨》等报刊。1955 年，这 5 篇小说结集为《铁门里》，由工人出版社出版。《阿金的病》通过阿金患湿气病，狱医不但不给治疗，反而强迫他喝蓖麻油的故事，揭露了帝国主义者对革命者的摧残和虐待，并从侧面表现了狱中难友之间的相互关怀和友爱。在谈到《阿金的病》等小说的创作经过时，周立波说："这里收集的五篇小说，是写的一九三二年到一九三四年上海西牢的一段生活和斗争"，"继'九一八'事变之后，日本帝国主义者又在上海发动了'一·二八'战争。蒋介石匪帮开始了对中央苏区的最疯狂的进攻。中国革命的主力还在乡村，革命的整个形势还是乡村包围着城市，共产党员们也进行着不屈不挠的斗争，坚持了工人运动。这就是这五篇小说反映的事情的时代背景"。(《〈铁门里〉序》)在艺术上，《阿金的病》等作品，格调健康，感情真挚热烈，生活气息浓厚，是当时延安短篇小说创作中成就较高的作品。

诗歌创作中最有分量之作，是发表于《文艺月报》第 14 期的《太阳的话》。作者艾青，在周恩来的关怀下，于 1941 年 3 月抵延安。从浴血奋战的解放区军民身上，艾青看到了中华民族解放的伟大力量，感受到了抗战时期昂扬向上的时代情绪。《太阳的话》是诗人这一感受的奔突和抒发。艾青笔下的太阳，是胜利的源泉，自信力的象征。太阳又是伟大的给予者："我无限的给予，从不吝啬"，"我的存在就是为了施予，不断的施予"。诗中扑面而来的是气吞山河的乐观主义精神。诗的主题深厚博大。人们不需要用简单化的方式在诗中去徒劳的寻找暗喻，也不必用单一的主题来范围诗的内容。诗的浑然一体的内容、艺术形式，以及意境和情绪，激励和感染着读者去创造，去奋斗，去争取民族远大的未来。把《太阳的话》放在当时特定的时代氛围中去体味，人们可以直接感受到诗人艾青深沉的哲理思索和热情澎湃的激情。

对解放区创作现状的关注

《文艺月报》以其重视文艺理论建设、重视创作现状研究，在延安期刊中独具个性。第 1—12 期发表的理论及讨论创作的文章就很多。这 3 期《文艺月报》同样保持了前 12 期的特色。

欧阳山的《公式主义是怎样产生的》一文之所以值得重视，在于作者针对解放区创作的现状，较早地提出了如何克服创作中的公式主义这一重大课题。在论述创作与生活的关系时,欧阳山特别强调,创作并不是一般日常生活的照搬和模拟。他说:"创作不能仅只描写生活中的一般情况,主要地,创作里面应包含若干连贯的,想象的,特殊的事实——这些事实又是由种种不同的性格活动而产生的。事实是一般真理底特殊表象。离开这特殊表象,真理只是空洞的公式——没有形象的教条。创作应该描写在各种不同环境之中的真正的人类生活,这生活应该经常而且永远受着一般真理和真实的支配,但当它一旦成为'真正的人类生活'也即是成为现实的东西的时候,它就不是真理和真实的本身,而是具备着许多复杂的因素,而且在各自特殊的情况底下出现的事实了。"欧阳山还具体分析了公式主义产生的原因,指出:"形象的贫瘠,公式主义的产生和存在,原因不在于作品企图说明那一种真理或若干种'真理',却在于怎样去说明真理。"他告诫作者,作家本身生活方式的过于狭隘,生活体验过于羞涩,是导致创作上产生公式主义的直接原因,而组织和综合生活能力的培养,则是克服公式主义的一个有效办法。

探讨克服创作上公式化、概念化的文章,还有严文井的《关于使人读不下去的文章》一文。严文井认为,那些文章所以使读者读不下去,根本原因在于"那些文章里面缺少一些东西,一点点实在生活的反映,一点点作者自己的见解,这是每篇文章都不可缺少的东西,文章里缺少了这些东西,就像盐没有了咸味,那是一件严重的开玩笑的事。"严文井还指出,一个伟大作家所以能够取得成功,重要的原因是他写了自己生活中最熟悉、最理解的那一部分;作家在作品中只有说出了自己的真心话,作品才能感动人。欧阳山和严文井的文章,有的放矢,深入浅出,对提高解放区文学创作的艺术质量,发挥了一定的积极作用。

高阳的《现实》一文,则是对现实主义的热情呼唤。作者要求解放区的作家要正视现实,要热烈地歌颂新社会的光明:"为爱,为美好的信念,作家对我们的现实生活应该大加精彩的赞美";同时,高阳也认为,作家还应该抨击生活中落后的东西,要拿起讽刺的武器。他强调,"在我们的现实生活中,有些人似乎自私,琐碎,发懒,而且精神松弛……所有这些可笑的,不应该有的,丑恶的东西,如果认真地审视,一下子就会为我们发觉。单叫喊不行,单解释规劝也不行,最必要的是非要刺一下,接连刺下去的那种泼辣而是好意的,是对生活有积极作用的讽刺不可。"

萧梦的《旁观者言》,有助于读者了解解放区的理论工作者,围绕着诗歌创作所进行的一次有意义的争论。

1941年11月，冯牧在《文艺月报》第11期，发表了题为《欢乐的诗和斗争的诗》一文。冯牧的文章，尖锐地批评了当时诗歌创作中的一些不良倾向。他认为，在诗歌创作中，那些"脱口而出的无条件的赞颂，和那些离现实生活还太辽远的渺茫的梦想"，是现实所不需要的；对于那些缺乏艺术性、空喊口号的所谓"斗争的诗"，冯牧也提出了尖锐的批评。冯牧认为，不能狭隘地理解作家的责任感，每个作家应该写自己更胜任的东西。他建议，那些对写诗采取粗制滥造态度的人应当住笔："搜集材料派，多产派，粗制滥造派，一切对于诗的创作不严肃的人，一切把写诗看作过分容易的事情的人，都把你的笔移动得慢一些吧，再思索一下吧，不然，你的笔尖将会折断的。"

萧梦不同意冯牧的见解。他在《旁观者言——关于〈欢乐的诗和斗争的诗〉》中，对冯牧的观点提出了尖锐的批评。萧梦认为，边区所以出现一批颂诗，欢乐的诗，"原因就在于边区是一个新的现实，而且是民主自由这一点。这里的经济、政治是新型的，这里的人是不同的；因而，生活的基调、律动都呈现了前所未有的姿态。于是诗人兴奋了，写了"，"这正是真实的，现实主义的"。萧梦说，冯牧把这类诗，以嘲讽口吻"名之'欢乐的诗'"是不正确的。萧梦还着重批评了冯牧的态度。他说："诗人应该是读者的诗人，大众的诗人，因此，他应接受读者、大众的批评建议，并真正向大众学习。对于批评自然也不应发脾气，也不会发脾气，但若盛气凌人，夹风带雨，当然不好忍受，口呼'同志'而无'同志'态度是不好的。且要慎者，像冯牧同志这篇文章，不敢说任何读者，恐怕有不少读者都会叫道，'天哪，这样空洞无物的东西，为什么要算作诗的批评'的了。"

应该说，冯牧的批评在当时是切中时弊的。显然，萧梦的文章表现了对冯牧的文章缺乏真正的理解。萧梦口口声声指责冯牧的文章盛气凌人，夹风带雨，而事实上，正是萧梦的文章，摆出了一副教训人的面孔，缺乏进行学术讨论的理论气度。萧文所表现的这一倾向，说明在当时的文艺批评中，简单化的批评模式仍然有一定的市场。

这3期《文艺月报》所发表的《普式庚与西欧文学》、《哥德论》、《诗论》等，同样表现了《文艺月报》编者对理论问题的兴趣。这些外国文学理论和作家论的介绍，对解放区的文学创作，有着不容忽视的借鉴作用。

关于纪念萧红特辑

1942年1月23日，女作家萧红病逝。《文艺月报》第15期，刊出了纪念萧红特辑。特辑除发表了萧红的创作《手》之外，发表了萧红的4位知己的悼念文章。配合纪念特辑，萧军对《手》还专门进行了细致的评析。这在当时印刷出版十分困难的延安，算得上是隆重而深情的纪念了。

这些纪念文章，写于萧红逝世后不久。文章情真意切，从不同的侧面，回忆了作者与萧红的交往与友谊，对萧红的逝世，表达了沉痛的悼念。白朗的《遥祭》一文，用这样的话语寄托自己的哀思："人（不管是青年或是老年）之需要友情的慰藉，正像一个孩子之需要母爱的温暖一样；两个知心的朋友，有时会胜过一对恩爱的夫妻。我常常想：一个人也许不一定要有异性的体贴，但却不能没有朋友的情爱，这样说法我觉得并不过火。"白朗还引用了萧红前年春天给自己的来信，告诉读者萧红在九龙时的孤寂的心情。萧红给白朗的信中说："不知为什么，莉，我的心情永久是如此的抑郁，这里的一切景物都是多么恬静和幽美，有田，有树，有漫山遍野的鲜花和婉转的鸟语，更有澎湃泛白的海潮，面对着碧澄的海水，常会使人神醉的，这一切，不都正是我往日所梦想的写作的佳境吗？然而啊，如今我却只感到寂寞！在这里我没有交往，因为没有推心置腹的朋友。因此，常常使我想到你，莉，我将尽可能在冬天回去……"白朗在文章中披露的萧红的信件，对于研究萧红当时的思想，无疑具有重要的文献价值。白朗对她的挚友萧红总的印象是："红是个神经质的聪明人，她有着超人的才气，我尤其敬爱她那种既温柔又爽朗的性格，和那颗忠于事业、忠于爱情的心，但我却不大喜欢她那太能忍让的'美德'。这也许正是她的弱点。"

高原的《悼迺莹》中特别值得注意的地方，是文章所透露的萧红对于延安的向往。文章说，"你是早想来延安的，1938年春天，你本来预定由运城到延安来，当时你来信兴奋地写道：'我已经抵X县，一星期后可以见到……如见到，就以谈天代替看书。'记得当时收到你这封信，我孩子似的每天计算着日子，一直到期待得不耐烦了，每天到旅社里去询问。"萧红的愿望虽然最终未能实现,但读者从高原的文章中,却清晰地看到了这位女作家对于革命的追求和憧憬。

萧红的逝世使刘白羽思绪万端。与萧红结识中的历历往事浮现眼前。他在题为《纪念萧红》的文章中说,"夜已深。……实在说,闭上眼,我看得见的萧红还是生的萧红,笑着说着的萧红"。刘白羽对萧红总的认识是:"我对萧红,从作品上的认识——到人的认识,得到一个很一致的形象,她有人的热情,她要很自由地生活下去,而她又时时在生活中遭遇折磨。她也能容忍。"刘白羽对萧红的这一总体把握是耐人寻味的,可以给萧红研究者带来值得回味的思想启迪。

纪念文章中,萧军的文章写得最为悲怆动人。他不能自制地悲痛呼喊:"师我、友我者死了,知我、爱我者死了","我应该写几句话纪念她,无论从哪方面说——六年相随的伙伴,一个给予她的民族、国家以及人类带过一些光和热的作家……这决不是浪费。让那些无天良者们忽视她的存在和诬蔑她的功绩吧,我们却不能。"萧军最后用"年来故友飘零尽,待赋招魂转未能"的诗句,表达自己对萧红的永久的纪念。

从艺术上看,这些悼亡友文,都是优美的散文,情深意浓,脍炙人口。萧军的激越悲愤,刘白羽的质朴深情,白朗的亲切细腻,高原的文章则充溢着一片惋惜之情。这些文章,共同编织出了一曲对萧红的悼念之歌。

杂文的锋芒

这3期《文艺月报》中,还发表了一些短小精悍、言之有物的杂文。萧军的《春联、文化及其他》,从边区的春联谈到了边区文化人的作用问题。针对有人说:文化人在边区被优待着,"他们尽做了些什么啊"的指责,萧军回答:"……只要是为中国新文化尽过一些力量的人,即使他到边区睡上三年觉,什么也不干,我看也没有什么对不起谁的事。何况他们并没有完全睡觉,白吃小米,多多少少也还干了一些事情。"罗烽的《嚣张录》①,似浓缩的格言,尖锐犀利,一针见血。如下一段,就情绪激昂,

---

① 《嚣张录》另载于1942年1月15日、2月29日《解放日报》副刊《文艺》第71、83期。

反映了作者当时的文化心境:"在真理的战线上没有以枪头对内的战士,以武器瞄准其伙伴的思想家,却间或有之。他们会将'批评武器'变为'武器批评',那武器便是闭着眼睛乱戳的'刺'——正如丑恶的儒犬,以刺人为生,借以苟延自己的快活,一时的命运一样。"这些杂文,和在此前后丁玲发表的《我们需要杂文》、罗烽的《还是杂文时代》、萧军的《论同志之"爱"与"耐"》、王实味的《政治家·艺术家》、张仃的《漫画与杂文》等,给我们提供了当时延安杂文发展的一个重要侧面。

这三期《文艺月报》,出版于1942年1月至6月。在解放区文学刊物的发展历史上,它有着非同寻常的转折性意义。在整个中国现代文学期刊研究中,也同样值得认真思考,给予重视。这三期《文艺月报》,让我们看到了艰苦的环境下作家直面现实的精神状态。他们思想活跃,心怀坦荡,讨论问题率直认真,为人们总结历史经验提供了生动的例证。

(载《迟到的探询》,河南大学出版社1996年版)

孙犁的九篇佚文

孙犁长期生活在晋察冀边区。我们读过他1942年以前创作的《一天的工作》等短篇小说，却很少能读到当时他研究文学创作、文学理论的文章。前些天，翻读解放区文学刊物，在《晋察冀文艺》和《华北文化》上，意外地发现了9篇未收入《孙犁文集》及《孙犁著作年表》的文章。这些佚文，多为文艺短评，以刊载于《晋察冀文艺》上的为多。佚文目录如下：

王福禄
——人物素记之一

载1942年1月20日出版之《晋察冀文艺》第1期，署名孙犁。

《铁的子弟兵》读后

载1942年1月20日出版之《晋察冀文艺》第1期，署名林冬萍。

新人物·感情·气氛

载1942年4月20日出版之《晋察冀文艺》第2期，署名孙犁。冉淮舟的《孙犁著作表》将该文列入1943年，题目改为《新事物、感情、气氛》，不确。

检查自己

载1942年4月20日出版之《晋察冀文艺》第4期，署名犁。

加强文艺武装力量

载1942年4月20日出版之《晋察冀文艺》第4期，署名犁。

诗言志

载1942年5月出版之《晋察冀文艺》第5、6期合刊，署名犁。

战争和田园

载1942年5月出版之《晋察冀文艺》第5、6期合刊。署名犁。

朗诵

载 1942 年 5 月出版之《晋察冀文艺》第 5、6 期合刊，署名力编。

论概括的能力

载 1942 年 12 月 15 日出版之《华北文化》第 6 期，署名孙犁。

孙犁在《晋察冀文艺》上发表的 8 篇文章，除一篇人物特写外，其余 7 篇均为文学短论。5 个月内，在一个刊物上发表这么多讨论文艺运动的文章，在《晋察冀文艺》上，除孙犁外别无二人。这些短论的发表，既表现了孙犁对当时晋察冀边区创作现状的关注；也生动地说明了孙犁与《晋察冀文艺》极为密切的关系：他是该刊当之无愧的指导者和重要撰稿人。由中华全国文艺界抗敌协会晋察冀边区分会主编、创刊于 1942 年 1 月的《晋察冀文艺》，由孙犁、田间等人编辑。该刊以发表创作为主，也刊登了较多的理论文字，是我迄今看到的晋察冀边区最富特色的文艺刊物。作为编辑，孙犁的贡献是相当突出的。这里，只简略地剖析孙犁的 9 篇佚文，在形成他的美学观过程中所具有的积极意义。正是这些富有成果的探索，为他日后创作的《荷花淀》、《芦花荡》等成名之作，做了较为坚实的理论准备。或者也可以这样说，这些文学短论，是晋察冀边区的沃土孕育的第一批理论果实。

首先，佚文初步阐述了创作与现实的关系问题。在血与火交织的战争年代，孙犁着重探讨了如何充分地发挥文学的社会功能问题。他对文学社会功能的强调，显示了作者强烈的社会责任感。字里行间，跳动着一颗作者与解放区军民同甘苦、共患难的火热的心。孙犁认为：根据地的文艺工作者，应该努力把自己冶炼成一个坚强的革命者。在短文中，他以鲁迅的"从喷泉里出来的都是水，从血管里出来的都是血"这一精粹名言与初学写作者共勉，明确要求作者把创作当作同敌人斗争的有力武器。针对有人担心创作和现实的过分贴近，有可能会使作品成为政治"传声筒"的观点，孙犁甚至说："其实，传声筒也不是一概可以抹杀的。如果真能把时代的声音送给读者，起码是不能使时代的音响，经过你的口腔，减弱或变更了声音的色调。"（《战争和田园》）他期望作者"用最大的热诚思考，从对敌攻势的整个事业上，灌注最大的关心"，规范自己的创作。

其次，佚文较集中地体现了孙犁富有活力的辩证美学观。在强调发挥文学的社会功能的同时，他用较多的笔墨探讨了如何提高作品的艺术质量问题。他告诫文艺工作者在创作过程中,既要有敏锐的政治眼光,高屋建瓴,胸怀全局;同时,也要从生活出发,写好故事,打好基本功,重视文学技巧的磨炼。他从局部与整体的关系着眼,较深刻地论述了写好故事的意义:"文章是一个小故事,它叙述了人生的一个小节,作者把这一小节写活了,写得那么鲜亮。使读者深深地感动,投入到故事里,感受到一个大的生活的刺激。读者用心灵抚摸这一鲜明夺目的小环,也就捉住了那上面的环节和下面的环节,捉住了这整个鲜明的环链了。"(《论概括的能力》)

为了引起作者对写作技巧的重视,帮助初学写作者提高对生活的概括能力,孙犁还有针对性地提出了克服创作中的"团圆主义"问题。他希望作者转变认识,摒弃"团圆主义"的传统观念。指出:不应追求所谓故事的"完全",要认真解决好创作的剪裁问题。孙犁批评说:"我们中国人讲故事和听故事,向来都是'团圆主义'的。非得要从开天辟地说起,而每个事都要有个结果才行,无论是多么渺茫的结果:升天,入地狱,脱生下辈等等……所以今天我们一写起文章来,就要特别照顾这个'完全'问题。多半是把一件事的浑身上下都介绍出来才觉得完成了任务。"(《论概括的能力》)孙犁特意向读者推荐田间的诗作《〈铁的子弟兵〉》,认为作品"使我看见了一个诗人能够这样广泛而错综地运用他的思想的全部分,而达到想象和造型的最高崖的努力的业绩!"(《〈铁的子弟兵〉读后》)

总之,思想的提高和艺术技巧的提高并重,是孙犁的这些文学短论反复阐述的中心问题,这也是正在形成中的孙犁美学观的基本之点。写于1942年的这些文学短论,限于篇幅和时代条件,一些观点当然会有表述不够科学的地方,论述不充分、不系统也在所难免;但总体上看,其基本思想却闪耀着战斗的智慧光芒,对晋察冀边区文学事业的发展,起到了不容低估的作用。即使今天读来,这些文学短论仍能给读者带来美的思索与启迪。

孙犁的文学短论,也有助于研究者对孙犁创作道路的整体把握。它使我们感受到孙犁文学活动的一个鲜明特色:这是一位创作与理论同时起步的作家。解放区作家的创作实践,包括孙犁本人的创作实践,给他提供了进行理论概括的丰富素材,从而引起了他极大的理论兴趣,并进而升华成文;而这些理论的思考与概括,又指导着他的创作不断迈向新的台阶。创作与理论互为促进，相得益彰。经过长期的创作实践——理论总结——创作实践多次反复的循环，孙犁的创作终于日臻成熟，理论思考渐入佳境。创作与理论并蒂开花，在解放区作家中并不多见。这也许就是孙犁之所以是孙犁，孙犁之所以能在解放区文坛乃至整个中国文坛独树一帜的重要原因。我的感受是：这 9 篇佚文，为我们提供了阐释孙犁艺术个性形成过程的一个新的视角。

(载《迟到的探询》，河南大学出版社 1996 年版)

小刊大气象:重读《晋察冀文艺》

在名目繁多的解放区文艺刊物中,石印刊物《晋察冀文艺》①只出了6期。1942年1月出创刊号,同年5月出版5、6期合刊后休刊。虽然出刊的时间很短,每期的容量也较小(约4万字),但是,《晋察冀文艺》却以其鲜明的个性在解放区文艺期刊中独树一帜。重读《晋察冀文艺》,小刊大气象的感受扑面而来。

第一,开放的办刊方针。《晋察冀文艺》是综合性的文艺刊物,由田间、孙犁编辑,发表诗歌、小说、报告、评论、传说、翻译作品和美术作品。该刊发表较多的是诗歌及诗评。处于被封锁的战争环境下,《晋察冀文艺》作为"边区文艺工作者保卫边区,保卫祖国,打倒敌人的共同阵地"②,在编辑过程中,该刊始终致力于博采各家之长,以适应不同读者的需要。它主要发表本地区作家的作品,但也刊载其他解放区和大后方作家的作品;既发表创作,也发表译作。例如,该刊先后就刊登过大后方作家胡风、赵景深、曹靖华、戈宝权等的译作,从而扩大了解放区读者的视野。在翻译作品中,它既重点发表现实针对性强的译作,如沙可夫的《高尔基的美学观点》、胡风的译作《列宁与高尔基》、许立群的译作《夏伯阳》等,也有选择地刊出如曹靖华译让·托尔斯泰的《致青年作家》、赵景深译安徒生的《我作童话的来源和经过》,以及缪绂译的苏联民间催眠曲等格调轻松的作品。《晋察冀文艺》对国内国外文坛的动向,也有着及时配合与呼应。该刊第5、6期合刊《编后》声明:"诗专号是对法西斯及其同情者的一个蔑视,是对被逼死的文学家萧红和被查封的《七

---

① 《晋察冀文艺》创刊于1942年1月,田间、孙犁等编辑、石印,共出刊6期。该刊作者阵容强大,发表的创作质量较高。目前,国内文学史著作和研究论文,尚未对该刊作过介绍和评论。20多年前,笔者和王文金先生一起在北京某博物馆读到了该刊,抄录了目录及部分作品。原准备以后再去该馆详细研读,并撰文加以推介。不料几次远道赴访均遭拒绝。现在只能将当时抄录的史料略加整理。

② 《编后》,《晋察冀文艺》1942年第1期。

月》、《文艺阵地》等刊物的崇礼。"邵子南的《无限空虚的呻吟》一文，则把批判的锋芒直指日本侵略者及其御用文人，对他们所办的华文《大阪每日》的所谓创作，给予了及时的揭露和剖析。

《晋察冀文艺》十分重视文艺的普及工作，每期都发表有"大众习作"，或"工厂诗抄"，对工农兵的习作及时由文协·顾问委员会给予帮助指导；同时，它也发表了不少艺术水平较高的作品，雅俗共赏，做到了学术品质与大众口味的融合，普及与提高较好的统一。

《晋察冀文艺》的编者目光宏阔，广纳贤才。在它的周围，既聚集了一批具有创作实力的成名作家，也不乏初出茅庐的新秀。他们之中有：田间、孙犁、鲁藜（老鲁）、红杨树（魏巍）、秦兆阳、邵子南、胡苏、康濯、林采、劳森、李蕤、刘仁、胡可、方冰、陈辉、蔡其矫、曼晴、邓康、王林、玛金、席水林、蔺柳杞、陈陇、戈焰、丁克辛、丹辉、司马军城、丁里以及翻译家胡风、沙可夫、戈宝权、曹靖华、赵景深、叶林娜、许立群、赵洵、缪绂等。较强大的创作队伍，使刊物的质量有了可靠的保证。田间、邵子南、孙犁、林采在该刊发表作品较多。孙犁在《晋察冀文艺》上发表的《王福禄》等 8 篇（未收入《孙犁全集》）文章，更是研究孙犁思想发展和创作历程必不可少的基本史料。① 《晋察冀文艺》上发表的田间的《贫农与酒》，鲁藜的《抒情诗小集》，丹辉的《红羊角》、劳森、陈辉的抒情诗，都当之无愧地可以列入解放区优秀诗歌之林。

容纳众流的《晋察冀文艺》，由于有各类不同经历和文艺教养作家的热情供稿，使刊物做到了兼收并蓄，摆脱了当时许多解放区文艺刊物色调单一的窘境，呈献给读者一个较为丰富的文学世界。

第二，尊重艺术：作家共同奉行的创作理念。《晋察冀文艺》第 4 期发表的短文《尊重艺术——祝鲁迅文艺奖金委员会的新决定》，叙述了一个发生在作家之间感人的故事：1942 年初，边区鲁迅文艺奖金委员会发现，刚从延安调到晋察冀军区任副司令员的萧克将军（司令员是聂荣臻将军），创作有一部长篇小说《罗霄军的奔流》，就极力动员萧克拿出来发表并参加评奖。评奖委员会的要求被萧克拒绝了。萧克在给他们的回信中说："我的罗霄军还没有用大力去修改，这样拿去发表，出丑是小事，

---

① 参见《孙犁的九篇佚文》，载《迟到的探询》，河南大学出版社 1996 年版，第 38 页。

但也未免太不尊重艺术了。"① 评奖委员会尊重了萧克的意见,在短论《新决定》中强调:"文学决不是简单的文字工作,我们虽不能说文学是奇迹,但也不应该说文学是易事。我们虽不主张用三年五年写一篇作品,但也不主张随便拿起笔来就写。"《晋察冀文艺》上的这篇短文固然表现了领导者襟怀坦荡,严于律己,尊重艺术的高尚情操;固然再现了评奖委员会成员和萧克之间在文艺问题上平等交流的和谐关系;更重要的是,尊重艺术四个字,实际上体现着晋察冀边区作家长期坚持的创作理念。晋察冀作家把创作视同生命,把深入生活看作创作的活泉。如孙犁所说,要"真正能知道各种生活,真正知道各种情感,有勇气下水,不放松大小生活的积累,不满足于在猜想的小方桌上跳舞。"孙犁还强调:作家在创作过程中还要不断地反省浮在生活表面的危害:"写敌伪军生活不真,使敌伪看了,打不进他们心里,一笑置之;在家里演日本戏,我们的战士看来,如同阴天看星辰,感触茫然;写敌占区人民痛苦,摸不到痛处,说不到关节,使敌占区人民看了,空作唏嘘,甚至失望",造成了"写羊不像羊,写虎不像虎"② 的后果。当时,在深入生活的实践中,一些作家还献出了宝贵的生命(年轻诗人温莎、劳森先后殉职)。尊重艺术的创作理念,铸就了晋察冀作家特有的魂魄,一批风格迥异的作品脱颖而出。

田间的诗简洁凝练,脍炙人口;魏巍的小诗和邵子南的散文诗,善于捕捉具体事物,诗作所创造的艺术形象,诗中有画,画中有诗;鲁藜的短诗有着浓烈的七月派神韵;陈辉的诗又有着孩子般的天真和童趣。钱丹辉发表在第5、6期合刊(诗专号)的《红羊角》,成功地塑造了一位站在岩顶杏子树旁放哨的牧羊人形象。当敌人突袭山村,他的羊角的叫声又亮又急。敌人的子弹擦破了他的前额,他满手是血,羊角被染得通红,可羊角依然顽强地叫着,直到群众全都安全转移。被敌人打得浑身是伤的牧羊人,伤好后又重新"站在白花花的岩顶上,/他一只手抚着倔强的杏树,/一只手拿着红羊角,/一枝新羊鞭插在腰旁"。小诗语言明白如话,情节曲折生动,不着一句赞语,却出色地勾画出了生活于贫瘠而又刚强土地上的牧羊人顶天立地的艺术形象。

《晋察冀文艺》上发表的散文也品位较高。孙犁在第1期发表的人物

---

① 《罗霄军的奔流》几经修改,20世纪80年代以《浴血罗霄》为名出版,并获第三届茅盾文学奖荣誉奖。

② 参见《晋察冀文艺》第4期《加强文艺的武装力量》、《检查自己》两文。

速记《王福禄》，和当时解放区散文创作以颂扬为主的格调不同，他把自己独到的目光投向了散文的主人公王福禄身上。王福禄，这个还带点孩子气的少女（年纪还不过十五六岁）已经嫁人。散文通过王福禄在婆婆家的生活片段，不动声色地展现了人物的感情波澜。作品所描写的王福禄在婆婆家受到歧视：王福禄父亲、哥哥两次来看望王福禄时，婆婆一家人对他们的冷漠、刻薄，从一个侧面展示：抗日根据地虽然已经发生了政权的更迭，旧政权变成了新政权，但是，农民的精神世界却还没有发生大的变化。自私自利、一毛不拔、缺乏同情心等消极的精神现象，依然束缚着王福禄婆婆和丈夫的行为指向。孙犁散文创作的思想深度，使那些一味抬高、美化农民的作品显得越发苍白与贫乏。特别应该指出，《王福禄》的价值还在于，人们有理由把它看作是三年后孙犁名作《荷花淀》创作的准备，这是一次成功之前的试笔。但当时并没有多少人看重这篇作品，有人反而批评孙犁"过多地写了与她有关的人物和她的环境，而没有把作品中的主角时时安置在主导的地位。因此，对于在农村中常常可以遇见的这样的年轻妇女，我们在实际生活中所给以她的同情要比王福禄多些"。[①]其实，在有限的篇幅里，正是孙犁没有在生活的表层滑行的现实主义精神，才逼真地描写了"与她有关的人物和她的环境"，内在地揭示了女性苦难的生命世界。作品的思想内蕴得到了较有意义的开掘。

第三，活跃的创作批评。《晋察冀文艺》极为重视创作评论。在出刊的6期中，仅评论田间及其诗作的，就有如下各篇：第1期发表有三篇评田间《铁的子弟兵》的文章。即司马军城的《读完〈铁的子弟兵〉后》、林采的《关于〈铁的子弟兵〉》、林冬苹的（孙犁）《〈铁的子弟兵〉读后》，第5、6期合刊发表有方冰的《我所认识的田间》。第3期发表有田间的《"战争的风俗诗"及其他》，对邵子南的诗作进行了评论。第5、6期发表有邵子南的《从一个侧面论鲁藜诗》。此外，该刊发表的批评文字，还有邵子南的《无限空虚的呻吟》，鲁藜（老鲁）的《与某同志论诗》，孙犁的《诗言志》、《战争与田园》，以及以文协、文学顾问委员会名义发表的《关于妇女创作》，丁克辛的《鲁迅、鲁迅的故事》等。这些理论文字言之有物，精悍泼辣，自成一家之言，显现出一种昂扬向上的精神风貌和时代气息。

[①] 林江：《〈晋察冀文艺〉创刊号读后感》，《晋察冀日报》1942年2月20日。

一些诗评写得有滋有味,锋芒毕露又心平气和。田间对邵子南诗作的批评,就写得切实中肯,对邵子南诗歌艺术个性的把握准确到位。邵子南不满意在诗歌创作中出现的对于"大的事物(大的主题、大的事件)的歌颂故作有力,假装勇敢,陷于空泛的现象"。邵子南认为,应该老老实实地从自己的真实感受出发进行创作,保持诗人的艺术个性。对于邵子南的这一艺术主张,田间有深刻的理解。他评论说:"作者是大致把握了游击战的'风俗'","作者似乎越来越不性急地、慢慢地从战争的炮火中抓起一些'小的事物'来歌唱","它的个性不是大炮,而是像小刀子一类。它的情绪也不是通红的火焰(如《大红枣》、《山地》、《墙壁》、《操场》……),而且也就常在这些'小的事物'上面挖掘着——几乎不惜一切地做着挖掘工作"。和邵子南同在战地生活的田间,凭着自己细腻的感受写出的这段评论可谓是知音之言。但诗评并没有到此为止。对于邵诗的不足,田间也直陈自己的观点:"当邵子南在'诗人记'里一再提到不应该要求诗人取消他自己时,我感到这话的意义还没有说完,什么样人写什么样诗,但我们之所以要求一个懦弱的人写壮诗,并不是要求他在诗里加些空的勇敢的名词,而是要那个人变得勇敢起来,——这,诗人们,尤其是站在大时代中的懦弱的诗人们是要取消他们的:要取消那本质的懦弱的灵魂,其实就是强壮的诗人们也应时时随着时势的运动而不断地改造自己,前进的人才能成为完全的人"。①

田间这段话的片面性是明显的。田间要求诗人取消自己,实际上也就等于要求诗人放弃自己的创作个性。我们在这里不想来讨论田间、邵子南诗歌观的优劣,只想说明:《晋察冀文艺》上发生的所有文艺争论,都是正常的艺术交流、学术讨论。这里存在着真正的学术和谐,无论不同意见之间争论怎么尖锐对立,大家相互之间都充满着友善。田间对邵子南的批评文字,只是根据自己理解的提醒,而不是要强加于人,更不是后来某些地区出现的用政治帽子迫使对方就范的武断。田间对邵子南诗歌直率的批评,当时并没有影响邵子南获得 1942 年第二季度鲁迅文艺奖金。②

要言之,开放的办刊方针,尊重艺术的创作理念,宽松活跃的文艺批

---

① 《"战争的风俗诗"及其他——我对邵子南底诗的一些感想》,《晋察冀文艺》1942 年 3 月第 3 期。

② 《晋察冀日报》1942 年 8 月 16 日公布的第二季度鲁迅文艺奖金获奖名单中,邵子南的《文学创作论》是理论类唯一获奖的奖项。

评，是《晋察冀文艺》的鲜明特色。实际上三者密不可分。尊重艺术的创作理念，必然会尊重作家的个人选择，尊重作家的个性化表达，采取开放的办刊方针；而开放就意味着创作和批评的不拘一格，给各种不同见解、不同风格作家提供较为充分的艺术空间。战争年代在晋察冀边区形成的这一较为良好文化氛围，曾经使该地区当时文艺的发展生机勃勃。

在战争年代建构良好的文化氛围谈何容易，它需要各种因素的相互制约、配合才能达成。这里不能不强调一个关键性的环节，即领导者的清醒和对文艺的支持与帮助。现有史料告诉我们：时任晋察冀边区司令员的聂荣臻在这方面功不可没。1940年11月，看了《母亲》演出后聂荣臻和文艺工作者座谈时说，"我们的战争是全面的，我们不像某方面把武装和文化对立"；1940年10月晋察冀举办了第一届艺术节，1941年7月又举办了第二届艺术节。聂荣臻在艺术节上强调"各种艺术我们是发扬自由论战，应不怕批评，欢迎批评"，"我们一方面是艺术大众化，同时也更使艺术水准提高。如果只谈大众化，则对提高的艺术就不能接受，譬如演外国戏，群众是看不懂的，则不能因此就不演，这是应该演来借此提高艺术"；1942年6月，晋察冀文联成立文化界整风委员会。同年8月在题为《关于部队文艺工作诸问题——在晋察冀军区文艺会议上的讲话》中，聂荣臻又提醒："当问题没有认识清楚，就不要讲话。对于别人说错了话时，我们也不要把问题看得很严重，只要让他自己好好地反省一下自己。"[1]《晋察冀文艺》获得的成功，和聂荣臻处理文化工作的上述思路是分不开的。

《晋察冀文艺》虽然只是抗战时期解放区文艺期刊中不起眼的一个小刊，但是，一刊一世界。细节是研究的取样，是历史的零枝片叶。对《晋察冀文艺》的研究，就是对解放区期刊研究的取样。一个不被重视的枝节，有时竟会成为解读历史进程的关键性环节。《晋察冀文艺》活脱脱地呈现了特定时代、特定地区的文学景象，从而极大地延伸了读者阅读的想象视野。

当然，文学思潮的发展总是连接着整个社会思潮的涌动。战时严峻的军事斗争形势，使社会思潮的运动呈现为变化不定的形态。《晋察冀文

---

[1] 聂荣臻的三次谈话，分别参见《抗日战争时期延安及各抗日民主根据地文学运动资料》中册，山西人民出版社1983年版，第67、82、124页。

艺》的大气象，也只是有限度的跨越。该刊终刊后，晋察冀边区的文艺运动也发生了一些波折。1943年春天，邵子南所在的西战团文艺队在讨论诗歌的接受状况时，有人主张应多做些宣传工作，提高群众对诗歌的理解能力和兴趣。于是，在《诗建设》第71期，邵子南就发表了短文《加强诗的宣传》。短文的内容和写作动机都无可指责。不料，在4月召开的北岳区党的文艺工作会议上，邵子南却被作为宣传"艺术至上主义"倾向的代表受到了批判。① 这次批判之后，晋察冀文艺界形成的生动活泼局面受到了明显的负面影响。

《晋察冀文艺》已经被埋没得太深太久。② 它早就应该作为解放区优秀文艺期刊进入读者的文学记忆。

（初稿草于20世纪末，2014年12月补写）

---

① 《加强文艺工作整风运动　为克服艺术至上主义的倾向而斗争——胡锡奎同志在中共北岳区党委四月党的文艺工作者会议上的结论》，《晋察冀日报》1943年5月21日。

② 由于该刊存世极少，在解放区文学期刊研究中，至今，仍未看到过介绍《晋察冀文艺》的片言只语。

独具个性的创作与文学批评的偏颇

——回望前期创造社

一

1921年6月在日本东京成立的创造社,是继同年1月在北京成立的文学研究会之后文学界发生的另一个重大事件。倡导现实主义的文学研究会,和"代表着黎明期的浪漫主义运动"(瞿秋白语)的创造社,双峰并峙,构成了中国新文学发展初期耀眼的文学景观。

创造社成立的时候,虽然成员较少,势单力孤,如郭沫若所说,最初支撑创造社的,主要是郭沫若、郁达夫、成仿吾三个人。但他们思想活跃,精力旺盛,创作准备充分,作品起点很高。《女神》的诞生,给新诗的创作带来了最大的冲击。早在1919年9月,郭沫若在《时事新报·学灯》发表《女神》部分诗作的时候,《学灯》的编辑宗白华,1920年1月3日给郭沫若的信中就预言:"中国文化中有了真诗人了";田汉1920年2月29日读了郭沫若的新诗后也说:"与其说你有诗才,无宁说你有诗魂,因为你的诗首先是你的血,你的泪,你的自叙传,你的忏悔录啊。我爱读这纯真的诗。"郁达夫更从文学史的视角,在《女神》出版一周年的时候,作出了斩钉截铁的判断:中国诗歌"完全脱离旧诗的羁绊自《女神》始"。对于郭沫若来说,《女神》的飘然而至,更让他产生了"真是像火山一样爆发起来"的惊喜。1921年8月,《女神》作为创造社丛书第一种由上海泰东书局出版。短短的两年内,竟接连出了4版。同年8月,郁达夫的小说集《沉沦》,作为创造社丛书第3种,也由上海泰东图书局出版。《女神》以高昂、激越、壮美的浪漫主义格调,让读者感受到了作家强烈的感性生命的骚动,倾听到一个民族的疼痛与愤怒;《沉沦》低诉感伤的浪漫主义内涵,又让读者获得了熟悉之外的陌生,焕然一新的发现,展现了浪漫主义文学的生机与活力。由此,创造社声威大震,卓然自立,确立了它在中国新文学史上独特的地位。《沉沦》出版后的命运值得一提。一方面,它受到众多青年读者的欢迎;同时,也被人指责为"不道德的文学"。已经蜚声文坛厚道的文学研究会批评家周作人,立即站出来为《沉沦》辩护。周作人说:"《沉沦》所描写是青年的现代的苦闷,似乎更为确实。生的意志与现实之冲突是这一切苦闷的基本","著者在这个描写上实在是很成功了。"周作人郑重宣示:"《沉沦》是一件艺术的作品","我不愿意人家凭了道德的名来批判文艺。"

二

创造社的文学批评自有其个性。但与它的创作成就相比,却显得有些逊色。成立初期,创造社成员的精神,正处于自信而又压抑的状态里。自信,指的是他们多年的留学生活,对西方、日本传播的新思想,新观念,以及流行的浪漫主义文学思潮(含新浪漫主义思潮),有着一拍即合的认同。郭沫若《女神》创作的成功,郁达夫小说《沉沦》发表后引起的强烈反响,都使他们坚信自己的智力过人。由他们掀起一场浪漫主义文学运动,正当其时。压抑是对他们面临的现实境遇的忧虑。创造社成立初期,成员回国后,既无职业,又无资金支持,创办刊物,谈何容易?

天生的敏感气质,使他们对周围的世界保持着足够的警惕。1921年9月29日,在《创造》季刊出版前,上海《时事新报》刊登了他们拟定的《纯文学季刊〈创造〉出版预告》:

> 自文化运动发生后,我国新文艺为一二偶像所垄断,以致艺术之新兴气运渐灭将尽,创造社同仁奋然兴起打破社会因袭,主张艺术独立,愿与天下之无名作家,共兴起而造成中国未来之国民文学。

出版预告中,他们虽然没有指名道姓,公布"垄断"新文艺偶像者的名字,但戒心和敌意却显而易见。1922年5月出版的《创造》季刊第

1 期，郁达夫在《艺文私见》中，更是出言不逊，恶语相加，矛头直指文学研究会。郁达夫要"那些在新闻杂志上主持文艺的假批评家，都要到清水粪坑里去和蛆虫争食物去。那些被他们压下的天才，都要从地狱里升到子午白羊宫里去呢！"

在批评论文里，他们对文学研究会作家的诗歌创作，更采取了轻蔑、嘲笑的态度。成仿吾在《诗之防御战》中，说康白情的《草儿》是把演说分行"便算作诗"；俞平伯的《冬夜》中的《山居杂诗》"这真未免过于匆匆了，然则——不成其为诗罢"；批评周作人（《雪朝》第二辑）中的《所见》"这不说是诗，只能说是所见"；说徐玉诺的诗作《将来之花园》，"这样的文字在小说里面都要说是拙劣极了"。创造社成员对五四时的白话文运动，也持一种否定的态度。郭沫若在《创造周报》第 3 号发表的《我们的文学新运动》中就说："四五年前的白话文化大革命命，在破了的絮袄上虽然打下了几个补绽，在污了的粉壁上虽然涂上了一层白垩，但是里面的内容依然还是败棉，依然还是尘土。Bourgeois 的根性，在那些提倡者与附和者之中是植根太深了，我们要把那根性和盘推翻，要把那败棉烧成灰烬，把那粪土消灭于无形。……光明之前有浑沌，创造之前有破坏。"显然，"创造之前有破坏"应是他们当时开展文学批判运动的核心理念。对于创造社的进攻姿态，文学研究会成员当然不会沉默。郁达夫的《艺文私见》发表几天之后，损（茅盾）就写了《〈创造〉给我印象》进行反批评。

茅盾当时虽然也还年轻，但他经营文字的时间相对长一些。茅盾反驳郁达夫的文字中，自有一种从容豁达的老辣之气。在引出了郁达夫那段不讲道理的骂人话后，针对创造社创作的近况，茅盾表面上不动声色，实则语含讥讽，直刺创造社的痛处："真如郁君达夫所说，大家说'介绍'说'创造'，本也有两三年了，成绩却很少，大概是人手缺少的缘故。治文艺的尤其少，更是实情。人手少而事情不能少，自然难免有粗制之嫌。……创造社诸君的著作恐怕也不能竟说可与世界不朽的作品比肩罢。所以我觉得现在与其多批评别人，不如自己多努力；而想当然的猜想别人是'党同伐异的劣等精神，和卑陋的政客者流不相上下，更可不必。真的艺术家的心胸，无有不广大的呀。我极表同情于'创造社'诸君，所以更望他们努力！更望把天才两字写出在纸上，不要挂在嘴上。"

创造社与文学研究会的笔战仍在继续进行着。创造社批评文学研究会，多在文学研究会的人善于变换笔名，翻译著作中出现了笔误等具体问题上。双方在学理上并没有再进行认真的争论。后来，成仿吾在《创造社与文学研究会》（《创造》季刊第1卷第4期）中声明："文学研究会的那一部分人，若出来多言，纵有千万个'损'先生来辱骂，我当只以免战牌对付的。"文学研究会的成员也有过类似的表态。创造社和文学研究会的争论有时虽然激烈，但双方都还保持着应有的节制。1922年8月，当创造社举行《女神》出版一周年纪念活动的时候，包括茅盾、郑振铎在内的文学研究会作家，都应邀出席了招待会。1923年12月胡适日记还记载，在文学研究会重要成员郑振铎设宴招待文艺界人士的时候，"到郑振铎家中吃饭，同席的有梦旦、志摩、沫若等。"胡适断言，"这大概是文学研究会与创造社'埋斧'的筵席了。"

创造社与胡适、徐志摩的争论，同样始于成仿吾对胡适《尝试集》的贬抑。在《诗之防御战》中，成仿吾对胡适的《尝试集》，几乎是作了不屑一顾的否定。成仿吾认为，诗集中的《他》，"这简直是文字的游戏。好像三家村里唱的'猜谜歌'，这也可以说是诗么？"成仿吾说，"《尝试集》里本来没有一首是诗，这种恶作剧正自举不胜举。"成仿吾还极力贬低胡适的《人力车夫》和《儿子》。他说："《人力车夫》这简直不知道是什么东西。自古说：秀才人情是半张纸。这样浅薄的人道主义，更是不值半张纸了"，《我的儿子》"还不能说浅薄，只能说是无聊。"成仿吾在评论结束时，用"哈哈，好了！不再抄胡适之的名句了"。毋庸讳言，《尝试集》的确有着初期白话诗的幼稚，但作为新文学史上出现的第一部新诗集，自有其特定的文学史价值。对《尝试集》存在的不足之处，当然可以实事求是地作出具体分析。用冷嘲热讽的态度，武断地把作品全盘否定，是极不郑重的。

成仿吾的这篇文章，立刻就迎来了徐志摩的反击。徐志摩把矛头没有直接指向成仿吾，却指向了创造社的领军人物郭沫若。徐志摩在《努力周报》第51期，发表《杂记（二）坏诗、假诗、形似诗》的评论文章中，对郭沫若题为《泪浪》的诗里使用"泪浪滔滔"四个字进行了非学术性的挖苦讽刺："固然做诗的人，多少不免感情作用，诗人的眼泪比女人的眼泪更不值钱些，但每次流泪至少总得有个相当的缘由。踹死了一只蚂蚁，也不失为一个伤心的理由。现在我们这位诗人回到他三月前的故寓，这三月内也并不曾经过重大变迁，他就使感情强烈，就使眼泪'富余',也何至于像海浪一样的滔滔而来!"看到徐志摩的文章后,成仿吾于 1923 年 6 月 3 日出版的《创造周报》第 4 号,发表了致徐志摩信,双方的论战开始激化。成仿吾信中说:

> 你一方面虚与我们周旋,暗暗里却向我们射冷箭。志摩兄!我不想人之虚伪,以至于此!我由你的文章知道你的用意,全在攻击沫若的那句诗,全在污辱沫若的人格。我想你要攻击他人,你要拿十分的证据,你不是凭自己的浅见说他人的诗是假诗,更不得以一句诗来说人是假人。而且你把诗的内容都记得那么清楚(比我还清楚),偏把作者的姓名故意不写出,你自己才是假人。而且你既攻击我们是假人,却还能称赞我们到那般田地,你才配当"假人"的称号。我所最恨的是假人,我对于假人从来不客气,所以我这回也不客气把你的虚伪在这里暴露了,使天下后世人知道谁是虚伪,谁是假人。

成仿吾的文章发表后,徐志摩 1923 年 6 月 10 日在《晨报副刊》又发表了《天下本无事》。文中说他的《杂记(二)坏诗、假诗、形似诗》惹了祸,"一面仿吾他们不必说,声势汹汹的预备和我整个儿翻脸,振铎他们不消说也在那里乌烟瘴气的愤恨,为的是我同声嘲笑'雅典主义'以'取媚创造社',这双方并进的攻击,来势凶猛,结果我也只得写了一封长信,一则答复成仿吾君,乘便我也发表联带想起的意见,请大家来研究研究,仇隙是否宜解不宜结;……"但长信里,徐志摩仍立足于自我辩解,以居高临下的姿态,不忘记对对方的嘲弄:

> 至于我很不幸的引用那"泪浪滔滔"……固然因为作文时偶然记到——我并不曾翻按原作——其次也许不自觉的有意难为沫若那一段诗,隐示就是在新诗人里我看来最有成绩的尚且不免有笔懈的时候,留下不当颂扬的标样,此外更是可想而知了。

还说:

> 最大的亦最可笑的悲剧,就是自信为至高无上的理想人,永远不会走错路,永远不会说错话。是人总是不完全的。最大的诗人可以写

出极浅极陋的诗。能够承认自己的缺陷与短处，即使不是人格伟大的标记，至少也证明他内心的生活，决不限于狙狙地悻悻地保障他可怜怜稀小畏葸的自我。

徐志摩盛气凌人的态度，连持客观立场的梁实秋也看不过去。梁实秋致信成仿吾说：

> 徐志摩的"泪浪滔滔"的一段批评，在诗的原理上完全是讲不通的……诗而可以这样的呆评，则古往今来的诗可存的恐怕没有多少了。我不是说沫若的诗是神圣不可侵犯的，句句都是没有些微疵谬，我是说"泪浪滔滔"这四个字是无论如何，在不可议之列。

成仿吾与徐志摩的争论，让胡适预感到，争论的背后，既凸显了双方文学观念的分歧，也夹杂着年轻人争强好胜的习气。胡适首先站出来灭火了。《胡适日记》记录了化解分歧的具体过程，胡适1923年5月25日日记："出门，访郭沫若、郁达夫、成仿吾。结束了一场小小的笔墨官司。"胡适5月27日日记："下午，郭沫若、郁达夫、成仿吾来。"来访谈话的内容，日记没有记录。但这应是创造社成员一次礼节性的回访。歧见化解并非一两次互访可以完成的。同年10月11日，《胡适日记》又记载："饭后与志摩，经农到我旅馆中小谈。又同去民厚里访郭沫若。沫若的生活似甚苦。"对于这次出访，徐志摩当天日记的记载更为详细，日记中说：他们步行去民厚里121号访问郭沫若，久觅始得其居，"沫若自应门，手抱襁褓儿，跣足、敞服（旧学生服），状殊憔悴，然广额宽颐、怡和可识。"郭沫若家里当时还有客人，田汉、成仿吾在座。日记显示，客主之间的关系当时仍较冷淡。徐志摩日记称：田汉"转顾间已出门引去"，"仿吾亦下楼，殊不谈话"，造成了"适之虽勉寻话端以济枯窘，而主客间似有冰结，移时不涣"，使胡适"甚讶此会之窘"。对于胡适的"窘"，郭沫若当然有所觉察。第二天，郭沫若就领着大儿子回访胡适、徐志摩。徐志摩日记用"今天谈得自然的多了"来记述会面时的气氛。紧接着，郭沫若等又宴请徐志摩、胡适。徐志摩10月15日日记："前日（指10月13日）沫若请在美丽川，楼石庵适自南京来，胡亦列席。饮者皆醉，适之说诚恳话，沫若遽抱而吻之——卒飞拳投罍而散——骂美丽川也。"这则日记中的"适之说诚恳话，沫若遽抱而吻之"一句，还见于胡适日记。《胡适日记》记载："沫若来谈。前夜我做的诗，有两句，我觉得做得不好，志摩也觉得做得不好，今天沫若也觉得不好。此可见我们三个人对于诗的主张虽不同，然自有同处。"当晚郭沫若又宴请胡适、徐志摩：胡适日记记载："沫若邀吃晚饭，有田汉、成仿吾、何公敢、志摩、楼石庵，共七人。沫若劝酒甚殷勤，我因为他们和我和解之后这是第一次杯酒相见，故勉强破戒，渴（喝）酒不少，几乎醉了。是夜沫若、志摩、田汉都醉了，我说起我从前要评《女神》，曾取《女神》读了五日。沫若大喜，竟抱住我，和我接吻。"在郭沫若、胡适之间的关系有了明显的改善之后，10月15日，徐志摩与胡适又回请郭沫若。胡适日记说："与志摩同请沫若、仿吾等吃夜饭。田寿昌和他的夫人易漱瑜女士同来"。他们交谈融洽，大谈神话。

这几则日记，展现的是作家之间修复关系的自然形态，可以让读者从感性上认识"五四"后作家之间的微妙关系。把这一时期作家之间的关系，从一开始就描写为势不两立的对立关系，看不到双方由论争到化解分歧的具体过程，文学历史的叙述就会显得简单、贫乏。

创造社当时对《礼拜六》等刊物也开展过批判。成仿吾在《歧路》一文判定《礼拜六》为"卑鄙的文妖所出的恶劣的杂志"，还把读这些杂志的读者，骂成是"助恶的行为"，是"蠢东西们"。其实，《歧路》也正是批评者的"歧路"。

前期创造社以及当时同他们开展论争的各个文学流派，他们在文学批评、文学论争实践所取得的经验及出现的失误，都是现代文学理论建设的遗产。那时，社会学知识理论尚未转化为权力话语，尚未与权力结构对接，争论各方的言说，都是具有主体性的自我选择行为，他们不愿意承认和接纳与自己不同的想法与存在，因而在争论中他们七嘴八舌，甚至言词苛刻，骂人，有一种自以为真理在握的傲慢。但也正是这样，才给我们留下了曾经发生过的真实的文学传承记忆。史实是历史的灵魂。史料的客观性、正义性、先锋性不容置疑。在梳理创造社与各文学流派论争的原始史料里，我们感受到，五四文学经验，不仅仅是单一的某一流派的历史经验，这有助于我们在书写文学史时眼光的拓展，获得足够的启迪。

三

文学社团流派研究，是作家的精神史研究。在文学社团流派研究中，优化思维模式，开掘新的文学资源，让那些看似不起眼的文学碎片（如日记等），化为有生命力的文学信息，是十分必要的。还应该加强对回忆录的解读与辨析。《纯文学季刊〈创造出版预告〉》中所说"新文艺为一二偶像所垄断"，以及《艺文私见》中所批评的垄断文坛的人，究竟指谁？目前出版的回忆录中就有两种不同的解释：郭沫若在《我的作诗经过》中说："达夫的'垄断文坛'那句话也被好多多心的人认为是在讥讽文学研究会，其实是另外一回事……不幸达夫是初回国，对于国内的情形不明，一句无存心的话便结下了创造社和文学研究会的不解的仇恨。"而郑伯奇在所撰《忆创造社》中却明确地说："所谓'垄断文坛'，当然指的是文学研究会。"郑伯奇的回忆是否接近事实？事实真相究竟怎样？也许仍应该留给历史。

再如，谈到创造社和胡适、徐志摩的争论时，郑伯奇的一篇回忆录作了这样的描述："创造社的刊物一出世马上招来了胡适一派的进攻，也可以说是并非偶然。创造社作家的那种反帝反封建的革命激情和胡适一派的买办资产阶级思想感情是格格不入的。胡适对于达夫指摘误译的短文章，不惜亲自出马挑战，给创造社这个不顺眼的初生婴儿来一个致命的打击"，"创造社胜利地回击了胡适一派的猖狂进攻"。作者还特意指出，这场斗争，"属于敌我斗争的范围"。回忆录对创造社与胡适、徐志摩之间这一场新文学阵营内部笔战的概括，显然并不符合事实。在五四社团流派研究中，人们只有从惯常的思维定式中走出，从你死我活，营垒分明的研究模式中走出，才有可能看到各个社团流派之间既有冲突对抗，又有分化融合的丰富而复杂的文学状貌，使研究出现某种带有颠覆性的成果，较好地接近文学生存的历史真相。

前期创造社的生命是短暂的。1926年5月，郭沫若在《创造月刊》第1卷第3期发表的《革命与文学》中宣布"浪漫主义的文学早已成为反革命的文学"，只有"在精神上是彻底表同情无产阶级的社会主义的文艺，在形式上是彻底反对浪漫主义的写实主义的文艺"，才"是最进步的革命文学"。至此，创造社的发展开始进入后期。

（载《文艺报》2013年3月22日）

略说纪有康

——我读《腊月二十一》

1942年8月4日，延安《解放日报》发表了狄耕（张棣赓）的短篇小说《腊月二十一》。作品塑造了一个性格较为鲜活的艺术形象：抗战初期某游击区的村长纪有康。

这是一个生活在特定时空下的村长。纪有康任村长的这个村子，靠近太岳山脉，是个敌我友活动频繁的游击区。村子里的小学校，平时挂着"民族革命小学校"的牌子，而到日本鬼子要进村时就又换上了"新民小学校"的招牌。学校牌子的更换，说明这里斗争环境复杂。时间呢？已是临近旧历年的腊月二十一。小贩、村民忙着赶年集，买卖年货，熙熙攘攘。敌人、友军、牺盟队员，也各怀目的，拥进村子，拥进村公所，要人，要物，要粮。作品就是在这一特殊的环境下，展开了纪有康形象的描写，为纪有康的活动提供了相当集中的舞台。

这是一个四面受围、擅长虚与周旋的村长。在游击区做村长，纪有康虽然工作经验丰富，但今天也不得不老早地从热被窝里爬起来，为应付眼前的困难犯愁："他担心着昨天下午刘副官的话，也忘不了那张讨债人似的严厉的面孔。他知道刘副官办的是'公事'，动员新战士还不是为了抗日救国，但是他为难，他实实在在是办不到。村里的青年壮丁，已经动员过四五次了。剩下的还得支应着日本人的修路的差事，而且大家还要过一个团圆年。15个的数目不算太大，不过，他想，就是打一个对折也办不到。何况限定期限要今天上午全数交齐！"而且，新的麻烦事接踵而至：牺盟会要他今天上交100双军鞋，县政府的科长要5石麦子过年。压力从四面八方袭来，纪有康被压得喘不过气来，这使他有时灰心地想："这个村长真没法干，要应付日本人，也要应付抗日的人，常挨双方的巴掌。日本人常说他'你的脑筋坏了坏了的，你帮忙中国兵。'而中国兵呢，又常说他是汉奸！"这说不完道不尽的苦衷，甚至使他骂出粗野话："姐俞的，我这个村长：猪八戒照镜子：里外不是人！"但是，骂是骂，牢骚归牢骚，该办的事还得忍辱负重地干：索要15名新兵的刘副官来了，他又是派人割肉打酒，又是亲热地请客人上炕；来要5石麦子的科长进门后，他照例热情招待，随后又把科长拉到屋外，诉说困难，讨价还价；要军鞋的牺盟队员进来后，他又软磨硬抗："你家看看，这屋里的人……这不是刘副官？今天下午要人，这是张科长：要五大石麦子，你又是一百双鞋，还有……（在他们面前，他狡黠地没有敢说出日本人要40名民工修路的事——笔者按）我办不到这些，我不能让老百姓去上吊。"嘴上虽硬，纪有康还是心向着中国，体谅来人的困难，答应给他们解决部分困难。在当时的游击区，有着各式各样的村长。像纪有康这样"左右逢源"的角色，像他这样在虚与周旋中逢凶化吉，走出困境，尽可能减少老百姓的负担和损失的人物，在文学作品中并未见到。从这种意义上说，纪有康应该说是作者对解放区文学画廊的丰富和添加。

这是一个忍辱负重、深明大义的村长。作品最使人感动的，是纪有康临事不惊沉着镇静的精神境界。正当刘副官骂他是汉奸，要绑起来带走，抗日阵营内部争吵得不可开交时，日本侵略军突然进了村。大敌当前，纪有康不计个人恩怨，他连忙让刘副官到厨房扮作做饭的，牺盟会的人坐在桌旁帮他写账，其他人装着老百姓去赶集。在村长的保护下，这些抗日阵营的人顺利地躲过了日本人的搜捕。至此，这位村长的精神风貌和内心世界，较好地展现在读者面前。

关于作品的主题，作者狄耕介绍说：作品的主题有二："A. 在游击区里，虽然有些工作人员十分幼稚（如那个青年），有些旧军上的人凶得可怕（如刘副官），然而在敌人面前他们还要团结一致的。B. 在游击区里的村长，虽然困难重重，虽然常被刘副官之流所责难，但他们终于忘不了'我是中国人，我知道国家的难处……'他们并没有丧失国家意识。"在解放区的小说中，当时还没有出现描写这一方面内容的作品。从题材看，《腊月二十一》显然是一种新的拓展。在具体描写上，小说也是有缺点的，如由于题材限制，作品对侵略者的暴行揭露不够等。

小说发表后，在读者中出现了争论。狄耕是鲁迅艺术文学院的毕业生。在整风中，鲁艺师生对《腊月二十一》进行了讨论，认为作品是文艺创作中歪风之一例，在四个方面存在问题：（一）作品描写不应当把中国政府工作人员和日本人写得一样凶；（二）敌占区不应有像作品所写的那样大的集市，有意强调了敌占区的繁荣，起了反宣传的作用；（三）把年青的牺盟会员写得过于幼稚；（四）纯偏重在客观事件的反映，是卑俗的自然主义。批评的中心，是作品丧失了立场。对此，作者狄耕给周扬写信，逐条作了反驳。他指出："敌人的杀人放火……一是世界周知的事，我想实在也用不到在这篇小文章里多说什么，……我以为大骂一顿日本人的祖宗，那倒是最蠢的表现法。"对于某几个鲁艺师生批评作品描写敌占区的繁荣问题，作者回答说："上边声明过，我写的不是敌占区，而是游击区。游击区的繁荣是环境促成的，大城市丧失了，就是大的镇店也大半沦陷，于是游击区便成了这空前的繁荣。上山村是沿山的一个村落，它是敌占区和山里人的集会地，况且是腊月二十一——傍年的一个集会。……这有什么反宣传的作用呢？"作者最后说："《腊月二十一》诚然是一篇很坏的东西，但它的坏处是不明确，却不是什么自然主义，反宣传，没有立场。"[1] 鲁艺负责人周扬对学生张棣赓的来信，在题为《〈腊月二十一〉的立场问题》的文章中作了公开答复。

狄耕在给周扬的信中说，鲁艺在讨论中举出他的作品"没有立场"等四条罪状是"小题大做"。周扬复信说："你所听到的加于你的作品的四条'罪状'，我并不知道清楚是否真是这四条，但就这四条而论，我以为也是不但不算过分，而且实在还是很轻，很客气的"，"说你没有立场，这是一点也没有冤枉你。你是没有站在人民的、民族的立场上，至少在这篇小说中所表现出来的是如此。"[2] 周扬还特别加重语调，作了如下的判断："你的全部同情是在村长身上；你也许觉得日本人还可原谅；你最厌恶的是中国官吏，即使他们是抗日的，而地位又很低微；而你最看不起的是进步的力量，这就是你在这篇作品中所表示的态度。"周扬的批评文章发表后，未见到作者有反批评的文章。

对《腊月二十一》的批评之所以值得重视，在于它涉及了在文学批评中如何坚持实事求是原则的重大问题。《腊月二十一》所要表现的，不是正面地揭露日军的暴行，而是要写出一个普通的游击区村长的心态。在尖锐的民族斗争以及统一战线内部复杂斗争的情况下，这个觉悟并不很高

---

[1] 参见张棣赓给周扬信，《解放日报》1942 年 11 月 8 日。
[2] 《解放日报》1942 年 11 月 8 日。

的村长却深明大义，在敌人到来的时候巧妙地掩护同志，化险为夷。这正说明，在普通的中国人身上，潜藏着何等可贵的抗日伟力。至于这位村长对于旧军官恶劣态度的不满、抗议，对于负担过重的申诉，正表现了在特定时代人物的心情和处境。《腊月二十一》并非经典之作。质朴生动的叙述有时也难以掩盖艺术上的粗糙。对于作品创作的得失，对于如何塑造纪有康这个人物，是可以心平气和地进行讨论的。而作为解放区文学运动权威的领导者，武断地把作品中的缺点（甚至是优点）扣上犯有立场错误的帽子，把艺术问题归结为政治问题，则无助于在解放区形成对文艺问题自由讨论的生动活泼的局面，《腊月二十一》批评中的教训就在这里。

（载《迟到的探询》，河南大学出版社1996年版）

喜读《我们需要一些新的添加》

1942年早春，延安的文学评论界还是活跃的。《解放日报》4月3日发表的文学短论《我们需要一些新的添加》即是一例。

短论作者的观点鲜明，他认为：诗坛繁荣的标志，是诗的多样性。他满怀激情，期待着出现诗歌创作的"万花筒"："我们不满足于过去的诗的主题只限于风花雪月，恋爱和感伤。现在我们同样也不满足于把诗的主题限制在狭小的圈子内。我们不满足这些，是因为我们的时代。我们的诗还正在一个成长的过程中，它应该是多样的。它应该是一种蓬勃庞杂的万花筒。"他强调，只有各种各样的诗同时存在，才能在竞争中相互消长，各自发扬，使诗走向光辉灿烂，诞生"独成一家"的诗人。

作者指出，要求出现诗歌创作的"万花筒"，不是某个人的主观意愿，它有着多重的原因。这首先是时代的需要："现实对于诗的要求是多方面的。可是我们的大多数的写诗的人却只会跟着时代的影子跑，只会把几个别人已经用过好多次的名词、形容词排列起来，而不是抓住时代的真正精神，创造出新的诗来。"作者还进一步阐释：诗的"万花筒"、诗的多样性，既是指诗的主题的"多种多样"，不能"以为只有自己的一条路才能通罗马"；同时，也是对诗歌创作形式的要求：今天的诗决不能要求形式的统一，"那些只要一种形式的人，只说明自己对于中国诗的历史缺乏知识。"作者在分析了几千年来中国诗歌在形式上的演变之后，辩证地告诉读者：中国诗歌目前还处于成长的过程中，形式上的探索同样需要跳出过去的圈子，对生活、对诗有所添加，才能满足读者的渴望。

短论的另一个特点，是视野开阔，作者既不就事论事，也摒弃泛泛空谈，而是大处着眼纵横结合：纵论诗歌发展的艺术经验，以惠特曼和密尔顿的精粹名言作为自己立论的依据之一，横述抗战诗歌的成就与局限，充分肯定田间的诗怎样给我们的诗"添加了新的成分"。言简意赅，较有说服力地阐明了：呼吁出现诗的"万花筒"，实乃诗本身发展之必然。作者对延安诗歌发展的理想境界是："必须容许多种多样的诗。把它们同时并列在一张桌子上，大家批评，去非取是。这也会是使延安的文艺界活跃起来的一个条件吧！"他要求："从成见和偏见中把诗解放出来。给予它更自由更广阔的地盘，使它通过生活的真实而更丰富起来。而且，这种解放是不能间断的，也用不着迟疑。"

应该指出，短论的字里行间，还流露出了作者对当时诗歌创作状况不甚满足的含蓄批评，以及对某些简单化诗论的抗争。短论发表前后，延安诗界有两场争论：一是萧梦与冯牧关于诗的争论；二是关于何其芳诗作《叹息三章》的讨论。1941年11月1日，冯牧在《文艺月报》上发表了《欢乐的诗与斗争的诗》一文，批评了诗歌创作中存在着的空喊口号和廉价赞颂的现象。应该说，冯牧的文章是切中了诗歌创作的时弊的。可是，冯文发表不久，萧梦就撰文对其进行了严厉的批评。萧梦不是与对方平等讨论，而是摆出了一副教训者的面孔，对冯文妄加指责，冷嘲热讽，表现出简单化的批评作风。何其芳的诗作《叹息三章》1942年2月在《解放日报》发表后，也立即受到了诗坛不公正的对待。一些论者不顾及何其芳的艺术个性，以断章取义式的挑剔，要求诗人"立即停止这种歌声"。[①]可以看出，《我们需要一些新的添加》的作者，当时对这两场争论是关注的，文中所讨论的问题有着明显的现实针对性。

短论的作者章钝锋是谁？孤陋寡闻的我，竟不知道作者还有无别的作品？拟或这名字竟是某位作者的化名？这些只好暂时存疑。由于当时严酷的战争环境，再加上其他因素，作者的意见显然未被充分重视，对创作似乎没有产生什么影响。但无论如何，作者的独创性见解还是值得赞赏的。文章从一个侧面，反映了当时延安评论界一些作者清醒的认识，相当高的研究素质，以及他们的思考所具有的历史深度。此文发表以后，我在一段时间内，在当地报刊上未再读到这样思想敏锐、有的放矢、文字鲜活的诗论。

（载《迟到的探询》，河南大学出版社1996年版）

[①] 参见拙作《中国解放区文学史》，第95—100页。

《种谷记》的文化意蕴

近日重读柳青的《种谷记》，颇有一种新鲜感，特别是书中的三个镜头，读来刻骨铭心。

镜头之一：一场善意的嘲讽。

作品第 18 章，农民在展开一场关于民主与集中的讨论。当王加扶要赵德铭告诉大家，撤换王克俭的村行政主任职务，需要经区公署同意时，作品描写：

>   赵德铭转过来，站在桥边的石墙上向众人一宣布，立刻被雨点一样的质问包围。
>
>   "那算什么民主？老百姓作不了主？"
>
>   "赵同志"，一个语气顶温和，态度却够强硬："我问你，行政是给我们王家沟办事，还是给区长办事？我问你……"
>
>   ……
>
>   "你们瞎吵！"赵德铭不满地说："瞎吵就是民主吗？要跟道理走嘛！全照你们，边区的工作都吵乱了。不能光讲民主嗳，还有集中哩。没有集中的话，什么问题也解决不了。"
>
>   ……
>
>   "我常听说民主"，另一个莫名其妙："不晓得还有'脚踪'，又不是偷吃了谁的果子，树底下看脚踪？……"
>
>   人群中又爆发了一阵低沉的哄笑，赵德铭无可奈何地摇着头……

这段对话，在戏谑的背后自有其严肃的思想意蕴。它告诉读者，只有政治上经济上的初步解放，而没有思想觉悟的提高，文化素养的提高，农民是无法摆脱落后状态和获得真正思想解放的。

文盲是一种剥夺。没有文化，事实上就失去了对话的资格与前提，同时也就失去了选择,失去了对现代化的进军与成功。一个文盲充斥的国度,永远无法建设高度的文明,不仅在科技领域落后于人,被动挨打;而且也无法彻底地参与历史进程,自主地参与民主政治的实施。在这里,作品对人物的嘲笑虽然是温和的,但却苦涩得让人心事重重,伫思良久。

镜头之二:赵德铭的忧愁。

赵德铭是王家沟的名人。他既是小学教师,又兼乡文书。也就是说,在当时落后的农村里,他既有文化,又有权力,他还忧愁什么?

他的忧愁来自上级。作为乡文书,他每日都在为永远填写不完的表格发愁。当今天收到了要他火速上报的种谷的表格,他几乎着急起来。因为表格的"项目很复杂,需要的材料十分广泛——组数,组长姓名,组员户数和人数,共种谷的垧数,新组织的呢还是原有的小组,倘是原有的,新参加了几户几人,最后,在备考一项里,还需注明各组的阶级成分——富、中、贫、佃农各几户……"面对这张表格,赵德铭不由得想起了一年来的情况:

> 在一年来的减租、生产和文教运动中,表格像雪片似地发来,把他填过的统统积存起来,怕早够他揹一背了。一切调查统计的材料都是要求得那末详尽具体,而老百姓对填表又是那末冷淡麻糊,他要做到正确可靠,有时真是作难。譬如:有一回填植树的表。他问:"你栽活了几卜?"回答是:"七八卜。""究竟是七卜还是八卜?""你看着写吧。我看有两三卜要死不活的样子,到头也只能活四五卜。……"你叫他怎么填呢?现在他一看表格,又不是他和王加扶两人的工作,说不定还要户长们都来,因为谷地的垧数需要各户的加起来。见了农会主任王加扶,赵德铭又愁苦地嘀咕起来:

> 种谷变工队的统计表,今儿来信今儿就要,你说就算不要调查,也要填得及啊!他们是只管自己方便,不知道旁人作难;我看他们自己下来,也不见得眨眼工地就现成。

赵德铭心里想:"工作是越到下边越难办——边区政府,专员公署,县政府,区公署,乡政府……一层层像屋瓦一样盖下来,谁在村里工作谁衬底。他们一级一级发命令,决定,指示……一张纸下来众人都忙。按他想来,边区政府关于全边区的统计表格一样一样,一季一季,怕不下千万种；但他怀疑他们知道他填表不易。"作者笔下赵德铭的心理活动，他的为填写表格所经历的哭笑不得的苦衷，是对当时已经存在的官僚主义作风一针见血的鞭挞。当然，这里不仅是个官僚主义问题，也不仅仅是刚刚解放不久的农村出现的暂时性问题，这里可能还接触到了我们民族文化中的某些消极因子：比如不尚实而崇夸饰；专爱做表面文章，而耐不得钻进艰苦而寂寞的实际中去，等等。农村小学教师的历史视域，使赵德铭当然想不清楚这件事，而只能继续着他的忧郁和发愁。此后，历史又演出了类似的故事，只是赵德铭们的苦恼更多：在农村里，上报的虚假得近似天文数字的粮食产量，满足了某些人一时的好大喜功的心理欲求，却让更多的人饿了一阵肚子。作者笔下的赵德铭，竟成了预卜农村凶吉的未来学家。

镜头之三：王加扶的理想。

柳青把自己的热情投入到了王家沟的领导者王加扶的艺术形象塑造中。

王加扶既有工作热情，又坚持实事求是。尽可能地根据实际生活，群众情绪，较好地理解农村政策。当王克俭提前种谷，破坏了村里变工集体种谷计划，引起群众公愤，要采取激烈的行动时，王加扶冷静地说："变工自愿是毛主席定出的原则，他们说了参加，不通知组长偷偷摸摸种了，只能批评他们这点不对，却不能强迫他们怎样。"表现了一个农村基层干部对落后群众的理解。王加扶这样的基层干部，不尚空谈，脚踏实地，代表了当时农村干部的精神风貌。可是，由于整体文化素养的局限，王加扶的理想是含混和朦胧的。他像喝醉了酒一样向农民说个不停的远景，也还只不过是："一村就是一家，吃在一块，穿在一块"，"种地的种地，念书的念书，木工是木工，石匠是石匠，管粮的把仓，管草的捉秤"。这一艺术细节，寓意深长地暗示：王加扶的理想，带有明显的乌托邦性质，是历代农民起义领袖人物平均主义思想在新的历史条件下的翻版。虚假的理想必然带来困境，并使希望如一拳打个空般失落于虚无。王加扶们将面临生活的严重挑战。

《种谷记》结构松散，读来并不使人兴味盎然。但三个镜头所包含的人生意蕴，却比那些看似热闹、对生活的表现却浮光掠影的作品更具吸引力。在抗战胜利后的感情大兴奋中，不管作者自觉不自觉，柳青以自己敏锐的视角和无畏的艺术勇气，批评小生产者的狭隘眼光和农业文明的历史局限，直面现实，不留情面，充分显示了现实主义的穿透力。后来出现的若干假、大、空作品,自诩和《种谷记》同道,属于同一品种,实在可笑滑稽!写作不是生活的装饰,而是对生活、对人生意蕴具有生命力的揭示。就时间而言,《种谷记》已经远去了,但它仍然离我们很近很近。

(载《迟到的探询》,河南大学出版社 1996 年版)

地域文化研究

风雨五十年

——20世纪上半叶的河南文学

20世纪初年的文化启蒙活动

河南的报刊业出现较晚。今天能够看到发行较早的报纸,当是1884年出版的《述报》和1911年发行的《中州新闻》。这两种报纸所涉文学不多。新的文化运动的启蒙,始于1906年。这一年,配合全国兴起的民主革命运动,河南省留日学生接连在东京创办了《豫报》、《中国新女界》等文化刊物,揭开了河南新文化运动的序幕。《豫报》编者眼界开阔,对当时中国所处的严峻形势有清醒的认识。该报认为:"自我国与外洋交通,垂六十余年。其间之任外交者,皆庸暗无识,不谙国外情形。故事事吃亏、处处退步,博外人之欢心。不知我愈退彼愈进,我让一寸彼争一尺,相迫相逼愈缚愈紧。至于今日,而国之大局不堪言矣。"① "国之大局"已"不堪言",河南人应该怎样改变自己的生存状态呢?编者指出:河南开化最早,然隋唐以降,地气自北而渐趋于南,因之有人认为,河南智不如南,勇不如北,不足道者。创办《豫报》,就是要使"吾河南父老忆过去之腐败,当激其耻心;睹现在之危险,当兴其惧心;更虑及将来之痛苦而矢其奋心"。②《豫报》提出的激发河南人的耻心、惧心、奋心的口号,可以看作河南年轻的民主主义者最初提出的启蒙纲领。

稍后出刊的《河南》,更把主要精力用于剖析河南人的精神状态上。他们及时地提出了提高中原人思想素质这一迫切问题。编者说:"河南地

---

① 仗剑:《豫报之原因及其宗旨》,《豫报》1906年第1期。
② 补天:《豫报弁言》,《豫报》1906年第1期。

居中央,夙无外警,其开化之迟钝,理有固然,何能怪我父老兄弟。时至今日,局势忽变,而犹持此冷静之态度,冀享太平之庸福,吾恐我父老兄弟将终于不见外警而已死期之到头矣。何也,中国者,一体也,其胸部、腹部、头部、足部,殆无一不于痛痒未觉时,已属有专主……吾由是进窥一般之心理,乃至所以至此者,其总因,盖在于眼光窄隘,作计不远,不以中国视中国,而以十八省视中国也。是以沿边口岸之失,他省路矿之失,以及诸种利权之失,皆秦越相视,漠然无所动于中。叩其心,岂不以外患侵入尚在沿边,近则千百里,远则数千里……自幸其居中国腹部,他省虽亡,河南不至于同归于尽也。我父老兄弟亦太喜作顽劣之恶梦矣"。编者尖锐批判河南人精神上的愚顽,要求河南人像他省人一样挺身而出:"他省之人,睹时事之危棘不堪收拾,辄蹈海以殉国,而河南志士无可如何,乃抽身以待毙。"①

《河南》杂志发表的一批自省的文字,是河南知识者从现代层面所做的自我反思。这种理性批判的程度虽然还相当肤浅,但它却是河南人在思想上跨入新世纪的重要起点。

在当时的民主主义思想革命中,《河南》杂志发挥了重要作用。它高张反孔大旗,鲜明地提出自古"无圣"的战斗性口号。《无圣篇》指出,"余尝纵议古今,横览西东,迄未见圣人产于人世间"。"'圣'之一字,盖尤荒诞无稽"。论文提出:"破专制之恶魔,必自无圣始","谋人类之独立,必自无圣始","立学界前途之大本,必自无圣始"。② 五四前十年《河南》发表的《无圣篇》对孔学的态度不无偏颇,但也显示出了河南青年挣脱封建枷锁,披荆斩棘奋然前行的锐气,也可以看作是五四时期发表的批孔论文的先声,为五四思想革命的到来做了精神上的准备。该刊出刊后,"深荷海内外同胞欢迎,销售之畅,实非国人之所及料"。③ 冯自由在《革命逸史》(第三集)中,从全国新思想传播的角度,高度评价了《河南》的历史性贡献。他说,该报鼓吹民族民权二主义,鸿文伟论,足与《民报》相伯仲。时《湖北学生界》、《浙江潮》等月刊停刊已久,留学界以自省名义发行杂志而大放异彩者,是报实为首屈一指。出版未久,即已风行海内外,每期销流数千份,以输入本省者占半数,河南人士思想之

---

① 朱宜:《发刊之旨趣》,《河南》1907 年第 1 期。
② 凡人:《无圣篇》,《河南》1907 年第 3 期。
③ 《河南》杂志《社告一》,《河南》1907 年第 2 期。

开发，此杂志之力为多。

除了鼓吹政治革命的文字外，《河南》发表的大量文化、文学方面的论文，产生了更大的影响。筹办《新生》杂志失败后，鲁迅所著、所译《人间之历史》、《摩罗诗力说》、《科学史教篇》、《裴彖飞诗论》、《〈裴彖飞诗论〉前记》、《破恶声论》，均发表于《河南》杂志。除鲁迅外，许寿裳、周作人也为《河南》写了一些稿子。许寿裳写有《兴国精神之史曜》（署名旒其），周作人写有《论文章之意义暨其使命因及中国近时论文之失》（署名独应）、翻译短篇小说《庄中》（署名独应）、杂诗二十首（署名启明）。在文章中，鲁迅特别强调开展思想启蒙运动的重要性。他认为，国人之自觉至，个性张，沙聚之邦，由是转为人国。人国既建，乃始雄厉无前，屹然独见于天下。鲁迅大力提倡"摩罗诗派"文学。他向读者介绍了拜伦、雪莱、普希金、莱蒙托夫、密茨凯维支、裴多菲等诗人，举一切诗人中，凡立意在反抗，指归在动作，而为世所不甚愉悦者悉入之。他认为这些诗人大都不为顺世和乐之音，动吭一呼，闻者兴起，争天拒俗，而精神复深感后世人心，绵延至于无已。他们的声音，才是最雄壮伟大的声音。鲁迅热切地期望，在当时的中国，能够出现精神界之战士，像摩罗派诗人一样，发出诚挚的声音，把我们带到美好刚健的境地，把我们从荒凉寒冷的境地中援救出来。

鲁迅等人在《河南》杂志发表的论文，涉及自然科学、哲学、历史学、语言学、文学等许多领域，向当时中国的广大读者，介绍了达尔文的生物进化论及其发展，宣传了资产阶级民主主义思想，批判了洋务派、改良派和复古派，阐明了摩罗诗派文学的反侵略、反压迫的战斗精神。所有这些，不仅在思想上是对当时的资产阶级民主主义革命的巨大支持，而且为十年之后五四文学革命的到来积蓄了力量。

《河南》发表的创作不多，作品的艺术质量也不高，留有从旧文学到新文学过渡时期的幼稚。但一些作品仍颇具历史价值和文学价值。如《河南》所发表的《巾帼魂传记》，描写中国女学生的遭遇，展示了20世纪初年河南女学生立志冲破阻力自立自振的心态。发端一出《长歌》中的"诗白"，女学生自述身世；"侬家中国女学生也，姓吴，名茗妪，小字琢牖，世居中州，家承道德，生长清门，幼娴史书……自从欧风美雨，卷地飞来，于是顽梦初醒，警心时局，便已决计攻苦，冀欲于各种学科，稍知竞绪，如有所得，即以此普度辟痴，同登彼岸，不料中原腐败，习与性成，一言女教，则层层阻力，所在横生，以无才为德，以识字为忧，遂使中国女界日就沉沦黑暗，殆无天日光明难通一线。"这位中州女子认为，"中国女子，误到那《牡丹亭》、《西厢记》、《长生殿》这几种书上，不知有多少呢，如能大加改变，重编新制，述起我们裙衩的举动，蛾眉的精神，使我女界二万万同胞，个个有些自立自振的意识，萦系脑中"。剧中女主人公的自白，类似政治宣教，但也道出了当时中州女子追求精神解放的境界，足令百年之后中州女界自省深思。《河南》所刊哀悼秋瑾的诗作，也掷地有声，刚健有力。如述秋瑾东渡日本从事革命活动之诗："只身曾作海天游，纵口声声唱自由。堪比男儿羞煞死，偏教红粉独惊秋。"声情并茂，寄意高远。《河南》发表有独应（周作人）的翻译短篇小说《庄中》和《寂寞》，还连载有一些翻译的侦探小说。短篇小说创作，则只有一篇被称作谐体小说的《龙脑》。《龙脑》用通俗的语言，启发学生在民族危亡的时刻，不能一味用功读书，而应该同时关心别的事情，和当时的启蒙思潮取同一步调。唯小说在艺术上十分幼稚，和现代意义上的短篇小说仍相去甚远。

《豫报》、《河南》所发表的一些学术论文，如《豫省语言变迁考》、《豫省近世学派考》、《论豫省古今地势之变迁》等，以河南文化中诸多问题为研究对象，是20世纪河南学人推出的第一批研究成果。

以《河南》等文化刊物为中心，20世纪初年河南掀起的新文化运动，由于历史条件尚未成熟，随着1908年《河南》在日本被查禁而夭折。

五四时期的河南文学

在五四新文化运动的推动下，诞生了具有真正现代品格的河南新文学。王品青的小诗《春意》，给读者描绘了这一动人情景："嫩丝的芽／顶破了冷枯的世界；／只这里／便透出无限的春意。"[1] 其实，早在五四前夕，河南的新文学创作就已经开始萌动。继1917年1月《新中州报》（该报也刊登小说等新文学作品）的创刊，1918年秋，《心声》杂志社又成立于开封。由冯友兰、嵇明（嵇文甫）等人编辑的《心声》，是一个综合性的

---

[1] 《晨报副刊》1922年3月1日。

新文化刊物。冯友兰在《心声·发刊词》中说："凡社会之进步，必有少数之人立于大多数之前，为真理而战，以打破老套……破老套而促进化，此本杂志之所以作也……本杂志之宗旨，在输入外界之思潮，发表良心上之主张，以期打破社会上、教育上之老套，惊醒其迷梦，指示以前途之大路，而促其进步。"《心声》第2卷第1号发表的改组宣言，其态度更为鲜明。宣言说："同仁所主张的道德，以自由为启行点，以平等为经由路，以博爱为目的地，达此目的之手段为互助……同仁深信想要世界进化，必须全人类知识发达，想要真正的知识，必须依科学的规律。还有一种万不可少的条件，就是自由讨论。换句话说，就是我们不承认有不许讨论的天经地义，这种不许讨论的天经地义，是宗教的，非科学的。社会中间无论什么偶像，我们总要把他拿来，用平等心去自由讨论。有妨碍这类自由的，我们认为人类的公敌，当设法消除他。"《心声》高扬民主与科学精神，在宣传新思潮方面发挥着不容忽视的作用。

河南的新文学创作，在社会上产生影响的作品出现于1921年。是年，徐玉诺经郑振铎介绍加入文学研究会，先后在北京《晨报》发表短篇小说《良心》，在《文学周报》发表诗作《冲动》；王品青的新诗《对月》、《她》也刊于《晨报副刊》。徐玉诺、冯沅君、曹靖华、于赓虞开始活跃于河南文坛。就创作实绩而论，徐玉诺堪称五四时期河南创作第一人。1922年，徐玉诺的诗集《将来之花园》由商务印书馆出版。此前，诗集《雪朝》（文学研究会丛书之一）中还收入他的新诗48首。1923年6月发表于《小说月报》的短篇小说《一只破鞋》，是徐玉诺的成名之作。在发表《一只破鞋》前一期《小说月报》上，编者就做了推荐性的预告："徐玉诺君有一篇《一只破鞋》，叙写河南匪乱惨状，极为真切动人，即我们没有身历其境的人读了，也不禁要颤惧起来。"叶绍钧说："他的家乡在河南鲁山县，是兵和匪的出产地。他眼见肩着枪炮杀人的人扬长的走去；他眼见被杀的尸骸躺在山野；他眼见辛苦的农人日间给田主修堡，夜间更给田主守堡，因为防着抢劫……"徐玉诺的诗和小说，对这种残酷的现实，做了真实的艺术描绘。

当我们在《火灾》中读到"没有恐怖——没有哭声——/因为处女们和母亲/早已被践踏得像一束乱稻草一般/死在火焰中了。/只有热血的喷发，/喝血者的狂叫，建筑的毁灭，/岩石的崩坏，枪声，马声……/轰轰烈烈的杂乱的声音碎裂着"。我们感到战栗。我们眼前出现的，是一个恐怖的中原，一个兵匪横行、暗无天日的世界！除此之外，徐玉诺这位乡土诗人，在怀念故乡的诗中，他"爱慕母亲"，"更记挂着鲁山的山谷，草原，田园，家里的小弟弟，两匹母牛，三头牛犊和父亲的耘田，小弟弟的弄小石子和自己的割草"，带有浓郁的河南泥土气息。叶绍钧认为，徐玉诺的诗在艺术上的最大的特点是真实、自然，有些是"壮美的"，有些是"优美的"，"没有雕琢的痕迹"，"没有强作的呻吟"。年轻的徐玉诺当时在艺术上具有广阔的发展前途。不过，徐玉诺风发泉涌般的创作高潮是短暂的。他的较有影响的作品，主要发表于1921—1924年。1924年以后，他虽然还在《豫报副刊》、《文学周报》、《语丝》等刊物上发表诗文，但因数量较少，已经引不起人们的注意了。①

　　稍晚于徐玉诺出现于河南文坛的，是女作家冯沅君。在题材上，冯沅君有着新的开拓。从1923年开始，她在《创造季刊》、《创造周报》连续发表了《隔绝》、《隔绝之后》、《旅行》、《慈母》等小说（后结集为《卷葹》），得到了人们的广泛关注。冯沅君的小说，内容多为描写青年男女的爱情故事，以善于细腻地描写青年女子的心理称著一时。正像当时她的小说集《卷葹》再版广告所说："'捣麝成尘香不灭，拗莲作寸丝难绝。'这两句香美的诗，透出沅君女士的这册小说集所含的深味。初版时所收为《隔绝》、《旅行》、《隔绝之后》、《慈母》四篇。今趁再版之机会又加入性质相近的《误点》、《写于母亲走后》等两篇，较前更有精彩。"冯沅君的另一部作品《春痕》，假定为一个女子寄给她的情人的由爱苗初长到摄影定情的50封信，历时约五旬。鲁迅很关心冯沅君的创作，认为冯沅君表现青年知识分子爱情生活的作品，自然、真实。他特别推崇小说《旅行》。鲁迅说：

　　　　其中的《旅行》是提炼了《隔绝》和《隔绝之后》（并在《卷葹》内）的精粹的名文，虽嫌过于说理，却还未伤其自然；那"我很想拉他的手，但是我不敢，我只敢在间或车上的电灯被震动而失去它的光的时候；因为我害怕那些搭客们的注意。可是我们又自己觉得很骄傲的，我们不客气的以全车中最尊贵的人自命。"这一段，实在

---

① 据笔者所知，1925年徐玉诺在《豫报副刊》发表有《雨夜》、《聊且叫号》、《蚯蚓歌新抄》，在《京报》附设的《文学周刊》发表有《最后的记忆》，在1927—1929年的《语丝》上发表有《教我如何睡去》、《私信》和《十一个囚犯》等诗文。

是五四运动直后,将毅然和传统战斗,而又怕敢毅然和传统战斗,遂不得不复活其"缠绵悱恻之情"的青年们的真实的写照。和"为艺术而艺术"的作品中的主角,或夸耀其颓唐,或炫鬻其才绪,是截然两样的。①

《卷葹》之后,冯沅君出版的小说集《劫灰》,目光转向了苦难的乡村。《劫灰》收入《劫灰》、《贞妇》、《缘法》、《林先生的信》、《我已在爱神前犯罪了》、《晚饭》、《潜悼》、Epoch Making 等篇。其中的《劫灰》,描写了遭受土匪蹂躏后的河南农村的凄凉景象:土匪过后,这里所留下来的,只是"无数的劫灰"。1925年以后,冯沅君兴趣他移,开始致力于文学史研究,出版有《中国诗史》(与陆侃如合著)、《中国文学简史》(与陆侃如合著)等。

曹靖华是作为五四时期的青年社会活动家走上河南文坛的。五四运动发生时,曹靖华在开封河南省立第二中学学习,发起成立了类似文学团体的青年学会,并创办《青年》半月刊,发表新诗《月下看秋雁》(署名曹联亚)、《D》、《问病——心声》以及随想录《强盗杀人》等。1920年,曹靖华被河南省学生联合会选为代表,赴上海参加第一届全国学生联合会代表大会。随后,被 SY(社会主义青年团)派赴苏联,到莫斯科东方大学学习。回国后,在北京大学旁听《中国小说史》时与鲁迅结识。这一时期,曹靖华还创作了三幕剧《恐怖之夜》(连载于1923年6月《晨报副刊》)。和当时河南其他作者的情况有所不同,曹靖华属于外向型的作者。通过和鲁迅的交往,他很早地认识到了鲁迅人格的伟大和鲁迅作品在文学上的重大价值,从而使自己的文学活动和鲁迅紧密地联系到了一起。1925年,曹靖华在开封向苏联人王希礼介绍了《阿Q正传》,使《阿Q正传》得以由王希礼译成俄语,传播到了苏联和西方。同时,曹靖华还参加了在鲁迅领导下建立的文学团体未名社。在未名社里,曹靖华是个勤恳的译者。他先后翻译了爱伦堡的《烟袋》和拉夫列涅夫的《第四十一》以及契诃夫的独幕剧集《蠢货》等作品。鲁迅回忆说:"未名社现在是几乎消失了,那存在期,也并不长久。然而……事实不为轻薄阴险小儿留

---

① 《〈中国新文学大系〉小说二集序》,载《鲁迅全集》第6卷,人民文学出版社1981年版,第244—245页。

情,曾几何年,他们就都已烟消火灭,然而未名社的译作,在文苑里却至今没有枯死的。"①

在俄罗斯文学和苏联文学的介绍方面,鲁迅与曹靖华是志同道合的开拓者。在鲁迅翻译俄罗斯文学和苏联文学的过程中,曹靖华曾利用自己客寓苏联的有利条件,给了鲁迅以可贵的帮助与支持;而曹靖华的译作,有不少也是经过鲁迅的介绍推荐或亲自筹划而出版的。在文网之密水泄不通的环境中,经过千辛万苦,信札往来,鲁迅译法捷耶夫小说《毁灭》和曹靖华译绥拉菲摩维支的小说《铁流》,均由鲁迅自费印行。鲁迅说,自己译的《毁灭》和曹译的《铁流》,"虽然粗制,却并非滥造",他们"就像亲生的儿子一般爱他"。②曹靖华翻译的作品还有:契诃夫的《三姊妹》,聂维洛夫的《不走正路的安德伦》、《苏联作家七人集》,独幕剧集《白茶》《党证》,西蒙诺夫的《望穿秋水》,瓦西列夫斯卡的《虹》、阿·托尔斯泰的《保卫察里津》,卡达耶夫的《我是劳动人民的儿子》、《梦》、《恐惧》,克雷莫夫的《油船"德宾特"号》,裴定的《城与年》,凯尔升的《粮食》,列昂诺夫的《侵略》,肖洛霍夫的《死敌》以及《契诃夫戏剧集》、《盖达尔选集》等。编译苏联民间故事《魔戒指》、《关于列宁的传说》、《列宁的故事》、《关于斯大林的传说》、《蓝壁毯》、《关于夏伯阳的传说及其他》等。这一长串作品名单,几乎耗去了这位翻译家毕生的心血。

晚年,曹靖华所写的散文,分别收入《花》、《飞花集》和《春城飞花》等散文集里。

于赓虞的诗歌创作起步于五四之后,成就于20年代中后期和30年代初。他的诗集多出版于20年代:《晨曦之前》(1926年,北新书局)、《骷髅上的蔷薇》(1927年,北高古城书社)、《魔鬼的舞蹈》(1928年,上海北新书局)、《孤灵》(散文诗集1930年,北新书局)。只有诗集《世纪的脸》出版于1934年。20世纪的河南作者,多数人创作都和黄土地相连。于赓虞诗歌创作的主题则和多数河南作者的创作主题有着不同。20年代初于赓虞参加了文学社团"绿波社"。当时,赵景深、于赓虞、焦菊隐在天津《新民意报》副刊《朝霞》、《诗坛》和《绿波周报》,发表诗

---

① 《忆韦素园君》,载《鲁迅全集》第6卷,人民文学出版社1981年版,第67—68页。
② 《关于翻译的通信》,载《鲁迅全集》第4卷,人民文学出版社1981年版,第385页。

歌和散文。1926年4月,《北京晨报·诗镌》出版。闻一多、徐志摩、朱湘、饶孟侃、刘梦苇以及于赓虞共同合办。于赓虞不满于徐志摩等人只求外形的工整和新奇,而忽略内容的充实。他认为,诗乃生之律动与形式之美的总和。徒求形式之工整,而忽略动的生命之表露,乃死的艺术,只求生命之流露,而忽略美的形式之营造,亦非完美的艺术。1929年,于赓虞在北平与庐隐合编《华严》月刊,并进一步阐明自己的诗歌主张:"诗为抒情的独立的创造的艺术,自不能使之为政治的或主义的奴役","诗止于诗,诗正为诗而存在,不为其他效用而存在"。[1] 20世纪30年代初,于赓虞在开封主编河南《民国日报》副刊《平沙》。除创作外,他开始发表一些研究雪莱和亚里士多德诗论的论文,预示了于赓虞从创作走向外国文学研究的趋势。

　　于赓虞的诗阴冷、神秘。如《长流》中的诗句:"万籁死寂之夜不堪想已沦落死城无痕的希冀,/这一泓死水像是我的灵魂在星宿下并无寻觅。/如今我犹如来自其他星球的客旅阵阵的惊异,/怅望,在此烦倦的自歌自应的奔途里霜花满衣。/这枯萎的蔷薇正如已消失的光辉绮梦的遗迹,/梦呀,任你入天堂,地狱,心怀的明珠已沉落海底。/就在此寒光下的荒墟深殡此善感灵魂之骸余,/现在,我像春日碧茵草上一只伤鸟卷起了两翼。/看这绝望的世界苍茫茫无灯火晦冥冥无晨曦,/毁灭的途中已修了坟墓静待命运呼归的灵息。/这天宇没有光,没有歌,只是一团墨迹漫缀苦意,/生存与毁灭在此辽辽天际无人注意亦无痕迹。"

　　而《骷髅上的蔷薇》所生成的意象,更阴森可怖。往日之"情爱""似落日沉于幽谷,彩云消于夜风",往日追求之"荣冠""似荒场上恐怖之迷羊,霜雾蒙蒙"。今天呢?

　　　　今,孤自徘徊于残败春风的花冢,
　　　　向长天惨笑,悔种此万世之怆痛!

　　　　今,辗转于终为悲剧的希冀之梦,
　　　　似骷髅上的蔷薇在装饰着死情,

---

[1] 《诗之艺术》,《华严》1929年第1卷第1期。

> 将桂冠投于荒冢,听墓钟之凄鸣,
> 渺渺悲韵远了,残留下记忆之影。
>
> 将宝剑投于荒海,双手痛击苍空,
> 无限的惨黑的空虚划落了幻梦,
>
> 从绝望之悬崖跌死残丑之神灵,
> 愿仇愿恨随骷髅沉睡万载不醒。
>
> 去矣,在黑纱的天宇下踽踽独行,
> 万生正睡于古黑之井像是死城。

这里表现出一种生的艰难,彻底的绝望。诗写于一个敏感的时刻:1927年4月阶级搏斗最为尖锐的年代,又是"夜病中"。诗人感受到了一种难以忍受的孤独,"惨黑的山道上只我个人酩酊,独行,/挽不回的青春如一尸体正沉默于夜茔;从此我嗟叹着去了,无论走入地狱,天宫,/将一切贻于人间之废墟,辗转骷髅之冢"。

上引诸诗,让人感受到诗人生命体验之独特,因此,他常被冠以"魔鬼诗人"的称号。其实,于赓虞的诗是一个复杂的存在。在这些以哀伤、阴冷为主要情感基调的诗作之外,他还有写于"三一八""大惨案之次日"的诗作:《不要闪开你明媚的双眼》。诗中怒斥北洋军阀在执政府门前杀害手无寸铁女学生的罪恶行径,赞颂牺牲者为国捐躯的忠勇:"阴云漫布的午后你披散着黑发呻吟于血泊的府院,/我的姑娘,你忠勇的生命完结于毒弹,呼吸渐渐低缓!/静静的睡去罢,不要,不要在此阴暗的黄昏,/再向,再向你心爱的中华闪开明媚的双眼。"诗人哀叹人群的麻木,"在此亘古未有的悲剧中讪笑的群众并不会落泪,怀念,/——人们并不会落泪,怀念!"这是另一个于赓虞,一个富有正义感、内心火热的于赓虞!这两个于赓虞,是一个矛盾的统一体。竟至可以说,在彻骨的"冷"的深处,他胸中的"火"并未熄灭。于赓虞的诗在形式上往往独树一帜。研究者指出:"于赓虞也是热衷于诗歌建筑美的实践家。他的诗每节每行的字数一个也不差,有的该低几个字也整齐一律。别人的诗行短,成了'豆腐干';他的诗每行二三十个字,又长又整齐,所以赵景深夸张地说：'一长条一长条的，四行凑一块，不很像云片糕么？'为此称他是'云片糕'诗人。"①

五四之后的河南作者，多致力于创作而在创作理论上无所建树，于赓虞则是一位创作与理论并重的作家。我们无法在这里具体讨论他在理论上的贡献，只想指出，他关于诗的有些见解，是极为精彩和独创的。在谈到读者怎样欣赏诗歌时，于赓虞说，"做一个诗的忠实而正确的读者，亦正不易。他必得有相当的训练，以期能感受诗里所有的气氛，通常说某诗很好很美，某诗很坏很丑，这无意的品评之间，常隐着重大的错误。小心这种空洞的话，有时抹杀了我们不应该忽视的为生命之韵律的真正之美，为生命之根的哲学思想"，"诗之真美处在其表现情思的真切，美丽，恰当及其内在音韵与情思之谐和，这样斯文的诗即是一个好例，就他的诗的外形看起来，有的字句长的可怕，有的则短的可以，然而论其内在之音韵与情思，仍不失为上品，因此，读诗的人应该知道各个诗人的情思不同，其所用以表现的方式亦不一，依个人之趣味而读诗批评诗，使诗就范于自己，那是诗（的）罪人。因为我们读诗的目的，仅是想从里得到快感，以活跃苏醒自己的灵魂与沉醉，死寂，悲哀；并且将诗与自己之灵魂相冥合，以窥生命的内蕴，就如诗人写诗时所感到的一样"。② 这其中，甚至会包含着诗人对自己诗作常常被人误读的辩白。

于赓虞诗歌艺术风格的形成有着他童年生活的影子。在河南省中部农村的这个封建家庭里，于赓虞的童年是不幸的，他从来没有获得过家庭的温暖。他的父亲对他毫不关心，甚至因经济原因小学毕业后只能辍学在家。以后在大伯的赞助下考入开封第一师范读书，又因参加学潮被学校开除。此后，他往来于天津、北京，生活无定，举目无亲，孤独，凄凉，使他对社会失望，憎恶，终至绝望。于赓虞的诗歌，可以说是一个极端苦闷青年情绪的艺术反映，是他的人生道路的折射。于赓虞的出现，不仅使我们看到一个有才华的青年诗人人生道路的崎岖，也能感受到那个年代中原社会生活的没落与颓唐。于赓虞，一位值得中原人永远怀念的天才诗人！

---

① 余时：《被人遗忘的诗人于赓虞》，《羊城晚报》1982年5月4日。
② 于赓虞写的理论文章很多。其中有《新文学的历史来源》、《诗歌与思想》、《诗之读者》、《孔丘与亚里士多德论诗的比较》、《科学的世界与诗的世界》、《美国写实主义的发展》、《诗之艺术》、《诗思零拾》等。此处引文引自《诗之读者》，《民国日报》副刊《平沙》1932年第3期。

五四至 20 年代初较有成就的河南作者还可以举出一些。后来转向历史研究的尚钺，20 年代和鲁迅过从甚密。他先后出版小说集《斧背》、《病》及《巨盗》。1928 年 5 月由泰东书局出版的《斧背》，多以河南信阳地区的生活为背景，鞭挞不合理的社会现象。小说集《病》从一个侧面表现了当时农民的悲惨命运，对农民的不幸遭遇，寄予了一定的同情。其中的《洗衣妇》，描写一个寡妇，为了供儿子上学，被迫卖淫，而自己又感到十分羞愧，终于用一条麻绳缢死在树上的故事。作品写得朴实，感情深沉。1930 年 9 月出版的《巨盗》，收入中篇小说《伏法的巨盗》、《学潮》、《被践踏蹂躏的人们》。《伏法的巨盗》通过农民李根被无辜处死的故事，展示了当时民不聊生的社会环境，揭露了统治者的无耻暴行。主人公李根一家，已经三天没吃过任何东西，处于死亡的边缘。饿火"如毒蛇似的在他肚中缠绞着"，"孩子在床上扯着干哑的喉咙，哭着，叫着"，"女人在绝望的啜泣中呻吟着"，他的七十多岁的老母亲在床上用咒语般的言辞向他要东西吃。生活逼得李根走投无路。他走到街上偷了一块面包，结果竟被警察捉去，用尽一切酷刑逼他承认是"巨盗"加以处死。鲁迅在评论《斧背》时说："尚钺的创作，也是意在讥刺，而且暴露，搏击的，小说集《斧背》之名，便是自提的纲要。他创作的态度，比朋其（即黄鹏基——引者注）严肃，取材也较为广泛，时时描写着风气未开之处——河南信阳——的人民。"尚钺的小说在艺术上还尚欠成熟，语言不够洗练。鲁迅在肯定《斧背》优点的同时，也指出了作品的不足之处："可惜的是为才能所限，那斧背就太轻小了，使他为公和为私的打击的效力，大抵失在由于器械不良，手段生涩的不中里。"[①]

在 20 年代，徐旭生、王品青，以及编辑《豫报副刊》的吕蕴儒、高歌等人的作品，也产生过一定的影响。

短暂繁荣与持续动荡

经过 20 世纪 20 年代的孕育，30 年代前期的河南文学出现了短暂的

[①]《〈中国新文学大系〉小说二集序》，载《鲁迅全集》第 6 卷，人民文学出版社 1981 年版，第 253 页。

繁荣。

第一，一批青年作者陆续走进文坛。姚雪垠、师陀、苏金伞等，以其具有独创性的作品受到文艺界注目。

第二，文艺社团增多，文艺活动活跃，文艺刊物（包括报纸文艺副刊）陆续涌出。现将主要文学社团和文学刊物（包括报纸文艺副刊）的基本情况列表于下。

1930—1937 年河南主要文艺刊物（包括报纸文艺副刊）统计表

刊物名称	所属社团及编辑人	出版时间、地点	出刊卷期	主要撰稿人
金柝	王长简（师陀）	1930 年春开封	1—2 期	王长简
火信	火信社 潘梓年主编	1930 年开封	不详	潘梓年
银砂	不详	1930 年开封	已知出版 2 期	叶鼎洛 于赓虞 焦菊隐 赵景深 万曼
心音	心心社（社员 12 人）	1931 年 9 月开封	已知出版 2 期	李廉 方缪 铭段 凌辰 卢冀野
浪花周刊	浪花文艺社在河南《大光报》创办之副刊	1931 年	不详	焦宝箴
韬光	韬光社	1932 年 4 月开封	已知出版 3 期	王剑平
平沙	河南《民国日报》副刊	1932 年 3 月 25 日开封	1—22 期	于赓虞 沈从文 叶鼎洛 陈瘦竹 姚雪垠
晨曦	晨曦社	1932 年 5 月开封	不详	魏伯 柳林
尖锐	王长简（师陀） 汪金丁 徐盈	1932 年 5 月开封	1—3 期	王长简 汪金丁 徐盈
夜鹰		1933 年 3 月开封	1—6 期	李欧 絮飞 夷坚 沉默
茉莉	《河南民报》副刊姜象九 刘曼茜 陈雨门	1933 年 6 月开封	1 期	叶鼎洛 于赓虞 雪痕 庐隐
瀚海	瀚海社	1933 年 6 月开封	1 期	于赓虞 悔深 鸿飞
大河	大河杂志社	1933 年 10 月开封	3 期（册）	郭绍虞 任访秋 张长弓 芦焚
大陆文艺	姚雪痕 王国权	1933 年 12 月开封	1 期	姚雪痕 于赓虞
行素	行素杂志社	1934 年 8 月开封	1—8 期	于赓虞 俞平伯 叶鼎洛 李嘉言

续表

刊物名称	所属社团及编辑人	出版时间、地点	出刊卷期	主要撰稿人
文艺月报	中州文艺社 于赓虞 叶鼎洛 汪漫铎	1934年9月开封	出至1937年 5卷5期终刊	沈从文 于佑虞 姚雪痕 张长弓
山雨	李蕤 陈雨门	1934年3月开封	已知出版4期	悔深 陈雨门 叶鼎洛 尹雪曼 金伞
青春诗刊		1935年3月开封	2期	陈雨门 姚雪痕 刘心皇
黄流	《力行日报》副刊	1935年开封	已知出版3 卷6期	于赓虞 陈艺秋 孙德中 陈雨门
晓钟	晓钟文艺社	1936年7月开封	1期	陈雨门
星海月刊		1936年7月开封	2期	刘心皇 陈雨门
风雨	姚雪垠 嵇文甫 王阑西 范文澜 方天逸	1937年9月开封	1938年5月出 至27期终刊	姚雪垠 洪深 范文澜 黑丁 吴蔷 芦焚

上表说明：以开封为中心的河南文艺活动，这几年是20世纪上半叶发展的最佳时期：社团活跃，刊物增多。虽然整体上创作力量还十分薄弱，但较20年代有了一定的基础，取得了初步的创作实绩。由于除开封外，只有少数地方（如郑州、洛阳）有零星的文学活动，从而造成文学后备力量不足，对未来文学的发展造成了制约。

这一时期，地处中原的河南文坛具有一定的开放品格。表上所列期刊中，除发表本地作者作品之外，还发表了一些在全国范围内有影响作者的作品，在相互交流中提升了河南文学期刊的质量。一些河南作者也走出河南，客寓北平、上海等地，在创作中开辟着新的天地。

除少数外，许多文学社团和文学刊物随着编辑生活的变化，旋生旋灭。由于期刊往往没有固定的作家群体，不能长期切磋，相互影响，形成有影响的创作流派，因而，创作成绩仍不突出。河南文学的发展仍处于幼稚阶段。

1937年7月抗日战争爆发后，河南全境相继沦陷。河南作家、文学青年在动荡中开始着新的组合。

李季、葛洛、刘知侠、于黑丁、魏巍、王实味等人先后奔赴延安和敌后抗日民主根据地，走上了创作之路，创作风格出现了新的变化。

抗战前创作上已有所成就的多数河南作者，在战乱中经历着前所未有的流亡之苦。姚雪垠辗转于湖北老河口、安徽金寨、重庆和四川合江；芦焚（师陀）深怀亡国之苦，蛰居上海"饿夫墓"。其他河南籍作者和抗战时期在河南生活和创作的作者，如于赓虞、苏金伞、任访秋、赵清阁、丰村、碧野、李根红、陈雨门、赵青勃、赵悔深，在极不安定的困难环境下，创作上仍各有收获。

抗战时期，整个河南的文学创作处于沉寂时期，只在日本侵略军尚未占领的地区，有着孤立的文学活动。1942年创刊于南阳的《前锋报》，副刊《燧火》由赵悔深编辑，发表了一些反映抗战生活的文学作品。任访秋所著《中国现代文学史》（上）也由该报出版。值得一提的还有姚雪垠编辑的《中原文化》。姚雪垠流亡于安徽金寨，所编的《中原文化》[①]是一个综合性的文化刊物，刊登了不少有影响的作品和研究文艺理论的文字。碧野、郭风的小说，臧克家的诗，姚雪垠的文学论文《我怎样学习文学语言》、《抗战文学的语言问题》、《论创作的学习过程》、罗荪的《略观抗战小说》等，都在读者中产生过一定影响。

这一时期，在河南境内先后建立的抗日民主根据地，倒是陆续创办了一些文化、文艺刊物。如1938年在河南确山竹沟创办的《拂晓报》（文学副刊），1940—1941年豫皖苏边区出版有《读与写》（油印）以及彭雪枫题词的《大众》和豫皖苏文化工作协会创办的《文化战线》，1942年冀鲁豫文联出版有《文化生活》，1943年1月太行山区出版有《诗风》等，在文艺普及工作中发挥了一定的作用。1947年春王亚平编的《平原文艺》，在解放区读者中也产生过较大的影响。这些在艰苦环境下创办的刊物，还尽可能地发表了一些生活在沦陷区作者的作品。师陀的散文《八尺楼随笔》，就刊于《文化战线》第1卷第2、3期。

抗战胜利后，河南的文学活动较前有了一定的恢复。文艺刊物如《沙漠文艺》、《铁塔旬刊》[②]等相继创刊，但没有产生大的影响。倒是报纸文艺副刊团结了较多的作者。在开封出版的《中国时报》，先后出版许多副刊，如《桥》、《文学窗》、《文艺之页》、《诗与散文》、《副刊》、

[①]《中原文化》创刊于1941年10月15日，主编韦永成，实际由姚雪垠编辑，出至第2卷第6期（1942年9月15日）终刊。

[②]《沙漠文艺》1947年12月由苏金伞、索开合编，只出1期。《铁塔旬刊》1948年春由李蔚等人编辑，出刊2期。

《春蛰》(《中国时报》、《前锋报》联合版副刊),发表了较多河南本土作家,如苏金伞、青勃、任访秋、栾星、苏鹰、陈雨门等人的作品,也发表有彭燕郊、何家槐、石怀池、冀汸、路翎、谷风、赵景深、臧克家、老舍、熊佛西、艾芜、范泉、孟超、靳以、以群、荃麟、袁水拍、力扬、唐弢、沙鸥、谷斯范等人的力作。省外作家为河南报刊撰稿,对河南文学创作质量的提高有着积极的意义。不过,由于社会生活的激烈动荡,当时的河南文坛也并没有出现有重大影响的作品。

就文学创作而言,20世纪30年代至40年代河南作者中在国内有较大影响的,当推师陀、姚雪垠和苏金伞。

师陀(原名王长简,芦焚是他前期使用的笔名,师陀是他后期使用的笔名)是1931年步入文坛的。这一年,"九一八"的枪声把他从沉思中惊醒。在席卷全国的抗日怒潮中,师陀与北京大学的学生一起,举行集会,请愿游行。火热的斗争生活,不仅给了师陀生活的勇气,而且给他提供了丰富的创作素材,激发起了他的创作热情。他的处女作、反映北平学生请愿生活的短篇小说——《请愿正篇》及其姊妹篇《请愿外篇》,就诞生于当时如火如荼的学生爱国运动中。试笔的成功给年青的师陀带来了欢乐与信心。此后,他以芦焚的笔名在《现代》、《文学季刊》、《文季月刊》、《大公报·文艺》等当时的一些大型文艺刊物和报纸文艺副刊上,发表了一批具有影响的短篇小说与散文。芦焚的名字开始受到文艺评论家的注目和为读者所熟悉。1937年5月,师陀的第一个短篇小说集《谷》获《大公报》文艺奖金。

《谷》出版后短短的几年里,师陀又连续出版了短篇小说集《里门拾记》、《野鸟集》、《落日光》、《无名氏》;散文集《黄花苔》、《江湖集》、《看人集》。这些作品中,不乏脍炙人口的精彩之作,其中有些描写故乡生活的作品,具有深刻的人性内涵和鲜明的地方特色,受到读者广泛的注意。作者自谦地称作"从家门捡来的鸡零狗碎"的《里门拾记》,不论是描写北方的秋原、晨雾、黄昏,也不论是描写中原地区人民的生活习俗,师陀写起来都得心应手。在作者笔下,那犁过的高粱地,苍黄了的豆,乌油油的薯,垂首的向日葵,高空翱翔的雕,挺拔的白杨,狂奔于田野的小犊,远处路上腾起的烟尘,无一不闪射出中原地区的生活异彩。甚至连人们的穿戴,过旧历年的习俗,乃至牛叫犬吠,农舍陋巷,一经作者点染,都生动传神,乡土气扑鼻。

在苦难的岁月里，作者特意地把中原的农村自然风光收入笔底，当然不是为了玩味与欣赏。在师陀编织的这些色彩斑斓的景色背后，流淌着劳动人民的血和泪。小说《雾的晨》开始，作者以他惯用的抒情彩笔，精确地画出一幅农村雾景：在雾中，整个乡村呈现一片和平宁静的气氛，一切都好像浸在鲜牛奶里。然而，作者却告诉人们，正是在这雾中，穷得连半瓢米都借不来的农民，为了爬到树上采摘一把杨树叶充饥，却被无情地摔死在地上。在这里，景色描绘不是为了粉饰现实，用一幅现实生活中根本不存在的"农家乐"来欺骗读者，而是为了使景物和人物的命运形成鲜明的对比，向吞噬农民生命的社会发出谴责。在师陀的作品中，这一类的描写随处可见。

几年之内，师陀又是获奖，又是接连出版了八本作品集。这引人注目的成绩，对某些人来说，可能意味着满足。但是，才二十几岁的师陀，却表现出了令人敬佩的老练与成熟。他非但没有自我陶醉，相反，却一再地告诫自己，要默默地做点事，默默地走点路，默默地想想自己和别人。他希望自己永远做不为世人闻问的黄花苔。在散文集《黄花苔》序中，师陀说："文坛也有如花坛，因为上面时常生出'奇葩'和'异草'，而我写的——尤其这里所收，却是坛下的东西，是野生植物，假如也好比做花，那便是既不美观，也无大用的黄花苔。黄花苔就是蒲公英，是我们乡下的名目，据说也是地丁的一种，不大清楚。但为这集散文命名的时候，我不取驰名海内的蒲公英，也不取较为新鲜悦目的地丁，取的却是不为世人所知的'黄花苔'。原因是：我是从乡下来的人，而黄花苔乃暗暗的开，暗暗的败，然后又暗暗的腐烂，不为世人闻问的花。"[①] 这段话，既是师陀几十年来一直信奉的创作箴言，也在一定程度上表现了中原作者的淳朴性格和共同的心理趋向。

整个抗日战争时期，师陀一直困居在"孤岛"上海，精神上承受着巨大创痛，生活上遇到了难以想象的困难。用他自己的话来说，是心怀亡国之悲愤牢愁，蛰居上海。这一时期他呈献给读者的散文只有一本《上海手札》，短篇小说的代表作是抗战胜利后出版的《果园城记》。作者的果园城系列小说以其朴实而热烈的感情，富有感染力的抒情笔调，流畅而具有诗意的语言，向读者介绍了一个又一个凄凉而又亲切的故事，使读者

---

① 师陀：《黄花苔·序》，载《师陀研究资料》，北京出版社1984年版，第50页。

承受着感情的重压，诅咒那不合理的社会、黑暗的年代。

1941年7月，师陀以他兄弟的名字季孟，出版了唯一的一部中篇小说《无望村的馆主》。在长篇小说创作中，师陀获得了值得称赞的成就。他先后从事过四部长篇小说的写作。《雪原》、《荒野》、《结婚》和《马兰》，均创作于这一时期。《结婚》受到了研究者的推崇。夏志清在《中国现代小说史》中评论说，《结婚》是真正值得我们珍视的作品，若就叙述技巧与紧张刺激而论，《结婚》的成就在现代中国小说中是罕有其匹的。作者采用的双重透视结构，使卷一、卷二对马兰的描写，与卷三马兰的自我剖白，互相映衬，人物性格显得格外鲜明。

1942年10月在上海上演的《大马戏团》和1943年他与柯灵共同改编的剧本《夜店》的发表与上演，为师陀赢得了新的声誉。著名文学家与戏剧家，如巴金、郑振铎、夏衍、唐弢、李健吾、景宋、徐调孚、张骏祥等人，或撰文，或发表谈话，祝贺《夜店》演出的成功。《大马戏团》和《夜店》的改编，显示了师陀在创作方面所具有的多方面的才能。从30年代初步入文坛到40年代末，师陀创作的作品，对中国的现实生活，从不同的角度作了相当广泛而深入的艺术概括。作者不以情节取胜，而是善于运用抒情诗的笔调来写散文式的故事，作品具有感人的艺术魅力。作者当之无愧地成为20世纪上半叶中原生活的现代画师。

姚雪垠走进文坛稍早于师陀。1929年在河南大学读书期间，他发表了处女作《两个孤坟》。[①] 由《两个孤坟》始，姚雪垠开始了他近70年的文学征程。抗战初期发表的短篇小说《差半车麦秸》以及随后创作的中篇《牛全德与红萝卜》，以其真实地反映农民在抗战时期的心态而受到好评。此后发表的《春暖花开的时候》，是姚雪垠在创作题材上富有意义的开拓。新中国成立前姚雪垠创作的最高成就，当属长篇小说《长夜》。《长夜》这部带有自传性质的长篇小说，通过描写一支土匪队伍在豫西南地区的活动，相当深刻地反映了20年代北方农村生活的一个重要侧面。在我国现代文学史上，像《长夜》这样专门描写土匪生活的作品，并不多见。从某种意义上说，《长夜》是在漫漫长夜里中原农民苦难生活的一个缩影，也是姚雪垠此后创作长篇小说《李自成》的实际准备。

[①] 当笔者把姚雪垠在1929年8月9日、10日《河南民报》发表的《两个孤坟》复印件寄给他时，他十分高兴地回信说："谢谢你，你把我从事文学创作活动的时间向前提了两年。"

在艺术上,《长夜》进行了富有创造性的探索。《长夜》的语言质朴自然,清新活泼,是对中原农民口语的提升和点化。在童年和少年时期,姚雪垠一直生活在农民中间。即使在此以后,几十年的颠沛流离,也没有磨去他对故乡活鲜鲜口语的喜爱,以及他对家乡人民的眷恋之情。他回忆说:"河南的土地和人民哺育过我的童年和少年,在青年时代我又在河南留下了活动的足迹。我熟悉河南的历史、生活、风俗、人情、地理环境、人民的语言。提到河南的群众口语,那真是生动、朴素、丰富多彩。"(《为重印〈长夜〉致读者的一封信》)长期对群众语言的学习与追求,特别是在30年代对中原语汇所进行的搜集与编选工作[①],使他真正认识了口语的文学美。他曾经这样描述过自己的心情:"我读过托尔斯泰的传记,这位伟大作家对于故乡农民语言的种种赞美,我完全可以借用来赞美我的父母之邦。"(《我怎样学习语言》)《长夜》的语言,正是作者长期学习群众语言的一个积极成果。

《长夜》也是一幅中原农村生活的风俗画。从人物的称呼到衣着打扮,从农舍的布局到人物的习惯性动作,从儿童的戏耍方式到一系列的风尚习俗,作者不论是粗线条的勾勒,还是细针密线的工笔,都是地地道道河南化的。作品中活跃着的各式各样的人物,他们的声音、容貌,甚至他们的苦乐心情,作者都以当地群众感到亲切的方式展示出来。

从《长夜》到《李自成》,作家的艺术经验有了新的提高和升华。作者在《为重印〈长夜〉致读者的一封信》中说过:《长夜》与《李自成》有着特殊的关系,不仅在语言运用方面两部作品一脉相承,甚至"《李自成》中有些故事和人物",也"可以在《长夜》中找到影子或原形"。作者的声明无疑会鼓励更多的研究者关注《长夜》,以期理解作者从《长夜》到《李自成》的创作发展轨迹。

苏金伞的诗歌创作始于1926年。当时,苏金伞有感于大革命中自己家乡豫东杞睢农民暴动而借用希腊的"拟曲"形式创作《拟拟曲》。[②] 30

[①] 在《我怎样学习语言》一文中,作者说:"大概是一九三四年的夏天,我因为沉重的吐血病离开了北平,路上辗转耽误,到秋末才回到故乡,在故乡的七八个月中,我既不能写作,也不能读书,天天只有睡觉和吃饭。无聊的时候,我随便读一读世界语,或把故乡的口语记录下来。日子久了,搜集的语汇多起来了,便按着编辞书的方法把所搜集的语汇总写在笔记本上,题名为《南阳语汇》。这工作虽然没有做完,但却得了极大益处。"

[②] 《洪水》第2卷第21期,署名苏鹤田。

年代他发表有反映农村生活的《春荒》和表现自己亲身遭遇的《出狱》。①《出狱》中的名句："挟着三年前的旧行囊，/熟识的看守押我出了狱门。/眼前的街，生疏而又悠茫/犹豫着，往北还是往南呢?"朴实而又略带幽默感。这几乎成了这位农民歌者诗歌创作的基本格调。苏金伞的诗歌创作成熟于40年代。他的名作《斑鸠》、《货郎挑》、《农人的脊背》、《破草帽》、《三黑和土地》，均诞生于这一时期。50年代以后，政治生活的不正常使苏金伞的歌喉人为地变哑。临近20世纪最后的年代，苏金伞才又有诗作发表。晚年他虽有《山口》称颂一时，但创作已经显得有些力不从心，诗歌的收获季节已经令人惋惜地逝去。

苏金伞的成功在于他和中原农民的彻头彻尾、彻里彻外的亲近。这是一位现代文学史上真正的农民诗人。他在《苏金伞诗选·自序》中说："我生长在农村，十二岁以前，完全在农村生活，一步也没有离开过家和我的那个小村庄——豫东平原上的一个小小的村庄，只有几十户人家。每一户人家，从老人到婴儿，我都熟……十二岁到县城上高小，十四岁到开封上第一师范，后来又上体专，离家远了。但每逢寒暑假还是要回家的。因此二十二岁以前，我基本上是在农村生活的。"他还说："生活影响了我一生的创作。决定了我写诗的题材主要是农村，连我的写诗的风格，也朴素得像是北方的农村一样……"这是我们解读苏金伞诗作的一把钥匙。他的诗，写的是农村题材，反映的是农民的情绪和心境，运用的是农民的口语，采取的是农民喜欢的艺术表现形式。我们试读《破草帽》："谁都看不起/这破草帽/和戴草帽的人。/遮不住风雨，/遮不住太阳，/却仍然戴在头上。/但它/还另有存在的理由：/晚上盖馍篮，/防备猫来偷嘴；/有时籴半升谷子，没处放，/草帽就当作仓库；或者路上碰到熟人，/坐下闲扯几句空，/帽檐就当了坐垫。"一个不能遮风雨、挡太阳的不起眼的破草帽，诗人在这里却发现了浓浓的诗情。《破草帽》没有特意点明要表现什么，诗的思想和韵味完全浸在作者朴素叙述的本身。作者早期的《春荒》只是一幅画。锅儿、粮囤、驴、蹄声、纺车、荒田、榆钱、柳絮、水萝卜，中原农民最熟悉的这些平凡事物，经过作者的巧妙构思，组成了富有特色的诗句。而诗的末句"路旁的尸骨就一天比一天多了"更是神来之笔。这看似漫不经心的诗句，在读者心头激起的是铅一般沉重的

---

① 《春荒》，《山雨》1935年第1卷第4期；《出狱》，《现代》1934年第5卷第2期。

感情重压。苏金伞的诗，绝少正面表现重大事件、阶级冲突，而是在自己熟悉的日常生活中发现诗意，营造诗的意境。他的《货郎挑》，应该说这是最具中原味的。这首诗不仅再现了40年代初期中原农村的景况，它所揭示的城乡之间巨大的物质和精神差别更是触目惊心。货郎送给农村的是些什么货色呢？"他带来过时的化妆品/褪色的袜子/变黄了的牙粉/和另外一些城市的渣滓/而在乡村却是最最时髦的"。诗人告诉我们，货郎挑"虽然给乡村以支援/但和城市相比/仍然是绝望的赛跑者"。诗人20世纪40年代提出的"绝望的赛跑者"的命题，到了21世纪应该说仍然是一个尖锐的现实话题。苏金伞是一位真正代表农民的诗人。在中国诗坛，这是一位少见的思想深邃的诗人。他的诗作虽然不多，但却会久远地流传。

我用了较多的笔墨叙述师陀、姚雪垠、苏金伞的乡土情结，但是，严格地说，乡土并没有局限师陀、姚雪垠、苏金伞的文学视野。他们来自乡土，又都超越了乡土，在更具有普遍意义的人生层面上思考、感受人生，每个人并不固守自己的乡土体验。他们的流亡、客寓的经历，使他们创作的内涵早已溢出乡土。但是，他们的创作总是和地域文化有着千丝万缕的联系，即使这种联系是潜在的，有时甚至是难以辨认的。他们是为人类写作，为中国写作，当然，同时也是在为乡土写作。

这一时期，其他河南作家在创作上也取得了一定的成就。在解放区作者中，李季的《王贵与李香香》最为引人注目。翻译家、散文家王实味，单是他的《政治家·艺术家》、《野百合花》中所显示的不同凡响的见解，以及那犀利、泼辣的文风，就给文学后来者带来久远的震惊和感悟。商展思、青勃的诗，丰村、葛洛、刘知侠的小说，在艺术上也各有建树。

创作衰微原因初探

以河南为中心的中原文化在20世纪上半叶的衰落是一个不争的事实。然而，衰落原因何在？却是一个极为复杂、需要时间本身来澄清的问题。假如时间又悄悄行进了许多年，问题也许就变得不言自明，而不需要今天的研究者煞费苦心地饶舌。可是，人们是生活于现代的现实主义者，谁也不愿意白等着时间流逝。人们的兴趣总是更关心自身，关心现实。这就是为什么从百年前创刊《河南》的作者起，一代又一代河南人不断反思中原文化的本能的内驱力。

  频繁的战乱使河南始终未能形成较为稳定的创作中心。自古中原就是兵家必争之地。近代以来，更是战火连绵。五四以后的30年，中原地区一直笼罩在战争的乌云之下。20年代河南是军阀混战的主要战场，30年代后期至40年代中期，河南全境又处于日本侵略者的铁蹄之下，40年代后期人民解放军与国民党军队在这里又展开了激烈的争夺战。战争使中原地区的教育和文化设施大都毁于炮火，教育陷于停顿，人民的文化素质普遍下降。逃难和迁徙成为作家战时的主要生存形态。特别是1938—1945年日本侵略者占领时期，中原大地更变成了一片文化沙漠。在20世纪上半叶，开封只是断断续续地作为河南文化中心，出版报刊，研讨创作，短时期内成为河南作家的集中地。但这些文化或文学刊物，多因缺乏经费来源，不仅篇幅短小，而且出版卷期也少，几乎是开张与倒闭并举。加之作家流动性大，作家群或文学流派难以形成，缺乏高质量的作品问世，因而在读者中也没有产生大的影响。青年作者的培养无人问津，又造成了文学发展的后继无人。可以认为，创作主体的生存状态，直接决定着一个地区创作的丰歉。迫于生计，流离失所的作家，根本没有创作鸿篇巨制的现实条件和从容心境。徐玉诺也许就是被困苦生活扼杀的一个天才。鲁迅、周作人都很关心徐玉诺，曾先后询问过徐玉诺的情况。徐玉诺在给周作人复信中，介绍自己的情况时说，五六年来，报纸杂志只字不曾寓目，"近一年来，生活颇觉安稳，略可告慰，实则已驰出奇境，走到绝地"。[①] "走到绝地"四字，是一个有才能然而独行无侣的作者，在当时的社会环境下，对自己的遭际所发出的无可奈何的慨叹！为了谋生，徐玉诺颠沛流离，先后辗转于吉林、厦门、洛阳、淮阳、信阳、曲阜，几于谢绝文坛诸友，已不以一个文学创作者的面貌出现了。

  另一些作家背井离乡则主要是由于政治迫害。20年代末就开始有创作问世的姚雪垠，30年代初就读于河南大学。河南大学不仅在思想上给予姚雪垠一个全新的视野，而且为他以后从事创作和理论研究打下了基础。但是，两年之后，突如其来的政治迫害，使他被迫中断学业。学校以"思想错误，言行荒谬"的罪名将他除名。在此之前，反动军警也曾以

[①] 《语丝》第5卷第3期。

"莫须有"的罪名将他逮捕,因查无实据才被取保释放。①1931年暑假后,他下定决心到北平去寻找自己的文学之路。同样的命运也降落到了作家、历史学家邓拓头上。1937年6月下旬,河南大学开始毕业考试。已是毕业班学生的邓拓,"正当他考完最后一门功课,走出河南大学七号楼(教学楼)北门的时候,一辆警车和几个埋伏的蓝衣社特务早已守候在那里。一出门口,他就被捕了"②。在抗日战争最艰难的岁月里,河南大学被迫迁于青山深处。著名教育家、河南大学文学院院长嵇文甫,不顾困苦,勉力执教,服务桑梓,然竟不为当局所容,于光天化日之下将他投送集中营。如此恶劣的人文环境,是河南文学家星散的一个重要原因。

人文环境的恶劣当然不只是指政治迫害一端。它还包括河南整个学术机构领导人员的指导水平、文化氛围,等等。哲学家冯友兰出走开封的故事可能让人品味再三。1923年,河南大学刚从河南省留学欧美预备学校改为河南中州大学不久,正处于急需延揽人才之际。此时,冯友兰从美国哥伦比亚大学研究院毕业,回中州大学任教,担任中州大学教授兼哲学系主任、文科主任、校评议会成员、图书馆委员会委员等职务。中州大学的主要领导人,一个是校长,另一个是校务主任。校长对外,办一些奔走应酬的事;校务主任对内,处理校内事务。1925年,原来的校务主任离任。冯先生通过一位朋友向校长开诚布公地说:"我刚从国外回来,不能不考虑我的前途。有两个前途可以供我选择:一个是事功,另一个是学术。我在事功方面,抱负不大,我只想办一个很好的大学。中州大学是我们在一起办起来的,我很愿意把办好中州大学作为我的事业。但是我要有一种能够指挥全局的权力,明确地说,就是我想当校务主任。如果你不同意,我就要走学术研究那一条路,我需要到一个学术文化的中心去,我就要离开开封了。"根据冯先生的才能学识,他是完全有能力把中州大学办好的;况且,当时校务主任一职尚无其他人选,然而,校长并没有同意他的要求。1925年冯友兰离开开封。1928年应邀到清华大学任哲学系主任兼任校秘书长,找到了自己的安身立命之地。

历史无法假设。我们当然不能预言冯友兰如果真的把中州大学作为"我的事业"的最终结局。但也完全有这种可能,中州大学学术机构因为

---

① 刘增杰:《文学生命之始——姚雪垠在河南大学》,载《雪垠世界》,中国青年出版社2001年版,第82页。
② 黎辛:《邓拓在开封》,《河南大学学报》2001年第6期。

冯友兰的主持而出现崭新的面貌。中州大学乃至整个河南教育发展缓慢，固然有多方面的因素，但难道和主政者视人才如草芥的这个冯友兰故事没有干系？冯友兰出走的故事，是一个留给后来河南人的具有永恒价值的箴言！

或许这里最缺乏的是对自身的反思。20世纪上半叶作家各自为战，缺乏交流切磋。小有所获，即生一种小农的自足。既缺乏对自身前进的必要反省，更不具备整体反思的条件。创作上作为一个群体在国内一直处于弱势。下半叶自上而下建立了各种组织，各式协会，大门口一个比一个大的招牌并排而立，把个协会大门两边挂得密密匝匝，好生显赫。但也并不表明作家自主意识的强大，而只不过是一种虚张声势的花架子。作家创作，大多俯首听命，严格服从舆论一律。个别勇敢者在艺术上独辟蹊径，往往预后不佳，轻则受斥，重则受到殃及生计的严厉惩戒，终至创作灵气飞逝，心态上的得过且过制造出的是大量缺乏棱角的平庸之作。最近20年中原地区创作大有起色，但底气似仍不足。在自我反思气息比较缺乏的氛围里，报刊上接连袭来的赞扬声，有可能被误会为创作已达理想之地。中原文学要进步，当务之急是真枪实刀地戮戳自己的痛处。一些作者对中原文化的初步反思虽曾使我们惊喜，但反思的声音十分微弱，反思的层面仅限于政治层面，且缺乏对中原文化自身的深入探问。[1]

话还得说回来。缺乏反思不仅是说缺乏对缺陷必要的省察，同时也是指缺乏对一些中原作家人格魅力的积极评价。20世纪河南文学界出现的两位奇人，应该说是中原文化还保留着的生机与活力。这里指的是王实味和姚雪垠。

王实味冤案的平反，使人们对他的品格有了更深层次的理解。在特定的战争环境下，以服从指挥、思想统一为战时体制特征的气氛下，王实味真诚地袒露自己的胸怀，针对自己阵营中的缺陷、特别是文学创作中存在的弊端，他疾恶如仇，大声疾呼，发出了独特的声音。王实味当时的言行虽不乏几分对政治生活的天真幼稚，但我们却看到了一个少年时期受到过中原文化养育的健康性格。由于历史的过错，王实味过早地离开了他所挚爱的营垒。这是20世纪中原文学前进中所付出的沉重代价。姚雪垠一生

---

[1] 苏金伞的诗《反省》，描写了刘少奇在开封"痛苦地结束了他的一生"这一历史悲剧。诗中责问：为什么我们的民族在刘少奇"死去十年竟默不作声？"

多次表达他对故乡的热爱,感激他的父母之邦。父母之邦曾经给予姚雪垠一些什么呢?在我看来,这就是在逆境中奋起、不向命运屈服的硬骨头精神(抗战时期姚雪垠曾作短文《硬骨头》,以励己励人)。在1957年被划为极右派受到全国声讨的日子里,姚雪垠竟雄心暗起,在极端困难的时刻,悄悄地开始了自己新的生命追求。积四十年之奋斗,终于完成了三百万字的巨著《李自成》。如此壮举,真乃天下无二!在王实味和姚雪垠身上,我们看到了深邃的中原文化的精神力量,看到了在中原大地上传统文化蕴含的勃勃生机。

(载《精神中原——20世纪河南文学》,河南大学出版社2002年版)

关于《精神中原》的通信

《精神中原》研究是个大题目。21世纪初，我和王文金先生想多邀请一些中原学人，根据自己的切身体验，从不同的视野，谈谈自己的独特感受。信首先写给孙广举（孙荪）和鲁枢元。广举承担的《文学豫军论》，写信前知道他已接近完成，所以给他的信，除了催稿外，主要评论了他的新作《风中之树》。因为，很有才气的李準，他创作的成功经验与教训，对于河南作者来说，都有着特殊的意义。广举在河南文化、文学研究中贡献甚大，他主编的《河南新文学大系》，以及此后他主持的另一大型项目《中原文化大典》，都是基础性的文化建设，具有长远的价值。鲁枢元的《凝望河南——一种视觉化写作的尝试》是我们期待已久的。信是想让他放开手来写，写给当代人，也留给历史。果然，他没有辜负大家的期待。在回首千年、河洛情思等标题下，他对中原人发出了满怀深情的呼唤：曾经孕育、滋养了儒、道、释三大精神源流，为中国传统文化的生成做出了巨大贡献，"如今的河南人，该如何运用先哲们总结出的生存大智慧"，"来建构自己的文化人格，来塑造自己的当代形象，来创造自己的理想生活呢？"话虽简明，读之却显得紧迫沉重。除孙广举、鲁枢元外，邀约参与此项工作外，还有刘思谦、关爱和、孙先科、解志熙、何向阳、叶鹏、高有鹏、陈继会、俞汝捷、赵福生、杜运通以及一些在读的博士，这里先发表写给广举、枢元的两封短函。

任访秋先生生前和赵道山合著的《百余年来开封文学发展梗概述略》，更是对中原文学百年流变作出的具有个性的宏观把握，值得关心中原文学建设的朋友们一读。

致孙广举（孙荪）

广举：

近来可好？本来想给你打电话，谈谈《精神中原》的事情。

昨天，我在《莽原》上读了《风中之树》，觉得有些话想写信告诉你。大作我只是挑选了一些章节来读，全面来谈势必以偏概全。仅就阅读的篇章来看，可以毫不夸张地说，你获得了完全的成功！应该向你表达一个读者的祝贺，感谢你写活了一个作家，一位读者喜爱他，又为他在较长时间内的"趋时"感到惋惜的作家。

我们相识几十年。应该说，主要的，我还是通过读你的作品了解你的。在早年的作品中，你所表现出的才华，机智，敏锐的对生活、对艺术的感受力，乃至思维的谨严，常使我击节赞叹。不过，读了《风中之树》，感觉似乎又有了一些变化，这就是：你在知人论事中所表现出来的深沉、深度，或者说历史的深度，竟使我凝思良久。你更加成熟了。我指的不仅仅是思想，也包括笔力。这里，少了那种少年意气，多了中年人的洞达。我所说的成功主要也是指的这一点。通过对李準作品的精到解读，《风中之树》向读者原原本本地展现了不可多得的这位中原奇才。李準连同他的创作是一部当代中国的心态史。当年，他的作品给我们带来了多少欢乐和笑声，多少情感的冲动，生命体验的苦涩；如今，它让我们忆起了已逝年代的壮丽，幼稚，以及社会生活空前绝后的畸变。李準的成功与失误，都属于历史的一部分。你诚实的、绘声绘色的描绘，除了带给我们审美愉悦之外，还让我们自省，看到中原人特有的生命力，以及它的痼疾之顽固，顽强，根深蒂固。这些，其意义早已超越了文学自身。

我还想指出的一点是，你的风趣的、娓娓而谈的叙述，是以大量第一手史料、或本人直接与李準晤谈记录为依据的。李準政治的、生活的、文化的、顺境的、逆境的、外在的、内心的、种种生活细节，私房妙语，成全了你，让你铸造出了一个真实的李準。或者换句话说，你的审美创造，源于对作家、对自己、对历史的庄严承担。这和许多主观性过于强烈的传记作者不同，更是对颇为流行的，用"戏说"方式写传风气的反拨。文学家的传记怎样写得有文采，有可读性，耐人咀嚼与回味，《风中之树》可说是别开生面的。我能够触摸到，传记中收藏着你几十年对生活的思索、理解、体悟，一位哲者借传记对中原人生活的指点、揶揄、评说。

就你和作者的私交而言，写李準传你也许并不是最佳人选。你们太熟悉了，熟悉得反而不容易认识他。这正如医生不给家人诊病一样。过分亲密，距离太近，都可能会使人迷眼，走神。可是，总体上说，你保持着一位评论家应有的冷静。做到这一点相当困难。当然，这不是说不需要提醒。一般来说，传记作者要有历史的宽容，要设身处地。但是，任何宽容都不能，也不是一种过度的原谅。相比于别的作家，不能说李準没有他独有的遗憾。这遗憾本身，就是一种李準现象，同样也是一种中原精神现象。

不说了，拉杂地说了这么多闲话，废话。

不时看到文坛消息，知道你实在太忙。《精神中原》中的当代豫军和李準两个部分，不知是否已经竣工？……

暑安

刘增杰
2001 年 8 月 22 日

致鲁枢元

枢元：

一直不知道你云游何方，所以也没有联系。待收到大作，才知道你已经返回海南。时光似是无情物。忽然想到，你已年届中年，快到了在身体上、精神上分一点时光照顾自己的时候了。不安宁的灵魂驱使人进行永无止息的探索，大约也是生态进化的一种形态。但人总要有所喘息。短暂的憩息也是生态的自然需求，请多多珍重！

去年，我和文金开始合编一本叫《精神中原》的书，试想通过对 20 世纪河南作家创作中某些文学现象的思考，梳理中原文化、文学独特生存形态的内在依据。这当然不是我们两个人的力量所能胜任的。于是，就想约请对此问题有兴趣的人士（主要是年轻人）共同完成。通过对某个作家创作具体特征的剖析，合起来给读者带来一些整体的感性认识。说到底，认识中原，还是首先要中原人来自己认识自己。认识自己是自救的开始。否则，仍将是无底般的沉沦。这用意表面上看是相当崇高的，但实际也只是一种个人兴趣。解放中原人也要靠历史。这本书，希望能在明年校庆前出版，作为校庆活动的一个小小的插曲。

现在说到正题。这封信是向你约稿。除却个人性格因素之外，你有着20世纪一部分中原人的普遍性特征：第一，如前所述，你有着某些中原文化人不安宁的灵魂。冯友兰、姚雪垠、白桦均是如此，这也许是历史积淀、文化基因使然。这些人做事虔诚，在木讷的外表下，有着一种永不满足的渴求，奋斗不息的毅力。他们先后飞离中原，栖息四方。他们打心底不服气，不相信中原人比别人短了什么。对于某些投来的轻视中原人的目光，常常暗生报复之心。对于那些常见的在文娱节目中以中原人的愚蠢为取笑对象的浅陋表演，他们更报之以轻蔑。他们也并不护短。对中原人不思进取的陋习他们刻骨铭心。他们远离家乡，对于中原，他们一直受着爱恨交织的痛苦的熬煎。他们个人的事业往往会做得蒸蒸日上，这一方面可能是为了生存；潜在的，也可能是为了向世人证明：中原人也行！

第二，相对来说，身处异地，他们和中原拉开了地理的、情感的距离。新的社会生态参照系，使他们比之一直泡在中原的学人，对中原的优长、劣迹，看得更清楚，理解得更透彻，因而也更有发言权。

这就是向你约稿的主要理由。当然，也有别的因素，作为挚友，共同来做一件事，也是一种纪念，一种给未来的回忆留下的一份甜蜜。

你写什么呢？我建议：最好是我心目中的中原文化或文学一类的内容。好坏优劣，天上地下，家国大事，个人琐细，都行。这本书当然是给时下人写的，但也可能是一个寓言，留给后来人的一个提醒：记录20世纪中原人新的"天真与经验之歌"。文学有地域，创作和研究永远无边界。

生性钝懒，照片洗得迟了，今奉上。
即颂
著祺

刘增杰
2001年8月24日

虚词务去　个性必张

　　这一组短文①既是博士生学位课程实践课的习作，也是一种学术追求的起步。

　　研究生在校期间的学术实践，既可以目光宏阔，着眼于重大学术课题的攻关；也不妨关注身边的带有某些地域特色的学术现象，并由此阶梯攀缘而进，直至抵达学术佳境。何况，地域文学研究的疆界从来就是开放的，它永远和画地为牢的自我封闭无缘。从地域文学的视角解读学人，考察学术，最终又脱离地域的局限，进入气象宽广生动的层面，有可能获得意想不到的学术创获。基于此，我们组织这几位青年学者，各选适宜的切入点，用笔谈的形式，对七位当代河南学人，做尝试性的阐释。

　　进入20世纪的河南学术，和整个文化景况一样，社会的剧烈动荡特别不适宜学术的生长，造成了学人四处星散的局面。但如果做宽泛的理解，把原来在河南从事学术研究，后来迁徙外地的学人，以及各个时期曾来河南从事学术工作的学人计算在内，河南的学术研究遗产也还是较为丰厚的。早在20世纪初，河南学人就在日本东京创办综合性刊物《豫报》、《河南》等杂志，除了在政治上鼓吹民主主义思想外，还发表了一批颇有见地的学术论文。如《豫省语言变迁考》、《豫省近世学派考》、《论豫省古今地势之变迁》等，都可以看作是20世纪河南学人推出的第一批研究成果。五四之后，著名哲学家冯友兰、嵇文甫、赵纪彬，历史学家范文

---

① "这一组短文"，指河南大学文学院当时在读的七位现当代文学博士研究生沈红芳、傅书华、张兵娟、傅建舟、李楠、李仰智、李少咏，按照我的建议，分别对刘思谦、鲁枢元、孙广举、关爱和、沈卫威、陈继会、何向阳等评论家所写的短评。这些文章后来收入《精神中原》一书河南当代学人笔谈专栏。《虚词务去个性必张》是我为专栏写的导语。

澜、尹达、孙作云、孙海波，文学史家李嘉言、万曼、张长弓、栾星，小说家兼文学史研究家冯沅君、姚雪垠，文字学家朱芳圃、于安澜，以及以创办《猛进》周刊而知名的北京大学哲学教授徐旭生，为研究河南近代历史潜心整理《中州先哲传》、《中州诗征》等127卷的中州文献征集处总编辑李敏修，等等，其在学术研究中的沉稳和扎实，眼光的新颖和犀利，堪称河南后学之楷模。当代河南学人相率而出，学术成就虽光彩不一，其数量之众则已远远超出20世纪上半叶，他们同样是20世纪豫省的学术积累。

严格地讲，对上述学人的研究目前还尚未提到日程上来。"河南当代学人笔谈"也许可以算是一个不起眼的起步。按我们的设想，研究的步骤应是：由近及远，即先当代而后现代、近代；由小而大，即先尝试撰写短文，然后经过必要的学术准备，写出较有创见的学人专题研究；先个体后整体，积少成多，由点到面，终至能够彰明源流，梳理出中原学术若明若暗的演进轨迹。此项工程当非一日之功。认真地做起来，既需必要的学术积累，更需要清明指导者的运筹在胸。

这些青年学者评论的对象，多是他们的前辈或业师。在写作中，我们有针对性地提出了"虚词务去，个性必张"的基本要求。虚词务去，说的是要规范研究学风。学人研究不是为先贤立传，而是要以平等的心态，挑剔的学术眼光，客观、冷静地对传主进行审视。拒绝空话连篇，大而无当的空疏学风，抵制学术界颂歌高唱、人为"炒作"的恶习。

个性必张，则指的是短论要突出研究对象的学术个性，即把他们放在20世纪学术发展进程中，谛听他们独特的学术之声，体察他们为建构自己原创性学术空间所进行的不懈努力，触摸在这一进程中他们内心所经受的欢乐与苦痛，以及他们研究中出现某些失误的深层根源。这当然不是一篇短文所能完成的，但却是每位作者向往的学术前景。

老一辈的豫籍学人用他们的行动，为我们提供了从事学人研究的动力。我想起了河南大学文学院的开创者、哲学大师冯友兰先生。终生致力于中国哲学史研究的冯友兰，正如有的学者所指出的，他的学术创作的动力，学术的生命正是来源于中华民族五千年的文化承传，他的学术韧性和百折不回的执着精神，也正是来源于对中华文化承传的使命感，这使一位从85岁至95岁的老人，竟用十年的时间写出约一百五十万字的中国哲学史，这在古今中外的历史上也是极为罕见的。承继冯先生的这种学术韧性，河南的后生小子还有什么事情不能做到呢？①

（载《精神中原——20世纪河南文学》，河南大学出版社2002年版）

---

① 河南大学现当代文学学科重视地域文化、文学研究的学术个性，受到了学者的肯定。钱理群说："让我深思的，还有刘增杰先生关于如何重建'精神中原'的思考。我最有感触的有三个关键词。一是'自尊'。刘先生谈到河南人有一种'不服气'的心态，他们不能忍受'某些投来的轻视中原人的目光'，要用行动证明：'中原人也行'。在我看来，这就是一种'文化自信'。但'他们也并不护短'，于是，又有了第二个关键词：'反省'。他在许多文章里，都反复追问：是什么'潜在因素'制约着河南文学、学术取得更大成就？他因此一再谈及'中原人不思进取的陋习'，'它的痼疾之顽固，顽强，根深蒂固'，因而饱受'爱恨交织的熬煎'和持续的焦虑。他还说，'认识自己是自救的开始'唯有经过文化自省，才能达到真正的文化自觉。第三，有了文化自觉与自信，还需要有'学术韧性'。他正是在河南大学文学院的开创者冯友兰先生那里发现了这样的'百折不回'的执着精神。这些论述对于讨论如何继承发扬河南大学学术传统，应该说是极具启发性的。"《任访秋先生对现代文学研究的历史贡献——兼谈刘增杰和河南大学文学院学术团队与传统》，《中国现代文学研究丛刊》2014年第1期。

走进中原学术的桥梁

——由郎焕文编《历代中州名人存书版本录》说开去

国内学界注目的《历代中州名人存书版本录》，经郎焕文等人倾十数年之功，终于编就面世，这实在是一件值得庆贺的事。

中州文化圈（中原文化圈）是一个历史的概念。在先秦时期，中州地区作为中华文明的摇篮，其特异的光彩向四周辐射。汉唐时期，中州文化仍带有本土文化中心地区的色彩，东与齐鲁文化、南与楚文化、北与燕赵文化、西北与三晋文化相映生辉。南宋之后，虽然由于战乱频仍，文化南移，但中州文化仍然保有其鲜明的地域文化特色。研究中州文化，不仅可以认识从远古到现代的中州物产资源、精神资源的特征与变迁，洞悉中州风俗民情的演进、审美意向的嬗变，而且，也可以直接感受到生气灌注的中华文化的博大精深，鼓舞起人们建设新生活的巨大热情。

然而，中州文化研究中面临的最大一个困难，是史料与线索的匮乏。由于年代久远，又加上天灾战乱，中州文献散失严重，有的名家著作已佚，即使一部分尚存，也不清楚见于何书、有多少版本等，一般读者和研究者查询起来，在浩如烟海的史料面前，往往如堕五里雾中，劳神费时，事倍功半。《历代中州名人存书版本录》的出版，首次为研究者提供了较为系统的目录索引，且详细列出了史料收藏的处所。对于研究者来说，这无疑是配备了一把打开中州文化之门的钥匙。本书像一位渊博的文化导游，能够指引对中州文化感兴趣的文化游人，自由地走进中州文化，品味这一文化多姿多彩的丰富内涵。我们感谢编者为中州文化爱好者、研究者及时地贡献出了这样用力最勤、网罗宏富的好书，我们更欣赏中州古籍出版社编者独具的眼力和远见。

《历代中州名人存书版本录》（以下简称《版本录》），受到了著名文史专家于安澜教授的高度评价。于先生在为该书所作的序文中说，"前日刘君增杰来舍，转来郎焕文等新编《历代中州名人存书版本录》数厚册，披览一过，知其用力之勤、网罗之富，于历代名家之著述划分时代、地区依次排列，凡一书有数种刊本者尽行列入。凡欲寻求某家，就此而检查之尽归掌握，给读者考索之便，从来未之有也。予老矣，对于本省文献，所知太少，更于各朝代、各地区之名著，多未曾阅览，今披此编，如入郇厨，饱饫而归，虽无此眼福。相信此书行世，定能引进读者，多所收获，更发扬中州学术于无穷，将来学术日趋专精，此书将为中原学术之桥梁，增加光辉。"序中所云："此书将为中原学术之桥梁"的概括，可谓一语中的，揭示出了是书真正的学术价值。

如果说《版本录》是研究者走进中原学术的桥梁；那么，郎君目前完成的《中原文化资源调查与价值评估——典籍卷》（以下简称《典籍卷》），则是他对中原文化研究的另一个独特贡献，也可以说是《版本录》研究的自然延伸。

《典籍卷》的学术价值是多方面的。

首先是它的实用性。郎君曾经怀着敬畏的心情感叹：中原文化源远流长，著述丰富，在浩如烟海的古籍中去查找资料谈何容易！他们自己给自己提出的问题是："古代中州人物有多少？有著述的人又有多少？他们的著述存在于今又有哪些？他们的现存书籍存于何处？又有何种版本和馆藏？"他认为，这正是摆在中原文化研究者、中国古代文献研究者面前难以逾越的"拦路虎"。郎焕文们的学术指向，有着传统经世致用思想的追求，有着明确的现实针对性。经过他们学术团队旷日持久的辛劳，终于进一步摸清了中原典籍的家底。他们如数家珍般为读者提供了一长串数字：从先秦至清末，中原学人有：先秦 37 人，两汉 41 人，三国晋 51 人，南北朝 37 人，隋唐五代 115 人，两宋 81 人，金元 46 人，明代 246 人，清代 935 人，共 1841 人。中原典籍条目，按四库全书体例，经部典籍 2798 个条目，史部典籍 3263 个条目，子部典籍 5316 个条目，集部典籍 5965 个条目，还有附录 17315 个条目。这几组数字的背后，反映了历代中原学人在中华文化发展中所做出的重大贡献。中原天地英华所聚，卓然不可磨灭。《典籍卷》每条条目之后，还详细地列出了文献的收藏地，为读者检索、阅读提供了便利，免除了盲目走南闯北，大海捞针之苦。

其次，《典籍卷》仿四库全书体例，按照经史子集四部类次编排，自有其深刻的学术理念。《四库全书》是清代中叶纂修的一部巨型官书。经部收录儒家经典及注释阐述经典的书籍，史部收录各种体裁的历史书、地理书及目录书，子部收录先秦以来诸子百家的著作和释道宗教的著作，集部收录诗文集及文艺评论、词曲方面的著作。该书每一大类又分若干小类，比较复杂的小类又细分子目，反映了中国古代图书的分类特征。《四库全书》纂修时虽然怀着"寓禁于征"的目的，但它终是中国历代文献的一次总的结集，有发凡起例之功，学术影响深远。《典籍卷》循《四库全书》体例编纂自是对这部巨著的尊重与传承。在具体操作中，编者也有其独特的设想。如经部依易类、礼类、春秋类、四书类、小学类编排，眉目清晰，且在经部的结束处还有要言不烦的小结，颇有点睛之妙："中原经学史上名家辈出，成就辉煌。从先秦子夏、汉代许慎、京房、郑兴、郑众父子、魏晋的何晏、王弼、范宁，到宋代程颢、程颐，元代许衡等，他们在中国经学发展的各阶段，分别做出了重要的贡献，成为传统经学的奠基者，在中国经学史上占有重要地位。他们在遍注群经的学术活动中，或辩解排难、考证训释，或精心校勘、辑佚补阙，或有标新立异之举，或有发凡起例之功；各具特色，异彩纷呈。他们为中国古代文化输入了宝贵的思想资源，为儒家建立了强大的理论体系，提供了重要的文本。"

史部的编排也有自己的特色。先有总述，次按纪传、编年、杂史、地理、目录类五类编排。纪传类又分三种情况介绍。如中原人独撰的有《汉书》、《南史》、《北史》；合撰的有《隋书》、《旧唐书》、《新唐书》、《旧五代史》；参加撰修的有《晋书》、《金史》，既方便实用，又突出了中原人在史部研究中的具体贡献。史学家王鸣盛《十七史商榷》卷七说，"凡读书最切要者，目录之学。目录明，方可读书，不明，终是乱读。"郎君和他们的学术群体，几十年来广征资料，编就的这部《典籍卷》，其在目录学建设上的学术价值不言自明。

第三，实际上，《典籍卷》也是一部进行爱中国、爱中原的思想教育教材。正如中原文化研究者于友先所说："一部二十五史，绝大部分是人物传记，而中州人物见于二十五史的，有事迹可查的不下五千人。"又说："晋朝曾有'天下名人，中州过半'的说法。这一点也不言过其实，单是两汉官至相位的，中州人就占绝大多数。这在其他各省是不多见的。"（《中州历史人物辞典·序》）。这部著作所点燃起的，是现代中原人的自信、自励和进一步建设中华文明的强烈责任感。

对于中原珍贵文化遗产的整理研究和发扬，是包括中原学人在内的整个中华学人的责任。认真地说，郎君的工作还是初步的基础性的工作。《典籍卷》本身同样需要进一步的丰富与校正，人们期待着他们不断有新的成果面世。

末了，我还想从细节上说几句郎君，以为中原文化的传承留下一朵小小的花絮。自中学而大学，我与郎君一直受学同门，彼此相知甚深。郎君为人忠厚、质朴、笃信，古道热肠。在现代生活环境下，虽然他自己可用的人际资源有限，但只要友人向他提出要求，他总会设法全力相助。一心助人助到底。有人笑他近于痴愚，我也并不完全赞赏他的"多事"，可内心深处却往往受其震撼，认为这乃是中原人善良天性的现代呈现。同窗之间，有时大家见面，偶见他仍保留某些原始的习惯性动作，言语上就免不了和他戏耍几句，活跃气氛，内心却又对他多了几分亲近。

进行史料整理这样巨大而繁重的工作，无名无利，默默无闻，郎君却一坐冷板凳就是几十年。从中年直到八十岁高龄，他仍在用昏花的老眼一字一句地辨析摘录，精心校勘。我常想，像这样一位以苦作乐的郎君，同辈人中能有几人？对我来说，这篇浅薄的文字与其说是书评，不如看作是对郎君奋斗精神的礼赞。现代中原人正在扬眉吐气地经历着历史性的跨越。愿郎君的流动着中原文化血脉的著作，能够为人们开拓出新的学术研究空间。

（载《河南日报》2000年3月25日，后对内容作了扩展，题目也由《中州文化的导游》改成了今天的题目）

学术自述

路　上
——我的学术经历

岁月匆匆。如果把大学毕业看作从事学术研究的起点，转眼之间，我已在这条路上行走了五十多个年头。几十年的学术途路并不平静，伴随我前行的是风风雨雨，花开花谢。回首往事，不免怅然，千头万绪，动笔踟蹰。时光毫不留情地否决了我生命中的苟且，凸显了研究和思考中的失误和残缺。在学术自省中，我重新回味到了跋涉中的苦涩，灵魂自我拷问的痛苦，以及涌动在心头的些许愉悦。

一条自省之路

文学研究的路实际上是一条自省的路。自我省察的程度往往直接决定着研究所可能达到的思想力度。在一篇讨论中国百年学人精神裂变过程的文字里，我对第四代学人的精神状貌做过这样的概括：20世纪50—60年代走进研究领域的研究者属于多灾多难的第四代。政治化倾向的强化，由于最宝贵的时间被浪费于没完没了的政治批判运动的争吵之中，他们的知识同前三代知识者相比，显得十分片面和贫乏，并伴有浓厚的教条气息。进入中年之后，社会生活的巨变，研究条件的初步改善，使他们不知疲倦地用生命来弥补已经失去的机会。他们的人品和文品带有时代的悲剧性。知识的先天性贫血使他们的学术成就算不上杰出，但也平实厚重，决非投机取巧之作。直至20世纪80年代中期，他们虽力不胜任，但仍然责无旁贷地担当着现代文学研究的中坚角色。[①]

[①] 刘增杰：《云起云飞——20世纪中国文学思潮研究透视》，上海文艺出版社1997年版，第7—8页。

对第四代研究者的描述，实际上也是一幅自画像。片面、贫乏、教条气息，在我当时的研究中并不少见。不说"文化大革命"以前和"文化大革命"中撰写的趋时之文，即使"文化大革命"结束后一段时间内所写的文字，例如，1978年发表的"关于一九一七年文学革命性质问题的质疑"[①]一文，今天重读就格外刺眼，我惊异于自己行文的简单化和思考问题的幼稚。文章的最用力处依然不外是引用领袖言论，证明"这是关于'五四'前后文化性质问题的历史结论，也是关于'五四'前后文学革命性质问题的历史结论。"在此后撰写的带有自我反省性质的文字里，我把这种现象概括为"心理惰性"。指出：心理惰性一旦形成，往往使研究者保持长期不变的文化心理定式，如果某位文学大师或别的什么大师有言在先，他就认为只能理所当然地一呼百应，人云亦云，不敢越雷池一步，不敢在新的现实面前做出新的结论。这种惰性心理患者，总认为大师早已穷尽了真理，自己充其量只不过战战兢兢地担任"注经者"的角色。这种心理定式，使研究者在精神上停滞了，麻木了，呆板了，沉闷了，迟缓了，以致任何来自外部世界的刺激，与自己原有模式不相符合的新思想、新语言、新格局，都会被视为异端，而在传统文化心理定式与认识思维机制所共同构成的封闭性结构内部，引起高度的排他性、保守的防御性反应。这样，研究模式的僵化危机视而不见，万古不变的老一套的研究方法，年复一年、日复一日地在旧的矩阵中排演。长此下去，非但不能摆脱研究困境，反而会诱发人们产生虚假的安适感，以及建筑在幻觉基础上的自我陶醉。[②]

实践证明，学术反思不是一两次可以完成的。这是一条漫长的自省之路。在痛苦的反思、自我诘问过程中，我曾经不断地向自己发问：如果研究的全部价值，竟只是为了证明大师的言论如何正确，或大师批判过的人物如何万劫不复，永世不得翻身，而自己在研究中却完全失语，这岂不是生命毫无意义的损耗？况且，当时认为有大师的言论支撑，自己已经真理在手，掌握了"规律"；其实，过了几年（有时过了几个月）回过头来看，随着政治形势的变化，那些规律、法则多数似是而非，有的则因过紧地拴在政治车轮上而成了笑柄。寻找规律的思维定式，反映在文学研究

---

① 刘增杰：《关于一九一七年文学革命性质问题的质疑》，《开封师院学报》1978年第6期。

② 刘增杰：《文学的潮汐》，河南人民出版社1992年版，第78页。

上，就是过分强调发展的有序性，幻想把纷繁多变的思潮流派发展简化为一条清晰明白的线索，唯一的发展线索，给自己规定了事实上永远无法实现的任务。这种过分的理性意识、所谓的责任感，给研究带来了直奔主题的倾向，并可能使文学研究落入陷阱：研究者为了自己主观上设定的先验的规律，有意无意地剪裁历史事实，并诱使自己的研究离开了文学的本体。

多年反思的实践告诉我，一个具有独立品格的研究者，当务之急应该是学会自己走路，从而获得发现的敏感。

走自己的路

学术研究是最个性化的理论活动。在学术研究领域走自己的路，首先意味着文学观念的调整，走出先验的、仆从的研究困境，还研究者一个个体心灵自由的世界。这就是说，研究不是从概念出发，不是从既定的理论出发，而是从生活出发，从自己阅读的真实感受出发，从当时文学生存的原始状态出发，回到原初，从而使僵滞的思维被激活，独立的学术品格得以确立。经过对自己学术研究的不断反省，20世纪80年代中期之后，我的研究质量的提升虽然仍显缓慢，但在四个领域还是开始发出了属于自己的学术声音。枯燥的言说总是显得艰涩而沉重，浮现在我眼前的竟是几个鲜活的生命故事。

一是解放区文学研究。

对我来说，研究解放区文学虽然似乎是偶然涉足，但也许是一种历史宿命。1959—1960年，我在北京大学中文系进研班学习。说是进研班，实际上我属于进修教师班；严家炎、胡经之等则是正规军，属于研究生班。不过，一段时间内，两个班混在一起生活、学习、劳动、参加运动也是事实。当时大家都师从王瑶先生。授课的还有杨晦先生、章川岛先生。即使在劳动、运动成风（进研班的每位成员都安排在北京大学新建物理楼义务劳动三个多月）的氛围下，我却仍然感受到北大名师身上潜存强烈的学术坚守。耳濡目染，自己也逐渐滋生一种跑书店翻旧书的渴望。每到星期天，我总喜欢独自一个人从海淀乘坐332公交汽车到动物园，下车后再转车到前门或西单（往返车票只需付4毛钱），逛旧书店，在街上漫无目的地漫游。那时候，我在河南名义上已经是讲师，混名于高级知识分子行列，月工资74元，高于助教两级了。但每月花钱仍然捉襟见肘，入不敷出，能用于购书的钱实在少得可怜。所以，逛书店，多是逛逛，过过翻书瘾，很少舍得掏腰包买书。一次，在一家旧书店的角落里，我发现书架的顶层，竟存放着一套新华书店1949年5月出版的中国人民文艺丛书，多达三四十册。每本书都比较薄。浅黄色或浅蓝色的封面上，套有解放区军民欢庆胜利的行进队伍。扛旗打头的农民，头裹毛巾，脚穿布鞋，阔步前进。旗帜上醒目地写着"打倒反"字样。"打倒反"后边的字被飘扬的旗帜掩盖着。紧接着是一位同样头裹毛巾的骑马英雄。队伍浩浩荡荡，曲折蜿蜒，占据了整个封面。图案反映了特定时代的审美风尚。我在心里计算了一下，书很便宜，每本合四五分钱。一下决心，当即买下。这也许是我和解放区文学的首次结缘。事情又过去了许多年。1979年秋天，中国社会科学院文学所的领导陈荒煤、许觉民诸位先生，以及王瑶先生，邀集部分现代文学研究者在黄山开会，商讨编辑、出版《中国现代文学运动、论争、社团资料丛书》事宜。我应邀出席会议，并在会上作了发言（后被推选为《中国现代作家作品研究资料丛书》编委）。我认领的是一些小的项目，如《师陀研究资料》、《绿原研究资料》等。不料，编委会却建议：由河南大学中文系承担解放区文学项目《抗日战争时期延安及各抗日民主根据地文学运动资料》的编选任务。我知道完成课题的难度大，一是资料散佚各地，搜集不易；二是解放区文学研究过于冷落与沉寂。王瑶先生看出了我的顾虑，一直做我的工作。最终还是把我说动了，就把任务承担了下来。

接着是课题组六位成员天南海北的奔波。赵明、谢励武两位先生当时已经双鬓微白，也仍然和其他成员一样风餐露宿，伏案抄录。大家足迹遍及北京、天津、上海、南京、西安、延安、太原、兴县、长治、石家庄、郑州、济南、曲阜，几乎跑了大半个中国。一次，因为实在太劳累，在代我排队买饭时，王文金先生体力不支，竟晕了好一阵才缓过气来。就这样，经过三年的紧张工作，我们终于完成了既定的编选任务。丛书编委会负责审稿的是王瑶、徐迺翔先生。王瑶先生在不很长的时间内，就写了长达数千字的审稿意见，对我们的工作赞许有加。他还特别肯定当时出版这部史料的特定意义。1983年，多达一百三十万字的解放区文学资料开始和读者见面。书出版后，我们的心情实际上很复杂，既有师友合作的温馨和兴奋，同时，由于把关不严，书的印刷质量不理想，错字较多，这又使我们常常扼腕叹息。但即便如此，书的出版还是激起了我们的研究热情。1988年，我主编的《中国解放区文史》① 出版。和当时流行的对解放区文学的描述不同，我在《中国解放区文学史》一书中，第一次梳理出了解放区文学思想论争的线索，鲜明地指出存在的三个问题：第一，在艰苦的战争环境下，对一些作品的缺点看得过于严重了，批评得过于严厉了；第二，在论述某些文学论争时，存在着以偏概全的现象，许多有创见的观点得到了漠视；第三，一些文学论争在解放区文学发展过程中产生过较大的影响，解放后却回避了对他们的正面评价。上述研究，动摇了延续多年的对解放区文学论争一味肯定、同声赞扬的基本格局。我还指出，构成解放区文学研究日益冷落与沉寂的局面，有着极为复杂的诸多层面。单从研究本身看，冷落局面的形成，不能说和读者对于研究现状的不满意没有关系。应该说，研究中对解放区文学不适当地贬抑和一味颂扬这两种极端的倾向，它的直接结果是导致了部分读者对解放区文学的漠不关心。解放初期研究工作所取得的成绩是人所公认的，但研究工作中的缺陷也有目共睹。如我在前文中所指出的那样，某些研究不是从创作实践引出新的结论，而是根据既定的理论，从创作上寻找例证。创作实践的全部丰富性，被抽象概括在几条千人一腔的既定模式里。这当然会损害读者对解放区文学的信任感、崇敬感。另外，一些研究则流露出对整个解放区文学不值一看的轻率态度。他们轻视解放区文学创作和文学批评的积累，没有进行艰苦的大量的阅读和思索，不体察解放区文学特殊的生存环境，生吞活剥地用某种西方理论来硬套丰富的文学现象，只凭印象任意发挥，从而得出耸人听闻的断语，也很难进入研究的堂奥。

对于我的解放区文学研究，时时袭来的也有不可名状的苦涩。一次，在南方召开的解放区文学研究会上，我在发言中为一位受过批判的延安作家说了几句话，不料会后有人告诉我，你的发言如果写成文章发表，就要有人写文章来批。我生性不吃硬，会后就偏偏写了文章，果然批判文章也印在了这本论文集里。另一次，在山东开解放区文学研讨会，我因事未出席，竟有人又在会上窃窃私议，说刘某犯了大错误，学校不准他外出了，等等。会上，既有人仔细地把《中国解放区文学史》讲缺点的部分专门

---

① 刘增杰主编：《中国解放区文学史》，河南大学出版社1988年版。

摘出，以证明刘某的心怀叵测；会后，某学术机构又专门派员到河南大学调查刘某言行（他们走后，连学校党委书记也对我说，他们做得太过分了）。忍无可忍，在随后出版的一部解放区文学著作中，我情不自禁地刺了他们几句，算作回应："对解放区文学真正的理解，体现于建立严肃的历史意识，确立史家的公正与自信，而不是对于某些前进中的缺陷讳莫如深。前几年由我主编，赵明、文金先生参与部分撰稿的《中国解放区文学史》出版后，曾经有位好心的先生把书中凡是讲到局限与不足的地方，全部细心摘出，开列清单，巧妙编排，皇皇数千言，以期证明该书错误的严重。诚然，书中我写的那部分书稿也许会有不少缺点的，甚至也可能有错误。我过去、现在、将来都欢迎展开讨论和争鸣。但是，上述做法我是不敢苟同的。断章取义、罗织罪状；或听风是雨，满目'敌情'，把真知斥为异端，把不同见解诬为谬论，毒化学术讨论空气，必欲置论敌于死地而后快，等等，此种文风曾经使我们的民族，我们的学术研究，付出了血的代价。学术研究就是学术研究。研究者的心思用在非学术上，以图从别人学术研究中捞取学术以外的收获，则会把我们的整个研究工作扭曲。当然，任何人也不可低估全国研究者的眼光和史识。文化环境的改善，使这样的摘抄最后竟无法派到用场"。（《迟到的探询》前记）

我认识到，研究只有切入当时解放区群众的生存状态，切入解放区文学创作与论争原初的存在，触摸到当时作家的心灵深处，才能使研究日益接近理论形态。近几年来，我认真地考察了20世纪九十年代解放区文学研究的状貌。并展开了对解放区另类作品的研究[①]，系统研究了解放区文学中思想上带有异端色彩的作品、描写城市生活的作品以及某些题材独特的作品。我认为，这三类作品是世俗的，但并不媚俗。作者坚持知识分子卓然特立的文化批判立场，在叙事作品中，不满足于平面的描写人物的生活经历、典型事迹，而是着力去发掘人性的美质或缺憾；不是仅仅从政治层面，而是着重从精神层面拷问人物的灵魂。另类文学中的部分作品，有飞扬于辞章中的生命激情，有一种大时代的苦难之美，写出了人们在困难、苦难中的思索、奋起，揭示出了苦难深处的生命意义，从而指向了崇高和悲壮。我还初步揭示了解放区另类作品长期被遮蔽的社会因素、文学

[①] 刘增杰：《静悄悄地行进——论20世纪90年代的解放区文学研究》，《文学评论》2002年第6期。

因素，使沉潜良久的不同声音终于浮出水面。解放区另类作品研究得到了研究者的积极评价。《文学评论·编后记》中说："近年来中国解放区文学研究波澜不兴，鲜有突破性的成果，刘增杰的对解放区文学中另类作品的考察文章，使人耳目一新，观点鲜明又切实妥帖。"①

二是地域文学研究。

地域是人类的空间组合。特定的地域，有着人类独特的活动形态，独特的文化传播方向，独特的行为系统，给文化、文学打下了地域印记，给作家的人生哲学、审美情趣、艺术思维方式、题材选择、语言运用以深刻的影响。地域的印记虽然随着文化交会、交融的频繁而有所淡化，但它却一直是现代文学研究中一个无法回避的主题。从20世纪70年代末，我开始关注河南文学发展的历史与现状，企盼对自己生存的文化环境有更深刻的理解与把握。第一个成果便是1981年由河南人民出版社出版的《鲁迅与河南》。在这个带有史料性的小册子里，举凡鲁迅与河南报刊，鲁迅与曹靖华、冯沅君、徐玉诺、尚钺、刘岘、翟永坤、徐旭生等师友的交往以及鲁迅与南阳石刻画像，与河南地方特产等，均有较详细的考释和叙述。任访秋师在《鲁迅与河南》序中说，"《鲁迅与河南》这部书，对史实详加稽考，对事理深入分析，平实审慎，细大不捐"。先生对学生的评价虽属奖掖，但也的确道出了我致力学术一贯遵循的基本原则。稍后，北京出版社出版的《师陀研究资料》，虽然是中国社科院文学所统一规划的中国现代作家作品研究丛书项目，但对我来说，编这本书的初衷，却仍然是想从地域文化的视角，通过对师陀的个案研究，获取有关河南文化、文学发展的丰富信息，对中原文化深厚的历史内涵从精神上有所接近，有所吸纳。《师陀研究资料》的出版，果然强化了我对师陀的研究兴趣。2004年，由我编校的《师陀全集》（5卷8册）终于面世。在当年举行的中国现当代文学文献问题学术研讨会上，《师陀全集》成为会议讨论的热门话题之一，《中国现代文学研究丛刊》、《新文学史料》，也随后开辟了师陀研究专栏，对师陀研究起到积极的推动作用。

上述研究还使我体会到：在地域文学研究中走自己的路，同样意味着必须面对世俗的挑战，拒绝挥之不去的所谓爱乡情结、把地域文学研究作

---

① 刘增杰：《一个被遮蔽的文学世界——解放区另类作品考察》，《文学评论》2003年第6期。

为抒发怀念故土的载体，一味地歌之咏之；而应该采取严正的理性审视态度，提高地域文学研究的科学性。其实，最早触发我对地域文化研究兴趣的，是读了补天的《豫报弁言》中让人撕心裂肺的一段话。弁言说："河南地居中央，夙无外警，其开化之迟钝，理有固然，何能怪我父老兄弟？时至今日，局势忽变，而犹持此冷静之态度，冀享太平之庸福，吾恐我父老兄弟将终于不见外警而已死期之到头矣。"（《豫报》1906年第1期）这段话深深地刺痛了我。在河南文学研究中，特别是在近年我主编的《精神中原》一书中，我曾经反复思考过一个尖锐的现实问题：近代以来河南文学为什么被边缘化？在"中原文学创作衰微原因初辩"的专题研究中，我以哲学家、文学研究家冯友兰先生1925年出走中州大学（今河南大学）为例，指出：除了战乱、贫困人所共知的因素之外，人文环境的恶劣，同样是制约创作繁荣、学术发展的重要因素。我在该文中说，"中原文学要进步，当务之急是真枪实刀地戳戳自己的痛处"，作家创作不能"小有所获，即生一种小农的自足"。我还对管理体制滞后提出了自己的看法："作家创作，大多俯首听命，严格遵从舆论一律，个别勇敢者在艺术上独辟蹊径，往往预后不佳，轻则受斥，重则受到殃及生计的严厉惩戒，终至创作灵气飞逝。"在一篇题为《黄河风》的学术散文中，我对属于中原、属于中国，同时也属于全人类的黄河的感悟中，写下了最接近自己心灵的一段文字："黄河荡涤着自身的一切污秽浊物而得以永葆青春；同时它也铸造着子孙的灵魂。就后者而言，黄河更像是一位永不疲倦的人类精神解救师。每次到黄河来，我的灵魂似乎都能够受到程度不同的净化。黄河让我浮躁的心获得安宁；让我理解什么叫作大气、包容。生有涯而知无涯。比起黄河，我们知道什么？黄河在无限的时空里滋润万物而无声无息。而我们却热衷于追名逐利放纵自我；小有成功，就高高地昂起头来，竟至浅薄得狂妄、嚣张、专横。感悟黄河，才会感到自己的渺小、怯懦，微不足道。黄河，它让不知道该怎样度过自己短促生命的人类惊醒，重新打算自己的时光。黄河，那看似平淡的暗流微波中，有着让人再三品味的暗示性深沉。黄河，一首神秘莫测的寓言。"文学是人生，地域文学研究与其说是文学研究，不如说是人生研究。研究中原文学，研究黄河文明，最终还是为了人类，为了人生。在地域文学研究中，把发掘影响地域文学发展因素的研究作为重点，研究路子虽略显沉重，但却因其直面现实而有助于激活文学研究的潜力。

三是现代文学史料文献研究。

史料文献是一切历史研究的根据。由于种种原因，现代文学的史料文献问题日益突出。中国大陆如此，港台、海外华语文学也均存在类似的问题。学术研究不以文献为前提，有形无形地受意识形态主流声音的询唤，甚至直接演绎政治观念，不仅研究的知识密度不足，写不出客观的、完备的、因而具有稳定性的学术著作，而且还会造成文献原有意义的瓦解。文献问题当然涉及理论问题，但首先是一个实践问题。几十年来，我从编选《抗日战争时期延安及各抗日民主根据地文学运动资料》起，就重视现代文学研究中的文献问题，每有所获，内心窃喜。如在编校《师陀全集》的过程中，我有意识地对现代作家文集编辑中的一些问题作了较系统的考察。如现代作品卷帙浩繁所面临的新的校勘问题，现代传播方式的变化引起的写作方式的变革，现代作家文本的修改所带来的文本的不确定性，等等，总结了若干适应文本变化的新的搜求、校勘方法。如处理好同名异文问题以及异名同文、体裁互换等方面的问题。鉴于本书《〈师陀全集〉编校余墨——兼及现代作家文集编辑中的若干问题》中已有所论及，本文不再详述。

我还对20世纪现代文学研究文献薄弱的原因进行了多方面的探讨。认为，出现这一问题既有社会动荡，战争频繁的困扰，也有主观唯心史观膨胀所引发的弊端，还有文献管理体制的落后以及传统文献整理、研究方法、手段无法适应现代文化变革的需求，等等。各种因素纵横交错，彼此勾连，形成了现代文学文献建设长期滞后的局面。首先，文献的匮乏和战乱有着直接关系。特别是20世纪日本侵略者发动的侵华战争对文献史料的破坏是毁灭性的。侵略者的占领使研究者的生活陷入困境。没有尽头的流亡、流浪生活使他们失学、失业，贫病交加，根本无法从事史料的搜集、整理等琐细繁重的工作，战争使基础性的研究工作几乎陷于停顿。其次，20世纪下半叶文献滞后的一个重要原因，则和人们思想观念的偏狭有关。革命的胜利造成了一些人的错觉，甚至以为在学术上也可以心想事成、随心所欲，什么事不凭材料而靠主观想象就可以做得到；加上运动不断，一场一场的运动使研究者处于一种像沈从文所说的"避灾免祸"的精神状态。"避灾免祸"的心态助长了不尊重史料的媚俗趋时倾向的发展。最后，文献档案管理制度不能适应变化了的新形势，同样是现代文学文献匮乏的原因之一。一份普通的文献，一旦被列入保密范围，就解密无日，其保密时间之长，常常以三十年、五十年为计，从而使一些文献在研究者视野之内消失。文献档案部门或借口保密把借阅者拒之门外；或缺乏服务意识，甚至在潜意识里把文献据为部门所有，奇货可居，唯恐研究者窃了他们的看家宝贝，抢了他们的饭碗。文献本为研究之公器，却变相地为单位或私人所占有攫取，迫使研究者为了查寻材料，不得不奔波于旅途，往往被搞得身心疲惫，却收效甚微。档案管理制度没有根本性的改革，包括现当代文学在内心的社会科学研究文献问题的解决就永无时日。

第四是现代文学思潮研究。

在这一研究领域，我先后出版有《文学的潮汐》《中国近世文学思潮》（与研究者共同完成）《中国现代文学思潮研究》《云起云飞——20世纪中国文学思潮研究透视》等著作，每部著作虽然付出了足够的心血，但我比较满意的只有1997年出版的《云起云飞》。《云起云飞》是我阅读了从20世纪初到90年代近二百部文学思潮研究著作才完成的。在研究方法上，我倒是费了一点心思的。我赞成这样一种认识：在文学思潮研究中，单一的评论往往会陷于窘境，比较接近事实的办法应该是采取多重观察的"视界融合"。在这一前提下，我试图通过历史形态描述、个体世界追踪和思潮理论建构等不同侧面，恢复思潮研究的主体特征。这一构想的实现当然并不轻松。因为预设的研究视角，既可能有所获取，又意味着大量的舍弃。对我来说，这只是一种尝试性的探索，它的幼稚是必然的。但同探索相伴的也有欢乐。我在探索中还是感受到了生命的力，20世纪中国文学生命力的迸发、闪烁，血气蒸腾。

在《云起云飞》这部著作中，我对19世纪以来近二百年文学思潮发展中起着关键作用的人物，给予了格外的关注。美国学者R.韦勒克在其考察现实主义文学思潮的论文《文学研究中现实主义的概念》中，曾经提出了一个重要观点：研究文学思潮，"最好不要脱离那一时代的基本理论和公认的杰作。"我对此颇有同感，认为，群体性固然是文学思潮的本质特征，但这群体性如果没有足以代表它的杰出人物和杰出作品，也将黯然失色。鉴于此，本书对两个世纪以来卓越的文学家、文学思潮家的杰出理论和杰出作品，都尽可能地作了重点描述。如敏感而又焦虑，呼唤"天公重抖擞，不拘一格降人才"，向读者最早传递中国文学新潮涌动信息的龚自珍；博学多才、呼风唤雨、高举文学改良大旗、架设通向文学新潮桥梁的梁启超；运用西方美学理论，第一个试图建构中国近代文学理论体系的王国维；博大精深，以其深刻而具有悲剧意识的作品开创中国文学新时代的鲁迅；最早倡导新文化运动，开现代文学思潮研究风气的胡适；高张"人的文学"旗帜，震惊"五四"文坛的周作人；激情澎湃，"五四"时期的浪漫派诗人郭沫若；目光宏阔，始终关注中国与世界文学思潮涨落的茅盾；以其严谨的现实主义作品征服几代读者的巴金、老舍、曹禺；性格固执而又刚烈，在文学理论上独树一帜的胡风；学贯中西，以学者兼作家的睿智，将现实主义与现代主义在创作中融为一体的钱钟书；早年热心译介社会主义现实主义文学思潮、毛泽东文艺思想的阐释者周扬。都是我着力关注的对象。我还进一步指出：上述思潮十四家，他们或以理论成果推动中国文学现代化的历史进程，或以具有经典性的潮头作品开一代文风，功勋卓著，成绩斐然。尽管他们也各有时代的局限，其中包括呼风唤雨者的坎坷，激进主义者的隐退，理想主义者的苦涩，唯艺术论者的尴尬，等等，但无论如何，他们集中地代表了两个世纪以来中国文学走过的艰难、曲折、悲壮的历程。

我对19—20世纪以来思潮大家的思考、研究，尽管还只是起步，但自己认为研究还是诚实与认真的个人诉说，绝无为尊者讳的媚俗炒作。可是，文学思潮的研究、把握，实在是个极为艰难的课题。我自知眼前的路依然遥远，迷茫，自己的一些思考缺乏足够的历史深度，有些话只好留在以后再说。

师友同行

地方高校的学科建设，包括学科成员的学术研究，一直面临着重重困难。我曾经向我的学术伙伴说过，一个地方院校的现当代文学学科，要想做成一件事，譬如申报重点学科，拿到博士学位授权点，等等，都得付出10倍的努力，经受10倍的熬煎，再添上10倍的耐心。我所工作的河南大学中国现当代文学学科的情况就是这样，每前进一步都经历过刻骨铭心的记忆。在研究工作中，研究人员除了保持自己独特的学术个性外，作为一个学术梯队成员，还要在学术上形成默契，相互配合，用群体的意志展示学术实力。我们分工合作，先后出版的《中国近现代文学研究丛书》、《百年文潮丛书》、《19—20世纪中国文学思潮史》，就是聚集群体力量，使较高学术质量的成果得以脱颖而出的集中表现。

在长期合作的过程中,自任访秋先生始,经过师生三代人的磨合逐渐建立起了学有承传的研究实体。我在一篇短文里,曾这样回顾过学科的成长道路:"古人云:人生贵相知,相知无远近。以势交者势倾则绝,以利交者利穷则散。我的真实感受是,我们这个学术群体,有着一种与势利无缘的淡泊,有着一种要共同做成一件事的执着。平时交往,既非事故应酬,也无矫情套语。心中默契的浓情甚至用不着语言点破。这当然又不是世俗的哥儿们意气。当有人不冷静时总会有人直言相告;当有人轻飘飘陶醉时又会有人出来打掉他的兴头。这些平淡的往事,不正是生命的美丽?"

认真地说,我在学术上的点滴进步,都来自这个学术群体师友的鼓励与鞭策。我忘不了第一位搀扶我走上学术研究道路的万曼先生。大学毕业后,作为一位青年教师,我在高校经历了1958年、1959年因为大搞劳动、参加运动的大停课,对于教学与学术研究已经相当陌生,一片茫然。现代作家、现代文学研究家万曼教授,时任中文系主管科研的副主任,他对于青年教师不认真读书、不搞研究的现象十分焦虑。在一次青年教师座谈会上,他面色沉郁地说:你们要静下心来读点书,要学会坐冷板凳。毕业几年还没有写过一篇像样的学术文章,怎么算合格的高等学校教师?没有研究能力,哪来的教学质量?万先生看似轻描淡写的悄然点化,当时说得我脸上阵阵发烧。会后,他又约我到他的寓所面谈,专门讨论我撰写的一篇论文提纲。两个月后,怀着不安的心情,我把自己的第一篇论文《叶紫小说简论》初稿呈给了万曼先生。出乎意料的是,一周后,他面带微笑在系主任办公室告诉我,"论文我看过了,写得还可以。我作了一点小的修改,已经拿给学报了。"这篇一万五千字的长文,后来刊登在本校学报1963年第1期。一次指点,一盏明灯。这篇文章的发表,不仅激发了我的研究信心和热情;甚至,每当研究中遇到困难、思想波动的时候,眼前都会浮现出万先生慈祥的面影,使我不敢懈怠,催我继续前行。此外,任访秋先生,王瑶先生,唐弢先生在研究上都曾经给予过我教诲,使我终永远难忘。

教学和研究实践还使我感受到,教师的思想魅力远远大于他在学术上的影响力。这感受直接来自中国近代文学史家任访秋教授的言传身教。从1940年起,任访秋先生连续在河南大学执教近五十年。20世纪以来,河南文化固有的本土文化中心位置被打得七零八落。连年战乱的破坏和持续不断的饥荒，使这块土地已经像饱经长途跋涉的疲惫的老人举步维艰，知识也像日益沙化的土地面临着荒芜。河南文化的凝聚力在日趋下降，生活在河南的文化人开始一茬一茬地成批逃亡，四处星散。人文荟萃的河南，高品位的文化人日渐减少，直至寥若晨星。而任访秋先生却多次拒绝了外地研究单位的好意聘请，几十年如一日地坚持在本土进行着艰难的学术耕耘，并取得丰硕成果。但是，先生的真诚努力并不能被人们完全理解。"左"的思潮的泛滥，使先生在政治运动中身心屡受伤害。在突然袭来的灾难面前，先生显得格外疲惫憔悴。那时候，他总是缄口不语，像大平原一样习惯于沉默。然而，灾难之后，他又很快地挺起腰来，让岁月淡化掉苦涩和伤痛，更加投入地思想着，在学术上披荆斩棘，继续完成着具有学术开拓意义的《中国近代作家论》等著作的写作。终其一生，先生留给我们的，不仅是富有个人创见的学术著作，更为重要的还是他的人品文品，道德精神。正是先生精神的代代薪火传递，使我们学科虽历经人员变动而永葆活力。先生像一座丰碑，他的精神始终激励着我们学科每位成员认真地做事、做人。这就是学术传统，这就是人格力量。生活在这个学术群体里，能够和这样的前辈以及富有学术朝气的后来者同行，我虽然也有过烦恼，但更多的时间却是生活于感动里。

路向远处延伸。我时常有一种刚刚上路时候的激情和冲动。风光在前，它隐藏在旅人不断前行的期待与疲倦里。

（载《东方论坛》2005 年第 6 期，收入《第二代中国现代文学学者自述》，文学艺术出版社 2011 年版）

略论现代文学史料研究中的几个问题

——刘增杰先生访谈录

郝魁锋（以下简称郝）：刘先生，很高兴你就中国现代文学史料的建设问题接受我的采访。我知道，你在中国解放区文学研究、中国现代文学思潮研究方面做了大量的学术工作。在中国现代文学史料研究领域也投了不少精力。据我初步统计，三十多年来，你除发表了一批史料研究论文外，还出版过多种史料研究著作，编校过多种史料集。这些论文和著作，在现代文学史料研究中，引起过读者和研究者的思考与兴趣。我想提出的第一个问题，是最初你是怎样开始注意现代文学史料研究的呢？

刘增杰（以下简称刘）：说来话长。我对史料研究产生兴趣的时间可以追溯到1978年年底。那时候，国内逐渐涌动起了为纪念鲁迅先生诞辰一百周年的鲁迅研究热潮。研究热点往往诱发学术欲望。起初我不知所措，不知道自己能够做点什么，但不久就找到了选题。在此之前，我在河南大学图书馆，曾经读过20世纪初日本东京出版的《豫报》和《河南》。河南省留日学生在东京创办的这两种刊物思想激进，坚持反封建的爱国立场，吸引了鲁迅、周作人等在刊物上发表了一批产生过影响的文章。

记得读到1906—1908年出版的这两个刊物，以及1925年在鲁迅支持下开封创办的《豫报副刊》时，我的情绪激动，第一次了解了鲁迅对河南作家和中原人民的关心和牵挂，但当时还没有产生写作的冲动。待到再找出重读时，眼前突然一亮。心想：为了避免研究中的雷同、重复，我何不选取地域文化的视角，写一点纪念鲁迅先生的文章呢？边读边写，在两年多的时间里，我接连写了二十几篇鲁迅与河南相关的短文来，部分文章分别发表在《奔流》、《莽原》等刊物上。

当时，我对《豫报》第一期刊出的鲁迅早期著作《中国矿产志》的出版广告和《中国矿产全图》的出版广告的作者是谁,经过初步分析,我认为应是鲁迅所写,但我对辨析、考证方法相当陌生,心里不踏实。于是,就将《〈豫报〉所刊鲁迅早期著作的两个广告》短文,唐突地寄给了鲁迅研究家唐弢先生,请他帮助作一下判断。唐弢先生收到短文后,并没有给我回信,他把短文的题目改成《有关鲁迅早期著作的两个广告》,送给了刚刚创刊的《中国现代文学研究丛刊》(已出了第 1 辑)。料想不到,短文很快在《中国现代文学研究丛刊》第 2 辑刊出。文章的发表给我的史料研究带来了新的推动力。

郝:听说,你的鲁迅与河南研究,还得到过任访秋先生的指导,得到过散文家曹靖华、木刻家刘岘的帮助,具体情况怎样?

刘:在写作过程中,我不止一次地向任访秋先生汇报过自己在河南以及赴北京搜集有关资料的情况,在北京等地访问曹靖华、刘岘等作家的收获。任先生每次都叮嘱我:史料的搜集、整理,一定要不拘大小,一网打尽,最后再做出独立的判断。研究进展顺利。当时,河南人民出版社已经和我签约,决定出版《鲁迅与河南》这个小册子,曹靖华先生题写了书名,木刻家刘岘先生设计了封面。我邀请任先生写序,他也高兴地应允了。先生在序言中说:"增杰同志写的《鲁迅与河南》这部书,对史实详加稽考,对事理深入分析,平实审慎,细大不捐。"序言上业师的嘱托是对我从事史料研究提出的基本要求,让我终身受益。

在撰写《鲁迅与河南》书稿的同时,1979 年,中国社会科学院文学研究所主持的中国现代文学资料征集活动在全国范围内展开。由六十多所高等学校、研究机构的三四百名研究者参与,十七家出版机构同时组织出版的庞大机器,在文学所的统一协调下开始运转。1980 年 9 月初,主持单位邀请相关出版社编辑、高校、研究机构的代表,在安徽黄山召开了现代文学资料会议,具体讨论了编辑三种丛书的原则与任务。三种丛书:甲种,《中国现代文学运动·论争·社团资料丛书》;乙种,《中国现代作家作品研究资料丛书》;丙种,《中国现代文学书刊资料丛书》。落实编选任务的时候,讨论到《中国现代文学运动·论争·社团资料丛书》中的《抗日战争时期延安及各抗日民主根据地文学运动资料》一书时,王瑶先生见会场冷了场,就建议由我来承担此项任务。王先生对我们学校现代文学学科教学与研究的情况比较熟悉,源于二十多年前他和我的师生关系。1959 年 8 月到 1960 年 7 月,我在北京大学进修班读书的时候,王先生曾经给我们班讲了一年现代文学课。这段师生之谊,此后一直保持着。我很尊重先生的为人和学术见识,至今还珍藏一厚本听课笔记。接受了解放区文学史料的征集、编选任务后,我和教研室几位老师经过一年多的调查奔波,整理研讨,编选任务终于完成。最后由王瑶先生、徐迺翔先生审定,三卷本《抗日战争时期延安及各抗日民主根据地文学运动资料》于1983年由山西人民出版社出版面世。

应该说,我的史料研究,经历了一个从半勉强到自觉的过程。我在实践中所逐渐获得的一些感悟、收获,受惠于几位学术前辈的关爱。他们强大的人格力量,献身学术的精神,对我们这一代人的指点、呵护,深深地影响着我们前进的脚步。

郝:学术前辈对你们那一代学人的帮助、爱护、培养本身,就是中国现代文学宝贵传统的组成部分,是中国现代文学研究者、中国现代文学史料研究者的幸运。在这里,你能不能根据自己史料研究的实践,从宏观上梳理一下现代文学史料研究的发展脉络?

刘:你提出的问题的确重要。百年来的现代文学史料(从晚清民初直到21世纪初年),各个阶段的研究,呈现为一种既有内在联系又各有所异的复杂的研究景观。

我的感受是:研究大致分为三个阶段:

从晚清民初到20世纪30年代,为史料研究的第一个阶段。这一阶段,30年代的史料研究成果丰硕。突出特点是:由学术界领军人物亲自出马,以高屋建瓴的学术视野,采取作品编选、创作评论与史料整理三者并重的方式开展工作。研究的突出成果是十卷本《中国新文学大系》的出版。

20世纪30年代至80年代是史料研究的第二个阶段。研究成绩以80年代最为突出,特点是痛定思痛之后的反思。由中国社科院文学所主持的中国现代文史资料征集活动及其出版的三种史料丛书(约80种)就是这一阶段史料研究成果的集中展示。还应该看到,这次史料征集活动,不仅对现代文学史料研究起到了推动作用,而且还持续发酵,对整个新文学史料建设产生过广泛而深远的影响。现代文学资料三种丛书出版过程中,分别由多批学者组成的研究队伍,还先后出版了《中国近代文学研究资料丛书》、《中国当代文学研究资料丛书》、《中国解放区文学史料丛书》。应教学之需,北京大学、北京师范大学、北京师范学院中文系现代文学教研室联合主编的中国现代文学史参考资料中的《文学运动史料选》也由上海教育出版社出版。该书第一版就印了10万套。这从一个侧面说明了当时史料研究的广度及其产生的巨大影响。

20世纪90年代以后二十年的史料研究为第三阶段。这一阶段的史料研究，既没有大规模的、有组织的史料征集活动，也没有舆论的集中造势史料研究，它已经沉潜为日常学术建设的一部分。知识产权出版社以《中国文学史资料全编》（现代卷）的形式，集中出版了20世纪中国社会科学院文学所主持的三种丛书中大部分史料，但也只能称为第二阶段史料研究的余波。或者说，是对第三阶段研究的衔接、配合。

这一阶段史料的发掘、整理与阐释，表面上看，并不轰轰烈烈，只是个体活动或少数志同道合者的联合，但研究极具深度，甚至称得上是百年史料研究的精彩总结。我在《中国现代文学史料学》里专门开列书目，对以新一代学者为主在这一时期所取得的研究成果，做了赞许性的介绍，可以参看。

郝：《中国现代文学史料学》人物篇，向读者介绍了许多研究家和他们的著作。你在这里可否给我们推荐一些学术特色鲜明的史料学论著？或者说，介绍几部（篇）带有经典性的研究著作？

刘：在阅读过程中，的确有许多著作让我爱不释手，印象深刻。有阅读兴趣的朋友，不妨读一读以下几部（篇）著作。不过，这并不是通常所说的经典重读。就现代文学史料研究而言，时间时刻在调整着、或者说在颠覆着已有著作的评价与地位。我只是主张读几部有个人见解的书，有思想力的书，甚至看来有某些偏激片面却言之成理的书。

梁启超是从古典文学史料学研究走向现代文学史料学研究的关键性人物。单就中国近现代文学史料研究而论，他在"五四"之后完成的《清代学术概论》（1920年）、《中国历史研究法》（1921年）等，系统地对清代学术研究的成绩与问题进行了总结，在学术思想上与中国现代文学史料学研究直接衔接，血脉相通。梁启超在《清代学术概论》中对清代学者整理旧学经验总成绩的十项总体性评论，他所主张的以科学的眼光对研究对象的"重估"，他对史料研究面临诸种困境的警示，等等，都给读者带来了深刻影响。梁启超以无所不及、无所不窥的学术视野，使他在文学历史转向时刻握有关键性的玄机。他的研究不仅向过往追溯，而且向着未来延伸，文字中蒸腾着过渡时代高格调的文化气息，是中国现代文学史料学研究当之无愧的先行者。

胡适的《五十年来中国之文学》，最初刊于1923年《申报》50周年纪念刊。胡适在《日译五十年来之中国文学序》中说："我的目的只是要记载五十年新旧文学过渡时期的短历史。""过渡时期"是现代文学史料研究首先碰到的一个大问题、关键问题。《胡适全集》里研究新文学的文字极多，有时间不妨多看一些，但至少要翻一翻中华书局1993年版《胡适学术文集·新文学运动》一书中的《五十年来中国之文学》。胡适的现代文学史料研究，比起他的古典文学史料研究来不免显得有些薄弱，但他的研究仍具有首创的意义。作为中国新文学运动的倡导者和实践者，胡适以放眼全局的学术视野，在新文学运动发生二十年之际明智地提出，因为中国新文学运动发生的"时间太逼近了，我们的记载与论断都免不了带着一点主观情感的成分，不容易得着客观的、严格的史的记录……一个文学运动的历史的估价，必须包括它的出产品的估价"。他强调，没有足够的时间积淀，只能进行初步的史料整理，而不能写出信史。胡适期望，在漫长而复杂的文学生态下，史料研究者应保持着独立姿态和批评立场。正是坚持着这一基本原则，鲁迅的经典小说，才获得了胡适经典的评论。

鲁迅的史料研究实践丰富、深刻。他早年在寂寞中从事整理的《古小说钩沉》、《小说旧文钞》，显示出了鲁迅史料研究中的真功夫。他的史料研究的鲜明特点是：以批判性思维审视历史与现实，始终保持着史料研究鲜明的现实品格。鲁迅特别强调保存史料与抢救史料的现实迫切性，并且身体力行。比如，为了保存随时可能流失的史料，他在后期杂文集中，通常采用如下方式保存史料。在《而已集》、《花边文学》中采用附录的方法将对方的文字录入自己的杂文之后备查；在《伪自由书》、《准风月谈》、《且介亭杂文》、《且介亭杂文二集》中采用《备考》或《附记》、《后记》的方式保存史料；《且介亭杂文末编》（许广平在鲁迅逝世后编定）则又采取了"立此存照"的方式保存史料。鲁迅的现代文学史料研究本身是一部大书，我们无法仅仅开列出一部书来搪塞。还是请读者通过对《鲁迅全集》浏览性的阅读实践，自己来作出智慧的选择吧。

阿英是中国现代文学史料研究的一位自觉的开拓者。阿英编《中国新文学大系·史料索引》卷是中国现代文学史料建设中出现的第一部具有完整意义的史料著作。把现代文学史料分为总史、会社史料、作家小传、史料特辑、创作、翻译、杂志目录及索引等类别，是阿英史料研究的首创，影响深远。阿英自觉地将近代文学史料研究和现代文学史料研究打通，形成了两者相互融合、渗透的研究格局。阿英所确立的贵今贱古的史料观，他对现代文学史料不断被毁弃现象持续性的揭露等，确立了一个立体的史料研究空间。阿英创作与史料研究并重的学术实践，对后来者留下的启示多多。

唐弢在现代文学史料研究中有着突出的贡献。人们熟知，他对鲁迅作品的辑佚成绩斐然。收藏在中国现代文学馆的唐弢藏书：杂志1.67万件，图书2.63万件。正如舒乙所说，这一册《唐弢藏书目录》是"一座天然的纪念碑"。我在这里更愿意推荐的，则是他的《晦庵书话》（1962年北京出版社印行，1980年10月三联书店出版）。书话中不仅收藏有丰富的史料，还浓缩了唐弢的书话观。他在1980年版《晦庵书话》中说："光有资料却不等于书话"，"书话的散文因素需要包括一点事实，一点掌故，一点观点，一点抒情的气息，它给人以知识，也给人以艺术的享受。"之前，唐弢还说过类似的话："通过《书话》，我曾尝试过怎样从浩如烟海的材料里捕捉使人感到兴趣的东西，也尝试过怎样将头绪纷繁的事实用简练的几笔表达出来。"这两段论述启示我们，史料研究并非全部是沉闷的整理、介绍。史料研究的天地广阔，它同样需要《晦庵书话》这类读来兴味盎然的文字的滋润。

王瑶先生是从治汉魏六朝文学改教中国现代文学的。得天独厚的知识结构，在现代文学研究中，使我们看到了他以丰富史料为基础的阐释的精彩。王瑶的《中国新文学史稿》是一种无声的宣示：文学史写作必须以丰富的史料为基础。许多研究者都对这部书在史料学建设上的突出贡献做出过中肯的评论。早在1950年，诗人臧克家就看出了"查原始材料，读原著，出己见"是这部文学史的鲜明特点。严家炎从史料学的视点对《中国新文学史稿》的概括是：作者"白手起家，勇于开创，在头绪纷繁，问题成堆，史料还不完备的情况下，理出脉络，建立框架，力图用丰富的作品与资料勾画显示出现代文学发展的全貌。"王瑶明确主张，现代文学研究要借鉴古典文学研究的方法。指出："在古典文学研究中，我们有一套大家所熟知的整理和鉴别文献材料的学问，版本、目录、辨伪、辑佚，都是研究者必须掌握或进行的工作，其实这些工作在现代文学的研究中同样存在，不过还没有引起人们应有的重视罢了。"对前辈研究现代文学的历史经验，王瑶也十分重视。如他对朱自清讲授《中国新文学研究》

时,"尊重客观事实","表述自己的看法和评价时","先从叙述事实根据开始"的历史经验。王瑶四十年的现代文学、现代文学史料学研究的成绩及其所经历的曲折,是迄今为止比较完备的研究遗产,值得认真思考与研究。

严家炎治学严谨,19世纪80年代初期唐弢对他的研究,做过切实的评论。唐弢说,严家炎对丁玲小说《在医院中》的重新评价,对艾青发言《现实不容歪曲》的具体分析,揭示萧军刊登在《文化报》上"社评"和"献词的真实意义","充分显示了一个史学工作者的职业道德"(唐弢:《求实集·序》,北京大学出版社1983年版)。《求实集》是一本有生命力的书。三十年后重读,仍然可以读出作者的人格精神。比如,他反复强调,研究者要读第一手的原始资料,占有大量的第一手资料,在研究原始的作品和史料上下苦功夫。用他形象的说法叫作:"啃别人吃过的馍是没有多大意思的。"严家炎特别推崇研究者学术研究中的独立思考。他申明:"学术研究应该是独立的,除了服从历史事实这位上帝之外,它不应该服从任何人。"严家炎对现代文学研究中的重大问题,常能发前人所未发,率先进行学术清理。

严家炎也是建设中国现代文学史料学的热心倡导者。只要读一读他对樊骏《关于中国现代文学史料工作的总体考察》一文的极高评价,就可以看出他对这项工作的重视程度了。严家炎说:"《关于中国现代文学史料工作的总体考察》是把这项工作当作'宏大的系统工程'来阐述的,全文长达八万多字,更是现代文学史料学这个分支学科的里程碑式的著作;它不但是对过去几十年文学史料工作的一个综合考察,而且提出了一系列极好的建议,具有相当的实用价值和可操作性。可以说,这八万字是作者经过长期积累,查阅了至少一二百万字的各种材料才写成的,照我个人看来,实在可以规定为现当代文学研究生的必读篇目和新文学史料学课程的必读教材。"当他看到我在上海中西书局出版《中国现代文学史料学》时,严家炎在《一点感想》一文中做了热情的鼓励性的评价,饱含着他对史料学研究新的期待。

樊骏对现代文学史料学建设做出了突出的贡献。《关于中国现代文学史料工作的总体考察》长达八万字,是迄今为止,百年来篇幅最长的史料学研究论文。樊骏自己说,这篇探讨现代文学史料工作得失的文章,写了两年,自己得以"从容地把想法写出来,实在是少有的痛快。"论文分六个部分，回顾了现代文学史料研究的坎坷道路，新时期十年史料研究的进展，阐释了进一步发掘新的史料类型的现实意义，提出了鉴别史料与提高史料研究者的学术修养的迫切性，呼吁抢救史料与观念更新等。樊骏发出的强化史料研究的呼吁，在国内许多高校引起了强烈的反响，名称各异的史料学讲座或课程纷纷开设，刊物上围绕建立史料学问题的研究论文明显增多。樊骏的文章里，他的人品、文品和历史精神，总是和谐地统一于一个内在的结构之内，文字中有着含而不露的思想光芒，隐而不显的理性内核，是一代研究者为创建史料学留下的精神记录。樊骏的史料学研究实践，具有某种恒久的示范意义。

人们当然不会忘记朱金顺先生的独特贡献。他的《新文学资料引论》，是在高等学校开设史料学专题课的第一部教材（1986年北京语言学院出版社出版）。如他自己所说，资料学在整个研究工作中，唱配角而不唱主角，类似边缘科学，它为一切史论制造论据，提供佐证，虽然这是材料的爬梳、考辨工作，却有它独立的价值。他"愿作为引玉之砖而抛出"。从几十年来史料学研究的实践看，《新文学资料引论》的确具有首创之功。

郝：你对新一代史料研究者的学术成果有何评价？也可以向读者推荐几部他们的著作吗？

刘：我平时很关注新一代史料研究者的学术成果，到手必看。他们代表着史料学研究的未来。他们不走老路，视野开阔，老年人也能够从他们青春的活力中汲取力量。他们的队伍庞大，成果数量多。这里只能做挂一漏万的举例性介绍。时间是他们研究成果最终的裁决者。在史料研究中能够耐得住寂寞的人，可能就是历史最后青睐的人。

陈子善的现代文学史料研究成绩斐然，他的多部著作都在读者中产生过反响。他研究史料，不是板起面孔写"严肃"的大文，而是以小见大，在自己发掘的史料海洋里自由地穿行。他曾经不无自得地叙述自己研究的特点："它们发掘了一些重要作家的佚文，考订了一些鲜为人知的文坛史实，解决或部分解决了现当代文学史上的一些悬案或疑案。说得学术一点，它们是现当代文学史料学的微观研究和实证研究的一些实例。书里虽然没有多少理论上的阐发，但我对现当代文学史的思考已蕴含其中矣。我想，这就够了。""我想，这就够了"，写得多么从容淡定，谦虚而自信，余味无穷。

上海另一位重视史料研究的学者是陈思和。读到不久前他和王德威共同主编的《史料与阐释》（复旦大学出版社 2013 年 6 月版），我竟脱口而出："这是一部智慧之书！"书名没有张扬，甚至没有给读者带来有吸引眼球的惊喜，但"史料与阐释"五个字又含义深长。当前，提高现当代文学学科研究的学术质量的关键所在，不就是在坚实史料基础上进行深入阐释么？《史料与阐释》的栏目分为"文献"、"资料"、"论述"三大部分，中心是对 2008 年去世的三位"胡风冤案"受难者的纪念。"文献""资料"中包含着当事人的一批极具历史价值的信件、日记以及在压力下的自我检查等，读后令人扼腕叹息。《史料与阐释》把史料与阐释有机地结合到了一起，这是一种发人深省的别样的阐释。

解志熙的《考文叙事录——中国现代文学文献校读论丛》（中华书局 2009 年版）值得一读。解志熙舍得在阅读上下苦功夫，他的阅读范围相当博广，由今溯古，进而由文学而历史而哲学。《考文叙事录》对那些目前研究相对薄弱的作家和作品选取独特视角，写出了洋洋洒洒、让人耳目一新的考辨文字。对古典文学研究著作的解读，他也没有隔行的陌生。像他评论业师的长文：《古典文学现代研究的重要创获——任访秋先生文学史遗著三种校读记》，坚持客观、公正的学术立场，指出：先生的中国文学史研究，把握"中国文学史发展大势和关键环节"，"他的文学史洞见，不仅在三四十年代的文学史论著中颖然秀出，即使在今天那些写来越繁重的文学史著作中也甚为罕见，所以今天读来仍然让人深深感佩其以少总多，启人神智的力度与美感。"但他并不为尊者讳，为老师讳。在评论先生的《中国小品文发展史》时，解志熙就对先生"拔高小品，贬抑古文乃至骈文的态度"提出了商榷。解志熙感受力敏锐，语言融通、周详、机智、厚重、谦恭礼让又自尊自强，值得人们注目与期待。

在现当代文学史料研究中，另一位给我留下深刻印象的是李怡。他在《历史的"散佚"与当代的"新考据研究"——史料建设之于中国现代文学研究的意义》中说："在中国现代文学的发展历程中，还发生了不断的人为损毁事件，最显著的至少就有三次：国共两党的军事斗争与文化斗争，日本侵华战争，'文化大革命'的浩劫。国民党对异端思想与革命文学的镇压，我们也同样不易见到其他政治立场的文学作品，乃至张爱玲的作品对许多研究者而言也是并不完整的。日本侵略导致了中国文化整体板块的破碎，在风雨飘摇的岁月，许多的文学现象几乎就处于自生自灭之中，其意义根本就来不及在文学史家那里得以衡定，随着一代历史见证人的纷纷谢世，随着'抗战土印纸'在时间的磨蚀下随风而逝，我们曾经有过的历史之链也将永远残缺，更不用说'文化大革命'了，一切文化的遗产都进入了清算之列，政治家不断通过对文化遗产的销毁来巩固自己的合法性，这样以'焚书坑儒'的方式维护政治利益的思路可以追溯到秦始皇时代，但却并没有因为'文化大革命'的结束就宣告终止。文化保存制度的欠缺和人为的有组织的破坏是导致中国现代文学史料散佚的最大原因。"(《学习与探索》2004年第1期)。李怡一方面义正词严地向读者指出史料遭到三次损毁的现实；另一方面他又扩大视野，积极从事文化与史料建设。他近年主编的《民国文化与文学研究文丛》（第22册，台湾花木兰文化出版社出版），就是一项浩大的工程。其中，李怡、谢君兰、黄菊编的《民国宪政、法制与现代文学》（上、中、下册），就是一个新领域的开辟。

郝：刘老师站在历史的高度，对百年来有影响的史料学著作，作了简要而富有个性的评价，对我很有启发。我注意到，这些年来，学术界对你的史料研究也发表过不少评论文字。比如，你发表的《脆弱的软肋——略论现代文学研究的文献问题》，在《文学评论》2006年第6期发表时，《编后记》就写了如下一大段评论："我们曾多次指出：在古典文学研究由史料的整理向史料的解释大胆挺进的同时，现代文学（也许也应包括'十七年'的文学）研究应该由史料的解释向史料的整理小心地回溯。——现代文学研究中史料文献问题越来越成为这个学科生命的泉源所在，离开了真实可信的史料文献：史料的匮缺、误解、曲解、割裂、藏匿、毁弃、篡改、变造等，现代文学研究的实证性将遭异变，历史本质将被阉割，她的科学价值便不复存在，学科生命也随之窒息。刘增杰的文章希望大家认真读一读，其中文献自身的史学力度与作者忠悫的学术良知令我们震撼，也令我们信服了今天的现代文学研究运作机制中史料的核心地位。"我知道，这篇论文当时就获得了2003年至2007年度《文学评论》优秀论文奖。去年，文章又获得了中国现代文学研究会第三届王瑶学术奖二等奖。张中良在评奖语中也指出，论文"勇于直面这一'脆弱的软肋'，透过对文献匮乏、史实舛误、任意删改等常见弊端的梳理，指出问题的普遍性与严重性，并对'软肋'的成因做出深入的分析。论文的重要意义在于提醒现代文学界，失去文献学基础的所谓学术，很难获得旺盛而长久的生命力。"希望你结合自己的研究实际,谈谈你在史料研究中的心得体会,经验教训。

刘:在现代文学史料研究中,我的确做了较长时间的努力。至于这些年来所受到的一些肯定,都不过是学界朋友的鼓励。当然应该承认,在学术理念上,我和"编后记"作者、张中良先生是心心相印的。我在史料研究中,比较关注的史料研究中存在的薄弱环节,我把它比作"脆弱的软肋"。"软肋"中突出的一个表现,是一些自恃权威、名人的人,他们有时并不依据事实说话,或奉命对学术问题妄下结论,或以个人好恶乱下断语。每读到他们的这些文字时,心中就时有怨气,但又举笔不定:一会儿自我安慰,我堂堂正正说理,靠事实辨析问题有何妨碍;一会儿踌躇不安,叹息一声,放下笔来。写《脆弱的软肋》一文时,学术良知战胜了心理怯懦。如文中指出:在文艺批评中,郭沫若不顾事实对朱光潜作简单的政治裁决,"不仅在当时不能说服被批判者和读者,甚至还会在被批判者乃至整个学术研究者的心理上留下长长的阴影。"根据当时的大量事实,我批驳了茅盾对抗战文艺主要毛病是右倾的观点。指出这是"理论上的苍白"。文章对于涉及政治敏感的王实味问题,通过学术考察,也理直气壮地做出了自己的结论。认为,对复杂的文学历史现场,用符合研究主体或符合主流话语的价值判断进行简单化的裁决,不仅会造成批评的浅层化,甚至会造成重大失误。还说,史料研究中存在的这一类问题,不是枝节性的问题,不是在个别问题上的偏激,而是涉及全局的方向性问题。

我的史料研究,特别是涉及解放区文学的研究,前些年的经历还是曲曲折折的。某些非学术的压力,让我有口难辩,承受着心灵的熬煎。几年以后,终于忍受不了这不公正的责难。我趁着撰写《迟到的探询·前记》的机会,做出了虽还温和但也带有点火气的抗辩。我说,人们在研究中,"对于解放区当时有不同意见的争论,或历史已经证明处置失当的问题,却总是较少涉及。对于解放区文学发展中所经历过的若干曲折,似乎引以为羞,避而远之。殊不知,曲折是生命,曲折是生命的丰富。没有曲折的生命无法享受人生。文学亦然。正是文学发展中的曲折,才构成了文学的真正壮丽。对解放区文学真正的理解,体现于建立严肃的历史意识,确立史家的公正与自信,而不是对于某些前进中的缺陷讳莫如深。前几年由我主编,赵明、文金先生参与部分撰稿的《中国解放区文学史》出版后,曾经有位好心的先生把书中凡是讲到局限与不足的地方,全部细心摘出,开列清单，巧妙编排，皇皇数千言，以期证明该书错误的严重。诚然，书中我写的那部分书稿肯定是有不少缺点的，甚至也可能有错误。我过去、现在、将来都欢迎展开讨论和争鸣。但是，上述做法我是不敢苟同的。断章取义、罗织罪状；或听风是雨，满目'敌情'，把真知斥为异端，把不同见解诬为谬论，毒化学术讨论空气，必欲置论敌于死地而后快，等等，此种文风，曾经使我们的民族，我们的学术研究，付出了血的代价。学术研究就是学术研究。研究者的心思用在非学术上，以从批判、否定别人的学术成果中捞取学术以外的收获，则会把我们的整个研究工作扭曲。"

史料研究质量的提高，当然不仅是对别人非难的回应问题。对于自己研究中出现的差错、教训，及时进行反思，清理也十分必要。在《中国现代文学史料学》的《后记》里，我用了较大的篇幅，回顾过自己研究中出现过的失误："史料研究的实践继续让我碰壁。《鲁迅与河南》出版不久，根据《中国现代文学运动·论争·社团资料丛书》编委会的统一规划，我们就开始进行解放区文学史料的调查、搜集、整理工作。史料征集完成后，终于获准出版。当知道书的清样已经印出，我们随即向责编写信，要求校读清样。不料，好心的编辑来信说，'不用了，来往邮寄书稿，太费时间。'我们开始耐心地等待着。等待是一种急切的期待夹杂着甜蜜的幸福感。我的心头涌动着即将获得丰收的特有兴奋。书果然很快寄来了。封面设计简洁大方，厚厚的三大册史料集摆到了案头。待打开细看，我们的心里骤然一惊：书的校对实在粗糙，一些不该出错的字竟印错了，甚至个别小标题也出现了差错。我再次尝到了自己酿造的，却又怎么也喝不下去的苦酒。……经历了多次丢面子的难堪，我开始回过头去检点自己的起步：不注重对史实的核查，不顾及具体语境对研究对象乱下断语，轻视校对工作，等等，都是我从事史料工作的致命伤。这些沉重的生命记忆，终于让我懂得了什么叫做史料研究中的谨慎、认真。"

其实，最近又发现，连在《后记》中做了检讨的这本史料学，出版后还是又发现了新的错误。我真切地理解到：史料研究绝不仅仅属于技术、技艺层面。对于研究者来说，史料研究是大修炼、大思考。纠正研究中的差错，并非能够一劳永逸，这甚至是研究者需要终生正视的现实课题。

郝：刘老师：《中国现代文学史料学·前言》告诉我们："本书原想讨论的一项内容，还包括史料学的理论研究，试图对百年来出现的某些影响较大的问题做出理论的阐释。"后来全书的结构有所改变,能够做一些说明么?

刘:的确像你说的那样,我总想把史料与阐释的关系说得更明白一些。我在《前言》中说,史料、数据本身就是一种言说,它的背后也许代表了许多不必直说或不宜直说的观点的阐释。在史实面前把研究推向理论层面,古老的实证研究将会焕发出新的生命力,冲破一切先验的妄说,使研究处于学术的前沿。我的愿望美好,可惜功力不够。同时,目前许多文献史料尚未解密。在史料残缺的情景下形成完整的观点还为时尚早。因此,我的史料研究没有建立完整体系的奢望,不追求认知体系的完整,只能为自己感受到的问题提供若干事实。原来计划的理论篇压缩到了第十章,敲了敲边鼓,说了几句皮毛的话。好在,陈思和先生出版的《史料与阐释》《卷头语》告诉我们,他们栏目中的"论述"部分,"不仅仅是对史料的深度阐释,也包含本学科各种文学理论以及文学现象的探讨",我期待他们在理论探讨中获得新的成功。

当然,在事实上,理论上的探讨学界正在展开。我看到,钱理群、董健对一些文学现象的概括,就是出色的理论研究。钱理群提醒,对过去经常发生的极端化的研究思路,应有一种预防性的清醒。他说:"过去我们的研究不断地从一个极端跳到另一个极端,就跟我们对自己所要倡导的研究思路与方法的有限性、局限性、盲点缺乏清醒的认识有关……在学术论争中,一方面,每一方都必然要坚持自己的意见的合理性,即所谓据理力争,另一方面,也要尊重对方的意见,要善于从对方的不同意见中发现其某些合理的因素,从对方对自己的诘难中警觉自身可能存在的盲点或陷阱。这里最要防止的是,就是绝对化的极端思想,即认定自己绝对正确,对方绝对谬误,为了与对方'划清界限',不惜将自己的观点推向极端,其结果必然是自己观点中原有的合理性在极端的推演中丧失殆尽,从而走向反面。在这方面过去我们是有许多教训的。因此,今天,当我们在'重新发动'某种学术思路、潮流的时候,重提这些教训,或许可以使我们保持某种必要的清醒"。(《对现代文学文献问题的几点意见》,《河南大学学报》2005年第1期)董健对二元对立思维模式更有一针见血的批判:"'简单化的、直线的两元对立'的思维模式已经使我们的学术受害匪浅。要神化鲁迅,就必把胡适妖魔化,或者反之。为了冲破'鲁郭茅'的评价格局,便非把沈从文、张爱玲、钱钟书抬得更高不行。这种非此即彼的视角，叫人辨不清历史的真实色彩。很少有人从综合的文化效应上，从人与文学之现代化总趋势上，去研究鲁迅与胡适的共同价值及其在今天的意义。如鲁迅主张改造贯为人奴而麻木不仁的'国民性'，张大'个性之尊'，呼唤'人国'之建立；胡适则鼓吹健康的'个人主义'，这在人的现代性追求上是一致的。"（《总序》，见朱寿桐《中国现代社团文学史》人民文学出版社 2004 年版，第 6 页）

一旦这些精卓的见识得到进一步深化，带有暴力色彩的学术话语将会逐渐消隐，史料学研究藏匿的隐蔽秩序将会得到进一步呈现。

郝：台湾学者黄一农曾说过，"网络的发展不仅是一个信息革命，实际上也是一场社会革命，他改变的不仅是理科，也包括文科的研究方式"。网络作为目前研究者获取史料的重要渠道之一，您如何看待网络资源中的史料文献对现代文学研究的价值意义？

刘：史料的范畴会随着时代记载历史手段的变化而不断发生变化，从早期的甲骨文、竹帛、纸张再到图片、影像及电脑网络数字化技术，一直处于不断的丰富和发展之中。现代文学史料学本身即是以搜集、研究、编辑、运用现代文学史料为任务，因此对网络资源中的现代文学史料予以关注研究是非常必要的。在此前发表的一篇论文中，我曾提到"文献管理体制的落后以及传统文献整理，研究方法和手段无法适应现代文化变革需求"是现代文学史料建设长期滞后的原因之一。而网络自身具有的开放性、高效性、自由性等特点，为研究者获取史料提供了诸多便利。网络作为现代文学史料新载体的出现，正体现了中国现代文学史料工作的多样性和复杂性。随着网络的发展和普及，网络资源中的现代文学史料已经在较大程度上影响着中国现代文学研究的进展。但同时我们也要注意其所带来的不良影响，如对网络资源中的史料不加考辨鉴别随意引用而导致的史实讹误、利用网络的便利进行学术造假等。

郝：目前，许多现代文学研究者正在利用各种网络数据库搜集史料从事学术研究。您认为通过网络这一新媒介获取的现代文学史料存在哪些问题？应该如何解决？

刘：网络资源中的现代文学史料首先就存在一个可信度问题。虽然大量史料经过数字化技术处理后以扫描或影印的方式呈现了出来，给人以原版原貌的印象，但经数字化处理过的电子文本或许并不是按原版扫描，或者即使是原版扫描，在此过程中也会发生错排、遗漏等种种意外。譬如，我们看到的很多网络版现代文学报刊就没有将报刊中缝里的一些文学广告再现出来,因此处理过的网络版本依然存在问题。再有就是网络资源中的很多报纸期刊影印本都存在缺刊漏刊现象,如果研究者仅仅借助网络资源进行学术研究,就会陷入获取史料不完整的状况。这就要求我们研究者必须严肃地看待网络资源中的现代文学史料,意识到通过网络获取的史料代替不了对传统原始期刊的阅读。网络的兴起,不是纸质的溃败,它代替不了艰苦的阅读与思考。网络时代的学术研究应该加强研究者自身的学术道德修养,以"板凳要坐十年冷,文章不著一字空"的精神去做学问、搞研究,这样才能拿得出经得起历史检验的史料学研究成果。

郝:最后还想提出一个问题:老师对当前研究者的精神状态有怎样的评价?

刘:就研究的感情基调而言,据我的观察和自己的切身感受来说,史料研究者的心态还是有某些忧郁的。史料的数量太多、太杂,铺天盖地,需要人们长期地凝神静思,坐冷板凳,它时刻考验着研究者的忍耐力。史料研究者面对的还有不时飘来的对史料研究不屑一顾的闲言冷语。同时,对发掘出来的史料进行阐释,往往更难,路也更长。但是,从总体实践来看,史料研究者应是最终的成功者。他们的研究虽苦,但心不发虚。研究中每一次新的发现,都可能使忧郁转化为喜悦,畅快地发出鲜活的学术新声。当然每个人的路并不相同,冷暖自知。我内心对同行怀有深度的尊敬。

(载《新文学评论》2014年第2期)

三点随想(代后记)

一

我关注现代文学史料研究始于 1979 年。那时候，学术界正在开展纪念鲁迅诞辰一百周年活动。我也跟着潮流走，开始从地域文化的视角，撰写史料性的短文纪念鲁迅。这便是《〈豫报〉所刊鲁迅早期著作的两个广告》以及小册子《鲁迅与河南》的面世。[①] 此后几十年里，我的史料研究，虽然范围有所变化，研究理念也有了较大的调整，但总体上看，却始终是围绕着史料的发现与阐释展开的。我比较重视自己后来撰写的《脆弱的软肋——略论现代文学研究的文献问题》一文。[②] 我之所以把它作为本书的代前言，就是因为自己关于建设现代文学史料学的一些想法、认识，文章里大致都有所涉及。我认为：在阅读和研究的实践中，应该时刻重视发掘史料、梳理史料、鉴别史料，努力寻找史料与史料之间的相互关联：或对抗，或一致，或互为补充的存在形态；辨析一代又一代研究者对已有史料的态度：或推崇，或误读，或视而不见的内在原因。发现史料是为了认识史料，阐释史料。我经常提醒自己，要沉下心来，慢慢地体味、咀嚼史料生成的文化语境，力求研究不预设立场，尽可能冷静、客观、宽容地评价史料，从而开掘出史料背后的精神，打开文献潜在的历史内容，给自己提供更为广阔的阐释空间。

[①] 《〈豫报〉所刊鲁迅早期著作的两个广告》，《中国现代文学研究丛刊》1980 年第 1 期；《鲁迅与河南》，河南人民出版社 1981 年版。
[②] 《文学评论》2006 年第 6 期。

二

重读《红色中华》副刊和阅读前期创造社两组史料的时候,曾经唤起过我一些伫思良久的思绪。

红军长征到达陕北后的最初几年(1936—1941),从《红色中华》报副刊上,经常可以看到有关毛泽东的各类记载,短消息。如他给作家团体捐款;向前方将士写慰问信;邀请作家到家里做客,和作家谈心。比如,诗人柯仲平当时在《红色中华》副刊发表的《柯仲平启事》,曾经心平气和地向读者说明,他发表的毛泽东谈话内容不够准确,毛泽东随即就给他写了更正信。柯仲平收到毛泽东的来信后,深受感动。就把更正信送给了《红色中华》副刊发表。① 从这些短消息里,我看到的,是一位平易近人的毛泽东,一位和作家打成一片、同甘共苦的毛泽东。1942年5月以后,人们更多看到的,已是革命领袖毛泽东,文艺运动领导者的毛泽东。作家在他面前,身份也正在发生悄悄的微妙变化。延安初期的解放区文学,由此开始进入到一个新的阶段。评价解放区文学,关注不同阶段文学事件的发生乃至文学细节的变更,都是十分必要的。

特定时代学术的生产体制,往往直接制约着学术研究的走向。在一些现代文学史的叙写中,有时往往惯常用简单的政治评价,遮蔽了对真相的客观记述。在对"五四"文学革命后文学社团关系的描述中,曾经出现过过分地强调斗争,忽视联合的倾向。其实,当时不同文学派别之间,并非完全水火不容。他们之间,对于曾经出现的分歧,也有着相互主动地进行沟通让步、坦诚相见的努力。前期创造社成员郭沫若等,他们和胡适、徐志摩之间互相走访、敬酒、亲吻的场面,就亲切感人。②

---

① 《新中华报》副刊刊登的《柯仲平启事》说:"……关于我引用的毛泽东先生的那一段话,仍有不完善的地方——这不尽善的地方,责任在我。因为我写我记忆中的言语,写得还不十分完全。现在,我依照毛泽东先生的亲笔订正,谨将那一段关于文化的重要指示写在这里:"亭子间的,弄出来的东西有时不大好吃,山顶上的人弄出来的东西有时不大好看。有些亭子间的人以为'老子天下第一',至少是天下第二;山顶上的人也有摆老粗架子的,动不动,'老子二万五千里'。""现在应当不以那为满足——过去的东西,可以认为是准备时期的东西。应该把自大主义除去一点。"

② 参看本书《独具个性的创作与文学批评的偏颇——回望前期创造社》一文的有关部分。

这两段文学记忆，不应该在读者的心里化为一片空白。对这一类史料的辨别、清理、沉思，对埋藏已久的史实进行探索性的发问，该是一件紧迫的事情。两个看似平常的文学细节，在我心头荡起来的，竟是一股难以忘怀的研究激情。

三

百年以来，现代文学积累的学术资料十分丰厚，研究的环境也复杂多变。虽然有些问题已经有了较好的解决，但也有不少问题依然被埋没、被遮蔽；大量的史料、文献，仍然期待着解密、公布。研究的路依然漫长。对于许多工作在地方学校或文化单位的研究者来说，除了发掘史料方面有不少困难外，研究、阐释方面也面临着诸多问题。钱理群先生曾经颇为感慨地说：" 我们所面临的最大困境，在于外在与内在精神的匮乏。这一点，或许是更为严重的，根据我对贵州地方文化、学术的了解——我想，河南也一样，在地方上，要坚守对学术、精神的追求，是极其困难的；地方学者完全生活在一个精神的孤岛上，要拒绝社会与学术体制内的种种诱惑，保持内心的平静，是极其困难的。"[①] 钱理群的感受是深切的。学术研究当然是对研究对象的本体研究，但从学者来说，研究也是在洗涤作者自己的灵魂。阐释的深度取决于研究者内心的强大。研究者不是活在别人的赞扬或反对的话语场里，而是活在自己对史料真切感受到的世界里，活在前无因袭的认识里，活在心平气和的自信里。这就是藏气度于天地的阐释。以无所畏惧的精神直面现实，既坚守自己的学术立场，又尊重不同意见存在的合理性，永远保持阐释的开放性，这才是史料研究的理想之境。

史料的发现与阐释永无终期，写作兴味的精神性动机来自未完成。

在 2013 年 9 月召开的任访秋先生学术研讨会上，我在评论先生的学术精神时说：任先生"在研究中所坚持的学术独立、史料独立的学术理念，在无数后来者手里，将化为无穷无尽的可能性，实现中国现代文学史研究品格的不断提升。"[②] 事实比规律丰富。坚持学术独立、坚持史料独

[①]《中国现代文学研究丛刊》2014 年第 1 期。
[②]《坚持学术独立、史料独立》，《光明日报》2013 年 11 月 18 日。

立的要义，就是不跟风，不唯上，不仰俯随人，保持自己进入历史独有的出入方式。这虽然是我久已向往的至境，但在研究过程中，总是内心懦弱，难以做到言行一致。这应该是我研究的致命伤。本书存在的弊端，不足之处，期待着读者和新老朋友的督促、批评、提醒。

刘增杰

草于河南大学21号家属院

2014年11月30日